btb

Buch

Die Kanadierin Kate Roy ist seit einem halben Jahr beruflich als Kunstrestauratorin in Rom tätig. Eines Tages schicken sie ihre Arbeitgeber in die Villa des Conte Massimo Torreleone, der einer uralten und angesehenen Adelsfamilie entstammt. Kate soll in dessen Privatgalerie einige Bilder reinigen. Prunkstück der Sammlung ist ein Guido Reni von unschätzbarem Wert. Doch Kate entdeckt zu ihrer Überraschung, daß das Bild eine Fälschung ist. Der alte Conte ahnt ganz offensichtlich nichts von alledem. Es stellt sich heraus, daß Alessandro, der charmante Sohn des Conte, das Bild verkauft hat, dies aber vor seinem Vater geheimhalten wollte, um ihm nicht das Herz zu brechen. Kate erfährt außerdem, daß einer ihrer Arbeitgeber, der von ihr wenig geschätzte Signor Sillitano, die Fälschung im Auftrag Alessandros hat anfertigen lassen. Tiefer und tiefer dringt Kate in einen Sumpf aus Ungereimtheiten, Lügen und Korruption. Ihr zur Seite steht dabei der amerikanische Journalist Nick, mit dem sie nicht nur rein berufliche Interessen verbinden. Mit seiner Hilfe gelingt es ihr schließlich, das Geheimnis des gefälschten Bildes zu lüften.

Autorin

Caroline Llewellyn, Tochter eines Amerikaners und einer Waliserin, kam in Singapur zur Welt und verbrachte ihre Kindheit und Jugend in Kanada. Nach längeren Aufenthalten in England, Italien und Deutschland lebte sie danach mit ihrem Mann und ihren Kindern in Princeton, New Jersey, wo sie im Herbst 2000 verstarb.

Caroline Llewellyn bei btb

Bitterer Wein. Roman (72852)
Ein trügerisches Bild. Roman (72493)
Frau im Labyrinth. Roman (72091)
Die verborgene Geschichte. Roman (72003)

FÜR TED

Caroline Llewellyn

Die Galerie

Roman

Deutsch
von Lieselotte Prugger

btb

Titel der Originalausgabe: The Masks of Rome

Umwelthinweis:
Alle bedruckten Materialien dieses Taschenbuches sind chlorfrei und umweltschonend.

btb Taschenbücher erscheinen im
Wilhelm Goldmann Verlag, München, einem
Unternehmen der Verlagsgruppe Random House GmbH.

Einmalige Sonderausgabe Juni 2002

Umschlaggestaltung: Design Team München
Umschlagmotiv: Agentur Schlück/Daeni
Druck: Elsnerdruck, Berlin
Made in Germany · Titelnummer: 73001
ISBN 3-442-73001-5
www.btb-verlag.de

1

Das Knattern der Vespa hätte mich warnen müssen. Sechs Monate in Rom hatten mich gelehrt, meine Handtasche auf der von der Straße abgewandten Seite zu tragen und immer einen kurzen Blick über die Schulter zu werfen, wenn ich hinter mir ein Motorrad hörte. Saß nur einer auf der Maschine, drohte kaum Gefahr, aber mit einem Beifahrer sah die Sache schon anders aus. Da konnte ich erst aufatmen, wenn sie an mir vorüber waren. Nur Touristinnen ließen seelenruhig ihre Handtaschen wie Köder an der Angel von der Schulter baumeln. Genau wie ich an diesem Tag.

Und so begann alles mit einem Klischee, mit der klassischen Straftat, die Jahr für Jahr in Rom unzählige Opfer unter den Touristen fordert und die den Beamten auf dem Polizeirevier nur noch ein gelangweiltes Achselzucken entlockt. Ich kam aus dem Palazzo Torreleone und überquerte einen der stillen, um die Mittagszeit wie leergefegten römischen Plätze. Die Rolläden vor den kleinen Geschäften waren heruntergelassen, und fast schien es, als hielte der Platz selbst ein Mittagsschläfchen. Die Sonne zauberte einen warmen Goldglanz auf die Terrakottadächer und die gelb gestrichenen Hauswände, der die letzten Tage des Monats versüßte. Februar in Rom war beinahe erträglich. Es war Karneval. Von übermütigen Kindern ausgestreute Konfetti säumten in schmutzigen Verwehungen das Pflaster. Aus dem Fenster eines Schreibwarengeschäfts glotzten mich lange Reihen von Karnevalsmasken mit leeren Augenhöhlen an. Ich aber war mit meinen Gedanken bei der Arbeit, die ich im Palazzo zurückgelassen hatte. Die Masken registrierte ich kaum, und auch die Vespa hinter mir nahm ich nicht wahr. Als ich sie schließlich hörte, war es zu spät. Im gleichen Moment, als ich mir der Gefahr bewußt wurde und an meine Handtasche dachte, schnappte sich jemand den Köder. Ein Arm schoß aus dem Nichts, riß mir den Riemen von der Schulter und wand die Tasche blitzschnell aus der Hand. Eine maskierte Fratze schielte mich an, ein grinsender Affenkopf auf dem Körper eines Mannes, und weg war er, davongetragen von einer kleinen, roten Vespa. Und mit ihm meine Handtasche, die der Maskierte wie eine Trophäe über seinem Kopf schwang. Diese verächtliche Geste, mit der sich Affenkopf so demonstrativ über meine weibliche Achtsamkeit lustig machte, brachte mich noch mehr in Rage als der Raub selbst. Schäumend vor Wut schaute ich mich nach einem geeigneten Wurfgeschoß um, entdeckte eine leere Flasche, packte sie und schleuderte sie der Vespa hinterher, just als diese am anderen Ende des Platzes in einer kleinen Straße verschwinden wollte.

Die Flasche prallte vom Hinterrad ab, die Vespa schlingerte in weitem Bogen über das Pflaster und beförderte den Affenköpfigen unsanft auf die Straße, noch bevor der Fahrer seine Maschine bändigen konnte. Als er sie wieder in der Gewalt hatte, gab er Vollgas und brauste zwischen den Häusern davon. Seinen glücklosen Partner, der – immer noch mit Affenmaske – bäuchlings auf der Straße lag und meine Handtasche nach wie vor fest umklammert hielt, ließ er in einer stinkenden Wolke von Auspuffgasen zurück.

Ich stand wie vom Donner gerührt da und glotzte, überrascht von meiner unverhofften Treffsicherheit. Die Ernüchterung ließ allerdings nicht lange auf sich warten, als sich mein Gegner aufrappelte. Denn er war nicht nur gute fünfzehn Zentimeter größer als ich, sondern auch um einiges muskulöser. Mein Mut und mein Verlangen, wieder in den Besitz meiner Handtasche zu gelangen, schrumpften rapide.

Ich kam allerdings nicht mehr dazu herausfinden, was er als nächstes zu tun gedachte, oder ob bei mir am Ende vielleicht die Furcht über die Besitzgier gesiegt hätte, denn bevor auch nur einer von uns reagieren konnte, schoß ein Mann aus dem Nichts auf Affenkopf zu, wirbelte ihn herum, zwang ihn auf die Knie und entriß ihm meine Tasche, die auf die Straße kollerte.

Ich spurtete los, aber als ich die beiden erreichte, rammte der Affenkopf gerade seinen Ellbogen in die Leistengegend des anderen Mannes. Als der zurückwich, um den Schlag zu parieren, konnte sich Affenkopf losreißen und war im nächsten Moment in eben der Straße verschwunden, in die sich schon sein Komplize abgesetzt hatte. Kurze Zeit später heulte der Motor der wartenden Vespa auf.

Als ich meine Handtasche aufhob, murmelte ich eine nicht gerade originelle, aber durchaus anschauliche Obszönität in englischer Sprache. Dann wandte ich mich – eine ausgesucht höfliche italienische Dankesfloskel auf der Zunge – an meinen Retter.

Der aber ließ mich gar nicht zu Wort kommen. »Durchaus treffend formuliert. Aber Sie vergaßen zu erwähnen, daß das elende Feiglinge waren. Ein Glück für uns.«

Mit allem hätte ich gerechnet, nur nicht damit, daß er mich auf englisch, und noch dazu mit amerikanischem Akzent, ansprechen würde. Ich hätte ihn eher für einen Italiener, möglicherweise sogar für einen Sizilianer gehalten. Denn obwohl er mit seinem teuren Designeranzug auf den ersten Blick wie ein gewiefter Geschäftsmann aussah, verbarg sich hinter dieser Fassade, wie ich fand, ein eher bodenständiger Mensch. Er war mittleren Alters, großgewachsen, ungefähr zehn, zwölf Jahre älter als ich und von durchschnittlichem Aussehen. Sein kräftiger Körperbau stand in merkwürdigem Widerspruch zu seiner ansonsten eleganten Erscheinung. Dann lächelte er. Sein Gesicht begann zu strahlen und zauberte in die eher derben Konturen seiner Gesichtszüge einen Hauch von Sinnlichkeit, die nur aus seinen vergnügt blitzenden Augen zu kommen schien.

»Und dabei heißt es immer, Frauen hätten zwei linke Hände fürs Baseballspielen. Als Pitcher wären Sie jedenfalls erste Klasse. Haben Sie's denn auch schon mal als Batter versucht?«

Ich schüttelte den Kopf. »Ach wissen Sie, die Leute neigen oft dazu, zurückzuschlagen. Das schüchtert mich dann doch ein. Um so dankbarer bin ich Ihnen, daß Sie mir gerade diesen Part abgenommen haben.« Ich rieb meinen Arm, der mittlerweile zu schmerzen begonnen hatte. Insgeheim tadelte ich mich dafür, daß ich auf meinen tollkühnen Einsatz auch noch stolz gewesen war, denn ich hatte damit immerhin meinen Job aufs Spiel gesetzt. Und das alles nur, um ein paar tausend Lire und durchaus ersetzbare Papiere in meiner Handtasche zu retten. Der Verlust der Tasche wäre auf jeden Fall um vieles leichter zu verschmerzen gewesen als eine Zerrung im Arm, mit dem ich mir immerhin meinen Lebensunterhalt verdiente.

Und auch mein Retter war nicht ganz ungeschoren davongekommen. An seinem Jackett war eine Naht aufgeplatzt. »Ich kann Ihnen nicht sagen, wie dankbar ich Ihnen bin. Hoffentlich haben Sie sich nichts getan. Ihr Sakko allerdings...«

»Ach was, nicht der Rede wert«, beschwichtigte er. Aber dann riskierte er doch einen Blick und lächelte gequält, als er die Bescherung sah. »O je, da wird mir mein Schneider aber die Hölle heiß machen. Er war nämlich verdammt stolz auf diesen Anzug, wissen Sie.«

»Dann lassen Sie mich wenigstens Ihren Schneider bezahlen. Ich könnte es nicht ertragen, schuld daran zu sein, wenn Sie sich mit ihm überwerfen.«

»Ach wo, vermutlich werde ich sogar noch in seiner Achtung steigen, wenn ich ihm erzähle, wie es dazu gekommen ist.«

Ich lachte. »Na gut, wenn Sie meinen... Aber sagen Sie, wie haben Sie's geschafft, so schnell zur Stelle zu sein?«

Meine Frage war ihm offensichtlich unangenehm. Er drehte den Kopf zur Seite, und als sein Blick nicht mehr auf mir ruhte, verspürte ich Erleichterung – ein Gefühl, das mich einigermaßen verwirrte. Zum ersten Mal betrachtete ich ihn genauer, und es versetzte mir einen kleinen Stich, als ich feststellte, daß mir sein Gesicht bekannt vorkam.

»Ach, ich war gerade in der Bar dort drüben und habe zufällig zur Tür rausgesehen.« Er deutete zur Bar Tiberina auf der Piazza gegenüber dem Palazzo Torreleone, in der auch ich mir hin und wieder einen vormittäglichen Cappuccino gönnte.

Vielleicht hatte ich ihn ja dort schon mal gesehen. »Mir ist aufgefallen, daß die Vespa hinter Ihnen hergefahren ist. Da war für mich klar, daß das *scippatori* waren.« Er grinste. »Verstehen Sie mich bitte nicht falsch, aber Sie waren wirklich ein leichtes Opfer.«

»Da haben Sie allerdings recht. Zumal ich schon lange genug in Rom lebe, um es eigentlich besser wissen zu müssen. Und obendrein habe ich selbst mal miterlebt, wie zwei dieser Gauner einer Frau den Pelzmantel von den Schultern gerissen haben, die dämlich genug war, im September damit herumzuspazieren. Vor ihrer Nase haben sie damit herumgewedelt wie Stierkämpfer mit der *capa*. Und so bescheuert, wie die Frau damals geguckt hat, komme ich mir jetzt auch vor.«

Wieder dieses beunruhigende Lächeln. »Also, soviel ich

weiß, soll ein Gläschen Frascati bei verletztem Stolz wahre Wunder wirken. Hätten Sie Lust, ein Glas mit mir zu trinken?« Und als hätte er sich plötzlich seiner guten Manieren erinnert, fügte er schnell hinzu: »Ich heiße übrigens Nick Taliaferro.«

»Also sind Sie doch Italiener.«

»In Virginia, wo ich aufgewachsen bin, spricht man den Namen wie ›Talliwer‹ aus. Aber versuchen Sie mal, das den Leuten hier klarzumachen.«

Nach kurzem Zögern nahm ich seinen Vorschlag an. »Ich habe heut noch nichts gegessen, ein Drink allein wird mir also nicht reichen. Ich kenne ein Restaurant in der Nähe, wo es, wie ich finde, die beste Pasta in ganz Rom gibt. Und man kann draußen sitzen. Wenn Sie mich schon nicht für Ihr ramponiertes Jackett aufkommen lassen wollen, möchte ich Sie wenigstens zum Essen einladen.«

»Wie könnte ich ein solches Angebot ausschlagen? Sie sind so überzeugend, und ich lasse mich ausgesprochen gern führen.« Genau das Gegenteil war wohl eher der Fall. Auf mich wirkte er knallhart und ausgesprochen selbstbewußt. Das einzig Weiche an ihm war ein leichter Südstaatenakzent, der sich hin und wieder in sein distinguiertes Englisch schlich. Sein Gang war geprägt von mühsam gezügelter Ungeduld. Dieser Mann war offenbar immer in Eile und hatte sichtlich Mühe, sich meinem langsameren Schritt anzupassen. Ich hatte den Eindruck, daß er daran gewöhnt war, seinen Willen durchzusetzen. Wie ich allerdings darauf kam, wußte ich nicht.

»Sie sind Kanadierin, hab ich recht?« fragte er nach einer peinlichen Gesprächspause, während der ich Zeit hatte zu überlegen, ob ich meine spontane Einladung nicht doch noch bereuen würde.

»Wie kommen Sie darauf?«

»Es ist Ihre Art, bestimmte Wörter auszusprechen.« Er

lieferte mir ein paar Kostproben, die ich zwar reichlich übertrieben, aber dennoch lustig fand. »Und aus welcher Gegend in Kanada kommen Sie?«

»Aus Montreal. Ich bin halb Engländerin, halb Französin. Ein Halbblut, wenn Sie so wollen.«

»Dann schlagen also zwei Herzen in Ihrer Brust?« In seiner Stimme schwang eine Spur von Mitgefühl.

»Ja, so könnte man es ausdrücken.« Besser gesagt, es schlug gar keines mehr. Das hatte ich hinter mir – einen Kampf, der in Wahrheit nie der meine war, und eine Ehe, die nicht mehr existierte. In bestimmten Situationen bleibt einem nur eine Entscheidung: Der Rückzug. Und wenn die zurückgelegte Entfernung groß genug ist, kann selbst ein Rückzug wie ein Fortschritt aussehen. Und die Entfernung nach Rom war groß genug.

»Sie haben mir noch immer nicht gesagt, wie Sie heißen.«

»Ach, entschuldigen Sie. Kate Roy.«

»Roy ist in Quebec ein ziemlich bekannter Name, hab ich recht? Gabrielle Roy, die Schriftstellerin. Und dann gab es doch noch einen Politiker, einen Separatisten – seinen Vornamen hab ich allerdings vergessen...«

»Michel«, half ich aus. »Ich war mit ihm verheiratet.«

Er schaute mich verdutzt an: »War?«

»Wir haben uns letztes Jahr scheiden lassen.«

Meiner Stimme hatte er offenbar entnommen, daß ich keine Lust hatte, dieses Thema zu vertiefen, denn nach einer Pause fragte er nur: »Und was hat Sie nach Rom geführt?«

»Ich arbeite hier. Ich bin Konservatorin. Das ist jemand, der Kunstwerke wie Antiquitäten und ähnliche Kostbarkeiten restauriert. Ich spezialisiere mich auf Ölgemälde und arbeite bei Faltecchi und Stillitano. Als Giorgio Faltecchis Assistentin.«

»Tut mir leid, aber das sagt mir gar nichts. Müßte ich die Firma kennen?«

»Nur, wenn Sie aus der Branche wäre. Faltecchi genießt unter Restauratoren einen hervorragenden Ruf.«

»Aber Sie sagten doch, daß Sie Konservatorin sind. Oder ist das dasselbe?«

»Fast. Der einzige Unterschied besteht darin, daß Faltecchi über das Fachwissen und die Erfahrung verfügt, fehlende Partien eines Gemäldes zu ergänzen. Ich begnüge mich im Moment noch damit, Bilder zu reinigen – bis ich mit meiner Ausbildung fertig bin.«

Wir gingen gerade durch ein enges Gäßchen, in dem sich die Häuser zu beiden Seiten so weit neigten, daß vom Himmel nur noch ein schmaler Streifen zu sehen war. Plötzlich kam ein Mann aus einem Hauseingang gelaufen und prallte prompt mit uns zusammen. Dabei fiel ihm eine braune Papiertüte aus der Hand. Er stammelte eine Entschuldigung, hob die Tüte eilig auf und hastete weiter die Gasse hinauf.

»Ein Mann mit einer Mission«, lächelte ich.

»Oder mit einer Verabredung.«

Beides stimmte nicht, wie sich gleich darauf herausstellen sollte. Denn als wir auf die Piazza Navona kamen, sahen wir ihn wieder, diesmal umringt von Tauben, die er mit Spaghetti aus der braunen Papiertüte fütterte. Zwei Tauben zankten sich um einen Nudelfaden, der aussah wie ein langer, weißer Wurm. Über uns schlugen die Glocken die volle Stunde. Ihr Geläute übertönte die einschmeichelnde Wassermusik der Brunnen.

»Die wären ihm bestimmt böse gewesen, wenn er sich verspätet hätte«, lächelte Nick Taliaferro. Dann erkundigte er sich, wie lange meine Ausbildung als Restauratorin noch dauern würde.

»Ein paar Jahre bestimmt noch. Heutzutage ist dieser Beruf so komplex, daß es nicht mehr genügt, nur gut malen zu können. Man muß Kunsthistoriker sein und sich auch in den Naturwissenschaften einigermaßen auskennen. Ach ja, und nicht zu vergessen: detektivisches Gespür wäre auch nicht zu verachten«, setzte ich hinzu. »Damit meine ich, daß es einem Spaß machen muß, knifflige Probleme zu lösen.«

»Das hört sich ja beängstigend an.«

»Finden Sie? Nun, vielleicht haben Sie recht. Aber die Mühe wird auch belohnt.« Das meinte ich durchaus ernst: vergessene oder beschädigte Kunstwerke zu restaurieren, die Wahrheit aufzudecken oder auch nur die ursprüngliche Leuchtkraft eines Gemäldes wiederherzustellen – für mich war das Lohn genug für die jahrelange Vorbereitung auf diesen Beruf. »Im Augenblick«, fuhr ich fort, »reinige ich ein paar Bilder bei den Torreleones.« Sollte ich mich getäuscht haben, oder huschte da ein Anflug von Erstaunen über sein Gesicht?

»Kennen Sie die Torreleones?«

Mit wieder unbewegter Miene meinte er: »Nur vom Hörensagen. Ich weiß eigentlich nur, daß Massimo Torreleone im Zweiten Weltkrieg ein kommunistischer Widerstandskämpfer war. Und daß er ein Conte ist.«

»Aber wissen Sie auch, daß Massimo Torreleone es ablehnt, diesen Titel zu tragen?« Und trotzdem hatte dieser alte Mann etwas Besonderes an sich, etwas, das die Italiener mit dem Wort *grandezza* so treffend beschreiben – Würde und Vornehmheit, allerdings ohne jeglichen Pomp und Standesdünkel. In meinen Augen gehörte dieser Titel untrennbar zu seinem Namen. Für mich war er immer nur ›Conte Massimo‹.

»Ach was? Wie das?«

Giorgio Faltecchi, ein Freund der Familie Torreleone, hatte mir seine Geschichte erzählt. Er hatte daraus eine Familientragödie mit unvereinbaren Idealen gesponnen, den Idealen eines Vaters – des Vaters von Massimo Torreleone – und denen seines Sohnes. Der Vater war so unbeugsam und unversöhnlich gewesen, daß sein Sohn, Conte Massimo, sich damals offenbar geschworen hatte, seinem eigenen Filius alles nachzusehen. Und dieser Filius, Alessandro, hatte Conte Massimos Nachsicht offenbar auf eine harte Probe gestellt. Er war berüchtigt für seinen ausschweifenden Lebenswandel.

Zu Taliaferro aber sagte ich nur: Es hatte etwas mit dem Zweiten Weltkrieg zu tun. Zwischen Conte Massimo und seinem Vater kam es zum Bruch, weil sie gegensätzliche Ansichten über die Faschisten vertraten. Sein Vater konnte es nicht verwinden, daß Massimo der kommunistischen Partei beitrat. Damals kollaborierten die meisten Adeligen mit den Nazis oder betrachteten sie zumindest als gesellschaftlich akzeptabel. Für diejenigen, die anderer Meinung waren, muß es eine schreckliche Zeit gewesen sein.«

Er zuckte die Achseln. »Und trotz alledem hat Rom den Krieg noch relativ glimpflich überstanden.«

»Sofern Sie unter ›relativ glimpflich‹ Hungersnöte und Folter verstehen.« Über den Zweiten Weltkrieg in Rom hatte ich mir nämlich einiges angelesen, nachdem ich von Faltecchi Conte Massimos Geschichte gehört hatte.

»Ich meine damit nur, daß die Stadt nicht bombardiert wurde, nicht aber, daß die Bevölkerung nicht gelitten hätte.« Seine Stimme war ruhig, aber es schwang ein so emotionsgeladener Unterton mit, daß mir das Blut in den Kopf schoß.

Ich nahm den verborgenen Tadel zur Kenntnis und wechselte das Thema. »Arbeiten Sie auch in Rom oder machen Sie hier Ferien?«

»Sowohl als auch.« Dabei ließ er es bewenden. Sein Schweigen gab mir das unlogische Gefühl, meine Nase zu tief in seine Privatangelegenheiten gesteckt zu haben. Das war deshalb unlogisch, weil ich nichts anderes getan hatte, als seine eigene Frage umzukehren. Aber offenbar hatte er die Schotten dicht gemacht, und ich verzichtete darauf, nachzubohren. Andererseits war ich aber auch nicht bereit, mehr von mir preiszugeben. Also setzten wir schweigend unseren Weg zum Restaurant fort.

Wenig später saßen wir an einem runden Tisch mit rot gestreifter Tischdecke und diskutierten das Für und Wider von Spaghetti alla Carbonara und Paglia e Fieno. Die Spaghetti siegten, und während wir auf das Essen warteten, nippten wir am versprochenen Frascati und knabberten das knusprige römische Brot dazu. Ich war froh, endlich wieder an der frischen Luft zu sein und spürte förmlich, wie meine Lebensgeister in der warmen Sonne erwachten. Fünf der anderen sechs Tische waren mit Italienern besetzt. Einige beugten sich mit der Hingabe, die man hier einem guten Essen entgegenbringt, über ihre dampfenden Teller. Andere lehnten sich genüßlich zurück, diskutierten, lachten, gestikulierten mit den Händen in der Luft oder stachen mit einem Finger auf die Tischplatte ein, um ihren Standpunkt zu betonen. Ich war mit mir und der Welt zufrieden, reckte mein Gesicht in die Sonne und freute mich aufs Essen.

Ich überließ es Nick Taliaferro, ob er etwas von sich erzählen wollte oder nicht. Dennoch hätte ich gerne gewußt, welche Persönlichkeit sich hinter diesen attraktiven, leicht provokanten Gesichtszügen verbarg. Und immer noch war ich nicht darauf gekommen, wo ich dieses Gesicht schon einmal gesehen hatte.

Ich schaute auf und stellte fest, daß er mich beobachtete. Verlegen lächelten wir uns an, ein gekünsteltes Lächeln, dazu angetan, eine peinliche Situation zu überspielen. Dann wandten wir uns erleichtert dem Kellner zu, der in diesem Augenblick mit der Pasta kam.

Beim Essen unterhielten wir uns über Rom. Es war nicht zu übersehen, daß er diese Stadt liebte und sich hier bestens auskannte. Ich spürte, wie sich meine innere Spannung löste; auf einmal fand ich ihn sympathisch, nicht zuletzt, weil er einige meiner eigenen Ansichten über Rom teilte. Ich genoß unsere Unterhaltung, die plötzlich so unverkrampft und locker dahinplätscherte.

Nach der Pasta entschieden wir uns für Obst und Espresso. Er winkte dem Kellner, gab unsere Bestellung in flüssigem Italienisch auf und vergaß nicht, darauf hinzuweisen, daß er sich nicht daran erinnern könnte, jemals eine bessere Carbonara gegessen zu haben – selbst seine Mutter, immerhin eine waschechte Römerin, müßte sich da gehörig anstrengen. Der Junge bekam einen roten Kopf und stotterte, daß er das Kompliment des Signore gerne an seine Mutter in der Küche weitergeben wollte.

»Ich geb's auf«, stöhnte ich, als der Junge gegangen war. »Sind Sie nun Italiener oder nicht?«

»Ich bin wie Sie ein Halbblut. Mein Vater war Amerikaner, aus Virginia. Im Zweiten Weltkrieg war er in Mark Clarks Armee in Italien stationiert, die 1944 Rom befreite. Meine Mutter lernte er bei einer Tafel Hershey-Schokolade kennen.«

Ich lächelte: »Ach, sie war also eine Kriegsbraut?«

»Nein.«

Mir verging das Lächeln.

Er nahm sein Glas in die Hand und ließ den goldenen Wein im Kelch kreisen. »Nachdem der Krieg vorbei war, verdiente mein Vater ziemlich viel Geld und unterstützte meine Mutter mit monatlichen Zuwendungen. Nachdem seine Ehe in Amerika kinderlos geblieben war, holte er mich zu sich. Ich war damals vier. Späte Kriegsbeute, könnte man sagen.« Er trank seinen Wein in einem Zug aus, lehnte sich zurück und fischte eine zerknautschte Zigarettenschachtel aus der Tasche seines Jacketts. Er bot mir eine Zigarette an, aber ich schüttelte den Kopf. »Stört es Sie, wenn ich rauche? Eigentlich habe ich damit aufgehört, aber nach einem guten Essen fällt es mir schwer, zu widerstehen.«

»Und Ihre Mutter hat Sie so mir nichts, dir nichts ziehen lassen?« fragte ich.

Er stieß eine dünne Rauchfahne aus. »Nach dem Krieg waren die Menschen hier sehr arm.«

Es war ihm also durchaus bekannt, wie sehr die Menschen in Rom unter den Kriegsfolgen gelitten hatten. Für meine dämliche Bemerkung von vorhin hätte ich mich ohrfeigen können. »Meine Mutter hatte abgesehen von dem, was mein Vater ihr geschickt hat, kein eigenes Einkommen. Sie wußte genau, welches Leben mich in einem römischen Slum erwartet hätte.« Seine Stimme klang fast beiläufig. Angewidert betrachtete er das glimmende Ende seiner Zigarette, dann drückte er sie im Aschenbecher aus. »Vielleicht bin ich näher dran aufzuhören, als ich dachte.«

»Die Trennung muß für Sie beide furchtbar gewesen sein.« Den einzigen Trost, den ich selbst vom sinkenden Schiff meiner Ehe mitgenommen hatte, war die Tatsache, daß Michel und ich keine Kinder hatten. Ein schwacher Trost.

»Ja, vermutlich. Aber das ist jetzt über dreißig Jahre her.« Er nippte an seinem Espresso, lehnte sich zurück und streckte seine langen Beine unter dem Tisch aus. »Später hat meine Mutter einen braven Mann mit einem anständigen Beruf geheiratet, aber ich glaube nicht, daß sie meinen Vater jemals vergessen hat.« Er lächelte, entschuldigend fast, als befürchtete er, mich mit seiner Geschichte gelangweilt zu haben. »Entschuldigen Sie bitte. Das sind alles alte Kamellen.

Ich lächelte zurück. »Genau damit beschäftige ich mich am liebsten. Haben Sie Ihre Mutter jemals wiedergesehen?«

»Als ich zehn war, hat sich mein Vater mit ihr darauf verständigt, daß ich sie in den Sommerferien besuchen komme. Seitdem war ich fast jedes Jahr hier.«

»Lebt Ihre Mutter noch immer in Rom?«

»Sie ist kurz vor Weihnachten gestorben.« Sein Gesicht war ausdruckslos wie blankpolierter Schiefer, die Augen hinter halbgeschlossenen Lidern verborgen. Bevor ich etwas erwidern konnte, sagte er: »Aber jetzt habe ich genug über mich erzählt. Wie gefällt es Ihnen in Rom? Und«, etwas zu betont beifällig fügte er hinzu, »wie ist es, für die Torreleones zu arbeiten?«

Warum war ich mir nur so sicher, daß er in Wahrheit nur am zweiten Teil seiner Frage interessiert war? Vermutlich ließ mich diese einstudierte Beiläufigkeit in seiner Stimme aufhorchen. »Rom ist nicht Montreal, und dafür danke ich dem lieben Gott jeden Tag aufs neue. Alles andere – die Menschen, die Architektur, die Atmosphäre – ist nur Zuckerguß auf dem Kuchen. Am meisten begeistert bin ich von meiner Arbeit. Und was die Torreleones betrifft...« Ich legte eine Kunstpause ein und warf ihm einen kurzen, taxierenden Blick zu. Hatte er sich näher zu mir gebeugt oder täuschte ich mich? »Bis jetzt habe ich nur Massimo Torreleone kennengelernt. Er ist schon alt und ein bißchen gebrechlich, strahlt aber einen unglaublichen Charme aus. Ein wirklich bemerkenswerter Mann. Er ist Witwer, aber sein Sohn Alessandro und seine Nichte wohnen bei ihm im Palazzo. Der Sohn ist momentan verreist, und auch die Nichte ist mir bisher noch nicht über den Weg gelaufen. Ihr Vater ist angeblich im diplomatischen Dienst in Washington. Sie wohnt nur so lange bei Conte Massimo, bis sie mit ihrem Studium fertig ist.« Und mit voller Absicht setzte ich noch eins drauf: »Allerdings hab ich inzwischen so viel von Alessandro Torreleone gehört, daß ich es kaum erwarten kann, ihn kennenzulernen.« Amüsiert stellte ich ein interessiertes Funkeln in seinen Augen fest.

»Ach ja?« fragte er übertrieben emotionslos, fast gleichgültig.

»Nun ja, es eilt ihm ein gewisser Ruf voraus.«

»Ach, tatsächlich?«

»Nun, wie man hört, soll er genau das sein, was man sich unter einem italienischen Playboy vorstellt. Obwohl ich mir denken könnte, daß seine besten Jahre schon hinter ihm liegen.

»Falls Sie ihn jemals zu Gesicht bekommen sollten, müssen Sie mir unbedingt verraten, ob an diesen Gerüchten wirklich etwas dran ist.«

Ich warf ihm einen schnellen Blick zu, aber sein Gesicht verriet nichts; nicht einmal sein Tonfall ließ auch nur den kleinsten Hauch von Sarkasmus erahnen. Nur schön locker bleiben, ermahnte ich mich. »Ach, ich glaube kaum, daß er von jemandem Notiz nehmen würde, der nicht mindestens eine Milliarde Lire im Kreuz hat. Was man so hört, ist das Vermögen der Torreleones ja auch nicht mehr das, was es einmal war. Und wie's aussieht, hat Alessandro am wirtschaftlichen Abstieg seiner Familie kräftig mitgewirkt. Aber es soll auch Leute geben, die meinen, daß er eines Tages noch alle überraschen wird.« Diese letzte Bemerkung hatte ich als Joker ins Spiel gebracht und damit eigentlich nur Giorgio Faltecchi zitiert, der Alessandro seit seiner Kindheit kannte und viel mehr von ihm hielt als die meisten anderen Leute.

Aber genau dieser Joker bewirkte, daß Nick Taliaferro zum ersten Mal seine Karten auf den Tisch legte. »Wie meinen Sie das?« Der scharfe Unterton in seiner Stimme war mir nicht entgangen. Immerhin war es mir gelungen, ihn aus der Reserve zu locken.

»Warum interessiert Sie das so brennend?« gab ich im gleichen Tonfall zurück.

Wieder schenkte er mir sein verführerisches Lächeln. »Tut mir leid, ich wollte nicht neugierig sein. Sie haben nur so interessant von ihm erzählt. Das ist alles.«

Es war bestimmt alles andere als alles, sagte ich mir, und auch alles andere als überzeugend. Aber ich bemerkte nur: »Na ja, vermutlich werde ich ihn ohnehin nicht kennenlernen. Aus welchem Grund sollte er sich auch mit einer dahergelaufenen Konservatorin abgeben, die sich bis jetzt noch keinen Namen gemacht hat?«

»Aber was nicht ist, wird doch bestimmt noch werden«, antwortete er schmunzelnd, und mir war klar, daß er mich wegen des »bis jetzt noch« auf den Arm nahm. Ich hatte das allerdings durchaus ernst gemeint. Was meine Arbeit betraf, kannte ich keine falsche Bescheidenheit. Vielleicht war es ja arrogant, daß ich mir mit meinen 26 Jahren meiner Fähigkeiten schon so sicher war, aber genau diese Selbstsicherheit war es auch, die mich über Wasser hielt.

Weder eine Liebesaffäre noch meine gescheiterte Ehe hatte mir die Befriedigung vermitteln können, die ich in meiner Arbeit fand. Und diese Arbeit war es auch, die mir die Kraft gab, dem Schauplatz meiner Niederlage den Rücken zu kehren.

»Deine Zuflucht.« So hatte Michel sie genannt. »Deine Flucht vor uns.« Damit hatte er auf unsere Ehe angespielt, und im Rückblick mußte ich ihm recht geben. Aber gerade er hatte kein Recht, mir diese spezielle Verfehlung vorzuwerfen. Und was mich noch mehr getroffen hatte, war seine Aussage, ich hätte mich außer für meine Arbeit für nichts engagiert, weder für Ideale noch für Menschen und schon gar nicht für ihn. Mit einem Kloß im Hals verbannte ich diese Erinnerung aus meinem Kopf.

Nick Taliaferro füllte die Gläser nach und prostete mir zu: »Auf Ihre Karriere.«

»Vielen Dank.« Auch ich erhob mein Glas. »Auf daß wir beide das bekommen, worauf wir aus sind.«

Er schaute mich verdutzt an und lachte. »Bin ich so leicht zu durchschauen?«

»Lassen Sie es mich so sagen: Ich glaube, Sie interessiert mehr als nur meine persönliche Meinung von den Torreleones.« Ich überließ es ihm, diese Aussage nach Belieben zu interpretieren.

Die Interpretation, die er wählte, hatte ich allerdings nicht erwartet: »Stimmt. Ich wäre daran interessiert, Sie wiederzusehen.«

Seine Reaktion erwischte mich kalt, und ich schaute verlegen zur Seite. Zu gerne hätte ich ihm seine Worte in ihrer buchstäblichen Bedeutung abgenommen. Mittlerweile hatte der Wind aufgefrischt, und die Sonne war hinter den Dächern verschwunden. Die kalte Winterluft, die sich immer noch hartnäckig in den Winkeln und Ritzen der Häuser hielt, kroch mir allmählich die Beine hoch; im Garten wurde es ungemütlich kühl. Nach einem Blick auf die Uhr mimte ich Überraschung.

»Jetzt muß ich aber wieder los. Die Arbeit wartet.«

»Darf ich Sie anrufen?«

Wieder überlegte ich. Er war attraktiv, ja sogar anziehend, aber ich spürte eine Intensität, die mich allzu deutlich an Michel erinnerte, wenngleich auf völlig andere Art. Nach meiner Scheidung hatte ich mir fest vorgenommen, ernsthafte Beziehungen für geraume Zeit zu meiden wie der Teufel das Weihwasser.

Aber schließlich gab ich ihm doch meine Telefonnummer. Es war nicht zu übersehen, daß er an den Torreleones interessiert war und an Informationen kommen wollte. Vermutlich hoffte er, mich als Quelle anzapfen zu können. Vielleicht wäre es ja ganz amüsant herauszufinden, was genau Nick Taliaferro im Schilde führte, dachte ich – und war damit meiner ersten Illusion erlegen.

Rom ist die Hauptstadt der Illusionen, der Streiche, die unsere Sinne und unseren Verstand zum Narren halten. Wie das Licht, das den Petersdom förmlich über den Dächern schweben läßt, wenn man zu einer bestimmten Stunde an einer bestimmten Stelle des Gianicolo steht und zu ihm hinunterschaut. Oder wie die Brunnen oder Kirchen, die so raumgreifend in ihrer Präsenz sind, daß sie nicht nur atemberaubend schön, sondern auch bedrohlich wirken, Reminiszenzen an Macht, an eine Stadt, die erbaut, zerstört und wiederaufgebaut wurde, eine Stadt, in der die Macht brutal oder auch subtil ausgeübt wurde. Und schließlich der größte Streich von allen: Der Barock. Vor vielen Jahrhunderten schon zog er eine willfährige Stadt und willfährige Menschen in seinen Bann, und noch heute lebt er auf den Plätzen fort, auf denen das Leben in Szene gesetzt wird wie ein Theaterstück, ein Spektakel.

Auch ich war im Geschäft mit den Illusionen tätig, der Illusion von Farbe auf Leinwand. Meine Aufgabe war es, die Illusion, die der Künstler geschaffen hatte, zu bewahren. Aber in meinem eigenen Leben – so glaubte ich wenigstens – würde ich die Dinge realistisch sehen, genau so, wie sie wirklich waren.

Ich hatte nicht mit einem modernen Cagliostro gerechnet, der schier unglaubliche Zaubertricks in seinem Repertoire hatte. Schließlich war Carnevale.

2

In der darauffolgenden Nacht gingen in Rom Bomben hoch. In diesem Jahr war der Terrorismus zwar insgesamt im Schwinden begriffen, doch vereinzelt kam es immer noch zu brutalen Ausbrüchen. Und deren Ventil waren vorzugsweise Bomben. Sie explodierten mitten in der Nacht und krachten wie Donnerschläge in meine Träume.

Zeitig am nächsten Morgen – die Sonne war noch nicht aufgegangen – holte ich meine Wasserfarben heraus, ging auf den Balkon meiner am Abhang des Gianicolo gelegenen Wohnung und schaute über die Stadt, die sich im Licht des anbrechenden Tages wie von Goldstaub überzogen mit rosig schimmernden Dächern präsentierte.

Ich arbeitete schnell, aber die Sonne war schneller und schärfte die Konturen der Stadt, bis die verträumte Stimmung verflogen war und alle Kanten sich klar vor dem leuchtenden Blau des Himmels abhoben. Die Luft, zunächst nur vereinzelt von Vogelgezwitscher durchstochen, füllte sich allmählich mit dem gedämpften Rauschen des Straßenverkehrs, der zu beiden Seiten des Tiber entlangbrauste. Rom war erwacht. Und ich war mit mir zufrieden, denn meine Chancen standen gut, aus der Skizze später ein Bild entstehen zu lassen, das die einzigartige Atmosphäre dieser Stadt einigermaßen einfangen würde. Bisher war mir das noch nie gelungen. Gut gelaunt stellte ich mich unter die Dusche, zog mich an, lief die Treppe hinunter und hinaus auf die abschüssige Straße, die in die Stadt führte.

Ich mußte einen Spurt einlegen, um den Bus zu erwischen, der mich von meiner Wohnung zu den im Stadtzentrum gelegenen Ateliers von Faltecchi und Stillitano brachte. Japsend plumpste ich auf den einzigen freien Sitzplatz im hinteren Teil des Busses. Als ich wieder zu Atem gekommen war, schaute ich mich um, voller Vorfreude auf eine der wenigen Annehmlichkeiten einer Busfahrt in Rom: Gesichter studieren. Aber an diesem Morgen sahen alle gleichermaßen ernst, ja sogar verdrossen aus, und immer wieder hörte ich die Worte »Terroristen« und »Rote Brigaden«. Ich erkundigte mich bei meinem Sitznachbarn, was denn passiert sei.

»Bomben, Signora«, sagte er mit ernstem Gesicht. »Überall in der Stadt. Manche sagen, es wären die Roten Brigaden gewesen, andere wieder schieben's auf die Faschisten.« Er zuckte die Achseln.

Aus der gegenüberliegenden Sitzreihe giftete eine elegant gekleidete Frau: »Das sind doch alles Kriminelle.«

Ein Mädchen mit spitzem Gesicht und grünem Lodenmantel drehte sich zu ihr um: »Nein, nicht alle. Ein paar von ihnen haben Ideale, wissen Sie. Vielleicht gab's ja einen Grund für den Anschlag.«

»Na klar. Es gibt immer einen Grund«, fuhr jemand dazwischen. »Fragen Sie nur die Kommunisten. Denen gehen sie nie aus.«

Auf dieses Stichwort hin entbrannte eine hitzige Diskussion unter den Fahrgästen. Mein Italienisch war zwar nicht übel – nach einem oder zwei Drinks sogar recht ordentlich – aber bei der Geschwindigkeit und der Heftigkeit dieser Debatte konnte ich nicht mithalten. Ich schwieg, und mich beschlich das unbestimmte Gefühl eines déjà vu. Einen Augenblick lang fühlte ich mich nach Montreal in unsere Wohnung an der Sherbrooke Street zurückversetzt, wo sich Michel und seine Freunde ohne Ende über Weltanschauungen ereifern konnten.

Der Bus brauchte eine ganze Weile, bis er den Tiber überquert hatte. Auf der Via Arenula sah ich die ausgebrannten Gerippe zweier umgestürzter Autos, deren Innereien im weiten Umkreis verstreut lagen. Vor dem Justizministerium hatten sich Polizisten in Kampfanzügen und mit Schutzschilden postiert. Ich sah, wie einer von ihnen drohend auf einen Passanten zuging, der neugierig stehengeblieben war.

Plötzlich fiel mir siedendheiß ein, daß ich ausgerechnet an einem Tag, an dem es in Rom von Polizisten nur so wimmelte, meine Ausweispapiere zu Hause gelassen hatte. Falls ich in eine Kontrolle geraten sollte – und das war gut möglich, denn nach solchen Terroranschlägen mußte man überall in der Stadt mit Ausweiskontrollen rechnen –, konnte die Sache für mich durchaus brenzlig werden. Jetzt wieder nach Hause zu fahren, um den Ausweis zu holen, konnte ich allerdings auch vergessen. Ich mußte es also darauf ankommen lassen.

Nachdem der Bus inzwischen nur noch im Schrittempo vorwärts kam, stieg ich an der nächsten Haltestelle aus. Normalerweise hätte ich von hier aus den kürzesten Weg zum Palazzo Torreleone eingeschlagen, am Tiber entlang, abseits des hier herrschenden Lärms und des Chaos. Aber zu allem Überfluß waren mir im Palazzo einige Utensilien ausgegangen, ohne die ich nicht weiterarbeiten konnte. Also mußte ich wohl oder übel zuerst bei Faltecchi und Stillitano vorbei, um mir Nachschub zu holen. Mißmutig machte ich mich auf den Weg durch die Via dei Cestari. Das war zwar weiter, erschien mir aber sicherer – in den ruhigen Seitenstraßen war es weniger wahrscheinlich, übernervösen Polizisten über den Weg zu laufen oder auf ausgebombte Autos zu treffen.

Die Straßen, um diese Tageszeit normalerweise verstopft mit Schulkindern, Beamten und Kauflustigen, waren an diesem Morgen seltsamerweise wie ausgestorben. Nur ein paar Männer in dunklen Anzügen huschten mit gesenkten Köpfen an mir vorbei, wie Käfer auf der Flucht vor einem nahenden Sturm. Im Vorbeigehen murmelte einer von ihnen etwas Unverständliches. Bis mir allerdings dämmerte, daß er mich angesprochen hatte und ich mich nach ihm umdrehte, war er schon verschwunden. Ich bog in ein Labyrinth winkeliger Seitenstraßen ein und befand mich gerade mitten in einer gewundenen, von kleinen Läden gesäumten Gasse, als ich plötzlich vor mir lautes Gebrüll hörte, ein vielstimmiges Brausen, das sich mit rasender Geschwindigkeit näherte.

»Was ist das?« fragte ich einen Mann, der eben noch am Türrahmen seines Obstgeschäfts gestanden hatte. Aber er hatte sich in Luft aufgelöst, und im nächsten Augenblick schepperte die Wellblechjalousie vor seinem Ladeneingang krachend ins Schloß.

Plötzlich tauchten am Ende der Straße Gestalten auf, die Transparente über ihren Köpfen schwangen und geradewegs auf mich zukamen. In meinen Ohren dröhnte das Rasseln der Wellblechrolladen, die vor den Geschäften heruntergelassen wurden. Ich saß in der Falle; vorwärts konnte ich nicht; es blieb mir nur der Weg zurück, woher ich gekommen war. Als die ersten Demonstranten herangekommen waren, dicht gefolgt von einer unüberschaubaren, wogenden Masse von Leibern, begannen meine Augen zu brennen, und Tränen verschleierten mir die Sicht. Urplötzlich war die Luft gespickt von spitzen Nadeln, die mich in Nase und Rachen stachen: Tränengas, das die Menge als unsichtbare Wolke vor sich herschob. Ich war mitten in eine Randale geraten.

Ich kämpfte die aufsteigende Panik nieder, machte auf dem Absatz kehrt, hetzte den Weg, den ich gekommen war, zurück und schlug einen Haken um die nächste Straßenecke. Wo ich wie angewurzelt stehenblieb: Eine undurchdringliche Wand von Schilden blockierte meinen Fluchtweg: eine Sondereinheit der Polizei, die Gesichter verborgen hinter Visieren, eine graue Mauer, eine menschliche Barrikade. Nur daß diese Barrikade nichts Menschliches an sich hatte.

Jeder nur einigermaßen vernunftbegabte Mensch hätte sich nun schleunigst in den Schutz der Polizei begeben. Hinter ihren Reihen hätte mir der heranstürmende Mob nichts anhaben können. Aber ich dachte an meine Papiere, die zu Hause lagen, und sah nur die gesichtslose, undurchdringliche Wand vor mir. Ohne weiter zu überlegen, kehrte ich dieser beängstigend ausdruckslosen Barriere den Rücken und lief auf das wogende Meer der Demonstranten zu. Als die Welle näher kam, registrierte ich Gesichter, allesamt jünger als ich. Über dem Meer der Köpfe tanzte ein weißes Transparent. Studenti per l'Operaio – Studenten für die Arbeiterklasse – stand in dicken, roten Lettern auf dem weißen Stoff. Es war eine Studentendemonstration, soviel stand nun fest.

Ich begann zu rufen, wollte sie aufhalten. »Zurück! Umdrehen! Polizei! Dort! Hinter der nächsten Ecke!« Meine Stimme klang heiser in meinen Ohren, erstickt von Tränengas und von Angst. Ich bemühte mich um ein verständliches Italienisch, merkte aber bald, daß ich mir die Mühe hätte sparen können – bei dem infernalischen Lärm, den die Menge veranstaltete, hatte ich nicht die leiseste Chance, mir Gehör zu verschaffen. Im nächsten Augenblick schwappte die Woge über mich hinweg. Das große, weiße Transparent tanzte an mir vorbei. In meiner Verzweiflung packte ich das Mädchen, das es hielt, am Arm. Ich klammerte mich an sie, einerseits, um sie daran zu hindern, weiterzulaufen, andererseits, um selbst nicht die Balance zu verlieren, und brüllte ihr ins Gesicht: »Polizei! Dort um die Ecke! Zurück!«

Einen langen Augenblick starrten wir einander an, schwankten wie ein ankerndes Boot auf einem Fluß. Der Gesichtsausdruck des Mädchens faszinierte mich: Wie eine Mänade in einem bacchantischen Gelage sah sie aus, wild und schön, entrückt in tranceähnlicher Ekstase; durch mich schien sie hindurchzusehen. Dann endlich fiel der Groschen, und ihre Augen wurden hart.

»Polizei?« fragte sie benommen. Ohne eine Antwort abzuwarten, riß sie sich von mir los, tauchte in die Menge ein und kämpfte gegen den Menschenstrom, der sich in dem engen Flaschenhals der Straße staute. Das Transparent hatte sie fallen lassen; einsam und verlassen lag es zu meinen Füßen.

»Daniella, warte!« Die heisere Stimme kam aus einem dunklen, höhlenartigen Hauseingang auf der anderen Straßenseite. Ein junger Mann mit dem stechenden Blick eines Raubvogels, der gerade seine Beute schlägt, griff nach dem Mädchen, das sich durch die wogenden Körper kämpfte.

Einen Augenblick lang lieferten sie sich ein heftiges Wortgefecht, dann zog er sie zu sich in den Torbogen. Nachdem er einen prüfenden Blick auf die Straße geworfen hatte, stieß er das Mädchen unsanft vor sich in den dunklen Hauseingang, und im nächsten Moment waren die beiden verschwunden.

Auch ich hatte inzwischen eingesehen, daß es sinnlos war, die Demonstranten vor dem, was sie hinter der nächsten Straßenecke erwartete, warnen zu wollen. Ich wußte nur eines: Wenn es eine Möglichkeit gab, dem Wahnsinn, der um mich herum tobte, zu entfliehen, würde ich sie nutzen. Also fixierte ich den Hauseingang, durch den die beiden verschwunden waren, paßte höllisch auf, nur ja nicht hinzufallen und arbeitete mich zielstrebig durch die Menge. In dem dunklen, engen Torbogen gab es eine Tür. Bestimmt war sie zugesperrt, aber ich war fest entschlossen, so lange dagegen zu hämmern, bis mir jemand aufmachte. Als ich sicherheitshalber den Türknopf probierte, drehte er sich leicht in meiner Hand.

Ich befand mich in einem winzigen, dunklen Flur. Hier war es kühl, viel kälter als draußen, und feucht. Als sich meine Augen an die Dunkelheit gewöhnt hatten, merkte ich, daß ich am Fuß einer steilen Treppe stand, die an ihrem oberen Ende direkt in einer Tür mündete. Hinter dieser Tür hörte ich wütende Stimmen – eine davon kannte ich schon: Es war der Mann mit dem Raubvogelgesicht, der immer wieder den Namen Daniella sagte. Die beiden waren also da oben. Ich war unschlüssig: Sollte ich mich bemerkbar machen und damit riskieren, selbst zur Zielscheibe ihrer schlechten Laune zu werden? Oder sollte ich einfach hier unten abwarten, bis es draußen auf der Straße wieder ruhig würde und mich dann klammheimlich davonstehlen? Ich fand, daß mein Bedarf an gewalttätigen Auseinandersetzungen fürs erste mehr als gedeckt war, machte es mir in dem kühlen, feuchten Flur auf der untersten Treppenstufe bequem und wartete ab. Dabei behielt ich die Eingangstür im Auge, denn ich rechnete damit, daß noch jemand auf die Idee kommen könnte, hier Unterschlupf zu suchen.

Aber es kam niemand.

Nach einer Ewigkeit, die vermutlich nicht länger als eine Viertelstunde gedauert hatte, ebbte der Lärm vor der Haustür allmählich ab. Je ruhiger es draußen wurde, desto mehr bekam ich von der lautstarken Unterhaltung der beiden dort oben mit. Zuerst war es mir mehr als peinlich, hier sitzen und mir private Streitereien anhören zu müssen. Nicht auszudenken, wenn oben plötzlich die Tür aufgegangen wäre und sie mich als Lauscher an der Wand ertappt hätten, was ich allem Anschein nach ja auch war. Aber als ich meine Ohren dann doch spitzte und mitbekam, was genau das Thema ihres Streits war, warf ich meine anfänglichen Skrupel über Bord und lauschte ihnen ebenso fasziniert wie elektrisiert.

Er versuchte sie zu einem Raub zu überreden.

Klammheimlich schlich ich die Treppe hinauf, denn es hätte ja sein können, daß sie Hilfe brauchte. Für alle Fälle wollte ich in der Nähe sein und wenigstens an die Tür klopfen können, falls er sich an ihr vergreifen sollte. Die Wand fühlte sich klamm an, als ich mich vorsichtig nach oben tastete. Winzige Farbpartikel blätterten vom Putz ab und fielen auf meine Füße.

Das Mädchen wehrte sich gegen einen Vorwurf, den ich nicht mitbekommen hatte. Mit von Zynismus verzerrter Stimme herrschte sie der Mann an: »Revolution ist für dich doch nur ein Spiel, Daniella, hab ich recht? Du bist nicht anders als alle Reichen. Du weißt ganz genau, wie du andere für dich arbeiten lassen kannst. Das beste Beispiel hast du ja gerade eben geliefert. Pech für dich, daß ich dich durchschaut habe.«

»Das stimmt doch einfach nicht!« verteidigte sich das Mädchen. »Du weißt genau, daß ich loyal bin. Aber ich lauf doch nicht sehenden Auges in die Falle. Soll ich mich vielleicht verhaften lassen, nur um euch irgendwas zu beweisen?«

»Und wie war das gerade vorhin? Auf den Gedanken, unsere Genossen zu warnen, bist du wohl nicht gekommen, oder? Denn dann hättest du dich vermutlich nicht so schnell absetzen können.«

»Ach, faß dich doch mal selbst an die Nase! Wo bist denn du? Ist das hier vielleicht die vorderste Front?« konterte sie wutentbrannt. »Sehr vorausschauend von dir, für alle Fälle diesen Schlupfwinkel hier parat zu haben.«

Ich hörte ein klatschendes Geräusch und einen unterdrückten Schrei. Dann wieder die Stimme des Mannes. »Die Genossen haben dir den Auftrag gegeben, den Raub vorzubereiten. Ich warne dich. Wenn du dich drückst, bist du erledigt.«

»Aber ich bring das nicht fertig! Er war immer gut zu mir, Marco. Und ihr seid auf dem Holzweg, wenn ihr glaubt, daß er reich ist.«

»*Merda*! Er ist ein Parasit, genau wie die ganze Clique, zu der er gehört. Egal, was sie besitzen, es ist zuviel.«

Seine Stimme klang hart. »Überleg's dir. Du hast eine Woche Zeit. Keinen Tag länger. Aber das heißt nicht, daß du die Wahl hättest...« Bei dieser implizierten Drohung beließ er es. Dann schlug seine Stimme unvermittelt ins andere Extrem um, wurde zärtlich und verführerisch.

Anschließend war es lange Zeit still hinter der Tür.

Mittlerweile war der Lärm auf der Straße ganz abgeebbt, und als es dort oben am Ende der Treppe endlich wieder zu rumoren begann, bekam ich nur noch ein unverständliches Murmeln mit. Aus Angst vor Entdeckung schlich ich mich vorsichtig nach unten, öffnete die Haustür einen Spaltbreit und warf einen Blick auf die Straße. Kein Mensch war zu sehen. Ich trat hinaus und blieb unter dem Torbogen stehen. Nur das Tränengas hing noch in der Luft, eine unsichtbare, unerfreuliche Reminiszenz der Geschehnisse der vergangenen Stunde. Ich kramte ein Taschentuch aus meiner Umhängetasche und preßte es mir gegen Mund und Nase. Dann verließ ich mein Versteck und machte, daß ich wegkam.

Aber hinter der nächsten Ecke blieb ich doch stehen und wartete. Als ich Schritte hörte, drückte ich mich in eine dunkle Nische. Der Mann und das Mädchen gingen an mir vorbei und unterhielten sich leise. Er hatte den Arm um ihre Schulter gelegt, und ihre langen, dunkelblonden Haare fielen über ihr Gesicht. Wie ein Liebespärchen sahen sie aus, engumschlungen, selbstvergessen. Sobald sie in sicherer Entfernung waren, kehrte ich zu dem Hauseingang zurück, aus dem ich gerade gekommen war, und suchte nach einem Türschild. Vielleicht gab es ja einen Hinweis auf den Namen des Mannes, der die Wohnung über der Treppe gemietet hatte. Aber ich fand nichts, weder ein Klingelschild noch einen Briefkasten. Während ich noch unschlüssig dastand und mir überlegte, was ich als nächstes tun sollte, schlurfte ein alter Mann langsam die Straße herauf, in jeder Hand eine schwere Einkaufstasche voll mit Lebensmitteln. Ich sprach ihn an und fragte, ob er wüßte, wer in der gegenüberliegenden Wohnung im ersten Stockwerk wohnte.

»Da wohnt niemand, Signora. Die Wohnung steht schon seit drei Monaten leer.« Er wünschte mir einen schönen Tag und verschwand hüstelnd im Haus; in der Luft hingen immer noch Schwaden von Tränengas.

Ich war verblüfft. Was sollte ich jetzt der Polizei erzählen? Daß zwei Leute, deren Familiennamen ich nicht kannte, jemanden ausrauben wollten, den ich nicht kannte, und daß sie diesen Raub in einer Wohnung abgesprochen hatten, in der niemand wohnte? Das war einfach zu phantastisch, um glaubwürdig zu klingen. Die Polizei würde mir freundlich zuhören und sich hinter meinem Rücken über diese bescheuerte Ausländerin lustig machen. Ich hatte rein gar nichts in der Hand. Andererseits, so versuchte ich mich zu beruhigen, würde der Raub ohnehin nicht stattfinden, wenn das Mädchen standhaft blieb. Nachdenklich setzte ich meinen Weg fort, beleuchtete das Problem von allen Seiten. Als ich auf den Corso einbog, war ich einer Lösung immer noch nicht nähergekommen. Auf dem Corso herrschte dichter Verkehr. Polizisten mit ausdruckslosen Gesichtern und wachsamen Blicken standen in Zweier- oder Dreiergruppen zusammen. Unschlüssig machte ich einen Schritt in ihre Richtung, aber als sich die Beamten erwartungsvoll zu mir umdrehten, verlor ich den Mut und tat so, als suchte ich nur eine Lücke zwischen den Autos. Ich schlängelte mich zwischen zwei haltenden Fahrzeugen durch, stoppte kurz, schätzte die Geschwindigkeit eines heranfahrenden Busses ab und gelangte auf die andere Straßenseite in dem Gefühl, eine Grenze überschritten zu haben. Nun nur noch durch eine Seitenstraße, dann rechts herum in die Via Livia und ich war endlich am Ziel. Ich stieß die Eingangstür zur großen Halle des alten Gebäudes auf, in dem die Ateliers von Faltecchi und Stillitano lagen. Tränen liefen mir über die Wangen – ein letzter Tribut an das Tränengas. Während ich auf den altersschwachen Aufzug wartete, der sich laut ächzend an den Abstieg machte, wischte ich mir die Tränen aus dem Gesicht und schaute dem Hausmeister zu, der mit Eimern und Wischmops in der kleinen Besenkammer hinter seiner Pförtnerloge hantierte. Leutselig lächelte er mich an: das erste fröhliche Gesicht an diesem Morgen.

Im dritten Stock, dem Sitz der Firma ›Faltecchi und Stillitano, Restauratoren und Konservatoren‹, einer Ansammlung kleiner Zimmer und Studios, die sich wie Bienenwaben eng aneinander schmiegten, wünschte ich Ilaria, der Sekretärin, einen guten Morgen und machte mich dann auf die Suche nach Giorgio Faltecchi. Ich fand ihn in seinem Büro hinter dem Schreibtisch, wo er gerade ein kleines, ovales Portrait untersuchte.

»Ach, Sie sind es, Kate. Kommen Sie her und sehen Sie sich das hier an.« Mit krummem Rücken beugte er sich wieder über das Bild. Durch die jahrelange, ungesunde Haltung waren seine Schultern eingefallen. Seiner kurzen, gedrungenen Statur nach zu schließen, hätte man ihn für einen Landwirt halten können – er stammte aus ärmlichen Verhältnissen aus den Friauler Bergen –, aber die breiten Hände, die er zu beiden Seiten des Bildes auf die Schreibtischplatte gelegt hatte, waren die Hände eines Handwerkers, ungeachtet ihrer Größe geschickt und empfindsam. Es war ein tröstlicher Anblick, ihn so hinter seinem Schreibtisch zu sehen, vielleicht deshalb, weil er so weit entfernt war von Randale, Raubüberfällen und der rauhen, gewalttätigen Welt, in die ich gerade einen kleinen Einblick bekommen hatte.

»Tut mir leid, daß ich mich verspätet habe«, entschuldigte ich mich. »Ich bin in eine Demonstration gelaufen. Im wahrsten Sinne des Wortes.«

Mit leicht besorgtem Blick schaute er mich an. Sein rundes, gütiges Gesicht, an der Schwelle zum Alter von Tränensäcken und Knitterfältchen durchzogen, strahlte eine Ruhe aus, die von großem inneren Frieden zeugte. Wütend hatte ich ihn noch nie gesehen.

»Ist Ihnen hoffentlich nichts passiert?«

Ich schüttelte den Kopf. Nie im Traum wäre mir eingefallen, ihm zu erzählen, was ich tatsächlich erlebt hatte. Mochten Menschen randalieren, Raubüberfälle planen oder den Staat umstürzen – für ihn wäre das so wenig greifbar wie ein Traum. Murmelnd würde er seiner Mißbilligung Ausdruck geben und seine Aufmerksamkeit wieder den Dingen zuwenden, die für ihn wirklich zählten.

»Sehr gut. Dann sagen Sie mir bitte, was Sie davon halten.«

Ich nahm das Bild zur Hand. Spätes sechzehntes Jahrhundert, Öl auf Leinwand, dachte ich. Und der eleganten Linie der Halspartie und des Körpers nach zu schließen, manieristischer Stil. Einen bestimmten Künstler hatte ich nicht parat. Die Frau, die mich aus dem Bild heraus ansah, war hübsch, in kostbare Gewänder gehüllt und ihr Blick strahlte eine allem Weltlichen gegenüber indifferente, heitere Gelassenheit aus. Ein wunderbares Portrait, wenn auch arg verschmutzt und nachgedunkelt.

»Und nun sehen Sie sich das hier an.« Faltecchi zog ein großformatiges Farbfoto aus einem Briefumschlag. Wieder eine Frau, aber diesmal gewöhnlich und dümmlich arrogant – nicht die Spur der heiteren Gelassenheit der Frau auf dem Gemälde, dafür ausgestattet mit einer ausgeprägten Nase und einem vorstehenden Kinn, was ihrem Gesicht nicht gerade zum Vorteil gereichte. Ich schaute Faltecchi fragend an.

»Das Foto hier«, erklärte er, »zeigt eine Kundin. Sie möchte, daß wir das Portrait reinigen und bei dieser Gelegenheit gleich die Nase und das Kinn so ›korrigieren‹ – das hat sie wörtlich gesagt –, daß es ihr ähnlicher wird. Ein Familienportrait. Behauptet sie jedenfalls.« Er erlaubte sich eine angedeutete, zweifelnde Geste. »Ihr Mann ist ein reicher Industrieller, und vermutlich will sie mit dieser Manipulation ihre Herkunft deutlicher zum Ausdruck bringen.«

»Das darf doch wohl nicht wahr sein! Seit wann beschäftigen wir uns mit der Produktion von Vorfahren?« brauste ich auf. Faltecchi zuckte die Achseln. »Wie kommt sie überhaupt darauf, anzunehmen, daß wir so etwas tun.

»Das habe ich mich auch schon gefragt.« Er steckte das Foto wieder in den Umschlag. »Ich werde ihr natürlich sagen, daß wir den Auftrag ablehnen. Aber sie wird bestimmt jemanden finden, der bereit ist, ihr diesen Wunsch zu erfüllen. Sie hat ein fürstliches Honorar geboten.« Behutsam wickelte er das Portrait in Packpapier ein und legte es zusammen mit dem Briefumschlag in eines der Regale neben dem Schreibtisch. Bei dem Gedanken daran, daß dieses Kunstwerk aus purer Eitelkeit verfälscht werden sollte, schäumte ich vor Wut, Wut über meine Machtlosigkeit, dieses Portrait zu schützen. Meine Arbeit beschränkt sich darauf, Schäden zu beseitigen, die durch den Zahn der Zeit oder durch Unachtsamkeit entstanden sind, dachte ich bei mir. Gegen Ignoranten wie diese Frau bin ich machtlos.

»Es ist zum Verrücktwerden«, ereiferte ich mich, »wenn ich daran denke, daß es keine Handhabe gegen Vandalen gibt, die reich genug sind, um mit ihrem Eigentum machen zu können, was sie wollen.«

Faltecchi schaute mich amüsiert an. »Aber, aber, Kate. Ich glaube fast, an Ihnen ist auch eine Revoluzzerin verlorengegangen. Sind Sie vielleicht heute morgen bei der Demonstration mitmarschiert?«

»Ja, wenn Sie so wollen. Wenn auch nicht ganz freiwillig.«

Daß Faltecchi sich über mich lustig machte, störte mich nicht. Ich wußte, daß er sich um das Portrait die gleichen Sorgen machte wie ich.

»Nun, ich werde dieser Frau klarmachen, daß das Gemälde drastisch an Wert verlieren wird, wenn sie es manipulieren läßt. Vielleicht zeigt ja der Appell an ihre Geldbörse Wirkung.« Mit einer Armbewegung wischte er mehrere Farbtuben von einem Stuhl neben seinem Schreibtisch in einen kleinen Karton und bedeutete mir, Platz zu nehmen. »Aber jetzt müssen wir uns über Ihre Arbeit bei den Torreleones unterhalten. Kommen Sie, setzen Sie sich.«

Die Torreleone-Bilder waren meine erste große Auftragsarbeit. Es handelte sich um drei Werke, alle in Öl auf Leinwand: ein Vanvitelli und zwei Ansichten von Venedig von Guardi. Sie hatten zwar keine Restaurierung nötig, doch ge-gestaltete sich ihre Reinigung schon deshalb einigermaßen schwierig, weil sie nicht aus dem Palast geschafft werden durften. Die Torreleones waren nicht bereit, die in diesem Fall fälligen, hohen Versicherungsprämien zu bezahlen. Die Arbeit ging mir gut und ohne Schwierigkeiten von der Hand, und entsprechend kurz und bündig war mein Bericht. Als ich fertig war, lächelte Faltecchi.

»Ich habe gestern mit Massimo Torreleone gesprochen. Er ist zufrieden.«

»Gott sei Dank.«

Faltecchis Grinsen wurde breiter. »Na, na. Sie dürfen sich auf das Lob durchaus auch etwas einbilden. Wenngleich ein gewisser Sinn für Pietät in unserem Beruf nie schaden kann.«

»Ja, Sie aber auch«, lachte ich. »Schließlich haben Sie mir ja den Auftrag verschafft. Ich habe Sie nie danach gefragt, wie Sie ihn letztlich rumgekriegt haben.«

»Die schlichte Wahrheit hat ihn überzeugt. Ich habe ihm Arbeitsproben von Ihnen gezeigt und ihm erzählt, daß Sie die beste Assistentin sind, die ich je unter meinen Fittichen hatte. Ich habe ihm versichert, daß er Ihnen seine Gemälde bedenkenlos anvertrauen könne.«

Ich wußte schon immer, daß Faltecchi mit meiner Arbeit zufrieden war – andernfalls hätte er mir den Torreleone-Auftrag kaum vermittelt. Aber dies war das erste Mal, daß er mit seinen Komplimenten so verschwenderisch umging. Ich spürte, wie mir das Blut in den Kopf schoß, einerseits aus Freude über sein Lob, andererseits beschämt darüber, daß ich so gierig nach Anerkennung lechzte. Ich mußte zugeben, daß ich mir auf meine Arbeit in der Tat einiges einbildete, und ich hatte den starken Verdacht, daß Faltecchi das auch wußte.

Aber bevor ich ihm richtig danken konnte, fuhr er schon fort. »Ich war auch so frei, Massimo Torreleone zu erzählen, daß Sie in Anbetracht Ihres jugendlichen Alters und angesichts der Tatsache, daß Sie unbedingt hier in Rom bleiben möchten, zu einem durchaus günstigen Preis zu haben wären. Wohingegen ich selbst –« Er breitete die Hände aus und hob die Schultern, um seinen eigenen Stellenwert zu verdeutlichen. Tatsächlich war Faltecchi einer der besten Restauratoren in Italien und dementsprechend teuer. »Früher einmal waren die Torreleones eine reiche und mächtige Familie. Heute sieht die Sache leider anders aus. Ihr Honorar war demnach ein überzeugendes Argument.«

»Ich hätte es auch umsonst gemacht. Ich wollte diesen Auftrag unbedingt haben.«

Faltecchi mimte den Schockierten: »Lassen Sie das bloß Franco nicht hören. Ein Handwerker muß stolz auf seine Arbeit sein, würde er sagen. Die meisten Menschen schätzen eine Arbeit nur, wenn sie etwas kostet.«

Franco Stillitano war Faltecchis Partner und das krasse Gegenteil von ihm. Schon bei unserem ersten Zusammentreffen war klar, daß wir einander nicht ausstehen konnten. Ich bemühte mich ebenso angestrengt wie vergeblich, ihm meine Aversion gegen ihn nicht zu zeigen; andererseits verstärkte sich Stillitanos Abneigung gegen mich in dem Maße, wie meine Beziehung zu Faltecchi sich vertiefte. Schon aus diesem Grund versuchte ich, Stillitano möglichst aus dem Weg zu gehen. Ich war immer erleichtert, wenn er sich wie heute auf Geschäftsreise befand.

Nachdem Stillitano einen eigenen Assistenten hatte, gab es für mich kaum einen Anlaß, mich in irgendwelchen Fragen an ihn zu wenden. Er war für die Finanzen des Unternehmens verantwortlich. Für meinen Geschmack war er eine echte Krämerseele und zudem noch ausgesprochen raffgierig. Andererseits mußte ich ihm zugestehen, daß er es war, der dafür sorgte, daß das Unternehmen Faltecchi und Stillitano seit seinem Bestehen schwarze Zahlen schrieb. Vermutlich hätte Faltecchi das allein nicht hingekriegt. Sein Umgang mit Geld und Rechnungen war von einer gewissen Nonchalance geprägt. Mit Faltecchis früherem Assistenten Paolo Flacco hatte ich zusammen in Florenz studiert. Als Paolo vor sechs Monaten gekündigt hatte, um eine neue Stelle in den Uffizien in Florenz anzutreten, hatte er mich als Nachfolgerin für den Job vorgeschlagen. »Faltecchi ist auf seinem Gebiet ein Genie«, hatte Paolo mir vorgeschwärmt. »Du wirst von ihm mehr lernen, als du dir vorstellen kannst.« Und Paolo hatte nicht zuviel versprochen. »Das einzige Problem ist Stillitano«, hatte er hinzugefügt. »Er ist ein frustrierter Künstler mit einer Buchhalterseele. Und er versprüht Gift. Er wird dir nicht gefallen.« Auch damit hatte er den Nagel auf den Kopf getroffen. »Aber er ist ein brillanter Restaurator – auf seine ganz eigene Art.« Was er mit dieser seltsamen Bemerkung gemeint hatte, wollte mir Paolo allerdings nicht verraten.

»Da wir gerade von Signor Stillitano sprechen«, sagte Faltecchi mit ernstem Gesicht. »Ich muß Sie bitten, ihm nichts von dem Torreleone-Auftrag zu erzählen, wenn er heute aus Sizilien zurückkommt.« Er suchte offenbar nach den richtigen Worten: »Es ist, äh, wegen des Honorars. Ich bin sicher, daß Franco es für zu niedrig hält. Ich werde mir überlegen, wie ich es ihm am besten beibringe.«

Noch ein Grund für Stillitano, mich nicht zu mögen, dachte ich. Aber ich war einverstanden, und es war mir nur allzu recht, daß Faltecchi sich darum kümmern wollte. Als ich mich bei ihm für alles bedanken wollte, was er für mich getan hatte, lachte er nur und hob abwehrend die Hand. »Ich habe durchaus nicht nur selbstlose Motive, Kate. Ich möchte Sie hier in Rom halten. Sie haben in den letzten sechs Monaten viel gelernt, aber ich denke, daß Ihnen die wenig anspruchsvollen Arbeiten, die wir Ihnen zugeteilt haben, allmählich langweilig geworden sind. Die Zeit war jetzt reif, Ihnen Gelegenheit zu geben, Ihre Fähigkeiten unter Beweis zu stellen, finden Sie nicht auch?«

Ich nickte. Es verdroß mich, daß er mich so leicht durchschaute. Die vergangenen zwei Monate hatte es mich zunehmend gewurmt, daß er offenbar so wenig Vertrauen in meine Fähigkeiten hatte. Bestimmte Techniken und Fertigkeiten hatte er mich bis zum Erbrechen üben lassen, obwohl ich davon überzeugt war, sie längst im Schlaf zu beherrschen. Ich hatte meine Ungeduld nur deshalb gezügelt, weil ich wußte, daß Faltecchi nichts ohne guten Grund tat. Und es war mir ein Trost gewesen, daß wir uns immer besser verstanden und er meine Arbeit, wenn auch ohne viele Worte, zu schätzen wußte. Wir waren ein gutes Team, verstanden uns blind, und das bedeutete mir mehr als jedes Lob. Und dennoch verletzte es mein Ego regelmäßig, wenn ich sah, daß Stillitanos Assistent Aufträge bekam, die ich mindestens genausogut hätte übernehmen können. Ich dagegen mußte mich mit zweitklassigen und langweiligen Bildern herumschlagen. Bis zu dem Zeitpunkt, an dem der Auftrag für die Torreleone-Gemälde hereinschneite.

Faltecchi tätschelte mir die Hand. »Ich weiß, daß ich Sie immer an der kurzen Leine gehalten habe, Kate. Aber Sie sind ein impulsiver Mensch. Während Ihr Instinkt Sie selten trügt und auch Ihre Technik über jeden Zweifel erhaben ist, nehmen Sie sich oft nicht die Zeit, alle Aspekte eines Problems bis ins letzte Detail und dann noch bis ins allerletzte Detail gründlich zu überlegen. Und Zeit zum Überlegen ist bei Ihrer Arbeit unerläßlich. Aber Sie haben Geduld bewiesen.«

»... und bin dafür belohnt worden«, sagte ich ohne jede Ironie.

»So ist es.« Er lehnte sich zurück und spielte mit einem

Pinsel herum. »Sagen Sie, was halten Sie eigentlich von den Torreleones?«

»Bis jetzt habe ich nur Massimo Torreleone kennengelernt. Aber er hat mich schon in seinen Bann gezogen. Wenn der Rest der Familie auch nur halb so unwiderstehlich ist... Aber Spaß beiseite: Nach den Geschichten, die ich über seinen Sohn gehört habe, kann ich mir kaum vorstellen, daß er seinem Vater auch nur annähernd das Wasser reichen kann.«

»Nein? Nun ja, vielleicht haben Sie nur Klatschgeschichten gehört. Ich kann Ihnen versichern, daß er sogar sehr anziehend sein kann. Aber gleichzeitig ist er ein Buch mit sieben Siegeln. Ich glaube nicht, daß ihn jemand wirklich genau kennt. Für jedes Gerücht, das über ihn ausgestreut wird, gibt es ein anderes, das diesem exakt widerspricht. Als junger Mann hat er zweifellos ein wildes, ausschweifendes Leben geführt – auf denkbar charmante Art, versteht sich.« Faltecchi lächelte nachsichtig; mir war klar, daß Alessandro Torreleone in der Tat über einen außerordentlichen Charme verfügen mußte. »Manche sagen, daß er seiner Familie eine Stange Geld gekostet hätte und sich die Torreleones von Alessandros Jugendsünden vermutlich nie wieder erholen werden. Andererseits liegen seine wilden Jahre allem Anschein nach inzwischen hinter ihm. Er ist ein anderer geworden, ein verantwortungsvoller, um nicht zu sagen außerordentlich fähiger Staatsbeamter. Vielleicht hat ihm ja der Tod seiner Mutter vor ein paar Jahren den nötigen Schock versetzt. Wer weiß? Ich muß zugeben, daß ich eine Schwäche für Alessandro habe, auch damals schon, als er noch gewaltig über die Stränge geschlagen hat. Und natürlich war er immer schon ein Mann der Frauen.« Faltecchi kratzte ein paar Farbspritzer von seinem Jackenärmel. »In einer Beziehung allerdings ist er das krasse Gegenteil seines Vaters. Linken politischen Strömungen bringt er nicht die geringste Sympathie entgegen, und ich könnte mir gut vorstellen, daß er den alten Familientitel wieder einführen wird, sobald Massimo das Zeitliche gesegnet hat.«

Er stand auf. »Meine Güte, jetzt fange sogar ich schon an, Klatschgeschichten zu erzählen. Aber Alessandro lädt auch wirklich dazu ein.« Er begleitete mich zur Tür und verabschiedete mich mit den Worten: »Ich weiß, daß Sie Ihren Auftrag erstklassig erledigen werden. Aber immer daran denken: *Pazienza.*«

Geduld. Die italienische Sprache verleiht dem Wort *pazienza* einen Schwung, der schon erahnen läßt, daß dieses Wort in Rom mehr bedeutet als nur »Geduld«. Oft genug begleiten die Römer dieses *pazienza* mit einem Augenzwinkern und einem Hauch von Ironie. In anderen Sprachen dagegen klingt es fade und leidend. Und das, kam mir plötzlich in den Sinn, nachdem ich mich von Faltecchi verabschiedet hatte und mir im Lager mein Arbeitsmaterial holte, genau das war es vermutlich, was Michel von mir gedacht hatte, als unsere Ehe auseinanderbrach – fade und leidend. Es würde ihm bestimmt gefallen, wenn wer wüßte, weshalb mir dieser Begriff inzwischen so verhaßt war.

Diese und andere unproduktive Gedanken schwirrten in meinem Kopf herum, als ich aus dem Lager kam – und prompt mit Franco Stillitano zusammenprallte.

3

Der Zusammenprall war kaum der Rede wert, tatsächlich hatte ich nur seinen Arm gestreift, aber ich zuckte instinktiv so heftig zurück, daß mein linker Ellbogen gegen den Türrahmen knallte und ich einen solchen Schmerzensschrei ausstieß, daß Stillitano mich entgeistert anstarrte.

Mit hochrotem Kopf versuchte ich, ihm den Grund für

meinen markerschütternden Schrei zu erklären, während ich gleichzeitig die in mir aufsteigende Übelkeit niederkämpfte. »Entschuldigen Sie bitte, aber mein Ellbogen ist leider ziemlich schmerzempfindlich. Ich habe ihn mir vor längerer Zeit mal verletzt, und irgendwie scheint immer noch ein Nerv eingeklemmt zu sein.«

Stillitano bedachte mich mit einem feindseligen Blick. »In diesem Fall, liebe Signora Roy, tun Sie doch bitte sich selbst und den Nerven anderer Leute einen Gefallen, und bewegen Sie sich etwas langsamer. *Pazienza.*« Wie ein winziges Hagelkorn prallte das Wort an mir ab, eiskalt und stechend. Wieviel freundlicher und weicher hatte es dagegen von Faltecchi geklungen.

Stillitano trug seine unvermeidliche »Uniform«: schwarzer Anzug, weißes Hemd, dunkle Krawatte, gehalten von einer schlichten Goldnadel, alles makellos, wenn auch mit einem gewissen Leichenbestatter-Touch. Er war extrem hager und großgewachsen und hatte ungewöhnlich lange Arme und Finger. Er bewegte sich auf eigenartig schleichende Art, als wären seine Knochen aus Gummi. Alles das – zusammen mit seiner langen, spitzen Nase und dem ebenso spitzen Kinn – erinnerte mich an ein Spielzeug aus meiner Kinderzeit, einen schwarzen Mann aus Kautschuk, der sich in jede x-beliebige Form biegen ließ.

Mehr aus Höflichkeit als aus dem Verlangen, unsere Unterhaltung fortzusetzen, erkundigte ich mich, ob denn seine Geschäfte in Sizilien nach Wunsch verlaufen wären. Er antwortete mir zwar, aber so einsilbig und abweisend, daß ich mich schnellstens aus dem Staub machte, froh darum, im Palazzo arbeiten zu dürfen und wenigstens für den Rest des Tages von seinem Anblick verschont zu bleiben.

Ich ging zurück zum Corso. Fast alle Anzeichen der Demonstration von heute morgen waren beseitigt, nur ein paar einsame Flugblätter flatterten noch über Gehwege und Rinnsteine. Der Autoverkehr hatte sein mörderisches Tempo wieder aufgenommen. Faltecchi hatte mir einmal erzählt, daß in früheren Zeiten während des Carnevale reiterlose Pferde über den Corso getrieben wurden, die mit Eisennägeln gespicktes Zaumzeug trugen und unter den Anfeuerungsrufen der johlenden Menge in panischer Angst und rasend vor Schmerzen in wildem Galopp den Corso hinunterstoben. Dabei gerieten jedes Jahr viele der Zuschauer unter die Hufe. Mir kam es vor, als würde über der Straße immer noch ein Hauch dieser grausamen Anarchie liegen, die sich inzwischen allerdings farblos und bürgerlich präsentierte.

Ich suchte Blickkontakt mit dem Fahrer eines heranfahrenden Autos und trat dann ohne zu zögern auf die Fahrbahn. Ich hielt den Atem an: Würde er auf die Bremse treten? Er bremste. Sie bremsen immer. Das Wunder der römischen Autofahrer. Ich schlängelte mich durch ein Labyrinth enger Gassen zur Piazza, an der der Palazzo Torreleone lag. Dieser Palazzo war einer von Madernos weniger erfolgreichen Entwürfen; mit seiner quadratischen Fassade wirkte er fast schon zu streng. Fast schien es, als ob der Architekt, der barocken Extravaganz müde, sich in seinem Bemühen, schlichtere Effekte zu erzielen, zu weit in die andere Richtung gewagt hatte. Der Charme des Gebäudes lag in seinen Dimensionen – für einen Palazzo eher klein geraten – und in den wohlproportionierten, anmutig wirkenden Fenstern, deren unterste Reihe hinter Eisengittern lag. Wie bei anderen römischen Palästen auch war das Erdgeschoß an kleine Läden verpachtet worden – an einen Bäcker, einen Schuster, eine Werkstatt, in der zwar viel geklopft und gehämmert, aber ganz offensichtlich nichts produziert wurde. Im mittleren Geschoß, dem piano nobile, lagen die großen Empfangsräume und die Wohnungen der Familie, während das obere Stockwerk den Dienstboten, verarmten Familienangehörigen und entfernten Verwandten zur Verfügung stand. Ein paar der Zimmer waren vermietet.

Als ich durch das Hauptportal kam, begrüßte mich die *portiera*. Sie lehnte am Fenstersims der Pförtnerloge, ihr gewichtiger Busen ruhte auf ebenso gewichtigen Armen, ein breites Lächeln enthüllte perfekte, weiße Zähne. Unmöglich, ihr Alter zu schätzen. Sie gehörte zu den typischen römischen Matronen mit ausladenden Hüften und olivfarbener Haut, die ebensogut vierzig wie sechzig Jahre alt sein können. War die vergängliche Schönheit ihrer Jugendjahre einmal geschwunden, sahen diese Frauen alle gleich aus, warmherzig und mütterlich, bis an der Schwelle zum Alter ihre Leibesfülle wieder dahinzuschmelzen begann.

Was für ein schöner Tag, bestätigten wir uns gegenseitig, aber was für eine schreckliche Nacht. »Was müssen Sie nur von uns denken, Signora Roy?« klagte Signora Gambino, der das Lächeln aus dem Gesicht gewichen war. »Wir sind ein Volk von Verrückten.«

»Hat es bei den Anschlägen denn Verletzte gegeben?« erkundigte ich mich.

»*Si*. Im Radio haben sie gesagt, daß es einen Toten gegeben hat, und einem *carabiniere* ist ein Arm und das halbe Gesicht weggerissen worden. Die Bomben waren vor öffentlichen Gebäuden in Autos versteckt gewesen. *È terribile*!« Sie seufzte. »Wissen Sie, ich habe den letzten Krieg in Rom mitgemacht, und keine Seite hat sich, was die Grausamkeiten anging, etwas geschenkt. Aber seit damals hab ich mir geschworen: Nie wieder. In unserem Land muß der Teufel am Werk sein. Sagen Sie mir, passieren solche Sachen denn auch in Kanada?« Ich dachte an den Bombenterror der Separatisten – für mich war es schon eine Ewigkeit her, aber ich mußte ihre Frage gezwungenermaßen mit ja beantworten, ja, manchmal. »Aber nicht oft. Die Kanadier sind ein anderer Menschenschlag als die Italiener. Manche sagen, daß wir zu viel Respekt vor der Autorität haben.« Ich erinnerte mich an Michels nicht druckreife Kommentare zu unserer nationalen Passivität.

»Ach so. Ja, da sind wir wirklich anders.« Sie seufzte erneut und schlug dann plötzlich mit der Handfläche gegen ihre Stirn. »O je, das hätte ich jetzt fast vergessen! Der Signore wünscht Sie gleich zu sehen. Er ist in seinem Arbeitszimmer. Wissen Sie, wie Sie hinkommen?« Ich schüttelte den Kopf. »Sie gehen durch den Hof und nehmen die linke hintere Treppe in den ersten Stock. Es ist gleich die erste Tür nach der Treppe. *Buon giorno.*«

Ich ging durch den Korridor mit Deckengewölbe, durchquerte den Laubengang, der den Hof an allen Seiten begrenzte, und trat hinaus auf einen hübschen, kleinen Platz, der als französischer Garten mit Blumenbeeten zwischen niedrigen Buchsbaumbüschen und Kieswegen angelegt war. Verglichen mit dem Straßenlärm auf der Piazza herrschte hier eine erhabene Ruhe. Man konnte die Geschichtsträchtigkeit dieses Ortes fast greifen. Und über diesem Bild des Friedens thronte ein kleiner Faun aus Marmor auf seinem Sockel über dem leise plätschernden Brunnen, in der einen Hand eine Flöte, die andere zu einem heidnischen Segen erhoben. Er lachte; sein Lachen war so ansteckend, daß man unwillkürlich zurücklächeln mußte, als würde man ein Geheimnis mit ihm teilen. Ich erwies ihm meine Reverenz und lief an ihm vorbei zur Treppe, die zu Conte Massimos Arbeitszimmer führte. Auf mein Klopfen antwortete eine gedämpfte Stimme. Ich öffnete die Tür. Conte Massimo saß an seinem Schreibtisch am anderen Ende des Raumes. Einen Augenblick sah es so aus, als wäre er in Selbstgespräche vertieft, doch dann registrierte ich, daß er in ein Tonbandgerät diktierte. Er schaltete das Gerät ab und erhob sich.

Der Raum, in dem ich stand, war groß, holzgetäfelt und eindeutig überheizt. Im überdimensionierten Steinkamin loderte ein Feuer. Die Sitzmöbel, bezogen mit abgewetzten Chintzstoffen, die Bilder mit Jagdszenen an den Wänden und die Bücher – Hunderte von Büchern, die aus übervollen Bücherregalen quollen, sich auf Stühlen und Tischen und auch noch auf dem Fußboden stapelten – hätten perfekt in die Bibliothek eines in die Jahre gekommenen, englischen Landhauses gepaßt, nicht aber in einen Palazzo mitten in Rom. Aber der alte Mann, der auf mich zukam, war ein waschechter Italiener.

Ein schöner Mann, auf die Art, wie altes Porzellan schön ist, fein modelliert und von edler Gestalt, aber über die Jahre durch ständigen Gebrauch zu einer zerbrechlichen Durchsichtigkeit abgenutzt. Die Natur hatte die gröberen Linien seiner Muskeln abgeschliffen, bis die Knochen direkt unter der Haut lagen und seinen schön geformten Kopf hervorhoben. Sein Gesicht war schmal, mit hoch angesetzten Brauen, einer langen Adlernase und braunen Augen, intelligent und gütig, aber getrübt vom grauen Star. Er mühte sich mit seiner Stahlrandbrille ab und hakte mit leicht gerunzelter Stirn die Bügel hinter die Ohren.

»*Ecco*!« sagte er, und ein freundliches Lächeln erhellte sein Gesicht. »Signora Roy! Entschuldigen Sie bitte, ich habe Sie nicht gleich erkannt. Ohne meine Brille bin ich wirklich hilflos.«

»Hoffentlich störe ich nicht.«

»Nicht im geringsten. Ich wollte Sie einladen, mit mir einen Kaffee zu trinken. Ich habe schon geläutet und vorsichtshalber noch eine Tasse und ein paar Kekse dazu bestellt, denn ich hoffte, daß Sie mir Gesellschaft leisten würden.«

»Sehr gern sogar«, erwiderte ich wahrheitsgemäß.

Er bat mich, Platz zu nehmen. Ich suchte mir einen Lehnstuhl, der am weitesten vom Kamin entfernt stand. Er war erstaunlich unbequem, bis ich dahinterkam, daß sich ein Buch unter dem Sitzkissen verkeilt hatte. Ich fischte es heraus, und Conte Massimo streckte die Hand aus, um es mir abzunehmen. »Ich muß mich für die Unordnung hier entschuldigen, aber ich –« Weiter kam er nicht, denn einer seiner Ellbogen kollidierte mit einem wackeligen Bücherstapel, der prompt das Gleichgewicht verlor und umkippte.

»Lassen Sie mich das aufheben«, bat ich und sammelte die Bücher wieder ein.

»Lieb von Ihnen, vielen Dank. Vielleicht dorthin?« Er deutete auf einen ohnehin schon überladenen Tisch. »Ich wollte gerade sagen, daß dieses Chaos hier einen Grund hat. Ich bin gerade dabei, ein Buch über meine Familie zu schreiben – oder besser gesagt, zu diktieren. Das Schreiben ermüdet meine Augen. Ich bin schon fast fertig damit, aber die letzten Kapitel haben es in sich, denn sie handeln von Zeiten und Menschen, die mir persönlich bekannt sind. Das mag Ihnen merkwürdig erscheinen, aber es ist nicht einfach, ohne Ressentiments über Menschen zu schreiben, die man kennt.« Erschöpft fuhr er sich mit der Hand übers Gesicht. Vermutlich hatte er vergessen, daß ich da war – er sprach leise mit sich selbst –, bis ein Klopfen an der Tür ihn aus seinen Gedanken zurückholte. »Ach ja. Das wird Mario mit unserem Kaffee sein. Mal sehen, wo wir noch ein freies Plätzchen finden.« Planlos stapelte er Bücher aufeinander, um auf dem niedrigen Tisch vor dem Kamin Platz zu schaffen, während ein Mann, der noch älter aussah als Conte Massimo, hereinkam und ein Tablett mit einer silbernen Kaffeekanne, Tassen, Untertassen und einem Teller mit kleinen Kuchen balancierte.

Er setzte das Tablett auf dem Tisch neben einem beängstigend instabilen Bücherturm ab, beugte sich über den Tisch und begann, Ordnung in das Durcheinander zu bringen.

»Lassen Sie's gut sein, Mario«, sagte Conte Massimo. »Das geht schon so.«

Aber nach Marios Ansicht ging es offenbar keineswegs

so, denn er ignorierte seinen Herrn und richtete sich erst wieder auf, nachdem er mit dem Ergebnis zufrieden war. Er schenkte den Kaffee ein und reichte uns die Tassen mit einer kleinen Verbeugung. Dann verließ er den Raum so geräuschlos, wie er ihn betreten hatte.

Nachdem sich die Tür hinter ihm geschlossen hatte, lächelte Conte Massimo nachsichtig, als wollte er sagen: Was soll man dagegen machen? »Marios Bruder ist Majordomo bei einem englischen Herzog, der sein Haus in großem Stil führt. Ich habe fast das Gefühl, Mario schämt sich, daß es bei uns so wenig hochherrschaftlich zugeht. Er versäumt es nie, mir seine Mißbilligung darüber auszudrücken und wäre sicher glücklich, wenn ich den Lebensstil, der hier zu Lebzeiten meines Vaters gepflegt wurde, weiterführen würde.«

»Ich kann mir gut vorstellen, daß es abgesehen von Mario noch genügend andere Menschen gibt, die aristokratisches Brimborium unwiderstehlich finden. Allerdings nur so lange«, fügte ich lachend hinzu, »wie sie selbst die Aristokraten und nicht die Dienstboten sind.«

»Da haben Sie sicher recht. Mir scheint, daß sich selbst in den größten Demokratien die Menschen insgeheim nach dem Glanz der Aristokratie sehnen.«

»In Montreal habe ich Liberale gekannt, die ihr Dienstpersonal nur deshalb aus der Karibik importiert haben, weil sie es mit Hungerlöhnen abspeisen konnten. Und ob Sie's glauben oder nicht, es gibt dort sogar marxistische Millionäre, die in luxuriösen Villen residieren und mit diesem offensichtlichen Widerspruch durchaus gut leben können.« Gerade als ich mich auf mein Lieblingsthema einschießen wollte, fiel mir seine kommunistische Vergangenheit ein. Beschämt über meine Taktlosigkeit machte ich den Mund wieder zu und war erst einmal still.

Aber entweder hatte er meinen Fauxpas nicht registriert oder wollte ihn nicht registrieren, denn er gab zur Antwort:

»Erst die Widersprüche machen uns menschlich und interessant.«

Beim Sprechen bewegten sich seine eleganten, schmalen Hände wie Begleitmusik zu seinen Worten. Ihm zuzusehen war fast ebenso faszinierend, wie ihm zuzuhören. Nicht nur seine ganze Person strahlte Ruhe und sanftmütige Besonnenheit aus, auch im Spiel seiner Hände lag nie etwas Gezwungenes oder Hektisches; ganz im Gegenteil: Es wirkte beruhigend auf mich. Conte Massimo erhob die typisch italienische Gestik zu einer Kunstform. Während wir unseren Kaffee tranken, erkundigte er sich nach meiner Arbeit. Ich hatte das Gefühl, daß er wirklich daran interessiert war zu hören, welche Techniken ich zur Reinigung von Ölgemälden anwandte, und während ich ihm den Ansatz erläuterte, den ich für seine Gemälde gewählt hatte, registrierte ich erfreut, wie unverkrampft unsere Unterhaltung verlief.

»Sie sprechen mit großer Leidenschaft über Ihre Arbeit, Signora Roy«, bemerkte er, als ich geendet hatte. »Es ist eine besondere Gabe, so empfinden zu können.«

»Ja, das glaube ich auch. Ich könnte mir nicht vorstellen, in einem anderen Beruf zu arbeiten oder mich mit etwas beschäftigen zu müssen, an dem ich keine Freude hätte.«

»Und? Sind Sie glücklich hier in Rom? Halten Sie meine Frage bitte nicht für anmaßend, aber Sie sind nicht in dieser Stadt aufgewachsen, und ich könnte mir gut vorstellen, daß es Ihnen manchmal schwerfällt, sich hier zurechtzufinden.«

»Ach, fragen Sie nur«, antwortete ich lächelnd. »Ich liebe Rom. Vielleicht empfinde ich das um so stärker, weil ich nicht glücklich war, bevor ich nach Rom kam. Meine Ehe war gerade gescheitert, und in meiner Heimatstadt kam ich mir plötzlich wie eine Fremde vor. Rom ist eine unglaublich großzügige, eine sehr tolerante Stadt. Aber«, setzte ich hinzu, »ich bin Ausländerin, und das werde ich vermutlich auch bleiben, egal, wie lange ich hier lebe.«

»Meiner Frau ging es genau wie Ihnen. Sie war Anglo-Irin. Sie litt darunter, daß sie in Irland als Außenseiterin angesehen wurde, weil ihre Familie aus England stammte. Da machte es keinen Unterschied, daß ihr Herz immer für das irische Volk schlug. Hier in Rom erging es ihr nicht anders. Auch hier fühlte sie sich als Außenseiterin. Aber auf die eine oder andere Weise sind wir doch alle Außenseiter, wenn wir einen Weg einschlagen, der uns von der Tradition nicht vorgegeben ist. Meine Frau hätte einen Mann aus ihrem eigenen Land heiraten sollen, obwohl ich aus egoistischen Motiven natürlich glücklich darüber bin, daß sie es nicht getan hat. Und ich hätte...« Was immer er noch hatte sagen wollen, er behielt es für sich. »Dieses ›hätte‹ ist ein ziemlich überflüssiges Wort, finden Sie nicht? Ich hoffe, daß Sie es in Ihrem Alter noch sehr selten gebrauchen, Signora Roy.«

»Ach doch, ab und zu schon«, gab ich zu. »Auf jeden Fall oft genug, um zu wissen, was Sie meinen.« Schweigend tranken wir unsere Tassen leer. Im Kamin war ein Holzstamm durchgebrannt und zerbarst vor dem Hintergrund des schwarz verräucherten Kaminschlotes in einem Feuerwerk aus Funken und bläulichgelben Stichflammen. Wie auf Befehl setzten wir gleichzeitig unsere Tassen ab. »Jetzt muß ich aber wieder an meine Arbeit – ich habe Sie ohnehin schon viel zu lange aufgehalten.« Conte Massimo stand mit mir auf. »Wie kommen Sie voran?« »Ganz gut, danke. Möchten Sie sich ansehen, was ich bisher gemacht habe?«

»Ja, sehr gern.« Seit Conte Massimo sich dazu durchgerungen hatte, mir seine Bilder anzuvertrauen, ließ er mich schalten und walten, wie ich wollte. Nur wenn ich ihn ausdrücklich darum bat, kam er in mein Atelier. Seit seinem letzten Besuch waren bereits mehrere Tage vergangen.

Als wir uns umdrehten, um aus dem Arbeitszimmer zu gehen, entdeckte ich in der linken Ecke neben der Tür ein kleines Gemälde in einem ovalen Goldrahmen, das über einem

Betstuhl auf der Eichentäfelung hing und eine Madonna mit Kind darstellte. Es war mir bisher nicht aufgefallen, weil die besagte Ecke nur spärlich beleuchtet war. Aber ich sah sofort, daß es die berühmte *Madonna mit dem Kinde* von Guido Reni war, die *Torrelone-Madonna.*

Conte Massimo hörte, wie ich die Luft einsog und sah, in welche Richtung ich starrte. »Ach, wie dumm von mir«, rief er, »ich habe völlig vergessen, Ihnen das Juwel unserer Sammlung zu zeigen. Kommen Sie, sehen Sie es sich aus der Nähe an.« Er führte mich um den Wandschirm herum. »Dieses Bild von Reni ist mir deshalb so ans Herz gewachsen, weil meine Frau es so gern mochte. Es hing früher in ihrem Schlafzimmer. Und das hier war ihr Betstuhl. Sie war eine bessere Katholikin als ich – als ich sie kennenlernte, hatte ich fast schon vergessen, wie man betet. Sie hat mich nie gedrängt; aber ihr Beispiel hat mich wieder zum Glauben geführt. Aber Gott sei Dank war sie nie so fanatisch wie die meisten ihrer Landsleute.«

Ich stand fassungslos da und starrte das Bild an. Vor Aufregung flatterten Schmetterlinge in meinem Bauch.

Das Baby lag auf einem violetten Tuch mit wunderbarem Faltenwurf und schlummerte selbstvergessen, sein Kopf ruhte auf einem seiner dicken Ärmchen. Es sah genauso aus wie andere Jesuskinder auf frühen Barockgemälden, ein himmlisches, rosiges Baby, halb Putte, halb Mensch. Aber die Madonna, die über ihm wachte, war unzweifelhaft eine Reni. Ein fein gezeichnetes, nach oben gewandtes, ovales Gesicht mit leicht geöffneten Lippen, die Augen zum Himmel erhoben, in ihrem Blick sowohl Besorgnis als auch Frieden; die ausgebreiteten Arme umrahmten ihr schlafendes Kind – eine Geste schützender Mutterliebe und zugleich opferbereiter Hingabe. Sie bot ihr Kind dem Willen Gottes dar, und der Blick in ihren großen, blauen Augen zeigte deutlich, daß sie wußte, was Er von ihr fordern würde.

Das Gemälde stammte aus Renis widersprüchlichen letzten Jahren, aus der Periode, als seine berühmte goldene Palette von einer silbernen abgelöst wurde, die Farben weicher wurden, die Töne sich zu Lavendel, Blaugrau und Mattweiß wandelten, jedoch immer überstrahlt von diesem einzigartigen, brillanten, fluoreszierenden Licht. Das war die Periode, die manche als Abstieg bezeichneten, in der sich sein Stil gelockert hatte, die Pinselstriche breiter wurden, ja impressionistische Züge annahmen – unfertig, wie manche Kritiker es bezeichneten. Das war auch die Periode, in welcher der »göttliche Guido«, wegen der großen Nachfrage und nicht zuletzt wegen seiner Spielschulden, gezwungen war, auf Masse zu produzieren. Das zumindest behaupteten seine Kritiker. Aber wie so vieles in der Kunstkritik wurde auch diese Meinung revidiert, und sein Spätwerk erfuhr eine neue Würdigung. Und so kam es, daß die *Torreleone-Madonna* am Ende doch als das Meisterstück erkannt wurde, das sie war.

Aber dieses Bild hier war nicht die *Torreleone-Madonna.* Wenngleich es ihr täuschend ähnlich sah. Die atemberaubenden, präzisen Farben, der typische »unfertige« Stil, ja sogar der berühmte Ausdruck auf dem Gesicht der Madonna, all das stimmte fast. Fast, aber vom Original doch meilenwert entfernt.

Ich wünschte mir sehnlichst, das Bild in der Hand zu halten, und bat Conte Massimo darum, es von der Wand nehmen zu dürfen, um es mir genauer anzusehen.

»Aber natürlich, nehmen Sie es nur ab. Meine Augen sind schon so schwach, daß ich ohnehin kaum etwas erkennen kann. In meinen Kopf hat sich dieses Bild so genau eingeprägt, daß ich immer vergesse, daß es jemand anderer in diesem Licht gar nicht richtig sehen kann. Und, um die Wahrheit zu sagen, es kommen nur wenige Menschen hierher. Normalerweise empfangen wir unsere Gäste im *sa-*

lone. Aber warten Sie einen Moment, ich muß erst noch den Alarm ausschalten.« Er ging quer durch den Raum an seinen Schreibtisch, griff dahinter und kam langsam wieder zu mir herüber. »So, jetzt können Sie es herunternehmen. Wenn Sie Hilfe brauchen, rufe ich Ihnen gerne jemanden vom Personal. Bitte verzeihen Sie, daß ich so nutzlos herumstehe, aber ich wage es nicht, Ihnen meine Hilfe anzubieten. Mein Arzt ist sehr streng mit mir.« »Vielen Dank, aber das schaffe ich wirklich alleine. Es ist ja nicht groß.« Ich schob das Prie-dieu zur Seite und nahm das Bild von der Wand. Ich hielt es weit von mir gestreckt – als könnte eine Armeslänge mich vor dem unguten Gefühl schützen, das sich meiner bemächtigte – und stellte mich ans Fenster.

Unbarmherzig fiel das Licht auf die *Madonna mit dem Kinde*. Nein, es gab keinen Zweifel. Aus der Entfernung mochte die Täuschung klappen, aber bei gutem Licht mußte der Schwindel einem geschulten Auge auffallen.

Auf diesem Bild waren Renis Pinselstriche zu eng gesetzt, übergenau angelegt – der unfehlbare Stempel einer Kopie. Oder einer Fälschung. Die »Handschrift« seines Werkes, diese mit sicherer Hand erzeugte Zeichnung der Gesichtszüge, fehlte; hier war allzu sorgfältig modelliert worden, typisch für Nachahmungen, es fehlte die Spontaneität, das unverwechselbare Merkmal eines Originals. Der Pinselstrich wies eine gewisse Schwerfälligkeit auf, die nie und nimmer von Reni stammen konnte, egal, wie »unfertig« seine Werke auch sein mochten.

Ich drehte das Bild herum und warf einen Blick auf die Rückseite. Es war auf Leinwand gemalt, und das allein war schon merkwürdig. In seinen letzten Jahren hatte Reni normalerweise auf Seide gemalt, aus der Überzeugung heraus, daß Seide widerstandsfähiger sei als Leinwand oder Leinen. Man erzählte sich, daß Reni einmal in einer Kirche in Bologna zugesehen hatte, wie Arbeiter eine Gruft öffneten.

Kaum waren die Gegenstände in der Gruft mit der Außenluft in Berührung gekommen, waren sie zu Staub zerfallen – bis auf die seidene Robe, die den Körper umhüllt hatte. Seitdem arbeitete Reni auf Seide.

Die Leinwand selbst und auch der Holzrahmen waren zweifellos alt, aber es gab keinerlei Hinweis auf Garantiezertifikate, keine Markierungen von Sammlern, keine Spur von typischen Indizien. Keine Zeugnisse der Provenienz eines Gemäldes. Nicht daß ihr Fehlen das Werk zwangsläufig als Fälschung entlarven mußte, aber es war doch eigenartig, daß nichts davon vorhanden war.

»War das Bild schon immer im Besitz Ihrer Familie?« fragte ich Conte Massimo. Falls ja, wäre das eine mögliche Erklärung für die fehlenden Markierungen gewesen.

»Nein. Es ist sogar ein relativ neues Stück in unserer Sammlung. Mein Großvater war leidenschaftlicher Gemäldesammler. Er erwarb den Reni in den späten neunziger Jahren des letzten Jahrhunderts. Vermutlich ist er durch viele Hände gegangen, bevor er zu uns kam.«

Dann war es in der Tat ungewöhnlich, daß nichts auf diese Tatsache hinwies.

Conte Massimo fuhr fort: »Mir wurde gesagt, daß dieses Bild einen so hohen Preis erzielen würde, daß wir die anderen Werke behalten könnten. Ich müßte mich nur dazu durchringen, es zu verkaufen.« Die Stimme klang leidenschaftslos, aber die Worte versetzten mir einen Schock. Ich warf ihm einen überraschten Blick zu, obwohl ich mir etwas Ähnliches schon hätte denken können.

Er fing meinen Blick auf und sagte leise: »Hat Ihnen Giorgio Faltecchi denn nicht erzählt, weshalb ich die Bilder reinigen lasse?«

»Nein.«

»Nun ja, vielleicht weiß er es auch nicht. Ich muß sie verkaufen. Sie müssen verkauft werden.«

»Muß« und »müssen« sagte er so voller Inbrunst, als wollte er sich selbst von der Richtigkeit seiner Entscheidung überzeugen. Es war nicht zu übersehen, wie schwer ihm dieser Entschluß gefallen sein mußte. Müßig zu fragen, weshalb die Torreleones ihre Bilder verkauften. Von dem wenigen, was Faltecchi mir erzählt hatte, wußte ich, daß sie dringend Geld brauchten.

»Und nun«, sagte Conte Massimo leise, »möchte ich gerne sehen, wie Sie vorangekommen sind.«

Ich nickte stumm. Was, um Himmels willen, hätte ich auch sagen sollen? Daß das Bild, an dem er am meisten hing, eine Fälschung war? Es lag auf der Hand, daß er keinen Verdacht schöpfte. Ich hängte das Bild also wieder an seinen Haken, schob den Prie-dieu wieder an Ort und Stelle und drehte der sorgenvollen *Madonna mit dem Kinde* den Rücken zu. Die beiden würden noch eine Weile warten müssen. Ich würde darüber mit Giorgio Faltecchi sprechen; er würde wissen, was zu tun war.

Nach der Hitze in Conte Massimos Arbeitszimmer empfand ich den Laubengang als ungemütlich kalt. Conte Massimo blieb vor einer Tür stehen, kramte einen Schlüssel aus seinen Hosentaschen und steckte ihn ins Schloß. Wir durchquerten verschiedene kleine, sehr schöne Räume aus dem achtzehnten Jahrhundert. Sie waren nur sparsam eingerichtet, aber so reich mit Fresken verziert, Szenen aus der römischen *campagna*, mit Bauern und Schafhirten, daß selbst die wenigen Möbel fehl am Platz wirkten. Trotzdem mußten hier früher Tische, Stühle und Sofas gestanden haben, und ich fragte mich, ob sie wohl den gleichen Weg gegangen waren, der auch den Gemälden bevorstand.

Die letzte Tür führte auf die große Freitreppe des Palazzo. Wir überquerten den Treppenabsatz, schlossen auf der anderen Seite eine große Doppeltür auf und befanden uns plötzlich in einem Raum von atemberaubender Schönheit.

Goldenes und weißes Licht brach sich auf Marmor, Kristall und Glas, sammelte sich in dunklen Nischen zu einem tiefen Blau, um schließlich in einem Rausch aus schimmernden Gelb-, Violett- und Rosatönen förmlich zu explodieren. Allmählich ebbte diese Orgie von Farben und Formen ab, die Umrisse schärften sich, und der Raum enthüllte sich dem staunenden Auge. Es war ein langgestrecktes Zimmer, das die halbe Länge des Palazzos einnahm und in dem Künstler aus dem Barock ihre Vorstellung vom Paradies verwirklicht hatten. Durch hohe Fenster flutete zu meiner Linken Tageslicht in den Raum. Fresken, Wandteppiche und kostbare Spiegel, verschwenderisch mit Blattgold verziert, hingen zwischen den Fenstern und an der durchgehenden ostseitigen Wand. Reich geschnitzte, vergoldete Stühle und Tische mit schwarzweißen Marmorplatten, Büsten und Statuen, zierliche Sofas mit wertvollen, rosafarbenen Brokatbezügen füllten jeden verfügbaren Platz aus und ließen nur einen schmalen Durchgang in der Mitte des Zimmers frei. Der ultimative Effekt des Raumes eröffnete sich dem Blick aber erst dann, wenn er über den ganzen Raum und anschließend bis hinauf zum Deckengewölbe schweifte, dorthin, wo lachende Cupidos den Göttern Blumengirlanden reichten, die hoch über ihnen in einem Himmel von reinem, durchsichtigem Blau dem Müßiggang frönten.

Jedesmal, wenn ich danach wieder in den Salone d'Oro, den goldenen Salon, kam, vergaß ich, daß die mit Blumen gefüllten Vasen in den Ecken nicht echt waren, sondern gemalt, daß die Hälfte der Wandteppiche nicht aus Stoff gewebt, sondern an die Wand gemalt war und daß die Decke, die sich über mir wölbte, nicht höher war als in den anderen Räumen auf dieser Etage auch. Es war ein Trompe-l'œil, eine optische Täuschung, die im Gegensatz zum Reni funktionierte, eine Täuschung, die Vergnügen bereitete, statt Zorn über einen betrogenen Glauben zu erzeugen.

Als ich gerade einen Wandteppich mit einem Motiv aus der Commedia dell'arte betrachtete, deren Charaktere in einer arkadischen Landschaft flanierten, flirteten und einander neckten, stellte sich Conte Massimo neben mich. »Heutzutage ist es doch ein Wahnsinn, so etwas zu besitzen, finden Sie nicht auch? Und dennoch kämpfe ich darum, diese Überreste einer längst vergangenen Epoche zu bewahren, als hätten sie irgendeinen Einfluß auf die Zukunft.« Seine Stimme klang nüchtern, ohne die geringste Spur von Selbstmitleid.

»Vielleicht werden wir später einmal etwas so Wunderbares wie das hier dringend brauchen«, bemerkte ich. »Denn offenbar fehlt uns die Gabe, selbst so etwas zu schaffen. Und wenn wir schon nichts Neues hervorbringen können, dann sollten wir uns wenigstens darum bemühen, das Vorhandene zu bewahren.« Pompöse Worte, dachte ich bei mir. Laut setzte ich hinzu: »Entschuldigen Sie bitte, ich hatte nicht vor, Sie mit der klassischen Rechtfertigung einer Konservatorin für ihre Existenz zu langweilen.«

»Sie brauchen sich für die Wahrheit nicht zu entschuldigen, Signora Roy«, sagte er milde. »Sie haben natürlich recht. Das Problem dabei ist nur, daß man für die Vergangenheit immer einen Preis zahlen muß. Den Preis eines Reni vielleicht. Aber ich kann mich nicht dazu überwinden, diesen Preis zu bezahlen. Dazu wird sich wohl mein Sohn Alessandro durchringen müssen.«

»Meinst du wirklich, Vater?«

Ich fuhr erschrocken herum, denn ich war nicht auf eine fremde Stimme hinter mir gefaßt. Ich hatte ihn nicht hereinkommen hören.

Zunächst sah ich nur seine Augen, die auf mir ruhten, Augen, so blau wie der Himmel auf dem Fresko über uns. Leicht schräggestellt, umrahmt von dichten, schwarzen Wimpern. Sein Blick war ebenso direkt wie vieldeutig.

Von seinem Vater hatte er die edlen Gesichtszüge geerbt, den gleichen, schönen Knochenbau, wenngleich die Struktur seines Gesichts breiter war, die Kinnlinie kürzer und kantiger. Aber beide hatten den gleichen, schön geschwungenen Mund. Allerdings ließ der Sohn die asketischen Züge seines Vaters vermissen. Obwohl er im konventionellen Sinn weder wirklich gutaussehend war, noch wirklich maskulin, hatte ich keinen Zweifel daran, daß ihm die Frauen scharenweise zu Füßen lagen und er seinerseits bestimmt auch kein Kostverächter war. Als ich mich dabei ertappte, wie unverhohlen ich ihn anstarrte, wandte ich den Blick ab und entdeckte dabei auf einem Wandteppich direkt hinter Alessandro Torreleone eine Figur aus der Commedia dell'arte: einen Harlekin, der mich über Alessandros Schulter hinweg vieldeutig anlächelte. Die beiden ähnelten sich auf geradezu frappierende Weise – die Art, wie der Harlekin den Kopf hielt, sein geschmeidiger, schlanker Körper, die schrägen Augen, alles Merkmale, die auch auf Alessandro zutrafen. Amüsiert ob dieser Ähnlichkeit, stellte ich mir vor, daß nicht der Harlekin, sondern Alessandro der hübschen Columbine auf dem Wandteppich nachstellte. Ich ertappte mich dabei, daß ich die Figur anlächelte.

»Alessandro«, freute sich Conte Massimo, »das ist ja eine Überraschung. Ich habe dich nicht so früh zurück erwartet.«

»Ich bin gestern spätabends zurückgekommen, Vater. Ich wollte dich nicht mehr stören.« Er schaute wieder zu mir herüber. »Ich glaube nicht ...«

»Entschuldige bitte«, unterbrach ihn sein Vater, »darf ich dich mit Signora Roy bekanntmachen. Signora Roy, darf ich Ihnen meinen Sohn Alessandro vorstellen?« Den Namen seines Sohnes sprach er fast zärtlich aus, und ich erinnerte mich an Giorgio Faltecchis Worte, daß Alessandros Familie durch ihn eine Menge Geld verloren hatte. Wenn das der Wahrheit entsprach, so hatte er trotzdem die Liebe seines

Vaters gewiß nicht verloren. »Alessandro, das ist Signora Kate Roy.«

»Ich freue mich sehr, Sie kennenzulernen, Signora Roy.« Aus seinem Mund klang diese abgedroschene Floskel wie ein ehrliches Bekenntnis.

»Signora Roy reinigt ein paar unserer Gemälde«, erläuterte Conte Massimo. »Die Bilder, die wir verkaufen wollen.«

»Ach, hier im Haus?« Einen flüchtigen Moment lang huschte ein Schatten über Alessandros Gesicht. Ich hätte schwören können, daß ihm diese Nachricht überhaupt nicht gefiel, aber seine Stimme verriet nichts als Neugier und Überraschung. »Ich bin nun doch zu der Überzeugung gekommen, daß wir uns die Versicherung für die Gemälde nicht leisten könnten, wenn wir sie außer Haus geben würden.« Conte Massimo sagte das mit einer solchen Bestimmtheit – soweit dies sein sanftes Naturell überhaupt zuließ –, daß ich den Eindruck hatte, Vater und Sohn würden zu diesem Thema durchaus unterschiedliche Meinungen vertreten. »Und Signora Roy wurde uns von Giorgio Faltecchi wärmstens empfohlen.«

»Ja, wenn das so ist, müssen Sie wirklich außerordentlich begabt sein, Signora Roy. Signor Faltecchi geht mit Lob nämlich sehr sparsam um.« Sein gezwungenes Lächeln entspannte sich, und die blauen Augen strahlten wieder. »Wir haben also ein doppeltes Vergnügen: das Ihrer Begabung und das Ihrer Gesellschaft.«

Allerdings erkannte ich schnell, daß auch Alessandro über eine nicht zu übersehende Begabung verfügte: Er verstand es, eine lockere Gesprächsatmosphäre zu schaffen, die entwaffnete und zu Vertraulichkeit einlud. Seine Komplimente verteilte er ohne Schnörkel, leichthin, ungekünstelt, als meinte er, was er sagte. Und natürlich wollte ich ihm nur allzu gerne glauben.

»Ich wollte Ihrem Vater gerade zeigen, wie weit ich mit meiner Arbeit vorangekommen bin. Möchten Sie uns begleiten?«

»Gute Idee«, meinte Conte Massimo. »Es ist fast ein Wunder, wie gut sie arbeitet. Du wirst schon sehen.«

»Ja, Vater, und genau das ist es, was wir brauchen: ein Wunder«, murmelte Alessandro, aber ich bezweifelte, daß sein Vater ihn gehört hatte. Vielleicht hatte er das auch gar nicht beabsichtigt.

Mein Atelier lag im südlichen Flügel des Palazzos. Ein großer, unbenutzter Raum, der für mich freigeräumt und mit einigen Tischen, einem bequemen Stuhl und einem Hocker eingerichtet worden war. Falls ich noch etwas brauchen sollte, hatte man mir versichert, sollte ich mich nur melden. Ich hatte mir diesen Raum selbst als Atelier ausgesucht, weil Luftzufuhr und Lichtverhältnisse genau meinen Vorstellungen entsprachen – die großen Fenster zur Hofseite ließen starkes Nordlicht und viel Luft herein –, und es gab eine abgetrennte kleine Küche mit einer Spüle, in der ich meine Arbeitsgeräte saubermachen konnte.

Auf der Staffelei stand der Vanvitelli. Das Bild zeigte eines seiner Lieblingsmotive, eine Ansicht des Castel Sant'Angelo, dieses runden Kolosses am Tiber, der nacheinander als Kaisergrab, Gefängnis und Papstresidenz gedient hatte – eine Demonstration von Tod und Macht und die einzig bedrohliche Note in einer Szene sprühender Lebensfreude, mit Booten, die auf dem Fluß dahinzogen und Menschen, die sich unter einem strahlend blauen, von weißen Wolkenfetzen durchsetzten Himmel am grünen Ufer versammelt hatten. Ich führte den Torreleones vor, wie ich den alten, nachgedunkelten Firnis entfernte, um darunter die Farben wieder in ihren ursprünglichen, leuchtend klaren Tönen erstrahlen zu lassen. Alessandro schmeichelte mir mit seinen Kommentaren zu meiner Arbeit; sie zeugten allerdings von einem Sachverstand, der mich darüber grübeln ließ, ob ihm die Sache mit dem Reni vielleicht sogar bekannt war. Ich überlegte mir gerade eine möglichst unverfängliche Frage zu diesem Bild, ohne den Eindruck zu erwecken, herumschnüffeln zu wollen, als er mir zuvorkam.

»Vorhin bin ich zufällig am Arbeitszimmer meines Vaters vorbeigekommen und habe gehört, daß Sie sich mit ihm über die *Madonna mit dem Kinde* unterhalten haben. Mögen Sie Renis Œuvre?« Aus seiner Stimme klang nichts als das höfliche Interesse eines Gesprächspartners, der sich nach den Neigungen und Abneigungen seines Gegenübers erkundigt.

Ich zögerte mit einer Antwort. Auf die eine oder andere Art war vermutlich jede Antwort gefährlich. Schließlich entschloß ich mich zu kneifen. Ich schämte mich für meine Unaufrichtigkeit, als ich antwortete: »Ja – aber nur als Kunstliebhaberin. Ich habe natürlich noch nie an einem seiner Bilder gearbeitet.« Bis hierhin war das nicht einmal gelogen; allerdings verschwieg ich die Tatsache, daß ich ein Semester lang auf der Kunstakademie sein Lebenswerk studiert hatte. Weshalb ich so darauf bedacht war, ihm meinen Verdacht zu verschweigen, wußte ich nicht recht; die ganze Geschichte gefiel mir nicht. »Und Sie?« fragte ich.

»Mir gefällt der hier besser.« Er deutete auf den Vanvitelli. »Oder ein Watteau. Aber von Malerei habe ich nicht sehr viel Ahnung.«

»Jetzt bist du aber zu bescheiden, Alessandro«, protestierte sein Vater. Und an mich gewandt: »Trotz der Bescheidenheit meines Sohnes muß ich sagen, daß er einen ausgezeichneten Blick für Bilder hat.«

»Unsinn, Vater. Du hast schon immer meine Schwächen gnädig übersehen. Sowohl auf diesem wie auch auf vielen anderen Gebieten bin ich leider ein hoffnungsloser Amateur.« Er lächelte. »Wenn Sie allerdings etwas über die

Kunst eines Lamborghini wissen möchten – darüber könnte ich Ihnen ausführliche Vorträge halten. Das war schon lange vor meinem zehnten Geburtstag mein Spezialgebiet.«

Zu meiner Erleichterung schweifte das Gesprächsthema zu den anderen Bildern im Atelier ab, zwei venezianischen Szenen von Guardi, und dann verabschiedete sich Conte Massimo auf seine höfliche Art: »Jetzt muß ich aber wieder an mein Buch zurück. Wir werden doch zusammen zu Abend essen, Alessandro? Du mußt mir von deiner Reise erzählen.«

»Aber natürlich, Vater. Mit Vergnügen. Heut nachmittag muß ich allerdings ins Finanzministerium, aber bis zum Abend bin ich wieder zurück.«

Nachdem sein Vater gegangen war, machte Alessandro keinerlei Anstalten, sich ebenfalls zu verabschieden. Während ich mir meine Arbeitsmittel zurechtlegte, fragte ich ihn, wohin ihn seine Reise geführt hatte.

»In die Schweiz, rein geschäftlich. Ich arbeite im Finanzministerium. Eine langweilige Reise. Die Schweizer sind durch und durch korrekte Menschen, und es ging ausschließlich um Finanzen. Für andere Vergnügungen hatte ich kaum Gelegenheit. Aber wenigstens haben die Schweizer eine hervorragende Küche, und das tröstet mich immer wieder.« Er lachte, in seinen schrägen Augen und im Mienenspiel seines Mundes blitzte wieder der Harlekin auf. »Geld und Schokolade – unschlagbare Zutaten, um daraus ein glückliches Volk zu komponieren, möchte man meinen. Aber die Schweizer nehmen diese Dinge so ernst. Genau wie alles andere auch.«

»Da sind die Italiener schon anders, oder?«

»Nun ja, die Ausländer glauben immer, daß wir in der entgegengesetzten Richtung übers Ziel hinausschießen. Manche halten uns für ein leichtsinniges Volk. Vielleicht haben sie sogar recht damit.«

»Auf Ihren Vater trifft das aber bestimmt nicht zu. Er ist ein bemerkenswerter Mann.«

»Ja, er ist wirklich bemerkenswert. Ich freue mich, daß Sie das so sehen. Kennen Sie eigentlich seine Geschichte?«

»Nur ansatzweise. Ich weiß nur, daß er in der Widerstandsbewegung ein Held gewesen ist.«

»Ein ganz großer sogar. Genau wie mein Großvater – aber die beiden waren völlig verschieden. Auf tragische Weise verschieden.« Die Worte sprudelten geradezu aus ihm heraus. »Mein Großvater war ein Ehrenmann, ein *galant'uomo*, besonnen, vorsichtig, vielleicht nicht so intelligent wie mein Vater, aber doch scharfsinnig. Als die Faschisten an die Macht kamen, paßte ihm das zwar nicht, aber er hat sich irgendwie mit ihnen arrangiert. Die Kommunisten dagegen waren sein Feindbild. Mein Großvater vertrat die Ansicht, die Adeligen in Italien hätten die Aufgabe, mit den von unserer Tradition gezeichneten Seekarten einen umsichtigen Kurs zu steuern. Mein Vater, damals ein junger Mann von großer Ungeduld und mit glühenden Überzeugungen, konnte dieser Einstellung nichts abgewinnen. Er war ein typischer Idealist der dreißiger Jahre. Kurz und gut, er trat der kommunistischen Partei bei, und mein Großvater warf ihn aus dem Haus.

Als mein Großvater starb, weigerte sich mein Vater, den Titel weiterzuführen. Aber nach dem Krieg haben ihm seine Freunde von der kommunistischen Partei die Illusionen geraubt. Vielleicht hat er eingesehen, daß man die Vergangenheit nicht so einfach abschaffen kann, wie die Kommunisten uns weismachen wollten. Er kam sich vor wie im Niemandsland, zerrissen zwischen Loyalitäten, und schließlich zog er sich auf sich selbst und auf meine Mutter zurück. Aus einem Mann der Tat wurde ein Mann der Besinnung. Wissen Sie eigentlich, daß er viele Bücher über die Geschichte unseres Landes geschrieben hat?«

Ich nickte. »Und jetzt schreibt er an einem über Ihre Familie.«

»Ein Buch, das genauso traurig sein wird wie die anderen.«

»Was meinen Sie damit?«

»Italiens Geschichte war schon immer eine unglückliche, Signora Roy. Und die einzelnen Familien machen da keine Ausnahme. Unsere am allerwenigsten.«

»Aber man sagt doch immer, daß die Italiener glückliche Menschen seien.«

»Das sagen nur die, die uns nicht kennen. Bei uns gibt's ein treffendes Wort: ›*bella figura*‹, eine ›gute Figur‹ machen. Sich selbst und andere hinters Licht führen.« Aus Alessandros Stimme sprach beißende Ironie. »Man veranstaltet eine grandiose Show, um das Leben erträglich zu machen.«

»Das klingt ganz schön zynisch.«

»Es ist eine pragmatische Art zu leben, würden viele Italiener sagen.«

Ich hätte gern gewußt, ob er auch so dachte. Und ich fragte mich, wo der Harlekin abgeblieben war: Vor mir stand plötzlich ein anderer, ein nachdenklicher Mensch.

Unvermittelt lächelte er mich schelmisch an. »Nehmen Sie meine Worte nicht allzu ernst. Gelegentlich macht mir das Leben trotz allem richtig Spaß, wissen Sie.«

»Ja, davon habe ich läuten hören.« Auch ich konnte ein Schelm sein.

Er wußte offenbar, worauf ich anspielte, denn er sagte: »Und nehmen Sie auch diese Gerüchte bitte nicht zu ernst.« Dann setzte er hinzu: »In Italien muß man immer unter die Oberfläche schauen. Hier ist nichts so, wie es zu sein scheint.«

Alessandro übte eine magische Anziehungskraft auf mich aus. Vielleicht stand mir diese plötzliche Sympathie für ihn zu deutlich ins Gesicht geschrieben, denn sein Gesichtsausdruck veränderte sich, der Schelm war verschwunden, und sein Blick versank einen Augenblick zu lange in meinen Augen. Ich drehte mich um und ging an den Stahlschrank, wo ich meine Lösemittel aufbewahrte. Beiläufig, nur um die entstandene, peinliche Stille zu durchbrechen, fragte ich ihn, ob er letzte Nacht die Bomben gehört hätte.

»Nur Taube oder Tote hätten hier im Zentrum von Rom nichts davon mitbekommen. Aber wir sind an so etwas gewöhnt – die meisten Römer bekreuzigen sich einfach und drehen sich wieder im Bett um.«

»Und am nächsten Morgen...?«

»Da trauern wir. Aber nicht lange. Wenn wir jedesmal trauern würden, wenn hier in der Stadt etwas passiert, kämen wir aus Sack und Asche nie mehr heraus. Wir sind leicht zu trösten – ein Teller Pasta, eine schöne Frau...« Er imitierte eine vollendete Verbeugung. »Und nun muß ich Sie leider verlassen. Selbst ein Bürokrat muß so tun, als würde er arbeiten.« Bevor er die Tür hinter sich schloß, setzte er noch hinzu: »Heute habe ich nur von mir gesprochen. Typisch Italiener. Aber wenn wir uns das nächste Mal sehen, sind Sie an der Reihe, Signora Roy.«

Ich lächelte ihn an. »Ich habe unsere Unterhaltung sehr genossen, Signor Torreleone.«

»Sagen Sie bitte Alessandro zu mir.«

»Alessandro.«

Bevor ich mich daranmachte, die mitgebrachten Lösemittel aus den Blechdosen in kleine, handliche Glasfläschchen umzufüllen, ging ich ans Fenster, um gut durchzulüften, denn einige der Chemikalien produzieren gesundheitsschädliche Dämpfe. Als ich eines der Fenster entriegelte, sah ich Alessandro über den Hof in Richtung Brunnen schlendern. Plötzlich blieb er stehen und breitete die Arme aus. Aus dem gegenüberliegenden Laubengang stürmte eine Frau auf ihn zu und warf sich in seine Arme. Er wirbelte sie herum, beide lachten, und als sie wieder mit den Füßen auf der Erde stand, warf sie den Kopf in den Nacken und schloß die Augen. Ich erhaschte einen kurzen Blick auf ihr Gesicht, bevor sie den Kopf wieder senkte. Es war ein Gesicht, das ich kannte. Das Gesicht einer Mänade, wild und schön – das Mädchen von der Demonstration. Arm in Arm verschwanden die beiden im Schatten des Laubengangs.

4

Um die Zeit, die ich am Morgen versäumt hatte, wieder hereinzuholen, arbeitete ich bis zum frühen Abend. Immer, wenn ich eine Pause einlegte, spukten die beiden eng umschlungenen Figuren in meinem Kopf herum, der Harlekin und die Mänade. Ich fühlte mich irgendwie ausgeschlossen. Später war mir klar, daß mich Alessandro zu diesem Zeitpunkt schon in seinen Bann gezogen hatte.

Als ich aus dem Palazzo auf die Piazza trat, fiel leichter Regen und die Luft hatte sich merklich abgekühlt – immerhin war es immer noch Winter, auch wenn die Orangen- und Zitronenbäume schon voller Früchte hingen. Die einzigen Farbtupfer in diesem eintönigen Grau bildeten die leuchtend gelben Taxis, die spritzend durch Pfützen fuhren und die Fußgänger wie Hühner aufscheuchten.

Bevor ich mich auf den Heimweg machte, wollte ich noch bei Faltecchi vorbeischauen, um mich mit ihm über den Reni zu unterhalten. Ich hatte Glück und erwischte ihn gerade noch, als er aus dem Atelier kam. Sein Gesicht zeigte den gewohnten, abwesenden Blick, aber offenbar freute er sich, mich zu sehen. Gemeinsam spazierten wir unter seinem Regenschirm zum Parkplatz und unterhielten uns über den Tag. Erst als wir vor seinem Auto standen, fand ich den Mut, ihn zu fragen, ob er den Torreleone-Reni kannte.

Er nickte. »Ich erinnere mich sogar sehr gut an ihn – ein einzigartiges Kunstwerk. Vor ein paar Monaten haben die Torreleones uns das Bild zum Reinigen gegeben. Damals waren Sie noch nicht bei uns; das ist jetzt ungefähr zehn Monate her. Ja, es war genau zu der Zeit, als Massimo Torreleone krank war. Hätte er nicht einen so starken Lebenswillen gehabt, wäre er vielleicht gestorben.«

Ich traute meinen Ohren kaum. »Wollen Sie damit sagen, daß Sie den Reni hier im Atelier hatten? Daß Sie selbst daran gearbeitet haben?«

»Nicht ich persönlich. Franco hat den Auftrag übernommen.« Faltecchi lachte. »Ich weiß noch, wie eifersüchtig er über das Bild gewacht hat. Bei einigen Projekten ist er recht eigen und erlaubt niemandem, ihm bei der Arbeit über die Schulter zu schauen.« Sein Lächeln schwand, und er strich sich mit einer Hand über die Haare. »Manchmal tut er unglaublich geheimnisvoll, wissen Sie.«

»Ich weiß.« Unsere Blicke streiften sich, und plötzlich war mir klar, daß Faltecchi genau wußte, was ich von seinem Partner hielt und daß er meine Gefühle durchaus nachvollziehen konnte. Aber im Moment war mir das nur ein schwacher Trost. In meinem Kopf rasten die Gedanken. Also hatten sowohl Faltecchi als auch Stillitano den Reni gesehen. Stillitano hatte sogar selbst daran gearbeitet, aber offensichtlich erkannte keiner von ihnen das Bild als Fälschung. Ich war völlig durcheinander und begann allmählich, an meinem eigenen Urteilsvermögen zu zweifeln. Bis ich die strengen Pinselstriche wieder vor mir sah. Nein, es gab keinen Zweifel. Ein Irrtum war ausgeschlossen.

Faltecchi holte die Autoschlüssel aus seiner Hosentasche. »Weshalb fragen Sie mich nach dem Reni, Kate?«

»Weil ich glaube, daß er eine Fälschung ist.« Zack. Einfach so. Eine schonendere Formulierung war mir auf die Schnelle nicht eingefallen.

Faltecchi drehte sich um und schloß die Tür auf der Beifahrerseite auf. »Kommen Sie. Setzen Sie sich ins Auto. Sie frieren ja.«

Im Auto war es zwar auch nicht wärmer als draußen, aber immerhin waren wir hier gegen den Regen geschützt. Als Faltecchi mich ansah, war der zerstreute Ausdruck aus seinem Gesicht verschwunden. »So, so. Und was bringt Sie zu dieser Annahme?«

»Daß es keine vernünftigen Gründe gibt, die dagegen sprechen.« Geduldig und ohne Fragen zu stellen, hörte er mir zu, während ich die einzelnen Punkte aufzählte, bis ich zum letzten Indiz kam: »Wer immer das war, hat in so vielen Details mit so viel Akribie gearbeitet, daß er bestimmt nicht darauf aus war, nur eine Kopie anzufertigen. Ich könnte schwören, daß dieses Bild eine Fälschung sein soll. Selbst die Leinwand stammt aus der richtigen Zeit...«

Zum ersten Mal unterbrach mich Faltecchi: »Es ist auf Leinwand, nicht auf Seide gemalt? Sind Sie sicher?«

»Ja. Ich habe es überprüft, weil ich weiß, daß Reni fast alle seine späten Werke auf Seide gemalt hat.«

»Die *Madonna mit dem Kinde* ist ganz bestimmt auf Seide gemalt. Das weiß ich mit Sicherheit.« Seine Stimme schloß jeden Zweifel aus.

Wir schwiegen. Ich empfand eine seltsame Mischung aus Erschöpfung und schuldbewußter Erleichterung, als hätte ich soeben jemandem eine schwere Last aufgebürdet, der sie leichter tragen konnte als ich. Die Autofenster waren beschlagen, und ich wischte auf meiner Seite einen kreisrunden Fleck frei. Der Regen fiel immer noch in Strömen und spülte den Schmutz von den Straßen in die Rinnsteine. Faltecchi setzte sich zurecht. »Und Sie glauben, daß Massimo ahnungslos ist?«

»Ganz bestimmt. Zum einen ist es um seine Sehkraft ziemlich schlecht bestellt – er sagt selbst, daß er das Bild in seiner Erinnerung viel deutlicher sieht als in natura. Und allem Anschein nach bedeutet es ihm ungeheuer viel. Er erzählte mir, daß er mit dem Verkauf dieses Gemäldes bestimmt die drei Bilder, die ich gerade auf Vordermann bringe, retten könnte, es aber nicht über sich brächte, sich von dem Reni zu trennen.« Dann fiel mir noch die Alarmvorrichtung ein, und ich erzählte Faltecchi, daß nur der Reni gesichert war, nicht aber die anderen Bilder. »Also muß die Familie doch davon überzeugt sein, daß er echt ist. Weshalb sollten sie sich sonst die Mühe machen?«

»Sie haben den Torreleones nichts von Ihrem Verdacht erzählt?«

Ich schüttelte den Kopf. »Ich hab's nicht übers Herz gebracht, Conte Massimo reinen Wein einzuschenken. Und Alessandro auch nicht. Alessandro hab ich heute erst kennengelernt, und wir haben uns unter anderem auch über den Reni unterhalten. Ich wollte natürlich herauskriegen, was er davon hält. Er sagte aber nur, daß er sich mit Bildern nicht besonders auskenne.«

Faltecchi grunzte nur und sagte für eine Weile nichts. Sein Gesicht wirkte ernst, die dunklen Tränensäcke unter den Augen traten deutlicher hervor als sonst, und als er zu sprechen begann, klang seine Stimme heiser. »Sollte der Reni tatsächlich eine Fälschung sein – und ich neige mit Ihnen zu dieser Annahme – wäre das eine katastrophale Nachricht für die Torreleones. Dieses Bild war sozusagen ihre Versicherung, falls es zum Schlimmsten kommen sollte und kein Geld mehr vorhanden wäre. Und wie Sie selbst sagen, hat es für Massimo einen ungeheuren emotionalen Wert.« Müde rieb er sich den Nacken. »Aber das Bild war definitiv keine Fälschung, als ich es vor zehn Monaten gesehen habe. Dafür lege ich meine Hand ins Feuer. Also stellt sich die Frage: Wann wurde die Fälschung angefertigt?«

»Auf die Schnelle hab ich leider nicht herausfinden können, ob es eine alte Kopie oder eine moderne Fälschung ist. Um das festzustellen, müßten wir es in ein Labor geben.« Es fiel mir schwer, die nächste Frage zu stellen, aber ich mußte es einfach wissen: »Haben Sie das fertige Bild noch einmal gesehen, bevor Signor Stillitano es den Torreleones zurückgegeben hat?«

»Nein. Wenn ich mich recht erinnere, wollte Massimo das Bild bei sich im Schlafzimmer haben, als er krank war. Deshalb hat man es Hals über Kopf in den Palast zurückgeschafft. Alessandro hat mir später erzählt, daß er den Reni absichtlich während der Krankheit seines Vaters zum Reinigen gegeben hat, weil er wußte, daß Massimo unter normalen Umständen nicht bereit gewesen wäre, ihn aus der Hand zu geben.«

Faltecchi saß zusammengesunken in seinem Sitz, den Kopf in die Hände gestützt. Ich hörte seine schweren Atemzüge und darüber das monotone Trommeln des Regens auf dem Autodach. Schließlich streckte er sich und sagte: »Ich werde mir das Bild wohl selbst ansehen müssen, und dazu wird mir vermutlich nichts anderes übrig bleiben, als den Torreleones von Ihrem Verdacht zu erzählen. Aber ich denke, wir wären gut beraten, jetzt nichts zu überstürzen. Wie lange werden Sie für Ihre Arbeit im Palazzo noch brauchen?«

»Wenn alles nach Plan läuft, und davon gehe ich aus, müßte ich Ende nächster Woche fertig sein.«

»Gut. Bitte erzählen Sie bis dahin niemandem etwas von Ihrem Verdacht, Kate. Wenn es an der Zeit ist, werden wir gemeinsam zu den Torreleones gehen.«

Ich war einverstanden. Mir war klar, daß ich Faltecchi nicht nur diese eine Nuß zu knacken gegeben hatte, nämlich, wie er den Torreleones diese Hiobsbotschaft am schonendsten beibringen sollte. Wenn der Reni zuletzt in Stillitanos Obhut… Die flüchtige Beruhigung, die ich darüber empfunden hatte, daß Faltecchi nun auch eingeweiht war, platzte wie eine Seifenblase.

Faltecchi bot mir an, mich nach Hause zu fahren. Dankend lehnte ich sein Angebot ab. Auch ohne diesen Umweg hatte er eine lange Heimfahrt vor sich, denn er wohnte am anderen Ende der Stadt. Mit seiner höflichen, ruhigen Art erinnerte er mich an Conte Massimo, und mir wurde übel bei dem Gedanken, einen Mann zu hintergehen, der mir mit so großer Freundlichkeit begegnete und mir vertraute.

»Jetzt müssen Sie aber los«, drängte ich. »Elsa wird bestimmt kein Verständnis dafür haben, wenn das Essen verbrutzelt, nur weil ich Sie aufgehalten habe.« Elsa, Faltecchis unverheiratete Tochter, führte ihrem Vater den Haushalt. Sie erdrückte ihn förmlich mit ihrer aufopferungsvollen Liebe und vergaß nicht, ihn immer wieder wegen seiner kleinen Unzulänglichkeiten zu schelten. Andererseits hatte sie sich nach dem Tod ihrer Mutter rührend um ihn gekümmert und dafür gesorgt, daß er regelmäßig zu essen bekam und es ihm an nichts fehlte.

Faltecchi drängte mir seinen Regenschirm auf, beugte sich zu mir, nahm meine Hand und drückte sie aufmunternd. »*Pazienza*, Kate. Vielleicht gibt es ja eine Erklärung für alles.« Er wünschte mir eine gute Nacht und fuhr los, nicht ohne den Smog, der allabendlich mit dem Berufsverkehr einsetzte, um einen kräftigen Schuß Diesel anzureichern. Ich nahm den Bus und drängte mich zwischen die Fahrgäste, die sich in der stickigen, nach nasser Wolle riechenden Luft müde aneinander lehnten. Auch ich war fix und fertig, als ich die Eingangstür zu dem Haus aufsperrte, in dem meine Wohnung lag. Im Treppenhaus lief mir Clara Palmieri, meine Freundin und Vermieterin, über den Weg. »Kate! Na, du siehst vielleicht geschafft aus. Komm rein, *cara*, komm rein.« Sie faßte mich um die Taille und bugsierte mich mit sanfter Gewalt in ihre Wohnung.

Clara und ihr Mann Gianni bildeten zwei Hälften eines beneidenswerten Ganzen, energiegeladen und attraktiv. Dabei hätten sie unterschiedlicher nicht sein können. Sie ergänzten einander auf ideale Weise, und das wußten sie auch. Sie waren die einzigen Menschen, die ich kannte, und die eine wirklich glückliche Ehe führten. Obwohl sie sich ab und zu stritten, daß die Fetzen flogen, hatte ich keinen Zweifel daran, daß ihre Liebe auf unerschütterlich stabilen Fundamenten ruhte.

Claras Vater hatte ihr den großen Altbau aus dem neunzehnten Jahrhundert am Abhang des Gianicolo zur Hochzeit geschenkt. Wenn sie sich schon nicht davon abbringen lassen wollte, von zu Hause wegzugehen, um einen dahergelaufenen Mailänder Journalisten zu ehelichen, sollte sie wenigstens finanziell unabhängig von ihm sein. Clara stammte aus Neapel, wo ihr Vater ein ebenso erfolgreicher wie wohlhabender Immobilienspekulant war. Obwohl sie ihn liebte, machte sie sich keine Illusionen über seine Verbindungen. Tatsächlich hatte er wenig Veranlassung, Journalisten zu mögen. Immerhin war seine Person mehr als einmal das Thema von Enthüllungsstorys gewesen, in denen er immer ziemlich schlecht weggekommen war. Aber Clara war sein einziges Kind, sein Augenstern, und da sie nun einmal ihr Herz an einen dieser elenden Schreiberlinge verloren hatte – was blieb ihm da schon anderes übrig, als nachzugeben?

Die Palmieris hatten das Haus in mehrere Wohnungen aufgeteilt, zwei in jedem der oberen Stockwerke. Das ganze Erdgeschoß hatten sie für sich und die Kinder behalten. Von Paolo Flacco, Faltecchis früherem Assistenten und Freund der Palmieris, hatte ich damals nicht nur den Job, sondern auch die Wohnung geerbt. Und was lag da näher, als auch mit Clara und Gianni Freundschaft zu schließen?

Nachdem Gianni sich weigerte, von den Mieteinnahmen,

die das Haus erzielte, etwas für sich in Anspruch zu nehmen, legte Clara das meiste Geld für ihre Kinder Giannino und Cecilia an. Gianni war ein Mann strenger, oft unbeugsamer Prinzipien, was Clara nicht nur mit Stolz erfüllte, sondern oft auch bis zur Fassungslosigkeit amüsierte. Claras Lebensanschauung entsprang dagegen eher einem südlichen Temperament, gestaltete sich also wesentlich flexibler und unbekümmerter.

Die beiden hatten ihre Wohnung ausgesprochen modern eingerichtet. Leuchtende Primärfarben dominierten. Vor weißen Wänden setzten die kuscheligen Polstermöbel großzügige gelbe und rote Farbakzente. Ich ließ mich in eines dieser überdimensionierten Sofas fallen, und während ich mich mit einem Seufzer der Erleichterung meiner Schuhe entledigte, kamen die Kinder, frisch gewaschen und geschrubbt, aus dem Bad gerannt und fielen auf der Suche nach süßen Mitbringseln, die ich ab und zu für sie in der Tasche hatte, über mich her. Sie wurden auch fündig, und nach ein paar Gutenachtgeschichten zogen sie zufrieden ab und überließen Clara und mich unseren Gesprächen.

»Bleibst du zum Abendessen, Kate?« fragte Clara, während sie mir ein Glas Wein einschenkte. »Du siehst mir nicht so aus, als hättest du heute noch Lust, dir selbst was zu kochen.«

»Du bist ein Schatz, Clara. Nichts lieber als das!« Ich hielt ein Glas strohfarbenen Weines in der Hand, genoß die gemütliche Atmosphäre des Wohnzimmers, am meisten aber gefiel mir der Anblick von Clara, die es sich im gegenüberliegenden Sessel bequem gemacht hatte. Sie sah aus wie eine Symphonie weicher, weiblicher Rundungen und leuchtender Farben und harmonierte geradezu perfekt mit diesem Raum. Ihr Gesicht war das einer typischen Neapolitanerin, rund und sinnlich, mit großen, braunen Augen, umrahmt von dichtem, schwarzem Haar. Zu beiden Seiten ihres Mundes verliefen zwei tiefe Linien wie neckische Klammern, die ihrem Lächeln einen merkwürdig depressiven Zug verliehen. Ich nippte an meinem Glas und spürte, wie meine Müdigkeit und die innere Anspannung nachließen.

»Besser?« fragte sie.

Ich nickte. »Viel besser.«

»Sehr gut. Ich wollte dir nämlich schon vorschlagen, deine Künste als Restauratorin mal an dir selbst auszuprobieren. Heute mache ich mir wirklich Sorgen um dich, *cara* – nein, ehrlich – wo du sonst immer so atemberaubend schön aussiehst.«

Ihr Kompliment entlockte mir ein Lächeln – in Anbetracht ihres eigenen Aussehens erschien mir ihr Lob wirklich nicht angebracht –, aber ich nahm es unwidersprochen hin. Es tat mir einfach gut. »Ach, Clara, wenn du wüßtest, was heute alles passiert ist! Ich bin wirklich total geschafft.«

»Was ist denn passiert?« freute sich Clara. »Komm schon, erzähl's mir. Ist Alessandro Torreleone wieder im Lande? Hast du ihn vielleicht schon verführt?« Sie wußte, daß ich für die Torreleones arbeitete. Wir hatten schon des öfteren über den Sohn und Erben unsere Mutmaßungen angestellt und hätten nur zu gern gewußt, ob er seinem Ruf auch heute noch gerecht wurde.

»Ja, er ist wieder im Lande, und nein, ich hab ihn nicht verführt. Aber ich kann mir gut vorstellen, daß so manche Frau nicht abgeneigt wäre.«

»Erzähl mir alles«, drängte sie ungeduldig, klopfte die Kissen zurecht und kuschelte sich ins Sofa. Sie schätzte gute Klatschgeschichten und war selbst eine bemerkenswerte Informationsquelle über die aktuellen Vorgänge in der römischen Gesellschaft. Andererseits konnte sie, wenn man es von ihr verlangte, durchaus ein Geheimnis für sich behalten.

Also erzählte ich ihr von Alessandro und ließ nur seine

rätselhafte Begegnung mit der Mänade Daniella aus, die ich von meinem Atelier aus beobachtet hatte. Natürlich erwähnte ich auch den Reni nicht. »Er ist ebenso charmant wie sein Vater, wenn auch auf ganz andere Art. Die beiden mögen sich ganz offensichtlich sehr. Wenn du gesehen hättest, wie sein Vater ihn ansieht und mit ihm spricht, würdest du nie und nimmer glauben, daß Alessandro für die Geldsorgen der Torreleones verantwortlich sein soll. Was meinst du, Clara, sind das vielleicht doch nur Gerüchte?«

Die Parenthesen um Claras Mund vertieften sich. Sie schüttelte den Kopf. »Nein, das sind leider keine Gerüchte. Eine Freundin von mir hatte mal eine Affäre mit ihm – es ist schon lange her, und inzwischen ist sie glücklich verheiratet –, aber sie hat mir erzählt, daß er überhaupt nichts dabei gefunden hat, so eben mal übers Wochenende mit ihr nach Paris zu fliegen. Natürlich sind sie im George V abgestiegen, und er hat ihr in La Tour d'Argent teure Klunker gekauft. Nein, nein, es sind bestimmt nicht nur Gerüchte, Kate.«

»Nun ja, eine bewegte Vergangenheit hat der Attraktivität eines Mannes noch nie geschadet. So ein Wochenende in Paris mit Alessandro könnte mich durchaus auch reizen. Und ich bin mir nicht mal sicher, ob er mir einen Klunker kaufen müßte, um mich dazu zu überreden.«

Clara hob die Augenbrauen. »Was, so schnell geht das? Der Typ muß wirklich ungeahnte Qualitäten haben.«

»Ich mache doch nur Spaß. Er ist sich seiner Wirkung auf Frauen allerdings durchaus bewußt. Was seinem Charme überhaupt keinen Abbruch tut.« Ich grinste Clara über den Rand meines Weinglases hinweg an. »Auf jeden Fall hab ich das Gefühl, daß Alessandro Torreleone mehr drauf hat als nur dieses Playboy-Image.«

»Also, ich bin freiwillig bereit, deinen Koffer für Paris zu packen, Kate.«

Clara lachte boshaft. Sie und Gianni wurden nicht müde, mich mit Junggesellen aus ihrem Freundeskreis zusammenzubringen. Ich hatte zwar nichts dagegen, als Quartett auszugehen, doch die Hoffnung meiner Freunde, daraus ein Duett zu komponieren, waren leider vergebens. Ich war einfach noch nicht bereit, mich mit einem Mann auf mehr einzulassen als auf ein unverbindliches Abendessen. Einem verbalen Flirt war ich zwar nicht abgeneigt, aber sobald es ans Physische ging, zog ich mich regelmäßig und möglichst mit Anstand aus der Affäre.

»Ja, Paris wär schon eine Reise wert«, sinnierte ich, »mit dem richtigen Mann.« Aus unerfindlichen Gründen fiel mir dabei Nick Taliaferro ein, und ich setzte hinzu: »Gestern habe ich übrigens einen kennengelernt, der mir wieder mal klar vor Augen geführt hat, wie wenig scharf ich darauf bin, mich wieder auf eine so ernste Beziehung wie mit Michel einzulassen.« Ich erzählte Clara von den *scippatori* und von meinem Retter in der Not. »Er hat mir einen fast schon zu kompetenten Eindruck gemacht, wenn du weißt, was ich meine. Du kennst doch die Sorte Amerikaner, die so offensichtlich jeder Situation gewachsen sind. Nichts kratzt ihn – oder zumindest würde er es sich nie anmerken lassen. Und starke Gefühle zu zeigen, geschweige denn, etwas von sich preisgeben? – Wo denkst du hin!«

»Demnach war er dir nicht sympathisch?«

Ich fühlte mich schuldig, als hätte ich Nick Taliaferro unrecht getan und obendrein die Unwahrheit gesagt. Warum konnte ich nur so schlecht zugeben, daß ich ihn anziehend fand? »Nein, nicht daß er mir unsympathisch gewesen wäre. Immerhin hat er mir ja geholfen. Aber er verheimlicht mir irgendwas. Er hat mich zum Abendessen eingeladen, aber ich glaub eher, daß er hinter was anderem her ist. Ich wette mit dir, daß mehr dahintersteckt, als nur ein schöner Abend in meiner reizenden Gesellschaft.«

»Der Mann hört sich ja faszinierend an«, fand Clara. »Erzähl mir mehr.«

Bevor ich ihr den Gefallen tun konnte, hörte ich jemanden vor der Haustür ebenso laut wie unmelodiös ein Lied schmettern. »Das ist Gianni«, rief Clara mit strahlendem Lächeln und sprang auf.

Die Tür schwang auf und herein kam Gianni Palmieri, voll beladen mit Einkaufstüten und einem breiten Grinsen im Gesicht. In einem schokoladenbraunen Kordsamtanzug, mit dem dichten, schwarzen Haar auf dem Kopf, seinen buschigen Augenbrauen über schwarzen Augen und einem ansehnlichen Bart, der seine Gesichtszüge nur erahnen ließ, sah er einem freundlichen Bären ziemlich ähnlich. Er verschwand kurz in der Küche, und als er zurückkam, nahm er uns in die Arme und schenkte jeder von uns eine Rose.

»Hast du schon mit dem Kochen angefangen, Clara? Nein? Sehr gut, denn heute abend bin ich der Koch. Ich hab alles eingekauft, was man für ein wirklich exzellentes Essen braucht, und es wird exzellent werden, darauf könnt ihr euch verlassen. Du mußt bleiben und mit uns essen, Kate.« Er verströmte eine solche Überschwenglichkeit und gute Laune, daß wir schon allein deshalb lächeln mußten.

»Ich hab Kate schon eingeladen. Sie wird mit uns essen«, klärte ihn Clara auf.

»*Bene*. Dann könnt ihr ja schon mal die Zwiebeln für die Soße schneiden. Ich sag noch schnell den Kindern guten Tag.«

»Hast du nicht eben gesagt, daß du der Koch bist?« protestierte Clara lachend.

»Doch, doch, ich bin heute der Koch. Ihr seid nur meine Küchenhilfen. Ich bin für die richtige Arbeit zuständig.« Er zwinkerte mir zu und war auch schon über den Flur in Richtung Kinderzimmer verschwunden – eine stämmige, energiegeladene Gestalt, die vor Lebensfreude strotzte.

Mit hochgezogenen Brauen drehte sich Clara zu mir um. »Kannst du mir erklären, was das jetzt gewesen sein soll?«

Folgsam gingen wir trotzdem in die Küche zum Zwiebelschneiden. Die Tränen, die mir dabei über die Wangen liefen, erinnerten mich an das Tränengas und an die Demonstration. Ich erzählte Clara von dem Vorfall, und sie nickte mitfühlend, als sie hörte, wie ich mich in das Haus geflüchtet hatte und daß ich mich jetzt für meine Feigheit schämte.

»Aber das ist doch nicht dein Kampf, Kate. Du hast es genau richtig gemacht. Diese Studenten sind doch verrückt. Die eine Hälfte wird von den Ultrarechten manipuliert und die andere Hälfte von den Linken. Die werden doch nur benutzt.« Sie seufzte und hackte noch verbissener auf die Zwiebeln ein. »Und trotzdem haben sie recht, wenn sie auf die Barrikaden gehen. Die Situation ist ja auch schrecklich –«

»Welche Situation?« fragte Gianni, der gerade in die Küche kam und sein nasses Gesicht und die Hände mit einem Handtuch abrubbelte. Ein paar Wassertropfen fielen noch aus seinem Bart. Er warf sich das Handtuch über die Schulter und räumte Kochgeschirr aus einem Schrank.

»Such dir eine passende aus«, gab Clara zur Antwort. »Du hast jede Menge Auswahl.«

»Mein Gott, ja«, explodierte Gianni. »Alle haben einen legitimen Grund. Ihr hättet die Geschichte hören sollen, die heute aus Neapel hereingetickert kam.« Er lieferte uns einen umfassenden, aber erstaunlich klaren Bericht über einen Skandal in den dortigen Regierungskreisen. Gianni war ein guter Journalist, und wenn ich einen Artikel in der Zeitung las, den er verfaßt hatte, bestand eine gewisse Wahrscheinlichkeit, den Inhalt auch zu verstehen. Bei anderen Autoren war das selten der Fall – insbesondere bei politischen Themen, auf die sich Gianni spezialisiert hatte.

Gianni hatte sich inzwischen auf einen Barhocker gesetzt, plauderte und paffte dabei seine Pfeife, während Clara und ich uns ab und zu einen bedeutungsvollen Seitenblick zuwarfen und das Essen vorbereiteten. Manchmal unterbrach er seinen Bericht, um uns Anweisungen zu erteilen, wie etwa bloß nicht zu sparsam mit dem Basilikum zu sein, oder um aufzustehen und Wein an die Soße zu gießen.

»Neapel! Natürlich – wo sonst hätte sowas auch schon passieren können«, beendete er seinen Bericht mit einem für Clara bestimmten, verschmitzten Grinsen. »Dort unten sind ja alle korrupt.« Sie fuhr herum, fuchtelte mit dem Messer vor seiner Nase herum, und er wehrte sie lachend ab. »*Basta, basta,* ich bin ja nur ein unwissendes Nordlicht, das keine Ahnung hat.«

Clara drehte sich zu mir um und griff das Thema Demonstration wieder auf. »Aber du hast wirklich Glück gehabt, Kate, daß du dort Unterschlupf gefunden hast. Solche Menschenmassen sind unberechenbar und können ziemlich gefährlich werden.«

»Ich glaube fast, daß ich in meinem Versteck noch mehr Angst hatte als draußen. Und wie sich dann gezeigt hat, war meine Angst vermutlich auch begründet.«

»Worum geht's hier eigentlich?« erkundigte sich Gianni.

Während ich eine dramaturgische Pause einlegte, drängte Clara voller Ungeduld: »Komm, *cara,* zier dich nicht so. Was ist passiert?«

Ich klärte Gianni kurz über den Sachverhalt auf, den er verpaßt hatte, und erzählte dann, was ich in dem dunklen Treppenhaus mitgehört hatte und daß der Mann und das Mädchen später eng umschlungen das Haus verlassen hatten. Ich erwähnte auch, was der alte Mann auf meine Frage nach der leeren Wohnung geantwortet hatte. Aber ich brachte es nicht über mich zu berichten, wo ich die Mänade später noch einmal gesehen hatte – in Alessandros Armen nämlich. Ich empfand meine Reaktion selbst als lächerlich – was war schon dabei, wenn die beiden sich kannten –, aber dieses Erlebnis hatte mich so verwirrt, daß ich mehr erfahren wollte, bevor ich jemand anderem davon erzählte.

Ich schloß meinen Bericht mit einer rhetorischen Frage: »Was hätte ich denn anderes machen sollen? Was hättet ihr denn gemacht?«

Gianni hatte als Journalist natürlich sofort eine Antwort parat: »Ich wäre den beiden gefolgt. Was denn sonst?« Vermutlich sah ich ziemlich zerknirscht aus, denn er setzte eilig nach: »Damit will ich nicht sagen, daß *du* ihnen hättest folgen sollen, Kate. Schließlich bist du weder eine Journalistin noch ein Privatdetektiv.«

»Du hast genau richtig gehandelt«, tröstete mich Clara. »Woher hättest du denn wissen sollen, daß die beiden nicht dort wohnen? Und was die Polizei betrifft, hast du auch die richtige Entscheidung getroffen. Die hätten ohnehin nichts unternommen!«

Gianni lachte. »Hier spricht die Stimme des Südens!« Er schaute mich nachdenklich an. »Aber jetzt müssen wir uns dein weiteres Vorgehen in dieser Sache überlegen.«

»Im Moment möchte ich eigentlich gar nichts unternehmen. Ich hab zwar einen Anhaltspunkt. Aber«, ergänzte ich, als Gianni und Clara gleichzeitig den Mund aufmachten, »ich will erst abwarten, was sich daraus entwickelt.« Ich mied ihren Blick und konzentrierte mich darauf, Mozzarella- und Tomatenscheiben auf einer Platte zu arrangieren.

»Und was, wenn der Einbruch wie geplant stattfindet?« fragte Gianni nach einer kleinen Pause, während der ich das Gefühl hatte, daß die beiden hinter meinem Rücken fragende Blicke austauschten.

»Der Mann, den sie Marco genannt hat, hat ihr eine Woche Zeit für ihre Entscheidung gegeben. Wenn ich in den nächsten Tagen nicht mehr erfahren sollte, werde ich ganz bestimmt etwas unternehmen. Versprochen.«

Clara warf mir einen ernsten Blick zu. »Sei vorsichtig, *cara*. Manchen Leuten könnte deine Neugierde lästig sein.« Ich versprach vorsichtig zu sein und lenkte von weiteren Fragen mit der Bemerkung ab, daß Giannis Pastawasser am Überkochen war und das Olivenöl in der Pfanne rauchte. Fluchend griff sich Gianni zwei Topflappen und stürzte zum Herd. Die nächsten paar Minuten raspelten, rührten und schwenkten wir wie besessen und standen uns ständig im Weg, bis Gianni verkündete, daß die Pasta aufgetragen werden könnte.

In der Küche duftete es verführerisch nach Basilikum, Zwiebeln und Wein, und ich merkte erst jetzt, wie hungrig ich war. Aber auf dem Weg ins Eßzimmer verdarb mir Gianni gleich wieder den Appetit mit der geflüsterten Bemerkung: »Clara hat recht, weißt du. Zuviel Neugier kann wirklich gefährlich sein. Wir sind deine Freunde, Kate, also...« Er verzichtete darauf, den Satz zu beenden, aber ich war ihm für das implizierte Hilfsangebot dankbar und sagte es ihm auch. Gerade als wir zum Besteck greifen wollten, schlug sich Gianni mit der flachen Hand gegen die Stirn. »*Stupido*! Das hätte ich ja fast vergessen! Wir haben nämlich was zu feiern.«

Clara und ich sahen ihn fragend an.

»Ich bin auf dem besten Wege, ein berühmter Mann zu werden. Ich bin im Begriff, zu einem italienischen Woodward und Bernstein aufzusteigen, dem Vernichter von Regierungen, dem Aufdecker von Korruption –«

»Gianni«, beschwichtigte Clara ihren Mann, der mit seinem Glas enthusiastisch in der Luft herumfuchtelte und dabei das Tischtuch mit Wein bekleckerte. »Sag uns einfach nur, was los ist. Genug der Rhetorik. Du hörst dich ja an wie ein Politiker.«

Gianni beherrschte sich und erklärte mit ernster Miene: »Die größte Story meines Lebens. Das ist es, was wir zu feiern haben.«

»Und was für eine Story ist das genau?« erkundigte sich Clara.

Er antwortete ihr nicht direkt. Statt dessen sprach er mich an. »Bei euch in Kanada gibt's doch Freimaurer, richtig?« Ich hörte Clara leise seufzen und murmeln: »*Ach das.*«

Verdutzt antwortete ich: »Ja. Aber ich weiß nicht viel über sie, außer daß sie eine Geheimorganisation sind, die Gutes tut. Habt ihr so was denn in Italien auch?«

»Allerdings. Die Freimaurer haben bei uns eine lange und größtenteils ehrenwerte Geschichte. In Italien gibt es derzeit mehrere große Logen, von denen eine besonders mächtig ist. Sie nennt sich Mestola Rossa, die rote Maurerkelle, nach einem ihrer Symbole. Aber deren Mitglieder tun niemandem etwas Gutes – außer sich selbst.«

»Hängst du immer noch an dieser Geschichte?« bemerkte Clara. Es klang enttäuscht.

Zu mir gewandt, erklärte Gianni: »Clara ist der Meinung, daß ich in das, was ich über diese Loge erfahren habe, zu viel hineininterpretiere. Du weißt schon: Die Liebe des Italieners für das Mysteriöse in unserem Alltag, unsere Tendenz, hinter jedem Aspekt unseres Lebens komplizierte Verschwörungen zu vermuten. Aber immerhin hat sich das manchmal schon als richtig herausgestellt.«

»Ich streite ja nicht ab, daß eine Organisation wie die Mestola Rossa existiert, Gianni«, lenkte Clara ein. »Aber in ihr gleich eine finstere Macht zu sehen, die den Staat heimtückisch unterwandert, wenn es sich in Wirklichkeit vielleicht nur um eine Art Stiftung handelt – nein, das ist mir einfach zu weit hergeholt. Solche Vereine sind für mich durchaus nichts Neues. Sie helfen ihren Mitgliedern, in diesem Land weiterzukommen, geschäftlichen Erfolg zu haben.«

»Das kann ja sein«, sagte Gianni. »Aber diese Freimaurer sind auf Erfolg in seinem umfassendsten Sinn aus, das heißt, auf eine absolute Kontrolle des Staates. Sie haben sich zum Ziel gesetzt, die Demokratie zu stürzen und sie durch den Faschismus zu ersetzen.« Er sprach mit ernster Miene. »Die Mitglieder dieser Loge sitzen überall in der Regierung und in der besseren Gesellschaft, ja sogar in der Kirche. Und sie gehören samt und sonders dem ultrarechten Flügel an.«

»Aber ich dachte, die Freimaurer wären antikatholisch?« warf ich ein. »Ist es denn nicht so, daß die katholische Kirche ihren Gläubigen verbietet, einer Freimaurerloge beizutreten?«

»Ja, das ist richtig. Aber diese spezielle Loge richtet ihre Aktivitäten anscheinend nicht gegen die Kirche und operiert möglicherweise sogar mit deren Segen.« Gianni stand auf und ging in die Küche, um das *secondo* zu holen, Kalbsschnitzel mit Tomatensauce, die er uns formvollendet servierte. »So, und jetzt probiert das mal, und dann sagt mir, ob ihr jemals etwas Besseres gegessen habt!«

»Noch nie in meinem ganzen Leben«, versicherte ich ihm nach dem ersten Bissen. Die Kalbsschnitzel waren aber auch wirklich köstlich – Clara und ich hatten schließlich schwer daran mitgearbeitet. »Aber wie hast du das alles über die Freimaurer herausgefunden?«

»O Mann, jetzt ist er nicht mehr zu bremsen«, jammerte Clara mit gespieltem Entsetzen. »Iß, Kate. Es reicht, wenn Giannis Essen dabei kalt wird.«

Er ignorierte ihren Einwurf. »Ihr Anführer, ein Mann namens Bassi, steht schon seit längerem unter Verdacht. Wenn man bedenkt, daß er früher Matratzenfabrikant in Rimini war, hat er es inzwischen ziemlich weit gebracht. Im Krieg war er Faschist, einer von Mussolinis Vertrauten in Salò, der letzten Hochburg des *Duce*. Aber nach dem Krieg gelang es ihm, den Leuten vorzuspiegeln, er wäre Widerstandskämpfer gewesen. Das hat ihn vor einer Verurteilung bewahrt, und er ist ein erfolgreicher Geschäftsmann geworden. Er hat ein erstaunlich dichtes Netz einflußreicher Verbindungen geknüpft und sich mit der Mestola Rossa sein persönliches Königreich geschaffen. Aber dieses Königreich ist jetzt leckgeschlagen, und eine Menge Leute werden mit ihm untergehen.« Enthusiastisch attackierte er sein Essen und schob sich, ohne seine Rede zu unterbrechen, immer wieder einen Happen in den Mund. »Wenn das alles an die Öffentlichkeit gelangt, bestehen gute Chancen, daß die Regierung ebenfalls stürzt. Die haben einfach zu viel gemauschelt und unter den Teppich gekehrt, als daß sie diesen Skandal unbeschadet überleben könnten. Obwohl ihr euren Arsch – Pardon! – darauf verwetten könnt, daß die Jungs das Feld nicht kampflos räumen werden.« Grinsend schaute er von seinem Teller hoch. »Auf diesen Kampf freu ich mich jetzt schon.«

»Gianni, der Journalist auf dem Kreuzzug«, neckte ihn Clara liebevoll.

»Und wann hast du vor, das alles zu veröffentlichen?«

»Schon bald, hoffe ich. Ich muß nur noch ein paar Details klären und ein paar Verbindungen herstellen. Ein Freund von mir, ein Amerikaner, hat mir bei den Recherchen geholfen. Manchmal ist es viel weniger verdächtig, einen Amerikaner herumschnüffeln zu lassen. Und dann hat er auch ein persönliches Interesse an der Geschichte. Seine Schwester hat sich nämlich mit einem Mitglied der Mestola Rossa eingelassen und ist möglicherweise von ihm benutzt worden. Sie ist unter ominösen Umständen ums Leben gekommen, und mein Freund vermutet, daß es kein Unfall war. Er sagt, daß er sich erst dann näher dazu äußern will, wenn er sich selbst Klarheit verschafft hat.« Gianni schob seinen Teller zur Seite. »Aber jetzt muß ich mich auch mal selbst loben: Das hat wirklich wunderbar geschmeckt. Im Kühlschrank steht übrigens noch ein Nachtisch. Ich habe die *torta* auf dem Heimweg gekauft.«

»Ach, Gianni«, jammerte Clara, »du weißt doch, daß ich abnehmen will.«

»Na gut, dann werden sich eben Kate und ich deine Portion teilen.« Er zwinkerte mir zu.

»Untersteht euch.« Clara und ich sammelten die Teller ein, während Gianni sich seine Pfeife stopfte.

Beim Schokoladenkuchen plauderten wir über die Kinder, einen Film, den wir uns gemeinsam angesehen hatten, ein Bild, das sich Clara kaufen wollte.

Gemeinsam spülten wir ab, während Clara und Gianni hitzig darüber diskutierten, ob seine oder ihre Abwaschtechnik zu größerer Reinheit führe. Anschließend belohnten wir uns mit einem Brandy, der mir die nötige Bettschwere gab. Nachdem ich mich von den Palmieris verabschiedet hatte und wieder draußen im kalten Treppenhaus stand, begannen die Ereignisse des vergangenen Tages wieder in meinem Kopf herumzuspuken. Plötzlich fühlte ich mich von aller Welt verlassen, und Angst kroch in mir hoch.

Niedergeschlagen stieg ich die Treppe zu meiner Wohnung hinauf. Gerade als ich den Schlüssel ins Schloß steckte, klingelte mein Telefon.

»Pronto.«

Vielleicht hatte meine depressive Stimmung durchgeklungen, weil Nick Taliaferro das Gespräch mit einer Entschuldigung einleitete. »Tut mir leid, wenn ich Sie gestört habe. Ich hab's vorhin schon mal versucht, aber Sie waren nicht da. Ich wollte Sie fragen, ob Sie Lust hätten, mit mir morgen zum Abendessen auszugehen.«

»Morgen? Ah, ja – ja, das paßt mir gut.« Meine Neugier, die inzwischen ganz offensichtlich ein Eigenleben entwickelte, hatte gesiegt. Ich mußte einfach herausfinden, was ihn an den Torreleones, insbesondere an Alessandro Torreleone, so brennend interessierte.

»Gut. Wenn Sie mir sagen, wie ich zu Ihnen hinfinde, hole

ich Sie um halb acht ab. Ich schlage vor, daß wir zuerst einen Aperitif nehmen und dann zum Essen gehen.«

»Wenn es Ihnen nichts ausmacht, würde ich mich lieber in der Stadt mit Ihnen treffen. Ich will länger arbeiten, und dann könnte ich direkt von der Arbeit hinkommen. In Trastevere gibt's eine nette Bar. *Apollonia* heißt sie. Sie ist ganz in der Nähe von Santa Maria de Trastevere. Dort könnten wir uns treffen.«

»Ich kenne die Bar. Also dann bis morgen. Gute Nacht.« Und weg war er.

Aus unerfindlichen Gründen paßte mir sein knapper Ton nicht. Schlechtgelaunt zog ich mich aus, ging kurz ins Bad, fiel ins Bett, zog die Bettdecke hoch und war im nächsten Moment auch schon eingeschlafen.

5

Obwohl der nächste Tag ein Samstag war, machte ich mich früh am Morgen auf den Weg in den Palazzo. Als ich durch das Hauptportal hereinkam, sah ich, wie Signora Gambino im Hof Wasser aus dem Brunnen schöpfte. Mit beiden Händen wuchtete sie den überschwappenden Eimer vom Brunnenrand und kam mit wiegenden Hüften auf mich zu. Als sie mir einen wunderschönen Morgen wünschte, wirkte ihr weißes Zahnpastalächeln noch eine Spur strahlender als sonst.

»Wir beide sind echte Frühaufsteher, was, Signora Gambino?« Ich griff nach dem Eimer. »Kommen Sie, ich helfe Ihnen.«

»Nein, nein, Signora Roy. Er ist gar nicht schwer. Und Sie würden sich nur Ihren hübschen Rock naß machen.« Sie setzte den Eimer neben der Tür zur Portiersloge ab, keuchte ein bißchen, obwohl er »gar nicht schwer« war, und strich mit einer Hand ihre Schürze glatt, die sie über dem Kleid trug. »Ja, ja, in den nächsten Tagen werden wir wohl alle früher aus den Federn müssen. Es ist noch jede Menge zu tun.« Vermutlich hatte sie meinen verständnislosen Blick gesehen, denn sie fügte erklärend hinzu: »Für den Karnevalsball.«

»Was für ein Karnevalsball denn?«

»Na, den, den die Familie hier im Palazzo gibt. Wußten Sie das denn nicht?« Sie schaute mich überrascht an.

Ich schüttelte den Kopf. Aber dann erinnerte ich mich plötzlich daran, daß die Gärtner schon seit einigen Tagen mit ungewohnter Emsigkeit die Kieswege rechten und Blumenbeete jäteten, die Frauen überall herumwuselten und alles bis in den letzten Winkel wischten und wienerten und daß sich im ganzen Haus ein verführerischer Duft nach Gebackenem, vermischt mit dem Geruch von Bienenwachs, ausbreitete. Ich hatte hinter diesen Aktivitäten den alljährlichen Frühjahrsputz vermutet.

»Ach, Sie können sich nicht vorstellen, wie wunderschön dieses Fest wieder sein wird«, schwärmte Signora Gambino und klatschte in die Hände. »Eine Nacht lang wird der Palazzo wie früher in seiner ganzen Pracht erstrahlen.«

Bevor ich Hand anlegen konnte, hatte sie den Wassereimer schon auf das Fenstersims gewuchtet. Also ging ich den zweiten Eimer holen, der noch am Brunnenrand stand.

Rings um den Brunnen waren Miniatur-Zitronenbäumchen in Terrakottatrögen arrangiert: Gelbe Farbtupfer kontrastierten mit dem satten Grün und leuchteten in der Sonne. Die Sonnenstrahlen tanzten auf der Wasseroberfläche, auf dem lachenden Faun, der auf seinem Felssockel in der Mitte des Brunnens stand, und sie reflektierten vom Rücken einer leuchtend grünen Eidechse, die sich wie ein Smaragdarmband um das Handgelenk des Fauns geschmiegt hatte; ein greller Farbklecks auf dem weißen Marmor.

Plötzlich nahm ich eine Bewegung über mir wahr. Ich

hob den Kopf und sah Alessandro an einem Fenster der langgezogenen Galerie stehen, die den ganzen Ostflügel umspannte; das Fenster, von dem aus er zu mir herunterschaute, lag am südlichen Ende der Galerie, fast auf der Höhe meines Arbeitszimmers. Ich winkte ihm zu, und er hob lächelnd eine Hand zum Gruß; dann verschwand er im Schatten des Laubengangs.

Ich brachte Signora Gambino den Wassereimer und ließ sie mit ihrer Arbeit allein. Sie balancierte auf einer bedenklich schwankenden Leiter und klatschte hingebungsvoll Wasser auf die Fensterscheiben. Dort, wo das Deckengewölbe der Eingangshalle in den Laubengang des Innenhofs überging, führte eine schmale Treppe zur Hauptetage und zu meinem Atelier hinauf. Oben angekommen, sah ich Alessandro mit verschränkten Armen lässig an der zugesperrten Tür lehnen. Er hatte auf mich gewartet.

»Guten Morgen.« Er strahlte eine Fröhlichkeit aus, die mich sofort ansteckte. »Ein solches Pflichtbewußtsein, und noch dazu an einem so schönen Morgen wie diesem, lobe ich mir. Jammerschade nur, daß es mir schon immer schwergefallen ist, guten Beispielen zu folgen.« Er schaute mir direkt ins Gesicht, seine schrägen Augen blitzten vergnügt. »Wer weiß, vielleicht gelingt's ja Ihnen, mich zu bekehren?«

Ich lächelte ihn an. »Ich weiß nicht, ob ich dazu geeignet bin, jemandem ein gutes Beispiel zu geben.« Geschweige denn, ob ich Lust habe, dir eines zu geben, dachte ich bei mir. Viel zu gefährlich. Alessandro würde das gute Beispiel vermutlich mit dem größten Vergnügen auseinanderpflücken, wenngleich ich fairerweise zugeben mußte, daß dieses Vergnügen wohl beiderseits wäre.

Er trat zur Seite, damit ich die Tür aufsperren konnte und folgte mir ins Zimmer. »Nun ja, fürs erste wäre ich schon zufrieden, wenn Sie mich ein bißchen bei Ihrer Arbeit über die Schulter schauen ließen.« Er beobachtete, wie ich meine Arbeitsmittel herrichtete, erkundigte sich, wofür dieses oder jenes Lösemittel gut war und zeigte sich überrascht, daß ich nicht nur Pinsel, sondern auch Lanzetten, Skalpelle und Pinzetten benutzte. »Das sieht ja nach größeren Operationen aus.«

»Ja, und die sind meistens auch erfolgreich. Von meinem Operationstisch wird der Patient in den meisten Fällen in einem besseren Zustand als vorher entlassen.«

Er hatte es sich auf der Kante meines Arbeitstisches bequem gemacht, ein Fuß in einem glänzenden, kastanienbraunen Lederstiefel pendelte lässig vor und zurück. Nacheinander nahm er die Werkzeuge, die ihn besonders interessierten, in die Hand und betrachtete sie. »Mein Vater hat mir erzählt, daß Sie aus Montreal stammen, und daß Signor Roy dort geblieben ist.«

»Stimmt. Signor Roy ist dort geblieben. Und dort bleibt er auch.« Ich versuchte einen Ton zu treffen, der ihm die Lust auf weitere Fragen nahm und der trotzdem nicht unverschämt klang.

Aber Alessandro ließ sich nicht so leicht entmutigen. »Demnach sind Sie also geschieden?«

»Ja.« Mit der Pinzette tauchte ich einen Wattebausch in Spiritus und anschließend in das Lösemittel. Dann beugte ich mich über das Bild. Mit leichten, schnellen Strichen tupfte ich behutsam den Firnis ab, der Vanvitellis Himmel an einer Stelle trübte.

Während ich arbeitete, schwieg Alessandro; aber als ich mein Werkzeug kurz beiseite legte und mich streckte, fragte er: »Darf ich noch bleiben oder störe ich Sie?«

Ja, du störst mich gewaltig, hätte ich am liebsten geantwortet. Aber ich schüttelte den Kopf. »Das, womit ich mich momentan beschäftige, ist relativ einfach. Wenn's allerdings diffiziler wird und ich mich konzentrieren muß, werde ich Sie vermutlich bitten müssen, mich allein zu lassen.«

Aber er störte mich doch. Ich war abgelenkt, und obwohl mir Geräusche jeglicher Art bei meiner Arbeit normalerweise nichts ausmachen, fiel es mir immer schwerer, mich auf das Bild vor mir zu konzentrieren. Gerade als ich ihn hinauskomplimentieren wollte, selbst auf die Gefahr hin, damit seinem Ego zu schmeicheln, hörte ich Schritte auf der Treppe, und wir drehten uns gleichzeitig zur Tür um.

»Daniella«, rief Alessandro, als ein Mädchen im Türrahmen erschien, ein ausnehmend hübsches Mädchen mit goldener Haut, goldenen Lichtern im bernsteinfarbenen Haar, das bis auf ihren Rücken wallte, und Goldpünktchen in den großen, mandelförmigen Augen. Die Mänade.

Mich würdigte sie kaum eines Blickes, aber Alessandro begrüßte sie mit einem ungemein verführerischen Lächeln und schloß ihn übertrieben herzlich in die Arme, um die Besitzverhältnisse von vornherein klarzustellen. Alessandro befreite sich sanft aus ihrer Umarmung. »Kennst du eigentlich Signora Roy?« fragte er.

Ich wartete, während ihre Augen kurz über mich huschten. Sie ließ keinen Zweifel daran aufkommen, daß sie an mir kein wie auch immer geartetes Interesse hatte. Und ganz bestimmt hatte sie mich auch nicht wiedererkannt.

»Nein? Dann darf ich euch miteinander bekannt machen«, fuhr Alessandro fort: »Kate Roy, das ist meine Cousine Daniella Nerone.«

Seine Worte »meine Cousine« verursachten in mir eine eigenartige Mischung aus Bestürzung und Erleichterung. Die Bestürzung war durchaus verständlich: Nachdem Daniella Conte Massimos Nichte war, kannte ich inzwischen zwei unerfreuliche Geheimnisse, die ich eigentlich weder Alessandro noch seinem Vater verschweigen durfte. Aber mir war auch klar, daß ich dem Conte damit einige Illusionen rauben würde: Nicht nur, daß er eine Fälschung besaß, er hatte auch eine potentielle Diebin zur Nichte. Sollte Conte Massimo etwa selbst das auserwählte Opfer sein? Ach was, sagte ich mir, ich sehe bestimmt Gespenster; Daniella hat gewiß noch jede Menge andere vermögende Freunde. Was meine Erleichterung betraf: Nun, im Moment war ich wenig geneigt, dieses Gefühl genauer zu analysieren. Aber immerhin hatte ich nun eine Erklärung dafür gefunden, weshalb die beiden ein so herzliches Verhältnis zueinander hatten. Daniella stöckelte zum Vanvitelli hinüber, der auf der Staffelei stand. Sie betrachtete ihn einen Moment lang, drehte sich dann zu mir um und blaffte mich so unvermittelt an, daß ich verdattert zurückzuckte. »Haben Sie eigentlich keine Angst, das Bild zu ruinieren? Was macht Sie denn so sicher, daß es nicht so aussehen soll, wie es jetzt aussieht?« Sie deutete auf eine gereinigte Stelle.

Mühsam beherrscht, aber ruhig, gab ich zur Antwort: »Dieses Problem stellt sich uns immer, wenn wir Bilder reinigen oder restaurieren. Wann soll man aufhören? Was hat der Künstler gewollt? Ich kann nur versuchen, das herauszufinden. Ich habe mich ausgiebig mit Vanvitellis Werk beschäftigt, ich arbeite behutsam und gehe kein Risiko ein.«

Daniella bedachte mich mit einem gelangweilten Blick und gab mir den unangenehmen Eindruck, sie belehrt zu haben. Ich hatte das Gefühl, mindestens zwanzig Jahre älter als sie zu sein, obwohl uns bestimmt nicht mehr als sieben oder acht Jahre trennten. Im übrigen kam ich mir in meinen schlichten Sachen, Pullover und Rock, gegen diesen Inbegriff studentischen Modebewußtseins wie eine unscheinbare graue Maus vor. Sie trug eine so hautenge Jeans, daß ich mich fragte, wie sie sich damit gefahrlos hinsetzen konnte, dazu hochhackige Stiefeletten und eine dünne Seidenbluse, deren heller, fast hautfarbener Olivton dem Betrachter das beunruhigende Gefühl spärlich bedeckter Nacktheit vermittelte. Sie sah umwerfend aus, so viel mußte ich neidvoll anerkennen.

Sie wandte sich wieder Alessandro zu. »Komm jetzt, Sandro. Ich muß etwas Wichtiges mit dir besprechen.«

Alessandro griff ihr in die Haare und zerzauste sie. »Ich komme gleich nach, Dani.« Und nach einem Blick auf die Uhr: »In einer halben Stunde im *salone*, okay?«

Ihre Augen rebellierten, aber seine Worte ließen Widerspruch erst gar nicht aufkommen. Also rauschte sie gehorsam und mit einem gemurmelten »Ciao« aus dem Zimmer, einem »Ciao«, das mich allenfalls peripher einschloß.

Alessandro lächelte nachsichtig. »Bitte entschuldigen Sie Daniellas Benehmen. Sie ist einfach nicht in der Lage, mit Frauen, die schöner sind als sie, unverkrampft umzugehen. Eigentlich hat sie auch nur wenig Zeit für Frauen. Tragen Sie ihr also bitte ihre Unhöflichkeit nicht nach. Sie meint es nicht persönlich.«

Obwohl mich Alessandros Kompliment tröstete, trug ich es ihr doch nach. Ich trug es ihr sogar sehr nach und hätte jede Menge Gründe aufzählen können, weshalb ich Alessandros schöne Cousine nicht mochte. Aber das behielt ich für mich. Statt dessen lächelte ich mit scheinheiliger Nachsicht und gab ein paar abgedroschene Phrasen über die Zielstrebigkeit der Jugend von heute zum Besten. Selbst in meinen Ohren klangen meine Worte reichlich aufgeblasen.

Alessandro fand das offenbar lustig. »So alt sind Sie ja nun auch wieder nicht. Und was die Zielstrebigkeit anbelangt...«

Unter seinem forschenden Blick spürte ich, wie mir das Blut in den Kopf stieg. Verlegen stammelte ich: »Ach ja? Mein Mann war auch der Meinung, ich wäre besessen, und damals fand ich das nicht gerade fair von ihm. Jetzt bin ich mir nicht mehr so sicher, ob er nicht doch recht hatte.«

»Und? Ist Ihre Ehe daran gescheitert?«

»Zum Teil. Es war Besessenheit auf beiden Seiten. Aber es gibt ja immer mehrere Gründe, oder?«

»Keine Ahnung. Ich war noch nie verheiratet.«

»Warum nicht?« Auch ich konnte direkt sein. Alessandro forderte es ja geradezu heraus.

Er lachte. »Das gefällt mir an den Nordamerikanern. Sie verschwenden keine Zeit auf weitschweifige Formalitäten wie die Europäer. Das macht das Leben um vieles einfacher.«

Aber etwas an Alessandro ließ mich daran zweifeln, daß es tatsächlich das einfache Leben war, das er anstrebte.

»Tja«, fuhr er fort, stand auf, dehnte seine Muskeln und stellte sich an ein Fenster: »Warum habe ich noch nicht geheiratet?« Er lehnte sich mit dem Rücken an das Fenstersims. »Die Antwort ist wirklich sehr einfach. Ich habe noch nie eine Frau getroffen, mit der ich mein ganzes Leben hätte verbringen wollen. Die Frauen, mit denen ich bis jetzt zusammen war, haben mir ihr Ego wie einen Fußabstreifer vor die Füße gelegt. Und ich habe wirklich kein Verlangen danach, auf der Seele anderer Leute herumzutrampeln.« War die Wortwahl auch melodramatisch, so blieb seine Stimme doch ruhig.

»Und wonach suchen Sie dann?« Die Worte waren heraus, bevor mir klar wurde, wie sich das anhören mußte. Aber Alessandro hatte es ja so gewollt.

Er hingegen schien sich nicht daran zu stören. Er war jemand, der, wie ich herausgefunden hatte, im Gespräch Wert auf die persönliche Note legte; auch das gehörte zu seiner Anziehungskraft. »Nach einer Frau, die mich nicht braucht«, gab er zur Antwort. »Eine, die ihr eigenes Leben lebt.«

»Aber wenn man jemanden liebt, kann man dann von ihm unabhängig sein?« Ich hatte meine eigene Meinung zu diesem Thema, war aber neugierig zu hören, wie er darüber dachte.

»Warum nicht?« lächelte er. »Die Freiheit, jemandem

seine Freiheit zu lassen, ist die höchste Form der Liebe. Geben Sie mir da recht?«

»Möglich. Eine solche Liebe habe ich bis jetzt jedenfalls noch nicht erlebt. Aber Sie haben recht. Die andere Art von Liebe, die besitzergreifende, kann alles ruinieren.«

»War Ihr Ehemann denn besitzergreifend?«

»Nicht auf die herkömmliche Art. Er predigte Freiheit, wollte Freiheit für Quebec und kämpfte dafür. Aber zu seinen Bedingungen. Und eine Parallele zu unserer Ehe konnte er beim besten Willen nicht ziehen.«

»Ja-a, aber das ist ja auch etwas anderes. Die Freiheit, die man einem Individuum läßt, sollte man vielleicht nicht allen gewähren. Da muß man schon unterscheiden.«

Bei seinen Worten lief es mir eiskalt über den Rücken; diese Aussage paßte überhaupt nicht zu dem, was er vorhin von sich gegeben hatte. Es klang, wenn auch mit anderen Vorzeichen, genau wie das, was Michel immer gepredigt hatte. Freiheit für alle, hatte er argumentiert, nicht aber in der Ehe, unter dem selbstgewählten Joch. Obwohl er für diese Tatsache einen anderen Begriff gewählt hatte: das »Band« der Ehe.

»Freiheit für die paar Auserwählten«, sagte ich trocken. »Und wer wählt diese Leute?«

»In Athen hat es funktioniert«, gab Alessandro zur Antwort.

»Ja, eine Zeitlang. Aber ich wüßte nicht, daß es hier in Italien einen Perikles gäbe.«

»Ach, Sie sind Demokratin, Kate? Ich dachte, Ihre Arbeit hätte Ihnen beigebracht, daß gerade dieses Credo reine Illusion ist. Was ist wohl undemokratischer als das künstlerische Genie einerseits und die Potenz, die Werke des Künstlers zu kaufen, andererseits? Und lagen nicht die größten Kunstepochen in Zeiten bedeutender Tyranneien?«

»Unterdrückung soll gut für die Kreativität sein? Sie werden es nicht leicht haben, das den Massen zu verkaufen. Und ich wüßte nicht, daß die Sowjetunion besonders viele große Kunstwerke hervorgebracht hätte.«

»Ich habe ›bedeutende Tyranneien‹ gesagt.«

Es gab tausend schlagende Argumente gegen Alessandros Spitzfindigkeiten, nur hatte ich im Augenblick keines parat. Ich hatte keine Lust, mich mit ihm zu streiten, und wollte das Thema eigentlich auch nicht vertiefen. Ich wollte den Harlekin in ihm sehen – lebenslustig, witzig und unendlich verführerisch. Von Politik hatte ich die Nase voll. Ich hatte darunter einen Schlußstrich gezogen, als ich mich von Michel trennte. Also ließ ich ihm das letzte Wort und wandte mich wieder meinem Vanvitelli zu.

Sofort wechselte er die Taktik: »Hätten Sie Lust, uns beim Mittagessen Gesellschaft zu leisten? Wir essen um eins.«

Bei dem Gedanken an das langweilige Käsebrötchen in meiner Tasche fiel es mir leicht, seine Einladung anzunehmen. »Wir essen immer in der Sala della Marina neben dem Arbeitszimmer meines Vaters. Also bis um ein Uhr dann.« Damit ging er hinaus und schloß leise die Tür hinter sich.

Den restlichen Vormittag lang arbeitete ich ohne Unterbrechung, beflügelt von einem Energieschub und einer Begeisterung, deren Ursache ich nicht auf den Grund gehen wollte. Ein paar Minuten vor eins legte ich das Skalpell aus der Hand, mit dem ich einen hartnäckigen Farbfleck abgekratzt hatte, und räumte auf. Dann machte ich mich auf den Weg über die Galerie zum Meeres-Saal.

Als ich mich der geöffneten Tür näherte, hörte ich Vater und Sohn miteinander plaudern und als Interpunktion dazu das heisere Lachen einer Frau. Als ich den Raum betrat, erhoben sich die beiden Männer, und Alessandro kam mir entgegen, um mich an meinen Platz zu führen. Ich saß Daniella direkt gegenüber. Sie hatte sich im Stuhl zurückgelehnt, verzog keine Miene und klopfte mit einem Löffel gegen den Tellerrand; meine Ankunft wurde lediglich mit einem fast unmerklichen Kopfnicken gewürdigt. Ihr Blick blieb ostentativ auf meinem Pullover haften, und als ich an mir herunterschaute, bemerkte ich ein paar angetrocknete Farbspritzer, die auf der schwarzen Wolle wie Fischschuppen wirkten. Unter Aufbietung meiner ganzen Willenskraft verzichtete ich darauf, sie wegzupulen und begrüßte Daniella mit einem ebenso strahlenden wie scheinheiligen Lächeln. »Sie haben sich also schon kennengelernt?« fragte Conte Massimo und winkte Mario herbei, der vor der Anrichte wartete.

»Mehrmals.« Ich konnte der Versuchung nicht widerstehen, Daniellas Gleichmut zu erschüttern. Sollte sie das »mehrmals« hinterfragen, würde ich unser Zusammentreffen bei der Demonstration erwähnen, ohne aber auf die Szene danach einzugehen. Aber offenbar hatte Daniella auch den letzten Funken von Interesse an mir verloren. Sie ignorierte meine Antwort, bediente sich aus der Suppenterrine, die ihr Mario hinhielt, und begann eine Unterhaltung mit Onkel und Cousin. Die Sala della Marina war fast genauso schön wie der Salone d'Oro, wenn auch weniger flamboyant; eine schlichtere, barocke Vision einer Unterwasserwelt. Zwischen flachen Pilastern aus grünem, von feinen Adern durchzogenem Marmor hingen an den mit wassergrüner Seide bespannten Wänden verschiedene Familienportraits; dazwischen deuteten dunklere, ovale und rechteckige Stellen auf der Seide darauf hin, daß hier früher mehr Bilder gehangen hatten. Ob sie auch verkauft worden waren?

Ein helles Aquamarin bildete den Hintergrund des Deckenfreskos, das an allen vier Ecken von riesigen, vergoldeten Muschelschalen eingerahmt war. Auf dem Fresko tummelten sich mythische Meeresbewohner in einem sturmgepeitschten Ozean; darüber thronte ein gütiger Neptun, der seine Geschöpfe und uns, die wir darunter saßen, mit seinem hocherhobenen Dreizack segnete. Auf dem Fußboden lagen schon recht verschlissene, aber dennoch wunderschöne Teppiche in Blau- und Gelbtönen, die den Effekt eines versunkenen, luxuriösen Paradieses unter dem Meer noch hervorhoben.

Conte Massimo beugte sich über den Tisch und schenkte mir Wein ein. Seine Hand, die die Flasche hielt, zitterte ein wenig; sein Gesicht wirkte heute blasser, seine Haut wie dünnes Pergament; er sah kränklich aus. »Am Dienstag abend werden wir einen *ballo in maschera* geben«, sagte er. »Ich würde mich freuen, Signora Roy, wenn Sie unser Gast wären.« Überrascht antwortete ich ihm wahrheitsgemäß, daß ich nicht wüßte, was ich lieber täte.

Alessandro unterbrach seine Unterhaltung mit Daniella und lächelte mich an. »Wunderbar. Ich wollte Sie schon heute vormittag fragen, aber mein Vater wollte es sich nicht nehmen lassen, Sie persönlich einzuladen.«

Von Daniella kam kein Kommentar. Es war nicht zu übersehen, daß sie von dieser Einladung nicht gerade begeistert war, aber die Herzlichkeit der beiden Männer wog ihr beredtes Schweigen auf. Conte Massimo streckte den Arm über den Tisch und ergriff Daniellas Hand. »Diesen Ball geben wir eigentlich für Daniella. Es ist ihr Geburtstagsgeschenk. Leider nichts Großartiges – kein Vergleich zu den Karnevalsbällen in meiner Jugend – aber wir hoffen trotzdem, daß es ein Abend wird, den sie noch lange in guter Erinnerung behalten wird.«

»Lieber Onkel.« Daniella küßte die zerbrechliche Hand des Conte. Zum ersten Mal ließ sie hinter der Fassade gelangweilter Blasiertheit das junge Mädchen hervorblitzen, das sie noch immer war, und ich fragte mich, was sie dazu bewogen haben mochte, sich mit einem Typen wie Marco einzulassen.

»Es ist natürlich ein Kostümball«, erklärte Alessandro. »Das Motto ist die Commedia dell'arte – Sie haben sich ja schon die Wandteppiche im Salone d'Oro angesehen. Wissen Sie noch?«

»Harlekin und Columbine und der alte Popanz Pantalone«, ergänzte ich. »Ja, ich kann mich daran erinnern. Demnach sollen wir uns als Schauspieler kostümieren?«

»Genau. Hoffentlich haben Sie noch genügend Zeit, sich ein Kostüm zu beschaffen.«

»Wenn Sie nichts Passendes finden«, bot sein Vater an, »sagen Sie es ruhig. Wir haben ganze Truhen voller Kostüme, die schon meine Mutter und meine Großmutter getragen haben. Es sind schöne Kleider, die es verdienen, mal wieder von einer schönen Frau in Szene gesetzt zu werden. Wenn Sie möchten, wird Mario ein paar Truhen aus dem Speicher herunterbringen.«

Seine Großzügigkeit rührte mich, und sein Angebot war verlockend, denn es würde nicht einfach sein, ein passendes Kostüm zu beschaffen, noch dazu in Anbetracht der Tatsache, daß die Kostümverleiher in Rom vermutlich schon seit Monaten ausgebucht waren. Aber mit Rücksicht auf Daniellas Miene war ich gut beraten, das Angebot ihres Onkels trotzdem nicht anzunehmen. So gern ich sie auch geärgert hätte, einen Streit wollte ich denn doch nicht vom Zaun brechen. Schließlich war es ihr Ball. Ich bedankte mich bei Conte Massimo und versprach, mich zu melden, falls ich kein Kostüm auftreiben könne. Im stillen hoffte ich, daß Clara mir aus der Verlegenheit helfen würde.

Während des Essens plauderten wir über die Vorbereitungen zum Fest. »Wie Sie sehen, spielen wir hier alle verrückt«, sagte Conte Massimo. »Aber manchmal ist es gut für die Seele, ein wenig verrückt zu sein. Das redet mir jedenfalls mein Sohn ständig ein.«

Alessandro suchte sich aus einer mit frischen Früchten

beladenen, silbernen Obstschale, die auf dem Tisch stand, einen Apfel aus. Gekonnt schälte er ihn mit dem Obstmesser, ohne einmal abzusetzen. »Früher hat während des Carnevale ganz Rom verrückt gespielt. Heute passiert das nur noch nach einem Fußballmatch.« Die Apfelschale wippte als perfekte Spirale auf den Teller. »In der heutigen Zeit leben wir die Vergnügungen gewissermaßen aus zweiter Hand.«

»Ja, zum Beispiel über unsere Kinder«, stimmte ich ihm zu und dachte dabei an die Kleinen, die ich erst vor ein paar Tagen auf dem Gianicolo beobachtet hatte, wie sie unter den stolzen Blicken ihrer Eltern im Park promenierten. »Ich würde einiges dafür geben, wenn ich ein paar der Kinder, die ich letzte Woche gesehen habe, malen könnte. Manche Kostüme waren so unglaublich aufwendig gearbeitet, daß es – von den Kosten mal abgesehen – Wochen gedauert haben muß, sie zu nähen.«

»Ja, die sozial Schwächsten geben oft das meiste Geld aus«, sagte Alessandro trocken. »Erinnern Sie sich? *La bella figura*.«

Conte Massimo widersprach seinem Sohn: »Aber das hat doch schon immer zum Carnevale gehört, Alessandro. Und vielleicht ist das auch genau der Punkt.«

»Ja, natürlich hast du recht, Vater. Im Carnevale kann man in eine andere Haut schlüpfen, die Realität verschleiern. Für mich ist es jedenfalls immer wieder faszinierend, an den Kostümen unserer Freunde ihre Phantasien und Wunschträume abzulesen.« Er lächelte Daniella an: »Vielleicht gehst du ja als La Pasionaria, Dani?«

Dieser zarte Hinweis auf die Heldin der spanischen Revolution war eindeutig: Alessandro wußte um die Neigungen seiner Cousine. Aber wieviel wußte er?

Sie funkelte ihn kampflustig an. »Ja, aber nur, wenn du dich als Papst verkleidest.«

Er lachte.

Neugierig geworden, griff ich das Thema auf. »Gestern habe ich mit eigenen Augen einige Pasionarias in spe gesehen.« Ich umriß ebenso kurz wie vage meinen Part bei der Demonstration. Daniella hob den Kopf und starrte mich an; ihre Augen verrieten größtes Interesse.

»Sie hatten Glück, daß Sie ohne Blessuren davongekommen sind«, meinte Conte Massimo, als ich geendet hatte. »Ein Mob kann sehr gefährlich werden – kopflos, aber mit unzähligen Armen, die alle blind um sich schlagen.«

»Und? War dein Vormittag auch so ereignisreich wie der von Kate, Dani?« fragte Alessandro.

Sie ließ sich nicht in die Karten schauen. »Wohl kaum. Ich war in der Uni-Bibliothek.« Sich Daniella beim Lesen vorzustellen, bedurfte allerdings einiger Phantasie.

»Eine so brave Studentin wie dich lobe ich mir«, tönte Alessandro. »Zu schade, daß es von deiner Sorte nicht noch mehr gibt. Dann würde es auf Roms Straßen vermutlich friedlicher zugehen.«

»Und wenn alle Staatsdiener sich ebenso wie du für das öffentliche Wohl einsetzen würden, hätte Rom vermutlich eine bessere Regierung«, konterte sie.

»Aber, Kinder. Was soll Signora Roy nur von uns denken?« versuchte Conte Massimo zu schlichten.

»Daß Dani und ich ein streitbares Paar sind, Vater. Aber ist das nicht genau das Bild, das wir dem Ausland in unseren Filmen vermitteln – dekadente Aristokraten, die in ihren verfallenen Palästen umherirren und sich angeifern? Oder noch schlimmer.«

Conte Massimo drehte sich zu mir um, hob die Hände und Schultern in einer Geste der Resignation. »Alessandro behauptet zwar, daß ihn unsere Vergangenheit nicht viel kümmert. Aber in Wirklichkeit ist er mehr damit verhaftet als jeder andere in unserer Familie.«

Alessandro stand auf. Einen Moment lang wandte er uns

den Rücken zu, dann drehte er sich mit ernster, fast grimmiger Miene zu seinem Vater um. »Die Vergangenheit hat uns unbestreitbar einige Werte hinterlassen. Aber ich glaube, daß wir – ich meine die Aristokratie – nichts mehr damit anfangen können. Für uns lebt die Vergangenheit nur noch in Gemälden und in altem Gemäuer weiter«, sein Arm wies auf die Portraits an den Wänden, »aber das ist auch schon alles. Für uns ist kein Platz mehr auf dem Fluß des Lebens, der die Vergangenheit in die Gegenwart trägt. Die meisten von uns haben sich entschlossen, altmodisch oder *déraciné* zu sein.« Und so leise, daß ich Mühe hatte, ihn zu verstehen, setzte er hinzu: »Aber das geht nicht nur uns so. Ich habe das Gefühl, daß ganz Italien auf den Beinen ist, um der Vergangenheit so schnell wie möglich zu entfliehen.«

»Jetzt reicht's aber!« Daniella rückte geräuschvoll ihren Stuhl zurück und sprang auf. »Dieses ständige Gelaber von Verlust und Flucht kotzt mich an. *Merda*! Tut mir leid, Onkel, aber Sandro macht mich rasend. Leben bedeutet Veränderung, und wenn wir uns nicht anpassen, geschieht es uns ganz recht, wenn wir unter die Räder kommen.«

Ich hätte schwören können, ein Zitat ihres Freundes Marco zu hören.

»Die Stimme der Zukunft, Gott steh uns bei.« Alessandro ging um den Tisch herum, legte seine Arme um Daniellas Taille und lächelte sie an. »Du hast ja recht, Dani. Aber andererseits kennst du mich schon seit deiner Geburt und solltest wissen, daß du mich nicht so schrecklich ernst nehmen mußt.« Daniellas Wut verrauchte zusehends.

Conte Massimos Stimme klang wehmütig und resigniert, er war sichtlich mitgenommen: »Daniella hat teilweise recht, Alessandro. Und du auch.« Er nahm einen Schluck aus seinem Weinglas und fuhr dann mit schleppender Stimme fort: »Als Kind war ich jeden Frühling bei meinen Großeltern in Sizilien zu Besuch. Du hast den Palazzo nicht mehr gekannt, Alessandro; er ist schon lange verkauft. Aber als Kind habe ich dort am eigenen Leib die Harmonie und den respektvollen Umgang zwischen dem einfachen Volk und den Adeligen erlebt, genau das, was Alessandro als verloren bedauert.

Im Haus meines Großvaters stand das Tor für jedermann offen. Alle, die ihn sprechen wollten, durften eintreten. Nur läutete der *portiere* immer die Glocke, wenn jemand auf dem Weg zu ihm war. Niemand kam ungesehen ins Haus. Manchmal saßen wir gerade beim Essen, wenn die Glocke bimmelte, aber niemals sah ich bei meinem Großvater auch nur das kleinste Anzeichen von Unwillen. Er wußte um seine Verantwortung. Er schenkte seinen Leuten seine Zeit und seine Weisheit, und sie schenkten ihm dafür Respekt und Achtung. Aber« – in seine sonst so ausgeglichene Stimme mischte sich eine Spur Bitterkeit – »natürlich brauchten die Leute in Sizilien mehr als nur Weisheit und gute Worte. Vor der Tür des Hauses meines Großvaters herrschte ein Elend, gegen das selbst seine ganze Weisheit nichts ausrichten konnte.« Er tupfte sich die Oberlippe mit seiner Serviette ab, erhob sich und stützte sich auf die Armlehnen seines Stuhles. »Entschuldigen Sie, ich bin etwas müde. Ich werde mich zurückziehen, um mich ein bißchen auszuruhen.« Alessandro stand ebenfalls auf, aber Conte Massimo schüttelte den Kopf. »Leiste den Damen noch etwas Gesellschaft, Sandro. Mario wird mich in mein Zimmer bringen.« Er stützte sich auf den Arm seines Dieners, und die beiden alten Männer schlurften zur Tür hinaus.

Nachdem wir wieder Platz genommen hatten, sagte ich zu Alessandro, wie leid es mir tue, daß sein Vater sich nicht wohl fühle.

»Er hatte eine schlechte Nacht«, gab er zur Antwort, »aber er will nicht zum Arzt. Er meint, daß der Doktor nicht viel für ihn tun könne, außer ihn zu ermahnen, seine

Tabletten zu nehmen, die er ohnehin regelmäßig schluckt. Aber es wäre ihm sicher nicht recht, wenn er wüßte, daß Sie sich um ihn Sorgen machen. So. Jetzt müssen Sie aber Ihren Nachtisch essen und noch einen Schluck Wein trinken.«

Bevor ich ihn zurückhalten konnte, hatte er mein Glas erneut gefüllt. Der Wein war köstlich, spritzig und trank sich wie Wasser. Ich hatte bereits mehr intus, als mir für meine Arbeit am Nachmittag gutgetan hätte. Daher entschloß ich mich spontan, für heute die Arbeit Arbeit sein zu lassen und hob mein Glas.

Daniella spielte mit ihrer Gabel auf dem Teller herum. Ganz offensichtlich war sie gereizt; ihre Zappeligkeit verriet innere Anspannung, und ich hätte gern gewußt, ob ein gewisser psychischer Druck, den ich mir gut ausmalen konnte, daran schuld war. Abrupt stand sie auf und murmelte, daß sie sich noch zurechtmachen müsse, weil sie noch eine Verabredung habe. Etwas in ihrer Stimme, ein leichtes Zögern, verriet mir, daß sie mich nur ungern mit ihrem Cousin allein ließ.

Aber dann saßen wir doch allein am Tisch. Eine Spur der Anspannung hing ebenso noch in der Luft wie der Duft ihres Moschusparfums, und ich suchte krampfhaft, aber erfolglos nach einem belanglosen Thema. Alessandro dagegen schien es überhaupt nichts auszumachen, seinen Wein zu trinken und dabei zu schweigen.

Mario servierte uns den Kaffee auf einem Tablett. Beim Einschenken richtete er Alessandro den Vorschlag seines Vaters aus, mich doch noch im Palast herumzuführen und mir bei dieser Gelegenheit auch den Geheimgang zu zeigen.

»Und wir würden ihn dabei nicht stören?« fragte Alessandro. Mario schüttelte den Kopf. »Nein, Signore, das sagte er ausdrücklich. Er hat die Tür zu seinem Schlafzimmer geschlossen und seine Medizin eingenommen. Ich denke, daß er schon schläft.«

»Sehr gut. Dann werde ich die Signora selbst herumführen.« Er schaute mich an. »Nun, Kate, wie steht's? Hätten Sie Lust?«

»Eine geführte Tour? Ja sicher. Geben Sie mir fünf Minuten, vielleicht finde ich die Tür zum Geheimgang allein.«

»Nehmen Sie sich so viel Zeit, wie Sie brauchen. Aber ich glaube kaum, daß es Ihnen gelingen wird. Als Baldassare Torreleone den Palazzo bauen ließ, war der Geheimgang als Fluchtweg vorgesehen – und er war ein sehr kluger Mann.«

»Als Fluchtweg?«

»Mit der Inquisition stand er immer schon auf Kriegsfuß. Er rechnete ständig damit, sein Zuhause eines Tages schnell und klammheimlich verlassen zu müssen.«

»Und mußte er ihn jemals benutzen?«

»Nein. Am Ende hielt er es für klüger, sich anzupassen, als zu fliehen. Wir Torreleones waren schon immer Pragmatiker. Bis auf meinen Vater.«

»Und was ist mit Ihnen?«

»Ich bin Traditionalist. Aber ich glaube nicht an verlorene Überzeugungen. Vermutlich bin ich deshalb zum Pragmatiker geworden...« Er trank seinen Kaffee aus. »Ich muß mir von Mario noch die Generalschlüssel geben lassen. Bin gleich zurück.«

Während ich wartete, hing ich Tagträumen nach. Der Wein und die Schönheit dieses Raumes ließen mich in romantischen, albernen Phantasien schwelgen, gaukelten mir ein Leben im Palazzo Torreleone vor, umgeben von all den schönen Dingen. Dann dachte ich daran, wie flüchtig dieses Leben selbst für die Torreleones werden könnte, und plötzlich befiel mich eine große Traurigkeit. Alessandro gehört hierher, dachte ich, als mein Blick über die Portraits an der Wand schweifte und ich in den Gesichtern, die mich anstarrten, nach Ähnlichkeiten suchte. Aber keiner von den hier abgebildeten hatte seine Augen.

Als ich Schritte hörte, die sich von der Galerie her näherten, stand ich auf – zu schnell. Der Wein war stärker gewesen, als ich vermutet hatte. Mir wurde schwindelig, und ich mußte mich an der Tischkante festhalten, bis sich der Nebel in meinem Kopf gelichtet hatte. Ich leerte den restlichen Kaffee auf einen Zug, schenkte mir noch eine Tasse ein und trank auch diese. Viel half es nicht, aber immerhin konnte ich mich danach auf den Beinen halten.

Alessandro betrat das Zimmer. »Wenn sie soweit sind, Kate, gehen wir vielleicht zuerst zur Wohnung meines Vaters hinüber. Der Geheimgang geht von seinem Arbeitszimmer aus. Sie waren doch schon dort, oder? Vielleicht haben Sie ja schon eine Vorstellung davon, wo die Geheimtür sein könnte.«

»Keine Ahnung. Ich hab nur Bücher gesehen, sonst ist mir kaum etwas aufgefallen.« Bis auf den Reni. Mein Herz rutschte mir in die Hose. Der letzte Ort, an dem ich mit Alessandro allein sein wollte, war dieses Zimmer mit diesem Bild. Aber es war zu spät: Ich konnte nur hoffen, daß die *Madonna mit dem Kinde* vor Blicken geschützt, hinter dem Wandschirm verborgen hing.

Leise klopfte Alessandro an die Tür zum Arbeitszimmer und öffnete sie dann behutsam. »Das Schlafzimmer meines Vaters liegt gleich dahinter«, flüsterte er und deutete auf eine geschlossene Tür an der gegenüberliegenden Wand in der Nähe des Schreibtisches. »Vielleicht sollten wir uns nicht allzu laut unterhalten. Los, suchen Sie. Sie haben fünf Minuten.«

Aber es hatte keinen Sinn. Zum einen lagen überall Bücher herum, und an den Wänden reihte sich ein Bücherregal an das nächste; und andererseits wollte ich nicht allzu gründlich suchen, denn sonst hätte er vielleicht gemerkt, daß ich die Ecke mit dem Reni aussparte. »Es ist hoffnungslos«, gab ich kleinlaut zu. »Sie werden mir helfen müssen.«

Er lachte. »Was? Schon kapituliert? Ich hätte gedacht, daß Sie schon aus weiblicher Neugier länger durchhalten. Also gut. Er ist hier drüben ...«

Zu meinem Entsetzen steuerte er geradewegs in die Richtung, wo der Reni hing.

Ohne das Gemälde eines Blickes zu würdigen, stellte er den lackierten Wandschirm zur Seite und strich mit einer Hand über das geschnitzte Holzprofil, das an dieser Stelle den Abschluß der Vertäfelung bildete. »Hier«, sagte er, »kommen Sie her, fühlen Sie selbst.«

Ich versuchte angestrengt, den Reni nicht zu beachten, und ging zu Alessandro hinüber. Er nahm meine linke Hand und führte sie über das Holzprofil, das etwas über Augenhöhe lag. »Drücken Sie hier«, forderte er mich auf. Ich drückte und spürte, wie ein Teil des Profils sich fast unmerklich senkte. »Fester.« Die Holzleiste gab dem Druck nach, dann fühlte ich einen Widerstand. Irgendwo hinter der Vertäfelung ertönte ein leises Klicken.

»Und jetzt drücken Sie mit der anderen Hand hier dagegen«, sagte Alessandro und deutete auf das darunterliegende Paneel. Als ich dagegen drückte, drehte sich ein Teil der Wandverkleidung um die eigene Achse und gab eine Öffnung von etwa einem Meter fünfzig Höhe und schätzungsweise einem Meter Breite frei. Ein kalter Luftzug wehte uns entgegen. Dahinter war es stockdunkel.

»Ganz schön schlau.«

»Ja, finde ich auch. Der Mechanismus funktioniert nun schon seit fast vierhundert Jahren. Der Gang führt hinunter in die Kellergewölbe. In einem Teil des Kellers waren früher einmal die Stallungen untergebracht – ich kann mich selbst noch daran erinnern, daß dort früher Pferde standen. Mein Großvater war bis ins hohe Alter ein passionierter Reiter. Ich kann mich noch schwach daran erinnern, daß er mich durch diesen Gang hinunter zu den Ställen führte, wo ich die Pferde mit Zucker füttern durfte. Das ist inzwischen natürlich alles längst passé.« Er zog den Kopf ein, trat durch die Öffnung und war in der Dunkelheit verschwunden.

»Kommen Sie, Kate«, hörte ich ihn sagen.

Alessandros Einladung zum Trotz war ich eher geneigt zu bleiben, wo ich war – in dunklen und zugigen Gängen mußte ich immer an Spinnen, Fledermäuse und Edgar Allan Poe denken –, aber ich wollte mir keine Blöße geben. Und abgesehen davon, beruhigte ich mich, ist ja Alessandro bei mir, der die Spinnen zertreten und die Fledermäuse verjagen würde.

Also gab ich mir einen Ruck und folgte ihm in den Geheimgang. Ich blieb stehen, bis sich meine Augen an die Dunkelheit gewöhnt hatten. Alessandro nahm ich als formlose Silhouette wahr, die offenbar nach dem Lichtschalter suchte. In einem Moment der Stille hörte ich irgendwo vor mir auf dem Fußboden ein leises Rascheln, wie wenn der Wind über trockene Blätter streicht, gefolgt von einem eiligen Trippeln. Ratten. Schlimmer noch als Spinnen oder Fledermäuse. Blöße hin oder her: Nichts wie raus hier, dachte ich. Ich machte auf dem Absatz kehrt und versuchte mit einer Hand die Wand zu ertasten, doch bevor ich noch einen Schritt zum Ausgang machen konnte, murmelte Alessandro: »Na endlich«, und das Licht ging an.

Auf den ersten Blick kam es mir vor, als befänden wir uns in einer aus dem Felsen gehauenen Kaverne, aber diese absurde Vorstellung wich im nächsten Moment der Realität eines düsteren, nur schwach beleuchteten Treppenhauses mit niedriger Decke, errichtet aus alten Steinquadern, die ohne weiteres aus dem Kolosseum hätten stammen können. Ich fragte mich, welche römische Ruine Baldassare Torreleone wohl für seinen Palast geplündert hatte. Vor uns wanden sich flache Steinstufen hinunter in die Dunkelheit.

»In früheren Zeiten hätten wir uns jetzt mit Kerzen oder

Laternen leuchten müssen. Elektrisches Licht ist zwar weniger romantisch, dafür aber eindeutig praktischer.«

Ich zuckte zusammen, denn Alessandros Stimme kam aus nächster Nähe. Ich fuhr herum. Er stand so dicht bei mir, daß sich unsere Körper berührten. Ich war wie elektrisiert. Plötzlich war ich in seinen Armen und sah sein Gesicht direkt über mir, dunkel und wunderschön in dem gedämpften Licht. Ich weiß nicht mehr, wer von uns die Initiative ergriff. Ich sah den Anflug eines Lächelns um seinen Mund, als sich seine Lippen zu einem Kuß auf meinen Mund senkten, ihn berührten, so leise wie ein Hauch, so unendlich zärtlich, dann über mein Gesicht strichen, wieder meinen Mund fanden, dort verharrten, sich öffneten, nun leidenschaftlich und fordernd; dann spürte ich, wie meine Lippen nachgaben. Ich weiß nicht, wie lange wir so dastanden. Erst als die klamme, feuchte Luft unter meine Kleider kroch und sich wie kalte Finger auf meine Haut legte, löste ich mich fröstelnd aus seiner Umarmung.

Alessandro berührte meine Wange: »Du frierst ja. Wir gehen lieber wieder zurück.«

Wie eine Schlafwandlerin drehte ich mich um und stieg vor ihm durch den Spalt in der Wand zurück ins Arbeitszimmer, in dem uns mollige Wärme empfing. Ich rieb mir die Oberarme, um mich aufzuwärmen, während Alessandro die Geheimtür schloß. Aus den Augenwinkeln heraus sah ich die *Madonna mit dem Kinde*; unwillkürlich warf ich ihr einen skeptischen Blick zu, drehte mich um und sah, daß Alessandro mich beobachtete. Wortlos rückte er den Wandschirm wieder an Ort und Stelle, und wir verließen das Arbeitszimmer.

Draußen im Korridor sagte er: »Ich wollte dich nicht vertreiben. Hättest du dir den Reni gern näher angesehen?«

»Äh, nein – das heißt, dein Vater hat ihn mir gestern schon gezeigt.«

»Stimmt, mein Vater sagte schon, daß dich das Bild sehr interessiert hat. Aber es ist ja auch wirklich sehr interessant, nicht?«

»Ja, das kann man wohl sagen«, gab ich zur Antwort und überlegte verzweifelt, wie ich die Unterhaltung in eine andere Richtung lenken könnte.

»Und was genau hältst du davon, Kate? Ich würde mich freuen, die Meinung einer Expertin zu hören.«

Irgendwo in meinem Hirn fiel der Groschen. Er wußte um meine Zweifel. Widerstrebend fügte ich mich in das Unvermeidliche und drehte mich zu ihm um. »Ich glaube, du weißt, was ich davon halte.« Ich war vollkommen ruhig und bedauerte nur, gegen Faltecchis Anordnung zu verstoßen, obwohl ich mir sicher war, daß er es verstehen würde. Und irgendwann mußte dieses Theater ja ein Ende haben.

»Ja, vermutlich«, sagte Alessandro. Seine Stimme hörte sich noch immer locker an, nicht überrascht, aber sein Gesicht sah ernst aus. »Du hast recht.«

»Ach ja?« Seine Bestätigung traf mich wie ein Fausthieb. Obwohl ich die Antwort erwartet hatte, erwischte sie mich mit voller Wucht. »Bist du sicher?«

»Ja, es ist wirklich eine Kopie.« Er sagte es unumwunden, einfach so.

»Wirklich«, echote ich. Ich war unglaublich erleichtert, zugleich aber starb ich fast vor Neugier. Viele Fragen warteten auf ihre Beantwortung, aber ich stellte nur die eine, die mir am wichtigsten erschien: »Weiß dein Vater Bescheid?«

Alessandro machte ein ernstes Gesicht. »Nein, er hat keine Ahnung. Und ich möchte auch, daß es dabei bleibt. Er darf es nicht erfahren.« Seine Augen und seine Stimme waren von einer so kalten Entschlossenheit, ohne die geringste Spur der sonst von ihm ausgehenden Wärme, daß er mir angst gemacht hätte, wären mir die Motive seiner Aussage nicht zu verständlich gewesen.

»Natürlich nicht«, erwiderte ich schnell, um ihn zu beruhigen, und legte ihm die Hand auf den Arm. »Ich verstehe das, Alessandro. Er hängt so sehr an diesem Bild, und äh, es gibt ja auch noch andere Gründe...«, stammelte ich, ohne den Satz zu beenden. Ich wußte einfach nicht, wie ich ihm sagen sollte, daß ich sehr wohl wußte, was das Bild aus finanzieller Sicht für die Torreleones bedeutete.

Er lächelte mich an, die Wärme war wieder in seine Augen zurückgekehrt. »Du verstehst es also. Gott sei Dank. Ich hatte schon Angst... Aber das spielt jetzt keine Rolle mehr.«

Langsam schlenderten wir durch den Korridor. »Ich kann dir nicht viel dazu sagen, aber wie du vielleicht schon vermutet hast, waren es rein finanzielle Gründe. Wir brauchten dringend Geld, und der schnellste Weg, an Geld zu kommen, war, den Reni zu verkaufen. Natürlich ist mir die Entscheidung nicht leichtgefallen. Wie du schon sagtest: Mein Vater hängt sehr an diesem Bild. Und das ist letztendlich auch der Grund, weshalb ich eine Kopie anfertigen ließ. Um ihm Kummer zu ersparen. Ich will mich nicht dafür entschuldigen, aber ich habe dich ja schon vorgewarnt, daß ich ein Pragmatiker bin. Für mich war das die beste Lösung. Wir brauchten das Geld, um unsere Rechnungen bezahlen zu können. So einfach ist das. Und in Geldangelegenheiten hat mein Vater leider zwei linke Hände.«

Ich schwieg. Ich hätte ohnehin nicht gewußt, was ich darauf antworten sollte, ohne als puritanisch oder aber hoffnungslos naiv dazustehen. Im Moment war ich hin- und hergerissen zwischen Sympathie für seine Zwangslage, dem Versuch, seine Motive zu verstehen, und einem vagen, dumpfen Unbehagen bei dem Gedanken daran, was eine Fälschung alles nach sich zog. Daß der Reni keine Kopie war, wie es Alessandro bezeichnete, sondern schlicht und ergreifend eine Fälschung, war das einzige, dessen ich mir sicher war. Der echte Reni gehörte Conte Massimo.

Nur er hätte das Recht gehabt, eine Kopie in Auftrag zu geben, um sie sich anstelle des echten Gemäldes an die Wand zu hängen.

Falls Alessandro mein Schweigen beunruhigte, ließ er es sich jedenfalls nicht anmerken. Mit süßsaurem Lächeln sagte er: »Die Kopie ist vermutlich nicht sehr gelungen, hab ich recht? Wahrscheinlich ist es dir sofort aufgefallen?«

»Ja, ziemlich schnell. Aber nur, weil ich ein geschultes Auge habe. Die Qualität reicht allerdings aus, um die meisten Leute hinters Licht zu führen.« Plötzlich wurde mir klar, wie eigenartig diese Unterhaltung verlief; es klang ja fast so, als würde ich ihn für die gute Qualität seiner Fälschung loben. Ich fragte ihn: »Aber hattest du denn keine Angst, daß jemand wie ich auftauchen und das Bild als Fälschung enttarnen könnte?«

»Natürlich. Ich habe versucht, meinen Vater davon zu überzeugen, es aus Sicherheitsgründen wegzuschließen. Glücklicherweise haben nur sehr wenige Menschen Zutritt zum Arbeitszimmer meines Vaters.« Er schaute mich von der Seite her an: »Offenbar hast du auf ihn einen ziemlichen Eindruck gemacht.«

Ich sagte darauf nur: »Ich mag deinen Vater sehr.«

»Dann wirst du es ihm doch nicht erzählen? Oder jemand anderem?«

Inzwischen standen wir vor einer verschlossenen Tür im Nordflügel des Palazzos, den ich bisher noch nicht kannte. Ich schaute Alessandro an: »Tut mir leid, aber ich habe Giorgio Faltecchi erzählt, daß ich es für eine Fälschung halte. Ich brauchte seinen Rat. Er sagte, er würde mit dir und deinem Vater sprechen, aber er wollte sich noch überlegen, wie er es euch am besten beibringen soll.«

Meine Worte berührten Alessandro nicht merklich. Nach meiner Antwort herrschte zunächst Schweigen. In der Ferne hörte ich eine Tür ins Schloß fallen, und irgendwo von unten im Hof drangen Stimmen und Gelächter herauf. Schließlich sagte er: »Ich verstehe. Nun, das ist nicht zu ändern. Ich werde es Faltecchi wohl oder übel erklären müssen.«

»Er ist ein diskreter Mensch«, sagte ich. Eigentlich wollte ich ihn damit nur beruhigen, aber plötzlich wurde mir das Konspirative an dieser Situation bewußt – vielleicht noch verstärkt durch die Kulisse des leeren, stillen Korridors, in den die Sonnenstrahlen ein staubiges Streifenmuster zeichneten, vielleicht durch unsere gedämpften Stimmen, oder vielleicht ging nur einfach meine Phantasie mit mir durch. Alessandro fingerte an seinem Schlüsselbund herum, nahm einen Schlüssel nach dem anderen in die Hand, als ob einer von ihnen sein Problem aufschließen könnte, als Mario unbemerkt hinter uns auftauchte.

»Signore?«

Ich schrie vor Schreck leise auf, aber Alessandro drehte sich nur ruhig um und fragte: »Ja, Mario?«

»Kann ich Sie bitte einen Moment sprechen?«

»Entschuldige, Kate. Möchtest du dir schon mal diesen Raum hier ansehen?« Er steckte einen Schlüssel ins Schloß.

Ich wehrte ab. »Ist schon gut. Ich warte dort drüben am Fenster.« Ich brauchte Zeit zum Nachdenken, schlenderte zum offenen Fenster hinüber und schaute in den Hof hinunter, wo Gärtner die niedrigen Buchsbaumhecken in Form stutzten. Wie Vogelschnäbel hackten ihre Gartenscheren nach den dichten, belaubten Büschen.

Aber so sehr ich mich auch bemühte, all das, was ich von Alessandro gehört hatte, auf die Reihe zu bringen, es gelang mir nicht. Der Kuß hatte vollendet, was der Wein begonnen hatte: Ich konnte keinen klaren Gedanken mehr fassen.

Als Alessandro wieder zu mir kam und mir erklärte, daß es mit einem neuen Dienstboten Schwierigkeiten gäbe und er sich darum kümmern müsse, schlug ich eilig vor, die Führung an einem anderen Tag fortzusetzen. Ich war dankbar, die Flucht ergreifen zu können. Wir verabschiedeten uns, ohne nochmals auf den Reni zu sprechen zu kommen, aber als wir uns trennten, berührte er meine Hand.

Ich machte mich auf den Weg zurück zu meinem Arbeitszimmer. An Arbeiten war natürlich nicht mehr zu denken, es wäre sogar gefährlich gewesen. Für diese diffizile Arbeit mußte ich meine fünf Sinne beieinander haben, und im Moment waren diese Sinne hoffnungslos durcheinandergeraten. Aber gleichzeitig war ich von einer rastlosen Energie erfüllt, der ich unbedingt nachgeben mußte. Also entschloß ich mich, auf einen Sprung bei Faltecchi und Stillitano vorbeizuschauen, um vielleicht dort die Lösung zu finden, nach der ich suchte.

Als ich aus dem Palazzo auf die Piazza trat, sah ich gerade noch, wie Daniella in einer Seitenstraße verschwand. Ihr langer, roter Schal flatterte wie ein Banner hinter ihr her und verschmolz fast mit ihrem rötlichen Haar. Plötzlich kam mir eine brillante Idee – so schien es mir jedenfalls in diesem Moment –, und ich lief kurzerhand hinter ihr her.

6

Zu Nick Taliaferro hatte ich gesagt, daß ein guter Konservator neben anderen Fähigkeiten auch eine detektivische Spürnase haben sollte. Es sollte ihm Spaß machen, Geheimnisse und Rätsel zu lösen. Ein Bild steht vor dir auf einer Staffelei, unsigniert, von unbekannter Herkunft, ein Rätsel. Ein paar Anhaltspunkte gibt es – der Malstil, das Motiv, die Farbe, die Leinwand, Hunderte von kleinen, aber dennoch signifikanten Details –, die du wie ein Puzzle zusammensetzen mußt, um der Wahrheit auf die Spur zu kommen. Vielleicht kommt dir mit viel Glück irgendwann schlagartig die Erleuchtung, und das Geheimnis ist gelüftet.

Aber Daniella war kein Bild, gefesselt in einem Rahmen, mit einer Reihe von Anhaltspunkten, die, richtig zusammengefügt, ein bestimmtes Geheimnis preisgeben. Sie war eine Unbekannte, ein anderer Mensch, und noch dazu Italienerin. In einem Land geboren, in dem Mysterien wie wilde Weinranken auf einer bröckelnden Mauer gedeihen. Jedes neue Mysterium, das sich an der Materie des Lebens emporrankt und daran zupft und zerrt, erweist sich als noch verschlungener als das vorhergehende. Kein Mysterium wird jemals völlig gelöst, keine Geschichte findet wirklich ihr Ende. Jede Lösung, jedes Ende enthüllt nur ein weiteres Geheimnis oder den Anfang einer neuen Geschichte. Das glauben jedenfalls die Italiener.

Ich war im Nachteil. Ich kam aus einem Land, in dem es kaum Konspiration gibt, kaum Mysterien, in dem die Privatsphäre hochgehalten wird – aber nicht etwa, weil man viel zu verbergen hätte – und in dem die öffentliche Ordnung auf der Annahme beruht, daß die meisten Menschen ein untadeliges Leben führen. Die Kanadier neigen zu dem Glauben, daß die meisten Menschen auch in Wirklichkeit das sind, was sie zu sein scheinen. Die Italiener wissen, daß dem nicht so ist. Dinge wie diese gingen mir durch den Kopf, als ich hinter Daniella über die Piazza lief. Meine melodramatischen Gedanken führte ich auf den Wein und das Intermezzo mit Alessandro zurück; das eine wie das andere hatte mich des gesunden Menschenverstandes beraubt. Ich war erfüllt von einer ebenso unerklärlichen wie ungerechtfertigten Stärke, und dieses Gefühl wiederum trieb mein Selbstbewußtsein in geradezu schwindelnde Höhen. Nur so war es zu erklären, daß, während ich Daniella verfolgte, in meinem Kopf allmählich ein Plan Gestalt annahm.

Sie ging schnell, hatte den Kopf gesenkt und die Hände in den Taschen ihrer Lederjacke vergraben; der lange Seidenschal, den sie um den Hals trug, flatterte wie ein roter

Wimpel um ihre Schulter. Ich holte auf und rief ihren Namen, worauf sie sich genervt nach mir umdrehte.

Ich begrüßte sie, ließ ein paar Bemerkungen über unser gemeinsames Mittagessen fallen und setzte, bevor sie mich abschütteln konnte, hinzu: »Können Sie sich nicht mehr erinnern, daß wir uns schon einmal gesehen haben?«

Ungeduldig warf sie den Kopf in den Nacken, eine Geste, die sowohl Ablehnung als auch Interesselosigkeit ausdrückte. Ohne mich um ihre schlechten Manieren zu kümmern, sprach ich unbeirrt weiter: »Wir haben uns wirklich schon einmal getroffen. Gestern bei der Demonstration in der Nähe des Largo Argentina. Ich war es, die Sie vor der Polizei gewarnt hat. Erinnern Sie sich jetzt?«

Ich beobachtete sie genau, während die Bedeutung meiner Worte allmählich in ihr Bewußtsein tröpfelte. Wir waren beide stehengeblieben und musterten einander. Ihre Mandelaugen verengten sich, und ich wußte, daß sie mich erkannt hatte. Aber ich gab ihr keine Möglichkeit zu reagieren; ich wollte sie auf eine bestimmte Fährte locken, bevor sie sich noch genauer an den Vorfall erinnerte.

»Sie waren großartig«, schwärmte ich ihr vor. »Wirklich beeindruckend.« Sie warf mir einen skeptischen Blick zu; schließlich war es nicht zu übersehen gewesen, daß sie das Schlachtfeld geräumt und es anderen überlassen hatte, den Kampf auszufechten, aber ich gab vor, auf ihrer Seite zu stehen. »Bevor ich mich selbst verstecken konnte, habe ich noch gesehen, wie Sie andere Demonstranten gewarnt haben. Ich hatte nämlich blöderweise meine Ausweispapiere zu Hause vergessen. Gott sei Dank konnte ich im letzten Moment noch in einem Hofeingang verschwinden.« Mir fiel ein, daß sie Alessandro erzählt hatte, sie wäre in der Bibliothek gewesen, also setzte ich eilig hinzu: »Beim Mittagessen wollte ich Sie nicht darauf ansprechen, weil Sie ja ganz offensichtlich Ihrem Onkel und Alessandro nichts davon erzählen wollten. Die beiden hätten bestimmt kein Verständnis für Ihre Aktivitäten, was?«

Das überhörte sie geflissentlich. »Was hatten Sie da eigentlich zu suchen?« Sie spurtete wieder los. Ich hatte Mühe, mit ihr Schritt zu halten.

»Ich hab früher mal für die Separatisten in Quebec gearbeitet, und hier in Rom fehlt mir jetzt dieses Umfeld. Na ja, auf jeden Fall wollte ich mal sehen, wie ihr die Sache hier anpackt.« Ich bemühte mich um einen Ton naiver Begeisterung und hoffte, sie würde mir das abnehmen. Ich hatte allmählich keine Lust mehr, ihr hinterherzulaufen.

Auch wenn ihr Mißtrauen noch lange nicht besiegt war, so hatte ich doch wenigstens ihre Neugier geweckt, denn sie verlangsamte ihren Schritt, drehte den Kopf kaum merklich in meine Richtung und fragte nach: »Und was war das für eine Arbeit, die Sie für die Separatisten gemacht haben?«

»Ach, eigentlich alles, was so anfiel. Treffen organisieren, Demonstrationen ... eben das Übliche, Sie wissen schon.«

»Und weshalb sind Sie von dort weg?« Ihre Stimme klang neutral, fast gelangweilt, das Gesicht hatte sie hinter ihren bernsteinfarbenen Haaren versteckt. Solange sie mir Fragen stellte, konnte ich mir ihrer Aufmerksamkeit sicher sein.

»Mein Mann und ich haben uns scheiden lassen. Er hat sich dem Establishment zugewandt, und mir wurde klar, daß in Quebec nicht mehr viel zu verändern ist. Die Machtstrukturen dort sind einfach zu tief verwurzelt. Und Sie wissen ja, wie die Kanadier sind ... Ich hatte schlicht die Nase voll. Und seit ich mich mit den Schriften von Gramsci befaßt habe, war Italien ohnehin mein Traumziel.«

Ich hatte schon befürchtet, allzu dick aufgetragen oder nicht bedacht zu haben, daß Daniella vielleicht gar nicht wußte, wovon ich sprach. Aber ich hatte sie falsch eingeschätzt. Ihre Stimme wurde kaum merklich freundlicher: »Sie sind Marxistin?«

Auf dieses Stichwort hin legte ich los, getragen von einer Welle aus Wein und Adrenalin. Falls nötig, war ich in der Lage, ganze Passagen und Verse auswendig herunterzuleiern. Alles war abrufbereit in meinem Kopf gespeichert – das Resultat endloser Abende mit Michel und seinen Freunden, die samt und sonders auf dem neuesten Stand marxistischen Denkens und begierig waren, Michels degenerierte, bourgeoise Frau zu bilden. Ich tischte Marcuse und Mao auf und gab noch einen Schuß Tonio Negri dazu. Ich zog alle Register. Ich war Jane Fonda und Vanessa Redgrave in einer Person und schämte mich zutiefst dafür. Bis zu diesem Moment hatte ich meine schauspielerischen Fähigkeiten völlig unterschätzt. Während ich mich in meine Rolle einspielte, demonstrierte ich Leidenschaft, ja sogar Tiefgründigkeit, vertrat Überzeugungen und einen brennenden Glauben, Anschauungen, die nichts, aber auch gar nichts mit mir selbst zu tun hatten.

Ich war mir nicht sicher, ob ich stolz darauf sein sollte, daß mir diese Lügen so leicht von den Lippen gingen – die Erkenntnis, das Zeug zu einem erfolgreichen Heuchler zu haben, empfindet vermutlich niemand als schmeichelhaft – aber es funktionierte. Ich merkte, wie Daniellas Mißtrauen allmählich schmolz wie Eis in der Sonne. Sie glaubt mir, freute ich mich, sie hält mich für reif, um gepflückt zu werden. Doch sie war nicht naiv, sie wußte, daß sie es langsam angehen lassen mußte. Meine Travestie der glühenden Verehrerin des alten Marx entlockte ihr nur den mageren Kommentar, daß sie ganz meiner Meinung sei.

Ich wagte mich noch weiter vor. »Ich könnte mich hier sicherlich nützlich machen – bei euch in Rom geht ja ganz schön die Post ab. Letzte Nacht die Bomben zum Beispiel. Wissen Sie vielleicht etwas darüber?«

Doch da blockte sie: »Nein!« Dann, mit ruhigerer Stimme: »Nicht, daß ich es Ihnen auf die Nase binden würde, wenn es so wäre. Aber diese Aktion hat überhaupt nichts bewirkt. Wenn man schon das Risiko eingeht, Menschen umzubringen, sollte man wenigstens sicherstellen, daß man diejenigen trifft, deren Tod der Sache dient.«

Noch eine pragmatische Torreleone. »Befassen Sie sich auch mit Macchiavelli?« fragte ich.

Sie warf den Kopf herum und schaute mich entgeistert an, aber meine Stimme verriet nicht die geringste Spur von Sarkasmus und mein Mienenspiel ebensowenig. »Weshalb sollte ich mich mit diesem alten Käse belasten?« gab sie zur Antwort. »Es gibt andere, die für die heutige Zeit wichtiger sind.«

»Das ist wahr. Ich für meinen Teil halte mich auch lieber an Debray.« Ich würde bestimmt eine hervorragende Werbetexterin bei den Roten Brigaden abgeben, dachte ich voller Ekel. Fast etwas zu beiläufig fragte sie mich, ob ich denn schon daran gedacht hätte, meinen Kampf für die Sache hier in Rom weiterzuführen.

Zu gerne hätte ich gewußt, welche Sache sie meinte, gab aber nur zur Antwort: »Schon möglich. Vorausgesetzt, ich treffe die richtigen Leute.«

»Das könnte man vielleicht arrangieren.« Sie schaute mich herausfordernd an.

Ich setzte noch eins drauf und fragte: »Und dieser ›man‹ wären vermutlich Sie?«

»Wenn Sie so wollen. Ich kenne einige Leute, die interessiert sein könnten.«

Im gleichen Augenblick warf ich einen Blick die Straße hinunter und bemerkte einen jungen Mann, den ich sofort wiedererkannte: großgewachsen, Adlergesicht, Blue Jeans, schwarzer Pullover. Er lehnte an einem Motorrad mit durchgerostetem Kotflügel, rauchte eine Zigarette, und sein Gesicht paßte genau zu seiner heiseren Stimme vom Vortag, als er Daniella gedroht hatte. Plötzlich verließ mich der

Mut. Ich hatte gehofft, mit meinem dummen Spielchen etwas Brauchbares von Daniella zu erfahren, etwas, das mich einer Entscheidung, wie ich mich dem Conte gegenüber verhalten sollte, näherbringen würde. Einen Florettkampf mit Daniella auszutragen, war eine Sache, sich mit diesem Marco zu duellieren, eine ganz andere.

»Ciao, Marco«, begrüßte ihn Daniella.

Er gab keine Antwort. Mit zwei Fingern schnipste er seine Zigarette in den Rinnstein und bedachte mich mit einem stechenden Blick. Seine Augen taxierten mich mit einer solchen Unverschämtheit, daß ich gute Lust hatte, seinem Motorrad einen Tritt zu versetzen und ihn seiner Zigarette in den Rinnstein nachzuschicken.

»Wer ist die da?« fragte er Daniella.

»Sie heißt Kate Roy. Sie ist Kanadierin, spricht aber italienisch«, setzte sie vermutlich zur Warnung hinzu. »Im Moment restauriert sie bei meinem Onkel ein paar Bilder.« Und zu mir gewandt, kurz und knapp: »Das ist Marco.« Kein Familienname.

Die nun entstehende Gesprächspause benutzte Marco offenbar, um das Gehörte zu verdauen und mich mit wachsendem Interesse zu betrachten.

»Sie war gestern bei der Demonstration«, fuhr Daniella wie ein treuer Adjutant fort, der meine bona fides herunterleiert, während ich wortlos dabeistand und mich redlich bemühte, unter Marcos ungeniertem Blick ein freundliches und eifriges Gesicht zu machen. Als sie ihre Vorstellung beendet hatte, grunzte Marco nur und lud uns, allerdings höflicher als vorhin, auf einen Kaffee in eine nahe gelegene Bar ein.

Hätte ich meine fünf Sinne beisammen gehabt, hätte ich spätestens jetzt eine fadenscheinige Ausrede erfunden und mich schleunigst verkrümelt. Aber meine Neugier war unstillbar. Also bestellte ich mir einen *caffé doppio*, stellte mich mit den beiden in eine ruhige Ecke der Bar und hörte zu.

Zu meiner Überraschung stellte sich Daniella durchaus geschickt an. Sie hatte Ähnlichkeit mit ihrem Cousin, wenn sie es für opportun hielt – und im Moment hielt sie es für opportun –, um Marco aus der Reserve zu locken und ihm von meinem vermeintlichen Enthusiasmus für ihre Sache vorzuschwärmen. Ich fragte mich, ob es für die Anwerbung eines neuen Mitglieds ihrer Gruppe wohl Pluspunkte gab. Denn ein anderer Grund, weshalb sie sich so für mich einsetzte, fiel mir nicht ein, zumal ich ihr ja offensichtlich alles andere als sympathisch war. Sie streichelte seinen Arm, stärkte sein Ego und hatte ihn schließlich so weit, daß er sich damit brüstete, wie er sich einbringen würde, falls es denn zu einer Revolution käme. Bis dahin, setzte er mit wissendem Zwinkern hinzu, würde er schon mal den Grundstein dafür legen. Nachdem er genug geprahlt hatte, kam er aufs Geschäft zu sprechen. Allmählich dämmerte mir, weshalb er eine derartige Anziehungskraft auf Daniella ausübte. Er verkörperte den Typ des gutaussehenden, romantischen, aber humorlosen Revolutionärs, dessen fanatische Absolutismen besonders anziehend auf solche Frauen wirken, die gerne dominiert werden und deren Sinnlichkeit erst dann voll erblüht, wenn sie ihren eigenen Willen dem eines Mannes unterwerfen. Aber sein ganzes Gehabe war mir einfach zu gespreizt, und an Scheinheiligkeit konnten wir einander das Wasser reichen. Nur verfügte er, wie mir schien, darüber hinaus über eine gute Portion Skrupellosigkeit.

Aber er war nicht dumm. Zumindest legte er eine Gerissenheit an den Tag, die durchaus als Intelligenz durchgehen konnte. Ich mußte höllisch aufpassen, um auf seine Fragen die richtigen Antworten zu geben. Eigentlich war es ein regelrechtes Verhör, verbrämt nur durch freundliche, einleitende Worte und Daniellas häufige Unterbrechungen.

Während mich Marco in die Zange nahm, schickte ich ein heimliches Dankgebet zum Himmel, daß ich mich so ausführlich mit der einschlägigen Literatur befaßt hatte, damit Michel auf seine Frau stolz sein konnte. Aber in dem Maß, in dem Marcos Interesse an mir wuchs – wie alle Männer seines Schlages gefiel er sich in der Rolle des Hohepriesters, der die Acoluthen in die Arkandisziplinen einführt –, spürte ich, wie die Wirkung des Weins und das Gefühl meiner eigenen Stärke schwanden und blanker Furcht Platz machten.

»Verdammt noch mal, was habe ich hier eigentlich verloren?« dachte ich plötzlich. Ich hatte nun wirklich nichts mit Daniellas Angelegenheiten zu schaffen. Ich wollte nur noch weg von den beiden, aber es war nicht einfach, in Marcos Vortrag eine Lücke zu finden, die ich nutzen konnte, um mich so unauffällig wie möglich aus dem Staub zu machen.

Besonderes Interesse zeigte er an der Tatsache, daß ich für die Torreleones arbeitete. Zwar wußte er rein gar nichts über die Arbeit eines Restaurators, aber es schien ihm zu gefallen, daß ich mit wertvollen Gemälden zu tun hatte, und insbesondere mit den Gemälden der Torreleones. Einmal fragte er mich: »Nimmst du die Bilder eigentlich mit zu dir nach Hause?«

»Nein, natürlich nicht«, antwortete Daniella an meiner Stelle. »Sei nicht albern. Die sind doch viel zu wertvoll, als daß man sie in der Gegend herumschleppen könnte. Das Risiko wäre viel zu groß.« Sie drückte eine halbgerauchte Zigarette in ihrer Tasse aus, zündete sich eine neue an und zog mit kurzen, nervösen Mundbewegungen daran. Seit Marco das Thema angeschnitten hatte, wurde Daniella zusehends nervöser, und ich glaubte zu wissen, weshalb. Selbst wenn die Sammlung der Torreleones ursprünglich nicht das Ziel von Marcos kriminellem Interesse gewesen sein sollte, könnte sie es nun durchaus werden.

Daniella bemühte sich sichtlich, das Thema zu wechseln,

und schaffte urplötzlich den Absprung, als sie mit einem Blick auf ihre Armbanduhr Marco daran erinnerte, daß sie ihre Freunde besser nicht länger warten lassen sollten. Für mich war das eine elegante Möglichkeit, mich ebenfalls zu empfehlen. Halbherzig versicherte ich den beiden, wieviel es mir bedeutete, mit Menschen sprechen zu können, denen die wirklich wichtigen Themen des Lebens am Herzen lagen, und nachdem ich Daniella und Marco mein entwaffnendstes und unschuldigstes Lächeln geschenkt hatte, wandte ich mich zur Tür. Ich war schon fast draußen, als ich Marcos Stimme hinter mir hörte.

»Wir bleiben in Kontakt.«

Ich drehte mich um, nickte stumm – ich hätte ohnehin kein Wort herausgebracht – und verließ die Bar. Draußen wurde mir vor Erleichterung übel.

Marco umgab eine fast greifbare Aura der Gewalt, und das machte mir angst. Ich hätte mich wohl besser aus Angelegenheiten herausgehalten, die mich eigentlich nichts angingen. Aber dann dachte ich an Conte Massimo und tröstete mich damit, daß es mich doch etwas anging, weil mir an ihm lag. Und Alessandro? Das zu beantworten, war schon komplizierter. Aber ich nahm mir fest vor, Alessandro gleich am Montag, sobald ich wieder im Palazzo zur Arbeit erschien, zu erzählen, daß seine Cousine sich mit einem mutmaßlichen Terroristen und potentiellen Kriminellen herumtrieb. Nachdem ich diese Entscheidung getroffen hatte, fühlte ich mich deutlich besser.

Der Spaziergang zu Faltecchi und Stillitano tat mir gut. Als ich vor dem Gebäude stand, war mein Kopf wieder klar, und ich hatte beschlossen, meine detektivische Spürnase dort zu lassen, wo sie hingehörte: bei meiner Arbeit. Mochte sich Alessandro selbst mit Daniella und dem gefälschten Reni herumschlagen.

Die Eingangstür zum Büro war versperrt, aber ich hatte

einen Schlüssel. Ich verschaffte mir Zugang zu den offensichtlich verlassenen Ateliers und steuerte über den Flur auf das Lager zu. Die Chemikalien, die ich brauchte, standen in einem abgetrennten Alkoven hinter dem Lagerraum, der direkt an Faltecchis Büro grenzte. Gerade als ich in der winzigen Kammer aus dem großen Blechkanister Lösemittel in einen Glasbehälter umfüllte, hörte ich, daß jemand in Faltecchis Büro war. Durch die dünne Wand drangen aufgeregte Stimmen, die, wie ich bald herausfand, Stillitano und Faltecchi gehörten. Stillitano brüllte lautstark Faltecchis sanftere Stimme nieder.

»Diesen Auftrag hättest du ihr niemals geben dürfen«, ereiferte sich Stillitano gerade. »Sie hat viel zuwenig Erfahrung. Und außerdem war ich schon immer derjenige, der für die Torreleone-Bilder zuständig war. Von Rechts wegen war das mein Auftrag.«

Faltecchi erklärte ihm mit leiser Stimme etwas, das ich aber nicht verstand. Stillitano unterbrach ihn mit beißender Schärfe, jedes Wort eiskalt, vernichtend, stahlhart.

»Mein Gott, Giorgio! Das Mädchen hat dir offenbar den Blick für die Realitäten vernebelt. Du meinst also, sie hätte das Zeug zu einer erstklassigen Konservatorin, ja? Bist du sicher, daß das die einzigen Fähigkeiten sind, die du an ihr bewunderst?« Seine Stimme wurde anzüglich: »Ich verstehe ja, daß ein Mann in gewissem Alter bewundernde Blicke aus ihren Kulleraugen unwiderstehlich findet. Obwohl die Dame für meinen Geschmack etwas zu offensichtlich ist. Dieses Rühr-mich-nicht-an-Gehabe in Verbindung mit einem Körper, der –«

»*Basta*, Franco!« Faltecchi schnitt ihm das Wort ab.

Während Stillitanos Schimpfkanonade war es mir kalt den Rücken heruntergelaufen. Es war mir völlig klar, wer das Ziel seiner Vorwürfe war. Seine Worte trafen mich bis ins Mark. Ich hatte nicht gewußt, daß er mich so sehr haßte. Ich hatte nur noch den einen Wunsch, von hier zu verschwinden und nichts mehr davon zu hören. Aus Unachtsamkeit, blind vor Empörung und Demütigung, verschüttete ich etwas von dem Lösemittel auf der Tischplatte, wo sich die Chemikalien prompt in die Resopaloberfläche fraßen. Während ich nach einem Tuch angelte, um die Bescherung aufzuwischen, hörte ich wieder Faltecchis Stimme, und das, was er sagte, ließ mich mitten in der Bewegung erstarren.

Er sprach leise, aber hart und schneidend; offenbar antwortete er auf eine neue Anschuldigung, die Stillitano gegen mich gerichtet hatte. »Ich bin ganz und gar nicht deiner Meinung. Ich vertraue Kate, und ich wünschte, ich könnte das von jedem in diesem Hause sagen. Du kannst mir glauben, daß ich uns beiden die Suche nach den Akten, gegen die du dich so zur Wehr gesetzt hast, gern erspart hätte.« Seine Stimme wurde noch leiser, und ich mußte die Ohren spitzen – inzwischen hatte ich keine Skrupel mehr, die beiden zu belauschen. »...das Portrait. Dafür hast du mir immer noch keine zufriedenstellende Erklärung geliefert. Und das ist ja nicht alles. Einige unserer Kunden sind offenbar der Meinung, wir würden uns dazu hergeben, dubiose Aufträge anzunehmen.« Plötzlich verwandelte sich Stillitanos Stimme, er murmelte etwas auf italienisch, das wie dickflüssiger, zuckersüßer Sirup aus ihm heraustropfte. Was immer er sagte, Faltecchi konnte er damit offenbar nicht überzeugen. »Es hat doch schon mit dem Brandini-Bild begonnen, Franco. Damals glaubte ich noch, daß wir einfach nur Pech hatten. Das hätte jedem Konservator passieren können, und letztendlich ist die Geschichte ja dann im Sande verlaufen. Aber seitdem habe ich mir über ein, zwei weitere Bilder so meine Gedanken gemacht. Und jetzt das mit dem Torreleone-Reni. Also damit hast du das Faß zum Überlaufen gebracht.«

Stillitano ging in die Defensive. »Alessandro Torreleone wollte unbedingt eine Kopie des Bildes haben. Und ich hab ihm mehr oder weniger eine verschafft. Vielleicht war das ethisch nicht einwandfrei, aber doch wohl kaum eine Fälschung.«

»Der Reni gehört Alessandro nicht«, wies ihn Faltecchi scharf zurecht. »Noch nicht. Conte Massimo ist der Eigentümer, und er glaubt, daß das Bild echt ist. Das macht es zur Fälschung, Franco. Und was ist aus dem Original geworden? Kannst du mir das vielleicht sagen?«

»Weiß ich nicht«, gab Stillitano knapp zur Antwort. »Das mußt du schon Alessandro fragen.«

»Das habe ich auch vor. Aber inzwischen hätte ich noch ein paar andere Fragen, die nur du mir beantworten kannst. Obwohl ich dir ehrlich sagen muß, daß ich angesichts dessen, was ich heute aus den Akten erfahren habe, bezweifle, ob wir weiterhin als Partner zusammenarbeiten können.«

Ich konnte kaum glauben, was ich da hörte, aber plötzlich fiel mir siedendheiß ein, daß die Tür zum Lagerraum noch offenstand. Wenn Stillitano aus dem Büro kommen und mich hier vorfinden sollte . . . Das wollte ich mir nicht einmal vorstellen. Klammheimlich stahl ich mich aus dem Alkoven und durchquerte den Lagerraum, um die Tür zuzumachen. Genauso leise schlich ich mich wieder zurück. Ich mußte unbedingt wissen, was da zwischen den beiden vorging und weshalb. Aber ihre Unterhaltung war beendet. Die offene Tür zum Lagerraum war mir gerade noch rechtzeitig eingefallen. Ich hörte Faltecchis Tür, und dann entfernten sich die Schritte zweier Personen durch den Korridor. Die Haustür fiel ins Schloß. Sie waren weg.

Das Gespräch der beiden hatte mich tief getroffen und durcheinandergebracht. Weshalb nur war ich Stillitano so zuwider, daß er mich regelrecht haßte? Es stimmte zwar, daß wir uns nicht besonders grün waren und daß ich, ohne es zu wollen, in ein Revier eingedrungen war, das er offenbar als das seine betrachtete. Das allein konnte allerdings kaum der Grund dafür gewesen sein, derart über mich herzuziehen. Bei der Erinnerung an seine Worte krampfte sich mein Magen zusammen. Ich konnte mir nicht vorstellen, diesem Mann jemals wieder unbefangen gegenüberzutreten. Aber dieses Problem würde sich ohnehin von selbst lösen, wenn Faltecchi die Partnerschaft mit Stillitano tatsächlich aufkündigen sollte. Gerade fischte ich in meiner Handtasche nach dem Schlüssel für die Tür zum Lagerraum, als ich draußen auf der Treppe schnelle Schritte hörte. Bevor ich reagieren konnte, rasselte ein Schlüssel im Schloß.

Die Tür ging auf, und Stillitano stand vor mir. Zunächst einmal war er sprachlos. Das verschaffte mir Luft, um meine Gesichtszüge so in den Griff zu bekommen, daß er hoffentlich nichts als Überraschung daraus lesen konnte.

»Ach, Sie sind das, Signor Stillitano. Ich dachte schon, ich hätte Stimmen gehört. Waren Sie das gerade vorhin? Haben Sie etwas vergessen?« Ich betete insgeheim, daß er mir das abnehmen möge, und offensichtlich wurde ich erhört, denn die blinde Wut in seinen Augen schwand zusehends, wenngleich ein Rest davon noch zu ahnen war.

Er ging nicht auf meine Fragen ein. »Was machen Sie hier?«

»Mir sind im Palazzo ein paar Utensilien ausgegangen, die ich mir gerade zusammengesucht habe. Wenn Sie mich jetzt bitte entschuldigen wollen«, sagte ich hastig, um weiteren Fragen zuvorzukommen, »ich hab's eilig.« Ich machte einen Schritt zur Tür, aber Stillitano versperrte mir den Weg. Mit ruhiger Stimme sagte er: »Ich muß mit Ihnen sprechen, Signora Roy. In meinem Büro. Wenn Sie so freundlich wären. Ich werde Sie nicht lange aufhalten.«

»Natürlich.« Gehorsam folgte ich ihm durch die Eingangshalle. Erfolglos versuchte ich die Angst hinunterzuschlucken, die wie Galle in mir hochstieg. Ich beruhigte mich mit dem Gedanken, daß er zwar vermuten, nicht aber sicher sein konnte, daß ich seinen Streit mit Faltecchi mitgehört hatte. Auch wenn er mich verdächtigte, würde er wohl kaum handgreiflich werden. Weshalb also diese Angst? Viel lieber wäre ich wütend gewesen, denn das hätte es mir leichter gemacht, auf das, was mir jetzt bevorstand, zu reagieren.

Stillitanos Büro war ein Abbild seines Besitzers: korrekte und diskrete Eleganz, in Grau- und Beigetönen gehalten, penibel aufgeräumt und entschieden kühl im Gesamteindruck. Hier standen die Aktenordner in hohen Aktenschränken aus Holz, einige der Türen waren offen, eine Schublade aufgezogen. Stillitano schloß die Schranktüren und schob die Schublade zu, rückte mir mit ausgesuchter Höflichkeit einen Stuhl zurecht und bot mir Brandy aus einer Flasche an, die zusammen mit Cognacschwenkern auf einem Tablett auf dem großen Schreibtisch stand. Als ich dankend ablehnte, goß er sich selbst ein Glas ein und nahm hinter dem Schreibtisch Platz. Mit aufgestützten Ellbogen und gefalteten Händen betrachtete er mich. Endlos, wie mir schien.

Entnervt starrte ich zurück und bemühte mich, locker zu bleiben.

»Signora Roy«, begann er langsam, »ich weiß, Sie sind eine aufrichtige Frau. Ich glaube, Sie sind auch eine intelligente Frau. Und ich glaube, daß Sie sich meiner Gefühle Ihnen gegenüber durchaus bewußt sind.« Er lächelte mich kalt an. »Aber trotzdem muß ich Ihnen sagen, daß ich größten Respekt vor Ihren Fähigkeiten habe, wenngleich es nicht leicht ist, mit Ihnen zusammenzuarbeiten.« Er machte eine Pause und nippte an seinem Brandy.

Ich sagte nichts. Allmählich bekam ich von meiner einstudierten Miene einen Muskelkrampf. Ich fragte mich, wo diese bemerkenswerte Ouvertüre wohl hinführen mochte.

»Und dennoch«, fuhr er fort, »halte ich es für besser, wenn wir eine Weile getrennt voneinander arbeiten. Ich habe jetzt Verschiedenes in Rom zu erledigen. Deshalb werde ich häufiger als in den vergangenen Monaten hier im Büro sein. Das würde bedeuten, daß wir uns ständig über den Weg laufen. Und daran sind wir doch beide nicht interessiert, meinen Sie nicht auch?«

Ich gab ein mehrdeutiges Grunzen von mir, das zu interpretieren ich ihm überließ. Ich war nicht bereit, mich von seiner scheinheiligen Aufrichtigkeit einwickeln zu lassen. Ich bemühte mich um ein ausdrucksloses Gesicht und starrte ihn weiter an. Nachdem mein Kommentar ausblieb, fuhr er fort: »Gut. Sie sind also der gleichen Meinung wie ich. Nun, was also ist der Ausweg aus unserem Dilemma? Ich mache Ihnen einen Vorschlag: Zufällig sucht einer meiner Freunde – er ist ein bedeutender Gemäldesammler – einen Spezialisten, der einige seiner Gemälde in seiner Villa in der Nähe von Palermo reinigt. Sein Name ist Pietro Bassi. Kennen Sie ihn?«

»Nein, nie gehört. Sollte ich ihn denn kennen?«

»Aber nein. Er scheut die Öffentlichkeit, und seine Kollektion ist in der Tat so beachtlich, daß sie das Ziel von Kunsträubern wäre, wenn sein Name in allen Zeitungen stünde.«

»Und Sie möchten, daß ich für ihn arbeite?«

»Genau. Es wäre ein umfangreiches Projekt, einige Monate oder sogar länger. Ich würde mich dafür verwenden, daß Sie solange von Ihrer Arbeit hier freigestellt werden.«

»Seien wir doch so aufrichtig miteinander, Signor Stillitano, wie Sie es selbst schon angeregt haben: Was wäre denn die Konsequenz, wenn ich diesen Auftrag ablehnen würde?«

Sein Gesicht verlor den Ausdruck scheinheiliger, freundlicher Anteilnahme. »Das wäre in der Tat unklug. Sie hatten Glück, hier in Italien eine Arbeitserlaubnis zu bekommen. Ein solches Glück kann einen leicht wieder verlassen.«

Ich spürte, wie meine Hände vor Wut zitterten, und preßte sie in meinem Schoß aneinander. Ich hatte noch immer Angst. Eigentlich war ich davon ausgegangen, daß ich nach Faltecchis Drohung, die Partnerschaft mit Stillitano zu beenden, von ihm nichts mehr zu befürchten hätte, aber ich hatte mich getäuscht. Dieser Mann war unberechenbar und in dieser eiskalten Ruhe durchaus eine Bedrohung.

»Ihre Art der Formulierung ist in der Tat überzeugend, Signor Stillitano, wenn nicht sogar originell.« Der Klang meiner Stimme, sachlich und scheinbar furchtlos, beruhigte mich. »Aber Originalität ist eigentlich nicht Ihre Stärke, habe ich recht?« Bevor ich es verhindern konnte, waren die Worte heraus.

Aber offenbar nahm er die Zweideutigkeit meiner Bemerkung nicht zur Kenntnis. »Resultate sind wichtiger als Originalität, Signora Roy. Ich hätte Ihre Entscheidung gerne am Montag.«

Ich kämpfte mit meiner Selbstbeherrschung. »Das schaffe ich unmöglich. Sie werden mir bis Mitte nächster Woche Zeit dafür lassen müssen.«

»Sehr gut.« Er erhob sich. Die vorhin geübte, formelle Höflichkeit war verschwunden, und aus seinen Augen sprach offene Aversion. »Erwähnen Sie Signor Faltecchi gegenüber nichts von unserer Unterhaltung. Ich werde ihn bestimmt überzeugen können, sobald ich Ihre Zustimmung habe.«

»Falls ich zustimme.« Ich sah ihm ins Gesicht und stand auf.

»Richtig, wenn Sie sich entschieden haben, zuzustimmen. Und nun, Signora Roy, lasse ich Sie gehen...« Er sprach das Wort »lasse« mit kaum hörbarer Betonung, aber hörbar genug, um mir dessen Bedeutung klarzumachen. Ich drehte mich um und verließ wortlos sein Büro.

Ich mußte unbedingt nachdenken, und gleichzeitig wollte ich von dieser ganzen Geschichte nichts mehr hören und sehen. Ich sehnte mich danach, mich mit etwas völlig anderem zu beschäftigen. Ziellos wanderte ich über den Corso, bis ich plötzlich vor dem Standbild von Vittorio Emmanuele stand, einem überlebensgroßen Denkmal, einer protzigen Demonstration vergangener Macht. Ohne zu zögern überquerte ich die Piazza Venezia, scherte mich den Teufel um den mörderischen Verkehr, wandte der bombastischen, weißen Hochzeitstorte von einem Denkmal den Rücken zu und machte mich auf den Weg in das Rom der Antike.

Hinter einem Eisengeländer, in einer von Marmorbruchstücken übersäten Senke, lag die zerfallene Macht einer früheren Epoche. Bei einem griesgrämigen Wächter kaufte ich eine Eintrittskarte und spazierte auf das Forum, umrundete Steinhaufen und einsame, verstreut herumstehende Säulen, die wie Finger in den blauen Himmel zeigten. Pathetisch wirkten sie in ihrer Einsamkeit und doch beschworen sie vergangene, glorreiche Zeiten viel eindrucksvoller herauf, als es das bombastische weiße Monument auf der Piazza Venezia vermochte, an dem ich gerade vorbeigekommen war. Ich stieg auf den Palatin, den einstigen Wohnsitz der Kaiser. Heute lag dort oben ein hübscher Park mit grünen, von weißen und gelben Wildblumen übersäten Wiesen. Außerdem befand sich dort das unterirdische Haus der Livia, der Ehefrau des Kaisers Augustus.

Ich setzte mich ins Gras, lehnte mich mit dem Rücken an eine von der Sonne erwärmte Steinmauer und holte Zeichenblock und Stifte heraus. Hoch über mir öffneten sich die Zweige der Pinien wie grüne Sonnenschirme gegen den leuchtend blauen Himmel. Akanthusbüsche mit ihren glänzenden Blättern, die als steinerne Ornamente auf unzähligen Kapitellen römischer Säulen verewigt sind, breiteten ihre gezackten Blätter vor einer Wand aus, deren Ziegel genau die gleiche Farbe hatten wie die braune Erde unter ihnen. Eine Biene schwirrte vorbei, tauchte in die Blüte eines wilden, purpurroten Krokus ein und verschwand darin. Die Stille wurde nur unterbrochen von Vogelgezwitscher, dem Läuten von Glocken und dem gelegentlichen Geschnatter vereinzelter, sportlicher Touristen, die sich von ihrer Gruppe abgesetzt hatten und nun vom Forum heraufgestiegen kamen.

Die Düfte des Sommers – wilder Thymian und frisch gemähtes Gras – erfüllten die von der Sonne erwärmte Luft. Ich schloß die Augen, der Stift fiel mir aus der Hand, und ich glitt in einen seligen, friedlichen Schlaf des Vergessens hinüber. Aber nur für kurze Zeit. Unzählige Fragen drängten sich in mein Bewußtsein wie hartnäckige Bittsteller, die Gehör verlangten. Im Nu war meine Schläfrigkeit verflogen, ich setzte mich auf und versuchte meine Gedanken zu ordnen. Ich nahm wieder den Stift zur Hand und listete die Fragen auf, die mir gerade in den Sinn kamen.

Erstens: Wo befindet sich im Augenblick das Original des Reni? Wer würde ein solches Bild wohl kaufen, ohne es herzeigen zu können, falls Alessandro eine solche Bedingung an den Verkauf geknüpft hatte? Die Antwort darauf war einfach. Jedes Jahr werden Hunderte gestohlener Kunstwerke unter genau diesen Voraussetzungen verkauft; ein skrupelloser Händler weiß genau, wen er ansprechen muß.

Die nächste Frage: Wie hat Alessandro seinem Vater den plötzlichen Geldsegen erklärt, der mit dem Verkauf des Gemäldes über die Torreleones gekommen sein mußte? Auch das war für Alessandro bestimmt kein großes Problem gewesen, zumal er sich bei finanziellen Transaktionen bestens auskannte, sein Vater aber solchen Dingen eher weltfremd gegenüberstand. Vielleicht hatte er es mit klugen Investitionen erklärt.

Aber was war mit dem Geld geschehen? Weshalb verkauften die Torreleones trotzdem weiter ihre Bilder? Darauf wußte ich keine Antwort.

Weshalb hatte Stillitano das Bild überhaupt gefälscht? Was hatte er für einen Grund, seinen doch beachtlichen Ruf mit einem so dubiosen Geschäft zu gefährden? Und es war ja nicht das erste Mal gewesen, wenn ich Faltecchis Vorwürfe richtig interpretiert hatte; von einem »Brandini-Gemälde« war noch die Rede gewesen. Und hinzu kam noch: Woher wußte Alessandro, daß er mit einem solchen Anliegen zu Stillitano gehen konnte? Auch auf diese Fragen hatte ich keine Antwort.

Und schließlich die schwierigste Frage von allen: Wie sollte ich jetzt weiter vorgehen? Daß ich etwas unternehmen mußte, war mir klar. Schon allein, um Stillitanos ausgesprochenen und unausgesprochenen Drohungen zu begegnen. Natürlich würde ich Stillitanos sogenannten Auftrag ablehnen – soviel stand für mich schon fest –, aber ich brauchte unbedingt eine Handhabe gegen ihn, um ihn an weiteren Repressalien zu hindern, nachdem ich ihn mit meiner Entscheidung konfrontiert hatte. Ich mußte mich wappnen. Aber wie? Sollte ich Faltecchi erzählen, daß ich seinen Streit mit Stillitano mitgehört und daß Stillitano mich bedroht hatte, und sollte ich ihn um Hilfe bitten? Ich zweifelte nicht daran, daß er mir helfen würde, war mir aber nicht sicher, wie weit er überhaupt in der Lage war, mich vor einem Mann wie Stillitano in Schutz zu nehmen. Ich überflog nochmals die einzelnen Fragen. Dann faltete ich das Blatt Papier zusammen und steckte es genervt in die Tasche, um es nicht mehr ansehen zu müssen. Schlecht gelaunt und verwirrt stand ich auf. Ich wollte endlich selbst aktiv werden und nicht mehr nur Zuhörer und Zuschauer sein. Ich hatte die Nase von meiner Passivität voll.

Als ich das Forum verließ, fiel mir plötzlich Paolo Flacco,

der frühere Assistent von Faltecchi, ein. Auch er konnte Stillitano nicht ausstehen, und er hatte einige Bemerkungen über Stillitanos dunkle Seiten fallenlassen. Vielleicht wußte er mehr, als er mir damals gesagt hatte, vielleicht hatte er ja eine Idee, wie ich die Sache am besten anpacken könnte. Ich nahm mir vor, ihn von zu Hause aus in Florenz anzurufen. Als ich in meine Wohnung zurückkam, setzte ich mein Vorhaben sofort in die Tat um. Glücklicherweise war Paolo zu Hause. Nachdem ich keine Lust hatte, die ganze Geschichte am Telefon mit ihm zu bereden, erging ich mich in vagen Andeutungen und erwähnte nur, daß ich ein Problem hätte. Ob ich wohl morgen, am Sonntag, zu ihm nach Florenz kommen könne. Klar, antwortete er fröhlich. Es wäre ohnehin an der Zeit, sich mal wieder zu treffen.

Anschließend fühlte ich mich schon bedeutend besser und beschloß, meine Probleme zunächst einmal auf Eis zu legen. Eilig machte ich mich daran, mich fürs Abendessen mit Nick Taliaferro vorzubereiten. Ich ließ die Badewanne vollaufen und nahm erst einmal ein ausgiebiges Bad, bis ich spürte, daß alle Anspannung aus meinem Körper gewichen war. Dann lackierte ich mir die Fingernägel und wählte zum ersten Mal seit Monaten in aller Ruhe meine Garderobe für den Abend aus. Allmählich stellte sich meine gute Laune wieder ein, und als es sieben Uhr wurde, tat mir Nick schon fast leid: Er würde meine ganze aufgestaute Energie und Neugier abbekommen. Zwar würde er kaum die Antworten auf die Fragen, die ich mir auf dem Palatin aufgeschrieben hatte, wissen, aber ich würde schon dafür sorgen, ein paar andere aus ihm herauszukitzeln. Und falls es mir nicht gelingen sollte, ihn aus der Reserve zu locken... Nun, dann könnte ich ihn wenigstens als potentielle Komplikation aus meinem Leben streichen.

7

Der Abend war angenehm mild, trügerisch mild: Immer noch hing die Wärme des zu Ende gegangenen Tages in der Luft. Als ich zur Bushaltestelle ging, sausten Mauersegler im Kunstflug durch die Dämmerung. Hätten sie nicht ihre klagenden »Gesú, Gesú«-Rufe in den Abendhimmel geschickt, hätte man sie leicht für Fledermäuse halten können. Als ich um die Ecke bog, fuhr mein Bus gerade von der Haltestelle ab, ausnahmsweise einmal zu früh und ohne sich darum zu kümmern, daß ich ihm hinterherlief und mit den Armen fuchtelte. Statt eine Viertelstunde auf den nächsten Bus zu warten, entschloß ich mich, zu Fuß nach Trastevere hinunterzuspazieren, wo ich mich mit Nick in der Bar verabredet hatte. Es war nicht weit, ein Fußmarsch von höchstens zwanzig Minuten, größtenteils durch ein vornehmes Viertel mit ausländischen Botschaften, Akademien und Villen, eine Gegend, die ich wegen ihrer architektonischen Leckerbissen entlang des Weges liebte. Da gab es zum Beispiel einen reich verzierten Barockbrunnen, der wie ein marmorner Wasserfall hinter einem Triumphbogen plätscherte, und eine kleine Kirche, von deren Vorplatz aus man eine überwältigende Aussicht auf die Stadt hatte. Ich war gut in der Zeit und wollte vorher noch schnell mit meinen Freunden, die um diese Stunde vermutlich schon in der Bar waren, einen kleinen Drink nehmen. An einem so schönen Abend wie diesem hielt es bestimmt niemanden zu Hause.

Aber es wurde allmählich dunkel. Nicht nur die Touristen, sondern auch viele Römer wagen sich nach Sonnenuntergang nicht mehr alleine aus dem Haus. Rom habe sich verändert, hörte ich die Leute immer wieder sagen. Längst war es nicht mehr die Stadt, in der eine Frau abends gefahrlos allein spazierengehen konnte und nur mit der auch tagsüber üblichen Anmache zu rechnen brauchte. Aber diese Einschränkung bezog sich hauptsächlich auf die Innenstadt. In der Umgebung meiner Wohnung hatte ich mich bis jetzt immer sicher gefühlt. Gelegentlich liefen mir Leute über den Weg, die ich kannte, ein Nachbar oder Bekannte der Palmieris, die mir auf ihrem Heimweg lächelnd zunickten, aber heute abend waren die Straßen fast menschenleer. Durch die geöffneten Fenster hörte ich Töpfe klappern, und es duftete verführerisch nach Knoblauch und Olivenöl. Die hellen Stimmen von Kindern, die auf der Straße Fußball spielten, übertönten den allmählich abklingenden Verkehrslärm auf der geschäftigen Via Carini. Ein Mann auf einem Motorrad preschte mit aufheulendem Motor an mir vorüber die Straße hinunter, ganz in Schwarz, wie verschmolzen mit seiner Maschine.

Ich schlenderte an dem laut plätschernden Barockbrunnen vorbei, stellte mich einen Augenblick lang auf den kleinen Vorplatz der Kirche und genoß den Ausblick über die Stadt; in der einbrechenden Dunkelheit verloren sich die Konturen und verschwammen zu einem riesigen Meer von Lichterpunkten. Die Nacht fällt nicht über Rom herein; sie erhebt sich vielmehr aus dem Herzen der Stadt, aus den verwinkelten Gäßchen und Innenhöfen, in die sich nur selten ein Sonnenstrahl verirrt. Wie der Nebel, der vom Tiber aufsteigt, kriecht sie über die Dächer, bis sie schließlich auch die Hügel in Besitz nimmt. Nur die höchsten Kuppen schimmerten noch im Goldglanz des vergangenen Tages über dem sich vertiefenden Blau.

Direkt vor mir fiel der Weg steil ab, verlor sich in einem Dickicht von Büschen, um schließlich in der kurvenreichen Straße zu münden, die in Serpentinen nach Trastevere hinunterführt. Zu meiner Rechten, direkt am Ende der niedrigen Mauer, an der ich stand, markierte ein schmiedeeisernes Gitter den Eingang zu einem schmalen Kreuzweg, den ich ab und zu als Abkürzung nach Trastevere hinunter einschlug. Die Mauern zu beiden Seiten des Kopfsteinpflasterweges zeigten die Stationen des Kreuzwegs und waren als Inspiration für Kleriker und Pilger gedacht, die gern diesen Weg zur Kirche herauf wählten. Im Moment war das Tor allerdings verschlossen. Ich warf einen Blick durch das Gitter; der Pfad dahinter war in einem traurigen, verwahrlosten Zustand, überwuchert von Unkraut und von Müll übersät. Obwohl es noch nicht ganz dunkel war, wirkte der Weg unheimlich auf mich. Ich überquerte die Straße und steuerte auf den Gehweg zu, der an dem der Kirche gegenüberliegenden, kleinen Park entlangführte. Ein trostloses Fleckchen Erde mit verdorrten Grasstoppeln, aufgewertet nur durch ein, zwei einsame Eichen und ein paar pockennarbige Statuen. Ein Platz, auf dem die Leute der Umgebung ihre Hunde Gassi führten. Am anderen Ende des Parks sah ich den Motorradfahrer wieder, der auf seiner Maschine saß und die Aussicht genoß.

Vom Park aus führte die Straße in Serpentinen den Hang hinunter, flankiert von langen Häuserzeilen mit hohen, von wildem Wein bewachsenen Mauern und verrammelten Toren. Auch tagsüber sah ich hier so gut wie nie Menschen aus- und eingehen; aber an diesem Abend wirkten die Häuser ganz besonders verlassen. Leblose Terrakotta-Monumente, abgeschottet von der Außenwelt, wie es dem Geschmack der Reichen entspricht. Ich mußte an Nick Taliaferro denken und an das Schild ›Zutritt verboten‹, das er ebenso gut sichtbar trug wie diese Häuser. Die gleiche gepflegte und scheinbar unüberwindliche Fassade, die gleiche Wachsamkeit. Ich war gespannt darauf, ob es mir heute abend gelingen würde, hinter dieser sorgfältig zurechtgemachten Maske einen flüchtigen Blick auf seine wahren Gefühle zu erhaschen.

Was sein Interesse an mir betraf – nun ja, ich bildete mir

nicht ein, daß seine Einladung zum Abendessen ein Kompliment für meine weibliche Unwiderstehlichkeit war. Suchte er ein Abenteuer? Vielleicht – aber bestimmt nicht auf die übliche Art. Ganz bestimmt nicht.

Mittlerweile war es um mich herum still geworden. Die Straße war menschenleer, nur hin und wieder brauste ein Auto vorbei. Immer, wenn es danach wieder still wurde, drang das leise Knattern des Motorrads an mein Ohr. Es war irgendwo hinter mir, unsichtbar, nicht direkt nah, aber auch nicht weit entfernt, präsent wie ein sirrendes Insekt, das gerade zum Stechen ansetzt, störend zwar, aber doch wieder unbedeutend. Trotzdem wäre ich gern schon im Licht und im lebendigen Treiben von Trastevere gewesen.

Mitten im längsten und dunkelsten Abschnitt der Straße, die sich wie ein Canyon zwischen Klippen aus unüberwindlichen Mauern hangabwärts wand, zerriß der aufheulende Motor des Motorrads mit einem Schlag die Stille, um genauso plötzlich wieder in das monotone Knattern zu verfallen, das meine Nerven inzwischen bis zum Zerreißen strapazierte.

Angesichts dieses infernalischen Lärms spürte ich, wie sich meine Nackenhaare sträubten. Ich streifte mir den langen Riemen meiner Handtasche über den Kopf und legte einen Zahn zu. Auf eine Wiederholung der Affenkopf-Szene war ich wirklich nicht scharf. Ich drehte mich um, aber der Mann blieb hinter der letzten Kurve, die ich nicht einsehen konnte, verborgen. Nur der Scheinwerferkegel seines Motorrads, der zitternd über die Mauer und den grünen Pflanzenteppich kroch und mich an der Schulter streifte, verriet mir, daß er irgendwo dort hinten sein mußte.

Es war absurd, aber ich fühlte mich verfolgt. Obwohl ich mir ständig einredete, Gespenster zu sehen – es hätte ja auch ein Teenager auf einer Spritztour sein können –, begann ich zu laufen. Die Tasche klatschte gegen meine Hüfte, und meine Füße – zum Glück hatte ich mir Schuhe mit flachen Absätzen angezogen – klapperten auf dem Gehweg.

Nur noch zwei Häuserblocks, dann würde ich die steile Freitreppe erreicht haben, die zu einer der Hauptstraßen von Trastevere hinunterführte. Immer, wenn ich mit Einkaufstaschen im Arm am Fuß dieser Treppe stand, ragten ihre Stufen geradezu beängstigend steil vor mir auf; im Moment aber erschien sie mir als idealer Fluchtweg, denn dort hinunter würde mir kein Motorrad folgen können.

Offensichtlich war aber nicht nur mir die Treppe eingefallen, denn plötzlich heulte die Maschine wie eine wildgewordene Kreissäge auf.

Dieses Ding in meinem Rücken raubte mir den letzten Nerv, und mir war klar, daß ich gegen das Motorrad nicht den Hauch einer Chance hatte. Ich wirbelte herum, und da war er, genau hinter mir, ein gelber Lichtkegel, der unter ohrenbetäubendem Getöse auf mich zugerast kam. In panischer Angst warf ich mich rücklings gegen die Mauer und hätte mich am liebsten mit der dichten Efeuhecke zugedeckt. Im nächsten Moment fegte er an mir vorüber – ein schwarzer Schatten, eine verschwommene Gestalt, die sich gegen den Fahrtwind stemmte –, um gleich darauf hinter der nächsten Ecke zu verschwinden. Hustend und spuckend starb dort der Motor ab. Stille. Nichts war zu hören, bis auf das Rauschen des Blutes in meinen Ohren und das heftige Pochen meines Herzens.

Bestimmt wartete er da vorn auf mich. Und wenn ich mich nicht bald blicken ließ, würde er zurückkommen. Blind vor Angst suchte ich nach einem Fluchtweg, aber um mich herum türmten sich nur endlose, glatte Mauern auf, zu hoch, um sie bezwingen zu können, selbst, wenn ich Weltmeisterin im Freeclimbing gewesen wäre. Zudem bildeten Glasscherben auf den Mauerkronen ein weiteres, unüberwindliches Hindernis. Die dunklen Fensterhöhlen der Villen ließen jede Hoffnung darauf schwinden, daß auf mein Klingeln jemand an die Haustür kommen würde; und wenn, dann höchstens ein Dienstbote, der darauf trainiert war, ungebetene Gäste abzuwimmeln. Für die Menschen, die in diesen Häusern wohnten, war die Gefahr einer Entführung viel zu real, als daß sie dem natürlichen italienischen Instinkt, in Not geratenen Mitmenschen zu helfen, hätten nachgeben können. Zu oft schon hatte genau dieser Trick zum Erfolg geführt. Wohin also? Was tun? Mir die Seele aus dem Leib brüllen, in der Hoffnung, daß mir jemand wie durch ein Wunder doch das Tor öffnete? Das konnte ich vergessen. Ich war selbst zu realistisch, um auf die Wirkung von Hilferufen zu vertrauen. Oder sollte ich mich kurzerhand dem nächsten vorbeikommenden Auto in den Weg stellen? Oder kehrtmachen und wieder hinauf in den zweifelhaften Schutz des Parks und der Kirche laufen, wo vielleicht Leute waren, die mir helfen konnten?

In diesem Augenblick kam ein Auto in schneller Fahrt die Straße herauf. Entschlossen trat ich ihm in den Weg und fuchtelte verzweifelt mit den Armen. Ohne die Geschwindigkeit zu verringern, vollführte der Fahrer einen waghalsigen Schlenker, um mich nicht zu überfahren, und überschüttete mich aus dem Wagenfenster heraus mit üblen Verwünschungen. Dann war er an mir vorüber und um die nächste Ecke verschwunden.

Mein Entschluß stand fest. Vorwärts konnte ich nicht, also blieb mir nur der Weg zurück, die Straße hinauf, aus dieser ummauerten Schlucht heraus, die mich gefangen hielt. Mit wild rudernden Armen rannte ich los, dankbar, einen weiten Rock und bequeme Schuhe zu tragen. In mein Keuchen mischte sich das ohrenbetäubende Röhren des aufheulenden Motors meines Verfolgers.

Wie ein Bluthund folgte er meiner Fährte, als hätte er meine panische Angst und meinen Fluchtversuch gewittert. Ich hatte erst die halbe Strecke zum Park zurückgelegt, als sein Scheinwerfer die Dunkelheit vor mir durchbrach. Der Lichtstrahl fiel auf einen Haufen Müllsäcke, die vor einem Haus darauf warteten, am nächsten Morgen abgeholt zu werden; beinahe wäre ich darüber gestolpert. Ohne lange zu überlegen, ging ich hinter den Säcken in Deckung und machte mich so klein wie möglich. Ich schickte ein schnelles Dankgebet dafür zum Himmel, daß die Müllsäcke ausgerechnet im dunkelsten Teil der Straße lagen und ich in meinen dunklen Sachen vielleicht selbst als Müllsack durchgehen würde, wenn der Motorradfahrer angebraust kam.

Ein derart ohrenbetäubender Lärm hallte aus dem Gully zurück, über dem ich kauerte, daß ich nur noch von dem Wunsch beseelt war, so schnell wie möglich aus meinem Versteck zu flüchten. Aber ich unterdrückte die in mir aufsteigende Panik und blieb in meinem stinkenden Unterschlupf hocken. Ich sah, wie das Motorrad die Straße herauf und gottlob an mir vorbei um die nächste Ecke preschte.

Sobald es außer Sichtweite war, sprang ich auf und lief die Straße zur Kirche hinauf. Auch wenn das Motorrad in der gleichen Richtung verschwunden war, gab es dort oben Straßenlaternen, überschaubares Gelände und mit etwas Glück vielleicht auch Menschen; in der anderen Richtung dagegen konnte ich keine Hilfe erwarten.

An der Straßenecke zum Park blieb ich stehen und spähte vor mir in die Dunkelheit. Aber abgesehen von einem einsamen, geparkten Auto war die Straße leer. Absolut leer. Zwar war niemand in Sicht, der mir hätte helfen können, aber das Motorrad entdeckte ich auch nicht. Als einziges Geräusch hörte ich das leise Plätschern des Brunnens und das entfernte Brummen des Verkehrs.

Allmählich beruhigten sich meine Nerven, und ich begann mich sicherer zu fühlen. Vielleicht hatte ich ja auch überreagiert, und es gab eine plausible Erklärung für diesen Vorfall. Selbst wenn der Motorradfahrer mehr wollte, als mich nur in Angst und Schrecken zu versetzen, hatte er offenbar aufgegeben und war auf der Suche nach einem anderen Opfer. Für heute allerdings war mir die Lust auf Spaziergänge gründlich vergangen; frische Luft hatte ich, weiß Gott, genug getankt.

Ich beschloß also, nach Hause zu gehen und mir ein Taxi zu bestellen.

In dem Moment aber, als ich über die Straße zur Kirche ging, flammte vor mir ein Scheinwerfer auf und erfaßte mich. Der Motorradfahrer hatte hinter dem geparkten Auto auf mich gewartet.

Falls er vermutete, ich würde mich nun in mein Schicksal ergeben, hatte er sich getäuscht. Mit drei großen Schritten war ich über die Straße. Fünf weitere brachten mich zu dem schmiedeeisernen Tor, das den Schleichweg an der Kirche versperrte. Ich hielt mich am Gitter fest, setzte einen Fuß auf die Klinke und schwang das andere Bein haltsuchend nach oben, während ich mich gleichzeitig mit beiden Händen auf die Mauer stemmte. Ich war nur von dem Gedanken beseelt, über die Mauer zu klettern, den Kreuzweg hinunterzulaufen und über die Mauer am anderen Ende zu entkommen. Auf die Idee, daß er mir zu Fuß folgen könnte, kam ich überhaupt nicht, denn inzwischen war er für mich so verwachsen mit seinem Motorrad wie ein moderner Zentaur, so daß ich die Möglichkeit, er könne absteigen, nicht einmal in Erwägung zog.

Ich seufzte vor Erleichterung, als ich rittlings auf der Mauer saß. Gerade wollte ich zur anderen Seite hinunterspringen, als ich zur Salzsäule erstarrte und mir ganz elend wurde.

Über den Kreuzweg war Maschendraht gespannt, der entweder genau das verhindern sollte, was ich vorhatte, oder vielleicht auch nur dem wilden Wein, der sich daran emporrankte, als Spalier diente. Ich saß jedenfalls in der Falle.

Wie eine auf einen Baum gejagte Katze hockte ich auf der Mauer. In der Falle. Langsam drehte ich den Kopf und schaute nach unten. Er stand direkt unter mir, die Hände in die Hüften gestemmt, von den Schultern bis zu den Stiefeln in schwarzes Leder gehüllt, das Gesicht verborgen unter einem Vollvisierhelm.

Er kam noch einen Schritt näher. Ich machte den Mund auf, wollte schreien, auch wenn mich niemand hören sollte. Aber als er das Visier seines Helms zurückklappte, erstarb der Schrei in meiner Kehle. Es war Marco.

Einen Moment lang war ich sprachlos. Ich starrte ihn fassungslos an, während sich auf seinem Gesicht ein zufriedenes Grinsen ausbreitete. Marco betrachtete es zweifellos als besonders reife Leistung, Frauen in Angst und Schrecken zu versetzen; vermutlich war er sogar stolz auf seine ausgefeilte Technik.

Verdammt sollte ich sein, wenn ich ihm diesen Spaß nicht gründlich verderben würde. Meine Angst war auf einmal wie weggewischt. Vielleicht war es auch nur die Erleichterung darüber, daß mein Verfolger jemand war, den ich kannte.

Wutschnaubend stieg ich von meinem Hochsitz herunter, scherte mich den Teufel um einen vorsichtigen oder würdevollen Abstieg, und über Marco entlud sich die in mir aufgestaute Angst in einer donnernden Schimpfkanonade. Ich weiß nicht mehr, was ich ihm alles an den Kopf warf, ich erinnere mich nur noch, daß ich nicht ein einziges italienisches Schimpfwort ausließ, das ich in meinem – zugegebenermaßen etwas begrenzten – Fundus von Obszönitäten finden konnte. Als ich merkte, daß ich mich wiederholte, schaltete ich auf englisch und französisch um – was er möglicherweise zwar nicht verstand, was mir aber unglaubliche Befriedigung verschaffte.

Mit einer gewissen Genugtuung stellte ich fest, daß Marcos Grinsen mittlerweile schon nicht mehr so selbstgefällig war. Offenbar hatte ihn mein Wutausbruch unvorbereitet getroffen, wahrscheinlich hatte er erwartet, ich würde vor Angst zittern.

Ohne auch nur einen Gedanken daran zu verschwenden, ob es ratsam war oder nicht, polterte ich los: »Was glaubst du eigentlich, wer du bist? Du drittklassiger Schmalspur-Marlon-Brando!«

Aber meine Worte prallten wirkungslos an ihm ab. Wieder lächelte er mich an, ein anderes Lächeln zwar, aber nicht weniger unsympathisch. »Du bist wütend.« Es klang zufrieden. »Mann, du schaltest aber schnell!«

»Ich mag Frauen, die Mut haben.« Mit einer Fingerspitze tätschelte er mir die Wange. Ich spürte seinen Fingernagel auf meiner Haut. Vielleicht sollte ich ihm mal eine Nagelschere schenken.

Ich wich ein paar Schritte zurück. »Was du nicht sagst! Um deine eigenen Defizite zu kompensieren, was?«

In seine Augen trat ein bösartiges Blitzen, und ich wünschte, ich hätte meine Analyse für mich behalten. Das wenige, das ich von Marcos Psyche bisher mitbekommen hatte, hätte mich warnen sollen, bestimmte Themen besser nicht anzuschneiden.

Er griff nach mir und packte mich am linken Arm, direkt unter dem Ellbogen.

Ich gab mich ungerührt und war entschlossen, mich von ihm nicht noch einmal einschüchtern zu lassen. Trotzdem beschloß ich, meinen Stolz vorläufig hintanzustellen und seinem Ego zu schmeicheln. »Laß mich los«, sagte ich so ruhig wie möglich, als er zudrückte. Es tat höllisch weh. »Du brauchst mir nicht zu beweisen, daß du stärker bist als ich. Das ist ja nicht zu übersehen.«

Er lockerte seinen Griff, hielt mich aber immer noch

fest. »Weißt du«, sagte er mit sanfter Stimme, »wir sollten Freunde werden. Jetzt, wo wir auch zusammen arbeiten werden.«

Das würden wir zwar nicht, aber im Augenblick wollte ich ihm das nicht auf die Nase binden. »Sehr merkwürdige Art, Freundschaften zu schließen. Bist du schon mal auf die Idee gekommen, daß du mit deinen Methoden die Leute eher verschreckst? Oder bevorzugt Daniella vielleicht eine harte Hand?«

Sein Grinsen wurde noch breiter, aber er ließ meinen Arm los. Ich rieb ihn mit übertriebener Sorgfalt, obwohl er mir wirklich ziemlich weh tat. Es schadete nichts, wenn Marco sah, daß ich schwach war und Schmerzen hatte, von mir also kaum Gefahr für ihn ausging.

»Ach, die liebe Daniella«, lachte er. Ein bemerkenswert unangenehmes Lachen. »Um die brauchst du dir nun wirklich keine Sorgen zu machen.« Er legte eine Hand schwer auf meine Schulter.

Typisch Mann, dachte ich, zerrissen zwischen Empörung und Belustigung: Dachte er wirklich, ich wäre auf Daniella eifersüchtig?

»Und wie kommst du eigentlich auf die Idee, daß ich dir einen Schreck einjagen wollte?« fuhr er fort. »Ich hatte nur vor, dich zu einem Treffen heute abend einzuladen.«

»Vielleicht versuchst du's das nächste Mal mit dem Telefon. Das ist auf jeden Fall einfacher.«

»Ich wollte nur mal wissen, aus welchem Holz du geschnitzt bist«, antwortete er und widersprach sich damit selbst. »Wenn du eine von uns sein willst, mußt du stark sein.« Wieder dieser anmaßende Blick.

Marcos Gütesiegel, dachte ich grimmig. Was will man mehr? Laut sagte ich: »Heut abend geht's leider nicht. Ich bin mit einem Freund zum Abendessen verabredet.«

»*Me ne frego*! Vergiß dein Abendessen. Das hier ist wichtiger. Falls du...«, sein freundlicher Gesichtsausdruck verschwand und machte einem beängstigend toten Blick Platz, »...wirklich meinst, was du gesagt hast. Und das will ich hoffen. In deinem eigenen Interesse.«

Sein oberflächlicher Versuch, charmant zu sein, war nur von kurzer Dauer gewesen. Auf einmal wirkte er genauso gefährlich, wie er sich gern präsentierte. Er legte mir beide Hände auf die Schultern, und sein Blick bohrte sich in meine Augen. Dann schob er die linke Hand langsam hinauf zu meinem Nacken. Wie die Krallen eines Raubvogels, der seine Beute geschlagen hat, packten seine langen, knochigen Finger zu. Sein leicht geöffneter Mund entblößte unregelmäßige Zahnreihen. Unter schweren Lidern starrten mich ausdruckslose Augen an.

Die andere Hand ließ er langsam bis auf meinen Ellbogen gleiten und drückte zu, fester als zuvor, so lange, bis mir die Tränen in die Augen traten. »Wo tut es weh?« fragte er. »Da?« Meine Schmerzenslaute bereiteten ihm anscheinend Vergnügen. »Zu schade, daß ich dir den Arm noch einmal brechen muß.«

Ich hörte kaum noch, was er sagte; ich spürte nur noch den Schmerz und sah seinen starren Blick. Es gefällt ihm, mit seinen Opfern zu spielen, dachte ich, wie ein Habicht, der eine Maus erbeutet hat. Es macht ihm Spaß zuzusehen, wie das Opfer bis zur Erschöpfung kämpft, und er empfindet Genugtuung, wenn es sich am Ende in sein unvermeidliches Schicksal ergibt.

Nun, diesem Wunschbild des Opfers entsprach ich nicht gerade, und ich hatte auch nicht vor, Marco noch einmal das Vergnügen meiner Angst zu bereiten. Mit glasigem Blick stand ich so passiv da, wie er es gern mochte, während meine Gedanken rasten.

Ich war mir nicht im klaren darüber, was er mit mir vorhatte und aus welchem Grund; ich wußte nur, daß er mir

Angst einjagte, und wollte nichts wie weg. Gerade als ich ihm mein Knie mit voller Wucht in die Weichteile rammen wollte, hörte ich ein Motorengeräusch, das sich schnell näherte. Über Marcos Schulter hinweg sah ich gelbe Scheinwerferaugen und dann das Auto selbst. Ich traute meinen Augen nicht, als ich sah, daß es bremste und vor dem Park anhielt.

Als sich Marco nach dem Auto umdrehte, ließ ich mich zusammensacken und hing mit meinem ganzen Gewicht in seinen Händen. Vermutlich hatte er damit gerechnet, daß ich versuchen würde, mich freizukämpfen. Auf jeden Fall traf ihn meine Reaktion unvorbereitet, und ich rutschte aus seinen Händen. Es gelang mir, mich von ihm loszureißen, und ich rannte über die Straße auf das Auto zu.

Im gleichen Moment stieg ein Mann aus dem Fahrzeug. Verdattert glotzte er mich an, als ich mich ihm buchstäblich in die Arme warf. Vom Rücksitz des Wagens begann ein Hund zu bellen.

»Bitte, Signore«, stieß ich hervor, »dort drüben, der Mann – dort, an der Kirche –, er hat mich verfolgt. Bitte, darf ich so lange bei Ihnen bleiben, bis er weg ist?« Er warf einen Blick in die angegebene Richtung. Marco stand noch immer am Eisentor. Dann klappte er das Visier herunter, hastete zu seinem Motorrad, sprang auf und raste mit Vollgas davon.

Der Hund hatte sich immer noch nicht beruhigt. Der Mann steckte den Kopf ins Auto und sprach mit dem Tier, das daraufhin verstummte. Dann wandte er sich wieder an mich. »Signora, ist alles in Ordnung? Hat er Ihnen etwas getan?« Ich schüttelte den Kopf und lächelte ihn, wie ich hoffte, zuversichtlich an; ich wollte nicht allzu viele Fragen provozieren. »Nein, nein. Mir geht es gut. Wirklich. Keine Ahnung, was er von mir wollte«, sagte ich, und das war immerhin die halbe Wahrheit, »aber Sie sind wirklich genau im richtigen Augenblick gekommen.«

Mein dankbarer Dackelblick zeigte Wirkung. Der Mann war eher klein von Wuchs, gut gekleidet, mit beginnender Glatze und dunklem Haarkranz. Aus seinem Gesicht strahlten intelligente Augen. Sein Lächeln gefiel mir, es war sanft und freundlich. Er fragte mich, wohin ich wolle und ob er mich ein Stück mitnehmen könne. Auf jeden Fall sei es bestimmt keine gute Idee, versicherte er mir, hier weiter alleine herumzulaufen, denn dieser Mann könne sich durchaus noch in der Nähe herumtreiben.

Ich mußte ihm recht geben. »Würde es Ihnen etwas ausmachen, mich zur Apollonia Bar zu fahren? Das ist in Trastevere, ganz in der Nähe von Santa Maria.«

Er nickte und öffnete mir zuvorkommend die Beifahrertür. Auf dem Rücksitz saß ein großer Deutscher Schäferhund mit deutlich unfreundlicheren Manieren als sein Herr, wenngleich er offenbar gut abgerichtet war. Logisch, daß mein plötzlicher Überfall den Mann nicht aus der Fassung bringen konnte und Marco für ihn auch keine Bedrohung war. Vermutlich hätte ein einziges Wort seines Herrn genügt, und der Hund hätte sich zähnefletschend auf ihn gestürzt.

Bevor ich in der Nähe der Bar ausstieg, dankte ich ihm noch einmal für seine Hilfe – vermutlich etwas zu überschwenglich –, denn er faßte den Mut, mich zum Abendessen einzuladen, wenn ich an einem der nächsten Abende mal Zeit hätte. Er war wirklich liebenswürdig, und ich war ihm auch dankbar, aber er war auch verheiratet. Probleme hatte ich schon mehr als genug am Hals, und ich war nicht gerade scharf darauf, mir noch ein weiteres aufzuladen. Seinen zaghaften Vorstoß lehnte ich daher ebenso behutsam wie bestimmt ab. Allerdings ließ er es sich nicht nehmen, mir seine Telefonnummer zu geben – die Büronummer –, falls ich meine Meinung noch ändern sollte. Dann schenkte er mir noch ein paar schmeichelhafte Worte, die mein lädiertes Ego begeistert aufsog und wünschte mir eine gute Nacht. Der Schäferhund verabschiedete sich von mir mit einem letzten Knurren, und weg waren die beiden. Bevor ich in die Bar ging, fuhr ich mir noch rasch mit einem Kamm durch die Haare und hätte gern gewußt, ob die eine oder andere verschönernde Maßnahme, die ich mir zu Hause hatte angedeihen lassen, Marcos Aufmerksamkeiten wohl überlebt hatte. Ich sehnte mich unbändig nach einem Drink, drückte die Tür auf und betrat das Lokal.

8

In der Apollonia Bar war es laut, verräuchert und heiß. Die Wände waren gepflastert mit Zeichnungen und Aquarellen, die Drinks großzügig bemessen. Die Bar war ein beliebter Aufenthaltsort von Künstlern, echten und solchen, die es gern wären; sie war eine bevorzugte Adresse kultivierter Ausländer, die in Trastevere wohnten, weil sie mittendrin sein wollten, sich aber die sündhaft teure Innenstadt nicht leisten konnten. Hier hingen auch die Reichen und Schönen herum, denen es letztendlich zu verdanken war, daß die Mieten in Trastevere in für mich jedenfalls schwindelnde Höhen kletterten.

Immer wenn ich mich von aller Welt verlassen fühlte, kam ich hierher. Mir gefielen die leidenschaftlich geführten Diskussionen der Clique, einem Nukleus von Künstlern mit ständig wechselnden Satelliten, die nur ein Kriterium erfüllen mußten, entweder »*simpatico*« oder aber talentiert zu sein. Ich wußte nie so recht, in welche Schublade sie mich gesteckt hatten.

An diesem Abend spielte es auch keine Rolle. Nach meinem unerfreulichen Intermezzo mit Stillitano und Marcos anschließender Spezialbehandlung war ich dankbar für das freundliche Hallo, das mir entgegenschlug, als ich die Tür öffnete. Auf dem Weg zu der Nische, in der Nick saß und schon auf mich wartete, blieb ich immer wieder stehen, begrüßte bekannte Gesichter, wechselte ein paar belanglose Worte, und allmählich spürte ich, wie sich mein altes Selbstvertrauen wieder einstellte.

Ich mußte zugeben, daß ich einen nicht sehr rühmlichen Hintergedanken verfolgt hatte, als ich Nick diese Bar vorschlug: Das hier war sozusagen mein Revier – sofern einer Ausländerin in Rom eine solche Aussage überhaupt zusteht – und ich hatte mir ausgerechnet, daß seine kühle Selbstbeherrschung in einer Umgebung, in der er sich fehl am Platze fühlen mußte, vielleicht ein paar Kratzer abbekommen würde. Aber er überraschte mich. Als er sich erhob, um mich zu begrüßen, stand nicht der geschniegelte Geschäftsmann im Maßanzug vor mir, sondern ein entspannter, jünger aussehender Mann in Jeans, schwarzem Samtjackett und weißem Hemd mit offenem Kragen. Von den übrigen Gästen in der Bar unterschied er sich nicht die Bohne. Er lächelte amüsiert, als er mir aus dem Jackett half.

»Einen haben Sie übersehen«, waren seine ersten Worte, »den Andy-Warhol-Verschnitt dort drüben.« Verwirrt drehte ich mich um und bemerkte einen bleichen jungen Mann mit auffallend strohblondem Haar, der an einem der Nachbartische saß. Er hob kurz den Kopf, sah, daß wir ihn anstarrten, schlug die Augen nieder und widmete sich mit plötzlich erwachtem Interesse seinem Drink. »Wie meinen Sie das?« fragte ich. »Na ja, dieser Typ war sichtlich enttäuscht, daß Sie an ihm vorübergegangen sind, ohne ihm wenigstens ein Lächeln zu schenken. Ich kann ihm das durchaus nachfühlen, denn bis auf Andy und ich haben alle hier einen Kuß von Ihnen gekriegt.« Obwohl er sich über mich lustig machte, fehlte seiner Stimme jegliche Häme, und ich mußte selbst lachen. Unangenehm war mir nur, daß er meinen Plan offensichtlich durchschaut hatte. Verlegen bemühte ich mich um eine Rechtfertigung: »Sie haben recht, hier geht's ziemlich familiär zu. Aber mir gefällt das.«

Sein Grinsen wurde breiter. »Ja, das ist nicht zu übersehen.« Gerade wollte ich ihn zu etwas mehr Ernsthaftigkeit auffordern, als er mit gespielter Zerknirschung nachsetzte: »Tut mir leid, Kate, aus mir spricht nur die Eifersucht. Ach, übrigens, dieser leicht bacchantische Touch steht Ihnen nicht schlecht.«

»Wie bitte?«

Anstelle einer Antwort beugte er sich über den Tisch, zupfte etwas aus meinem Haar und legte mir ein Stück Efeuranke in die Hand. »Die dazu passende Geschichte können Sie mir erzählen, wenn ich unsere Drinks geholt habe. Was hätten Sie denn gern?«

»Normalerweise Weißwein. Aber heute werde ich mir ausnahmsweise einen Whiskey genehmigen. Die Geschichte, die ich gerade erlebt habe, war nämlich ziemlich heftig.«

Während ich geistesabwesend den Efeu zerpflückte, schaute ich ihm nach, wie er sich in der drangvollen Enge des Lokals zur langgestreckten Bar durchkämpfte. Stefano, der Barmann, hatte alle Hände voll zu tun und übersah an einem Abend wie diesem schon fremde Gäste. Aber ich war nicht überrascht, daß es Nick im Nu gelungen war, Stefanos Aufmerksamkeit auf sich zu ziehen. Als er wieder vor mir stand, lobte ich ihn gebührend.

»Ich kenne mich ziemlich gut mit Barkeepern aus. Lange Jahre intensiven Trainings.« Er reichte mir mein Glas und schaute mir prüfend ins Gesicht. »Sie sehen blaß aus. Steht das in irgendeinem Zusammenhang mit dem Efeu?«

Unwillkürlich fuhr ich mit der Hand über mein Gesicht. »Ist das so offensichtlich?«

»Keine Angst, Sie sehen wirklich gut aus. Sogar noch besser, als ich Sie in Erinnerung hatte. Nur eben eine Spur blasser.«

»Heute war ganz bestimmt nicht mein Tag. Und zu allem Überfluß ist mir fast das gleiche wie am Donnerstag passiert. Und das ist auch der Grund für den Efeu.« Ohne Marco beim Namen zu nennen – Nick sollte ruhig glauben, daß es jemand war, den ich nicht kannte –, erzählte ich ihm von meinem Erlebnis. Das meiste, jedenfalls.

»Diese Geschichte bestätigt wieder einmal meine Vorurteile gegen Lederklamotten und Motorräder«, beendete ich mißmutig meinen Bericht. »War es nicht Byron, der einmal geschrieben hat, daß Italien zwar ein Paradies für Pferde, aber die Hölle für Frauen ist? Die Pferde haben sie mittlerweile in Automotoren eingebaut, aber der zweite Halbsatz trifft nach wie vor den Nagel auf den Kopf, finde ich.«

»Es war Robert Burton«, berichtigte mich Nick. »Und Sie glauben das doch nicht wirklich.«

»Nein«, gab ich zu. »Wer bitte?«

»Robert Burton. Er ist der Autor der *Anatomie der Melancholie*.«

»Ach so. Das erklärt natürlich alles. Aber wie kommt's, daß Sie sich in englischer Literatur so gut auskennen?«

»Während meiner Schulzeit war Englisch mein Hauptfach. Von damals ist merkwürdigerweise noch einiges hängengeblieben. Aber sagen Sie: Soll ich irgendwas unternehmen? Die Polizei verständigen? Wollen Sie Anzeige erstatten?«

Ich schüttelte heftig den Kopf. »Ach was. Ich bin nicht scharf darauf, alles noch einmal durchzukauen. Und im Endeffekt ist ja nichts passiert.« Ich nahm einen Schluck von meinem Whiskey und spürte, wie sich wohlige Wärme in mir ausbreitete.

Nick legte seine Hand auf die meine. In einem Ton, den ich ihm nicht zugetraut hätte, sagte er: »Es tut mir so leid,

Kate. Die Ouvertüre zu diesem Abend ist ja völlig danebengegangen. Aber ich werde alles tun, um Ihnen wenigstens den restlichen Abend so schön wie möglich zu machen.«

Ich lächelte ihn an, und er lächelte zurück. Wieder dieses einzigartige, sinnliche Lächeln. Die Gesprächspause, die nun folgte, war ungezwungen, ich fühlte mich rundum wohl und spürte, daß wir uns wohlwollend gegenüberstanden und neugierig darauf waren, mehr voneinander zu erfahren. Und dennoch lag in unserer Unterhaltung ständig ein Hauch von Wachsamkeit, ein gegenseitiges Abtasten.

Ohne mir der Zweideutigkeit meiner Worte bewußt zu sein, platzte ich heraus: »Sie wissen ja, daß ich heute abend Großes von Ihnen erwarte.«

»Ach ja?« Damit hatte er offenbar nicht gerechnet. »Na hoffentlich enttäusche ich Sie nicht.«

»Aber nein, bestimmt nicht«, plapperte ich unverdrossen weiter. »Alles, was ich von Ihnen erwarte, ist, daß Sie meine Neugier und meinen Appetit befriedigen.« Nun fiel bei mir endlich der Groschen, und ich biß mir auf die Lippen. Ich spürte, wie mir das Blut in den Kopf schoß. »Äh, ich meine, ich bin...«

Aber bevor ich das Gespräch wieder in unverfänglichere Bahnen lenken konnte, unterbrach mich Nick mit einem Grinsen, das Jack Nicholson alle Ehre gemacht hätte. Er flüsterte mir zu: »Ich werde bestimmt mein Bestes geben. Das heißt, wenn Sie nicht allzu exotische Wünsche äußern. Aber auf jeden Fall freue ich mich auf die Herausforderung.«

So würdevoll ich konnte, machte ich einen Rückzieher: »Ich wollte damit nur sagen, daß mir der Magen knurrt und Sie bestimmt ein paar gute Restaurants in Rom kennen. Und was die Neugier betrifft, na ja, ich weiß so gut wie gar nichts von Ihnen...«

»Mir geht es genauso. Das war übrigens auch ein Grund, weshalb ich Sie heute zum Essen eingeladen habe. Weil ich dachte, daß wir uns vielleicht besser kennenlernen möchten. Auf jeden Fall würde ich Sie gern näher kennenlernen. Aber vielleicht wollen Sie es ja auch. Sie haben schon wieder etwas Farbe im Gesicht. Der Whiskey hat Ihnen offenbar gutgetan.« Eine Antwort darauf verkniff ich mir und beobachtete verlegen Stefano, der im Moment wenig zu tun hatte und mit Hingabe die ohnehin schon blitzblanke Espressomaschine wienerte. Sie nahm, flankiert von ebenso unzähligen wie undefinierbaren Likörflaschen, den Ehrenplatz im Regal ein. Auch Nick drehte sich zu Stefano um, der mit fast klinischem Interesse einem Stammgast, der offenbar gerade seine Lebensgeschichte vor ihm ausbreitete, zunickte und zulächelte. »Stefano kennt bestimmt eine Menge Geheimnisse.«

»Eine Fundgrube für Journalisten«, merkte ich beiläufig an und dachte dabei an Gianni, der mir einmal erzählt hatte, daß er oft seine besten Informationen aus einer von Politikern frequentierten Bar in der Nähe des Parlaments bezog.

Nick schaute mich verblüfft an: »Wie kommen Sie denn auf so etwas?« Er spielte mit der Papiermanschette seines Glases. »Einer meiner Freunde ist Journalist, und er behauptet, daß ein indiskreter Barkeeper einen Mann schneller in den Ruin treiben kann als eine enttäuschte Geliebte.«

Er lachte. »Ihr Freund könnte recht haben.«

Seine Stimme klang erleichtert, aber schon im nächsten Moment hatte er das Gespräch elegant in seichtere Gewässer gesteuert, flirtete ein bißchen, scherzte ein bißchen, ließ seine humorvolle Seite aufblitzen und verwehrte mir zugleich den Einblick in seine Gefühlswelt. War dies eine weitere seiner Masken – die des unterhaltsamen, geistreichen Mannes –, die mir erneut die Sicht auf den eigentlichen Menschen versperrte?

Er warf einen Blick auf seine Armbanduhr. »Wenn Sie soweit sind, können wir gehen.«

Vor der Bar empfing uns eine naßkalte Nacht. Vom Fluß zog ein dünner Nebelschleier herauf. Die Pflastersteine waren von einem Ölfilm überzogen, der unter dem Licht der Straßenlaternen in allen Regenbogenfarben schillerte. Prompt glitt ich aus und wäre auf der Straße gelandet, wenn Nick mich nicht aufgefangen hätte. Auf dem Weg zur kleinen Piazza, auf der er seinen Wagen geparkt hatte, hakte ich mich vorsichtshalber bei ihm unter.

Der Platz war ebenso vollgeparkt wie menschenleer. Nur ein Grüppchen Jugendlicher hatte sich um einen roten Maserati versammelt. Zwei der Jungs hatten es sich auf der Motorhaube bequem gemacht und pafften Zigaretten. Ein anderer, ein hoch aufgeschossenes Jüngelchen mit einem etwas deplaziert wirkenden Cowboyhut thronte mit untergeschlagenen Beinen auf dem Autodach und trommelte mit den Fingern wie mit Schlagstöcken auf das Blech.

»Das ist übrigens mein Wagen«, flüsterte mir Nick zu.

Womit Nick seinen Lebensunterhalt bestritt, lukrativ mußte es auf jeden Fall sein.

Als wir uns den Halbwüchsigen näherten, verstummten sie, und ich spürte ein flaues Gefühl in der Magengrube. Diese Szene erinnerte mich zu deutlich an die beiden *scippatori*, die es auf meine Handtasche abgesehen hatten; vielleicht wollten die Jungs ja ein Auto klauen? Nervös schaute ich mich nach einem schwarzen Motorrad mit verrostetem hinteren Schutzblech um, aber wenigstens davon war weit und breit nichts zu sehen. Und keiner dieser Jungs sah nur annähernd so gefährlich aus wie Marco.

Unbeeindruckt steuerte Nick auf sein Auto zu. Ich hielt mich sicherheitshalber hinter ihm. Die jungen Männer beobachteten uns mit ausdruckslosen Gesichtern. Erst im allerletzten Moment rutschten sie aufreizend langsam von dem Maserati herunter, ließen uns aber anstandslos durch. Als wir ins Auto stiegen, verbeugten sie sich übertrieben, und einer von ihnen, der schlaksige Schlagzeuger, sprach Nick in einem so gottserbärmlichen Dialekt an, daß ich kein Wort verstand. Nick lachte kurz auf und antwortete ihm im gleichen Tonfall. Die Jungs brachen in schallendes Gelächter aus und schlenderten über den Platz davon: harmlose, gelangweilte Kids auf der Suche nach nächtlicher Zerstreuung. Als Nick den Zündschlüssel ins Schloß steckte, fragte ich ihn, worüber er sich mit dem Trommler unterhalten hatte.

»Ach, über nichts Besonderes. Er hat mir nur zu meinem guten Geschmack im Hinblick auf Autos und Frauen gratuliert.«

»Wobei er das Auto selbstredend zuerst genannt hat«, meinte ich trocken.

»Selbstredend.« Nick warf mir einen Blick zu und grinste. »Ich habe ihm recht gegeben und mich dafür bedankt, daß er mit seinem Hintern mein Auto poliert hat.«

»Trotzdem möchte ich denen nicht gern allein bei Nacht über den Weg laufen.«

»Ach was, die sehen viel wilder aus, als sie sind. Sie legen es ja darauf an, daß die Leute sie für knallharte Kerle halten.« Wir fuhren über den Tiber, und mit uns halb Rom, wie mir schien; von der Brücke aus glitzerte die kleine Tiber-Insel im Wasser. »Diese Sorte Jungs kenne ich«, setzte Nick hinzu. »Die Freunde meiner Schwester sahen genauso aus.«

»Eine italienische oder eine amerikanische Schwester?«

»Eine italienische. Sie war meine Halbschwester und viel jünger als ich. Ein Nesthäkchen. Meine Mutter und mein Stiefvater haben sie nach Strich und Faden verwöhnt, ganz besonders meine Mutter. Sie wollten sie einfach nicht erwachsen werden lassen. Aber trotzdem war sie sehr lieb.«

»War?«

Erst nach längerer Zeit antwortete er. »Sie starb ein paar Monate vor meiner Mutter. Meine Mutter war schon lange krank gewesen, aber Susannas Tod hat ihr den letzten Lebenswillen geraubt.« Wieder verriet seine Stimme keinerlei Gefühl. Er lieferte einen Tatsachenbericht ab; nur seine Worte ließen erkennen, daß es eine Tragödie gewesen sein mußte.

»Wie furchtbar. Es tut mir so leid, Nick.« Ich war ehrlich betroffen, aber meine Worte klangen hohl und verhallten wirkungslos an dieser Mauer der Teilnahmslosigkeit. Ich hätte ihn gern gefragt, wie sie ums Leben gekommen war, brachte aber kein Wort heraus. Ich hätte mir so gewünscht, einen Weg zu finden, um an ihn heranzukommen. Er murmelte ein Dankeschön, das eher ein Grunzen war. Dann verfiel er in Schweigen.

Ich schaute durch das Seitenfenster auf die Stadt hinaus, die im nächtlichen Dunst an uns vorüberglitt, während Nick den Wagen zielstrebig durch ein Gewirr von Einbahnstraßen und winzigen Plätzen steuerte. Er war ein guter Autofahrer. Er verfügte über die seltene Gabe kontrollierter Aggression, gepaart mit Selbstsicherheit – unerläßliche Eigenschaften im Straßenverkehr von Rom.

Das Restaurant, das er für uns ausgesucht hatte, lag in einer Gegend, die nichts von der Atmosphäre erkennen ließ, die selbst die heruntergekommensten Stadtviertel des alten Rom für Touristen so attraktiv machen. Es war ein einfaches, schäbiges Arbeiterviertel mit wenig Charme, ein Viertel, in das sich bestimmt kein Tourist verirren würde. Auch ein zufällig vorbeikommender Spaziergänger hätte das Restaurant nicht gefunden. Kein Schild vor der Tür, kein Hinweis. Rein gar nichts unterschied dieses baufällige Gebäude mit der abblätternden Fassade und den traurigen, vergilbten Plakatfetzen von seinen Nachbarhäusern.

Der Gastraum war schmucklos, rechteckig und von grellen Leuchtstoffröhren beleuchtet. Nur noch ein Tisch war frei. Von den Wänden starrten überlebensgroße Poster von

Che und Mao und anderen Ikonen der Linken, die ich, obwohl sie mir bekannt vorkamen, nicht zuordnen konnte. Dazwischen klebten Zettel mit politischen Parolen und Aufrufen zum bewaffneten Kampf in allen nur denkbaren Sprachen. An der Tür verkündete eine große Schiefertafel, daß streikende Arbeiter, die Brüder und Schwestern der Revolution und andere bedürftige Personen hier kostenlos bewirtet würden. Wer nicht zu diesem Kreis gehörte, solle bezahlen, was er könne. Eine kurze Liste informierte über die empfohlenen Preise.

Ich merkte, daß Nick mich beobachtete. »Jetzt haben Sie mich schon wieder überrascht«, sagte ich. »Wie heißt dieses Restaurant eigentlich?«

»Il Ristorante Rivoluzionario.« Das revolutionäre Restaurant. Er grinste. »Wie sonst?«

»Wie sonst«, stimmte ich zu.

So ungewöhnlich das Ambiente auch war, so wenig unterschied der köstliche Duft von gebratenem Fleisch, Kräutern und Wein, der durch den Raum zog, dieses Lokal von anderen guten Restaurants. Bevor ich Nick eine weitere Frage stellen konnte, kam ein hagerer Mann mit stechendem Blick zur aufschwingenden Küchentür heraus und begrüßte Nick mit Namen. Mit der runden Schildpattbrille auf seiner markanten Nase hätte ich ihn eher für einen Intellektuellen gehalten als für einen Wirt. Sein ganzes Auftreten, die Art, wie er beim Sprechen den Körper vorbeugte und mit den Händen wild gestikulierte, schüchterte mich im ersten Moment ein.

Nachdem Nick uns einander vorgestellt hatte, führte uns Giangiacomo Maurelli an den noch freien Tisch, legte eine saubere weiße Tischdecke auf, holte Gläser und Besteck und schenkte Wein aus einer Literflasche ein, während er ohne Unterbrechung weiterplauderte.

»Du warst verreist, Nick? Antonia und ich haben dich

schon vermißt.« Scheppernd deckte er die Teller auf und brachte Brot und zwei riesige Schüsseln Minestrone.

»Ich war in Amerika. Wie laufen die Geschäfte?«

Maurelli breitete die Arme aus und hob die Schultern. »Du kennst das ja: Wenn die Leute nicht bezahlen, sperren wir nicht auf. Aber immerhin haben wir häufiger geöffnet als geschlossen. Manchmal gibt's allerdings nur Pasta. Aber heut abend habt ihr Glück. Antonias Vater hat sich unserer erbarmt und uns ein Lamm geschenkt. Er hat einen Bauernhof in den Marken. So, jetzt laßt es euch aber schmecken. Unterhalten können wir uns später noch. *Buon appetito.*«

Eine ungewöhnliche Art, ein Restaurant zu führen«, meinte ich, als wir allein waren.

»Ja, finde ich auch. Eigentlich gehört das Restaurant Antonia. Wenn man sie ließe, würde sie ganz Rom verköstigen. Gianni gibt eine Untergrundzeitung heraus. Die eine Firma finanziert die andere, obwohl mir nicht ganz klar ist, welche nun welche.«

»Wie sind Sie denn auf dieses Restaurant gekommen?«

»Über meine Schwester. Sie hat mich hin und wieder hierher mitgenommen. Ihr zuliebe tolerieren die Maurellis meine eher bürgerlichen Ansichten. Auf jeden Fall bemühe ich mich immer, bei den beiden hereinzuschauen, wenn ich in Rom zu tun habe.«

Die Geschichte mit seiner Schwester hörte sich interessant an, und eigentlich hatte ich vor, ihn danach zu fragen. Aber sein letzter Satz hatte mich neugierig gemacht: »Und was haben Sie diesmal in Rom zu tun?«

Schleppend, fast widerwillig kam die Antwort: »Ach, es sind mehrere Gründe. Nach dem Tod meiner Mutter muß ich hier ein paar Sachen regeln. Hauptsächlich Familienangelegenheiten.« Wir machten uns über die Suppe her, die eigentlich ein Gemüseeintopf war und ganz ausgezeichnet schmeckte. Bevor ich meine nächste Frage stellte, schaufelte ich mir noch einen Löffel voll in den Mund. »Und es stört keinen, wenn Sie so lange von Ihrer Arbeit fortbleiben?« Wie ungeschickt formuliert, dachte ich verstimmt – ohne jedes Feingefühl. Warum fragst du ihn nicht direkt, womit er seinen Lebensunterhalt verdient? Am besten das Wesentliche gleich loswerden; zum Entspannen und Genießen bleibt am späteren Abend noch genügend Zeit.

Aber Nick machte es mir praktisch unmöglich, direkt auf mein Ziel zuzusteuern. Er war das genaue Gegenteil von Alessandro Torreleone. Vermutlich würde ein Versuch, ein offenes Gespräch zu führen, wie es Alessandro so schätzte, Nick nur ein schwaches Lächeln entlocken.

»Ich arbeite selbständig.« Er überlegte offensichtlich, wieviel er mir erzählen wollte und fuhr dann fort: »Ich schreibe über die internationale Finanz. Freiberuflich, wie gesagt. Ich muß hier in Rom ein paar Recherchen für ein Buchprojekt anstellen.«

Wie das mit seinem Interesse an den Torreleones zusammenpaßte, war mir noch nicht ganz klar, aber diese Frage wollte ich mir für später aufsparen.

Er erging sich in vagen Allgemeinplätzen, sprach über Bankgeschäfte, internationale Geldmärkte und servierte mir eine so langweilige Geschichte, daß ich mich fragte, wie ein Mann, der selbst alles andere als langweilig war, sich freiwillig mit einer so trockenen Materie beschäftigen konnte. Und das, was er mir erzählte, machte mich auch nicht schlauer. Aber ehe ich mich versah, hatte er das Gesprächsthema so geschickt auf meine Arbeit gelenkt, daß mir erst hinterher auffiel, mit wieviel Geschick er meinen Fragen ausgewichen war. Er erfuhr von mir weit mehr über die Restaurierung von Gemälden als ich von ihm über seine Arbeit. Aber ich mußte ihm zugestehen, daß er meinen Schilderungen interessiert zuhörte oder zumindest echtes Interesse so täuschend mimte, daß er mir immer sympathischer wurde.

Immer wenn ich von meinem Teller aufsah, um zu den anderen Gästen hinüberzuschielen – Großfamilien, vom Baby bis zur steinalten *nonna*, Studenten in Jeans, Arbeiter in Overalls –, stellte ich fest, daß Nicks Augen auf mir ruhten, abschätzend, fragend, als versuche er seinerseits, aus mir schlau zu werden, was ihm offenbar ebensowenig gelang wie mir.

Nachdem wir die *costolettine*, Lammkoteletts, paniert in Ei und Parmesan, verputzt hatten, kam Giangiacomo an den Tisch und bot uns als Nachtisch Obst oder *dolce* zur Auswahl an. Dem würdigen Anlaß entsprechend gebe es heute Monte Bianco.

»Suchen Sie etwas für mich aus«, bat ich Nick.

»Dann den Monte Bianco, Giangi. Antonias Kochkünste wollen wir uns keinesfalls entgehen lassen, und Obst kriegen wir woanders auch.«

Während wir uns über das lockere, cremige Kastaniendessert hermachten, sagte Nick: »Nach dem, was ich bis jetzt von Ihnen weiß, Kate, kann ich mir nicht vorstellen, daß Sie jemals Ihre Eigenständigkeit für jemanden aufgeben würden.«

Ich sah ihn überrascht an. »Merkwürdig. Mein Mann hat einmal etwas Ähnliches gesagt. Er drückte es allerdings so aus, daß ich einen viel zu großen Dickschädel hätte, als daß ich einer Partnerschaft eine Chance geben würde. Damals hab ich das noch als Kompliment aufgefaßt.«

»Und genauso habe ich es auch gemeint.« Seine Stimme klang ernst. »Haben Sie denn Vorbehalte gegen eine Partnerschaft?«

»Ich habe nicht viel Erfahrung mit Partnerschaften. Und die eheliche Variante war ja wohl ein Schlag ins Wasser.«

Er schaute mich prüfend an. »Idealisten sind bestimmt nicht die idealen Lebenspartner.«

»Sie sagen es.« Ich kratzte den letzten Rest des Monte

Bianco vom Teller. »Aber wer könnte schon von sich sagen, ein idealer Lebenspartner zu sein? Eigentlich ist es ein Witz – so viele Ehen zerbrechen an Lügen; bei Michel und mir war es genau umgekehrt: Wir haben versucht, unsere Ehe mit einem Lügengerüst zu retten. Nicht, daß wir einander untreu gewesen wären, wenigstens nicht sexuell. Wir haben uns belogen, um unsere unterschiedlichen Lebensauffassungen zu vertuschen. Aber am Ende haben auch die Lügen nichts mehr daran geändert, daß jeder von uns sich von der Arbeit des anderen betrogen gefühlt hat. Michel hielt meine Arbeit für nutzlos, und ich war felsenfest davon überzeugt, daß er durch seine Arbeit zum Fanatiker wurde. Am Ende haben wir es aufgegeben, einander verstehen zu wollen.« Ich trank einen Schluck Wein, als könnte ich die bittere Enttäuschung damit fortspülen; aber wenigstens tat es nicht mehr so weh wie zu Anfang. »Eines habe ich daraus gelernt: Es hat keinen Sinn, jemanden vor der Wahrheit schützen zu wollen.«

Sobald die Worte heraus waren, hätte ich mich ohrfeigen können. Welcher Teufel hatte mich geritten, ihm meine Leidensgeschichte aufzutischen? Und im übrigen war ich eine ausgewachsene Heuchlerin. Auch Geheimniskrämerei ist eine Form von Lüge, das wußte ich nur zu gut.

»Ich wünschte, ich könnte Ihre Ansicht teilen.«

»Ich hatte nicht vor, Ihnen die Heilige Johanna vorzuspielen. Es ist nur ein Thema, über das ich seit meiner Scheidung viel nachgedacht habe.« Ich zuckte die Achseln. »Vielleicht verbringe ich viel zuviel Zeit damit, in meiner Vergangenheit zu kramen.«

Nick fischte eine Zigarettenpackung aus der Hosentasche, legte sie auf den Tisch und suchte vergeblich nach Streichhölzern. Ich holte welche aus meiner Tasche und hielt ihm das Heftchen hin. Obwohl sich unsere Hände nur flüchtig berührten, spürte ich einen leichten elektrischen

Schlag. Was hatte diese Reaktion zu bedeuten? Aufmerksam betrachtete ich seinen Kopf, der sich über die Streichholzflamme beugte. Dichte, glänzende, nach Shampoo duftende Haare. Am liebsten hätte ich darübergestreichelt. Vielleicht war es wirklich so einfach; nur ein plötzliches Verlangen nach Körperkontakt, danach, die Mauer zwischen uns einzureißen.

»Meine Ehe ist vor einem Jahr gescheitert«, begann Nick unvermittelt und lehnte sich im Stuhl zurück, »und ich denke heute noch oft daran zurück.« Vermutlich war ihm mein überraschter Blick aufgefallen, überrascht nicht deswegen, weil er auch eine Ehe hinter sich hatte, sondern weil er darüber sprach. »Wir waren beide sehr jung. Jeder von uns hat nach etwas gesucht, was ihm der andere nicht geben konnte.«

»Und was war es, wonach Sie gesucht haben?«

Er stippte die Zigarettenasche auf eine Untertasse. »Das ist schwer zu sagen. Der Begriff ›Gleichgewicht‹ träfe es vielleicht annähernd. Balance, Harmonie. Auf jeden Fall ein Zustand, den ich, nota bene, auch bei der Mehrzahl meiner verheirateten Freunde bislang nicht entdecken konnte.«

In diesem Augenblick kam Giangiacomo mit seiner Frau an unseren Tisch und machte uns miteinander bekannt. Nick stand auf und gab Antonia einen Kuß auf beide Wangen. Als wir das Essen lobten, bekam sie einen roten Kopf. Nick lächelte und sagte an mich gewandt: »Antonia und Giangi haben übrigens das gefunden, wonach ich immer noch suche.« Und zu den Maurellis: »Wir haben uns gerade über Partnerschaften unterhalten. Es ist schön, eine Beziehung zu sehen, die funktioniert.«

Giangiacomo lachte. »Aber auch nur deshalb, weil ich Antonia immer das letzte Wort lasse. Aber jetzt müßt ihr unbedingt noch etwas probieren. Etwas ganz Besonderes.« Er brachte eine Flasche mit einem klaren Likör. Das ist Sambuca, verkündete er, und zwar aus Viterbo. »Der beste in ganz Italien. Ihr müßt ihn unbedingt kosten.«

Aber nur, wenn die beiden uns dabei Gesellschaft leisten würden, sagten wir. Während Nick zwei weitere Stühle an den Tisch rückte, füllte Giangiacomo vier Gläser mit dem Anislikör und ließ in jedes Glas drei Kaffeebohnen fallen. »Manche Leute behaupten, daß eine gerade Zahl von Kaffeebohnen Unglück bringt oder den Gast beleidigt«, erklärte er. »Ich persönlich glaube eher, daß es scheißegal ist, wie viele Bohnen drin sind. Aber manchmal ist es gar nicht so schlecht, alte Bräuche in Ehren zu halten.«

Nick hob sein Glas: »Auf die alten Bräuche.« Giangiacomo lächelte ihn an. »Der Teufel soll sie holen.« Darauf tranken wir.

Mittlerweile war das Restaurant fast leer; es war spät geworden. Eine ganze Weile plauderten wir noch mit den Maurellis, aber nicht über Politik, sondern über ein weniger brisantes Thema: Last und Lust des Gastgewerbes. Ich war nicht überrascht, als er erzählte, daß auch weniger Bedürftige immer wieder versuchten, sich bei den Maurellis kostenlos den Bauch vollzuschlagen. Giangiacomo hatte allerdings eine ebenso witzige wie seiner Meinung nach unfehlbare Methode, die Schnorrer herauszufiltern.

»Du erkennst sie fast immer an ihren Schuhen«, sagte er. »Sie vergessen nie, sich alte Klamotten überzuziehen, aber an die Schuhe denken sie in den seltensten Fällen. Deshalb gilt mein erster Blick immer den Schuhen.«

Am Ende saßen wir allein im Restaurant. Obwohl Giangiacomo gerade in Fahrt kam und den Eindruck machte, als könne er die ganze Nacht so weitermachen, sah Antonia müde aus, und ich bedeutete Nick, daß wir allmählich aufbrechen sollten. Als wir uns voneinander verabschiedeten und ihnen versprachen, ganz bestimmt bald wieder vorbeizukommen, zog Giangiacomo Nick beiseite. Sie sprachen kurz unter vier Augen, und ich sah, wie sich ihre Gesichter verdüsterten.

Vor dem Restaurant empfing uns ein frischer, schneidender Wind, der den Dunst weggeblasen hatte. Auf dem Weg zu Nicks Auto fiel mir auf, daß er den ganzen Abend nicht ein einziges Mal die Torreleones erwähnt hatte. Vielleicht hatte ich ihn ja doch grundlos verdächtigt und nur Gespenster gesehen. Alles war ganz einfach zu erklären. Nick mochte mich um meiner selbst willen und hatte mich nicht eingeladen, weil er hoffte, etwas aus mir herauszukitzeln. Und ich ... nun ja, ich fand ihn viel sympathischer, als ich erwartet hatte.

Wir fuhren nicht auf direktem Weg zu meiner Wohnung, sondern nahmen den Umweg über den langgezogenen Park auf dem Gianicolo, der Garibaldis Andenken gewidmet war. Auf diesem Plateau hatten er und seine Soldaten gegen die Franzosen gekämpft, und heute noch schauen einige von ihnen, in Stein gemeißelt, über ihre Stadt, die sie befreit hatten. Nachdem Nick das Auto geparkt hatte, stellten wir uns hinaus an die Balustrade, um einen Blick auf die Lichter der Stadt zu werfen. Der kalte Wind hatte fast alle Spaziergänger vertrieben; nur ein paar unerschütterliche Liebespärchen hielten noch aus und kuschelten sich bestimmt nicht nur aus Leidenschaft aneinander. Nick nahm meine Hand. Schweigend standen wir an der Brüstung, und erst als wir den kalten Wind in den Knochen spürten, spazierten wir langsam zum Auto zurück.

Vor uns ragte die Statue der Anita Garibaldi auf. In der einen Hand hielt sie eine Pistole, im anderen Arm einen Säugling. Im Vergleich zu ihrem Mann, der neben ihr gemütlich auf seinem Pferd saß, hielt ich sie für die kompromißlosere Revolutionärin. Wir blieben stehen und schauten zu ihr hinauf.

»Eine bemerkenswerte Frau«, murmelte Nick.

»Und mindestens so zielstrebig wie ihr Ehemann. Wissen Sie eigentlich, wie sich die beiden kennengelernt haben?«

»Nein. Wie?«

»Es war in Brasilien. Garibaldi hat sie vom Deck eines Schiffes aus beobachtet – sie stand am Fluß und wusch Socken oder so was Ähnliches. Auf jeden Fall hat sie sich hausfraulich betätigt. Und da hat er sich spontan entschlossen, sie zu heiraten. Und sie hat ebenso spontan ja gesagt.«

Bevor sich Nick ins Auto setzte, warf er noch einen letzten Blick auf die Statue. »Armer Garibaldi.«

»Wieso arm?«

»Ich wette mit Ihnen, daß das die letzten Socken waren, die sie gewaschen hat. Vermutlich ging er davon aus, ein Heimchen am Herd geheiratet zu haben. Und was hatte er sich in Wirklichkeit eingehandelt?«

»Ja, ja, das sollte uns allen eine Lehre sein«, lächelte ich ihn an, »die Leute nicht nach dem ersten Eindruck zu beurteilen.«

Nick, der gerade das Auto anlassen wollte, hielt inne: »Und, wie sieht's bei Ihnen aus? Müssen Sie Ihren ersten Eindruck oft revidieren?«

»Manchmal.«

Vor meiner Haustür fragte ich ihn, ob er noch auf einen Drink mit hinaufkommen wolle – einen schnellen Drink, präzisierte ich sicherheitshalber, denn ich mußte am nächsten Morgen früh aus den Federn, um nach Florenz zu fahren.

Während Nick die Skizzen und Bilder an den Wänden betrachtete, goß ich uns zwei Brandys ein, stellte mich neben ihn und reichte ihm seinen Drink.

»Haben Sie die alle selbst gemalt?« fragte er.

»Die meisten. Ein paar davon sind von Freunden – das dort drüben und das eine über dem Sofa. Ein paar wenige habe ich in Rom gekauft. An meinem Abschied aus Montreal habe ich nur eines bedauert: daß ich so viele meiner Bilder zurücklassen mußte. Um die tut es mir wirklich leid.«

Im Verlauf unserer Unterhaltung stellte ich fest, daß Nick erstaunlich viel über die verschiedenen Maltechniken wußte. Ich fragte ihn, ob er selbst malen würde. Ja, sagte er, vor langer Zeit; aber dann hätte er es aus Zeitmangel aufgegeben. »Aber sooft ich kann, besuche ich Kunstausstellungen.«

»Ich muß schon sagen: Sie überraschen mich immer wieder.«

»Wie meinen Sie das?«

»Schwer zu sagen. Auf jeden Fall lassen Sie mich ziemlich im unklaren darüber, wer Sie wirklich sind.«

Er lächelte. »Und das stört Sie?«

»Ich weiß nicht recht.« Ich setzte mein leeres Glas auf einem Tisch ab. »Aber ich freue mich jetzt schon darauf, dahinterzukommen.«

»Vielleicht kann ich Ihnen ja dabei behilflich sein«, sagte er leise, faßte mich an den Schultern und drehte mich sanft zu sich um. Er nahm mein Gesicht in seine beiden Hände und schaute mich mit fragendem Blick an, dann schloß er die Augen und küßte mich. Seine Lippen schmeckten nach Brandy. Als er sich nach schier endloser Zeit wieder von mir löste und ich Luft geholt hatte, war der fragende Blick in seinen Augen verschwunden.

»Hättest du Lust, mit mir am Faschingsdienstag auf einen Karnevalsball zu gehen?« fragte er.

Ich zögerte. Darauf war ich nicht vorbereitet. »Lust schon, Nick, aber leider bin ich am Dienstag schon zu einem Ball eingeladen. Tut mir leid.« Dann fügte ich hinzu: »Die Torreleones haben mich gefragt, ob ich zu ihrem Karnevalsball kommen möchte.« Aus unerfindlichen Gründen war es mir peinlich, und ich haßte mich dafür, daß ich es ihm auch noch zeigte.

Nick schien verblüfft, fing sich aber schnell wieder. »Also hast du den berühmten Alessandro inzwischen kennengelernt. Und? Gefällt er dir?«

»Ja. Er ist wirklich viel netter, als die Gerüchte vermuten lassen. Du würdest ihn bestimmt auch mögen«, ergänzte ich ebenso geistlos wie wahrheitswidrig. Ich wußte instinktiv, daß die beiden nichts miteinander gemein hatten.

Inzwischen saßen wir auf dem Sofa, Nick am einen, ich am anderen Ende. Nick hatte sich zurückgelehnt, seine langen Beine ausgestreckt und die Hände hinter dem Kopf verschränkt.

»Erzähl mir mehr darüber.« Seine Stimme war ruhig, aber in seinen Worten lag eine Intensität, die mich aufhorchen ließ.

»Viel mehr gibt's nicht zu erzählen. Ich habe ihn ja gerade erst kennengelernt. Aber er und sein Vater sind mit meiner Arbeit offenbar zufrieden, und ich vermute, daß sie mir mit dieser Einladung ihre Anerkennung aussprechen wollten.« Weshalb suchte ich eigentlich nach einer Rechtfertigung? Aus unerfindlichen Gründen legte ich Wert darauf, Nick davon zu überzeugen, daß meine Beziehung zu Alessandro harmloser Natur war. Also setzte ich noch eins drauf und erzählte ihm, daß ich Alessandros Cousine Daniella ebenfalls kennengelernt hatte.

Bei dieser Nachricht horchte Nick auf, und ich war so erleichtert, seine Aufmerksamkeit von Alessandro abgelenkt zu haben, daß ich ihm ausführlich von Daniella erzählte und nur Marco außen vor ließ. Aber als Nick mich weiter ausfragte, regten sich wieder meine alten Zweifel. Warum war er nur so sehr an den Torreleones interessiert? Ich nahm allen Mut zusammen und wollte ihn gerade danach fragen, als er unvermittelt aufstand und sagte, daß er jetzt los müsse.

Er stellte sein Glas neben dem meinen ab. »Aber am Montag rufe ich dich an, Kate, wenn es dir recht ist.«

»Es ist mir sogar sehr recht. Ich freu mich schon drauf.«

An der Tür küßten wir uns noch einmal, nur mit dem Unterschied, daß diesmal ich die Initiative ergriff und ihm die Arme um den Nacken legte. Halb verborgen unter unserer leidenschaftlichen Umarmung spürte ich noch etwas: Freundschaft, ja sogar Kameradschaft.

Händchenhaltend gingen wir die Treppe hinunter. Plötzlich flog die Haustür auf, und Gianni Palmieri kam herein. »Ciao, Kate«, rief er mir freundlich zu. Dann sah er Nick, der direkt hinter mir stand. »Nick! Das ist ja ein Zufall...«

»Ja was machst du denn hier, Gianni?« fragte Nick verdattert.

Gianni glotzte ihn ungläubig an und begann zu lachen. »Na, du bist gut. Ich wohne hier. Ich hatte ja keine Ahnung, daß du und Kate...«

Völlig entgeistert fuhr ich dazwischen: »Willst du damit sagen, daß ihr euch kennt?«

»Aber klar«, antwortete Gianni. »Nick ist doch der Amerikaner, von dem ich dir letzte Nacht erzählt habe. Der, mit dem ich an der Mestola-Rossa-Geschichte arbeite. Dieser Mann ist einer der besten Journalisten, die ich kenne. Der wäre sogar in der Lage, einem Stein seine Geheimnisse zu entlocken. Aber das weißt du ja bestimmt schon.«

Ich fuhr herum und erwischte Nick dabei, wie er versuchte, Gianni mit Gesten am Weitersprechen zu hindern. Wenigstens machte er mir die Freude, einen beschämten Blick aufzusetzen, als er sah, daß ich ihn dabei ertappt hatte. »Nein«, sagte ich, »davon hatte ich keine Ahnung.«

Mittlerweile war auch Gianni aufgegangen, daß hier etwas faul war. Was, wußte er allerdings nicht, und er wußte auch nicht, wie er die Sache wieder hinbiegen sollte. »Na, wie sieht's aus«, stotterte er verlegen, »kommt doch noch schnell auf einen Drink herein. Vielleicht ist Clara noch auf, und äh...«

»Gute Idee«, sagte Nick und sah mich fragend an, aber ich zögerte mit der Antwort. Mir war nämlich gerade eingefallen, weshalb mir Nicks Gesicht von Anfang an so bekannt vorgekommen war. Ich hatte ihn im Fernsehen in einer Nachrichtensendung gesehen. »Du bist also Journalist«, stellte ich fest.

»Ja.« So widerwillig, wie er das sagte, klang es eher nach einem Geständnis als nach einer Bestätigung.

Ich wußte nicht, was ich davon halten sollte. Weshalb war Nick nicht gleich damit herausgerückt? Stand sein Interesse an den Torreleones damit in irgendeinem Zusammenhang, und, falls ja, hatte ich recht mit der Vermutung, daß sein Interesse an mir eine direkte Folge davon war? In meinem Kopf schwirrten die Gedanken, ich war durcheinander und erschöpft und wünschte mir im Augenblick nichts sehnlicher, als meine Wohnungstür hinter mir zu schließen und Ordnung in meine Gedanken zu bringen. Ich fühlte mich betrogen, wußte aber nicht genau, weshalb. Was empfand ich für Nick?

»Vielen Dank, Gianni«, sagte ich, »aber ich möchte lieber ins Bett. Ich bin müde. Gute Nacht.« Letzteres war an Nick adressiert, als ich mich an ihm vorbeidrängte und die Treppe hinaufging.

»Ich rufe dich morgen an, Gianni«, hörte ich ihn hinter mir sagen.

»*Va bene.*« Taktvoll verschwand Gianni in seiner Wohnung.

»Kate!« Ich hörte, wie Nick hinter mir die Treppe heraufkam. Aber ich blieb nicht stehen. Ich hatte die Tür geöffnet und wollte gerade hineingehen, als er eine Hand an den Türrahmen legte und mir den Weg in die Wohnung versperrte.

»Du bist wütend«, sagte er. »Und es tut mir leid –«

Ich vermied seinen Blick. »Ich bin nicht wütend. Nur durcheinander.« Dann sprudelte es unfreiwillig aus mir heraus: »Du machst aus allem ein Geheimnis. Ich würde gern wissen, warum dich die Torreleones so faszinieren – ein einfacher *paparazzo* bist du ja offenbar nicht –, aber mir ist klar, daß ich von dir darauf keine klare Antwort kriege. Nicht, daß es von Bedeutung wäre. Aber ich brauche jetzt einfach etwas Zeit, mir das alles durch den Kopf gehen zu lassen. Und jetzt laß mich bitte in meine Wohnung.«

Er nahm den Arm vom Türrahmen, ich ging hinein und drückte die Tür hinter mir ins Schloß.

9

Am nächsten Morgen nahm ich den ersten Zug nach Florenz. Ungeachtet der frühen Stunde und des bedeckten Himmels herrschte auf dem riesigen Platz vor der Stazione Roma Termini schon emsiges Treiben. Viele Familien waren in die Stadt gekommen, um ihre mit Karnevalskostümen ausstaffierten Sprößlinge zu präsentieren. Die maskierten Harlekine und Columbinen jagten einander durch schmutzige Pfützen, ohne sich um die Drohungen und die nach ihnen ausgestreckten Arme ihrer Eltern zu kümmern. Empörtes Geschrei mischte sich mit kindlichem Gelächter, wenn Mütter ihre Kinder zu fassen kriegten und ihnen eins hinter die Löffel gaben, sie dann wieder packten und liebevoll und vergebend knuddelten.

Der Zug nach Florenz war nur schwach besetzt. Ein paar graugesichtige Arbeiter, die zusammengesunken auf den Bänken hockten, warfen mir uninteressierte Blicke zu, als ich auf der Suche nach einem leeren Abteil an ihnen vorüberging. Als der Zug aus der Stadt hinausrumpelte, fühlte ich mich unsagbar erleichtert, denn wenigstens im Augenblick lagen Roms Komplikationen hinter mir.

Aber es war nicht so einfach, abzuschalten. Die Stadt

tauchte zwar allmählich hinter mir im Morgendunst unter, nicht aber meine Probleme. Im Gleichklang mit dem monotonen Rattern des Zuges auf den Schienen hämmerten die Gedanken in meinem Kopf. Ich nahm eine Zeitschrift zur Hand und blätterte sie halbherzig durch. Es hatte keinen Sinn. Es gelang mir nicht, mich abzulenken.

Auch gut. Dann würde ich die Zeit im Zug eben dazu nutzen, meine Gedankenwelt zu ordnen. Zunächst zu Stillitano: Ich hatte nicht die Absicht, sein »Angebot« anzunehmen, soviel stand fest. Aber andererseits glaubte ich ihm, als er sagte, daß er im Fall meiner Ablehnung für den Entzug meiner Arbeitserlaubnis sorgen würde. Ich wollte aber in Italien bleiben und schon gar nicht Stillitano den Triumph gönnen, mich ausweisen zu lassen. Um das zu verhindern, brauchte ich ein wirkungsvolles Gegenmittel, das ihn zwingen würde, mich in Frieden zu lassen. Vielleicht hatte ja Paolo eine Idee, womit ich Stillitano den Wind aus den Segeln nehmen könnte. Viel versprach ich mir nicht davon, aber einen Versuch war es wert.

Die Sache mit dem Reni gestaltete sich schon komplizierter, falls eine Steigerung überhaupt noch möglich war. Kompliziert einerseits, weil Stillitano seine Finger mit im Spiel hatte, und andererseits wegen meiner Gefühle für Alessandro und seinen Vater. Zu gern hätte ich Alessandros Erklärungen geglaubt, aber sie ließen einfach zu viele Fragen offen. Und eine leise Stimme in meinem Hinterkopf meldete sich immer wieder, um dezent nachzufragen, ob ich denn Alessandros doppeltes Spiel nicht doch ein bißchen geschmacklos fände. Und zu guter Letzt war da noch Nick mit seinen Nachforschungen. Wenn er und Gianni sich für die Freimaurerclique interessierten und Nick sich obendrein noch für die Torreleones, war sonnenklar, daß einer der Torreleones in die Geschichte verstrickt sein mußte. Und der einzige logische Kandidat war Alessandro. Aber ich weigerte mich, ihn zu verdächtigen, bevor ich mehr Informationen hatte. Stillitano traute ich kriminelle Machenschaften ohne weiteres zu, aber Alessandro eher nicht. Dazu war mir mein Tête-à-Tête mit ihm im Geheimgang noch zu gegenwärtig. Fast dankbar war ich für das relativ einfache Problem Daniella. Zumindest in dieser Hinsicht wußte ich, was ich zu tun hatte. Marco mochte zwar ein Störfaktor sein, aber er würde mich schon in Ruhe lassen, sobald ich ihm zu verstehen geben würde, daß ich mit seinen und Daniellas Angelegenheiten nichts mehr am Hut hatte. Ein frommer Wunsch, wie ich heute weiß, aber zu jenem Zeitpunkt betrachtete ich Marco tatsächlich nicht als großes Problem.

Eine von einem feinen Regenschleier weichgezeichnete, leuchtend grüne Landschaft wischte am Fenster des Abteils vorüber. Vereinzelt setzten Sonnenstrahlen, die sich immer wieder durch die Wolkendecke mogelten, kleine Dörfchen hoch oben auf den Hügelkuppen wirkungsvoll in Szene. Der Zug ratterte an Ortschaften vorbei, deren Bewohner mit südländischer Begeisterung einer neuzeitlichen Religion huldigten: dem Fußballspiel am Sonntagmorgen. Scheinbar ziellos rannten winzige Gestalten in bunten Trikots auf einem sattgrünen Rasen um die Wette.

Aus unerfindlichen Gründen, die vermutlich nur die Gewerkschaften kannten, verlangsamte der Zug kurz vor Florenz seine Fahrt, kroch im Schneckentempo durch die Vororte in Richtung Hauptbahnhof und kam schließlich mit quietschenden Bremsen – gemeinerweise direkt vor dem Bahnhof – zum Stehen. Nichts ging mehr. Aber diese Tatsache entlockte keinem der Fahrgäste auch nur das geringste Stöhnen, niemand meckerte. Alle lehnten sich aus den Fenstern und scherzten mit den Fahrgästen anderer, glücklicherer Züge, die im Schrittempo an uns vorbeizuckelten. Richtig angenehm war die Stimmung. Dann endlich hatte der Zug freie Fahrt in den Bahnhof.

Kaum war ich ausgestiegen, rief jemand meinen Namen. Als ich mich umdrehte, stand Paolo direkt hinter mir, lachte mich aus seinem runden, von dünnen, braunen Haaren umrahmtem Gesicht an und schloß mich in die Arme.

»Ach, Paolo«, begann ich, »du hast ja keine Ahnung, wie sehr du mir gefehlt hast.« Für mich war er wie ein Fels in der Brandung, stark und ehrlich, und selbst wenn er kein Patentrezept für Stillitano parat haben sollte, würde allein schon seine Gesellschaft Balsam für meine Wunden sein. Uns verband eine enge, ausschließlich platonische Freundschaft. Zwar fand ich ihn attraktiv genug, daß ich irgendwann durchaus einen Vorstoß gewagt hätte, aber Paolo war bis über beide Ohren in die wohlerzogene Tochter einer angesehenen toskanischen Familie verliebt, mit der er schon im Sandkasten Burgen gebaut hatte. Für Clara und mich war er immer nur der »Mönch«, nicht nur, weil er wie einer aussah, wie ein moderner Mönch in Blue Jeans, sondern auch, weil er uns eines Abends hoch und heilig geschworen hatte, wie ein Mönch leben zu wollen, bis er seine Beatrice endlich zum Altar führen dürfe.

Denn Beatrices Vater bestand darauf, daß Paolo erst einen anständigen Beruf ergreifen müsse, bevor er ihm seine Tochter zur Frau geben wolle. Oft genug mußte ich mir Paolos Gejammere anhören, daß Beatrice und er vermutlich schon alt und grau sein würden, bis ihr Vater endlich ein Einsehen hätte. Einmal versuchte ich, ihn mit der literarischen Vorlage eines beharrlichen Liebhabers à la Dante zu trösten, war aber nicht überrascht, als dieser Vorstoß seine Wirkung verfehlte. Er wäre nicht aus dem gleichen Holz wie Dante geschnitzt, hatte er erklärt. Für diese Rolle wäre er zum einen zu fett, und abgesehen davon würde er sich bestimmt nicht damit begnügen, nur ab und zu aus der Ferne einen Blick auf seine Beatrice erhaschen zu dürfen.

Nach meiner Ankunft spazierten wir eine Stunde lang

durch die Stadt und unterhielten uns über unsere Arbeit, während ich alte Bekanntschaften auffrischte: die wehrhafte Trutzburg des Museo Nazionale del Bargello, Wächter bedeutender Kunstschätze, allen voran Donatellos reizvoll anämischer *David* und eine Della Robbia *Madonna*, die mehr Heiligkeit ausstrahlt, als alle Madonnen zusammen, die in der City aus den Schaufenstern der Souvenirläden die Passanten anschmachten; Gozzolis Fresko der Medici als Magi, Giottos wunderschöner Campanile, ein schlanker Glockenturm aus rosarotem und hellgrünem Marmor, der neben dem wuchtigen Dom wie eine filigrane Elfenbeinschnitzerei aussieht; und die gelben Fassaden der alten Häuser am Ufer des ebenso gelben Arno.

Paolo zeigte mir seine Restaurierungsarbeiten an einem Ghirlandaio-Fresko in der privaten Kapelle einer alten Florentiner Familie. Immer noch hing der Duft von Weihrauch von der Morgenmesse in der Luft. In der Kapelle war es friedlich und still, alles war erfüllt von tiefem Glauben und Kontinuität, als habe die Gegenwart innerhalb dieser Mauern nichts verloren und könne den friedlichen Gesichtern der Männer und Frauen auf dem Fresko nichts anhaben. Fast war ich versucht, eine Tradition zu beneiden, in der für die wenigen Glücklichen der Lebensweg so klar vorgezeichnet war. Und ich dachte an Alessandro und meinte zu verstehen, was es war, das er verloren glaubte.

Anschließend fuhren wir in das hügelige Hinterland zum Mittagessen. Hinter dem Lenkrad seines winzigen Fiat schüttelte Paolo die Besonnenheit und Geduld, die ihn als genialen Kunsthandwerker auszeichneten, ab und ergab sich dem Rausch der Geschwindigkeit. Wäre er ein besserer Fahrer und sein Auto mehr als nur eine Eierschale auf Rädern gewesen, hätte ich diesen flotten, kurvenreichen Anstieg in die toskanische Hügellandschaft vielleicht sogar genießen können. Es ging vorbei an terrassierten Olivenhainen mit ihren zarten, silbriggrünen Baumkronen, die aussahen wie bewegungslose Rauchschwaden, vorbei an den schwarzen Speerspitzen von Zypressen und an verschlafenen Dörfern.

Ich hielt jedenfalls ein stilles Dankesgebet für durchaus angebracht, als wir vor unserem Ziel in einer Kiesfontäne, aber immerhin unversehrt zum Stehen kamen. Unter weit ausladenden Schirmpinien lag das Lokal hoch über dem Tal und bot eine atemberaubende Aussicht über die hügelige Landschaft. Die Sonne schien auf die kleine, von Ilexbüschen eingefaßte Terrasse, und wir baten den Kellner, uns einen Tisch im Freien zu decken. In der vom Duft der Pinien und Mimosen erfüllten, lauen Frühlingsluft tauschten wir Klatschgeschichten aus und lachten über die aufgeblasene Selbstgefälligkeit und die Rivalitäten unserer vornehmlich wohlhabenden römischen Stammkundschaft. Paolo tröstete mich damit, daß es in Florenz auch nicht anders sei, höchstens noch eine Spur inzestuöser, nachdem dort viele Familien miteinander verwandt waren.

»Aber ich kann mich nicht beklagen«, erzählte er. »Ich verdiene nicht schlecht. Gut genug jedenfalls, um den Ansprüchen von Beatrices Vater zu genügen. Wir werden im Sommer heiraten, und du bist zu unserer Hochzeit herzlich eingeladen, Kate.«

»Paolo, das freut mich aber! Ich komme natürlich!« Ich beugte mich zu ihm und gab ihm einen dicken Kuß. »Beatrice ist wirklich zu beneiden.« Und ich konnte es mir nicht verkneifen, hinzuzufügen: »Ganz besonders freut es mich natürlich, daß dir eine faltenlose Braut von unter dreißig zugeführt wird.«

»Wenngleich sie nicht mehr ganz so unberührt ist, wie ihr Vater es gerne sehen würde«, meinte Paolo mit einem Grinsen.

Dann wurde er ernst und nahm meine Hand. »Aber jetzt

zu dir, Kate. Was ist los? Steckst du in Schwierigkeiten? Gestern am Telefon hast du so merkwürdig geklungen. Ich habe mir Sorgen gemacht.«

Bevor ich ihm antworten konnte, erschien der Kellner mit unserem Essen. Ich wartete ab, bis er uns die Teller hingestellt, eine Flasche Wein entkorkt und uns einen guten Appetit gewünscht hatte. Nachdem er gegangen war, sagte ich: »Ich bin tatsächlich in Schwierigkeiten.« Ich erzählte ihm von dem Reni und dem Portrait, das die nach höheren gesellschaftlichen Kreisen strebende Industriellengattin bei Faltecchi hinterlegt hatte. Und schließlich kam ich auf die Unterhaltung zwischen Faltecchi und Stillitano zu sprechen, die ich belauscht hatte. Aber auch Paolo bekam nur eine redigierte Fassung zu hören. Daniella, Marco und Nick ließ ich außen vor.

Nach meinem Bericht stellte Paolo nüchtern fest: »Das überrascht mich nicht. Ich habe immer damit gerechnet, daß Stillitano eines Tages den Bogen überspannt.«

»Wie kommst du denn darauf?«

Er schaute so ernst, wie nur jemand schauen konnte, der gesegnet oder auch verflucht war mit den weichen, gutmütigen Zügen eines wohltätigen Mönchs. »Nun, wegen der Geschichte mit dem Brandini-Bild. Weißt du eigentlich etwas darüber?«

»Nur, daß Faltecchi bei dem Streit mit Stillitano diesen Namen erwähnt hat. Aber mehr nicht.«

Ich wartete, während er sich über sein Steak hermachte. Nach einem Schluck Wein fuhr er fort. »Das Bild war ein Canaletto, der einem Nebenzweig der Familie Brandini gehörte. Es war Stillitanos Auftrag, und er hat ihn allein ausgeführt. Nachdem die Brandinis den Canaletto verkauft hatten, kam der Käufer dahinter, daß das Bild gefälscht war. Um ein Haar hätte es einen Riesenwirbel gegeben: Die Brandinis wurden beschuldigt und Faltecchi und Stillitano auch.

Aber am Ende ist alles unter den Teppich gekehrt worden. Frag mich nicht nach Einzelheiten. Ich weiß nur, daß man zwar mit einem Skandal gedroht hat, aber dann ist es doch vertuscht worden. Stillitano hat einen längeren Urlaub angetreten, und es hat wohl einige Zeit gedauert, bis sich die Wogen zwischen Faltecchi und Stillitano wieder geglättet haben.

Aber wie du dir vorstellen kannst, hab ich meine eigenen Schlußfolgerungen daraus gezogen und Augen und Ohren offengehalten. Als Stillitano dann um den Reni genauso ein Getue gemacht hat wie um das Brandini-Bild, dachte ich mir schon, daß da irgendwas im Busch ist. Aber die Torreleones waren ganz offenbar mit seiner Arbeit zufrieden, und nachdem es auch sonst keine weiteren Skandale mehr gegeben hat, dachte ich schon, ich würde Stillitano nur deshalb alles zutrauen, weil ich ihn nicht leiden kann. Mein Instinkt hat mich also doch nicht getrogen. Aber wenn Faltecchi sich ohnehin von Stillitano trennen will, könntest du dich doch vornehm aus der Schußlinie halten. Schließlich ist der Reni Alessandro Torreleones Problem und nicht deines, meinst du nicht?«

»Dafür ist es leider zu spät. Aus irgendwelchen Gründen haßt mich Stillitano. Nach allem, was passiert ist, hat er bestimmt höllische Angst davor, daß ich mir den Reni näher ansehen und mich jemandem anvertrauen könnte. Er hat versucht, mich kaltzustellen.«

»Wie meinst du das?«

»Er will, daß ich bei einem seiner Freunde in Palermo einen Auftrag annehme. Einen umfangreichen Auftrag, sagt er. Er hat mir sehr ans Herz gelegt, ihn anzunehmen – offen gedroht hat er zwar nicht, mir aber deutlich zu verstehen gegeben, daß ich meine Arbeitserlaubnis vergessen könne, falls ich nicht zustimmen sollte.«

Paolo, der gerade das Weinglas an die Lippen führen

wollte, hielt mitten in der Bewegung inne und starrte mich an. »Mein Gott, Kate! Hast du das Faltecchi erzählt?«

»Noch nicht. Stillitano hat es mir verboten. Aber bei nächster Gelegenheit werde ich's ihm sagen. Mir wäre es natürlich am liebsten, wenn ich irgend etwas gegen Stillitano in der Hand hätte, mit dem ich beweisen könnte, daß Stillitano wirklich der Mistkerl ist, für den wir ihn alle halten. Faltecchi verdächtigt ihn, wir beide verdächtigen ihn auch und vielleicht gibt's ja noch andere, die genauso denken. Aber wir brauchen Beweise.« Ich legte meine Gabel zur Seite und trank einen Schluck Wein. »Ich hatte gehofft, daß dir vielleicht was einfällt.«

»Schön wär's. Aber ich wüßte wirklich nicht, wie ich dir helfen könnte...« Er schwieg, schaute ins Tal hinunter, auf das zerfurchte Hügelland, auf dem sich Weingärten und Olivenhaine um die besten Plätze stritten. Eine Schafherde graste in der Nähe eines alten Bauernhofes; in der mittäglichen Stille drang das leise Bimmeln ihrer Glocken bis zu uns herauf. Ich überlegte mir mein weiteres Vorgehen.

Aber dann sagte Paolo ganz in Gedanken: »Er hatte doch immer...«

»Was, Paolo?« fragte ich, plötzlich hellwach geworden.

»Er hatte immer ein Notizbuch mit einem schwarzen Ledereinband. Ich habe immer schon vermutet, daß dort vielleicht der eine oder andere Anhaltspunkt für seine diversen Aktivitäten zu finden wäre.«

»Er hat es immer noch. Ich hab selbst gesehen, wie er etwas hineingeschrieben hat.«

»Er tat immer so geheimnisvoll damit...«

»Stimmt«, unterbrach ich ihn aufgeregt. »Jetzt fällt's mir wieder ein. Damals war ich erst ganz kurz bei Faltecchi und Stillitano und hab bis spätabends an einem Stück Leinwand gearbeitet. Ich war mächtig stolz darauf, daß ich es konservieren konnte, obwohl alle anderen es schon aufgegeben hatten. Natürlich wollte ich mein Erfolgserlebnis gleich loswerden, aber es war nur noch Stillitano im Büro. Damals wußte ich ja noch nicht, daß ich ihm besser aus dem Weg gehen sollte. Ich lief also in sein Büro – ohne anzuklopfen, versteht sich. Die Tür war nur angelehnt. Auf jeden Fall ist er wie elektrisiert aufgesprungen und hat mich angefahren, als hätte ich ihn bei irgend etwas ertappt. Dabei hatte er doch nur etwas in sein Notizbuch geschrieben. Ich kann dir sagen, der hat mir eine Standpauke verpaßt – du kennst ja seine eiskalte Art –, daß mir Hören und Sehen vergangen ist. Und alles wegen dieser Lappalie, dachte ich damals.«

Paolo stieß ein kurzes, verächtliches Lachen aus. »Dieser *stronzo* hält sich vermutlich für Macchiavelli. Denkt, er bringe da seine genialen Gedanken zu Papier. Widerlich!« Ärgerlich riß er ein Brötchen in zwei Hälften. »Bewahrt er es noch immer in seinem Schreibtisch auf, in diesem großen, braunen Ungetüm?«

»Den Schreibtisch hat er noch. Aber ich hab noch nie gesehen, daß er es dort einschließt. Weißt du noch, in welcher Schublade es damals gelegen hat?«

»Stell dir vor. Ich weiß es tatsächlich noch.« Paolo grinste mich an. »Ich hab nämlich selbst schon mal mit dem Gedanken gespielt, seinen Schreibtisch zu knacken. Ich war so fertig mit der Welt, daß ich wer weiß was gemacht hätte, um dem Typen etwas anzuhängen. Ich konnte beim besten Willen nicht mehr mit ihm zusammenarbeiten. Aber dann ist mir dieser Job hier zugeflogen und hat mich auf elegante Weise von ihm erlöst.«

»Was du nicht sagst! Und du hattest nichts Besseres zu tun, als mir auf der Stelle diesen Traumjob zum Geschenk zu machen«, neckte ich ihn. Er machte ein zerknirschtes Gesicht. »Ja, das tut mir wirklich leid, Kate. Aber du mußt zugeben, daß ich dir von vornherein gesagt habe, daß er ein *cazzo* ist.«

»Stimmt. Ich bin auch bereit, dir zu vergeben, wenn du mir verrätst, in welcher Schublade das Notizbuch liegt.«

»Damals jedenfalls war es die zweite Schublade von oben auf der rechten Seite. Aber ich kann dir nicht garantieren, daß es noch immer dort ist und ob es dir überhaupt was nützen wird.« Zu meiner Überraschung setzte er hinzu: »Aber ich hätte nichts dagegen, dir zu helfen, das herauszufinden. Schon um die alte Rechnung zu begleichen. Na, wie sieht's aus? Brauchst du noch einen Komplizen?« Dabei erinnerte er mich lebhaft an Don Camillo, nur daß er ein bißchen beleibt war. Auf alle Fälle schien er einem kleinen Gesetzesbruch nicht abgeneigt, wenn es darum ging, einer guten Sache zu dienen.

»Aber natürlich! Komm doch mit mir nach Rom. Wir bringen es gleich heute nacht hinter uns, ja?« Ich war überwältigt von der Aussicht auf Paolos Gesellschaft und seine moralische, besser gesagt, unmoralische Unterstützung. Die Vorstellung, Stillitanos Schreibtisch aufzubrechen, ohne einen wirklichen Beweis dafür zu haben, daß er gegen das Gesetz verstoßen hatte, verursachte mir ziemliches Unbehagen, gepaart mit einem guten Schuß Angst.

Aber Paolo schaute mich zerknirscht an. »Heute kann ich auf gar keinen Fall, Kate. Frühestens am kommenden Wochenende. Kannst du noch so lange warten?«

Enttäuscht schüttelte ich den Kopf. »Leider überschlagen sich im Moment die Ereignisse. Und Stillitano erwartet meine Entscheidung bis Mitte nächster Woche.«

»Dann mußt du jemand anderen bitten, dir zu helfen. Für dich allein ist Stillitano jedenfalls eine Nummer zu groß.«

»Weiß ich. Er hat mir ja schon einen Vorgeschmack auf seine Methoden gegeben. Aber wie dem auch sei, ich muß unbedingt wissen, was in diesem Notizbuch steht. Es ist die einzige heiße Spur, die ich habe.« Meine Worte klangen deutlich überzeugter, als ich mich fühlte.

Aber zumindest Paolo war von der Idee begeistert. »Es wird nicht leicht sein, den Schreibtisch aufzubrechen. Aber – Moment mal, vielleicht kann ich dir doch helfen. Wart einen Moment. Ich geh mal kurz telefonieren. Bin gleich wieder da.« Entschlossen schob er seinen Stuhl zurück und verschwand im Restaurant.

Ich trank meinen Kaffee und sah die einzelnen Stationen meiner neuen Karriere deutlich vor mir: Einbrecherin in spe, Verbrecherin auf der Flucht vor der Polizei, Häftling in einem römischen Gefängnis mit dem bizarren Namen »Haftanstalt Himmelskönigin«. Auf meinen Spaziergängen am Tiber war ich oft genug daran vorbeigekommen, um mir ohne Schwierigkeiten ausmalen zu können, wie wenig erstrebenswert es war, dort zu logieren.

Je länger ich mir die möglichen Konsequenzen meines Vorhabens überlegte, desto weniger scharf war ich darauf, einen anderen als einen strikt gesetzeskonformen Kurs einzuschlagen. Gerade zerbrach ich mir den Kopf über eine legale Alternative zu dieser Schnapsidee, als Paolo mit strahlendem Gesicht zurückkam. Er sah aus, als würde er im nächsten Augenblick das Notizbuch aus dem Ärmel zaubern. »Wir haben Glück. Komm. Ich habe schon bezahlt.« Er scheuchte mich aus dem Restaurant, ins Auto und zurück nach Florenz. Während er wie ein Besessener über die Landstraße bretterte, anderen Verkehrsteilnehmern ungeniert die Vorfahrt nahm und selbst die abgebrühtesten italienischen Autofahrer zu Schimpfkanonaden provozierte, erläuterte er mir seinen Plan. »Du willst natürlich alles tun, um zu vermeiden, daß Stillitano etwas von deinem Einbruch merkt. Also mußt du behutsam vorgehen. Keine Brechstangen, denn die hinterlassen Spuren. Was du brauchst, sind gewisse Fertigkeiten und ein Spezialwerkzeug. Ich nehme an, daß du keine Möglichkeit hast, an seinen Schreibtischschlüssel zu kommen?«

Niedergeschlagen schüttelte ich den Kopf. »Vielleicht sollten wir die ganze Sache einfach vergessen, Paolo. Es ist einfach absurd zu glauben, daß es mir gelingen könnte, dieses Notizbuch zu beschaffen.«

»Blödsinn«, antwortete er mit einer Begeisterung, die meinen schwindenden Elan spielend wettmachte. »Von heute abend an kannst du deinen Beruf als Konservatorin an den Nagel hängen, falls er dir zu langweilig ist und eine neue Karriere als Juwelendiebin anpeilen.« Er riß das Steuer herum, um einem Bus, der ihm unverschämterweise auf der Gegenfahrbahn entgegenkam, auszuweichen.

»Eigentlich hab ich gegen mein Leben als Konservatorin nichts einzuwenden. Und gegen das Leben an und für sich übrigens auch nicht. Könntest du vielleicht einen Gang herunterschalten?«

Paolo setzte einen reuevollen Blick auf. »Hast du Angst, Kate? Entschuldige bitte. Beatrice sagt oft, daß ich ein miserabler Autofahrer bin. Gerade hab ich dran gedacht, was für ein tolles Abenteuer du vor dir hast. Glaub mir, ich würde einiges dafür geben, dabeisein zu dürfen.« Er hörte sich an wie ein kleiner Junge, den die Großen nicht mitspielen lassen. Aber wenigstens nahm er den Fuß so weit vom Gaspedal, daß ich mich nicht mehr am Armaturenbrett festklammern mußte.

»Wohin fahren wir eigentlich? Oder verdirbt es dir den Spaß, wenn du's mir verrätst?«

»Wir besuchen eine Bekannte von mir, bei der ich als Student gejobbt habe. Sie hat einen Antiquitätenladen und handelt vorwiegend mit alten Möbeln. Wie du dir denken kannst, hat sie jede Menge Schreibtische, Büroschränke und Tische, alle mit unterschiedlichen Schlössern. Signora Renzini, so heißt die Dame, wird dir zeigen, wie man ein Schloß knackt.«

Ich mußte ziemlich schockiert ausgesehen haben, denn

Paolo lachte. »In ihrem Geschäft ist das unverzichtbar. Sie kauft oft Möbel, deren Schlüssel längst abhanden gekommen sind. Und manchmal kann man nicht einfach ein Schloß ausbauen, ohne Spuren auf den Möbelstücken zu hinterlassen. Also hatte sie gar keine andere Wahl, als zu lernen, wie man Schlösser professionell aufbricht. Und nur weil wir alte Freunde sind, hat sie sich bereit erklärt, es dir beizubringen, ohne Fragen zu stellen. Sie verfügt nämlich über eine bei Frauen äußerst selten anzutreffende Eigenschaft: Sie ist diskret.«

Paolos gelegentliche Versuche mit chauvinistischen Phrasen kannte ich zur Genüge und verzichtete darauf, nach dem Köder zu schnappen, den er mir vermutlich nur zugeworfen hatte, um mich von meinen Sorgen abzulenken. Also beschränkte ich mich darauf, ihm mit einer Schärfe, die ich auf der Stelle bereute, zu antworten: »Anscheinend ist deine Signora Renzini nicht nur eine diskrete Frau, sondern auch ein Panzerknacker.«

»Sie knackt zwar Schlösser, aber keine Tresore«, fuhr mir Paolo über den Mund.

»Du und deine Landsleute, ihr werdet mir immer ein Rätsel bleiben, Paolo. Alle sind darum bemüht, Unterschiede zu verwischen. Es gibt kein klar definiertes Recht oder Unrecht, kein Gut oder Schlecht. Ich wünschte nur, du würdest mir beibringen, wie man sich deiner Sprache bedient, statt Schlösser zu knacken und irgendwo einzubrechen.« Ich hatte diese Sätze kaum ausgesprochen, da wurde mir schon bewußt, wie unfair und polemisch ich daherredete und daß ich nur meinen Frust am armen Paolo ausließ.

Er warf mir einen Seitenblick zu. »Du sprichst unsere Sprache gut genug.«

»Du weißt sehr genau, daß ich damit nicht Italienisch meine.«

»Ich auch nicht.« Seine Stimme klang leicht gereizt.

»Wenn du ein anständiges kanadisches Mädchen wärst, würdest du auf der Stelle zur Polizei gehen. Davon hast du in unserer Unterhaltung aber kein Wort erwähnt. Und du würdest mir auch nicht so viel verheimlichen. Glaubst du wirklich, ich merke nicht, daß du mir eine ganze Menge verschweigst?«

Ich schämte mich. »Du hast ja recht«, antwortete ich zerknirscht. »Aber ich habe das Gefühl, daß ich mit meinem Dechiffriercode bis jetzt nur die erste Hälfte der Botschaft entziffern konnte. Ich weiß zwar, was ich nicht tun kann, nicht aber, was ich tun könnte. Es gibt immer noch zu viele Unbekannte in dem Spiel.«

»Vielleicht mußt du einfach dranbleiben.« Paolo nahm das Gas weg und fuhr an den Straßenrand. Vor einer verlassen aussehenden Villa mit geschlossenen Fensterläden und ockergelb gestrichener Fassade stiegen wir aus. Trotz seiner eher strengen Architektur machte das Gebäude auf mich einen vornehmen, gediegenen Eindruck. Paolo drückte auf einen Knopf, der in eine hochglanzpolierte Messingplatte mit der Aufschrift »Renzini Antichita« eingelassen war. Kurz darauf ertönte ein Summer, und Paolo stemmte sich gegen die massive Haustür. Wir durchquerten ein mit Marmor getäfeltes Foyer und steuerten auf eine Tür zu, vor deren Milchglasscheibe ein aufwendig gearbeitetes, schmiedeeisernes Gitter hing. Im gleichen Moment, als er die Hand hob, um anzuklopfen, ging die Tür auf, und eine Frau winkte uns herein.

Paolo und Signora Renzini begrüßten sich mit Küßchen links und Küßchen rechts und einem mir unverständlichen italienischen Kauderwelsch. Danach stellte er mich der Dame vor. Sie schimmerte ebenso bronzefarben wie das Messingschild vor ihrer Tür, Frisur und Kleidung waren von makelloser Eleganz, ihr Auftreten energisch und schwungvoll. Doch die Wärme, die sie ausstrahlte, milderte diese auf den ersten Blick strenge Professionalität. Sie war mir sofort sympathisch.

Sie führte uns durch einen großen Raum, der mit den chronisch überladenen Antiquitätengeschäften, die ich kannte, nicht zu vergleichen war. Ihr Laden hätte ebensogut der *salone* einer gutbetuchten Familie mit ebenso sicherem Geschmack wie unbegrenztem Budget sein können. Der Raum war verschwenderisch mit Walnuß-, Mahagoni- und Kirschbaumholz ausgestattet. Perserteppiche in Apricot- und Rosatönen schafften eine wohnliche Atmosphäre. Es roch angenehm nach Zitronenöl, Wachs und Kampfer. Eine weitere Tür führte zu einem Lagerraum, der vollgeräumt war mit Tischen, Stühlen, Schränken und Schreibtischen in unterschiedlichen Stadien der Restaurierung. Signora Renzini öffnete einen schweren, etwas ramponierten Walnußschrank, in dem ein kleiner Safe stand. Den schloß sie auf und nahm einen großen Schlüsselbund heraus.

Mit einem Finger ließ sie die Schlüssel vor meiner Nase klimpern. »Zuerst zeige ich Ihnen, wofür man die hier braucht.« Der Fingernagel, der den Schlüsselring hielt, war leuchtend rot lackiert. »Anschließend nehmen wir uns ein paar Schlösser vor.«

Wir erzählten ihr, welcher Periode wir Stillitanos Schreibtisch zuordneten. Ich wußte noch, daß die Schlösser zu seinem Büro und zu meinem Atelier zwar gleich aussahen, aber mit unterschiedlichen Schlüsseln gesperrt wurden. Dann machten wir uns an die Arbeit.

Bis zum Abend war ich in der Lage, zwischen einer verwirrenden Vielzahl moderner Schlösser zu unterscheiden und mit einiger Sicherheit den jeweils dazu passenden Nachschlüssel herauszusuchen. Die Bürotür würde vermutlich kein großes Hindernis darstellen, meinte Signora Renzini. Der Schreibtisch allerdings, der viel älter war, könnte sich dagegen als ziemlich harte Nuß erweisen. Falls die Nachschlüssel nicht passen sollten, müßte ich mein Glück mit den Dietrichen aus ihrer Kollektion versuchen. Für die Dietriche nahmen wir uns besonders viel Zeit, bis ich den Dreh raus hatte, wie man damit Schlösser knackt. Vermutlich kam mir entgegen, daß ich in meinem Beruf ähnliches Werkzeug benutze und – bei Restauratoren unerläßlich – über Fingerfertigkeit und eine ruhige Hand verfüge.

Irgendwie erschien es mir durchaus angemessen, wenn auch irgendwie surreal, in der Stadt von Macciavelli und den Medici einen Sonntagnachmittag damit zu verbringen, einem der fundamentalen italienischen Freizeitvergnügen nachzugehen: der Intrige.

»Sie lernen schnell«, lobte mich Signora Renzini, als wir den Crashkurs beendet hatten und ich mich sputen mußte, um meinen Zug noch zu erwischen. »Mit etwas Glück haben Sie gute Chancen, Ihr Ziel zu erreichen. Was immer Ihr Ziel sein mag.« Ihre Augen blitzten ironisch, als sie mich anlächelte.

»Ich bin Ihnen wirklich sehr dankbar für Ihre Hilfe«, gab ich lächelnd zurück. »Gleich nächstes Wochenende bringe ich Ihnen die Schlüssel und die Dietriche wieder zurück.«

»Gut. Dann auf Wiedersehen und viel Glück.« Sie öffnete die Tür zum Foyer, die hinter uns mit sattem Klacken ins Schloß fiel.

Paolo fuhr mich zum Bahnhof. Auf der Fahrt sprachen wir kaum miteinander, erörterten nur die Frage, was der beste Zeitpunkt für dieses Abenteuer wäre. Paolo plädierte gleich für die kommende Nacht, weil ich da noch alles frisch im Kopf hätte und außerdem immer noch Wochenende war. Ich hingegen favorisierte eher den Dienstag, den Faschingsdienstag. Zum einen, weil mir der Trubel auf den Straßen nur recht sein konnte und ich im übrigen damit rechnete, daß es wohl keinem einfallen würde, ausgerechnet in dieser Nacht im Atelier Überstunden zu schieben.

»Versprichst du mir, sofort anzurufen, wenn du's hinter dich gebracht hast?« bat er, als wir zusammen zum Bahnsteig gingen.

»Wenn ich kann. Ansonsten sage ich meinem Anwalt, daß er dich verständigen soll.«

Wir verabschiedeten uns voneinander und umarmten uns ein letztes Mal. Paolo sah bedrückt aus, und mir widerstrebte es noch mehr, nun allein in den Zug steigen und einen Kurs einschlagen zu müssen, der, wie ich fand, eher mich gewählt hatte, als ich ihn. Aber Paolo machte gute Miene zum bösen Spiel und formte mit Zeige- und Mittelfinger ein ›V‹ für Victory, als ich ihm vom Fenster meines Abteils aus zuwinkte. Dann veränderte er diese Geste zu einem deutlich weniger freundlichen, wenn auch viel gebräuchlicheren Zeichen und rief mir nach: »Und das da ist für Stillitano!« Ich ließ mich in den Sitz fallen und versuchte an nichts zu denken, während der Zug mich zurück nach Rom brachte.

10

Spätabends kam ich aus Florenz zurück und stieg müde die Treppe zu meiner Wohnung hinauf. Clara Palmieri hatte offenbar schon auf mich gewartet. Als sie mich hörte, kam sie aus ihrer Wohnung geschossen.

»Endlich«, rief sie. »Ich hab mir schon Sorgen um dich gemacht, *cara*. Gianni hat mir erzählt, was letzte Nacht passiert ist.«

Ich lächelte sie an. »Ach, und jetzt dachtest du, daß ich wegen Nick Taliaferro abgehauen sei?«

Sie lachte, und die Parenthesen um ihren Mund vertieften sich. »Wo denkst du hin! Vor einem so attraktiven Mann läuft doch keine Frau davon. Aber ich hab mich gefragt ...«

»Ich war in Florenz bei Paolo Flacco.«

»Na so was! Wie geht's denn unserem keuschen Mönch?«

»Bestens. Zumal er demnächst von seinem Gelübde entbunden wird. Beatrices Vater hat der Heirat zugestimmt.«

»Ich glaube wieder an Wunder!« Dann wurde sie wieder ernst: »Können wir uns ein bißchen unterhalten, *cara*?«

Obwohl ich Clara immer gern um mich hatte und sicher sein konnte, in ihrer Gegenwart auf andere Gedanken zu kommen, sehnte ich mich nach meinen eigenen vier Wänden. Ich wollte darüber nachdenken, wie ich meine neuerworbenen, zweifelhaften Fertigkeiten mit dem für mich geringsten Risiko einsetzen könnte. Trotzdem kehrte ich um und kam die Treppe wieder herunter. »Aber natürlich, Clara.«

Sie faßte mich am Arm. »Du bist im Moment nicht gut drauf, Kate, stimmt's? Allerdings werden die Neuigkeiten, die ich für dich habe, dich auch nicht aufheitern. Aber es geht leider nicht anders.«

Zerknirscht dachte ich an den Spruch mit dem Tropfen und dem überlaufenden Faß und tröstete mich mit der philosophischen Weisheit, daß alle neuen Probleme in Anbetracht der Probleme, die ich schon hatte, nicht mehr ins Gewicht fallen würden.

Sie setzte sich auf die unterste Treppenstufe, zog mich neben sich, klemmte den Rocksaum unter ihre Zehen und strich den transparenten, mit roten und violetten Rhomben gemusterten Stoff glatt. Im gelben Licht der Treppenhausbeleuchtung schimmerte der Rock unter der Berührung ihrer Hände in allen Schattierungen. Dieses Farbenspiel wirkte geradezu hypnotisierend auf mich. Egal, was Clara trug, alles sah sexy an ihr aus, stellte ich wieder einmal bewundernd und mit einem leichten Anflug von Neid fest.

Aber Clara war nervös: Pausenlos zupfte sie an ihrem Rock herum und warf mir besorgte Blicke zu: »Nick ist gerade da. Er und Gianni würden sich gern mit dir unterhalten.«

Abgesehen von einem unverfänglichen Murmeln, das, wie ich hoffte, gleichgültiger klang, als ich mich fühlte, gab ich keinen Kommentar dazu ab.

»Sie möchten dir von ihrer Arbeit erzählen. Und dir erklären, warum Nick es für besser gehalten hat, dir vorerst nichts davon zu verraten.«

»Gianni braucht sich mir gegenüber nicht zu rechtfertigen, Clara.«

»Das weiß er auch. Aber er möchte, daß du verstehst, worum es geht. Und jetzt, nachdem Nick ihm erzählt hat, weshalb er hinter Alessandro Torreleone her ist, macht sich Gianni Sorgen. Er weiß ja, daß du bei den Torreleones arbeitest. Und daß du sie magst.«

»Also geht es *doch* um Alessandro.« Nicht, daß es mich überrascht hätte, denn sie hatte mir nur bestätigt, was ich ohnehin schon vermutete. »Und worum genau?«

»Das soll Nick dir selber sagen. Ich finde, du solltest ihm zuhören, auch wenn die Geschichte, die er zu erzählen hat, dir vermutlich nicht gefallen wird.« Mittlerweile schwang in ihrer Stimme auch Besorgnis mit.

Ich legte einen Arm um ihre Schultern. Ihre Haut war weich, und ich roch das frische Parfüm, das sie immer benutzte; sein leichter Jasminduft erinnerte mich an Sommer. Allein der Hautkontakt mit Clara beruhigte mich, und eine Weile blieben wir schweigend nebeneinander sitzen. Dann sagte ich: »Ich bin robuster als ich aussehe, Clara.«

Sie lächelte, aber ihre Stimme blieb ernst. »Magst du Alessandro?« fragte sie mich vorsichtig.

»Ja.«

Sie seufzte. »Nun ja, vielleicht sind Nick und Gianni ja auch auf dem falschen Dampfer. Noch ist nichts bewiesen.« Aber der Ton ihrer Stimme strafte sie Lügen. Es war ihnen tatsächlich gelungen, Clara auf ihre Seite zu bringen, und aus unerfindlichen Gründen fühlte ich mich betrogen.

Müde rappelte ich mich auf. »Also gut. Ich werde ihnen zuhören. Aber sie müssen mir schon sehr gute Argumente liefern, wenn sie mich davon überzeugen wollen, daß Alessandro krumme Sachen gemacht hat.« Mir war klar, daß ich mit diesen markigen Worten meine wahren Gefühle nur unzureichend kaschieren konnte. Tief im Innern spürte ich bereits nagende Zweifel.

Wir standen einander gegenüber. Clara hatte die Hand auf die Türklinke gelegt und flüsterte: »Gianni vertraut Nick. Und ich mag ihn auch. Er hat mir erzählt, wie ihr euch kennengelernt habt. Dann war er also der geheimnisvolle Amerikaner, von dem du gestern gesprochen hast.«

»Und du weißt bestimmt auch noch, was ich dir in diesem Zusammenhang gesagt habe. Daß er nichts als Barrieren um sich herum aufbaut.«

»Ja, und jetzt weiß ich auch, wie du es gemeint hast. Aber ich hab das Gefühl, daß seine Barrieren mittlerweile ganz schön wackeln, *cara*.« Mit dieser kryptischen Bemerkung drehte sie sich um und öffnete die Tür.

Gianni lümmelte auf dem zotteligen, weißen Teppich, sein Kopf ruhte auf einem Stapel von Kissen, und er stopfte mit Hingabe seine Pfeife aus einer Tabaksdose auf dem Fußboden neben ihm. Er unterhielt sich mit Nick, der am Fenster lehnte und in die Nacht hinausstarrte. Als Gianni mich sah, stand er auf, ohne seinen Redefluß zu unterbrechen. Nur, daß er jetzt mich ansprach. Nick drehte sich um, nickte mir andeutungsweise zu, sagte aber kein Wort. Sein Gesicht verriet keine Regung.

Clara verwandelte sich in die perfekte Gastgeberin, drängte uns, Platz zu nehmen, schenkte mir ein Glas Wein ein und lockerte die knisternde Spannung mit dem ihr eigenen Charme auf. Nachdem wir es uns mehr oder weniger gemütlich gemacht hatten, mit Ausnahme von Nick, der am Fenster stehengeblieben war, begann ich: »Sag mir einfach deine Meinung, Gianni. Über Alessandro Torreleone.«

Gianni schaute zu Nick hinüber. »Vielleicht solltest du ihr die Frage beantworten, Nick. Schließlich hast du das alles herausgefunden.

Nick antwortete nicht sofort. Er zündete sich eine Zigarette an, das Streichholz flammte auf, und einen Augenblick lang stieg mir Schwefelgeruch in die Nase. Eine dünne Rauchfahne fädelte sich zur Zimmerdecke hoch. Ich beobachtete Nicks Gesicht, das sich in der Fensterscheibe spiegelte – ein Relief heller und dunkler Flächen –, und ich fragte mich, wie er es nur fertigbrachte, so präsent und gleichzeitig so diffus zu wirken. Langsam, fast widerstrebend tröpfelten die Worte aus seinem Mund: »Also gut. Nachdem Gianni der Ansicht ist, daß du es wissen solltest, Kate...« Womit er klarstellte, daß er Giannis Meinung nicht teilte.

»Ich habe dir schon erzählt, daß meine Schwester gestorben ist. Aber nicht, wie es dazu kam.« Er drehte sich um und schaute mich an. Verlegen blickte ich in mein Weinglas, um seinem durchdringenden Blick zu entgehen. »An einem Abend im November des vorigen Jahres fiel sie auf die Gleise der Metropolitana – oder sie wurde von jemandem hinuntergestoßen.« Die Metropolitana. Die römische U-Bahn. Ich machte den Mund auf, wollte etwas sagen, aber er sprach weiter: »Es war zur Hauptverkehrszeit, der Bahnsteig war voller Leute, aber niemand hat gesehen, wie es passiert ist. Plötzlich schrie sie, fiel auf die Gleise, und der einfahrende Zug hat sie überrollt.«

Er drehte sich wieder zum Fenster um, die ungerauchte Zigarette hing vergessen zwischen seinen Fingern. Ich warf einen Blick auf Clara, die an ihrer Unterlippe kaute, aber weder sie noch Gianni sagten etwas. Mir fiel auch nichts Passendes ein.

»Eine Frau, die neben meiner Schwester stand, erzählte der Polizei, daß Susanna möglicherweise nicht allein am Bahnsteig gewesen war – auf jeden Fall war hinter ihr ein Mann gestanden, und diese Frau glaubt auch gesehen zu haben, daß er einen Arm um ihre Taille gelegt hatte. Aber es herrschte ein solches Gedränge, daß sie es nicht mit Sicherheit sagen konnte. Und eine Beschreibung des Mannes konnte sie auch nicht liefern. Selbstverständlich hat sich auch niemand gemeldet, der zugegeben hätte, mit Susanna zusammen auf dem Bahnhof gewesen zu sein. Eine Zeitlang ging die Polizei von Selbstmord aus, aber dafür gab es eigentlich keinen Anhaltspunkt. Am Ende wurde die Sache als Unfall zu den Akten gelegt. Als ich zu Susannas Begräbnis nach Rom kam, sagte meine Mutter, daß meine Schwester sich mit einer radikalen Gruppe eingelassen hätte. Viel mehr wußte sie allerdings auch nicht. Susanna wollte nicht darüber sprechen, sagte nur, daß die Leute für die Rechte der Arbeiter kämpften. Wie viele andere auch. Woran sich meine Mutter aber erinnerte, war der Name ›Studenti per l'Operaio‹, Studenten für die Arbeiterklasse. Die übliche, irreführende Bezeichnung«, merkte er sarkastisch an.

Bei der Erwähnung dieses Namens fiel mir wieder das große, weiße Transparent ein, das über den Köpfen der Demonstranten getanzt hatte und von den Füßen der Demonstranten niedergetrampelt wurde, nachdem Daniella es achtlos fallengelassen hatte. Studenti per l'Operaio. Riesengroße, blutrote Lettern auf weißem Grund.

Nick fuhr fort: »Meine Mutter erzählte mir, daß Susanna damals mit ihrem Chef eine Affäre hatte, die unglücklich endete. Sie machte mit diesem Mann und mit den Studenti per l'Operaio ungefähr zur gleichen Zeit Schluß.« Tief inhalierte er den Rauch seiner Zigarette. Noch immer schaute er mir direkt ins Gesicht. »Susanna arbeitete damals im Finanzministerium. Der Mann war Alessandro Torreleone.«

Ich widerstand seinem Blick. So ruhig ich konnte, fragte ich ihn, weshalb er sich dessen so sicher war.

»Anfangs sprach Susanna mit meiner Mutter ganz offen über diese Beziehung, sie waren fast wie Freundinnen. Aber in den letzten Wochen vor ihrem Tod veränderte sich Susannas Verhalten. Meine Mutter sagte, sie wäre plötzlich wie ausgewechselt gewesen, hätte kaum noch gesprochen, hätte sich ganz offensichtlich vor etwas gefürchtet. Meiner Mutter wollte sie sich aber nicht anvertrauen. Irgendwann erzählte sie ihr dann doch, daß sie sich entschlossen hätte, die Studenti per l'Operaio zu verlassen. Weshalb, ließ sie allerdings offen. Und sie erzählte meiner Mutter, daß sie und Torreleone sich nach einer Auseinandersetzung, in der es um die Arbeit gegangen war, getrennt hätten. Sie hatte wohl bei einer routinemäßigen Überprüfung einer Währungstransaktion zwischen einem italienischen Unternehmen und seiner ausländischen Niederlassung Ungereimtheiten festgestellt. Pikanterweise war das eine Transaktion gewesen, die Torreleone schon abgesegnet hatte. Um welche Firma es ging und was genau es war, wußte meine Mutter nicht, und abgesehen davon hätte sie es ohnehin nicht verstanden. Susanna sagte mehr oder weniger nur, daß sie Torreleone darauf hingewiesen und er die Unterlagen mit nach Hause genommen habe, um sie in aller Ruhe durchzuarbeiten. Nach ein paar Tagen legte er ihr den Vorgang dann mit der Bemerkung auf den Tisch, er habe nichts Ungewöhnliches feststellen können. Als Susanna die Unterlagen nochmals durchging, stellte sie fest, daß tatsächlich nichts zu beanstanden war. Aber sie sagte ihm auf den Kopf zu, daß jemand die Zahlen manipuliert hätte. Torreleone riet ihr nur, das Ganze schnell zu vergessen. Kein böses Wort, keine Drohungen, aber unmißverständlich. Und das war das Ende ihrer Beziehung. Ein paar Tage später kam sie ums Leben.« Er ging zum Kaffeetisch hinüber und drückte die Zigarette in einem Aschenbecher aus.

»Damals, als ich das von meiner Mutter hörte, wußte ich gar nichts von Alessandro Torreleone, nicht einmal die Klatschgeschichten. Und von den Studenti per l'Operaio hatte ich ebenfalls noch nie gehört. Also fing ich an, ein bißchen zu recherchieren. Mit ganz netten Resultaten, wenngleich das interessanteste davon ein Name war, der Name eines weiteren Mitglieds dieser unerfreulichen, kleinen Truppe, der auch meine Schwester angehörte...«

»Daniella Nerone«, sagte ich leise, bevor Nick den Namen aussprechen konnte. »Alessandros Cousine.«

Ich schäme mich dafür, zugeben zu müssen, daß ich mich an den verdatterten Gesichtern meiner Gesprächspartner weidete. Gianni und Clara machten gleichzeitig den Mund auf, wollten etwas sagen, aber Nick kam ihnen zuvor: »Woher zum Teufel weißt du das?«

Ich schwieg vornehm. Ein Teil von mir sehnte sich danach, ihn zu trösten, weil seine Geschichte einen so traurigen Hintergrund hatte, ein anderer Teil aber, der gehässigere, wollte sich ebenso beinhart geben, wie er selber war, kalt und unnahbar und noch ein paar Trümpfe in der Hand behalten. Warum sollte nur er für Überraschungen gut sein?

Meine gehässige Seite gewann die Oberhand. »Erzähl doch erst mal deine Geschichte zu Ende.«

Er zuckte die Achseln. »Na gut. Ich werde mich auf die Fakten beschränken. Die kannst du dann interpretieren, wie du willst.« Nachdem er sich auf das breite, rote Sofa gesetzt hatte, wirkte er – falls eine Steigerung überhaupt möglich war – noch unnahbarer. Obwohl sich Mitgefühl in mir regte, blieb ich nach außen hin ungerührt. Es war offensichtlich, daß er keinen Bedarf an Zuspruch hatte.

»Gianni und ich haben früher schon manchmal zusammengearbeitet«, begann er. »Nach dem Tod meiner Schwester erzählte er mir die Story von der Freimaurerloge und bat mich, ihm zu helfen, die schwer durchschaubaren internationalen und finanziellen Verwicklungen aufzudröseln. Seine Story gefiel mir, und ich war gern bereit, ihn bei seinen Recherchen zu unterstützen. Ich hatte ohnehin vor, noch so lange in Rom zu bleiben, bis ich mir einen besseren Überblick über die Verbindung meiner Schwester zu den Studenti per l'Operaio verschafft hatte. Ich brauchte nicht lange zu graben, und was glaubst du, wessen Name in Zusammenhang mit dem Führer der Mestola Rossa als erster auftauchte? Richtig: Torreleone. Also grub ich ein bißchen weiter.

Zunächst nahm ich seinen Job im Finanzministerium unter die Lupe. Unter anderem fand ich heraus, daß alle Darlehen, die italienische Unternehmen ihren ausländischen Niederlassungen gewähren, über seinen Tisch gehen. Er prüft die Unterlagen und stellt sicher, daß alles genau den gesetzlichen Vorschriften entspricht. Dann stempelt Torreleone die Vorgänge ab und leitet sie zur endgültigen Genehmigung an das Büro des Finanzministers weiter. Mit anderen Worten: Torreleone sitzt genau an der Schaltstelle, an der entschieden wird, welche Gelder quasi legal ins Ausland transferiert werden dürfen. Und ich wüßte keinen reichen Italiener, der nicht scharf darauf wäre, sein Geld an der Steuer vorbei ins Ausland zu schaffen.

Nach unseren Quellen hat es Torreleone bemerkenswert schnell geschafft, vom einfachen Beamten zu seiner jetzigen Position aufzusteigen – wie gesagt, eine Position, in der er den mächtigen Leuten im Land ganz außerordentlich nützlich sein kann. Gianni und ich glauben zu wissen, wie ihm das gelungen ist. An jedem Knotenpunkt seiner Karriere taucht der Name eines Mannes auf, der ganz offensichtlich sein Mentor ist. Dieser Mann ist rein zufällig auch der Kopf der Mestola Rossa. Vermutlich ist Torreleone selbst Mitglied in dieser Loge, obwohl es uns dafür bislang an Beweisen fehlt, wir wissen es nur vom Hörensagen.«

Nick streckte den Arm aus und nahm sein Glas vom Tisch. Einen Augenblick lang war es still im Raum. Er trank einen Schluck Wein und fuhr dann fort: »Noch eine erstaunliche Tatsache: Er kennt zwei Frauen aus der gleichen radikalen Gruppe. Welchen Grund sollte er haben, sich mit Leuten der extremen Linken abzugeben, wenn er selbst eindeutig rechtslastig ist? Merkwürdig, nicht?«

Ich hatte die Nase voll vom Zuhören, und Claras mitleidsvollen Blick konnte ich auch nicht mehr ertragen. »Es ist ja wohl nicht seine Schuld, daß Daniella seine Cousine ist«, warf ich – viel zu sarkastisch – ein, »und wer weiß, vielleicht hat er ja eine Schwäche für Revolutionäre. Es wäre ja immerhin möglich, daß ihn seine Arbeit im Finanzministerium so anödet, daß er sich nach einem Kontrastprogramm sehnt. Bei euren Kollegen von der Journaille ist es ja auch nicht viel anders: Die gehen in einem solchen Fall als Kriegsberichterstatter in fremde Länder oder bauschen harmlose Geschichten zu riesigen Mysterien auf, nur damit sie sich nicht mit der Leere in ihrem eigenen Leben auseinandersetzen müssen.« Plötzlich schämte ich mich. »Tut mir leid, Gianni, dich habe ich damit nicht gemeint.« Aber bei Nick konnte und wollte ich mich nicht entschuldigen.

Aber er fühlte sich gar nicht angesprochen. »Vielleicht hast du recht.« Mehr sagte er dazu nicht. Er machte ein finsteres Gesicht, aber seine Augen blieben ausdruckslos.

Gianni sprang für ihn ein. »Kate, du mußt das verstehen. Wir sind uns sicher, daß Torreleone einigen Firmen geholfen hat, die Devisenbestimmungen zu umgehen. Wir sind nahe daran, das beweisen zu können. Und wir wissen, daß er mit diesem idiotischen linken Haufen in irgendeiner Beziehung steht. Das sind keine Hirngespinste und es ist auch kein Zufall.« Seine Stimme senkte sich, wurde düster: »Und hinzu kommt, daß ihm Nicks Schwester auf die Schliche gekommen ist. Und jetzt ist sie tot.«

»Und da habt ihr beschlossen, daß er auch noch ein Mörder ist?« Ich hätte mir auf die Zunge beißen können, aber Nick hatte den Kopf auf die Rückenlehne des Sofas gelegt, die Augen geschlossen, und zeigte keine sichtbare Reaktion; vielleicht hatte er mich auch nicht gehört. »Tut mir leid. Aber mir scheint, daß ihr euch zum Richter, Geschworenen und Henker in einer Person aufgeschwungen habt.«

Gianni stieß hörbar die Luft aus und ließ sich in die Kissen sinken. Auf einmal war es mir im Zimmer viel zu heiß, viel zu verraucht, und außerdem brummte mir der Schädel. Ich strich mir über die Stirn und überlegte, weshalb es mir so schwerfiel, das Gehörte zu akzeptieren.

Langsam, als hätte er es mit einem aufsässigen Kind zu tun, nahm Nick den Gesprächsfaden wieder auf und schaute dabei angestrengt zur Zimmerdecke. »Wir wissen folgendes: Torreleone war früher einmal berühmt-berüchtigt für seine Schulden. Aber mittlerweile hat er offenbar keine Probleme mehr damit. Er sitzt in einer Position, die es ihm gestattet, den Reichen zu helfen, ihr Geld außer Landes zu schaffen. Er hat Verbindungen zu einer Organisation, die am extremen rechten Flügel angesiedelt ist. Und auch zu einer marxistischen, revolutionären Gruppe. Mach dir deinen eigenen Reim darauf.«

»Laß es mich mal von einer anderen Seite betrachten«, entgegnete ich ruhig. »Vielleicht hat er sich ja geändert und ist jetzt ein gewissenhafter Beamter geworden, der – Pech für ihn – eine Schwäche für linke Revolutionäre hat. Damit befindet er sich allerdings durchaus in guter Gesellschaft mit anderen Italienern seines Standes, die ebenfalls Beziehungen zu Leuten mit fragwürdigen, politischen Neigungen pflegen.« Daß dieses Bild angesichts dessen, was die beiden und ich von Alessandro wußten, alles andere als überzeugend war, wußte ich selbst. Doch ebenso starrköpfig wie unbelehrbar fuhr ich fort: »Daß deine Schwester ums Leben gekommen ist, tut mir aufrichtig leid, Nick. Das ist furchtbar. Und ich kann verstehen, wenn du Alessandro alles Mögliche zutraust, nachdem du glaubst, daß er sie unglücklich gemacht und als Gefahr gesehen hat. Aber...« Angesichts ihrer Mauer aus Schweigen verzichtete ich darauf, weiterzusprechen. Vermutlich gab es auch nichts mehr zu sagen.

Wir hatten einander nicht überzeugen können, obwohl es Gianni und Nick gelungen war, mir genügend Zweifel einzuimpfen, um meine Gefühle für Alessandro ins Wanken zu bringen. Aber seltsamerweise machte ich mir um Alessandro die wenigsten Sorgen. Mir ging es um Conte Massimo. Falls Nicks und Giannis Anschuldigungen auch nur zum Teil zutrafen und Alessandro auffliegen sollte, wäre das ein harter Schlag für den Conte, einen Mann, der in seiner Jugend unter seinem Vater leiden mußte und nun mit der Schande seines Sohnes konfrontiert würde. Meine Gedanken gingen ihre eigenen Wege, und erst als ich schon drauf und dran war, Alessandro für den Kummer seines Vaters die Schuld zu geben, wurde mir klar, daß ich damit insgeheim Nicks und Giannis Interpretation der Fakten akzeptiert hatte. Aber ich wich keinen Millimeter zurück, sondern beharrte eigensinnig auf meinem Standpunkt.

»Was erwartet ihr eigentlich von mir? Meint ihr, ich werde jetzt bei den Torreleones für euch spionieren?«

»Ganz und gar nicht«, antwortete Gianni und kratzte seinen Bart. Plötzlich sah er erschöpft aus. Clara setzte sich zu ihm auf den Fußboden und hakte sich bei ihm unter. »Sei einfach nur vorsichtig, Kate. Mehr verlangen wir nicht. Aber falls dir etwas Ungewöhnliches auffallen sollte, würden wir es schon gern wissen.«

Etwas Ungewöhnliches! Beinahe hätte ich laut aufgelacht, aber Giannis Gesichtsausdruck belehrte mich eines Besseren. Es gab nichts, was an den Torreleones nicht ungewöhnlich war. Wie sollte ich wissen, wonach ich suchen mußte? Ich lehnte mich im Stuhl zurück und dachte an die merkwürdigen und geradezu unheimlichen Begebenheiten, die sich ereignet hatten, seit ich vor gut einer Woche im Palazzo zu arbeiten begonnen hatte: der gefälschte Reni, Daniellas Techtelmechtel mit dem ominösen Marco, Alessandros Beziehung zu Stillitano.

Ich fiel vor Müdigkeit fast um – die Uhrzeit war für diese Art von Unterhaltung denkbar ungeeignet – und konnte ob der vielen Fragen, die sich vor mir auftürmten, keinen klaren Gedanken mehr fassen. Plötzlich war mir alles zuviel. Ich sehnte mich danach, reinen Tisch zu machen, Clara und Gianni alles zu erzählen – notfalls auch Nick, obwohl mich seine demonstrative Zurückhaltung provozierte. Ich wollte ihnen die ganze Last zu Füßen legen, die ich zum Teil schon Faltecchi und Paolo aufgehalst hatte. Es sprach nichts dagegen. Schließlich hatte ich Vertrauen zu Clara und Gianni, und sie wiederum vertrauten Nick. Paolos Worte von heute nachmittag fielen mir wieder ein, sein Rat, mir jemanden zu suchen, der mir helfen konnte. Er hatte prophezeit, daß Stillitano für mich alleine eine Nummer zu groß sei.

Ich hob den Kopf und sah drei Augenpaare auf mich gerichtet, alle übermüdet, zwei davon beschwörend, und das dritte, das von Nick, mit einem verwirrten Ausdruck, den ich nicht deuten konnte. Um Zeit zu gewinnen, bat ich sie, mir mehr über die Mestola Rossa zu erzählen. »Leute wie Thomas Jefferson und Tolstoi waren schließlich auch Freimaurer, also kann diese Loge wohl nicht immer schon so schlecht gewesen sein. Früher einmal war das doch ein einigermaßen ehrbarer Verein, oder?«

»Aber sicher«, gab Gianni zur Antwort. »Wie die Mafia

auch. Nein, ich meine das durchaus ernst. Vor langer, langer Zeit – auch wenn es sich so anhört, ist das kein Märchen – hat die Mafia in Sizilien als eine Art Robin Hood angefangen, die gegen die Unterdrückung der armen Leute durch Großgrundbesitzer kämpfte. Das hielt aber nicht lange an.«

Nick unterbrach ihn: »Bleib bitte auf dem Teppich, Gianni. Die meisten Freimaurerlogen sind auch heute noch harmlos. Manche sind sogar wohltätig.«

»Zugegeben. Im 19. Jahrhundert haben die Freimaurer hier in Italien tatsächlich für Freiheit und Aufklärung gestanden, Kate. Garibaldi war übrigens auch ein Freimaurer. Kein Wunder, daß die Kirche diese Leute nicht nur fürchtete, sondern auch haßte.«

»Und sie haßten die Kirche«, warf Clara ein. »Hast du gewußt, daß die Kuppel des Petersdoms von fast überall in Rom zu sehen ist, aber nicht vom Stadtteil Prati aus? Und weißt du auch, warum? Weil Prati von den Freimaurern gegründet worden ist. Sie haben dem Petersdom buchstäblich den Rücken gekehrt.«

»Aber die italienischen Freimaurer haben sich mit Beginn dieses Jahrhunderts gewandelt«, fuhr Gianni fort. »Sie verloren einen großen Teil ihres Idealismus und engagierten sich zunehmend für den politischen und finanziellen Erfolg ihrer Mitglieder. Als Mussolini an die Macht kam, verbot er die Freimaurer, weil sie nach seiner Meinung inzwischen zu einem Staat im Staat geworden waren. Das schmeichelte der Loge natürlich sehr. Jede Zugehörigkeit zu einem Geheimbund stellte Mussolini unter Strafe. Dieses Gesetz existiert auch heute noch. Es ist zwar nicht mehr illegal, Freimaurer zu sein, es ist nur verboten, eine geheime Freimaurerloge zu betreiben.«

»Und genau darum handelt es sich bei der Mestola Rossa«, sagte Nick. Er streckte sich, stand auf und rieb sich den Nacken. »Ihr Führer besteht auf Geheimhaltung.

Er legt größten Wert darauf, daß sich die Mitglieder untereinander nicht kennen, es sei denn, es kommt seinen Absichten entgegen. Es ist ja nicht so, daß alle Mitglieder danach trachten, Gesetze zu brechen; vermutlich sind viele der Loge beigetreten, weil sie sich davon berufliche Vorteile versprochen haben«, merkte er an und bestätigte damit Claras Worte an dem Abend, als Gianni die Mestola Rossa zum ersten Mal erwähnt hatte. »Schirmherrschaften haben in Italien eine lange Tradition; sie reicht bis ins alte Rom zurück. Aber wir können davon ausgehen, daß solche Institutionen manchmal für andere Zwecke mißbraucht werden. Es gibt Leute, die den Sozialismus fürchten wie der Teufel das Weihwasser und die alles tun würden, um dessen Ausbreitung hier in Italien zu verhindern. Und auch einer Demokratie können sie oft nicht viel abgewinnen.«

»Und du glaubst, daß Alessandro Torreleone einer von diesen Leuten ist?« fragte ich. Er hob die Schultern. Aber er brauchte mir nicht zu antworten. Mir klangen noch Alessandros Worte in den Ohren, wonach die Freiheit, die Individuen gewährt würde, nicht notwendigerweise für alle gelten sollte, und ich dachte an sein übriges Gesülze über begnadete Tyranneien. Das war wohl klar genug gewesen. Ich ging sogar noch einen Schritt weiter und zwang mich, mir einzugestehen, daß mich Alessandro nur deshalb geküßt hatte, weil ich über den Reni Bescheid wußte. Er hatte Angst, daß ich mein Wissen weitergeben könnte; er mußte mich auf seine Seite bringen. Mit Unbehagen dachte ich an seine Aussage, wonach er nach jemandem suchte, der sich nicht von ihm benutzen ließe.

Endlich hatte ich den Katalysator gefunden, den ich als Anstoß für meine Geschichte brauchte.

»Vor euch sitzt übrigens eine potentielle Einbrecherin«, begann ich, »mir steht es demnach wohl kaum zu, darüber zu urteilen, was Alessandro sich hat zuschulden kommen lassen.« Als ich die Sensationslust in Claras Augen blitzen sah, war meine Kehle plötzlich wie zugeschnürt.

»Erzähl mehr, Scheherazade«, drängte sie. »Die Nacht ist noch jung.«

Zum ersten Mal mußte ich lachen. »Du hast wohl seit längerer Zeit nicht mehr auf die Uhr geschaut. Und selbst wenn die Nacht noch jung ist – ich jedenfalls fühle mich steinalt.« Und an Gianni gewandt, der mich genauso verdattert anglotzte wie Nick, sagte ich: »Scheherazade hat ihre Geschichten erzählt, um sich selbst zu retten. Vielleicht erzähle ich euch meine aus dem gleichen Grund. Ihr habt mich gebeten, euch zu helfen, aber ich brauche euch dringender als ihr mich.«

»Du weißt, daß wir immer für dich da sind, Kate.« Gianni streckte den Arm aus und tätschelte liebevoll mein Knie. Alles war vergeben und vergessen; ich stand wieder in seiner Gunst.

»Warte lieber erst mal ab, bis du weißt, worum es geht. Von mir aus kannst du anschließend gern noch einen Rückzieher machen.« Aber ich war ihm dankbar für sein spontanes Angebot. Nick hüllte sich in Schweigen. »Es gibt so viel zu erzählen, daß ich gar nicht weiß, wo ich anfangen soll. Auf jeden Fall«, dabei schaute ich Nick an, »glaube ich, daß du mein erster Hinweis darauf warst, daß bei den Torreleones irgend etwas faul ist. Ich hatte das Gefühl, daß du etwas von mir wolltest, das nur mit ihnen zu tun haben konnte.«

»Nicht nur«, meinte ich ihn murmeln gehört zu haben, aber er sprach so schnell weiter, daß ich mich vielleicht verhört hatte. »Tut mir leid, wenn ich nicht besonders feinfühlig vorgegangen bin«, sagte er zerknirscht. Und – einer plötzlichen Eingebung folgend – setzte er hinzu: »Aber ich habe dich niemals angelogen, Kate. Es stimmt zwar, daß ich dir nicht sofort reinen Wein eingeschenkt habe. Aber damals kannten wir uns ja noch kaum, und ...«

»Das war auch nicht der Punkt«, gab ich zur Antwort, »ich hatte vielmehr das Gefühl, daß du mich nur benutzen wolltest, um an Informationen zu kommen. Und du hättest so weitergemacht, wenn dir Gianni nicht durch Zufall einen Strich durch die Rechnung gemacht hätte.«

»Es war ja nicht nur meine Geschichte«, sagte er. »Ich hatte ja keine Ahnung, daß du mit Gianni befreundet warst und ohnehin schon einiges wußtest. Und ich konnte auch deine Reaktion nicht einschätzen, wenn ich dir erzählt hätte, daß ich Nachforschungen über die Torreleones anstelle. Schließlich hast du keinen Zweifel daran gelassen, daß dir viel an Massimo liegt, und es war auch nicht zu übersehen, wie vehement du dich zur Verteidigung seines Sohnes ins Zeug gelegt hast.«

Die Art, wie er das sagte, mit diesem gewissen Unterton, der mehr enthüllte als bloße Verärgerung darüber, daß ich seinen und Giannis Anschuldigungen gegen Alessandro keinen Glauben schenkte, schmeichelte meinem Ego nicht schlecht. »So, so. Du hattest also nicht vor, Informationen über Alessandro aus mir herauszukitzeln?«

»Also gut, Kate, dann will ich ganz ehrlich zu dir sein. Daß ich dich unter diesen Umständen kennenlernen konnte, war für mich ein Geschenk des Himmels. Ich hatte ja keine Ahnung, wie du zu den Torreleones standest. Ich sah dich nur immer im Palazzo aus- und eingehen.« Also hatte er die Bar Tiberina als Beobachtungsposten benutzt. »Und ich kannte Alessandros Schwäche für schöne Frauen.«

Er grinste mich an, und mir schoß das Blut ins Gesicht. Mistkerl! Ich hätte mich ohrfeigen können, daß ich ihm diesen Triumph verschafft hatte.

»Aber«, fuhr er fort, »sobald ich hörte, daß du ihn gar nicht kennst, ließ ich diese Vermutung natürlich fallen.«

Welche Vermutung das genau war, verschwieg er, aber ich konnte es mir gut vorstellen. »Übrigens, der gestrige Abend mit dir war wunderschön.« Er sprach sehr leise. Er stand nun direkt vor meinem Sessel und sah mich an, während er die Zigarettenpackung aus seiner Hosentasche fischte und sich eine anzündete. »Und das hatte mit den Torreleones absolut nichts zu tun.«

Es paßte mir nicht, daß Clara und Gianni neugierig die Ohren spitzten, und so stotterte ich verlegen: »Äh, ja, wo war ich stehengeblieben? Ach ja – hat Clara dir schon erzählt, daß ich in eine Demonstration geraten bin? Und was danach passiert ist?« Er schüttelte den Kopf, und ich berichtete zum wiederholten Male, was ich gesehen und gehört hatte, um dann nach einer dramaturgisch gelungenen Pause das Sahnehäubchen aufzusetzen: »Eines wissen Clara und Gianni übrigens auch noch nicht. Wie nämlich das Mädchen hieß.«

Aber bevor ich es sagen konnte, hatte mir Nick die Pointe schon verdorben: »Daniella Nerone.«

»*Madonna*!« Gianni war von den Socken.

»An dem Mädchen ist nun wirklich nichts Heiliges«, meinte ich, »und schon gar nichts Jungfräuliches. Das einzig Positive, das ich ihr zugestehen muß, ist ihre offensichtliche Zuneigung für ihren Onkel. Auf jeden Fall steckt sie bis zum Hals in einer äußerst fragwürdigen Geschichte. Obwohl ich zugeben muß, daß ich nicht weiß, wieviel davon sie aus freiem Willen mitmacht. Denn ich hatte die Ehre, diesen Marco kennenzulernen...« Ich erzählte ihnen von meinem Zusammentreffen mit Daniella und von der anschließenden Unterhaltung mit Marco in der Bar. Auch den Alptraum mit dem Motorrad vergaß ich nicht zu erwähnen.

»Jetzt ist es wohl an mir, mich bei dir zu entschuldigen«, sagte ich an Nick gewandt. »Weil ich dir auch was verheimlicht habe.«

»Ich vergebe dir«, flüsterte Nick. »Du mir auch?«

Ich schaute ihn an, stellte fest, daß es mir auf einmal viel besser ging und nickte.

»Schön. Das nächste Mal werde ich dich von zu Hause abholen. Du läufst mir nach Einbruch der Dunkelheit wenigstens nicht mehr allein in Rom herum.« Mit einiger Überraschung registrierte ich, daß mir sein besitzergreifender Ton durchaus gefiel.

»Was mußt du nur durchgestanden haben, *cara*. Warum hast du uns nichts davon erzählt?« rief Clara.

»Ich hatte keine Gelegenheit dazu. Ich kann ja selbst kaum glauben, was in der kurzen Zeit alles passiert ist.«

Gianni kratzte seine Pfeife aus, stopfte sie erneut und achtete pedantisch darauf, kein Krümelchen Tabak zu vergeuden. Er schaute Nick an. »Demnach ist dieser Marco ein weiteres Mitglied aus Susannas Gruppe?«

»Ja. Mit Familiennamen heißt er Gatti. Sein Name stand auf der Liste, die uns Cucchi gegeben hat. Ich will wissen, in welcher Beziehung er zu Susanna stand. Einer meiner Freunde versucht gerade, das für mich herauszufinden.«

Nun verstand ich überhaupt nichts mehr: »Was für eine Liste, und wer ist Cucchi?«

»Ein guter Bekannter. Er arbeitet bei den *carabinieri* im Dezernat für innere Sicherheit«, klärte mich Gianni auf. »Er observiert radikale Gruppen, unter anderem auch die Studenti per l'Operaio. Cucchi ist seit langem eine meiner wertvollsten Quellen. Ich hab ihn gefragt, ob er mir Informationen über die Studenti per l'Operaio liefern könne, und er hat mir eine ganze Mappe überlassen. Nichts, was für eine Anklage ausreicht, aber genug, um die Polizei auf ihn aufmerksam zu machen.«

»Über Gatti hat die Polizei eine eigene Akte angelegt«, ergänzte Nick. »Auf jeden Fall ist er nicht der, für den er sich ausgibt. Zumindest nicht der, für den ihn Daniella und ihre

Freunde halten. Er hat schon mehrmals im Gefängnis gesessen – wegen gewöhnlicher krimineller Delikte und nicht etwa, weil er sich politisch betätigt hätte. Autodiebstahl, einfacher Diebstahl, und so weiter. Einmal ist er wegen Körperverletzung angeklagt worden, aber die Beweise haben für eine Verurteilung nicht ausgereicht. Die Polizei vermutet, daß er die Zeugen eingeschüchtert hat. Kurz und gut, er ist kein angenehmer Zeitgenosse.«

»Das ist noch milde ausgedrückt«, bemerkte ich. »Ich halte ihn für eine Zeitbombe, die nur darauf wartet, loszugehen und so viele wie möglich mit ins Unglück zu reißen.«

Gianni paffte seine Pfeife und sinnierte: »Ich frage mich, ob Torreleone ihn auch kennt.«

»Wohl kaum«, sagte ich. »Er würde niemals zulassen, daß sich Daniella mit einem Typen wie Marco abgibt. An Daniella scheint ihm nämlich viel zu liegen.«

Nick ignorierte meinen Einwurf. »Und jetzt geht Gatti davon aus, daß du den Studenti per l'Operaio beitreten willst, Kate?«

»Das befürchte ich, ja. Ich hab versucht, bei Daniella ein bißchen Detektiv zu spielen, aber leider ist der Schuß nach hinten losgegangen. Ihr könnt mir glauben, daß ich nicht scharf darauf war, mir auch noch diesen Marco aufzuhalsen. Reines Künstlerpech.« Und reichlich dämlich dazu, wie ich mir selbst eingestehen mußte. »Aber Marco und Daniella sind leider nicht mein einziges Problem. Das rangiert eher auf den hinteren Plätzen. Viel mehr beschäftigen mich der Reni und all die anderen Fälschungen. Und jetzt will Stillitano mich auch noch aus dem Weg räumen...«

»Immer schön der Reihe nach«, beruhigte mich Nick. »Nicht alles auf einmal. Du überforderst uns. Was für Fälschungen? Und wer, verdammt noch mal, ist Stillitano?«

Also begann ich wieder von vorn, kaute alles ein drittes Mal durch, mit dem Unterschied, daß ich diesmal nichts verschwieg. Ich begann mit der *Madonna mit dem Kinde* von Reni, vermied es, Nick anzusehen, als ich berichtete, daß Alessandro zugegeben hatte, daß das Bild im Zimmer seines Vaters gefälscht war und aus welchem Grund er es hätte fälschen lassen. Gerade wollte ich die zufällig mitgehörte Unterhaltung zwischen Faltecchi und Stillitano zum Besten geben und von Faltecchis Drohung erzählen, die Partnerschaft mit Stillitano wegen der verlorengegangenen Vertrauensbasis aufzukündigen, als ich husten mußte. Meine Kehle war völlig ausgedörrt, und ich brauchte dringend etwas zu trinken. Ich bat Clara um ein Glas Wasser.

Wir mußten ihr versprechen zu warten, bis sie zurückkam. Während sie in der Küche hantierte, pflegten wir geselliges Schweigen; Gianni paffte seine Pfeife, Nick tigerte im Zimmer auf und ab und hing seinen Gedanken nach. Einmal blieb er stehen und lächelte mich an – wieder dieses verführerische Lächeln, das mir auf der Stelle weiche Knie bescherte. Als Clara mit dem Wasser zurückkam, hörte ich irgendwo ein Telefon klingeln. Es dauerte einen Moment, bis ich registrierte, daß es aus meiner Wohnung kam. Ich sprang auf. »Das ist mein Telefon. Vielleicht ist es etwas Wichtiges. Ich bin gleich wieder da.«

Wer mochte das um diese Zeit sein? Ich hastete mit Riesensätzen die Treppe hinauf, sperrte die Tür auf und stürzte ans Telefon. »*Pronto*?«

»*Signora Roy*?« Eine dünne, leicht schrille Stimme drang durch den Hörer. »Tut mir leid, Sie um diese Zeit zu stören, aber es ist wirklich dringend. Sie müssen sofort kommen –«

»Wer spricht da bitte?« Aus der Stimme klang nur mühsam unterdrückte Panik, und ich bekam es mit der Angst zu tun. Ich bemühte mich meinerseits, so ruhig wie möglich zu sprechen. Vermutlich mit Erfolg. Als die Stimme am anderen Ende der Leitung wieder zu sprechen begann, hörte sie sich schon deutlich beherrschter an. »Hier spricht Elsa Faltecchi, die Tochter von Giorgio Faltecchi. Mein Vater... Ach, Signora Roy, es ist ihm etwas Schreckliches zugestoßen. Er ist sehr schwer verletzt. Die Ärzte sagen...« Dann versagte ihr die Stimme, und sie begann heftig zu schluchzen.

Ich war so vom Donner gerührt, daß ich keinen Ton herausbrachte. Den Hörer am Ohr, stand ich wie angewurzelt da und hörte Elsa Faltecchi beim Weinen zu. Ich konnte nicht fassen, was ich soeben gehört hatte. Schließlich zwang ich mich zu ein paar Worten: »Bitte, Signora Faltecchi... es tut mir so leid... Bitte sagen Sie mir, was genau passiert ist. Wird er wieder gesund?«

Von Heulkrämpfen geschüttelt, erzählte sie, daß ihr Vater am Abend überfallen worden war, vermutlich von einem Straßenräuber. »Er hat ihn bewußtlos geschlagen, und zuerst haben wir gedacht – aber jetzt geht es ihm schon besser, er kann sogar ein bißchen sprechen. Aber offenbar ist er nicht bei vollem Bewußtsein, und was er sagt, ergibt keinen Sinn...

Bis auf Ihren Namen – immer wieder nennt er Ihren Namen. Sie müssen herkommen, Signora Roy. So schnell Sie können.«

»Natürlich. Ich fahre sofort los. Sagen Sie ihm, daß ich gleich da bin.«

Inzwischen war sie so mit den Nerven fertig, daß ich die Adresse des Krankenhauses nur mit Mühe aus ihr herausbringen konnte, bevor sie wieder zu heulen begann. Ich murmelte ein paar Floskeln des Trostes und legte den Hörer auf.

Dann rannte ich hinunter zu den Palmieris. Als ich ins Zimmer stürzte, unterhielt sich Nick gerade mit Gianni und Clara, die mir den Rücken zugedreht hatten. Als Nick mein Gesicht sah, brach er die Unterhaltung sofort ab. »Was ist passiert?«

»Es geht um Giorgio Faltecchi. Er ist überfallen worden. Er liegt im Krankenhaus. Seine Tochter war am Telefon. Sie sagt, daß er nach mir gefragt hat. Ich muß sofort los.«

»Ich bring dich hin«, sagte Nick. »Mein Auto steht direkt vor der Tür.«

In diesem Moment tappte die Tochter der Palmieris ins Wohnzimmer – der Lärm hatte sie aufgeweckt. Sie rieb sich die Augen und fragte verschlafen, was denn los sei. Clara umarmte mich flüchtig und widmete sich dann ihrer Tochter. Gianni begleitete uns an die Haustür.

»Soll ich auch mitkommen, Kate?« fragte er mitfühlend.

»Vielen Dank, Gianni, aber das ist nicht nötig. Vielleicht ist es besser, wenn du versuchst, ein wenig zu schlafen. Ich melde mich gleich morgen früh bei euch.«

Er legte den Arm um mich. »*Coraggio*, Kate.«

Ich nickte – meine Kehle war wie zugeschnürt – und hastete zusammen mit Nick die Treppe hinunter zu seinem Auto.

11

Um diese nachtschlafende Zeit, es war fast drei Uhr früh – waren nur wenige Autos unterwegs. Paolo hätte sich von Nicks Fahrkünsten eine Scheibe abschneiden können, denn der fuhr so traumhaft sicher und konzentriert, daß ich die Autofahrt unter anderen Umständen bestimmt genossen hätte. Elsa hatte mich mit ihren Befürchtungen, ihr Vater könnte vielleicht sterben, angesteckt. Aber das war es nicht allein: Auf dem fruchtbaren Boden meiner Angst keimte ein böser Verdacht... Unter der Motorhaube des Maserati steckten Gott sei Dank etliche Pferdestärken. Am Ponte

Savoia fuhren wir über den Tiber und bogen in den Lungotevere ein, die Hauptstraße, die in nordöstlicher Richtung parallel zum Fluß verläuft. Nick schaltete in den nächsten Gang, und der Wagen schoß die schnurgerade Straße hinunter. Wie flirrende Bänder wischten die Lichter auf der gegenüberliegenden Uferseite an uns vorüber.

Während unserer Fahrt die kurvenreichen Straßen des Gianicolo hinunter hatte Nick geschwiegen. Nur einmal hatte er den Arm ausgestreckt und meine Hand berührt. Sobald die Brücke aber hinter uns lag, bat er mich, ihm meine Geschichte, die ich bei den Palmieris begonnen hatte, zu Ende zu erzählen. »Falls du mit deinen Gedanken nicht woanders bist.«

»Ach was, mir ist jedes Mittel recht, wenn es mich nur ablenkt.« Also erzählte ich ihm, wie ich Stillitano nach seinem Streit mit Faltecchi begegnet war und er mich in sein Büro zitiert hatte. »Er hat mir erzählt, daß ein Freund von ihm, der in der Nähe von Palermo in einer großen Villa wohnt, einen Konservator sucht, der an Ort und Stelle seine Bilder reinigt. Es scheint ein ziemlich großer Auftrag zu sein, der bestimmt ein paar Monate dauern würde.« Ich rang mir ein gequältes Lächeln ab. »Wenn du so willst, hat er mir ein Angebot gemacht, das ich nicht ablehnen kann.«

»Und was für ein Angebot war das?«

»Daß ich den Auftrag annehmen und hier die Fliege machen soll. Andernfalls könne ich meiner Arbeitserlaubnis schon mal ade sagen. Er habe einflußreiche Freunde, sagte er, die ihm diesen Gefallen liebend gern tun würden.«

»Reizend. Hat er dir auch gesagt, wie dieser Freund in Palermo heißt?«

»Offenbar ist es jemand, der eine riesige Kunstsammlung besitzt. Ich jedenfalls kann mit dem Namen nichts anfangen. Ich glaube, er heißt Bassi, Pietro Bassi ...«

Nick pfiff durch die Zähne. Ich warf ihm einen überraschten Blick zu. »Kennst du ihn?«

»Ja, oder besser gesagt, ich weiß, wer er ist. Er sammelt allerdings nicht nur Bilder.«

In der Stille, die dieser kryptischen Feststellung folgte, hörte ich die Autoreifen unter uns auf dem Asphalt quietschen. Nick schaltete herunter, um einem klapprigen, alten Kleinlaster auszuweichen, der unter seiner Ladung noch älterer Möbel ächzte und schwankte. Als wir an ihm vorbei waren, schaute ich Nick erwartungsvoll an.

Mit nüchterner Stimme sagte er: »Pietro Bassi ist der Kopf der Mestola Rossa.« Er ließ erst seine Worte auf mich wirken und setzte dann hinzu: »Ich weiß nicht, wie viele Verbrechen er begangen hat, natürlich ohne sich jemals selbst die Hände schmutzig gemacht zu haben – und er ist verdammt gerissen. Bis jetzt konnte ihm noch niemand etwas anhängen. Wir wissen, daß Bassi auch Verbindungen zur Mafia pflegt. Wenn Stillitano die Absicht hat, dich an ihn weiterzureichen, kannst du sicher sein, daß er dich aus dem Weg räumen will. Vielleicht sogar für immer. Bassi hätte bestimmt keinerlei Skrupel, sich einer lästigen Konservatorin zu entledigen.«

»O Gott, Nick! Wie melodramatisch!« Aber der Ton in seiner Stimme war ebenso kühl gewesen wie der Nachtwind, der zum Seitenfenster hereinwehte.

»Durchaus nicht. Viele Leute, die Bassi im Weg waren, haben ein böses Ende gefunden. Einen dieser Unglücksraben hatte die Bank von Italien damit beauftragt, sich mit Bassis fragwürdigen finanziellen Transaktionen zu befassen. Vermutlich steckte dieser Mann seine Nase zu tief in Bassis Angelegenheiten. Jedenfalls wurde er eines Morgens vor seinem Haus erschossen, als er gerade zur Arbeit gehen wollte. Und das war bei weitem nicht der einzige Fall... Wie du dir vorstellen kannst, gibt es keine Beweise, die direkt auf Bassi hindeuten. Aber ich frage mich: Welche Gefahr sollte er gerade in dir sehen?«

»Das würde ich auch gern wissen.« Es war nicht nur wegen der kalten Luft, die über meine Haut strich, daß ich zu zittern anfing. Obwohl mir Stillitano zutiefst zuwider war und er mir bei unserem Gespräch in seinem Büro ziemliche Angst eingejagt hatte, konnte ich mir nicht vorstellen, daß er so weit gehen würde, mich ein für allemal aus dem Weg räumen zu wollen. Dann fiel mir Faltecchi ein, und auf einmal fand ich diese Vorstellung gar nicht mehr so abwegig.

Mein schlimmer Verdacht nahm allmählich Formen an. Wenn Nick recht hatte, mußte sich Stillitano nicht nur darüber Sorgen machen, daß ich von dem gefälschten Reni wußte. Schließlich hatte Alessandro ja selbst die Fälschung in Auftrag gegeben. Und rein technisch gesehen, war Alessandro der Hauptschuldige, wenn Stillitano beweisen konnte, daß er in seinem Auftrag lediglich eine Kopie angefertigt hatte. Welche Bedrohung sah er also in mir? Zweifellos war der Reni für Alessandro ein größeres Problem als für Stillitano. Es mußte also noch einen anderen Grund geben, weshalb mich Stillitano gern los sein wollte.

Und dann fiel mir ein, daß Nick gesagt hatte, der Führer der Mestola Rossa sei zugleich Alessandros Mentor. Ich dachte über die Beziehung zwischen Alessandro und Stillitano nach. Wie konnte Alessandro so sicher sein, daß sich Stillitano für eine Fälschung hergeben würde? Und was genau war es, was Alessandro und Stillitano miteinander verband? Und da fiel es mir wie Schuppen von den Augen: Das Bindeglied war Bassi. Ich schaute zum Seitenfenster hinaus, sah die Häuser an uns vorbeiflitzen und versuchte mir auszumalen, was diese unerfreuliche Tatsache alles mit sich brachte.

Inzwischen hatten wir das Straßengewirr erreicht, das in das vornehme römische Stadtviertel Parioli mündete, in dem

Faltecchi wohnte. Das Krankenhaus lag nicht weit von seiner Wohnung entfernt. Mit zaghafter Stimme bemerkte ich: »Mir ist gerade etwas klargeworden.«

»Ach ja?«

»Ganz genau hab ich's noch nicht aufgedröselt und so richtig weiß ich auch noch nicht, wie das alles zusammenpaßt, aber wenn Stillitano, Bassi und Alessandro sich untereinander kennen und Stillitano mich wirklich für immer aus dem Weg räumen will, wie du vermutest, dann würde Alessandro...« Nein, diesen Gedanken konnte ich nicht laut aussprechen.

Zunächst schwieg Nick und konzentrierte sich angestrengt auf die Straße vor ihm. Dann meinte er ohne jede Gefühlsregung: »Das tut mir leid. Ich weiß, was du für Torreleone empfindest.«

»Was du nicht sagst! Dann weißt du allerdings mehr als ich.« Der scharfe Ton in meiner Stimme war nicht zu überhören. Sofort machte Nick die Schotten dicht; die Lebendigkeit und die Zuneigung, die er mir gegenüber ausgestrahlt hatte, als ich ihm und Gianni meine Hilfe angeboten hatte, waren wie weggeblasen. Und gleichzeitig spürte ich mit einem schmerzhaften Stich, daß ich das nicht ertragen konnte. Vorsichtig tastete ich mich wieder an ihn heran: »Es geht nicht so sehr um Alessandro, Nick. Ich kenne ihn ja kaum. Zugegeben: Er ist attraktiv, und ich hoffe, daß wir mit unseren Mutmaßungen unrecht haben. Aber nicht, weil ich darunter leiden würde, sondern sein Vater. Mir liegt Conte Massimo am Herzen, und ich hab einfach Angst davor, was mit ihm passiert, wenn er erfährt, daß unsere Anschuldigungen zutreffen. Aber ich stehe nicht auf Alessandros Seite, auch wenn du das vielleicht anders siehst.«

»Es geht mich auch wirklich nichts an, Kate.«

»Ach ja?« bemerkte ich mutig. »Wirklich schade, daß dich das nichts angeht.«

»Santa Maria! Wenn du wüßtest –«, begann Nick, aber in diesem Moment fuhren wir schon vor dem Krankenhaus vor. Vor dem Pförtnerhäuschen hielt er an und wechselte ein paar Worte mit dem diensthabenden *portiere.*

Wir stellten das Auto auf einem Parkplatz in der Nähe des Haupteingangs ab. Wortlos stiegen wir aus. Die folgenden Minuten verbrachten wir damit, die Station zu suchen, auf der Faltecchi lag. Zuerst schickte uns der Portier zur Notaufnahme. Dort erzählte uns eine müde Krankenschwester, deren Schicht gerade zu Ende war, daß im Laufe des Abends kein Giorgio Faltecchi hier eingeliefert worden sei. Gerade wollten wir uns auf die Suche nach jemand anderem machen, den wir fragen konnten, als sie uns nachrief. »Ja, jetzt fällt's mir wieder ein. Es ist doch jemand aufgenommen worden. Fragen Sie bitte in der Intensivstation nach. Dritte Etage. Der Lift ist geradeaus über den Korridor am anderen Ende.« Resigniert wandte sie sich wieder einem gutgekleideten Betrunkenen zu, der immer lauter grölte.

Als wir aus dem Lift traten, sah ich Elsa Faltecchi am anderen Ende des Flurs stehen. Sie unterhielt sich gerade mit einem Mann im weißen Kittel, vermutlich dem diensthabenden Arzt. Apathisch lehnte sie an der Wand, und während er auf sie einredete, schüttelte sie immer wieder den Kopf. Der Arzt tätschelte ihren Arm, wandte sich dann zum Gehen und nickte uns kurz zu, als er an uns vorbeieilte. Elsas ohnehin blasses Gesicht sah abgespannt aus. Sie bemerkte uns und kam uns entgegen.

Giorgio Faltecchis ruhiges, besonnenes Wesen, sein Selbstbewußtsein und seine Energie hatten sich bei Elsa unglücklicherweise in einer stumpfsinnigen Pedanterie manifestiert, verbunden mit einer schon fast krankhaften Kleinlichkeit in den eher unwesentlichen Dingen des Lebens – im Haushalt vorzugsweise. Das waren Charakterzüge, die mich normalerweise ungemein nerven. Aber jetzt verspürte ich eine Welle der Sympathie, als ich sie leiden sah, und zum ersten Mal fiel mir auf, wie sehr sie ihrem Vater ähnelte. Der einzige Tribut, den die Natur ihrer Weiblichkeit zollte, waren ihre schönen, von langen Wimpern umrahmten grünen Augen, die aber im Augenblick vom vielen Weinen verschwollen waren.

Ich stellte ihr Nick als einen Bekannten vor, der mich zum Krankenhaus gefahren hatte. Mit ehrlichem Mitgefühl, das mich nur kurz überraschte, bis mir einfiel, was Nick beim Tod seiner Mutter und seiner Schwester empfunden haben mußte, sprach er Elsa Trost zu. Dann verkrümelte er sich mit den Worten, daß er für uns Kaffee organisieren wolle. Bevor ich Elsa auch nur eine Frage stellen konnte, entschuldigte sie sich bei mir: »Es tut mir so leid, daß Sie den langen Weg umsonst hergekommen sind, Signora Roy. Mein Vater hat das Bewußtsein verloren. Ich habe versucht, Sie noch anzurufen, um Ihnen zu sagen, daß Sie nicht zu kommen brauchen, aber da waren Sie schon fort. Nach unserem Telefongespräch war Papa noch kurze Zeit bei Bewußtsein, hat aber nichts mehr gesagt. Es tut mir wirklich leid.«

Ich legte ihr die Hand auf den Arm. »Ich wäre auf jeden Fall gekommen. Ich bin froh, daß Sie mich angerufen haben, Signora Faltecchi.« Ich verwendete das respektvolle »Signora« statt des jugendlicheren »Signorina«, obwohl sie unverheiratet war. Seit wir uns zum ersten Mal getroffen hatten, war unser Umgang formell gewesen, und obwohl sie kaum älter war als ich, fand ich die Anrede »Signora« für sie durchaus passend, zumal sie nichts Mädchenhaftes an sich hatte.

»Können wir uns hier irgendwo setzen?« fragte ich. »Ich weiß, daß Sie heute einiges durchgemacht haben, aber ich wäre Ihnen wirklich dankbar, wenn Sie mir erzählen könnten, was genau passiert ist.«

»Natürlich.« Sie führte mich zu einer kleinen Nische

mit ein paar abgewetzten, unbequemen Stühlen und einem niedrigen Tisch, auf dem sich Zeitungen und Illustrierte stapelten. Vor uns gähnte der lange, menschenleere Korridor. Nachdem wir Platz genommen hatten, erkundigte ich mich, ob sie sich hier um alles allein kümmern müßte.

Aber nein, gab sie zur Antwort, gerade erst wären ihre Schwester und ihr Schwager wieder weggefahren. Und der Nachbar ihres Vaters aus der gegenüberliegenden Wohnung wäre auch ins Krankenhaus mitgekommen. »Dieser Nachbar hat übrigens den Mann vertrieben, der meinen Vater niedergeschlagen hat. Auch die Polizei war schon da.«

Und dann erzählte sie: »Wie jeden Abend vor dem Zubettgehen wollte sich mein Vater noch ein bißchen die Füße vertreten. Er nimmt dann immer die Reste vom Abendessen für die Katzen im Park mit, wissen Sie. Papa –«, ihre Stimme versagte. Wie ein Kind wischte sie sich mit dem Handrücken über die Augen. »Papa ist ganz verrückt nach Katzen, aber in der Wohnung kann ich keine Tiere dulden. Sie machen so viel Schmutz... Also, wie gesagt, zufällig war der Freund meines Vaters, Professor Carbone, zur gleichen Zeit mit seinem Hund unterwegs. Normalerweise geht er um diese Zeit nicht mit dem Hund in den Park, weil er ja weiß, daß mein Vater die Katzen füttert. Aber er hörte jemanden um Hilfe rufen. Und als er der Stimme nachging, sah er einen Mann auf der Erde liegen – da wußte er noch nicht, daß es Papa war –, und ein anderer Mann stand über ihm und schlug auf ihn ein. Der Professor rief ihn an und ließ den Hund von der Leine. Als der Mann Professor Carbone sah, rannte er davon. Vermutlich hatte er ein Motorrad; Professor Carbone hörte nämlich gleich darauf einen Motor aufheulen.

Er hat sofort gesehen, daß mein Vater schwer verletzt war. Er blutete aus dem Kopf.« Sie zeigte auf eine Stelle an ihrer Schläfe. »Er deckte ihn mit seinem Mantel zu und rannte los, um Hilfe zu holen. Mein Vater hatte unwahrscheinliches Glück, sagen die Ärzte. Wäre der Schlag auf seinen Kopf nur ein bißchen härter gewesen, wäre er auf der Stelle gestorben. Aber wie es im Moment aussieht... Nun ja, wir haben Hoffnung.« Sie kramte in ihrer Handtasche nach einem Taschentuch.

»Hat Professor Carbone das Gesicht des Mannes gesehen?« Sie schüttelte den Kopf und schaute mich aus hilflosen Augen an. »Die Polizei hat ihn das natürlich auch gefragt. Aber es war ja dunkel. Professor Carbone hat nur gesehen, daß der Mann groß war und schwarze oder ganz dunkle Kleidung trug. Und er hat etwas vom Boden aufgehoben, bevor er weggerannt ist, das aussah wie ein Motorradhelm. Professor Carbone meint, daß es ein junger Mann war, aber ganz sicher ist er sich nicht. Wir wissen nicht einmal, aus welchem Grund er Papa überfallen hat. Vielleicht wollte er ihn ausrauben und hat sich geärgert, als er gemerkt hat, daß mein Vater kein Geld bei sich hatte. Er nimmt seine Geldbörse nie mit, wenn er seinen Abendspaziergang macht.«

Es war wirklich absurd, daß ich bei der bloßen Erwähnung eines Motorrades eine Gänsehaut bekam. In einer Stadt, in der es von Zweirädern geradezu wimmelte, war es wirklich nicht ungewöhnlich, daß auch Straßenräuber sich dieser elenden Knattermaschinen bedienten. Aber trotzdem...

»Als Ihr Vater nach mir verlangt hat, sagte er da, worüber er mit mir sprechen wollte?«

»Nein. Er hat nur immer wieder Ihren Namen genannt, und zwar mit solchem Nachdruck, daß ich Sie einfach anrufen mußte. Ich weiß nur, daß er Sie gestern den ganzen Tag über erreichen wollte. Weshalb, weiß ich allerdings auch nicht.« Sie drehte die Handflächen nach oben. »Tut mir leid, ich wünschte, ich könnte Ihnen mehr sagen. Aber ich weiß wirklich nicht, weshalb er Sie so dringend sprechen wollte.«

Um sie zu beruhigen, sagte ich: »Ach, machen Sie sich darüber bloß keine Gedanken. Wahrscheinlich hatte es etwas mit der Arbeit zu tun, und er wollte es unbedingt noch loswerden. Sie wissen ja, wie das oft so geht.«

»Ja, vielleicht haben Sie recht. Ein- oder zweimal sprach er auch von Guido Reni, und das hat mich wirklich gewundert. Zumal er andere Maler viel lieber mag als Reni. Eigenartig, daß er in einer solchen Situation ausgerechnet an ihn denken mußte.«

Ich sagte nichts dazu, hatte aber schon vermutet, daß Falcecchi mich deshalb unbedingt sprechen wollte. Vielleicht um mir zu sagen, daß es Stillitano war, der das Bild gefälscht hatte. Vielleicht wollte er auch nur einen letzten Versuch starten, seinem Partner Schwierigkeiten zu ersparen und mich deshalb bitten, mich aus der Sache herauszuhalten.

»Ihr Vater wird uns bald sagen können, weshalb er mich sprechen wollte. Er hat eine robuste Natur, und er wird bestimmt bald wieder gesund. Ganz bestimmt.« Ich versuchte, Zuversicht in meine Stimme zu legen, eine Zuversicht, die ich selbst allerdings nicht verspürte; ich fühlte mich sterbenselend. »Weiß Franco Stillitano schon, was Ihrem Vater zugestoßen ist?«

»Meine Schwester hat schon versucht, ihn zu Hause anzurufen. Wahrscheinlich ist er in Sizilien; er wird aber morgen wieder zurückerwartet. Das hier wird Signor Stillitano bestimmt hart treffen. Nachdem mein Vater jetzt ausfällt, hat das bestimmt Auswirkungen auf das Geschäft.« Ihre Stimme hörte sich feindselig an.

In diesem Moment kam Nick den Gang herunter. Er balancierte ein Tablett mit drei dampfenden Bechern und ein paar Brötchen. »Wo hast du denn das hergezaubert?« lächelte ich, nahm einen der Becher vom Tablett und reichte ihn an Elsa weiter.

»Mir ist eine mitfühlende Schwester über den Weg gelaufen, die gerade dabei war, Kaffee zu kochen. Wahrscheinlich habe ich ihr leid getan, weil sie mir sogar noch ein paar Brötchen mitgegeben hat.«

Ich lächelte ihn an. »Ja, ja, erst die Barkeeper und jetzt die Krankenschwestern«, sagte ich auf englisch. »Wen hast du dir als nächstes vorgenommen?«

»Konservatorinnen, hoffe ich.«

Als wir aufgegessen hatten, versuchten Nick und ich, Elsa dazu zu überreden, sich von uns nach Hause fahren zu lassen. Aber sie winkte ab. Sie wollte so lange im Krankenhaus bleiben, bis ihre Schwester sie am nächsten Morgen ablösen würde oder ihr Vater außer Gefahr war. »Es muß doch jemand von der Familie da sein«, sagte sie, »falls er aufwacht und etwas braucht.« Ich versprach ihr, gleich nach dem Aufstehen im Krankenhaus anzurufen. Falls ihr Vater allerdings schon früher zu Bewußtsein kommen sollte, sollte sie mich unbedingt anrufen – ohne Rücksicht auf die Uhrzeit. Dann würde ich sofort kommen.

Bevor wir das Krankenhaus verließen, ging Nick noch einmal zu der freundlichen Krankenschwester und kam mit einem Kissen und einer Decke für Elsa zurück. Wir machten es ihr auf dem harten Stuhl so bequem wie möglich, und als wir uns davonschlichen, war sie schon fast eingeschlafen.

Vor dem Krankenhaus war es unangenehm kühl; über den Büschen und auf der Wiese hing ein feiner Dunstschleier. Am Himmel zeigte sich schon der erste Schimmer des anbrechenden Tages. Als Nick ins Auto stieg, griff er nach hinten und holte einen Mantel vom Rücksitz. »Hier, leg dir den um. Du zitterst ja.« Ich gehorchte und kuschelte mich in den Mantel. Sobald das Krankenhaus außer Sichtweite war, wollte Nick wissen, was mir Elsa von dem Überfall auf ihren Vater erzählt hatte. »Was genau ist passiert?«

Ich erzählte ihm, was ich von Elsa wußte und beendete

meinen Bericht damit, daß der Angreifer ein Motorrad gefahren hatte. »Ich kann mir nicht helfen, Nick, aber ich muß dabei ständig an Marco denken. Bis jetzt hab ich ihn immer nur in schwarzen Klamotten gesehen, und er fährt auch ein Motorrad.«

»Aber was sollte Marco von Giorgio Faltecchi wollen?«

»Darüber zerbreche ich mir auch schon die ganze Zeit den Kopf. Und ich komme zu keinem Schluß. Nein, es muß ein Zufall gewesen sein – ein schrecklicher Zufall.«

»Hat Signora Faltecchi dir erzählt, weshalb ihr Vater nach dir verlangt hat?«

Ich schüttelte den Kopf. »Sie hat keine Ahnung. Kurz nachdem sie mich anrief, hat er wieder das Bewußtsein verloren. Aber einen Anhaltspunkt gibt es: Offenbar hat er auch von Reni gesprochen. Ich vermute mal, daß ihm das Torreleone-Bild im Kopf herumgegangen ist.« Ich kuschelte mich noch tiefer in Nicks Mantel. »Ich bin so müde, und alles ist so verwirrend. Ich darf gar nicht dran denken, was passiert, wenn Faltecchi nicht überlebt...« Tränen kullerten über meine Wangen. Vergebens kramte ich in meiner Handtasche nach einem Taschentuch. Nick bot mir sein eigenes an. »Danke«, schniefte ich und schneuzte mich. »Tut mir leid, aber das war heute abend einfach zuviel für mich.«

»Ich weiß. Aber ich habe mich bei der Krankenschwester erkundigt. Sie meint, daß Faltecchi gute Überlebenschancen hat. Sie haben ihn gerade noch rechtzeitig eingeliefert, und für sein Alter hat er eine erstaunlich gute Kondition. Du brauchst also nicht zu verzweifeln.« Seine Stimme klang nüchtern, aber sie trocknete meine Tränen. Der Blick allerdings, den er mir zuwarf, strafte den sachlichen Tonfall seiner Stimme Lügen.

Ich lehnte mich zurück und schloß die Augen. Als ich gerade dabei war wegzudämmern, begann Nick wieder zu sprechen. »Diese Geschichte hat noch einen weiteren schlimmen Aspekt, den du noch überhaupt nicht bedacht hast. Oder vielleicht doch ...?«

Ich blinzelte mit einem Auge. »Und was für einer soll das sein?«

»Franco Stillitano. Hältst du es nicht für merkwürdig, daß er dir unmittelbar im Anschluß an seinen Streit mit Faltecchi diesen Auftrag bei Bassi angeboten hat *und* daß rein zufällig ein paar Stunden später Faltecchi überfallen wird?«

»Ja, darüber habe ich auch schon nachgedacht«, sagte ich langsam, »aber die beiden sind doch seit vielen Jahren Partner, und Stillitano konnte Faltecchi anscheinend immer gut leiden.«

»Hältst du ihn denn für gefährlich? Meinst du, sein Haß auf dich könnte so weit gehen, daß er dich unschädlich machen würde? Und daß er vielleicht bei anderen Leuten ebensowenig zimperlich ist?«

Zögernd sagte ich: »Ja, ja, und nochmals ja. Aber Mord? Ich weiß nicht, das geht vielleicht doch zu weit.«

»Aber es wäre eine nicht auszuschließende Möglichkeit. Und nachdem Faltecchi unbedingt mit dir sprechen wollte – über den Reni, wie ich vermute –, kann es doch durchaus sein, daß er etwas entdeckt hat, was für Stillitano verheerende Folgen haben könnte. Oder für dich gefährlich wäre.«

Ich mußte zugeben, daß auch mir dieser Gedanke schon gekommen war. Weil ich so erbärmlich fror und todmüde war, gähnte ich herzhaft und kuschelte mich noch tiefer in Nicks Mantel. Um meine Hände aufzuwärmen, steckte ich sie tief in die Manteltaschen. Ganz unten in der rechten Tasche ertastete ich etwas Hartes, Metallenes. Meine Hand schloß sich um eine wohlbekannte Form. Wie von einer Tarantel gestochen, setzte ich mich auf und zog die Pistole aus der Tasche.

»Was, verdammt noch mal, ist das?« Aus Angst, sie könnte jeden Moment losgehen, hielt ich die Pistole auf Armeslänge von mir weg.

Er warf einen kurzen Blick darauf und sagte betont beiläufig: »Ach die. Tut mir leid, ich hab vergessen, sie aus dem Mantel zu nehmen.« Er öffnete das Handschuhfach, nahm mir die Pistole ab und schob sie unter einen Stapel Straßenkarten. »Die hat mir Gianni heute gegeben.«

»Wofür?«

»Einer seiner Informanten hat ihm erzählt, daß Bassi Wind davon bekommen hat, daß wir unsere Nase in seine Geschäfte stecken. Und das scheint ihn zu verdrießen. Gianni meint, daß wir mit dem Schlimmsten rechnen sollten.« Als er meinen Gesichtsausdruck sah, setzte er schnell hinzu: »Schau nicht so entsetzt. Ich hab ja nicht vor, sie zu benutzen. Und ich glaube auch nicht, daß ich sie brauchen werde. Gianni sieht eben ab und zu Gespenster.«

Er konnte mich nicht überzeugen. »Weiß Clara eigentlich, daß Giannis Story inzwischen richtig brisant ist?«

»Sie vermutet es. Ihr Vater hat sie bekniet, Gianni zu überreden, sich lieber anderen Themen zu widmen. Aber Clara hat sich bisher immer aus Giannis Arbeit herausgehalten und will sich auch in diesem Fall nicht einmischen...«

»Und die Kinder?« fragte ich aufgeregt.

»Denen passiert bestimmt nichts. Schließlich haben sie einen ganz besonderen Großvater. Viel mehr Sorgen mache ich mir um dich, Kate. Wenn wir nur wüßten, welche Rolle Stillitano spielt...«

»Das könnte ich unter Umständen herausfinden«, merkte ich an. »Ich wollte euch gerade davon erzählen, als mir Elsa mit ihrem Anruf dazwischenkam. Stillitano hat nämlich ein Notizbuch...« Ich erzählte ihm, was Paolo und ich uns davon erhofften. »Ich könnte mir vorstellen, daß darin etwas über die Fälschungen steht. Und falls ich es wirklich in die Finger kriegen sollte – wer weiß, vielleicht finden wir dort ja auch etwas über Stillitanos Verbindungen zu Bassi?«

»Und wie willst du da drankommen?«

»Ach, durch einen kleinen Einbruch. Gestern hab ich ein paar Trainingsstunden in der Disziplin Einbruch genommen.« Ich lachte, weil Nick mich so entgeistert anstarrte. »Ja, wirklich. Du und Gianni, ihr seid nämlich nicht die einzigen, die ein Monopol auf Räuber- und Gendarmspiele haben.« Ich erzählte ihm von meinem Nachmittag mit Paolo und Signora Renzini. Und etwas beschämt fügte ich hinzu: »Paolo hat sofort gemerkt, daß nicht ein einziges Mal das Wort Polizei über meine Lippen gekommen ist, als wir uns über dic verschiedenen Möglichkeiten unterhalten haben, wie wir Stillitano am besten das Handwerk legen könnten. Und er hatte recht. Aber zu meiner Verteidigung muß ich sagen, daß wir bis jetzt nicht die geringste Spur eines Beweises haben, der bei der Polizei Bestand hätte. Und ich gehe davon aus, daß ein solcher Beweis im Notizbuch zu finden ist.«

Ich seufzte und streckte mich, um meine steifen Muskeln zu lockern. »Alles ist so verworren, Nick... es gibt keinen Anfang und kein Ende, keine gesicherten Tatsachen. Weder kann ich beweisen, daß Marco etwas vorhat, noch, daß er und Daniella tatsächlich den Raub durchführen werden, von dem sie gesprochen haben. Und ich kann auch nicht beweisen, daß Stillitano mit Alessandro, abgesehen von dem gefälschten Reni, gemeinsame Sache macht, und schon gar nicht kann ich beweisen, daß Alessandro mit der Fälschung jemandem schaden wollte.«

»Andererseits kann ihn Stillitano mit der Fälschung aber auch erpressen. Und er umgekehrt Stillitano.«

Langsam kurvten wir den Gianicolo auf dem gleichen Weg hinauf, den ich am Samstag abend hinuntergegangen war, als ich mich mit Nick im Apollonia treffen wollte. Als wir am Park und an der Kirche vorbeifuhren, fiel mir wieder mein unerfreuliches Zusammentreffen mit Marco ein. »Marco geht mir einfach nicht aus dem Kopf, wenn ich an den Überfall auf Faltecchi denke. Weißt du, am Samstag, bevor ich mich von ihm losreißen konnte, hat er etwas zu mir gesagt, woran ich andauernd denken muß. Er weiß mehr von mir, Nick, als ich ihm oder Daniella erzählt habe. Oder einem der Torreleones.« Mittlerweile waren wir vor dem Haus der Palmieris angekommen. Als ich aus dem Auto stieg, zogen im Osten schon die ersten Streifen der Morgendämmerung herauf; die Luft wurde wärmer, und es versprach ein herrlicher Tag zu werden. »Was hat Marco denn gesagt?« fragte Nick, als wir auf das Haus zugingen.

»Er hat mir gedroht. Er hat mich am Ellbogen gepackt und zugedrückt. Es hat höllisch weh getan. Und dann sagte er, daß es ein Jammer wäre, wenn er ihn mir noch einmal brechen müßte. Er sagte noch einmal, und das fand ich sehr merkwürdig.« Während wir die Treppe zu meiner Wohnung hinaufgingen, senkte ich meine Stimme, um die Palmieris und die anderen Bewohner nicht aufzuwecken. »Es ist schon lange her – damals war ich noch auf dem College – da rutschte ich auf einer Eisplatte aus und brach mir den linken Ellbogen. Der Bruch ist zwar gut verheilt – jedenfalls habe ich seither keine Probleme mehr damit. Nur auf Druck reagiert der Ellbogen immer noch empfindlich. Das Merkwürdige daran ist nur, daß ich nicht wüßte, wem ich das hier in Rom erzählt...« Als ich den Schlüssel ins Schloß steckte, fiel es mir plötzlich wieder ein. Wie vom Blitz getroffen, erstarrte ich, legte die Stirn gegen die lackierte Wohnungstür und ließ die Erinnerung in mir aufsteigen, die Erinnerung an den Augenblick im Flur bei Faltecchi und Stillitano, als ich mit meinem Ellbogen gegen den Rahmen der Eingangstür zum Lager geknallt war. Wie hatte ich das nur vergessen können?

Ich hob den Kopf und sagte zu Nick: »Komm lieber mit rein. Mir ist gerade eingefallen, wer es weiß.«

Ich erzählte Nick von dieser Begebenheit. »...und ich

habe mich genau da gestoßen, wo es am schmerzhaftesten war. Ich habe gebrüllt wie am Spieß. Stillitano hat sich fürchterlich erschreckt; seine Reaktion fand ich fast schon komisch. Na ja, auf jeden Fall hab ich ihm erklärt, weshalb mein Ellbogen so empfindlich ist. Aber ich könnte schwören, daß das hier in Italien sonst kein Mensch weiß.«

Nick pfiff leise durch die Zähne. Wir standen noch immer an der Eingangstür und schauten uns an. »Wenn das so ist, hieße das…«

»Hieße das, daß Stillitano und Marco sich kennen. Vermutlich war er es, der Marco am Samstag hinter mir hergeschickt hat. Und ebensogut könnte es sein, daß er ihn gestern abend auf Faltecchi angesetzt hat. Ich könnte wetten, daß ich recht habe. Ich wußte doch, weshalb mir der Mann in Schwarz mit seinem verdammten Motorrad gleich so verdächtig vorgekommen ist. Das war Marco, er muß es gewesen sein.« Ich klappte den Mund zu. Ich spürte jedesmal einen kleinen elektrischen Schock, wenn mir ein neues Szenario einfiel. Aber es gab Verbindungen, die ich einfach nicht begriff: »Wie paßt das zusammen, daß Marco nicht nur mit Daniella zu tun hat, sondern *auch* mit Stillitano?«

Nick wollte etwas sagen, überlegte sich es dann aber anders und merkte nur leise an: »Vielleicht steht die Antwort in Stillitanos Notizbuch.« Dann, eindringlicher: »Sieh mal, Kate, wenn es tatsächlich Stillitano war, der Marco den Auftrag gegeben hat, Faltecchi zu überfallen, ihn vielleicht sogar umzubringen, dann hat er bestimmt keine Hemmungen, auch dich aus dem Weg zu räumen. Aber das werde ich nicht zulassen. Wenn ich nur daran denke, was dieses Schwein mit dir vorhatte…«

In diesem Moment enthüllte Nick die andere Seite seines Charakters, die ich schon bei unserem ersten Treffen instinktiv gespürt hatte – einen fast brutalen Zug hinter seiner glatten, scheinbar emotionslosen Fassade. Er strahlte eine solche Gefährlichkeit aus, daß mir Marco bei der Vorstellung, er könne Nick ausgerechnet in einem solchen Augenblick über den Weg laufen, fast schon leid tat. Aber nur fast. Ich gebe es ungern zu, aber ich fühlte mich durchaus geschmeichelt, daß ich Nick zu solchen Gefühlen inspiriert hatte. Vielleicht hatte er etwas von meinen eigenen Gefühlen in meinem Gesicht gelesen – ich war inzwischen zu müde, um mich noch besonders unter Kontrolle zu haben –, denn Nick trat einen Schritt auf mich zu. Und da lag ich schon in seinen Armen.

12

Nick war nicht sanft, ich aber auch nicht. Meine Zweifel schwanden, wenn auch nur für diesen Augenblick, als er mich leidenschaftlich küßte, als ich spürte, wie er mich begehrte, wie er mir zum ersten Mal seine Verwundbarkeit zeigte. Endlich konnte auch ich meine Barrieren niederreißen.

Er nannte meinen Namen, zärtlich, fast überrascht. Ich spürte, wie sich die Spannung löste, unsere Umklammerung nachließ und er sich allmählich wieder in den Griff bekam. Mit den Fingerspitzen zeichnete er die Umrisse meines Gesichtes nach – zögernd, erkundend.

Ich schloß die Augen, legte den Kopf in den Nacken und klemmte seine Hand zwischen Schulter und Wange ein. Leise tickte seine Armbanduhr; irgendwo in der Ferne schlug eine Kirchturmglocke die volle Stunde. Ich schaute ihn an.

Ein vages Lächeln lag in seinen Augen und breitete sich allmählich über sein Gesicht aus – halb zärtlich, halb spöttisch. Er sagte: »Ich sollte jetzt lieber gehen.«

»Nein. Bleib.«

»Sicher?«

»Sicher.«

Er küßte mich wieder, zärtlicher als zuvor, hielt mein Gesicht in seinen Händen und schaute mich dabei an. Ein forschender Blick. Ich sah die gleichen Fragen in seinen Augen, die auch ich ihm stellen wollte, aber ich sagte nichts. Ich war neugierig, ob er die Antworten wohl von meinem Gesicht ablesen könne. Und vielleicht tat er genau das, denn er sagte leise: »Von Eliot gibt es einen Satz, der mir sehr gut gefällt: ›... und am Ende unserer Suche werden wir wieder dort ankommen, wo wir losgezogen sind, und es wird sein, als würden wir diesen Ort zum ersten Mal wahrnehmen.‹«

»Und? Bist du wieder dort angekommen, von wo du losgezogen bist?«

»Ja. Nur, daß ich diesmal weiß, wo ich bin.« Er zupfte eine Locke aus meiner Frisur wickelte sie sich um einen Finger und ließ sie als wippende Spirale wieder fallen. »Du hast einmal gesagt, daß du dir nicht sicher bist, wer ich wirklich bin. Erinnerst du dich?«

Ich nickte.

»Und jetzt? Kennst du mich jetzt besser?«

»Ein bißchen.« Meine Stimme klang kratzig. Ungeduldig glitten meine Hände über den groben Tweedstoff seines Jacketts, hinauf zu seinen Schultern, und ich preßte meinen Mund in das Grübchen über seinem offenen Hemdkragen. Auf seiner Haut schmeckte ich noch die kühle Luft von unserer nächtlichen Autofahrt.

Irgendwie schafften wir es bis ins Schlafzimmer – den Weg dorthin pflasterten unsere Kleidungsstücke –, und als sich unsere nackten Körper endlich berührten, unsere Lippen, Hände und Schenkel einander erforschten, durchrieselte mich eine Welle der Erregung, durchlebte ich einen Rausch von Empfindungen: hart und weich, heiß und kalt, vertraut und dennoch so aufregend anders. Seine zielstrebige Beharrlichkeit, die mir schon bei unserer ersten Begegnung an ihm aufgefallen war, trat nun offen zutage, doch immer begleitet von dem Wunsch, mir ebensoviel Vergnügen zu bereiten wie sich selbst, dem übermächtigen Bedürfnis, Verlangen zu stillen und dabei im Übermaß Liebe zu schenken. Daran knüpfte sich eine sanftere Variation des gleichen Themas mit langgezogenen, seufzenden, von Leidenschaft getragenen Noten. Wie im Traum durchlebte ich die wortlose Harmonie von Empfindung, von Bewegung, so daß ich nicht mehr sagen kann, wann sich der Schlaf ebenso leicht und zart auf mich legte, wie Nicks Körper während unserer letzten Umarmung.

Als ich aufwachte, schien mir die Sonne mitten ins Gesicht. Der krächzende Schrei eines Vogels, der an meinem Fenster vorüberflog, war wie ein höhnischer Kontrast zu meiner Schläfrigkeit.

Vielleicht hätte ich den leeren Platz neben mir und die stille Wohnung auch als Hohn empfunden, wäre ich nicht so vollkommen mit mir und der Welt zufrieden gewesen. Ich streckte mich, gähnte herzhaft, warf einen Blick auf den Wecker, der auf dem Nachttisch stand – acht Uhr –, und stellte mich unter die Dusche. Ich drehte die Brause voll auf, ließ den harten Wasserstrahl auf mich herunterprasseln. Erst als kein warmes Wasser mehr aus der Brause kam, drehte ich den Hahn zu, trocknete mich ab und rubbelte mir das Haar trocken, bis die Kopfhaut prickelte. Nachdem ich mich angezogen hatte, rief ich im Krankenhaus an und erkundigte mich nach Faltecchi. Nein, sagte man mir, er habe das Bewußtsein noch nicht wiedererlangt. Ja, man habe meine Telefonnummer und würde mich anrufen, sobald sich etwas an seinem Zustand ändern sollte. Signora Faltecchi sei noch immer bei ihrem Vater.

Ich lauschte in die tote Leitung und fühlte mich sterbenselend.

Als ich den Hörer auflegte, hörte ich schnelle Schritte die Treppe heraufkommen. Im nächsten Moment erschien Nick im Türrahmen, vollbeladen mit Tüten und einem riesigen Blumenstrauß. Er sah genau so aus, wie sich eine Frau den Mann ihrer Träume vorstellt, und mir fiel nichts Besseres ein, als ihn idiotisch anzugrinsen. Er lächelte zurück, zunächst strahlend und dann, als er sah, daß ich einen roten Kopf bekommen hatte, geradezu aufreizend spöttisch.

»Gut geschlafen?« fragte er mit Unschuldsmiene.

»Für das bißchen Schlaf, das mir vergönnt war, recht gut, vielen Dank. Und du?«

»So gut wie noch nie. Und ich danke dir.« Er ließ die Tüten auf den Eßtisch plumpsen und streckte mir mit dem stolzen Blick eines kleinen Jungen, einem Blick, der mich restlos entwaffnete, den Blumenstrauß entgegen.

»Ach, Nick, sind die schön!« Überwältigt nahm ich sie ihm ab. Sie sahen genauso aus wie Blumen in einem alten Märchenbuch, das Edmund Dulac illustriert hatte. Rosafarbene Rosen mit dicken, voll aufgeblühten Köpfen, riesige dunkelrote Anemonen, rotgeäderte Nelken, die wunderbar nach Zimt dufteten, Iris mit gelben Kelchen auf spitzen, grünen Stengeln und dazwischen Margeriten als große, weiße Sterne mit goldenen Herzen, alles zusammengehalten von dunkelgrünem Efeu und über und über benetzt von glitzerndem Morgentau.

Ich stöberte in meinem Schrank nach einer großen Vase für diesen voluminösen Strauß. Aber ich fand nur einen häßlichen, abgestoßenen Tonkrug, den ich ganz hinten in den Schrank geräumt hatte. Aber das machte nichts: Die Blumen ergossen sich gnädig über die Vase und verdeckten die schadhaften Stellen. »Wo hast du diesen herrlichen Strauß bloß her?«

»Auf der Via Carini hat eine alte Frau gerade ihren Stand aufgebaut. Ich sagte ihr, daß ich einen Blumenstrauß brauche, der schön genug sein muß, um Dornröschen aufzuwecken.« Behutsam stellte ich den Krug mitten auf den Tisch. »Also, ich glaube, das wäre dir auch so gelungen. Ich kann mir kein Dornröschen vorstellen, das nach der letzten Nacht nicht liebend gern aufgewacht wäre.«

»Vielen Dank. Bis jetzt bist du die erste, die mir das Gefühl gegeben hat, ein Märchenprinz zu sein.«

»Stimmt ja gar –«

Er wehrte mit einer Hand ab. »Ach komm, mach nicht alles kaputt. Laß mir meine Illusionen. Was meinst du? Sollen wir sofort frühstücken... oder später?« Über die Einkaufstüten hinweg, die er gerade auspackte, schaute er mich lächelnd an.

»Erst frühstücken. Alles andere muß warten. Ich bin nämlich am Verhungern.« Ich holte die Espressomaschine aus dem Schrank. »Soll ich Kaffee machen?«

»Kannst du guten Espresso kochen?«

»Eigentlich nicht«, gab ich zu. »Warum soll ich mir die Mühe machen, wenn er mir ohnehin nicht so gelingt, wie in den Bars? Den Versuch, damit konkurrieren zu wollen, hab ich längst aufgegeben.«

Pessimistin. Dann laß mich mal ran. Wo hast du den Kaffee?« Ich holte die Dose aus dem Schrank, gab sie ihm und machte mich daran, Tassen, Teller, frische Brötchen und eine reife Melone auf ein Tablett zu stellen. Wir trugen alles auf den Balkon, den die Sonne schon aufgewärmt hatte, legten Kissen auf den Boden, lehnten uns mit dem Rücken an die unebene, weiß gekalkte Mauer und streckten unsere Gesichter der Sonne entgegen. Schweigend und rundum zufrieden machten wir uns über das Frühstück her. Wir schauten den frechen Spatzen zu, die erwartungsvoll auf der Balkonbrüstung herumhüpften, sich auf die

Krümel stürzten, die wir ihnen hinwarfen und wieder davonflogen. Die Sonne beschien die Buchsbaumbüsche in den Holzkübeln auf dem Balkon und entlockte ihnen einen betörenden Duft. Über uns schossen Mauersegler durch die Luft und vollführten tollkühne Flugmanöver, um einen besseren Blick auf das Spatzenbankett zu ergattern. Ihre schrillen Schreie hörten sich an wie die Rufe spielender Kinder.

»Gibt's was Neues aus dem Krankenhaus?«

Ich schüttelte den Kopf. »Ich habe vorhin angerufen. Keine Veränderung.« Ich dachte an den bewußtlosen Faltecchi, der diesen wunderbaren Tag nicht erleben konnte, und plötzlich war mir der Hunger vergangen. Das restliche Stück Brot zerkrümelte ich für die Spatzen.

Nick setzte sich auf und drehte sich zu mir um: »Ich habe schon Clara und Gianni getroffen. Ich habe ihnen erzählt, was Faltecchi zugestoßen ist. Plus den Rest deiner Geschichte. Gianni und ich wollen dir helfen, das Notizbuch zu beschaffen, Kate.«

»Und du bist sicher, daß du dich mit einer Dame von so fragwürdigem Charakter einlassen willst?« Obgleich es als Scherz gedacht war, hatte ich so meine Zweifel an einer konzertierten Aktion mit den beiden. Ich ahnte, daß mir alles zu schnell gehen würde, sobald Nick und Gianni ihre Finger mit im Spiel hätten.

Nick nahm meine Hand. »Ich habe eine Schwäche für fragwürdige Damen. Hab ich dir nicht schon gesagt, daß ich leicht zu führen bin? Wir müssen nur vorsichtig sein, das ist alles.« Trotz meiner Zweifel fühlte ich, wie sich meine innere Spannung wie eine zu stark aufgezogene Feder löste.

»Und was hast du heute noch vor?« fragte Nick, als ich ihm noch eine Tasse Kaffee einschenkte.

»Als erstes werde ich im Atelier anrufen, ob sie mich dort brauchen. Falls nicht, gehe ich in den Palazzo – ich bin neugierig, wie lange ich nach dieser Nacht die Augen offenhalten kann.« Ich drehte Nicks Handfläche nach oben und zeichnete mit dem Zeigefinger seine Lebenslinie nach. Seine Hände waren breit und stark, die Lebenslinie beruhigend lang.

»Eigentlich hatte ich vor, Alessandro von Marco und Daniella zu erzählen«, sagte ich, »und es ihm zu überlassen, was er mit dieser Information macht. Aber jetzt bin ich mir nicht mehr sicher, ob das eine so gute Idee ist. Wenn Marco für Stillitano arbeitet und Stillitano abgesehen vom Reni noch andere Geschäfte mit Alessandro tätigt, wäre es vielleicht klüger, abzuwarten, bis wir das Notizbuch haben. Was hältst du davon?«

»Ja, vermutlich hast du recht. Je weniger Leute wissen, wieviel du weißt, desto sicherer bist du.« Er sprach langsam, und ich hatte das Gefühl, als wählte er seine Worte mit Bedacht: »Vielleicht sollten wir es heute nacht versuchen?«

»Ich weiß nicht recht... Nein, ich glaube, es ist besser, bis morgen zu warten, bis zum Carnevale. Ich kann mir nicht vorstellen, daß morgen jemand auf die Idee kommen wird, länger zu arbeiten. Also brauchen wir kaum damit zu rechnen, daß uns in den Ateliers jemand überrascht.« Wieviel an meiner Aussage Vernunft und wieviel reine Verzögerungstaktik war, mochte ich nicht beurteilen. Was mich selbst anging, so wußte ich nur: Je später es losgehen würde, desto besser. Denn war die Aktion erst einmal angelaufen, gab es kein Zurück mehr. Und davor graute mir jetzt schon.

Nick war ein zu erfahrener Journalist, um den Hintergrund meiner beiläufigen Aussage nicht zu erkennen. »Hör zu, Kate, warum läßt du mich das nicht machen? Wenn man's genau nimmt, ist das sowieso Männersache.«

»Glaub mir, ich würd's gern dir überlassen. Aber es wäre wirklich ein Jammer, wenn ich meine neu erworbenen Fähigkeiten nicht wenigstens ein einziges Mal unter Beweis stellen könnte.« Dann wurde ich ernst: »Abgesehen davon habe ich einen triftigen Grund, mich zu jeder Tages- und Nachtzeit im Atelier aufzuhalten, du aber nicht.« Widerwillig trank ich meinen Kaffee aus; er war inzwischen kalt geworden, und ich hatte zuviel Zucker hineingetan. Um das Thema zu wechseln, fragte ich ihn: »Und du, was hast du heute noch vor?«

»Ich treffe einen Kontaktmann bei der Bank von Italien. Ich habe dir doch erzählt, daß die Bank eigene Nachforschungen über verschiedene Geschäfte von Bassi anstellt. Mein Kontaktmann ist bereit, sich mit mir über mögliche Verbindungen zwischen diversen Banken, mit denen Bassi zu tun hat, und dem Finanzministerium zu unterhalten – und wie Torreleones Job im Finanzministerium da hineinpaßt. Wir wollen herausfinden, was genau es ist, das Torreleone für Bassi so nützlich macht.«

»So, so. Armer Conte Massimo.« Ich setzte die Kaffeetasse ab. »Na ja, egal, wofür ich mich heute entscheide: Es wird sich kaum vermeiden lassen, entweder Stillitano oder Alessandro über den Weg zu laufen – oder schlimmstenfalls beiden. Ich mag gar nicht daran denken. Ich habe keine Ahnung, wie ich mich den beiden gegenüber verhalten soll. Die sehen mir bestimmt an der Nasenspitze an, daß irgendwas im Busch ist.«

Nick warf mir einen seltsamen Blick zu und sagte ruhig: »Also, wenn du mich fragst, hast du ein ausgesprochenes Pokerface. Wie sonst wäre es dir gelungen, so vieles, was du über mich denkst, vor mir zu verbergen.«

»Ach wirklich?«

»Na ja, das meiste jedenfalls.« Er lächelte. Sein Gesicht war meinem ganz nah; ich spürte seinen warmen Atem auf meiner Haut. Bevor wir uns küßten, sagte er: »Aber nicht alles.«

Dann sprachen wir längere Zeit nicht mehr.

An diesem Tag bekam ich weder Stillitano noch Alessandro zu Gesicht. Als ich im Atelier anrief, erzählte mir Ilaria, die Sekretärin, daß Stillitano noch nicht aus Sizilien zurück sei, allerdings am Nachmittag noch hereinschauen wolle. Ja, beantwortete sie meine Frage, er wisse über Faltecchis Zustand Bescheid und sei sehr betroffen, habe aber angeordnet, normal weiterzuarbeiten, zumal das sicherlich in Faltecchis Sinn sei.

Als ich im Palazzo eintraf, war Signora Gambino im Innenhof zugange. Mit einem fröhlichen Lied auf den Lippen fegte sie die Steinfliesen im Laubengang. Ich erzählte ihr, daß ein Freund von mir im Krankenhaus liege und ich für alle Fälle die Telefonnummer des Palazzo hinterlassen habe, falls man mich erreichen müsse. Der Palazzo hatte mehrere Telefonanschlüsse; die Familienmitglieder hatten Geheimnummern, die naturgemäß nicht im Telefonbuch standen; ich kannte nur die Rufnummer der Zentrale in der Portiersloge.

»Überhaupt kein Problem, Signora Roy«, antwortete sie freundlich, »ich werde Sie sofort holen, wenn jemand für Sie anruft. Und ich werde für Ihren Freund beten.«

Ich dankte ihr und fragte nach dem Befinden von Conte Massimo.

»Ach, Gott sei Dank geht es ihm schon viel besser. Aber Dottore Guareschi hat ihm Bettruhe verordnet. Der Dottore meint, er sollte auf den Ball verzichten, aber der Conte will davon nichts hören. Und Signor Alessandro ist der Meinung, daß sein Vater selbst wissen muß, was für ihn richtig ist.«

»Wo ist Signor Alessandro heute morgen?« fragte ich mit Unschuldsmiene.

»Gestern abend ist er Knall auf Fall nach Palermo abgereist. Aber bis zum Ball wird er bestimmt wieder zurück sein. Ein Rattenloch, dieses Sizilien«, bemerkte sie mit der für Römer typischen Verachtung für den Süden, »immer hört man diese schrecklichen Geschichten. Aber Signor Alessandro scheint es dort zu gefallen.«

»Warum sagen Sie das, Signora Gambino?«

»Nun, weil er so oft hinfährt.« Sie grinste von einem Ohr zum anderen. »Die Dienstboten tuscheln, daß er dort womöglich eine Liebschaft hat. Aber genau weiß es keiner. Manche sagen sogar –, ach, vergessen Sie's, alles nur Klatsch.«

Aufgebracht bearbeitete sie den Steinboden mit ihrem Besen. Wenn es nur so harmlos wäre, dachte ich, als ich langsam die Treppe zu meinem Arbeitsraum hinaufstieg. Einerseits war ich erleichtert, daß Alessandro nicht in Rom war, andererseits entsetzt über das Ziel seiner Reise. Schon wieder Sizilien. Und Stillitano war auch dort. *Und* die Villa von Pietro Bassi lag in der Nähe von Palermo.

Einen ungestörten Vormittag lang widmete ich mich meiner Arbeit, ging einmal hinunter, um im Krankenhaus anzurufen, nur um zu hören, daß es keine Veränderung in Faltecchis Zustand gab. Während ich arbeitete, versuchte ich meine ganze Konzentration dem Gemälde vor mir zu widmen, aber sobald ich das Werkzeug aus der Hand legte, um Chemikalien zu mixen oder Pinsel zu reinigen, drängten sich die quälenden Gedanken wieder in mein Bewußtsein.

Wenn Conte Massimo nur bei besserer Gesundheit wäre, könnte ich zu ihm gehen, ihm alles erzählen und darauf hoffen, daß er Alessandro und Daniella von ihren gefährlichen Spielchen abbrächte. Und sobald Alessandro von Marco wüßte, würde er vermutlich einsehen, daß es bei diesem Spiel um mehr ging als nur um Macht und Geld. Ich konnte immer noch nicht glauben, daß er Marcos Rolle kannte, und ich konnte mir auch nicht vorstellen, daß er vom Überfall auf Faltecchi wußte.

Aber ich konnte mich Conte Massimo nicht anvertrauen. Selbst wenn ich den Mut gehabt hätte, ihm seine Illusionen über die Familie zu rauben, durfte ich seiner labilen Gesundheit diese Aufregung einfach nicht zumuten. Dann dachte ich an Nicks Worte am Morgen auf dem Balkon: Je weniger Menschen wußten, was ich wußte, desto besser für mich.

Außerdem mußte ich an Faltecchi denken und daran, wie es um seine Sicherheit bestellt war. In dem Maße, in dem er sich von dem Überfall erholen würde, seinen Peiniger beschreiben und erzählen könnte, was er mir unbedingt hatte sagen wollen – und dabei Stillitano vermutlich nicht verschonen würde –, in dem Maße würde es auch für ihn wieder gefährlich werden. Und diese Gefahr, dessen war ich mir sicher, drohte ihm eher von Stillitano als von Marco. Marco war ein Werkzeug, das sich als untauglich erwiesen hatte und das nun vielleicht durch ein verläßlicheres ersetzt würde. Solange Stillitano sich in Sizilien aufhielt, war Faltecchi einigermaßen sicher, aber sobald er zurückkam ... Ich legte den Pinsel zur Seite. Auf einmal bekam ich schreckliche Angst um Faltecchi, der ohnmächtig und wehrlos in seinem Krankenbett lag.

Ich konnte nicht mehr weiterarbeiten. Ich mußte unbedingt ins Krankenhaus fahren, um mich selbst davon zu überzeugen, daß er in Sicherheit war. Hastig räumte ich die Arbeitsgeräte auf und lief die Steinstufen hinunter. Als ich an der Portiersloge vorbeikam, winkte ich schnell noch Signora Gambino zu, aber sie hielt mich auf.

»Signora Roy, einen Moment noch bitte.« Sie beugte sich aus dem Fenster der Portiersloge. »Ich soll Ihnen etwas von Conte Massimo ausrichten. Sie sollten sich morgen einen freien Tag nehmen, damit Sie sich für den Ball ausruhen können. Und er hat mir noch eine Überraschung für Sie gegeben. Kommen Sie.« Wie eine Handpuppe im Kasperltheater hüpfte sie vom Fenster zurück, bedeutete mir mit einer Hand, ihr zu folgen, und war auch schon verschwunden.

Obwohl ich so schnell wie möglich ins Krankenhaus

wollte, um nach Faltecchi zu sehen, gehorchte ich ihr und betrat zum ersten Mal in meinem Leben die Portiersloge oder versuchte es zumindest. In der Tür blieb ich wie angewurzelt stehen. Eine derartige Ansammlung von Nippes in einem so kleinen Raum hatte ich bisher nur in Trödelläden gesehen. Ein Sammelsurium von Möbeln aus den Privaträumen des Palazzos war hier wahllos zusammengewürfelt, ohne jegliches Gespür für Harmonie, geschweige denn Geschmack. Der kleine Raum platzte aus allen Nähten.

Aber ungeachtet der drangvollen Enge und dem arg abgeblätterten Luxus war das Zimmer blitzblank.

Gott sei Dank verstand Signora Gambino mein verblüfftes Schweigen als ehrfürchtige Bewunderung. »Ist doch schön hier, oder?« fragte sie mich und sah sich stolz in ihrem Reich um. »Contessa Anna, Conte Massimos Frau, hat das alles meinem Vater geschenkt, der hier vor mir Portiere war. Sie hat mehrere Räume im Palazzo neu eingerichtet und ihm die alten Möbel überlassen. Ich kann Ihnen gar nicht sagen, wie glücklich ich bin, hier zu wohnen.«

»Ja, das kann ich mir vorstellen. Sie haben es sich wirklich sehr schön eingerichtet.«

»Ja, das stimmt. Die Möbel haben es aber auch verdient, gepflegt zu werden.« Dann tat sie plötzlich ganz geheimnisvoll, sagte, ich solle die Augen schließen und die Hände ausstrecken. Ich gehorchte und spürte, wie sie mir eine große Schachtel in die ausgestreckten Arme legte.

»Augen auf.«

Ich öffnete die Augen, und mein Blick fiel auf eine lange, ovale, mit Bindfaden verschnürte Kleiderschachtel. Sie war zwar groß, aber nicht schwer.

»Conte Massimo möchte, daß Sie den Karton erst zu Hause aufmachen«, sagte sie, »und selbst entscheiden, ob sie es morgen abend tragen möchten oder nicht. Er hat mir aufgetragen, Ihnen auf jeden Fall zu sagen, daß er nicht böse wäre, wenn Sie lieber etwas anderes anziehen möchten.« Ich klemmte mir die Schachtel unter den Arm. »Bitte richten Sie Conte Massimo aus, daß mich seine Großzügigkeit beschämt, Signora Gambino. Es ist wirklich sehr freundlich von ihm, sich um mich Gedanken zu machen, wo er doch im Moment ganz andere Sorgen hat. Ich bin ihm wirklich außerordentlich dankbar.« Das war die reine Wahrheit. Aber weshalb plagten mich bei dem Gedanken an seine großzügige Geste Gewissensbisse, und weshalb war ich plötzlich traurig?

Ich wußte sehr wohl, warum. Aber ich wußte auch, daß ich nichts dagegen tun konnte.

Aber wenigstens, dachte ich mit einer Spur von Erleichterung, war durch diese großzügige Leihgabe eines meiner Probleme, wenn auch nur ein kleines, aus dem Weg geräumt. Bis jetzt hatte ich nicht einen Gedanken darauf verschwenden können, was ich zum *ballo in maschera* anziehen sollte. Nun war wenigstens das erledigt.

Ich nahm mir ein Taxi zum Krankenhaus. Jedesmal, wenn es hinter einem Bus herzuckelte oder an einer Ampel halten mußte, wurde ich ungeduldig. Unablässig nagte die Sorge in mir. Aber der Taxifahrer gehörte zu den unerschütterlichen Menschen, die über die Schulter hinweg pausenlos auf einen einreden, ohne mehr als ein »Ja« oder »Ach, wirklich?« zu erwarten. Seine Betrachtungen über das Leben an sich, angefangen beim Papst bis hin zum Fußballverein Lazio Roma, waren aber respektlos genug, um mich zu erheitern und auf andere Gedanken zu bringen. Eine gräßliche rosablaue Plastikmadonna bleckte mich vom Armaturenbrett an, *La Madonna della Confusione*, wie er erzählte, die Madonna des Verkehrsstaus. Vielleicht hatte sie ja über uns gewacht, denn nach ehrfurchtgebietend kurzer Zeit fuhren wir vor dem Krankenhaus vor. Ich gab dem Fahrer viel zu viel Trinkgeld, aber es war mir ein Bedürfnis, ihn dafür zu belohnen, daß es ihm gelungen war, mich abzulenken.

Als ich die Intensivstation betrat, fragte ich die diensthabende Schwester an der Anmeldung, ob heute morgen schon Besucher bei Signor Faltecchi gewesen seien. Zu meiner Erleichterung verneinte sie; es dürften keine Besucher herein, außer den nächsten Angehörigen. Seine Tochter sei gerade da. Auf meine Bitte hin holte die Schwester Signora Faltecchi aus dem Krankenzimmer.

Elsas Miene war sorgenvoll. Faltecchis Zustand habe sich verschlechtert, sagte sie. Sollte nicht innerhalb der nächsten Stunden eine Besserung eintreten, sei eine Operation nicht mehr zu vermeiden. Die Arzte befürchteten, daß Blut in sein Gehirn sickern könne. Wortlos ergriff ich ihre Hand und ging mit ihr zu dem ungemütlichen Alkoven hinüber, wo wir wieder auf den unbequemen Stühlen Platz nahmen.

»Ich habe auf einmal Angst um Ihren Vater bekommen«, sagte ich zögernd. »Ich befürchte, daß dieser Verbrecher es nochmals versuchen könnte – immerhin wird Ihr Vater ihn vermutlich identifizieren können. Ich dachte... äh, daß es vielleicht besser wäre, wenn ständig jemand bei ihm ist. Tut mir leid, wenn ich Ihnen damit zusätzliche Sorgen mache, aber ich dachte, es könnte vielleicht sein –« Ich wußte nicht recht, wie ich es am besten ausdrücken sollte. Auch hatte ich noch keine Antwort auf Elsas mögliche Frage parat, aus welchem Grund der Angreifer das Risiko eingehen sollte, ins Krankenhaus zu kommen. Oder woher er wissen sollte, wo Faltecchi lag oder wer er überhaupt war. Oder auch nur, wie ich darauf käme, daß es nicht nur ein ganz gewöhnlicher Straßenräuber gewesen war.

Aber ich hätte mir meine Überlegungen sparen können. Elsa hatte sich schon ihre eigenen Gedanken gemacht. »Ja, darüber habe ich auch schon nachgedacht. Und ich gehe sogar so weit zu sagen, daß es jemand aus unserer Familie sein muß, der bei unserem Vater bleibt. Meine Schwester denkt genau wie ich. Wir haben nämlich einen Verdacht, wissen Sie ... Aber es ist, wie gesagt, nur ein Verdacht. Sie werden verstehen, daß ich im Moment nicht näher darauf eingehen möchte. Aber ich bin Ihnen für Ihre Anteilnahme sehr dankbar, Kate. Sie können beruhigt sein, daß hier im Krankenhaus immer jemand bei ihm sein wird.«

Das »Kate« hatte ich sehr wohl registriert, und ich war ihr dankbar dafür. »Also gut, wenn ich sonst nichts mehr für Sie tun kann ...« Sie schüttelte den Kopf. »Falls ich nicht zu Hause sein sollte, versuchen Sie es bitte unter dieser Nummer.« Ich kritzelte die Nummer der Palmieris auf einen Zettel. »Aber ich werde alle paar Stunden hier anrufen.«

»Vergessen Sie Ihren Karton nicht.« Elsa hielt mir den Karton hin, den ich an den Stuhl gelehnt hatte. »Ein neues Kleid?«

»Ein Kostüm für den Carnevale. Die Torreleones geben morgen abend einen Ball. Im Moment ist mir wirklich nicht danach, aber die Familie hat sich so um mich bemüht.«

»Mein Vater wäre bestimmt der erste, der Sie dazu ermuntern würde.«

Elsa schaute auf ihre Hände, die fest umklammert in ihrem Schoß lagen. Ich sah nur den schnurgeraden Scheitel, der ihr schwarzes Haar teilte. »Ich weiß, ich habe ihn enttäuscht. Er findet, daß ich das Leben nicht so genieße, wie ich eigentlich sollte.« Ihre Stimme wurde leiser. Sie schaute wieder zu mir; ein verschleierter Blick. »Ihre Begeisterungsfähigkeit hat ihm immer so gefallen.« Ich berührte zögernd ihre Schulter. »Ich weiß nur, daß er immer ›meine Elsa‹ sagt, wenn er von Ihnen spricht. Bestimmt sind Sie für ihn der wichtigste Mensch auf der Welt«, versuchte ich sie aufzumuntern. »Wissen Sie eigentlich, daß er nie Pasta bestellt, wenn wir zum Essen gehen? Er behauptet nämlich, daß Sie die einzige sind, die richtig Pasta kochen kann.«

»Das hat er wirklich gesagt?« Sie deutete ein Lächeln an und streckte sich. Wir verabschiedeten uns, und während ich den Flur hinunterging, drängte sich mir eine Frage auf: Hatte Elsas Verdacht vielleicht etwas mit ihrer Abneigung gegen Stillitano zu tun? Ich glaubte die Antwort zu kennen.

13

Anstatt wieder in den Palazzo zurückzukehren, beschloß ich, mir diesen Nachmittag freizunehmen, und nicht den nächsten Tag, wie Conte Massimo es vorgeschlagen hatte. Zu Hause legte ich mich ins Bett und wachte erst auf, als das Telefon klingelte und gleichzeitig jemand an die Tür klopfte. Meine Müdigkeit war schnell verflogen, als mir einfiel, daß es vielleicht Neuigkeiten von Faltecchi geben könnte.

»Es ist offen«, rief ich und lief ans Telefon. Nick kam zur Tür herein, lächelte mich an, hob grüßend die Hand und wollte sich zurückziehen, um mich beim Telefonieren nicht zu stören. Aber ich schüttelte den Kopf und deutete auf einen Stuhl.

Elsa Faltecchi war am Apparat. Sie berichtete, daß ihr Vater gerade aus dem Operationssaal gekommen wäre. Die Operation sei gut verlaufen, hätten die Ärzte gesagt, und die Chancen für seine Genesung stünden gut. Ihre Stimme hörte sich allerdings so an, als würde sie den Versicherungen der Ärzte nicht recht glauben. »Ich gehe jetzt nach Hause. Meine Schwester löst mich ab und bleibt die Nacht über bei unserem Vater«, merkte sie noch an. Nach ein paar weiteren, belanglosen Worten verabschiedeten wir uns. Ich legte den Hörer auf; ihre Niedergeschlagenheit hatte mich unmittelbar angesteckt.

Nick legte die Arme um mich. »Schlechte Nachrichten?«

Ich erzählte ihm, was mir Elsa berichtet hatte und auch

von meinen Sorgen um Faltecchi. »Er ist so wehrlos, Nick. Ich darf gar nicht daran denken, was passieren könnte. Ich habe schreckliche Angst um ihn.«

»Ich weiß. Aber solange Stillitano davon ausgeht, daß sein Partner im Sterben liegt, wird er ihn bestimmt nicht als große Gefahr betrachten. Vielleicht glaubt er sogar, es sich leisten zu können, ihn links liegen zu lassen.«

In seinen Armen spürte ich, wie die Ruhe, die er ausstrahlte, allmählich auch auf mich überging, und ich brachte sogar ein Lächeln zustande. »Möchtest du einen Drink, bevor du mir erzählst, was du heute bei der Bank von Italien erfahren hast?«

»Gern. Aber etwas Kaltes, bitte. Es ist ziemlich schwül draußen.«

Während Nick zwei Stühle auf den Balkon hinaustrug, mixte ich Weißwein mit eiskaltem Mineralwasser und ließ die paar Eiswürfel, die mein winziger Kühlschrank zu produzieren imstande war, in die Gläser fallen. Mit den Füßen auf der Balustrade nippten wir in geselligem Schweigen an unseren Gläsern. Zum ersten Mal seit langer Zeit spürte ich dieses wunderbare Gefühl einer neuen Liebe. Ich freute mich auf die Unwägbarkeiten eines neuen Anfangs, die Erforschung eines unbekannten Territoriums ohne Landkarte, aber in der Überzeugung, daß aufregende Entdeckungen auf mich warteten. Allen Widrigkeiten zum Trotz war ich ungemein glücklich.

Nick streckte seine Hand aus und streichelte meinen Nacken. »Einen Penny für deine Gedanken.«

»Ach, weißt du... im Moment bin ich zufrieden. Vielleicht sogar mehr als das.« Ich lächelte ihn an.

Er antwortete nicht, aber ich spürte, wie sich der Druck seiner Hand verstärkte. Nach einer Gesprächspause, in der ich wieder einmal Gelegenheit hatte festzustellen, wie schön es war, von ihm geküßt zu werden, murmelte er: »Am besten erzähle ich dir gleich, was heute passiert ist, sonst komme ich vielleicht nicht mehr dazu.«

»Sind wir in Eile?«

»Wenn ich's mir recht überlege: Nein.«

Aber irgendwann mußten wir doch eine Pause einlegen, um wieder zu Atem zu kommen. Wir lümmelten in unseren Stühlen und hielten Händchen. Irgendwo im Garten unter uns hörten wir die Kinder der Palmieris miteinander lachen und toben, und von weitem drang gedämpfter Stadtlärm zu uns herüber. Die späte Nachmittagssonne vergoldete die Spitzen der Dächer hinter einem rosa- und erdfarbenen Schleier, diesem trügerisch schönen Dunst, den die Luftverschmutzung gegen Ende des Tages über die Stadt legt. Die Luft war schwer, aber mir gefiel ihre einschläfernde Wirkung; ich fühlte mich matt und unendlich träge. Das und die Wirkung des Weines rückten einen Augenblick lang die Verwirrungen und Sorgen der letzten Tage in weite Ferne, weiter noch als die immer noch schneebedeckten Hügel hinter der römischen *campagna*.

Als Nick zu sprechen begann, holte er mich auf einen Schlag in die brutale Wirklichkeit zurück, die ich so gerne verdrängt hätte.

»Torreleone ist ein gerissener Scheißkerl. Es gibt Verbindungen zu Bassi; soviel scheint festzustehen. Was uns fehlt, ist ein schlagender Beweis dafür, daß er etwas Ungesetzliches getan hat. Das hat er Bassi überlassen. Man könnte ihn höchstens dafür belangen, daß er Bassis Interessen dadurch unterstützt hat, daß er den Weg für staatliche Kredite an Bassis Firmen ebnete.«

Der Stuhl ächzte, als Nick eine Schachtel Zigaretten aus seiner Tasche fischte. Er zündete sich eine an und stieß eine Rauchwolke aus. Ich beobachtete, wie der Rauch in der Luft hing und sich nur zögernd auflöste.

»Die Geschichte ist recht kompliziert, Kate. Frag also

ruhig nach, wenn du etwas nicht verstehst.« Ich nickte. »Es fing damit an, daß der Staat und einige große Banken verschiedenen von Bassi kontrollierten Unternehmen riesige Summen in der Überzeugung geliehen haben, das Geld würde in die Entwicklung der italienischen Industrie investiert. Statt dessen sind die Summen über diese Unternehmen an Scheinfirmen transferiert worden, die Bassi in Liechtenstein, auf den Bahamas und in Argentinien gegründet hat – Länder, in die er gute Verbindungen hat.«

»Halt!« Ich hatte bereits den Faden verloren. »Was genau darf man unter Scheinfirmen verstehen?«

»Genau das, was das Wort aussagt – Firmen, die nur zum Schein existieren. Meistens gibt es nur einen Briefkasten, in dem einen oder anderen Fall vielleicht irgendwo ein Büro mit einem Fax und einer Sekretärin, vielleicht auch ein repräsentatives Vorzimmer, mit dem man Eindruck schinden kann. Aber das ist auch schon alles. In erster Linie dienen diese Firmen als Kanäle für seine schmutzigen Transaktionen. Bassi benutzt diese Unternehmen, um Geld aus dem Land zu schleusen, von dem ein beachtlicher Teil irgendwann auf geheimen Schweizer Konten landet. Zum Beispiel verkauft er Lagerware von der italienischen Mutterfirma an die Schein-Tochterfirma. Von dort kauft er dieselbe Ware zu weit überhöhten Preisen zurück und verteilt quasi zur Belohnung außerordentlich großzügige Provisionen an diejenigen, die bei diesen Geschäften mitgemischt haben. Natürlich ist das alles illegal, aber die Schiebereien sind so komplex, daß die Bank von Italien erst jetzt dahintergekommen ist, wie Bassi arbeitet.«

»Und wie lange geht das schon so?«

Nick hob die Schultern. »Was weiß ich? Zehn Jahre vielleicht.«

Ich war verblüfft. »Und in der ganzen Zeit hat niemand etwas gemerkt?«

»Richtig. Aber gerade das macht Bassi ja so bemerkenswert. Bassi ist wie ein Jongleur, der sich immer mehr Bälle zumutet. Bis jetzt ist es ihm zwar gelungen, alle in der Luft zu halten, aber vermutlich hat er sich mittlerweile einen zu viel aufgelegt... Das Erstaunliche daran ist allerdings, daß diese Bälle offensichtlich schon seit geraumer Zeit herunterfallen. Nur konnte er bis jetzt immer noch die Illusion aufrechterhalten, er hätte alles unter Kontrolle. Es ist ihm gelungen, Zahlen und Menschen so genial zu manipulieren, daß die Gelder, die er braucht, um die Illusion am Leben zu erhalten, immer noch reichlich fließen.«

»Ein moderner Cagliostro also.« Das war der berühmte Scharlatan aus dem 18. Jahrhundert, dessen Zaubertränke Reichtum und ewige Jugend versprachen und von dem sich die Mächtigen und das einfache Volk in ganz Europa verführen ließen.

»Ja, dieser Vergleich ist nicht schlecht«, sagte Nick. »Wußtest du übrigens, daß Cagliostro seine eigene Freimaurerloge hatte? Er nannte sie den Ägyptischen Orden; und er erzählte den Leuten, daß sie durch eine Mitgliedschaft Zugang zu allen möglichen magischen Geheimnissen und Kräften bekämen. Wie Bassi konnte er lange von diesem Geld leben. Aber am Ende ist er doch im Gefängnis gelandet.«

»Und Bassi?«

»Ich weiß nicht. Er zieht einfach an zu vielen Fäden; vielleicht sind es zu viele, um eine Anklage gegen ihn erheben zu können.« Mit dem Stummel der gerade zu Ende gerauchten Zigarette zündete er sich eine neue an und drückte beide mit einem verlegenen Lächeln aus, als er sich dessen bewußt wurde.

So gelassen wie möglich fragte ich ihn: »Und wie paßt Alessandro in Bassis Geschäfte?«

»Geradezu perfekt«, antwortete Nick. »Von außen betrachtet, spielt er eine ziemlich harmlose Rolle, aber er trägt wesentlich dazu bei, Bassis Anträge unter Umschiffung der bürokratischen Hürden direkt dem Finanzministerium zur Genehmigung vorzulegen. Er hat zwar nicht die Macht, das endgültige Okay zu geben, aber er kann dafür sorgen, daß Bassis Anträge in den Augen der Finanzbehörde zumindest auf dem Papier einen guten Eindruck machen.« Er schaute in den Himmel und bemerkte nüchtern: »Auf seine Art beherrscht Alessandro Torreleone die Kunst der Manipulation genauso virtuos wie Bassi. Offenbar hat er von seinem Boß einiges gelernt.« Der verbitterte Ton in seiner Stimme war nicht zu überhören.

»Glaubst du, daß die Bank von Italien das alles wird beweisen können?«

»Möglich. Obwohl ich sagen würde, daß Torreleone seine Spuren erfolgreicher verwischen konnte als Bassi.«

Ich ließ die fast geschmolzenen Eiswürfel in meinem Glas kreisen. »Wußtest du, daß Alessandro seit ein paar Tagen auf Sizilien ist? Genauer gesagt, in Palermo?«

Er schaute mich überrascht an und schüttelte den Kopf. »Stillitano auch. Ich glaube, das habe ich dir noch gar nicht erzählt. Elsa hat es mir letzte Nacht im Krankenhaus gesagt. Sie kann ihn offenbar ebensowenig leiden wie ich. Heute hat sie mir zu verstehen gegeben, daß sie selbst schon einen Verdacht hat, wer ihren Vater überfallen hat. Sie wollte nichts Genaueres darüber sagen, aber ich könnte wetten, daß sie ebenfalls an Stillitano denkt. Weißt du zufällig, ob Bassi sich auch in Palermo aufhält?«

»Nein, aber das könnte ich herauskriegen.«

»Die *portiera* im Palazzo vermutet allerdings, daß Alessandro eine Freundin in Sizilien hat. Er ist offenbar ziemlich oft dort. Aber ...« Ich beließ es bei dieser Andeutung.

»Aber«, setzte Nick den Satz für mich fort, »davon bist du bestimmt genauso überzeugt wie ich.«

»Es gibt einfach zu viele Zufälle – und zu viele Fragen –,

um überhaupt von etwas überzeugt sein zu können.« Ich trank meinen Wein aus, stand auf und streckte die Hand nach Nicks leerem Glas aus. »Möchtest du noch?«

»Ja, bitte. Aber diesmal kannst du ruhig das Mineralwasser und das Eis weglassen. Bei diesem Wein ist das wirklich eine Schande.«

»Wenn du mit dem Gesöff aufgewachsen wärst, das sie in Kanada Wein nennen, hättest du auch nicht viel Sinn für seinen Geschmack entwickeln können«, verteidigte ich mich.

Nick lachte. »Ein Grund mehr, in Rom zu bleiben.«

»Stimmt. Seit kurzem gibt es übrigens noch triftigere Gründe dafür, als ich mir je hätte träumen lassen.«

Ich ging ins Zimmer und wollte gerade den Kühlschrank aufmachen, als es an der Tür klopfte und Clara mit leiser Stimme meinen Namen rief. Ich öffnete, und sie entschuldigte sich für die Störung. »Gianni und ich haben Nicks Auto draußen stehen sehen. Eigentlich sollten wir euch in eurer Zweisamkeit ja nicht stören. Aber jetzt wollte ich's doch mal versuchen...« Sie ließ ihren Blick durchs Zimmer wandern und sah mich mit hochgezogenen Augenbrauen an.

»Ist schon gut, Clara«, versicherte ich ihr lachend, »Nick ist auf dem Balkon und vollständig angezogen.«

»Aber natürlich. Etwas anderes hatte ich auch nicht erwartet. Ich finde auch überhaupt nichts dabei, wenn er frühmorgens mit Blumen im Arm ins Haus kommt...« Sie lächelte und zwickte mich freundschaftlich in die Wange. »Ich freue mich für dich, Kate. Nick ist wirklich ein Schatz.«

»Ich weiß. Aber du bist auch einer. Komm, trink ein Glas Wein mit uns.«

Als ich nach einem weiteren Glas griff, hielt sie mich am Arm zurück. »Nicht jetzt, *cara*. Gianni ist wie *vesuvio*, er wird gleich explodieren, wenn er Nick nicht auf der Stelle die Neuigkeiten erzählen kann. Es ist wirklich wichtig; sonst hätte ich euch nicht belästigt. Es hat mit Bassi zu tun.«

»Okay, ich hole Nick. Es wäre mir unerträglich, Gianni leiden zu lassen.«

Unten angekommen, sahen wir Gianni ruhelos im Wohnzimmer umherwandern und Unverständliches vor sich hinmurmeln, die Pfeife in der einen, ein Glas in der anderen Hand. Prompt stieß er mit Nick zusammen, der gerade zur Tür hereinwollte. »Endlich!« Er klemmte sich die Pfeife zwischen die Zähne, packte Nick am Arm und überschüttete ihn mit einem Wortschwall, den ich leider nicht verstand, weil Gianni viel zu schnell sprach und die Pfeife in seinem Mund nicht unbedingt zur besseren Artikulation beitrug. Nick beruhigte ihn und bat ihn, noch mal von vorn zu beginnen, diesmal ohne Pfeife. Gianni gehorchte, und wir machten es uns bequem. Nur Gianni blieb auf einer Sessellehne sitzen, jederzeit bereit zum Abheben, Clara an seiner Seite, um ihn daran zu hindern. Er erzählte uns, daß er vor ein paar Minuten mit Cucchi, seinem Freund bei den *carabinieri*, gesprochen hätte. »Es ist phantastisch, Nick! Gestern hat ein Richter den *carabinieri* einen Hausdurchsuchungsbefehl für Bassis Wohnung hier in Rom unterschrieben. Bassi war nicht zu Hause; vermutlich war er in seiner Villa bei Palermo.« Nick und ich tauschten vielsagende Blicke aus. »Cucchi hat erzählt, daß sie dabei schier Unglaubliches gefunden haben. Jede Menge Unterlagen und eine lange Namensliste; vieles davon hatte mit der Mestola Rossa zu tun. Er wollte uns keine Details nennen – weil ihn sonst sein Chef einen Kopf kürzer machen würde –, aber er hat uns bestätigt, daß wir auf der richtigen Spur waren, du und ich. Vielleicht haben die Tatsachen unsere Vermutungen sogar noch übertroffen.« Er schaute Nick mit einer Mischung aus Schadenfreude und Triumph an. »Auf der Liste von Bassi stehen Politiker, Geschäftsleute und sogar ein Armeegeneral.«

»Mensch, Gianni!« rief Nick. »Weißt du, was das heißt?«

»Na klar. Unter anderem, daß ein paar *pezzi grossi* jetzt sicher ein paar schlaflose Nächte haben werden. Die werden Blut und Wasser...«

»Ja«, unterbrach ihn Nick ungeduldig, »aber wir müssen jetzt unbedingt dranbleiben. Der erste Schuß mit scharfer Munition ist abgefeuert, und deine *pezzi grossi* werden alle untertauchen. Inklusive Torreleone.« Abrupt stand er auf und begann, die Hände in den Hosentaschen vergraben, auf und ab zu laufen. »Cucchi hat dir keine Namen genannt?«

Gianni schüttelte den Kopf. »Aber er hat mir sozusagen in die Hand versprochen, uns mit allen Informationen zu versorgen, die er verantworten kann. Vermutlich hat er Angst, daß sonst einiges unter den Teppich gekehrt werden könnte. Zuviel Druck von oben... Er sagt, daß es jetzt schon damit losgeht.« Sein Gesicht wurde ernst. »Irgendein *cazzo* hat Bassi möglicherweise schon gewarnt.«

Nick schaute zu mir herüber. »Ich frage mich, ob dein Freund Stillitano auf einer von Bassis Listen steht. Diese Geschichte«, sagte er an Gianni gewandt, »hat noch einen anderen Aspekt, der den *carabinieri* vielleicht noch nicht aufgefallen ist, und der genau auf Stillitano paßt. Ganz offensichtlich hat er Connections zu Bassi und zu Torreleone. Und wir müssen herausfinden, welche und warum.«

»Und das wäre dann die Ouvertüre zu unserem Einbruch«, sagte Gianni genüßlich.

»Ich wünschte, du würdest die Geschichte mit etwas mehr Ernst betrachten«, sagte ich. »Du kennst Stillitano nicht.« »Ach, weißt du, Gianni und Nick halten das für ein richtiges, großes Indianerabenteuer«, warf Clara vergnügt ein. »Je furchterregender dieser Mann ist, desto aufregender ist es für sie. Du und ich, Kate, wir bleiben schön hier in Sicherheit und werden ein Gebet für die beiden sprechen.«

Ich starrte sie überrascht an: »Sag mal, Clara, weißt du

denn nicht, daß ich die Hauptdarstellerin bei diesem Einbruch sein werde?«

Clara starrte mich entgeistert an und verkündete entschieden: »Das kannst du vergessen. Das ist ja viel zu gefährlich!«

»Gestern nachmittag hätte ich dir noch recht gegeben«, erwiderte ich. »Aber inzwischen liegt Faltecchi im Krankenhaus, und ich werde das durchziehen, komme, was wolle. Wir müssen Stillitano aufhalten. Wir brauchen etwas, womit wir zur Polizei gehen können.«

Clara wollte protestieren, aber ich schnitt ihr das Wort ab und erklärte ihr geduldig, weshalb ich den Einbruch selbst wagen mußte. Am Ende akzeptierte sie meine Beweggründe, wenn auch wenig überzeugt, und fügte entschlossen hinzu, daß sie und Gianni auf jeden Fall mitkommen würden.

Ich nahm sie in den Arm. »Danke, Clara. Je mehr wir sind, desto besser geht's mir.«

»Jetzt fehlt uns nur noch ein ordentlicher Plan.« Gianni holte Papier und Bleistift aus dem Schreibtisch, aber Clara wehrte ab.

»Zuerst einmal fehlt uns ein ordentliches Abendessen. Mit leerem Magen kann ich schlecht Verschwörungen planen. Gebt mir eine halbe Stunde...«

Aber Nick hatte eine noch bessere Idee. »Du brauchst nicht zu kochen, Clara. Wir kennen einen geradezu idealen Ort, um Verschwörungen zu planen, was meinst du, Kate? Und übrigens kann man dort auch ausgezeichnet essen. Ich habe dir doch von Giangiacomo Maurelli erzählt, Gianni. Ihm gehört *Il Ristorante Revoluzionario*. Er wollte etwas für mich auskundschaften, und ich würde mich gern noch einmal mit ihm unterhalten.«

Clara klingelte inzwischen bei den Nachbarn und fragte deren Tochter, ob sie wohl nach den Kindern sehen könne. Ein paar Minuten später kam sie mit dem Mädchen zurück und holte die Kinder aus dem Garten. Wir wünschten Cecilia und Giannino eine gute Nacht, nicht ohne ihnen zu versprechen, eine Überraschung mitzubringen, und machten uns auf den Weg zum Restaurant.

Wir waren die ersten Gäste; es war noch früh, und die Römer pflegen spät zu speisen. Giangiacomo steckte den Kopf durch die offene Küchentür, erkannte uns, rief nach Antonia und kam heraus, um uns zu begrüßen. Wie ich schon vermutet hatte, waren die Maurellis und die Palmieris einander sofort sympathisch. Clara und Gianni waren von dem Restaurant fasziniert; ihr Interesse freute die Maurellis, die uns stolz die Küche zeigten und uns das Kalbsgulasch probieren ließen, das heute auf dem Speiseplan stand.

Während uns Giangi an einen Tisch in einer Ecke des Restaurants führte, sagte er zu Nick: »Ich bin froh, daß du heute hergekommen bist. Ich habe den ganzen Tag versucht, dich zu erreichen. Du weißt schon, der Typ…« Er sprach nicht weiter.

»Ist schon gut«, zerstreute Nick Giangiacomos Bedenken. »Sie sind alle eingeweiht. Gianni arbeitet mit mir zusammen an dieser Sache.«

»Ja, wenn das so ist. Du erinnerst dich doch noch, daß du mich nach dem Tod deiner Schwester nach diesem jungen Mann gefragt hast, diesem Marco Gatti.«

Nick nickte.

»Damals wußte ich über ihn auch nicht mehr als du. Bis jetzt habe ich eigentlich nur erfahren, daß er in der Gruppe weder beliebt ist noch respektiert wird. Aber das weißt du ja schon. Aber gestern war eine ehemalige Freundin deiner Schwester hier; früher einmal war sie auch Mitglied bei den Studenti per l'Operaio. Seit Susannas Tod hatten wir sie nicht mehr gesehen. Also haben wir uns ein bißchen über alte Zeiten unterhalten, und stell dir vor, sie hat sofort gewußt, wer Marco Gatti ist.«

Giangiacomo schaufelte Oliven und Salami auf unsere

Teller, und nach einem herzlichen »Eßt, eßt, ihr könnt ruhig essen, während ihr zuhört«, fuhr er fort. »Sie hat ziemliche Angst vor diesem Gatti. Bevor sie reden wollte, mußte ich ihr in die Hand versprechen, keiner Menschenseele zu verraten, daß sie meine Informantin ist. Sie sagte, sie wäre überhaupt nicht überrascht gewesen, daß Susanna ermordet worden ist. Wohlgemerkt, sie hat ›ermordet‹ gesagt, nicht ich. Susanna war diesem Gatti eine Zeitlang wohl hörig, hat es dann aber mit der Angst zu tun gekriegt. Nachdem sie sich schließlich dazu durchgerungen hatte, sich von den Studenti per l'Operaio zu trennen, hat diese Freundin noch auf sie eingeredet, aus Rom zu verschwinden. Davon wollte Susanna aber nichts wissen. Die Freundin vermutete, daß der Grund ein anderer Mann war.

Sie sagte, daß Gattis Gewalttätigkeit ein offenes Geheimnis war. Alle wußten, daß er Frauen, die das Pech hatten, sich mit ihm einzulassen, gern für seine Zwecke mißbrauchte. Er hat sich wohl regelrecht daran aufgegeilt, wenn sie Angst vor ihm hatten.« Wie die Katze mit der Maus, dachte ich bei mir. Giangiacomo warf Nick einen Blick zu: »Tut mir leid, Nick…«

Aber Nicks Gesichtsausdruck und Stimme verrieten nur die bekannte, ausdruckslose Ruhe. »Ist schon gut, Giangi. Erzähl weiter.«

»Viel mehr gibt es nicht zu berichten. Außer, daß das Mädchen sich sicher ist, daß Gatti der Mörder von Susanna ist. Susanna wußte einfach zuviel von Gattis dunklen Geschäften, und als sie mit ihm Schluß machen wollte, hat die Freundin sie noch gebeten, vorsichtig zu sein. Danach hat sie Susanna nicht mehr gesehen.«

Nick schenkte uns Wein ein und blickte nachdenklich in sein Glas. Um ihn zu trösten, nahm ich seine Hand. Nach einer Weile sagte er: »Danke, Giangi. Ich bin dir sehr dankbar.«

»Noch etwas, Nick. Soviel ich gehört habe, ist dieser Mann alles andere als ein Revolutionär. Er ist nur Abschaum, ein Mann ohne Überzeugungen, der sich immer auf die Seite schlägt, von der er sich am meisten verspricht.« An mich gewandt, sagte Giangiacomo: »In eurer Sprache gibt es dafür, soviel ich weiß, ein passendes Wort. »A hired gun?« Ich nickte.

Er stützte sich auf die Tischkante, erhob sich und stellte sich einen Augenblick lang neben Nick. Er legte ihm die Hand auf die Schulter und bemerkte: »Wenn ich irgend etwas wegen Gatti unternehmen soll, mein Freund... Vielleicht über meine Zeitung?« Nick lächelte gequält. »Spar dir die Mühe, Giangi. Gattis Karriere wird in nächster Zeit ein abruptes Ende finden. Nach dem, was du uns da erzählt hast, bin ich mir dessen ganz sicher.«

Nachdem Giangiacomo wieder in der Küche verschwunden war, fragte ich Nick, ob er Marco schon früher mit dem Tod seiner Schwester in Verbindung gebracht habe.

»Ich war immer zwischen Gatti und Torreleone hin- und hergerissen. Ich war mir sicher, daß es einer der beiden gewesen sein mußte. Aber ich dachte, daß Torreleone am meisten zu verlieren gehabt hätte, wenn Susanna geplaudert hätte, und daß er auch am meisten von ihrem Tod profitiert hat. Vielleicht habe ich mich ja getäuscht.«

Mehr Zugeständnisse in bezug auf Alessandro durfte ich von Nick nicht erwarten. »Aber ich verstehe nicht, was an seiner Beziehung zu Susanna für ihn so gefährlich gewesen sein soll.«

Zwischen einzelnen Happen klärte mich Gianni auf: »Verstehst du denn nicht, Kate – hätten Torreleones Freunde vom rechten Flügel gewußt, daß er sich mit einer Linken wie Susanna eingelassen hat, hätten sie ihn doch wie eine heiße Kartoffel fallengelassen. Dann adieu, Karriere.«

»Es hätte aber auch sein können«, ergänzte Nick, »daß er

meine Schwester dazu benutzt hat, für seine Freunde Informationen über die Revolutionäre zu beschaffen. Wäre das herausgekommen und hätte sie ihm gedroht, es weiterzuerzählen, wären ihm die Studenti per l'Operaio bestimmt auf den Pelz gerückt. Und vergiß nicht, daß sie ihn auch beschuldigt hat, Akten manipuliert zu haben. Von welcher Seite man es auch betrachtet, sie war auf jeden Fall eine Gefahr für ihn. Aber nach dem, was ich jetzt von Giangi gehört habe, war sie für Gatti vermutlich eine noch größere Gefahr.« Mir kam ein anderer Gedanke, obwohl er mir so weit hergeholt schien, daß ich zögerte, dieses Thema überhaupt anzuschneiden: »Gesetzt den Fall, daß Marco Faltecchi im Auftrag von Stillitano überfallen hat, könntest du dir vorstellen, daß Stillitano auch beim Tod deiner Schwester seine Finger mit im Spiel hatte?«

»Ich glaube nicht, daß Stillitano derjenige ist, der die Aufträge vergibt«, sagte Nick. »Aber auch darüber könnte uns sein Notizbuch Aufschluß geben.«

»Genau«, warf Gianni ungeduldig ein, »und jetzt unterhalten wir uns über morgen nacht.«

Den Rest des Abends verbrachten wir mit Diskussionen darüber, wie wir das Projekt am besten anpacken wollten. Nick und Gianni gingen dabei mit einem Enthusiasmus an die Sache heran, als wären sie Jugendliche in einem Pfadfinderlager. Ihre Begeisterung und ihre unbeschwerte Zuversicht halfen mir, meine Zweifel zu zerstreuen. Ich war ihnen allein schon für die Kameradschaft und die wilde Entschlossenheit dankbar, alles gemeinsam durchzuziehen. Auf jeden Fall bis vor die Tür zu Stillitanos Büro.

Wir beschlossen, mit zwei Autos zu fahren. Nick und ich in dem einen, Gianni und Clara in dem anderen. Vorher wollte ich mich allerdings auf dem Ball der Torreleones sehen lassen, um nötigenfalls ein Alibi präsentieren zu können. Je später der Einbruch bei Stillitano stattfinden würde, desto geringer war die Gefahr, einem meiner Kollegen über den Weg zu laufen, und damit war an diesem letzten Abend des Carnevale kaum zu rechnen.

Aber selbst für diesen unwahrscheinlichen Fall hätte ich immer noch die Ausrede parat, daß ich mir auf dem Nachhauseweg noch schnell ein paar Arbeitsgeräte holen wollte, um am nächsten Morgen ausschlafen zu können. Zugegebenermaßen ein etwas dünnes Argument, aber auch nicht ganz und gar unglaubwürdig. Meine Kollegen wußten, daß ich zu den ungewöhnlichsten Zeiten arbeitete; vielleicht würde mir das in der kommenden Nacht entgegenkommen.

Bei dieser Aktion konnte so viel schiefgehen, daß ich es vorzog, zu diesem Zeitpunkt noch nicht über Alternativen zu sprechen. Insgeheim bezweifelte ich allerdings, daß ich den Mut für einen zweiten Versuch aufbringen würde.

Kurz bevor wir uns von den Maurellis verabschiedeten, rief ich im Krankenhaus an. Dort hörte ich die inzwischen allzu bekannte Litanei: Faltecchi schlafe, seine Genesung mache Fortschritte, ich würde informiert, falls er nach mir fragen sollte.

Als wir ins Auto stiegen, schlugen Gianni und Clara noch einen Abstecher in ihren Lieblings-Jazzclub vor. »Ich mag deine Freunde, Nick. Sie sind *simpatici*. Aber dieses Leben wäre nichts für mich – viel zu ernst. Ich finde, wir brauchen jetzt ein bißchen Zerstreuung, um uns mental auf morgen vorzubereiten.«

»Die Schule des Lebens: essen, trinken, fröhlich sein, was, Gianni?« Ich konnte nicht verhindern, daß in meiner Stimme ein Anflug von Bitterkeit mitschwang.

»So ist es, Kate. Was gibt es sonst, was das Leben lebenswert macht?«

Ich mußte zugeben, daß es im Moment tatsächlich nicht mehr gab.

14

Als ich am nächsten Morgen, einem dieser launischen, stürmischen Frühlingsmorgen, die nach Regen aussehen, obwohl noch die Sonne scheint, in den Palazzo Torreleone kam, scheuchte Signora Gambino gerade eine Brigade von Lieferanten herum, die blühende Bäume und Büsche in großen Kübeln herankarrten. Über Nacht war unter den Arkaden am Eingang bis hinaus in den Innenhof schon ein kleiner Wald entstanden, der offensichtlich noch nicht groß genug war. Die Luft war erfüllt vom süßen Duft der Gardenien und Mimosen – ein unwiderstehliches Lockmittel für die Bienen, die in Schwärmen angesummt kamen, um diese unverhoffte Blütenpracht des *primavera* direkt vor ihrer Haustür genauer zu inspizieren. Mit abwesenden Handbewegungen scheuchte Signora Gambino die Bienen fort, während sie die Gärtner herumdirigierte, so ernsthaft wie ein General am Morgen vor einer wichtigen Schlacht und ebenso beeindruckend.

»Die Forsythien und Mimosen hierher in den Innenhof, einen Kübel unter jeden Bogen – nein, nein, nicht so! Das sind Blumen, keine Ziegel. *Madonna*! Was haben Sie jetzt angestellt, *cretino*!«

Der *cretino*, ein junger Mann, den das Donnerwetter, das sich über seinem hübschen Lockenkopf entlud, nicht im geringsten beeindruckte, zupfte den abgebrochenen Zweig ab, den Grund für Signora Gambinos Wutanfall, pflückte eine leuchtend gelbe Blüte aus dem Busch und bot sie ihr mit einer vollendeten Verbeugung und einem charmanten Lächeln dar. Milder gestimmt, lachte sie zurück und tätschelte ihm die Wange. »Grazie. Aber so leicht wie früher bin ich nicht mehr herumzukriegen, *piccolino*. Komm schon – die Azaleen und Kamelien alle hier herüber, die kommen in den Salone d'Oro. Ich zeige Ihnen, wo's langgeht.«

Die Männer seufzten gutmütig und machten sich an die Arbeit. Allmählich kam Bewegung in den Wald, und unter Führung von Signora Gambino prozessierte das schwankende Grün über den Hof wie Macbeths Wald von Birnam auf seinem Weg nach Dunsinane.

Die Treppe hinauf zu meinem Arbeitsraum war verstellt von einem natürlichen Zaun aus Palmen in großen Kübeln und umgeben von einer Hecke Azaleen, aber ich kämpfte mich durch das Unterholz, schlich leise nach oben und hoffte, unerkannt, ungestört und allein arbeiten zu können.

Ich schickte ein Stoßgebet zum Himmel, bis zum Ball bloß keinen Torreleone zu Gesicht zu bekommen. Ich konnte mir nicht vorstellen, unbefangen mit ihnen zu plaudern, wo ich doch so vieles wußte oder vermutete; ich kam mir vor wie eine Viper am kollektiven Busen der Familie. Heute abend würde ich ihnen nicht aus dem Weg gehen können, aber da hätten sie bestimmt genug mit ihren Gästen zu tun und – abgesehen von ein paar Begrüßungsfloskeln – sicherlich keine Zeit, sich groß um mich zu kümmern. Ich würde meinen Auftritt zelebrieren und mich nach Erfüllung dieser Pflicht schnellstmöglich aus dem Staub machen.

Natürlich war Alessandro derjenige der Torreleones, den ich am allerwenigsten sehen wollte. Aber als ich den oberen Treppenabsatz erreicht hatte, hörte ich Stimmen. Die Tür zu meinem Arbeitsraum stand offen, und als ich eintrat, war er schon da. Er unterhielt sich gerade mit dem alten Mario und mit Claudio, einem anderen Dienstboten. Als er mich bemerkte, drehte er sich überrascht zu mir um.

»Kate! Aber du solltest dir doch heute einen freien Tag nehmen!«

»Ich weiß, tut mir leid«, gab ich zur Antwort und fragte mich gleichzeitig, weshalb ich mich eigentlich entschuldigte. »Signora Gambino hat es mir ausgerichtet, und es war wirklich sehr nett von deinem Vater. Aber dafür habe ich mir gestern freigenommen. Ich... also, gestern hat es mir einfach besser gepaßt.« Ich hörte, wie nervös meine Stimme klang, versuchte mich zu entspannen und hoffte, Alessandro würde meine Verlegenheit auf den gestrigen Kuß zurückführen. »Spricht denn etwas dagegen, wenn ich heute arbeite? Falls ich störe...«

»Aber nein, natürlich nicht.« Alessandro hatte sich offenbar selbst nicht ganz in der Gewalt, und die Betonung seiner Worte verbarg nur unzureichend das Zögern in seiner Stimme. Aber er hatte sich schnell gefaßt, schneller als ich jedenfalls, und meinte: »Mein Vater und ich, wir dachten, daß es wohl besser wäre, wenn wir die Bilder heute abend in Sicherheit bringen. Mario und Claudio wollten sie gerade in meine Wohnung schaffen. Aber das können die beiden ja noch erledigen, wenn du mit deiner Arbeit hier fertig bist.«

»Das ist nett, vielen Dank, aber ich brauche nur den Vanvitelli. Die anderen beiden kannst du gleich wegbringen lassen, wenn du möchtest.«

»Einverstanden.« Er gab den beiden Dienstboten Anweisungen, die schweigend neben einem Bild von Guardi standen, einer kleinen Szene am Canale Grande. Claudio sah wie Marios Schatten aus, nur viel jünger, das gleiche weiße Jackett, die Hände in genau der gleichen Weise vor dem Körper gefaltet, und mit der gleichen irritierenden Fähigkeit, mit seiner Umgebung zu verschmelzen. Ich dachte an Conte Massimo und wie leid es ihm getan hatte, Marios hohen Anforderungen an eine aristokratische Lebensweise nicht zu genügen. Anscheinend versuchte Mario diesen Makel dadurch wettzumachen, daß er wenigstens die ihm Anvertrauten zu herrschaftlichen Dienern heranzog. Alessandro deutete auf die beiden Guardi-Bilder und sagte: »Tragen Sie diese in mein *salotto* und legen Sie sie dort auf den großen Tisch. Signora Roy wird Ihnen Bescheid geben, sobald sie mit dem anderen fertig ist.«

Unter Marios wachsamen Augen hob Claudio das größere der beiden Bilder von der Staffelei und trug es hinaus. Während beide über den Korridor davongingen, hielt Mario dem jüngeren Mann einen strengen Vortrag darüber, welch unschätzbaren Wert er in seinen Händen hielt – wenn auch nur der kleinste Kratzer... Ich hoffte inständig, Claudio würde das Gemälde nicht schon aus purer Nervosität fallen lassen. Auf die Dienerschaft des Palazzo hatte der Ball jedenfalls nicht den besten Einfluß, wie mir schien.

Aber auch Alessandro zollte diesem Fest offenbar seinen Tribut, wie ich an den dunklen Augenringen und den tiefen, senkrechten Falten um seinen Mund unschwer erkennen konnte. Oder sollte dieser sichtbare Streß vielleicht andere Ursachen haben? Seine Reise nach Sizilien, beispielsweise? Hatte er vielleicht herausgefunden, daß die Polizei ihr Netz um Bassi enger zog – und falls ja, vielleicht auch um ihn selbst? Oder machte er sich nur Sorgen um Conte Massimo, was ich nachvollziehen konnte, Sorgen, genährt von der Befürchtung, sein Vater könnte herausfinden, daß es sich bei seinem geliebten Reni um eine Fälschung handelte?

Ich machte mich daran, meine Werkzeuge aus dem Schrank zu räumen, während Alessandro dastand und gedankenverloren mit dem goldenen Siegelring an seinem Finger spielte. Auf einmal erschien er mir älter und unglücklich, wie jemand, der über seine eigene Fehlbarkeit nachsinnt. Ich empfand für ihn eine merkwürdige Mischung aus Sympathie und zugleich Bestürzung – Sympathie, weil er einen so einsamen und gehetzten Eindruck machte – wo war nur der unbeschwerte, charmante Harlekin geblieben, als der er sich so gern präsentierte? – und Bestürzung, weil Sympathie ein Gefühl war, das ich mir nicht leisten konnte.

Wenn ich mich mit Nick und Gianni über Alessandro unterhielt, fiel es mir nicht schwer, ein Urteil über ihn zu fällen: Ich konnte akzeptieren, daß er durch undurchsichtige Machenschaften in die eigene Tasche wirtschaftete.

Im gleichen Raum mit ihm, wollte mir das aber nicht gelingen. Gegen den Zauber, den er auf Frauen ausübte, war ich offensichtlich nicht immun.

Alessandro gähnte und streckte sich und grinste mich dann an – ein schelmisches Grinsen, das die Müdigkeit aus seinem Gesicht wischte, als hätte sie nie existiert. »Entschuldige bitte, Kate. Hinter mir liegt eine dieser Nächte, die man am nächsten Morgen bitter bereut.«

Dieses Lächeln und die lebendigen, schalkhaften Augen reduzierten seine Erschöpfung auf etwas so Banales wie die Nachwirkungen einer durchzechten Nacht und seine sorgenvolle Miene auf nicht mehr als einen schlichten Kater. Ich stand da wie eine dumme Gans, Opfer romantischer Phantasien, und ärgerte mich, weil ich fand, daß er kein Recht hatte, solche Gefühle in mir zu wecken.

Ich wußte, daß ich mir selbst widersprach, aber mich wurmte es, daß er problemlos in die Rolle des frivolen Harlekins schlüpfte, während ich mir – zugegebenermaßen heimlich – solche Sorgen um ihn machte. Mit einer gewissen Schärfe antwortete ich: »Du treibst mit deinen Kräften ganz schön Raubbau, findest du nicht? Und das alles noch vor dem Ball ...« Vielleicht hatte er doch etwas von meinen Gefühlen gemerkt – ich war mir sicher, daß er bei Frauen über einen sechsten Sinn verfügte –, denn sein Lächeln wurde breiter. »Aber natürlich. Man erwartet von uns, daß wir im Carnevale ordentlich über die Stränge schlagen, damit wir uns der anschließenden strengen Fastenzeit erst richtig bewußt werden. Gute Katholiken bereuen ihre Sünden. Und um aufrichtig bereuen zu können, muß man auch wirklich gesündigt haben. Ich wäre jedenfalls untröstlich, wenn ich meinen Beichtvater enttäuschen müßte.«

Ich mußte lachen. »Ach, so ist das. Du bist also nur deinen Pflichten als guter Katholik nachgekommen. Ich wußte nicht, daß du so fromm bist. Und bereust du jetzt auch wirklich?«

»Das kann ich noch nicht sagen. Das mußt du mich morgen noch einmal fragen. Bis dahin ist ja noch ein bißchen Zeit. Aber es wird mir schwerfallen, einige meiner Taten zu bereuen. Die vom Samstag, beispielsweise.« Er fing meinen Blick auf und schaute mich vergnügt, aber auch unverblümt leidenschaftlich an.

Zu meiner Ehrenrettung hielt ich seinem Blick lange genug stand, um unbeeindruckt zu erscheinen, und konzentrierte mich dann, nach außen hin immer noch gelassen, auf meinen Vanvitelli; dessen Anblick war leichter zu ertragen. »Natürlich weiß ich nicht alles, was du am Samstag gemacht hast, aber solange ich mit dir zusammen war, wüßte ich nicht, was du zu bereuen hättest. Abgesehen davon wäre ich untröstlich, wenn du dich wegen mir schuldig fühlen solltest.«

»Wegen dir fühle ich einiges, Kate, aber Schuld nun wirklich nicht.« Ich hatte ihm den Rücken zugewandt, konnte sein Gesicht also nicht sehen, aber seine Stimme hörte sich belustigt an, und das wurmte mich um so mehr.

»Freut mich zu hören.« Mein Bemühen, mich kühl und distanziert zu geben, wurde leider durch den Verschluß einer Flasche zunichte gemacht, der mir versehentlich aus der Hand rutschte. In der Flasche befand sich Toluol – eine der gefährlichsten Chemikalien, sehr feuergefährlich und mit hochgiftigen Dämpfen. Ich bückte mich und suchte den Verschluß unter dem Tisch, fand ihn aber nicht. Also richtete ich mich wieder auf, außer Atem und puterrot. Alessandro kam zu mir herüber, um mir beim Suchen zu helfen, aber die kleine Kappe blieb verschwunden.

»Macht nichts«, sagte ich, nachdem wir einige Minuten lang gesucht hatten. »Dann stopfe ich eben ein bißchen Watte in den Flaschenhals. Das muß reichen, bis ich mir eine Ersatzkappe beschafft habe. Und jetzt bin ich gleich diejenige, die sich schuldig fühlt, wenn ich nach meinem gestrigen freien Tag heute nicht mit meiner Arbeit vorankomme.«

Wie es mit Andeutungen so ist, fiel auch diese direkter aus als beabsichtigt, aber sie hinterließ bei Alessandro keinen wie immer spürbaren Eindruck. Er ignorierte sie geflissentlich, ließ sich auf einen bequemen Stuhl fallen und machte es sich dort gemütlich.

»Ich hoffe, du hast nichts dagegen«, meinte er lächelnd und streckte die Beine aus wie einer, der mit sich und der Welt zufrieden ist, »wenn ich mich ein bißchen bei dir ausruhe, bevor ich mit den Dekorateuren über so wichtige Probleme debattieren muß wie die Frage, ob die Statuen nun mit rosaroten oder vielleicht doch mit grünen Luftballons behängt werden sollen. Heute ist ein Tag wichtiger Entscheidungen, und da muß ich alle fünf Sinne beieinander haben.«

Anstandshalber produzierte ich ein schwaches Lächeln: »Fühl dich wie zu Hause.« Solange Alessandro mir Gesellschaft leistete, konnte ich produktives Arbeiten am Vanvitelli vergessen. Vielleicht aber würde es mir gelingen, aus ihm ein paar Informationen herauszukitzeln, die mir auf die eine oder andere Weise helfen könnten. Während ich mich scheinbar mit dem Gemälde beschäftigte, spürte ich seinen forschenden Blick, diesen leicht spöttischen, fragenden Ausdruck in seinen Augen, der mir einerseits schmeichelte, mich andererseits aber verunsicherte, als wäre es eine zweifelhafte Ehre, ein solches Interesse geweckt zu haben. Daß er an einem Tag, an dem er bestimmt viel um die Ohren hatte, bei mir herumhing, machte mich mißtrauisch, wenngleich ich gern daran geglaubt hätte, daß er ganz einfach Lust auf meine Gesellschaft hatte.

Er sagte: »Du siehst aber auch nicht gerade frisch aus, Kate. Hast du deinen freien Tag denn nicht zum Ausruhen benutzt?«

»Ich kenne niemanden, der in dieser Stadt seinen freien Tag zum Ausruhen benutzt. Ich bin da keine Ausnahme. Ich mache genau das, was auch die Römer tun.«

»Nicht in jeder Hinsicht, will ich hoffen.« Er lächelte mich an.

»Zum Beispiel?«

»Juvenal sagte einmal: Wenn du in Rom lebst, mußt du lügen können. Ich halte dich für viel zu ehrlich, um hier glücklich sein zu können.«

»Ach, wirklich? Du wärst überrascht, wie schnell ich mich den hiesigen Bräuchen angepaßt habe.«

Darauf antwortete er nicht, wartete aber ab, bis ich mich vom Vanvitelli abwandte, um zu bemerken: »Für meinen Geschmack arbeitest du jedenfalls zuviel.«

»Ach, auch ich kann richtig über die Stränge schlagen. Auf meine Art allerdings.«

Er warf mir einen fragenden Blick zu. »Was für eine schöne Art.« Er sagte das so leise und stellte seine nächste Frage so schnell, daß ich kaum Zeit hatte, seine Bemerkung richtig aufzunehmen, geschweige denn zu überlegen, ob er es ernst oder eher provokativ gemeint hatte. Eine eindeutige Provokation war allerdings seine folgende Äußerung: »So, so, du hast also nichts getan, was du bereuen müßtest, Kate?«

»Das hört sich ja an, als wäre ich in deinen Augen selbstgerecht und langweilig«, lachte ich. »Gerade du solltest eigentlich wissen, daß keine Frau es gern hört, wenn man ihr unterstellt, brav gewesen zu sein.«

»*Mi dispiace.* Ich werd's mir merken. Aber einen verruchten Eindruck machst du mir trotzdem nicht.«

»Ach, weißt du, meine Sünden sind eher von der langweiligen Art der Unterlassung« – auf jeden Fall werden sie es bis zur heutigen Nacht gewesen sein, fügte ich insgeheim hinzu, um bei der Wahrheit zu bleiben –, »während deine vermutlich viel interessanter...«

»...und das genaue Gegenteil davon sind. Stimmt. Und welcher schweren Sünden verdächtigst du mich, Kate?«

Er lümmelte in seinem Stuhl, ein Bein hing über der Armlehne, der Fuß baumelte lässig vor und zurück, seine Stimme klang unverändert gutgelaunt und leicht spöttisch, aber auf einmal bekam ich es mit der Angst zu tun. Wie ein Schlittschuhfahrer, der, ohne es rechtzeitig zu bemerken, plötzlich auf dünnes Eis gerät. Bis dahin war ich einfach zum Zeitvertreib mit ihm über die Eisfläche geglitten, wir hatten ein wenig geflirtet, und dabei hatte er mich spielerisch zu diesem kritischen Punkt geführt.

Ich bemühte mich, meiner Stimme einen beiläufigen Ton zu geben und antwortete in gespieltem Ernst: »Ach, eine davon ist dein wirklich umwerfender Charme, den du ebenso bewußt wie gnadenlos einsetzt. Und eine andere ist deine gesunde *amour-propre*, die ich mit dieser Aussage bestimmt noch unterstütze. Nichts Hoffnungsloses, jedenfalls.«

»Mehr Sünden wirfst du mir nicht vor? Da bin ich ja noch gut weggekommen. Charme und *amour-propre* gehören schließlich zum Handwerkszeug eines jeden Italieners. Wo kämen wir denn hin, wenn wir das nicht hätten? Wir könnten am Ende noch ernst genommen werden. Gott behüte!« Er stand auf, kam zu mir herüber, stellte sich neben mich vor den Vanvitelli und betrachtete das Bild. Seine Stimme klang noch immer amüsiert, aber ich meinte, einen heiseren Ton herausgehört zu haben, und das überraschte mich. Ich hatte nicht die Absicht gehabt, ihn zu beleidigen und wollte das gerade zurechtbiegen, als er leise hinzufügte: »Ich hatte eigentlich erwartet, daß du mir andere Sünden vorwirfst...«

»Als da wären?« fragte ich, obwohl ich die Antwort schon wußte.

»Die Geschichte mit dem Reni.«

Immerhin war er ehrlich. Aber warum sollte er auch heucheln. »Ja, zugegebenermaßen gefällt mir das nicht. Aber ich kann nachvollziehen, weshalb du gemeint hast, es tun zu müssen. Abgesehen davon geht es mich nichts an.« Und trotzdem hast du alles drangesetzt, daß es dich doch etwas angeht, schalt ich mich insgeheim. Ich hätte Alessandro sagen können, daß meiner Meinung nach Stillitano an dieser Konspiration die größere Schuld hatte, aber er konnte ja nicht wissen, daß ich Stillitano überhaupt verdächtigte. Und dabei wollte ich es sicherheitshalber belassen.

Vermutlich hatte er sich aber schon seine eigenen Gedanken darüber gemacht, denn seine nächste Frage erwischte mich kalt. »Du hast mich nie gefragt, wer die Kopie angefertigt hat, Kate. In deinem Beruf wäre es doch nur natürlich gewesen, das wissen zu wollen.«

So beiläufig wie möglich gab ich zur Antwort: »Natürlich will ich es wissen. Aber wie gesagt, es geht mich nichts an.«

Allerdings konnte ich nicht widerstehen, einen eher lahmen Seitenhieb auf Stillitano zu landen und setzte hinzu: »Wer immer derjenige gewesen sein mag: Er hat dir geholfen, das Gesetz zu brechen. Ich muß also davon ausgehen, daß dieser Jemand keinen Ruf hat, den er verlieren könnte, und so jemand wäre mir ohnehin egal.« Ich hoffte, er würde sich mit dieser Antwort zufrieden geben, denn ich bezweifelte, ob ich direktere Fragen ebenso würde parieren können.

Vermutlich war er damit zufrieden, denn er wechselte barmherzigerweise das Thema, obwohl die nächste Frage noch weniger dazu angetan war, mich zu beruhigen. »Wußtest du übrigens, daß mein Vater heute abend zum Ball den Reni in den Salone d'Oro hängen will?«

»Um Gottes willen.«

Er lächelte gequält. »Ich freue mich, daß du meine Meinung teilst. Ich weiß nur noch nicht, wie ich ihm das am besten ausreden könnte.«

»Wäre es nicht einfacher, ihm jetzt endlich die Wahrheit zu beichten?« Ich wußte von vornherein, daß ich mir diesen Vorschlag hätte schenken können, wollte aber Alessandro eine Chance geben, die Dinge klarzustellen.

Nachsichtig, als hätte er ein kleines Kind vor sich, antwortete er: »Die Wahrheit ist nur in ganz seltenen Fällen einfacher, und in diesem Fall wäre sie sogar verheerend.« Er sagte nicht, für wen verheerend.

»Und was willst du nun machen?«

Es entstand eine kleine Gesprächspause, und ich ahnte, was kommen würde: »Ich hatte gedacht, daß du mir vielleicht helfen könntest.«

Jetzt war mir klar, weshalb er so lange bei mir herumgehangen hatte. »Und wie hast du dir das vorgestellt?«

Als hätte er sie auswendig gelernt, kam die Antwort: »Du könntest meinem Vater sagen, daß das Gemälde deiner Meinung nach nicht in einem ausstellungsreifen Zustand ist, daß es einen Schaden hat oder irgend so was. Du bist die Expertin, dir wird sicher ein überzeugender Grund einfallen. Und mein Vater sieht ohnehin so schlecht, daß er dir glauben wird.«

»Aber es war doch erst vor zehn Monaten bei Faltecchi und Stillitano zum Reinigen«, sprudelte es gedankenlos aus mir heraus. Das letzte, was ich beabsichtigt hatte, war, eine Verbindung zwischen Stillitano und dem Reni herzustellen.

Flink wie eine Katze hakte er nach: »Ach, du weißt also davon? Du hast doch erst viel später dort angefangen. Hat dir das mein Vater erzählt?«

Ich war versucht, ihn anzulügen, aber was hätte das gebracht? Es wäre für ihn ein leichtes gewesen, den Wahrheitsgehalt meiner Aussage zu überprüfen, und dann säße ich erst richtig in der Patsche. »Giorgio Faltecchi hat es mir gesagt, als ich ihm die Geschichte mit dem Reni erzählt habe.« Bevor Alessandro diesen gefährlichen Weg weiter verfolgen konnte, fuhr ich schnell dazwischen und erklärte in einem Tonfall, der ihn entmutigen sollte: »Und im übrigen ist das gar nicht der Punkt. Ich habe ohnehin schon ein schlechtes Gewissen, weil ich deinem Vater keinen reinen Wein eingeschenkt habe. Und ich werde alles nicht noch dadurch verschlimmern, daß ich ihn anlüge. Für mich ist das Thema damit erledigt, und ich möchte jetzt weiterarbeiten. Dafür werde ich schließlich bezahlt.«

Er packte meine Hand und hielt sie fest: Der Druck war nur leicht und seine Stimme ebenso, aber hinter dem spielerischen Ton seiner Worte spürte ich einen anderen Druck: »Ich habe dich verärgert. Tut mir leid, Kate. Lügen sind immer etwas Übles, nicht? Egal, wie gut sie gemeint sind. Aber jetzt ist es für die Wahrheit zu spät. Wenn du mir nicht helfen kannst, muß ich mir etwas anderes ausdenken.«

Er stand ganz nahe bei mir, halb vom Fenster abgewandt; die Sonnenstrahlen trafen seinen Körper in schrägem Winkel und arbeiteten die markanten Flächen seines Gesichtes reliefartig heraus; die hohen Wangenknochen, die klare, gebogene Kante seines Kinns; zum ersten Mal bemerkte ich winzige Goldpünktchen in seinen blauen Augen, die wie ein Stern die schwarze Pupille umrahmten. Diese Augen blickten mich mit einer Intensität an, die ihre Wirkung nicht verfehlte. Ich spürte die Wärme seiner Hand auf meiner nackten Haut, hörte die Wärme in seiner Stimme, tief und intim wie ein Geständnis und erfüllt von dem unausgesprochenen Versprechen, daß eine Kapitulation ungleich größere Freuden nach sich ziehen würde als sturer Widerstand.

Es wäre so einfach – dieser Gedanke reifte in meinem Kopf, während sein Mund über mein Haar strich und sich langsam auf mein Gesicht senkte. Sein Kuß war unendlich zärtlich, wie ein Hauch nur berührten seine Lippen die meinen, dann ließ er mich los. Er drehte sich um und verließ den Raum ohne ein weiteres Wort.

Nachdem er gegangen war, verbrachte ich fünf nutzlose Minuten damit, ihn für seine Unwiderstehlichkeit zu verfluchen, mich für meine Schwäche, und die Umstände für ihre Kompliziertheit. Immer schon waren mir Maler ein Greuel gewesen, die ihre eigenen Defizite zu verbergen suchten, indem sie mit schmutzigen Farben und wirrer Linienführung, einer Art *chiaroscuro*, arbeiteten; dabei diente die Düsterkeit dieser Bilder nur dem einen Zweck: ihre malerische Durchschnittlichkeit barmherzig zu verhüllen. Mich beschlich das Gefühl, daß ich diese schäbige Technik gerade in meinem eigenen Leben praktizierte.

Aber meine Arbeit an dem Vanvitelli wirkte wie eine starke Droge auf mich; sie ließ mich der unerfreulichen Realität entfliehen. Nach wenigen Augenblicken hatte ich Alessandro vergessen und – was noch wichtiger war – auch mich selbst. Ich arbeitete so konzentriert an dem Gemälde, daß ich das Klopfen an der Tür überhörte und erst wieder zu mir kam, als Signora Gambinos Stimme meinen Namen rief.

»Kommen Sie herein.« Ich warf einen Blick auf meine Armbanduhr: Zu meiner Überraschung war es schon nach drei Uhr. Ich hatte fast sechs Stunden lang ohne Unterbrechung gearbeitet. »Es ist jemand am Telefon für Sie, Signora Roy«, rief Signora Gambino außer Atem. »Vielleicht Ihre Freundin im Krankenhaus . . .«

Ich ließ den Pinsel fallen und rannte mit ihr nach unten ans Telefon in der Portiersloge. Es war Elsa Faltecchi; sie schnappte fast über vor Freude. Ihr Vater sei bei Bewußtsein, sagte sie mir. Er sei jetzt vermutlich über den Berg und frage ständig nach mir. Ob ich wohl gleich kommen könne.

Ich schickte ein stummes Dankgebet zum Himmel, stürmte zurück in den Arbeitsraum und machte den vergeblichen Versuch, aufzuräumen. Normalerweise lege ich mein Werkzeug immer säuberlich in den Schrank zurück, aber dazu hatte ich jetzt keine Zeit. Das verunreinigte Arbeitsmaterial und die Pinsel warf ich in eine Schachtel, die ich unter den Arbeitstisch schob. Schnell prüfte ich, ob die Lösemittel alle fest verschraubt waren und versuchte daran zu denken, einen neuen Stöpsel für das Toluol zu besorgen. Bevor ich hastig den Palazzo verließ, bat ich Signora Gambino, Mario Bescheid zu geben, daß er jetzt den Vanvitelli holen könne. Kurze Zeit später traf ich Elsa im Korridor vor dem Krankenzimmer ihres Vaters.

15

Elsa Faltecchis Schwester und Schwager waren noch nicht im Krankenhaus eingetroffen, und ich sah ihr an, daß sie es kaum erwarten konnte, ihre Erleichterung und Freude mit jemandem zu teilen, der ihren Vater gut kannte. Ähnlich wie andere verklemmte Menschen auch war Elsa zerrissen zwischen dem Bedürfnis, sich jemandem anzuvertrauen, und der Furcht, dabei zu viel von sich preiszugeben. Sie sprach in kurzen, abgehackten Sätzen, fast atemlos, mit einer Aufrichtigkeit, die immer dann in konventionellen Phrasen erstickt wurde, wenn ihre Zurückhaltung die Oberhand gewann. Ihr zuzuhören, war ebenso nervtötend wie in einem Auto zu sitzen, dessen Fahrer sich nicht zwischen Gaspedal und Bremse entscheiden kann. In dem Moment, in dem der Wagen Fahrt aufnahm und endlich voranzukommen schien, trat sie, zack, wieder voll auf die Bremse. Elsa stellte meine Geduld arg auf die Probe, zumal ich mir nichts sehnlicher wünschte, als endlich Faltecchi zu sehen.

Endlich fiel der Groschen. »Oje, ich rede wie ein Wasserfall, und mein Vater wartet. Sie müssen zu ihm hineingehen, Kate. Aber bitte bleiben sie nicht lang. Er ist sehr schwach und braucht viel Ruhe.«

»Ich werde ihn nicht überanstrengen«, versprach ich. »Aber – warten Sie: Hat er etwas über den Mann gesagt, der ihn überfallen hat?«

»Der Polizei, ja. Die waren schon vor Ihnen bei ihm. Sie haben mir erzählt, daß er Professor Carbones Beschreibung bestätigt hat – ein junger Mann mit Motorradhelm. Bei dem Handgemenge konnte Papa ihm den Helm herunterreißen. Er sagt, daß er den Mann wiedererkennen würde.« Vor Wut lief ihr Gesicht puterrot an; sie sah sehr wie eine Sizilianerin aus und ihrem Vater kaum noch ähnlich.

Ich fragte geradeheraus: »Haben Sie eine Ahnung, wer es gewesen sein könnte?«

»Ahnungen sind keine Beweise. Das wird sich vielleicht später ergeben«, sagte sie, und setzte rätselhaft hinzu: »Es kommt auch nicht darauf an. Dort, wo meine Mutter herkommt, gibt es ein Sprichwort: ›Rache ist ein Gericht, das man am besten kalt genießt.‹« Sie drehte sich um und öffnete die Tür zum Krankenzimmer ihres Vaters.

Elsa Faltecchi zur Feindin zu haben, wäre bestimmt nicht angenehm, dachte ich bei mir und folgte ihr ins Zimmer. Faltecchi lag mit geschlossenen Augen im Bett, sein dick einbandagierter Kopf war hochgelagert. Er war umringt von den typischen Gerätschaften einer Intensivstation, Monitoren mit ihren stummen Botschaften und einem dünnen Kunststoffschlauch, der sich vom Plasmabeutel auf einem fahrbaren Ständer zum Bett hinunterschlängelte.

Vermutlich hatte er uns hereinkommen hören, denn er öffnete die Augen und lächelte. »Kate. Kommen Sie. Setzen Sie sich zu mir.« Neben dem Bett stand ein Stuhl. »Elsa, meine Liebe, ich würde gern ein paar Minuten mit Kate allein sprechen.« Sie nickte, ging hinaus und schloß die Tür hinter sich. Als ich an Faltecchis Seite Platz genommen hatte, griff er nach meiner Hand, tätschelte sie und wehrte ab, als ich ihm sagen wollte, wie erleichtert ich sei, ihn auf dem Weg der Besserung zu sehen. Abgesehen davon, daß die Tränensäcke unter seinen Augen tiefer waren als sonst und sein Gesicht erschreckend fahl wirkte, sah er jetzt mit geöffneten Augen fast schon wieder wie früher aus, und das ließ mich hoffen. »Die Krankenschwester kommt bestimmt gleich herein und verpaßt mir wieder eine bittere Medizin, deshalb sage ich Ihnen lieber gleich, weshalb ich Sie gebeten habe, zu kommen. Aber natürlich tut es mir auch so gut, Sie zu sehen.« Er lächelte mich an. »Ich möchte nicht, daß Elsa das hört. Sie macht sich auch so schon genug Sorgen.« Mit diesem sanften Hinweis wollte er mich offenbar bitten, meine zu erwartende Reaktion nicht allzu geräuschvoll ausfallen zu lassen.

»Bevor mir das hier passiert ist« – er berührte die Bandage auf seinem Kopf –, »habe ich versucht, Sie zu erreichen. Ich dachte, Sie sollten wissen, daß Stillitano und ich am Samstag nachmittag eine Auseinandersetzung hatten. Wir haben uns als Partner getrennt, Franco und ich – nach fünfundzwanzig Jahren.« Er machte eine Pause, und seine Finger strichen ruhelos über die Decke. »Aber ich muß dazu sagen, daß Franco sich auch sehr verändert hat.«

Darauf wußte ich keine Antwort. Ich konnte nicht so tun, als wäre ich überrascht oder würde es bedauern. Aber mir war klar, wie schwer es für ihn gewesen sein mußte, sich zu dieser Entscheidung durchzuringen, und ich murmelte nur, daß es mir leid täte. Sollte Faltecchi meine dürftige Reaktion aufgefallen sein, so zeigte er es nicht; vielleicht hatte er auch nichts anderes erwartet – er wußte ja, was ich von Stillitano hielt.

Mit düsterer Stimme fuhr er fort: »Erinnern Sie sich noch

an das Florentiner Portrait, das wir für dessen Besitzerin ›korrigieren‹ sollten?« Ich nickte, und er lächelte schwach. »Sie waren so wütend, Kate, und ich hätte Sie dafür umarmen können.« Das Lächeln erstarb. »Nun, während ich das Bild betrachtete, gingen mir plötzlich so viele Sachen durch den Kopf, die mir in den letzten Jahren nie aufgefallen waren oder die ich vielleicht bewußt nicht registrieren wollte. Den ganzen Papierkram habe ich immer Franco überlassen. Und das war ihm offenbar auch ganz recht so. Er hatte ja für den ganzen Verwaltungskram immer schon ein besseres Händchen als ich. Aber das bedeutete auch, daß ich kaum etwas davon mitbekam. Dann, als es zu immer mehr Unstimmigkeiten kam, blieb mir nichts anderes übrig, als alle Unterlagen nachträglich durchzuarbeiten, um Antworten auf meine Fragen zu finden. Von den meisten Vorgängen hatte ich ja nicht die blasseste Ahnung – es ist wirklich beschämend, wie unglaublich nachlässig ich in mancher Hinsicht war, und nun muß ich mich eben damit abfinden, daß diese Nachlässigkeit vielleicht mein Lebenswerk zerstört hat.«

Ich wollte protestieren, wollte ihm Grund zur Hoffnung geben, aber ich hatte nichts weiter als eine verrückte Idee, die ihn wohl beunruhigen würde, also hielt ich meinen Mund.

»Franco kam eines Tages zufällig ins Büro, als ich die Unterlagen durchsah und rastete völlig aus. Ich hätte meine Nase in seine Angelegenheiten gesteckt, wissen Sie. Aber zu diesem Zeitpunkt hatte ich mir bereits einen Überblick verschafft und stellte ihm Fragen, die er mir nicht zufriedenstellend beantworten konnte. Das machte ihn noch wütender – und vermutlich bekam er es auch mit der Angst zu tun...« Faltecchis Stimme wurde dünner, klang verwirrt: »Ich hatte das Gefühl, daß er sich nicht so sehr davor fürchtete, was ich tun könnte; er hatte vor etwas anderem Angst.«

Plötzlich fragte er mich: »Haben Sie ihm etwas von Ihrem Verdacht über den Torreleone Reni erzählt, Kate?«

»Nein. Warum?«

»Weil er das von irgendwoher weiß.«

Von Alessandro, dachte ich resigniert. Von wem sonst? Aber hatte das auch zu bedeuten, daß Alessandro wußte, daß ich Stillitano für den Fälscher hielt, und daß er mit mir an diesem Vormittag im Palazzo Katz und Maus gespielt hatte? Ich war wie betäubt, versuchte aber meine Aufmerksamkeit auf Faltecchis Worte zu konzentrieren.

»... macht Sie offenbar dafür verantwortlich, daß ich ihm mißtraue, obwohl ich ihm versichert habe, daß Sie nichts damit zu tun haben. Und das war noch keineswegs alles. Er verstieg sich zu so üblen Beschimpfungen, die ich nicht wiedergeben kann.« Ich wußte, welche Beschimpfungen das waren, denn ich hatte sie ja mit angehört. »Den restlichen Samstag und die ganze Nacht habe ich damit zugebracht, mir meine nächsten Schritte zu überlegen. Zuerst konnte ich mich mit dieser einschneidenden Veränderung in meinem Leben nur schwer abfinden, aber am Sonntag sah ich dann klarer. Ich muß Sie vor Francos Haß Ihnen gegenüber warnen.« Er schwieg und sagte dann mit schrecklicher Direktheit: »Wissen Sie, ich habe mir schon überlegt, ob er vielleicht geisteskrank ist.«

Ich war schockiert. »Wie kommen Sie denn darauf?«

»Er ist nicht mehr der Mann, den ich einmal kannte und dem ich vertraute: er ist ein anderer geworden. Er verhält sich so seltsam... Vielleicht ist auch ›geisteskrank‹ nicht das richtige Wort. Manchmal habe ich den Eindruck, daß er aus dem Gleichgewicht geraten ist, so als würde ein starker Druck auf ihm lasten. Ich bat ihn, mir zu erzählen, was ihn bedrückt. Aber er meinte, da sei nichts, und wurde nur noch wütender.«

»Das tut mir leid«, sagte ich hilflos. »Um ehrlich zu sein, ich habe mir selbst auch schon Gedanken in dieser Richtung gemacht...«

»Ich weiß.« Er schaute mich an, und als sich unsere Blicke trafen, wußte er, wußte ich, was der andere dachte. Faltecchi hatte nicht gesagt und ich hatte nicht gefragt, was genau es war, das er Stillitano vorwarf. Wir verstanden uns auch ohne Worte.

Trotz unserer guten Beziehung war es ungewöhnlich, daß Faltecchi so offen zu mir war: Entweder machte er sich große Sorgen oder er hatte große Angst. Wie sehr ich mich selbst fürchtete, wollte ich ihm allerdings nicht zeigen, deshalb plapperte ich mit einem Gottvertrauen, das ich überhaupt nicht empfand: »Um mich brauchen Sie sich keine Sorgen zu machen. Ich werde ihm aus dem Weg gehen, bis zwischen Ihnen beiden alles geklärt ist.« Allerdings fragte ich mich, wie weit Faltecchis Verdacht gegenüber Stillitano wohl reichte. Etwa so weit wie meiner? Ich mußte es einfach wissen. »Halten Sie es für denkbar, daß es zwischen der Geschichte, die Sie mir gerade erzählt haben, und dem Überfall auf Sie einen Zusammenhang gibt?«

Er warf mir einen kurzen, gequälten Blick zu und bewegte seinen Körper, als habe er Schmerzen. Sofort bereute ich meine Frage, aber es war zu spät, sie rückgängig zu machen. »Es gibt keinen Beweis dafür«, gab er zur Antwort, »und ich kann mir nicht vorstellen, daß jemand, mit dem ich schon so lange zusammenarbeite, zu so etwas fähig wäre. Aber ich müßte lügen, wenn ich behaupten würde, daß ich noch nicht daran gedacht hätte.«

»Werden Sie das der Polizei sagen?«

Wieder trat eine Gesprächspause ein. »Ich brauche etwas Zeit, Kate. Vielleicht werde ich es am Ende sagen müssen. Aber ich würde es Franco gern ersparen...« Mit Wehmut in der Stimme fügte er hinzu: »Ich hoffte, ich könnte ihn dazu bringen, dieses, diese...« Er suchte nach dem richtigen Wort und umschrieb es schließlich aus reiner Nächstenliebe. »Diese Torheit sein zu lassen. Entschuldigen Sie, Kate, aber ich kann Ihnen nichts Genaueres sagen. Ich fische noch zu sehr im trüben, und bevor ich nicht mehr weiß, kann ich nicht…«

»Das verstehe ich«, versuchte ich ihn zu beruhigen. Diese Ungewißheit war ein Gefühl, das ich nur zu gut kannte. »Ich wünschte nur, ich könnte Ihnen irgendwie helfen.«

»Es gibt tatsächlich etwas…«

»Was?« fragte ich gespannt.

»Es gibt eine Akte… ich habe sie am Samstag aus Francos Büro mitgenommen. Sie erschien mir wichtig, aber Franco war so wütend, daß ich es vorzog, ihm nichts davon zu sagen. Ich wollte später noch einmal zurückkommen, um sie mir genauer anzusehen, aber dazu ist es ja leider nicht mehr gekommen. Ich könnte mir vorstellen, Franco damit vielleicht zum Umdenken zu bewegen…«

»Wenn Sie mir sagen, wo sie liegt, könnte ich sie für Sie holen.«

Faltecchi war die Erleichterung ins Gesicht geschrieben. »Als Franco in mein Büro geplatzt ist, habe ich den Vorgang unter einen Papierstapel auf meinem Schreibtisch geschoben.« Diese Akte mußte wahrlich hochbrisant sein, dachte ich, wenn Faltecchi so großen Wert darauf legte, sie vor Stillitano zu verbergen. »Eigentlich müßte sie immer noch dort liegen. Es ist ein brauner Umschlag, der einzige braune Umschlag auf dem Schreibtisch. Darauf steht mit Bleistift der Name Brandini. Elsa wird Ilaria anrufen und sie bitten, Ihnen mein Büro aufzuschließen.«

Brandini. Der Beinahe-Skandal um das Brandini-Bild hatte bei Stillitano und Faltecchi für erheblichen Wirbel gesorgt. Hatte Faltecchi etwas herausgefunden, das seine damaligen Vermutungen bestätigte?

Eine Krankenschwester kam mit einem Tablett ins Zimmer und verkündete, daß es jetzt Zeit für Faltecchis Spritze sei und für mich Zeit zu gehen. Ich stand auf. »Ich erledige das jetzt gleich und bringe Ihnen die Sache so bald wie möglich her.«

»Die Besuchszeit ist für heute vorbei«, sagte die Schwester streng. »Signor Faltecchi muß sich erholen und schlafen. Anordnung vom Doktor.«

»Na gut, dann eben morgen.« Ich legte meine Hand auf die seine. »Sie müssen bald wieder gesund werden. Wir brauchen Sie.«

Als ich schon an der Tür war, rief er meinen Namen. Als ich mich umdrehte, sagte er: »Seien Sie vorsichtig, Kate.«

Ich fuhr schnurstracks zu Faltecchi und Stillitano. Aber es ging nur im Schneckentempo voran, und der Taxifahrer war genauso widerlich wie die Auspuffgase, die sich in der schwülen Luft sammelten. Doch weder das eine noch das andere konnte mich heute aus der Fassung bringen. Ich kam mir vor wie eine Verurteilte, die soeben begnadigt worden ist. Faltecchi würde ganz bestimmt wieder gesund werden – wieviel er mir bedeutete, erkannte ich daran, wie erleichtert ich darüber war. Und wie eine Verurteilte hatte auch ich plötzlich wieder eine Zukunft vor mir; ich konnte über das Heute hinausdenken, oder besser gesagt, über den heutigen Abend hinaus. Wenn die Akte so wichtig war, wie Faltecchi sagte, könnte ich vielleicht sogar darauf verzichten, einbrechen zu gehen. Die Verfolgung von Wahrheit und Gerechtigkeit würde ich dann getrost Nick und Gianni überlassen können, die dafür ohnehin mehr Gespür hatten als ich.

Ich mußte zugeben, daß ich gut damit leben konnte, weiterhin die Augen vor Alessandros Verfehlungen zu verschließen – egal, welche es waren – und Daniella in ihr Verderben laufen zu lassen. Mir lag einzig und allein daran, mich vor Stillitano zu schützen; ich stellte mir eine Art Zauberformel vor, mit der ich Faltecchi und mir nicht nur Stillitano, sondern auch Marco vom Leibe halten konnte. Vielleicht enthielt diese Mappe ja diese ersehnte Formel? Ich hielt mich nicht mit den Fragen auf, die geradezu nach Beantwortung schrien; ich wollte dieses neu erworbene Gefühl der Erleichterung nicht so einfach wieder aufgeben.

Als ich ins Büro kam, sprang Ilaria von ihrem Schreibtischstuhl auf und verkündete laut: »Kate ist da!« Aus den umliegenden Zimmern streckten sich neugierige Köpfe, und im Nu war ich von Kollegen umringt, die sich nach Faltecchis Befinden erkundigten. Gott sei Dank war Stillitanos hageres Gesicht nirgendwo zu sehen. Er sei noch nicht aus Sizilien zurück, klärte mich Ilaria auf.

Nachdem ich alle beruhigen konnte, daß Faltecchi aller Wahrscheinlichkeit nach außer Gefahr sei, räumten sie ihre Schreibtische auf und machten sich auf den Heimweg, um sich mit ihren Kindern die Karnevalsumzüge anzusehen oder einfach, um einmal früher nach Hause zu kommen. Sobald Ilaria und ich allein waren, erkundigte ich mich, ob Elsa sie angerufen und ihr von Faltecchi ausgerichtet habe, mich in sein Büro zu lassen.

»Das hätte ich jetzt beinahe vergessen«, rief sie. »Hier. Das ist der Hauptschlüssel.«

Gemeinsam gingen wir den Gang hinunter zu Faltecchis Büro, das sie mir aufsperrte. »Wenn Sie mich nicht mehr brauchen, Kate, verschwinde ich jetzt auch. Wenn Sie hier fertig sind, ziehen Sie einfach die Tür hinter sich ins Schloß. Sie ist dann automatisch verriegelt. Haben Sie den Schlüssel für den Haupteingang?«

Ich nickte. »Danke, Ilaria. Bis morgen dann.«

Ich wartete, bis die Haustür hinter ihr ins Schloß gefallen war und ging an Faltecchis Schreibtisch. Darauf herrschte das übliche, nur scheinbare Chaos aus zerknülltem Papier, Zeitschriften, halbgeleerten Kaffeetassen und eingedrückten Farbtuben. Faltecchi erlaubte niemandem, sich an seinem Schreibtisch zu schaffen zu machen. Aber inmitten des Durcheinanders entdeckte ich einen unordentlich aufgeschichteten Stapel Papier, den ich begierig durchblätterte. Zu begierig. Die Blätter rutschten mir aus der Hand, segelten durch die Luft und flatterten zu Boden. Entnervt betrachtete ich mein Werk; es war unübersehbar, daß kein brauner Umschlag darunter war.

Ich sammelte die Blätter auf, nahm mir nochmals die Schreibtischplatte vor, leider erfolglos. Mit wachsender Verzweiflung wühlte ich alle Schubladen durch. Typisch Faltecchi: Keine davon war zugesperrt. Aber darin fand ich auch nichts. Der Umschlag blieb verschwunden. Bestimmt hatte ihn Stillitano an sich genommen. Es gab keine andere Erklärung. Vermutlich hatte er bemerkt, daß die Akte fehlte, und in Faltecchis Büro danach gesucht. Oder vielleicht hatte er gesehen, daß Faltecchi den Vorgang unter dem Stapel Papier hatte verschwinden lassen. Jedenfalls war er nicht mehr da und mit ihm auch jede Hoffnung geschwunden, ihn als Druckmittel gegen Stillitano einsetzen zu können.

Ich hätte gute Lust gehabt, mir auf der Stelle Stillitanos Büro vorzunehmen, aber dann verließ mich doch der Mut. Das Risiko, daß mir zufällig jemand – womöglich sogar Stillitano selbst – über den Weg liefe, war einfach zu groß. Und praktischerweise lagen die Nachschlüssel und Dietriche von Signora Renzini bei mir zu Hause.

Mir blieb nur der schwache Trost, daß es mir heute wenigstens erspart bleiben würde, Faltecchi mit der schlechten Nachricht zu konfrontieren. Mir blieb nichts anderes übrig, als nach Hause zu gehen und zu warten, bis es Abend wurde. Bevor ich mich zur Bushaltestelle aufmachte, legte ich noch einen Zwischenstopp in der Bar auf der anderen Straßenseite ein und genehmigte mir einen Espresso. Als ich wieder aus der Bar kam, sah ich ein Taxi vor dem Haus von Faltecchi und Stillitano vorfahren. Ein Mann stieg aus und verschwand im Gebäude. Gott sei Dank hatte er mich nicht gesehen. Stillitano war zurück.

Der Bus war gerammelt voll, es war drückend heiß, und ich mußte die ganze Fahrt bis zu meiner Haltestelle stehen. Für diese Jahreszeit war es ungewöhnlich schwül; ein Gewitter lag in der Luft und bereitete mir Kopfschmerzen. Angst und Frustration strapazierten meine Nerven.

Nick kam kurz nach mir nach Hause. Ich freute mich, ihn zu sehen, ihn um mich zu haben, und dennoch war es mir fast ein bißchen zuviel heute. Ich hoffte, er hatte nichts davon bemerkt, und überfiel ihn mit einem Bericht von meinen heutigen Erlebnissen. Nur meine Unterhaltung mit Alessandro verschwieg ich. Dieses Thema wollte ich erst später anschneiden.

Als ich ihm erzählte, daß Faltecchi vermutlich über den Berg sei, legte Nick die Arme um mich: »Und, geht's dir jetzt besser?«

»Und ob. Für kurze Zeit habe ich sogar gedacht, daß sich alles von selbst wieder einrenken würde. Ich Schaf.«

»Was meinst du damit?«

Ich erzählte ihm von der Mappe, die ich nicht gefunden hatte. »Die Akte muß wirklich wichtig sein, Nick. Weshalb hätte sich Stillitano sonst die Mühe gemacht, sie zurückzuholen?«

Nick war mit seinen Gedanken offenbar nicht bei der Sache. Fast geistesabwesend schaute er aus dem Fenster. Dann fragte er: »Du sagst, daß Faltecchi nie ausdrücklich von Fälschung gesprochen hat. Aber wußte er denn, ob Stillitano mit Torreleone noch in anderen Angelegenheiten zu tun hatte?«

»Keine Ahnung. Ich habe ihn nicht danach gefragt.«

Nick warf mir einen bohrenden Blick zu. »Warum bist du eigentlich so defensiv?«

»Was meinst du damit?« Ich wandte mich ab und schnappte mir die Vase, um den Blumen frisches Wasser zu geben.

»Du hast dich so angehört, als hätte ich eine empfindliche Stelle getroffen.«

»Ach, Quatsch.«

Nick bohrte weiter. »Hast du heute Torreleone gesehen?«

»Ja.« Ich knipste eine verblühte Anemone vom Stengel und ließ sie ins Becken fallen.

»Ach so, daher weht also der Wind. Der berühmte Torreleone-Charme hat wieder gewirkt.«

Damit traf er leider den Nagel auf den Kopf, und ich antwortete erwartungsgemäß: »Verdammt noch mal! Du redest, als wäre ich irgendein verliebter Teenie!«

Seine Antwort war Schweigen.

Erbost startete ich noch einen Versuch: »Ich möchte eines klarstellen, Nick. Mir ist es, ehrlich gesagt, ziemlich egal, was Alessandro getan oder nicht getan hat. Das ist deine und Giannis Angelegenheit. Ich bin einzig und allein an Stillitano und Marco interessiert, und den Einbruch mache ich heute nacht nur aus dem Grund, um den beiden das Handwerk zu legen. Falls wir dabei als Abfallprodukt Informationen über Alessandro bekommen, soll mir das recht sein. Aber mein Hauptziel ist es bestimmt nicht.«

Mit einem Finger hob er sein Jackett von der Stuhllehne.

»Ich verstehe.« Seine Stimme klang kühl. »Ist es dir recht, wenn ich heute so gegen halb zehn komme? Oder wäre dir eine andere Zeit lieber?«

»Halb zehn ist in Ordnung.« Meine Stimme klang ebenso kühl wie die seine.

»Bis dann also.« Und weg war er.

Ich schaute den Blumenstrauß an. Mechanisch zupfte ich die verwelkten Blüten ab.

16

Um halb neun machte ich mich für den Ball fertig. Als ich den Karton aufschnürte, den mir Conte Massimo gegeben hatte, kam ich mir vor wie Aschenputtel. Ich nahm den Deckel ab und breitete behutsam die vergilbten Schichten Seidenpapier auseinander. Es duftete schwach nach Sandelholz, als ich das Kostüm, eingehüllt in einen Kokon aus Mousseline, aus seinem weichen Papiernest hob. Die Mousseline fiel und enthüllte ein Kleid, so schön wie ein Schmetterling. Eine Symphonie aus schimmernder Seide, glänzendem Satin und schillerndem Taft ergoß sich unter meiner Nachttischlampe.

Dieses Kleid übertraf an Eleganz und Extravaganz bestimmt auch die Ansprüche der verwöhntesten Columbine, es war wie geschaffen für Marie Antoinette in ihrer Verkleidung als Milchmädchen im Petit Trianon oder für eine Contessa auf einem *ballo in maschera*. Vorsichtig legte ich es auf das Bett, breitete es aus und strich über den Satinrock. Vermutlich war dessen Farbe einmal ein leuchtendes Gelb gewesen, das über die Jahre zu einem hellen Zitronengelb verblaßt war. Der Rock fühlte sich kühl und unendlich weich an und bauschte sich wie der zarte, cremige Schaum einer Zabaglione.

Arabesken aus schwarzer Spitze, mit Samt eingefaßt, rankten sich um den Saum des Kleides und wiederholten sich auf den Manschetten des langärmeligen, enganliegenden Gilets. Es war ein buntes Glasfenster aus Seide und Taft, mit rautenförmigen und dreieckigen Flicken in Purpur, Rot, Orange und Gelb – dem traditionellen Kunterbunt eines Harlekins, umgearbeitet für eine Columbine mit ebenso exquisitem wie teurem Geschmack. Die Seidenbänder am Mieder flatterten, als ich das Kleid hochhob und mir über den Kopf streifte. Und wieder umgab mich, diesmal noch intensiver, ein Duft von Sandelholz, der wie ein Echo der Vergangenheit im Stoff des Kleides hing.

Es paßte beinahe perfekt. Vielleicht ein bißchen zu eng und am Busen zu tief ausgeschnitten, um noch züchtig zu sein, aber durchaus in der Tradition der koketten Columbine. Ich zog den Bauch ein und knöpfte die kleinen, mit Edelsteinen besetzten Knöpfe zu – für den gedachten Zweck erschienen sie mir gefährlich zerbrechlich – und ich überlegte, ob ich es überhaupt wagen sollte, auf dem Ball etwas zu essen oder gar das Tanzbein zu schwingen, es sei denn zu einem sehr langsamen Walzer. Dann betrachtete ich mich im Spiegel und stellte erleichtert und zufrieden fest, daß ich diesem wunderbaren Kleid keine Schande machte.

Als ich die Mousseline in die Schachtel zurücklegte, fand ich dort ein winziges Etwas aus schwarzem Samt, das zwischen die Seidenpapierschichten gerutscht war. Ich nahm es heraus; es war ein *loup*, eine winzige Maske, wie sie die Schauspieler der Commedia dell'arte benutzen – das i-Tüpfelchen meines Kostüms.

Es klopfte an der Tür, und Clara kam mit einem Kleidersack in der einen und einer kleinen weißen Schachtel in der anderen Hand herein. Ihre Augen weiteten sich zufrieden, als sie mich sah. »Cara, du siehst ja hinreißend aus! Dreh dich um, laß dich anschauen!«

Ihr zuliebe drehte ich ein paar schnelle Pirouetten, bis der Satinrock sich bauschte und die Bänder wie kleine Banner vom Mieder flatterten. Lachend vollführte ich zwei perfekte Jetés, setzte dann aber aus Angst um die Knöpfe die Füße schleunigst wieder auf den Boden. Meine Angst war unbegründet: Die Knöpfe erwiesen sich als robuster als sie aussahen. »Meinst du, daß ich so gehen kann?« fragte ich Clara, noch etwas außer Atem.

»Ich weiß ja nicht, was du vorhast, aber ich denke, daß du durchaus so gehen kannst.« Sie hielt mir die Schachtel vor die Nase. »Vor ein paar Stunden hat jemand diese Blumen für dich abgegeben. Ich habe sie in den Kühlschrank gelegt, damit sie frisch bleiben.«

»Machst du sie bitte auf, Clara?« Ich mühte mich gerade, ein Band von einem der Knöpfe loszumachen, das sich an einem hoffentlich unechten Diamanten verfangen hatte.

Clara hob einen Strauß Kamelien mit wachsweißen Blüten und kontrastierenden, grünen Blättern aus der Schachtel. »Sehr hübsch. Von Nick?«

»Ist eine Karte dabei?«

»Ich glaub nicht, aber ich guck noch mal nach.« Sie durchsuchte das Zellophanpapier. »Ah ja, da ist eine.« Schweigen. Dann: »Nicht von Nick.«

Als sie mir die rechteckige, weiße Karte entgegenstreckte, fiel mir sofort das große schwarze, schwungvolle A auf der Vorderseite ins Auge. Ich drehte die Karte um, aber die Rückseite war leer.

Clara schwieg vielsagend. Schließlich sagte sie spitz: »Zu schade, daß Nick nicht dabeisein wird, oder?«

Bevor ich ihr antwortete, machte ich die Blumen an meiner Taille fest und drehte mich dann zu ihr um. »Ich weiß, worauf du hinaus willst, Clara. Aber ich habe noch keine Antwort. Zumindest noch keine richtige. Vielleicht bin ich schlauer, wenn diese Nacht vorüber ist. Aber nicht alle Märchen nehmen ein glückliches Ende.«

»Das hängt doch wohl von deiner Definition von Glück ab, oder?«

Das Geräusch eines Autos, das vor dem Haus stehenblieb, rettete mich vor weiteren unangenehmen Fragen. Ich machte das Fenster auf und sah, wie Nick gerade die Tür des Maserati zuschlug. Als er zu mir heraufschaute, rief ich ihm zu, daß ich gleich nach unten käme; er nickte und ging zur Haustür.

Ich versprühte schnell etwas Parfüm auf Arme und

Nacken, aber hektisch wie ich war, kippte mir das kleine Fläschchen um, das Parfüm ergoß sich über den Jackenärmel und hatte sich schon in die Seide gesaugt, noch ehe ich es abwischen konnte. Ich stand in einer Duftwolke, viel intensiver als mir recht war, aber es war nun mal passiert. Wenigstens würde der kleine Fleck bald in der Luft trocknen und nicht mehr zu sehen sein.

»Jetzt muß ich aber los. Das Abenteuer kann beginnen. Wenn ich auf dem Ball ein paar Gläser Champagner trinke, fällt es mir vielleicht später leichter, mich in den Meisterdieb Raffles zu verwandeln.«

»In wen bitte?«

»Ach, das ist einer, dem ein Einbruch bestimmt viel leichter von der Hand gegangen ist als mir. Ist nicht wichtig. Sag mir lieber, was du da drin hast.« Ich zeigte auf den Sack, den sie noch immer auf dem Arm hielt.

»Meine Güte, das hätte ich jetzt fast vergessen! Einen Moment.« Sie legte den Sack auf einen Stuhl, zog den Reißverschluß auf und nahm ein langes, schwarzes Samtcape heraus, das sie mir um die Schultern legte. »So! Jetzt kannst du zu deinem Ball gehen.«

Ich beugte mich zu ihr und gab ihr einen Kuß. »Ach, Clara, das paßt ja haargenau!« Schnell steckte ich Maske und Einladungskarte für den Ball in mein Abendtäschchen und dieses wiederum in meine geräumige Schultertasche, in der schon eine Taschenlampe und die Werkzeuge von Signora Renzini lagen. Dann warf ich mir mit Schwung das Cape über und lief mit Clara die Treppe hinunter.

Nick stand im Flur und unterhielt sich gerade mit Gianni. Sie drehten die Köpfe nach uns um, als wir um die Ecke bogen. Clara bedeutete mir stehenzubleiben und präsentierte den Männern mein Kostüm. Wie immer fand Gianni überschwengliche Worte. Unter der Sturzflut seiner Komplimente fiel Nicks Schweigen fast nicht auf. Aber nur fast.

Ich gab vor, Claras verwirrte Blicke, die sie mir zuwarf, nicht zu bemerken. Aber sie sagte nichts und drückte nur meine Hand, bevor Nick und ich das Haus verließen. Aus einem merkwürdigen Taktgefühl heraus erwähnte keiner von uns das verabredete nächtliche Treffen.

Auf dem Weg zum Auto schwiegen wir uns an. Nick hatte seine undurchdringliche Barriere wieder aufgebaut und ich spürte, wie auch meine Defensive sich wieder formierte. Der Glanz, der allen Unwägbarkeiten zum Trotz diese Nacht erträglich zu machen versprach, wies schon jetzt blinde Stellen auf. Ich nahm es Nick übel, daß er mir diesen kleinen Spaß verdarb, den ich mir, wie ich fand, in Anbetracht des bevorstehenden unerfreulichen Jobs redlich verdient hatte. Ich wußte, daß ich nicht fair war: Schließlich hatte er ein Recht darauf, wütend zu sein, zumal ich ihm unmißverständlich zu verstehen gegeben hatte, daß ich dieses Risiko nur wegen Faltecchi und mir auf mich nehmen würde und nicht ihm zuliebe. Und trotzdem, dachte ich mißmutig, wenigstens könnte er so tun, als würde es ihm nichts ausmachen – wobei ich mir wiederum eingestehen mußte, daß ich dann erst recht sauer gewesen wäre.

Nick fragte mit ausdrucksloser Stimme, ob mir der mit den Palmieris ausgearbeitete Ablauf klar sei. Ja, gab ich ebenso ausdruckslos zur Antwort, ich dächte schon, aber sicherheitshalber könnten wir ihn ja nochmals durchgehen. »Gut.« Er wechselte geschickt den Gang, nahm allerdings die nächste Kurve etwas zu schnell. Die Reifen quietschten auf dem Asphalt. »Wenn möglich, verläßt du den Ball ziemlich genau um Viertel nach elf. Ich warte auf dich an der Via dei Coronari, kurz bevor sie auf die Piazza Torreleone mündet. Wir fahren gemeinsam zu Faltecchi und Stillitano. Ich lasse dich sicherheitshalber eine Querstraße vorher aussteigen, damit es aussieht, als wärst du allein, falls dir jemand über den Weg laufen sollte.«

»Was um die Zeit eher unwahrscheinlich ist.«

»Natürlich. Aber es schadet nichts, auf Nummer Sicher zu gehen.«

»Natürlich. Schließlich ist mein Selbsterhaltungstrieb ziemlich gut entwickelt.«

Nick schaute mich mit einer hochgezogenen Braue an. »Ja, das habe ich gemerkt. Ich werde parken, wo ...«

»Was soll denn das heißen? Was hast du gemerkt?«

»Ach, nur, daß du offenbar auf Nummer Sicher gehst, Kate.«

»Du meinst, weil ich nicht restlos davon überzeugt bin, daß Alessandro der ist, für den du ihn hältst?«

»Hör mir mit Alessandro auf!« Erbost zwang er den Maserati mit wiederum quietschenden Reifen um die nächste Ecke. Nachdem er sich beruhigt hatte, sagte er: »Vielleicht sollten wir uns im Moment auf das Wesentliche konzentrieren, meinst du nicht?«

Wie unfair, dachte ich wütend: mir erst ein Foul verpassen und anschließend die Regeln zu seinem Vorteil ändern. Aber ich verkniff mir einen Kommentar und sagte nur: »In Ordnung. Weiter.«

»Ich stelle mich so hin, daß ich den Haupteingang im Auge behalten kann. Falls jemand das Gebäude betreten sollte, solange du drin bist, werde ich zur Warnung zweimal hupen. Clara und Gianni werden auch ganz in der Nähe sein und ein Liebespärchen spielen. Wir werden da sein, wenn du das Haus betrittst und dort bleiben, bis du wieder herauskommst. Bitte laß beide Haupteingänge unversperrt. Falls du in Gefahr bist, sieh zu, ob du in einem der Zimmer, die zur Straße gehen, zweimal kurz das Licht ein- und ausschalten kannst. Sonst schrei, so laut du kannst. Gianni und ich werden dir sofort zu Hilfe kommen, während Clara die Carabinieri verständigt.«

»Ein genialer Plan ist es nicht gerade«, sagte Nick, »aber ...«

»Einen besseren haben wir nicht«, beendete ich den Satz für ihn. Nachdem ich ohnehin keine andere Wahl hatte, vermied ich es tunlichst, die Dinge anzuschneiden, die möglicherweise schiefgehen konnten. Ich griff in die große Schultertasche, die auf meinem Schoß lag, und holte mein Abendtäschchen heraus. »Die Dietriche und Schlüssel von Signora Renzini sind hier drin.« Ich deutete auf die Schultertasche und legte sie auf den Rücksitz. »Die lasse ich bei dir.«

»Hast du eine Taschenlampe dabei?«

»Ja. Liegt auch drin.«

»Gut.« Wir fuhren gerade durch das Centro Storico, den alten Teil der Stadt in der Nähe des Palazzo Torreleone, mit gewundenen, schmalen Gäßchen, einem Wirrwarr von Einbahnstraßen, viele davon für den Verkehr gesperrt. Ohne die Augen von der Straße abzuwenden, öffnete Nick das Handschuhfach und nahm die Pistole heraus, die Gianni ihm gegeben hatte. Er hielt sie mir hin. »Hier, tu die auch in deine Tasche. Nur für alle Fälle.«

Ebenso instinktiv wie grundlos zuckte ich vor der Waffe zurück. »Nein. Ich mag nicht.« Dann, ruhiger: »Ich weiß ja nicht einmal, wie so was funktioniert.«

»Es ist ganz einfach. Du spannst den Hahn so. Dann zielst du und drückst auf den Abzug. Den Rest macht sie für dich.« Zu meiner großen Erleichterung sicherte er den Hahn wieder. Ich hielt die Pistole in der Hand, und die Straßenbeleuchtung schimmerte auf dem matten, schwarzen Metall der stupsnasigen, kleinen Waffe. Sie sah verdächtig nach Kinderspielzeug aus. Trotzdem hatte ich wahrlich kein Verlangen danach, sie zu benutzen.

»Bitte, Nick. Es würde alles nur noch schlimmer machen, wenn man mich mit einer Pistole erwischt. Ich habe keinen Waffenschein und wüßte nicht, wie ich erklären sollte, woher ich sie habe. Nein, ich laß sie lieber da.«

Er bedrängte mich nicht weiter und legte die Waffe in das Handschuhfach zurück.

»Und im übrigen«, fuhr ich fort, erleichtert, daß die Pistole sicher verstaut war, »fühle ich mich sicherer, wenn ich weiß, daß du sie hast, falls du mich herausholen mußt.« Wir fuhren die Via dei Coronari hinunter; Nick bremste und hielt in Sichtweite des Palazzo Torreleone. Als wir aus dem Maserati stiegen, warf ich einen Blick in den Himmel. Es war fast Vollmond, der immer wieder von hohen, schnell dahinziehenden Wolken verdunkelt wurde; der Wind hatte die drückende Hitze des Tages verblasen, aber immer noch roch es nach Gewitter. Ich hoffte, daß sich das Unwetter erst dann über uns entladen würde, wenn die Nacht vorüber war. Wortlos standen wir einander gegenüber. Schließlich sagte ich: »Ich glaube, ich muß los.« Ich drehte mich um, fühlte mich plötzlich leer und gleichzeitig erdrückt von dem Gefühl, durch Gedankenlosigkeit und Halsstarrigkeit etwas Kostbares zerstört zu haben.

Ich war noch keine zwei Schritte gegangen, als Nick meinen Namen rief – leise, fast flehend –, und ich auf dem Absatz so abrupt kehrtmachte, daß sich Claras Umhang wie ein Netz um meine Beine wickelte und ich in Nicks Arme stolperte. Er hielt mich fest, schaute mich mit diesen unergründlichen Augen an und küßte mich. »Ich wünsche dir Glück«, flüsterte er, nachdem sich sein Mund von dem meinen gelöst hatte. Dann drückte er noch einen zärtlichen Kuß auf mein Haar. »Ich werde es nicht erzwingen, Kate. Du wirst deine Antworten auf deine Weise finden, und wenn du sie gefunden hast, sag mir Bescheid. Ich werde warten.«

Ich streichelte seine Wange. »Ich wünschte, ich könnte dir jetzt schon die Antwort geben. Ich bin so nahe daran, aber... Es tut mir leid, Nick.« Dann drehte ich mich um und lief auf den Palazzo zu.

Als ich auf die Piazza Torreleone trat, schüttelte ich allen Gedankenballast von meiner Seele ab. Die Piazza stand voller Fahrzeuge, und ich mußte mich zwischen Fiats, Mercedes, Alfa Romeos und einem riesigen Rolls Royce, der aussah wie ein großes, geschmeidiges Tier, durchschlängeln. Der Palazzo erstrahlte unter dem Licht von Fackeln, die zu beiden Seiten am Eingangsportal steckten; der gelbe Putz leuchtete in allen Schattierungen von Gold bis zu Braun und Schwarz, dort, wo das Licht schwächer wurde.

Signora Gambino stand am Tor, wuchtig wie eine Karyatide, mit feierlicher Miene, die getragen war vom Gewicht der Verantwortung für diesen Abend. Hinter ihr – einem riesigen Schatten gleich – stand ein bewaffneter Sicherheitsbeamter, dessen Revolver im Halfter in aller Deutlichkeit daran erinnerte, daß in Zeiten wie diesen die Partys der Reichen nicht nur zu den kleinen Sünden des *dolce vita* verführen. Ein- oder zweimal hatte ich schon davon gehört, daß allzu nervöse Wachleute sich mit zum Teil sehr unerfreulichen Folgen an Gästen vergriffen hatten, deren Neugierde oder Übermut sie falsch eingeschätzt hatten. Ich hoffte, dieser Typ würde ein bißchen cooler sein als seine Kollegen. Ich lächelte ihn an, aber er lächelte nicht zurück.

Als mich Signora Gambino entdeckte, verlor ihr Gesicht ein wenig von ihrer aufgesetzt feierlichen Miene; die weißen Zähne blitzten, als sie mir scherzhaft entgegenrief: »Ach, die Herrin über die Bilder! Und? Haben Sie das Kostüm nun angezogen, das Ihnen Conte Massimo gegeben hat?« Ich schlug den Umhang zur Seite, um es ihr zu zeigen. »Ach, ist das wunderhübsch. Heute abend sind Sie selbst ein Bild.«

»Aber Sie auch, die Eleganz in Person.«

Beschämt von meinem Kompliment senkte sie den Kopf. Dabei war es nicht einmal geschmeichelt – ihr dickes Haar hatte sie in hübschen Locken auf dem Kopf festgesteckt, und das gefältelte schwarze Kleid mit dem Spitzenbesatz am Hals stand ihr ausgezeichnet. So kerzengerade, wie sie in ihrer wohl proportionierten Üppigkeit vor mir stand, sah sie aus wie die Statue einer berühmten römischen Matrone aus dem augustinischen Zeitalter, selbstbewußt in all ihrer Autorität.

»Dieses Kleid trage ich zu Ehren dieses Ereignisses. Heute abend muß ich so schön wie möglich aussehen. Nicht nur wegen des Maskenballs, denn wissen Sie – später, wenn ich hier fertig bin, gehe ich zu einer Party im Haus meines Sohnes. Eine so rauschende *festa* wie hier wird es zwar nicht sein, aber dafür ist das Essen bestimmt genauso gut. Meine Schwiegertochter Anna ist nämlich die beste Köchin der Welt. Ich bringe Ihnen morgen ein Stück ihrer torta di mandorle mit. Sie werden schon sehen.«

»Ich kann's kaum erwarten.« Ich deutete auf die parkenden Autos auf der Piazza. »Sind denn schon alle da? Hab ich mich verspätet?«

Sie lachte. »Ach wo. Hier wird bis zum Morgengrauen ein ständiges Kommen und Gehen sein. Von einer Party zur nächsten, wissen Sie. Aber Sie haben recht: Viele sind schon da. Also machen Sie zu, daß Sie sich oben sehen lassen.« Sie drehte sich um und öffnete mir das Tor. An der Portiersloge stand eines der Dienstmädchen der Torreleones. »Gianetta wird Ihnen Ihren Umhang abnehmen und ihn in meine Wohnung legen.«

»Wissen Sie«, sagte ich zu ihr, als ich ihr in den Palazzo folgte, »aufgeregt bin ich schon ein bißchen.«

»Ach was!« Sie warf mir einen überraschten Blick zu. »Das haben Sie doch gar nicht nötig.« Und mit nicht überhörbarem Familienstolz in ihrer Stimme setzte sie hinzu: »An sich ist es natürlich Signorina Daniellas Ball, und da ist es nur recht und billig, daß sie die Hübscheste ist. Aber Sie sehen auch wunderschön aus und können jeder anderen Dame hier mit links das Wasser reichen.«

Ihre Herzenswärme machte mir Mut. »Wenn ich Ihnen

das glauben soll, liegt es aber nur am Kleid.« Hinter uns hielt ein Auto auf der Piazza. Wieder traf ein Schwung neuer Gäste ein. Ich wünschte Signora Gambino eine gute Nacht, gab Gianetta meinen Umhang und ging durch den Bogengang zu den Arkaden.

Ein Spinnennetz winziger Lichter funkelte in den niedrigen Buchsbaumhecken im Innenhof, wie Diamanten, ausgestreut auf dem samtenen Grün des Rasens. Forsythienzweige in riesigen Terrakottaschalen standen unter den Torbogen der Loggia; ihre Blüten leuchteten im Licht der Laternen wie Tropfen aus purem Gold. Der Schein der Fackeln verlieh dem Wasser des Brunnens einen goldenen Glanz und schimmerte auf dem glatten, marmornen Körper des Fauns. Jemand hatte ihm einen Efeukranz in einem verwegenen Winkel auf den Kopf gesetzt, so daß er aussah wie der Gott des Tanzes. Auch ich vergaß nicht, dem Hausgott meinen Tribut zu zollen. Gerade als ich eine Kamelie aus dem Strauß an meiner Corsage zupfte und auf den Brunnenrand legte, drangen die glasklaren, einschmeichelnden Klänge einer Flöte an mein Ohr. Ich schreckte hoch und stellte fest, daß die Musik aus den offenen Fenstern der langgestreckten Galerie in der ersten Etage kam. Ich lächelte den Faun an, schmunzelte über meine blühende Phantasie und lauschte der Musik.

Gleich darauf verdunkelten Wolken das Mondlicht, ein kalter Wind kam auf, setzte den Wasserspiegel des Brunnens in Bewegung, brachte tausend goldene Pünktchen zum Tanzen und verwehte die kristallklaren Flötentöne. Ich kehrte dem Faun den Rücken und ging quer über den Hof auf die große Steintreppe zu, die hinauf zum Salone d'Oro führte.

Hinter mir hörte ich Gelächter, und zwei Frauen schwebten in einer Parfumwolke an mir vorüber. Nur kurz drehten sie sich nach mir um, beide mit dem gleichen Ausdruck unverblümten Interesses, schenkten mir die Andeutung eines

Lächelns, neigten kurz ihre Köpfe und rauschten mit ihren raschelnden, grellbunten Röcken weiter die Treppe hinauf – und ich in ihrem Kielwasser, glücklich darüber, daß es mir vergönnt sein würde, unbemerkt hinter ihnen in den Ballsaal zu schlüpfen.

Aber da hatte ich mich gründlich getäuscht. Am Eingang zum Salone d'Oro stand ein Lakai mit prächtiger, gepuderter Perücke und goldbetreßter Uniform und kündigte jeden einzelnen Gast mit lauter Stimme an. Ergeben wartete ich, bis er die durchaus beeindruckenden Attribute *»principessa«* und *»marchesa«* hinaustrompetet und die beiden Frauen vor mir in den Ballsaal entlassen hatte, dann nannte ich ihm meinen Namen. »Signora Roy.« Macht längst nicht so viel her, dachte ich zerknirscht, als die letzte Silbe meine Namens verklungen war und ich den Salone d'Oro betrat. Aber auf einmal war meine Befangenheit wie weggewischt; ich war überwältigt von dem herrlichen Anblick, der sich meinen Augen bot. Der Saal, für mich schon vorher der Inbegriff von Schönheit, erstrahlte an diesem Abend in noch größerer Pracht: Die Szenerie erinnerte an ein zum Leben erwecktes Gemälde von Longhi; ich schwelgte in einem Rausch von Farben und schimmerndem Licht, das von Kristallspiegeln, auf Hochglanz poliertem Silber und den Prismen der Kristallüster reflektierte. Gelächter, Musik und das Klirren von Gläsern vereinigten sich zu einem berauschenden Effekt, und ich spürte, wie mein Herz vor Aufregung schneller schlug. Es war wie im Märchen, und ich wollte dieses Fest in vollen Zügen auskosten, bis die Pflicht mich rief.

Als erstes suchte ich mit den Augen unauffällig die Wände nach dem Reni ab. Aber obwohl ich jedes einzelne Bild genau unter die Lupe nahm, konnte ich die *Madonna mit dem Kinde* nirgends entdecken. Vielleicht hatte Alessandro seinen Vater letztlich doch überzeugen können.

Dann hörte ich wieder meinen Namen, diesmal ungleich weicher, mit dem leicht amüsierten Unterton, der so typisch war für Alessandros Stimme. Als ich mich umdrehte, stand er direkt hinter mir, gekleidet in eine männliche Version meines eigenen Kostüms, das Kostüm des Harlekins mit grellbunten Rhomben, aus einem Stoff, dessen Farben je nach Lichteinfall wie die Haut eines exotischen Chamäleons changierten. Er trug eine schwarze Halbmaske mit schräggestellten, katzenähnlichen Augenschlitzen. Die Reinkarnation des rätselhaften, unergründlichen Harlekins.

»Heute abend geben wir ein richtiges Paar ab, findest du nicht?« spöttelte er.

»Ach ja? Mir fällt es allerdings längst nicht so leicht wie dir, meine Farben zu wechseln.« Ich zeigte auf einen dunklen Flicken auf seinem Arm. »Der zum Beispiel: Ist er nun blau oder grün?«

»Ist das denn wichtig? Heute abend ist nichts so, wie es scheint. Es ist schließlich Carnevale.«

Ich dankte ihm für die Blumen. »Nett, daß du daran gedacht hast«, fügte ich einfallslos hinzu.

»›Nett‹ habe ich es eigentlich nicht gemeint.« Er nahm mich am Arm. »Komm, mein Vater möchte dich begrüßen.«

Wir schlängelten uns durch die lachende, tanzende Menge, blieben immer wieder stehen, wenn Alessandro Freunde begrüßte oder ihn jemand am Ärmel zupfte und umarmte. Er stellte mich jedem einzelnen vor, egal, wie flüchtig die Begegnung war – aber nur mit Namen, ohne nähere Erklärung. Ich hatte den Verdacht, daß er die Neugier in den Augen seiner männlichen und weiblichen Freunde genoß. Auf das unverhohlene Interesse der Leute brauchte ich mir allerdings nichts einzubilden; vermutlich richtete es sich auf jede Frau, mit der Alessandro zusammen gesehen wurde.

Conte Massimo und Daniella standen Seite an Seite und

begrüßten ihre Gäste vor einem überlebensgroßen Portrait des Baldassare Torreleone, dem opportunistischen Adeligen aus der Barockzeit und Erbauer des Palazzo. Wie Signora Gambino schon angedeutet hatte, war Daniella ohne Zweifel die schönste Frau im Saal. Eine provokative Mischung aus Unschuld und Sinnlichkeit. Sie hatte sich als *Inamorata* verkleidet, eine der moralisch eher zweifelhaften Gespielinnen aus der Commedia dell'arte. Sie trug eine Abendrobe aus goldenem Taft, vorn tief ausgeschnitten, mit einem großen Kragen aus steifer Spitze, der ihren Kopf mit einem großen Halbkreis umgab. Ihre Hände, die aus den überlangen Ärmeln hervorlugten, hatte sie sittsam vor dem Körper gefaltet, und die Augen, die hinter dem weißen *loup* hervorblitzten, sprühten vor Vergnügen. Wäre da nicht der etwas zu wissende Mund und dieser Anflug von Sinnlichkeit in ihrer vollen Unterlippe gewesen, man hätte meinen können, ein junges Mädchen auf dem Debütantinnenball vor sich zu haben.

Conte Massimo war in Schwarz mit weißer Halskrause gekleidet, was die Blässe seiner Gesichtshaut noch stärker hervortreten ließ. Seine Stahlrandbrille war ihm wie üblich auf die Nase gerutscht. Geistesabwesend schob er sie immer wieder nach oben. Ich fand, daß er noch gebrechlicher aussah als beim Mittagessen am letzten Samstag.

»Bellissima«, rief er, als er mich erblickte, und ich spürte, wie mir vor Freude das Blut ins Gesicht schoß. »Ich war mir sicher, daß das Kleid Ihrer würdig sein würde, und ich hatte recht. Es gehörte meiner Frau, wissen Sie.« Er nahm meine Hand, hielt sie einen Moment lang fest, und erzählte fast träumerisch: »Ich kann mich noch genau erinnern, wie sie es zu ihrem ersten Carnevale getragen hat. Sie war so aufgeregt. Aber sobald sie sich das Kleid übergestreift hatte, ging der Zauber des Carnevale auch auf sie über.«

»Ich habe das Gefühl, daß dieser Zauber immer noch in

diesem Kleid steckt«, antwortete ich und versuchte, mich bei ihm zu bedanken.

Aber er winkte nur ab, als wäre es ihm unangenehm, an seine Großzügigkeit erinnert zu werden. »Daß Sie dieses Kleid tragen, ist für mich Dank genug. So habe ich das Vergnügen, Sie anzusehen. Und nun amüsieren Sie sich, tanzen Sie mit Alessandro, und für mich wird es sein, als wäre meine Frau heute hier.«

Gehorsam nahm mich Alessandro bei der Hand und führte mich in die Mitte des Saales. Auf der anderen Seite spielten Musiker auf einem Podest einen hübschen Walzer, die Musik schwebte genauso leicht und schwerelos durch den Saal wie die Kostüme der Frauen um uns herum. Alessandro hielt mich eng an sich gedrückt, unsere Körper berührten sich, und durch den dünnen Kleiderstoff spürte ich die Wärme seiner Hand. Als wir zu tanzen begannen, lächelte er mich an und meinte: »Es mag ja sein, daß du meinen Vater an meine Mutter erinnerst, aber ich kann dir versprechen, daß meine Gefühle für dich nichts mit kindlicher Liebe zu tun haben. Wenngleich man sagt, daß ein Hauch von Inzest der Liebe erst die gewisse Würze verleiht.«

»Ach, dann stimmt es also, was man sich über die italienischen Männer erzählt, daß die eigene Mutter ihre größte Liebe ist?«

»Unsere Feinde würden eher sagen, daß die größte Liebe eines italienischen Mannes die zu sich selbst ist. Aber es stimmt schon: Der *La-Mamma*-Kult wird durchaus noch gepflegt. Vielleicht wäre auch ich ihm verfallen, wäre meine Mutter Italienerin gewesen, aber wie du weißt, war sie Anglo-Irin. Höflich ausgedrückt, eine etwas unruhige Mischung.« Und als wollte er nicht illoyal erscheinen, setzte er hinzu: »Versteh mich bitte nicht falsch – in vieler Hinsicht war sie sogar eine wundervolle Mutter. Aber doch sehr weit entfernt von der traditionellen *Mamma*. Sie war immer sehr kühl, fast distanziert. Ich glaube, die einzige Emotion, die zu zeigen sie imstande war, galt ihrer Religion. Insofern hatte sie durchaus etwas Italienisches an sich.«

»Und bist du auch eine unruhige Mischung?« fragte ich ihn. »Ein bißchen von deiner Mutter und ein bißchen von deinem Vater?«

Er lachte, und das Blau seiner Augen strahlte auf einmal noch intensiver. »Hast du noch nicht gemerkt, daß das Italienische, unabhängig vom Mischungsverhältnis, immer dominiert? Dagegen hat die andere Hälfte nicht den Hauch einer Chance. Aber vielleicht ist das ja der Grund, weshalb ich mich von Frauen mit kühlem, angelsächsischem Temperament angezogen fühle.«

»Pech für mich«, erwiderte ich. »Ich habe dir vermutlich noch nicht erzählt, daß meine Mutter aus Korsika stammt. Ihre Familie wanderte nach Montreal aus, als ich noch klein war, aber die korsischen Bräuche sind trotzdem nicht in Vergessenheit geraten. Bevor meine Mutter meinen Vater heiratete, durfte sie nur mit ihm ausgehen, wenn ein Familienmitglied als Anstandsdame dabei war. Um dem zu entgehen, ist meine Mutter sogar aus dem Fenster gestiegen. Bis sie dann ausgerissen sind. Mein Vater, ein waschechter WASP.«

»Wer bitte?«

»WASP ist die Abkürzung für White Anglo Saxon Protestant, also wenn du so willst, einer aus der Oberschicht. Wie dem auch sei, dieses emotionale, manchmal sogar gewalttätige Verhalten der Familie meiner Mutter ist ihm so gegen den Strich gegangen, daß er nach der Heirat von ihr verlangt hat, mit ihrer Familie zu brechen. Wenn sie ihre Verwandten besuchen wollte, mußte sie es heimlich tun, und deshalb ist sie auch mit dreißig immer noch aus dem Fenster gestiegen.«

»Was für eine romantische Geschichte. Ist es ihr jemals gelungen, deinen Vater umzustimmen?«

Ich schüttelte den Kopf. »Nach ihrem Tod – damals war ich zwölf – habe ich ihre Familie überhaupt nicht mehr gesehen, und als ich alt genug war, mich gegen meinen Vater aufzulehnen, waren meine Großeltern schon gestorben. Aber jedesmal, wenn mein Temperament mit mir durchgeht, denke ich an sie.« Alessandro drückte mich fast unmerklich näher an sich. »Ach was! Du hast also Temperament, Kate? Und dabei machst du so einen unterkühlten Eindruck.«

»Reine Maskerade. Genau wie bei dir. Vielleicht sind wir uns ja tatsächlich ähnlich.« Bevor er mehr als nur eine Braue heben konnte, wechselte ich das Thema, denn das Terrain wurde mir zu heiß. Ich fragte ihn: »Wie hast du deinen Vater eigentlich herumgekriegt, den Reni heute abend nicht hier aufzuhängen?« Über meine Schulter erwiderte er die Begrüßung von Freunden, die gerade an uns vorübertanzten. »Mein Vater hat es sich anders überlegt. Er hat jetzt etwas anderes damit vor.« Aber er wollte nicht näher darauf eingehen, drehte ein paar Pirouetten mit mir und stellte mich dann mit elegantem Schwung bei seinem Vater ab, als der Tanz zu Ende war.

»Warte auf mich«, flüsterte er mir zu. Er faßte Daniella um die Taille und zog sie mit sich auf die Tanzfläche. Sie waren ein schönes Paar, Cousin und Cousine – sie blond, er schwarz und beide schlank und schön.

Ich tanzte noch mit anderen Männern, mußte aber feststellen, daß es niemand so gut konnte wie Alessandro. Vielleicht lag es aber auch nur daran, daß ich keinen anderen so anziehend fand wie ihn. Es entging mir nicht, daß andere Frauen seinem Charme ebenso erlegen waren wie ich; sobald er sie in seinen Armen hielt, schmolzen sie sichtlich dahin. Ob andere das gleiche auch an mir beobachtet hatten?

Dann forderte mich Conte Massimo zum Tanz auf. Er tanzte langsam, aber mit der gleichen Grazie wie Alessandro – wenn auch steifer und gebrechlicher als dieser –, er führte mich so leicht, daß ich den Druck seiner Finger kaum spürte. Sein Lächeln war so heiter wie immer, aber die Linien, die sich in die blasse Haut seines Gesichts zwischen Nasenflügeln und Mund gegraben hatten, schienen mir tiefer zu sein als sonst, und seine hängenden Augenlider zeugten von Erschöpfung. Es überraschte mich also nicht, als er ankündigte, er wolle noch einmal mit Daniella tanzen und sich dann zurückziehen. »Ich bin an einem Punkt meines Lebens angelangt, an dem die ärztlichen Anordnungen Vorrang vor meinen Wünschen haben«, sagte er. »Aber ich muß zugeben, daß mir diese Ausrede nicht unangenehm ist. Wenn man älter wird, wiegen die Freuden der Ruhepausen weit schwerer als alle anderen Freuden. Wir werden allmählich langweilig, leider.«

»Das stimmt nun wirklich nicht.«

»Grazie.« Er lächelte. »Dann kommt es uns vielleicht nur so vor.« Er schaute Daniella beim Tanzen zu: Sie hatte den Kopf in den Nacken geworfen und lachte. Jede Faser ihres Körpers sprühte vor Lebensfreude, Freude an diesem Ball, Freude an ihrem Tanzpartner und – so urteilte ich hartherzig – Freude an sich selbst. »Schauen Sie sich meine Nichte an: Das ist Jugend. Der heutige Abend hat mich in vielerlei Hinsicht einiges gekostet, aber Alessandro hat recht. Manche Traditionen sind es wert, bewahrt zu werden. Die Jungen gestalten ihr eigenes Leben, aber wir sollten ihnen die Vergangenheit nicht völlig vorenthalten, auch wenn wir ihnen nur sehr wenig davon mitgeben können.«

Vermutlich stand mir die Verwirrung ins Gesicht geschrieben – ich war sicher, daß er nicht nur auf den Ball anspielte –, denn er fühlte sich bemüßigt, erklärend hinzuzufügen: »Ich war ein Egoist, und ich denke, es ist nun an der Zeit, ein Opfer zu bringen. Ich werde den Reni verkaufen. Es gibt jemanden, der, wie ich denke, eine beachtliche Summe für das Bild bezahlen wird.«

In mir stieg eine böse Vorahnung auf. »Weiß Alessandro davon?« fragte ich, und dann fielen mir Alessandros Worte von vorhin ein: Das war es also, was sein Vater mit dem Gemälde beabsichtigte.

»Ja. Ich habe es ihm heute nachmittag gesagt. Er hat natürlich versucht, mich umzustimmen, weil er weiß, wie sehr ich an diesem Bild hänge. Aber ich bin fest entschlossen. Ich brauche oft lange für eine Entscheidung, aber wenn ich sie einmal getroffen habe, setze ich sie ohne Zögern in die Tat um. Ich habe einem Mann mein Wort gegeben, der schon lange an dem Bild interessiert ist. Und ich bin sicher, daß Alessandro sich wieder beruhigen wird. Schließlich hat er mir ja immer dazu geraten.«

Es verschlug mir die Sprache. In meinem Kopf schwirrten die Gedanken wie Bienen in einem Bienenstock. Wenn er den Reni wirklich verkaufen sollte, würde sofort herauskommen, daß es eine Fälschung war. Jeder Fachmann würde das Spiel sofort durchschauen. Diese Peinlichkeit konnte sich Alessandro bestimmt nicht leisten.

Aber was würde er tun? Sollte es ihm nicht gelingen, seinen Vater umzustimmen, würde er es dann wagen, endlich mit der Wahrheit herauszurücken? Bestimmt würde Conte Massimo seinem Sohn ein weiteres Mal verzeihen, nachdem er ihm in der Vergangenheit schon so vieles nachgesehen hatte. Oder vielleicht doch nicht? Wie gut konnte ich die Torreleones denn schon einschätzen? Ich hatte sie immer nur zusammen mit anderen Leuten gesehen und dabei ihre offensichtliche Zuneigung zueinander und ihren Respekt voreinander miterlebt. Aber ich wußte nichts von ihrem Privatleben. Conte Massimo war zweifellos ein freundlicher und gutherziger Mann, aber Stolz war auch ihm nicht unbekannt, und er vertrat eine eindeutige Meinung, was Ehre und Recht betraf. Was würde er von einem Sohn halten, der nicht nur seine Prinzipien verhöhnte, sondern ihn auch noch hinterging?

Selbst wenn Alessandro sich der Nachsicht seines Vaters sicher sein sollte: Würde er die möglicherweise katastrophalen Auswirkungen seines Geständnisses auf die Gesundheit seines Vaters riskieren? Und dann war da noch die andere Geschichte mit Stillitano. Falls Stillitano ein Druckmittel gegen Alessandro in der Hand hatte: Konnte er ihm verbieten, die Wahrheit zu sagen, wie auch immer diese lauten mochte? Ich hatte keine Zeit mehr, mir über diese Fragen den Kopf zu zerbrechen, denn Conte Massimo erkundigte sich gerade nach dem Fortschritt meiner Arbeiten. Ich stammelte ein paar unzusammenhängende Phrasen und wurde gnädigerweise von einem Diener unterbrochen, der dem Conte etwas ins Ohr flüsterte. Conte Massimo nickte und bot mir seinen Arm an: »In ein paar Minuten wird zum Souper gebeten. Kommen Sie, sehen wir uns an, was es gibt, bevor die Heuschrecken darüber herfallen.« Er zwinkerte mir zu, und zum ersten Mal lag eine Spur der Ironie in seiner Stimme, die ich bei seinem Sohn schon so oft gehört hatte. »Sie müssen schon entschuldigen, aber angesichts eine guten Essens verlieren wir Italiener unsere sonst übliche Gelassenheit. Wenn Sie sich jetzt nicht sofort etwas holen, werden Sie später Schwierigkeiten haben, sich zum Buffet durchzukämpfen.«

Er führte mich durch die Doppeltüren am anderen Ende des Salone d'Oro hinaus auf die Galerie. Drei Musiker saßen im Halbkreis am Fenster, einer von ihnen war der Flötenspieler, dessen Musik mich im Hof so verzaubert hatte. Hinter ihnen erstreckte sich ein endlos langer, mit gestärktem, weißem Damast gedeckter Tisch, auf dem – im Licht von großen Kerzen in silbernen Kandelabern – ein lukullisches Festmahl aufgebaut war.

Allein der Anblick des Torreleone-Tafelsilbers und des Kristalls war atemberaubend, aber diese Kostbarkeiten verschwanden unter der Fülle der köstlichen Speisen – üppig garnierte Platten mit Bergen von Shrimps, taufrischen Austern in geöffneten Schalen, rosarotem Hummer in Blätterteig, winzigen Bällchen von Lachsmousse auf Salatblättern, gekrönt von Zitronenscheiben und gefüllten Pilzen. In funkelnden Kristallschalen türmten sich Erdbeeren und dunkelrote Kirschen. Pyramiden goldgelber Aprikosen und grüne und blaue, mit Puderzucker bestäubte Trauben präsentierten sich auf kostbaren Unterlagen. Petit fours mit rosaroter und gelber Glasur, arrangiert zu geometrischen Mustern, lagen auf wunderschönen, goldumrandeten Porzellanplatten, und am hinteren Ende des Tisches sah ich ganze Käselaibe – strohfarbenen Parmesan, reifen, blau geäderten Gorgonzola und cremigen Camembert. Eine solche Fülle guten Essens hatte ich noch nie gesehen; ich mußte mich anstrengen, nicht selbst dem Heuschreckensyndrom zu verfallen.

»Champagner, Signora Roy?« Conte Massimo reichte mir ein langstieliges Glas mit dem prickelnden Getränk. Nein, er selbst wolle nichts trinken, gab er dem Kellner zu verstehen.

Ich erhob mein Glas: »Conte Massimo, ich möchte mich bei Ihnen für alles bedanken, was Sie für mich getan haben.« Dabei vergaß ich völlig, daß er nicht mit seinem Titel angesprochen werden wollte.

Aber er hatte es geflissentlich überhört, lächelte mir nur zu und verbeugte sich formvollendet. »Es ist mir ein Vergnügen. Probieren Sie von diesen wunderbaren Dingen und lassen Sie es sich gutgehen. Ich wünsche Ihnen noch einen schönen Abend.« Er ging durch die Doppeltüren davon, eine gebeugte, liebenswürdige Gestalt in Schwarz, die wirkte, als kehre sie in eine Vergangenheit zurück, die ihrer Natur mehr entsprach. Er ließ mich allein mit der Musik und meinen eigenen, nicht allzu vergnüglichen Gedanken.

Aber nur für kurze Zeit. Denn kurz danach öffneten sich die Doppeltüren wieder und eine lachende, schnatternde Horde fiel über das Buffet her. Ich warf einen Blick auf die Uhr. Es war schon kurz nach elf; für den versprochenen Tanz mit Alessandro war nun keine Zeit mehr. Nach einem letzten wehmütigen Blick auf das festliche Buffet, das inzwischen wegen der Massen, die sich um den Tisch drängten, kaum noch zu sehen war, machte ich kehrt und wanderte die Galerie entlang und die Haupttreppe hinunter, vorbei an einem selbstvergessenen Pärchen, das sich in einer Fensternische küßte, und an einem Diener, der damit beschäftigt war, abgebrannte Kerzen in den Wandleuchtern auszutauschen.

Ich machte kurz an der Portiersloge halt, um mir von Gianetta Claras Umhang holen zu lassen. Das Hauptportal zum Palazzo stand offen, und Signora Gambino war mit neuen Gästen so beschäftigt, daß sie mich nicht bemerkte. Ich ließ die Lichter und das Lachen hinter mir und trat widerstrebend auf die Piazza hinaus, um Nick zu treffen.

Nachdem ich in den Maserati eingestiegen war, hob er fragend die Brauen: »Alles gut gelaufen?«

»Bestens. Auf jeden Fall was mich betrifft. Allerdings kann ich mir nicht vorstellen, daß es Alessandro ebensoviel Spaß gemacht hat wie mir.«

»Ach was! Und warum?«

Ich erzählte ihm von Conte Massimos urplötzlicher Entscheidung, sich von dem Reni zu trennen. »Jetzt wird Alessandro wohl oder übel die Karten auf den Tisch legen müssen oder ...« Bei der Alternative mußte ich passen – mir fiel beim besten Willen keine ein.

»Das sehe ich auch so«, bemerkte Nick trocken. »Oder ...« Er manövrierte den Wagen um ein paar betrunkene Festgäste herum. »Ich würde viel darum geben, wenn ich wüßte, was er nun vorhat.«

Zu schnell, viel zu schnell für meinen Geschmack, waren wir am Ziel. Nick schaltete den Motor ab. Die Via Livia lag fast fremdartig vor uns, nur schwach beleuchtet von den Straßenlaternen und verlassen bis auf ein Auto, das an einer dunklen Stelle in der Nähe des Eingangs von Faltecchi und Stillitano parkte. Clara und Gianni waren auf ihrem Posten.

Ich griff nach meiner Schultertasche, die auf dem Rücksitz lag, überprüfte noch einmal, ob alle Schlüssel von Signora Renzini darin lagen, ob die Taschenlampe funktionierte und drehte mich dann zu Nick um. »Sag mir, daß ich nicht träume. Es kommt mir alles so unwirklich vor.«

Er nahm meine Hand. »Du kannst es dir immer noch anders überlegen.«

Mit gespielter Unbekümmertheit nahm ich die Schultern zurück und verkündete: »Ich kann doch jetzt nicht unser Unternehmen gefährden.« Ich legte die Hand auf den Türgriff. »Und je früher ich anfange, desto schneller hab ich's hinter mir.« Nick hielt immer noch meine Hand. »Bitte vergiß nicht, das Hauptportal aufzulassen, damit ich im Notfall ins Haus kann. Zweimal Hupen bedeutet: Es kommt jemand. Und wenn du in Gefahr bist...«

»Schreie ich, so laut ich kann. Du wirst mich hören, keine Bange.« Ich streifte den *loup* über die Augen. »Na, wie seh ich aus?«

Er zog mich an sich und küßte mich. »Sei bitte vorsichtig.« Ich stieg aus und ging schnellen Schrittes die Straße hinunter zu Faltecchi und Stillitano. Sobald ich im Haus verschwunden war, würde Nick näher heranfahren und an einer Stelle parken, von wo aus er den Hauseingang im Blickfeld hatte. Sollte zufällig jemand vorbeikommen und sich über den einsamen Mann in seinem Auto wundern – nun, es könnte durchaus ein eifersüchtiger Ehemann sein, der hinter Clara, seiner flatterhaften Ehefrau, herspionierte oder ein Detektiv mit eben diesem Auftrag.

Ein Stein fiel mir vom Herzen, als ich sah, daß aus dem Fenster, hinter dem Stillitanos Büro lag, kein Licht fiel. Und noch besser: Das ganze Gebäude lag im Dunkeln. Ich sperrte das Hauptportal auf. Bevor ich ins Gebäude trat, warf ich einen schnellen Blick zurück auf das Auto der Palmieris. Alles, was ich sah, waren zwei zu einer undeutlichen Masse verschmolzene Gestalten. Clara und Gianni spielten ihre Rolle des leidenschaftlichen Liebespaares sehr überzeugend. Aber Gianni hatte offenbar aufgepaßt, denn ich sah, wie sich ein Arm aus dem Knäuel löste und mir, wenn auch nur andeutungsweise, aufmunternd zuwinkte.

Als die Tür hinter mir ins Schloß fiel, kam es mir vor, als hätte ich mich zugleich auch von der Welt ausgeschlossen. Nun war ich auf mich allein gestellt. Im Lichtkegel der Taschenlampe machte ich mich auf den Weg zum Lift. Erst als der Aufzug schon nach oben unterwegs war, fiel mir siedendheiß ein, daß ich bei dem Lärm bestimmt keine Autohupe hören konnte. Ich hätte lieber die Treppe nehmen sollen. Schnell drückte ich den Knopf zum zweiten Stockwerk. Die Ateliers lagen im dritten Stock, aber ich konnte es mir nicht leisten, mich länger im Lift aufzuhalten.

Bevor ich die Aufzugtür hinter mir schloß, fiel mir das kleine Schild neben den Knöpfen auf, mit dem Hinweis, doch darauf zu achten, immer die äußere Lifttür hinter sich zu schließen, da sonst der Lift blockierte. Wie oft hatte ich nachlässige Kollegen verflucht, die ständig vergaßen, die Tür zu schließen. Jetzt aber hielt ich es für eine gute Idee, den Lift außer Betrieb zu setzen, solange ich oben zu tun hatte. So mußte jeder, der nach oben wollte, die Treppe nehmen, wodurch ich ein paar wertvolle Sekunden gewinnen würde. Es machte zwar kaum einen Unterschied, weil der altersschwache Lift kaum schneller war, aber möglicherweise würde es gerade auf diese paar Sekunden ankommen.

Ich ließ die äußere Tür also offen und stieg langsam die Treppe zur dritten Etage hinauf.

17

Hinter der Eingangstür zu Faltecchi und Stillitano blieb ich stehen und lauschte in die Dunkelheit. In den Ateliers herrschte Stille, eine fast unnatürliche Stille. Irgendwo fielen Tropfen in gleichförmigem Rhythmus aus einem undichten Wasserhahn in ein Stahlbecken, aber das war auch schon alles. Vor mir gähnte der dunkle Korridor; unter den geschlossenen Türen zeigte sich kein Lichtspalt. Ich blieb noch einen langen Augenblick unbeweglich stehen und schaltete dann das Licht im Flur ein. Nichts rührte sich.

Zuerst ging ich in den Lagerraum, um die Arbeitsgeräte zu holen, mit denen ich notfalls meine Anwesenheit in den Ateliers würde erklären können. Das leise Klirren der Glasflaschen dröhnte laut in meinen Ohren, als ich sie aus dem Regal nahm. Beinahe wäre mir einer der Behälter aus der Hand gerutscht, und ich mußte mich gegen den Tresen lehnen, um meine flatternden Nerven zu beruhigen. Nachdem ich die Lösemittel abgefüllt hatte, ließ ich sie offen auf dem Tisch stehen und schlich den Korridor hinunter zu Stillitanos Büro.

Dort blieb ich wieder stehen und lauschte in die Stille, die mittlerweile ein Eigenleben entwickelt hatte. Plötzlich übermannte mich eine merkwürdige Lethargie, eine urplötzliche Schläfrigkeit, und in meinem Unterbewußtsein regte sich der Wunsch, direkt nach Hause zu gehen, mich ins Bett zu legen und diesen Wahnsinn hier hinter mir zu lassen. Mühsam riß ich mich zusammen, schüttelte meine Trägheit ab und konzentrierte mich auf den vor mir liegenden Job.

In der Schultertasche lag die rechteckige Kunststoffdose,

die mir Signora Renzini mitgegeben hatte, mein Spezialwerkzeug für Einbrecher. Ich fischte sie heraus, öffnete sie und entnahm ihr den Schlüssel, der nach ihrer und Paolos Meinung am ehesten in Stillitanos Türschloß paßte, und steckte ihn ins Schloß.

Der Schlüssel steckte fest, aber nur einen Augenblick lang, dann drehte er sich geräuschvoll, und ich hörte das Klacken des zurückspringenden Bolzens. Mit kaum hörbarem Ächzen schwang die Tür nach innen auf. Die erste Hürde war genommen.

Dann stockte mir der Atem.

Das Licht aus dem Korridor beleuchtete ein unbeschreibliches Chaos. Stillitanos Büro, normalerweise so penibel aufgeräumt, daß es sogar kahl wirkte, präsentierte sich in einem wirren Durcheinander von Aktenmappen. Die einzelnen Vorgänge lagen wild verstreut auf dem Boden, auf den Stühlen und auf dem Schreibtisch, waren aus den jetzt gähnend leeren Aktenschränken gerissen, als hätte ein Hurrikan gewütet.

Ungläubig trat ich über die Türschwelle und tastete mich ins Büro. Hier stand die Luft. Es roch nach kaltem Tabak und Zigarettenasche. Auf einer Ecke des Schreibtisches stand ein überquellender Aschenbecher. Zigarettenkippen lagen ringsum verstreut auf dem Teppich.

Bei näherem Hinsehen stellte ich fest, daß das Chaos doch nicht so schlimm war, wie zunächst vermutet. Die Mappen selbst waren geschlossen, nicht sorglos durcheinandergeworfen, sondern zu ungefähr einem Dutzend niedriger, unordentlicher Stapel zusammengeschoben. Ich nahm einen der Stapel zur Hand; die Akten waren in alphabetischer Reihenfolge geordnet.

Plötzlich fiel mir die Beleuchtung im Flur ein. Jeder, der unten am Gebäude vorbeiging, konnte Licht aus Stillitanos Bürofenster scheinen sehen. Ich ärgerte mich über meine

Nachlässigkeit und zog die Tür bis auf einen winzigen Spalt zu. Sollte jemand für Nick und Gianni unbemerkt das Haus betreten, wollte ich ihn hören. Sobald sich meine Augen an die Dunkelheit gewöhnt hatten, ging ich ans Fenster und paßte höllisch auf, nicht auf die herumliegenden Mappen zu treten. Ich warf einen Blick auf die Straße und sah die beiden geparkten Autos wie Wachhunde unten lauern. Ich zog die Vorhänge zu, knipste die Taschenlampe an und richtete den Lichtkegel auf den Fußboden.

Ich hatte keine Zeit, mich weiter über das Durcheinander zu wundern, denn ich mußte mich schleunigst an den Schreibtisch machen. Ich nahm ein Buch aus dem Regal, legte es auf den Teppich und lehnte die Taschenlampe so dagegen, daß das Licht direkt auf diejenige Schublade fiel, in der hoffentlich Stillitanos Notizbuch lag – rechte Seite, zweite von oben. Ich hoffte, daß auf Paolos Erinnerungsvermögen Verlaß war.

Versuchsweise zog ich an der Schublade – es hätte ja sein können ... Natürlich war sie verschlossen. Was hatte ich erwartet? Ein Wunder?

Ich öffnete die Kunststoffdose und legte sie auf den Boden neben die Taschenlampe, nahm den ersten Schlüssel heraus und machte mich an die Arbeit.

Er paßte schon mal nicht. Der zweite auch nicht. Einen nach dem anderen steckte ich sie in der von Signora Renzini vorgeschlagenen Reihenfolge ins Schloß und mußte einen nach dem anderen wieder zur Seite legen.

Inzwischen hatte sich unter meinem schwarzen *loup* Schweiß angesammelt, der mir in kleinen Rinnsalen über das Gesicht lief. Ich hatte vergessen, ihn abzulegen. Ungeduldig schob ich mir die Maske auf die Stirn und wischte mir mit dem Handrücken übers Gesicht. Ich hatte Mühe, mich zu konzentrieren – mit halbem Ohr lauschte ich ständig auf ein Warnsignal der Autohupe. Aber es herrschte absolute Stille. Keiner der Schlüssel paßte. Also her mit den Dietrichen. Sie waren viel schwieriger zu handhaben und erforderten eine ruhige Hand, die ich bald nicht mehr haben würde. Mit dem ständigen Tok, Tok dieses verfluchten, tropfenden Wasserhahns, das laut über den stillen Korridor hallte, flossen die Minuten dahin, und mit ihnen meine Zuversicht. Ich warf einen Blick auf die Armbanduhr. Es war fast Mitternacht. Seit meiner Ankunft im Atelier war eine halbe Stunde vergangen. Bestimmt würden sich die anderen, die unten auf mich warteten, allmählich Sorgen machen.

Ich hatte sieben Dietriche. Fünf davon hatte ich bereits erfolglos ausprobiert. Meine Hand zitterte leicht, als ich das Werkzeug zur Seite legte und mir den sechsten vornahm. Um mich zu beruhigen, wandte ich eine Technik an, die ich von Faltecchi gelernt hatte: Ich schloß die Augen, holte dreimal tief Luft und baute in meinem Kopf einen leeren Raum auf, den ich nach und nach mit schwarzer Farbe ausmalte; Wand für Wand, bis nur noch eine dunkle Leere in meinem Kopf zurückblieb. Schließlich widmete ich mich, beinahe gelassen, wieder dem Schloß.

Der sechste Dietrich war länger und dünner als die anderen und endete an seinem schmalen Ende in einem kleinen Haken; auch war er flexibler als die anderen. Er paßte. Ich fühlte, wie er sich gegen das Metall des Bolzens drückte, und als ich das Handgelenk mit fast unmerklich zunehmendem Druck auf den Dietrich bewegte, wie Signora Renzini es mir beigebracht hatte, spürte ich, wie das Schloß nachgab. Noch ein leichter Druck, und das Schloß sprang auf.

Mit einem Ruck zog ich die Schublade auf. Und ein Steinbruch polterte mir vom Herzen. Da lag es, ein in schwarzes Leder gebundenes Notizbuch und darunter ein Stapel Aktenmappen. Meine Hände zitterten unkontrolliert, diesmal vor Aufregung, als sie nach dem Notizbuch griffen, es aus der Schublade holten und in der Schultertasche verstauten. Gerade wollte ich die Schublade wieder schließen, als ich innehielt. Die Aktenmappen waren einfach zu verführerisch. Ich nahm sie heraus und blätterte sie eilig durch.

Dann erstarrte ich: In der Mitte des Stapels lag ein brauner Umschlag, auf dem in Bleistift mit sorgfältiger Schrift der Name »Brandini« stand. Es war die Mappe, nach der mich Faltecchi gefragt hatte.

Ich blätterte die anderen Mappen durch; auf den ersten Blick schien es sich um Verträge zu handeln. Es gab mindestens zehn Stück davon, ein jeder umfaßte mehrere zusammengeheftete Seiten, und auf jedem von ihnen hatte Stillitano auf der letzten Seite unterschrieben und mit ihm noch ein oder zwei andere. Eine dieser anderen Unterschriften stach mir ins Auge: Alessandro Torreleone. Ich nahm mir die Zeit und las den ganzen Vertrag durch.

In knappem, juristisch gehaltenem Stil ging es um eine Vereinbarung, derzufolge Stillitano eine Kopie des Reni anzufertigen und Alessandro dafür eine bedeutende Summe zu bezahlen hatte. Merkwürdigerweise stand in dem Vertrag auch, daß der Reni das Eigentum von Massimo Torreleone war. Aber den unglaublichsten Passus dieser Vereinbarung fand ich in einem kurzen Satz ganz hinten, in dem sich jeder Vertragspartner zur Verschwiegenheit verpflichtete.

Und noch etwas fiel mir auf: Über den Unterschriften stand ein seltsamer Paragraph, verfaßt in der blumigen italienischen Variante eines juristischen Schriftsatzes, der ungefähr folgendes aussagte: »Für den Fall, daß eine der Vertragsparteien einer der hierin vereinbarten Bedingungen zuwiderhandelt, wird Vergeltung geübt in Übereinstimmung mit den Ritualen, die jedem Vertragspartner bekannt sind.« Unter diesem Passus prangte eine winzige Zeichnung in roter Tusche: eine Maurerkelle. Mestola Rossa.

Mit pochendem Herzen überflog ich die anderen Verträge. Jeder endete mit demselben Paragraphen und demselben Symbol. Ich brauchte nicht mehr weiterzusuchen. Selbst wenn das Notizbuch sich als Flop erweisen sollte, wären die Verträge Gold wert. Ich stopfte die Schriftstücke und den braunen Umschlag zu dem Notizbuch in die Schultertasche und schloß die Schublade wieder. Stillitano würde am nächsten Morgen den Diebstahl bestimmt bemerken, aber was sollte er schon dagegen unternehmen? Er würde es kaum wagen, die Polizei einzuschalten.

Sorgfältig wischte ich meine Fingerabdrücke von der Schreibtischplatte, nahm die Taschenlampe wieder an mich und stellte das Buch ins Regal zurück. Ich schloß die Tür hinter mir, sperrte sie zu und ging zurück ins Materiallager, in dem noch die Flaschen mit den Lösemitteln standen. Gerade als ich den Raum wieder verlassen wollte, fiel mir der fehlende Verschluß der Toluolflasche ein, und ich nahm noch ein leeres Fläschchen mit. Dann schaltete ich das Licht im Korridor aus, und mit grenzenloser Erleichterung, geboren aus einem Gefühl des Triumphes, den ich mir immer noch nicht zugestehen wollte, sperrte ich die Verbindungstür zu den Lagerräumen hinter mir zu.

Jetzt mußte ich nur noch die Treppe hinunter und hinaus zu den anderen, die auf der Straße auf mich warteten. Dann wäre ich endlich wieder in Sicherheit.

Im Schein meiner Taschenlampe tastete ich mich vorsichtig die Treppe nach unten. Fast hatte ich es geschafft. Doch vor lauter Nervosität und meiner Sehnsucht nach frischer Luft und vor allem nach Licht stolperte ich über meine eigenen Beine. Gerade als ich mich wieder aufrappelte, hörte ich es. Zwei kurze, abgehackte Huptöne eines Autos. Wie angewurzelt blieb ich einen viel zu langen, kostbaren Augenblick auf der untersten Stufe stehen und klammerte mich am Geländer fest, als hätte mich der Angstschweiß dort festgeklebt. Während ich zögerte, hörte ich das nur zu bekannte

Geräusch eines Schlüssels in einem Schloß und mit Entsetzen gleich darauf Stillitanos Stimme. Er war hier, und er war nicht allein.

»Verdammt«, hörte ich ihn sagen, »ich krieg die Tür nicht auf.«

Nur die Tatsache, daß er versehentlich eine bereits offene Tür wieder zugesperrt hatte, rettete mich. Er durfte mich auf keinen Fall sehen; nie und nimmer hätte ich ihm meine Anwesenheit glaubhaft erklären können. Ich konnte nur daran denken, wie sehr er mich haßte und daß er vielleicht geisteskrank war. Wie ein Fuchs auf der Flucht lief ich auf der Suche nach einem geeigneten Versteck durch die Eingangshalle zum Besenschrank, wo der Hausmeister seine Eimer und Wischmops aufbewahrte. In letzter Minute gelang es mir, mich in den Schrank zu quetschen, als die Eingangstür auch schon aufschwang.

Der Rand eines eisernen Eimers bohrte sich schmerzhaft in mein Schienbein, aber ich wagte nicht, mich zu bewegen. Die Luft roch scharf nach Ammoniak und Putzmitteln, die meine Nase kitzelten. Aus Angst niesen zu müssen, hielt ich mir die Nase zu, preßte mir die andere Hand auf den Mund, und versuchte, kurz und flach zu atmen.

Vier Füße liefen über den Marmorboden der Eingangshalle und blieben dann stehen. Und mein Herz mit ihnen. Plötzlich flammte unter der Tür der Besenkammer ein dünner Lichtspalt auf. »Geh sofort los. Nimm nur das Bild, sonst nichts. Beweis mir nur ein einziges Mal, daß du Verstand hast. Signor Bassi hat es nicht sehr gefallen, als ich ihm sagte, daß du es warst, der alles verpfuscht hat. Wenn du uns noch einmal enttäuschst...«

»Porco Dio! Woher hätte ich denn wissen sollen, daß dieser verdammte Professor plötzlich aufkreuzt?«

Marco! Mir wurde übel. Nicht auszudenken, was geschehen wäre, wenn ich es gewagt hätte, in der Halle stehenzubleiben und Stillitano ein paar Lügengeschichten aufzutischen. Mein Herz hämmerte mit dumpfen, schmerzhaften Schlägen gegen die Rippen. »Ach, halt den Mund.« Stillitanos schneidende Stimme schnitt Marcos Versuche, sich zu rechtfertigen, ab. »Deine Entschuldigungen interessieren mich nicht. Heute nacht hast du die Möglichkeit, dich zu rehabilitieren. Das ist deine letzte Chance, darauf kannst du dich verlassen. Also hör gut zu. Es ist wichtig, daß du dich auf das konzentrierst, was ich dir jetzt sage ... Oben im Büro liegt eine Einladung für den Ball. Damit kommst du ohne Probleme in den Palazzo.«

»Ach was! Ich dachte, Torreleone wollte Sie nicht einladen?«

»Ich habe ihn an seine Verpflichtungen erinnert.«

Marco schnaubte verächtlich. Ein Streichholz kratzte, und ich roch Zigarettenrauch.

»*Merda*!« rief Stillitano. »Wo ist der Fahrstuhl? Irgendein Idiot hat bestimmt wieder die Tür aufgelassen. Komm, wir nehmen die Treppe. Also, ich hab dir genau aufgezeichnet, wo du hin mußt. Wir gehen alles noch einmal durch, damit nichts schiefgeht. Das Bild ist an eine Alarmanlage angeschlossen ...«

Der Rest seiner Worte wurde von dem Geräusch ihrer Schritte auf der Treppe übertönt; bald wurden die Schritte leiser, entfernten sich und verloren sich schließlich ganz. Irgendwo über mir meinte ich, eine Tür zufallen gehört zu haben. Ich wartete, endlos, wie mir schien. Dann machte ich die Tür meines stickigen Verstecks einen Spaltbreit auf, linste verstohlen hinaus, um mich zu versichern, daß sie tatsächlich verschwunden waren. Meine Phantasie war mittlerweile an einer Grenze angelangt, wo Alpträume beginnen.

Ich zog mir die Schuhe aus und schlich mich auf Socken durch die Eingangshalle zur Haustür. Entweder hatte Stillitano es vergessen, oder er hatte absichtlich nicht abgeschlossen, denn die Tür gab meinem Druck sofort nach. Schnell zog ich mir die Schuhe wieder an und schlüpfte unbeschreiblich erleichtert aus dem Haus.

Kaum hatte ich aber einen Schritt über die Schwelle getan, als eine Hand hervorschoß und mich am Arm packte.

»Kate!« Nicks Stimme war ein leises, drängendes Flüstern. Allein der Klang seiner Stimme ließ meine Angst so plötzlich verfliegen, daß mir schwindelig wurde. Hätte er mich nicht festgehalten, wäre ich zusammengesackt. »Langsam, langsam«, flüsterte er. »Bist du in Ordnung?«

Ich versuchte zu antworten, aber mir versagte die Stimme; ich konnte nur nicken. Ich versuchte es nochmals und krächzte: »Ach, Nick, einen fürchterlichen Moment lang habe ich gedacht, du wärst Marco.«

Ich spürte, wie er meinen Arm fester drückte. »Also war er das, der gerade mit Stillitano ins Haus gegangen ist?« Wieder nickte ich. »Ich habe gesehen, daß sie sich vor dem Haus getroffen haben, war mir aber nicht sicher, ob es wirklich Marco war. Er trägt ein Karnevalskostüm.« Er deutete auf einen schwarzen Alfa Romeo, der nicht weit vom Auto der Palmieris parkte. »Das dort ist Stillitanos Auto. Marcos Motorrad steht weiter die Straße hinunter.«

Noch immer standen wir an der Hauswand vor dem Portal und flüsterten wie Verschwörer miteinander. Die Tür stand immer noch offen. Nick streckte die Hand aus und drückte sie ins Schloß. »Wo sind sie jetzt?« fragte er.

»Sie sind hinauf in Stillitanos Büro.«

»Als die beiden zum Haus gingen, habe ich auf die Hupe gedrückt. Hast du mich gehört? Wer weiß, was die sich gedacht haben? Ich tat so, als würde ich auf jemanden aus dem Haus gegenüber warten. Hoffentlich haben sie mir das abgenommen. Ich wollte gerade hineingehen, als du...« Er unterbrach sich. »Kate, du zitterst ja. Bist du wirklich in Ordnung?«

»Es sind nur die Nerven. Ich mußte mich verstecken, aber sie haben mich gottlob nicht entdeckt. Aber Nick« – ich klammerte mich an seinen Ärmel –, »ich hab's geschafft; ich hab das Notizbuch! Und noch viel mehr. Genug, um ... Komm, laß uns von hier verschwinden. Das macht mich ganz kribbelig. Und ich brauche unbedingt ein Telefon ... Stillitano will Marco noch heute nacht losschicken; er soll ein Bild aus dem Palazzo stehlen. Bestimmt haben sie es auf den Reni abgesehen.«

Ich wollte ihm berichten, was ich mitgehört hatte, aber plötzlich überfiel mich die Angst wie ein heftiges Nachbeben. Nun, da ich in Sicherheit war, konnte ich es mir endlich gestatten, meiner in mir aufgestauten Angst freien Lauf zu lassen. Ich zitterte am ganzen Körper und hörte, wie unnatürlich schrill meine Stimme klang, als gehöre sie nicht zu mir.

Nick drehte mich zu sich herum und drückte mich an sich. Er strich über mein Haar und murmelte: »Alles wird gut, mein Liebling. Du warst so tapfer. Aber jetzt ist es vorbei, es ist vorbei.« Er flüsterte noch andere Worte, zärtliche Worte, immer und immer wieder, bis ich zu zittern aufhörte und ruhig wurde.

Aber ich drängte ihn: »Wir müssen uns beeilen, Nick.«

»Kate«, sprach er ruhig auf mich ein, »was wird schon passieren? Das Bild ist eine Fälschung. Soll Marco es sich doch holen. Das ist das Problem von Torreleone.«

»Aber du verstehst mich nicht. Es ist nicht der Reni, um den ich mir Sorgen mache, es ist Conte Massimo. Der Reni hängt in seinem Arbeitszimmer, und sein Schlafzimmer liegt direkt dahinter. Was ist, wenn er aufwacht, während Marco im Arbeitszimmer ist? Was ist, wenn Marco ... Daran darf ich gar nicht denken. Wir müssen ihn unbedingt warnen.«

Er legte die Arme um meine Schultern. »Na gut. Aber zuerst müssen wir zu Clara und Gianni. Sie werden sich schon Sorgen machen. Okay?«

»Ja, natürlich.«

Clara und Gianni stiegen aus dem Auto, als wir auf sie zukamen, und ihre Gesichter strahlten vor Erleichterung. Während Clara mich in ihre Arme schloß, sagte Nick:« Ich stelle mein Auto ein Stück weiter weg in die Seitenstraße. Wenn Stillitano und Marco aus dem Haus kommen, möchte ich nicht, daß sie es sehen.«

»Ich hab mich noch nie in meinem Leben so gefürchtet, *cara*«, sagte Clara, »als ich sah, wie die beiden ins Haus gingen... So etwas darfst du nie wieder tun!«

Mir gelang nur ein müdes Lächeln. »Keine Sorge. Meine Karriere als Einbrecherin ist ein für allemal beendet. Sie war kurz, aber unwahrscheinlich erfolgreich.« Ich griff in meine Schultertasche und zog das Notizbuch und die Verträge heraus. »Die Früchte des Verbrechens. Die meines und die Stillitanos«, frohlockte ich und drückte alles Nick in die Hand, als er zurückkam. »Das Notizbuch habe ich mir noch nicht angesehen, aber die Verträge sind sehr interessant. Komm, dazu haben wir jetzt keine Zeit«, rief ich, als Nick die Verträge an Gianni weiterreichte und selbst in dem Notizbuch herumzublättern begann. »Wir müssen vom nächsten Telefon aus im Palazzo anrufen. Wir müssen Marco aufhalten...«

»Der kostümierte Mann war Marco?« fragte Gianni.

»Ja.« Ich faßte für ihn und für Clara kurz zusammen, was ich mitgehört hatte und setzte mit Verzweiflung in der Stimme hinzu: »Versteht ihr jetzt, daß wir uns beeilen müssen? Marco hat sein Motorrad hier stehen und...«

»Nicht mehr«, erwiderte Gianni trocken.

Wir starrten ihn verständnislos an.

Er hielt ein gefährlich aussehendes Küchenmesser in die Höhe. »Das hat Clara mitgenommen. Weiß der Himmel, was sie damit wollte...«

»Uns verteidigen, natürlich, was sonst?« antwortete Clara gekränkt.

Er zwinkerte Nick und mir zu. »Tief in ihrem Herzen ist Clara eben doch eine echte *napolitana*. Wenn man ihr manchmal zuhört, könnte man glatt annehmen, daß sie früher einmal eine *scugnizza* war. Aber das Messer war tatsächlich zu etwas nütze. Bestimmt wird Marco den Carnevale dafür verantwortlich machen; diese Art von Späßen müßte seinem Sinn für Humor ja entgegenkommen. Und weil's so schön war, hab ich mit Stillitanos Reifen dasselbe gemacht.« Er sah sehr zufrieden mit sich aus.

Clara lachte: »Also, das hast du gemacht, während ich im Auto Ave Marias gebetet habe.«

»Ich möchte deiner Jungfrau Maria ja nicht zu nahe treten«, sagte Gianni, »aber Gott hilft den...«

»Denjenigen, die sich selber helfen«, beendete ich den Satz für ihn.

»Gibt es dieses Sprichwort auch in Italien?«

Nick grinste. »Die Italiener leben sogar danach. Dank Gianni kannst du also ganz ruhig sein, Kate. Marco wird es wohl nicht so schnell zum Palazzo schaffen.« Sein Gesicht wurde hart. »Vermutlich wird er es überhaupt nirgendwohin mehr schaffen. Weil ich mit ihm noch eine Rechnung zu begleichen habe.«

Ich war nicht restlos überzeugt. »Ich kann erst ruhig sein, wenn ich die Torreleones gewarnt habe, Nick. Ich werde sie sofort anrufen. Hat jemand ein gettone fürs Telefon?«

»Ja, ich denke schon.« Clara kramte in ihrer Handtasche. »Ich werde dich begleiten. Hier.« Sie gab mir eine Münze.

»Moment mal.« Nicks Stimme hatte so scharf geklungen, daß Clara herumfuhr und ihn überrascht ansah. »Was willst du den Leuten denn sagen, Kate?«

»Nur das, was ich soeben mitgehört habe. Nicht mehr. Ich werde versuchen, Alessandro ans Telefon zu kriegen. Er kann mit der Information dann machen, was er will – die Polizei anrufen oder sonst was –, aber das Wichtigste ist, ihn über Marcos Absichten zu informieren. Ich habe nicht vor, dich oder Gianni da hineinzuziehen oder eure Nachforschungen zu erwähnen. Wenn er fragen sollte, was ich vermute, werde ich ihm genau das sagen, was wir vereinbart haben – daß ich zufällig in der Werkstatt war und ebenso zufällig gehört habe, worüber sich Marco und Stillitano unterhalten haben.«

Allseitiges Schweigen. Schließlich sagte Nick: »Okay.« Aber seine Zustimmung kam eher widerwillig. »Gianni und ich werden im Auto auf euch warten. Ich möchte das da nämlich fotografieren«, sagte er und zeigte auf die Verträge, die Gianni in der Hand hielt. »Die Minox liegt im Auto. Wir werden den Eingang im Blick behalten, falls die beiden herauskommen.«

Ich drehte mich um und schaute zu Stillitanos Fenster hinauf. Das Licht brannte. Ich fragte mich, ob er inzwischen wohl meinen Diebstahl bemerkt hatte und jetzt wütend hin und her tigerte und überlegte, wem er das wohl zu verdanken hatte. Würde er mich überhaupt in Betracht ziehen? Bei dem Gedanken begann ich zu zittern, beruhigte mich aber gleich wieder damit, daß er sich mit seinen schmutzigen Geschäften bestimmt nicht nur einen Feind gemacht hatte. Und abgesehen davon, spielte es keine Rolle, was er vermutete. Ich war in Sicherheit; er konnte mir nichts mehr anhaben. Ich kannte eine Bar an der nächsten Straße, von der ich wußte, daß sie bis spät in die Nacht geöffnet hatte, und verkündete, daß ich von dort aus telefonieren wollte. Bevor Clara und ich losgingen, fiel mir ein, daß Marco ja kostümiert war, und ich bat Nick, ihn mir zu beschreiben.

Er konnte sich ganz offensichtlich nur schwer von der Lektüre des Notizbuchs losreißen. »Was? Ach, etwas Dunkles, glaub ich. Er trägt eine Halbmaske und ein Cape, das ihn vollständig verhüllt. Was er darunter anhat, hab ich nicht gesehen. Tut mir leid, damit wirst du vermutlich nicht viel anfangen können.«

Gianni sagte: »Marco muß das Bild ja unbemerkt aus dem Palazzo schaffen. Das Cape wird ihm dabei bestimmt gute Dienste leisten. Wie groß ist der Reni denn, Kate?«

»Klein genug, um ihn darunter verstecken zu können, denke ich. Ja, vermutlich hast du recht, Gianni. Welche Möglichkeit hätte er sonst wohl? Am Hauptportal steht ein Sicherheitsbeamter, an dem er das Bild irgendwie vorbeischmuggeln muß. Aber wenn ich mich spute, wird es gar nicht so weit kommen. Komm, Clara.«

Nachdem die Bar die einzige in der Umgebung war, die so lange geöffnet hatte, war sie dementsprechend überfüllt. Menschentrauben drängten sich vor dem Barmann, der eine Reihe Untertassen auf den Tresen stellte und darauf dampfende Espressotassen verteilte. Der Kaffee duftete köstlich, und ich hätte selbst gerne eine Tasse getrunken.

Als ich darum bat, telefonieren zu dürfen, rief der Barkeeper quer durch den Raum: »He, Flavio! Mach das Telefon frei! Wenn du sie bis jetzt nicht überzeugt hast, schaffst du's ohnehin nicht mehr. Und die Signora hier möchte telefonieren!«

Die Nummer des Palazzos war besetzt. Ich versuchte es mehrmals, aber ich kam einfach nicht durch. Alessandros Privatnummer und auch die seines Vaters kannte ich nicht, und die Telefonauskunft konnte auch nicht helfen: Die Nummern sind nicht registriert, mußte ich erfahren.

Als ich den Hörer auf die Gabel legte, hielt mir Clara eine Tasse Kaffee hin. »Kein Glück? Komm, trink. Du kannst es ja in ein paar Minuten noch einmal probieren.«

»Du bist ein Schatz. Kannst du Gedanken lesen?« Schwarz und dampfend, eigentlich zu heiß zum Trinken, rann der Kaffee in meinen Blutkreislauf wie ein Schuß purer Energie. Auf der Stelle wurden meine erlahmenden

Kräfte wieder zu neuem Leben erweckt. Ich versuchte es noch einmal im Palazzo.

Aber es hatte keinen Sinn; die Leitung war immer noch besetzt. »Vielleicht sollte ich die *carabinieri* anrufen...?« Clara legte eine Hand auf meinen Arm. »Das soll Gianni machen. Er weiß, an wen er sich wenden muß.«

Obwohl mir eine weitere Verzögerung zuwider war, mußte ich zugeben, daß sie recht hatte. Der Gedanke daran, einen ungläubigen Beamten am Telefon davon überzeugen zu müssen, daß meine Geschichte kein Karnevalsscherz war, widerstrebte mir. Außerdem wollte ich die Polizei erst einschalten, wenn ich mit Nick gesprochen hatte. Wir kehrten zu den beiden Männern zurück. Bevor ich auf dem Rücksitz des Maserati Platz nahm, warf ich einen Blick zu Stillitanos Fenster hinauf. Das Licht brannte noch immer.

Nick und Gianni saßen in trauter Zweisamkeit auf den Vordersitzen und hatten ein paar der Verträge vor sich auf den Schenkeln ausgebreitet. Nick ahnte schon, was ich ihn fragen wollte, und antwortete: »Keine Sorge, sie sind beide noch oben. Hast du die Torreleones erreicht?«

»Nein, es war ständig besetzt.« Ich legte Gianni die Hand auf die Schulter. »Gianni, Clara sagt, daß du jemanden bei den *carabinieri* kennst, an den man sich wenden könnte, jemanden, der vielleicht...«

»Danilo Cucchi«, antwortete Gianni, bevor ich den Satz beenden konnte. »Der Mann, der mir die Akten der Studenti per l'Operaio verschafft hat. Marcos Aktivitäten würden ihn sicherlich brennend interessieren.« Er schaute zu Nick hinüber: »Soll ich ihn anrufen?«

Nick zögerte. »Ich wünschte, ich hätte noch ein bißchen Zeit, diese Papiere hier durchzusehen. Es riecht nach Dynamit. Du bist wirklich eine begnadete Einbrecherin, Kate.« Er grinste mich an, sein zweifelhaftes Kompliment machte mir aber dennoch Freude. »Aber wir haben das meiste ohnehin schon fotografiert, ruf ihn also ruhig an. Sag ihm, er soll ein paar Männer zum Palazzo schicken und selbst mit Verstärkung hierherkommen.«

»*D'accordo*.« Gianni stieg aus.

Während er fort war, erzählte uns Nick, was die beiden beim flüchtigen Durchsehen des Notizbuches und der Verträge herausgefunden hatten. »Das hier beweist eindeutig, daß Stillitano bis zum Hals in der Mestola Rossa steckt. Abgesehen davon, daß er Fälschungen produziert hat, könnte er im Auftrag von Mitgliedern der Mestola Rossa als Hehler für gestohlene Kunstwerke gearbeitet haben, ganz bestimmt aber für Bassi. Bis auf den einen Vertrag über den Reni gibt es keinen eindeutigen Hinweis darauf, ob er mit den Torreleones unter einer Decke steckt. Marco ist ihm übrigens von Bassi vermittelt worden. Marco ist ja auch genau der Typ von Schläger, den Bassi einsetzen würde...«

»Und habt ihr jetzt genügend Material«, fragte ich ihn und deutete auf die ausgebreiteten Papiere, »um Stillitano und Marco hinter Gitter zu bringen? Weil wenn das nämlich nicht der Fall ist, gehe ich nach Montreal zurück. Ich riskiere lieber den Erfrierungstod, als mir vorzustellen, was Marco oder Stillitano mit mir machen, wenn sie spitzkriegen, was ich heute nacht getan habe.«

»Dann emigrieren wir alle zusammen«, versprach Clara. Nick lachte: »Du brauchst noch nicht zu packen. Die wandern ins Gefängnis. Als einen der letzten Einträge hat Stillitano in seinem Notizbuch nämlich vermerkt, daß er Marco zwei Millionen Lire bezahlt hat, um am Samstagabend einen Auftrag für ihn zu erledigen. Ich kann mir nicht vorstellen, daß es Cucchi schwerfallen wird, Marco im Verhör dazu zu bringen, ihm das genauer zu erklären. Besonders dann nicht, wenn Faltecchi Marco tatsächlich als denjenigen identifizieren kann, der ihn überfallen hat. Marco ist nicht der Typ, der sich für jemand anderen opfert.«

Er sammelte die Papiere ein, legte den Stapel in einen ledernen Aktenkoffer und verkündete: »Ich suche mir jetzt einen Platz, von wo aus ich den Eingang besser überwachen kann. Ihr beide bleibt schön hier sitzen und wartet, bis Gianni zurückkommt. Kate, gibst du mir bitte die Schlüssel? Nur für alle Fälle…«

Ich reichte ihm den Schlüsselbund durch das geöffnete Fenster. »Jetzt ist es wohl an mir, dich zu bitten, vorsichtig zu sein.« Unsere Finger verhakten sich einen Moment lang, dann war er fort.

Für mich dauerte es eine Ewigkeit, wahrscheinlich waren es aber nur ein oder zwei Minuten gewesen, bis Gianni zurückkam. »Wo ist Nick?« fragte er, als er auf den Fahrersitz rutschte. Wir klärten ihn auf. »Ach so. Tut mir leid, ich habe Cucchi nicht erreicht. Ich hab's zu Hause versucht; seine Frau hat gesagt, daß er bald zurückkommen müßte. Die *carabinieri* hab ich nicht angerufen.« Und als er mein Gesicht sah, setzte er hinzu: »Ich möchte unbedingt vorher mit Cucchi sprechen. Marco ist noch immer im Haus, oder? Dann bleibt uns ja noch ein bißchen Zeit. Jetzt gehe ich erst mal Nick suchen. Dann versuch ich's wieder bei Cucchi. Wartet solange hier auf uns.« Und damit war auch er um die Ecke verschwunden.

Clara verzog das Gesicht, die Parenthesen um ihren Mund vertieften sich, und sie zuckte philosophisch mit den Achseln. Wir machten es uns bequem und warteten.

Die Angst, die ich vorhin empfunden hatte, war jetzt vorüber; es war, als hätte es sie nie gegeben, als wäre sie wie die Erinnerung an einen Schmerz. Ich machte mir nur Sorgen und war wütend. Wütend auf mich, weil ich nur das Beste gewollt, es aber nicht erreicht hatte, weil ich mit besten Absichten verschwiegen hatte, was jetzt wie ein Betrug aussah. Wie würde ich Conte Massimo erklären, daß ich in gewisser Weise mitverantwortlich war für das, was heute nacht noch passieren könnte? Daß ich es hätte verhindern können, wenn ich ihm nur einen Bruchteil dessen, was ich wußte, erzählt hätte. Wie würde ich ihn von meiner Zuneigung und Sorge um ihn überzeugen können? Er hätte jedes Recht, mein Verhalten als Bevormundung seiner Person zu deuten.

Noch wütender war ich auf Marco und Stillitano, vor allem auf Stillitano, weil er so viel mehr Schuld auf sich geladen hatte. Er hatte Freundschaft und Vertrauen mit Füßen getreten, Eigenschaften, die für unsere Arbeit so eminent wichtig sind. Genau wie Giangiacomo es formuliert hatte, war Marco nichts als »a hired gun«. Stillitano war der eigentliche Mörder. Bis mir Nicks Schwester einfiel.

Plötzlich war ich wild entschlossen, ihre Pläne zu durchkreuzen und die beiden hinter Gitter zu bringen. Wie konnten wir sie nur unbehelligt weitermachen lassen, nach allem, was wir ihnen anlasteten? Es war mir nur ein schwacher Trost, daß vom ersten Verdacht bis zum konkreten Beweis gerade erst vier Tage vergangen waren. Mir wurde schmerzlich bewußt, daß ich es nicht geschafft hatte, das Richtige zu tun – obwohl ich bis jetzt nicht einmal gewußt hatte, was das Richtige war. Aber nun wußte ich es, und ich mußte handeln. Diese Gefühle müssen der Auslöser für meine folgenden Handlungen gewesen sein. Ich weiß nicht, wie ich sie sonst erklären könnte.

Die Autofenster standen offen. Clara und ich hörten Schritte, die schnell die Via Livia heraufkamen; bestimmt war es Nick oder Gianni. Wir beugten uns in dem Moment hinaus, als eine Gestalt in einem Umhang am Ende der Gasse vorübereilte. Sie warf keinen Blick in unsere Richtung und war im nächsten Moment auch schon verschwunden.

»Das war Marco!« keuchte Clara. Wir warteten, aber weder Nick noch Gianni folgten ihm. Ich dachte an Conte Massimo, und mir war klar, daß ich nicht länger untätig herumsitzen konnte. Ich mußte ihn warnen; zumindest das schuldete ich ihm. Instinktiv streckte ich meine Hand aus und öffnete das Handschuhfach. Nicks Pistole lag noch da. Ich nahm sie heraus und steckte sie in meine Schultertasche.

Aus Claras Gesicht sprach das blanke Entsetzen: »Kate! Was hast du vor?«

»Ich muß sie warnen. Sag bitte Nick, daß ich nichts Unbedachtes tun werde, aber ich *muß* versuchen, sie zu warnen.« Ich öffnete die Autotür.

»*Cara*, nicht!« Clara packte mich am Arm. »Es ist zu gefährlich. Warte auf Nick oder Gianni. Ich bitte dich. Wir fahren ihm zusammen nach ...«

Ich befreite mich aus ihrem Griff und schlug die Tür zu, dann beugte ich mich durch das offene Fenster zu ihr herein. »Tut mir leid, Clara. Ich kann nicht warten.« Bevor sie noch etwas sagen konnte, drehte ich mich um und rannte los.

18

Marco war wie vom Erdboden verschluckt. Aber das machte nichts: Ich wußte ja, wohin er wollte. Er war schnell gewesen, aber doch nicht so schnell, daß ich den Palazzo nicht vor ihm würde erreichen können. Dazu mußte ich aber laufen, was die Lungen hergaben, oder – noch besser – mir ein Taxi schnappen. Aber zu dieser späten Stunde war es selbst am Corso unwahrscheinlich, ein leeres Taxi aufzutreiben, und in den Gassen des *centro storico* war es schlicht hoffnungslos. Kein Problem, überlegte ich: Wenn ich kein Taxi bekommen würde, weshalb sollte es Marco besser gehen? Und der gesunde Menschenverstand sagte mir auch, daß er keinen Grund hatte, eine Taxifahrt zum Palazzo zu riskieren. Er wußte ja nicht, daß er verfolgt wurde.

Am meisten fürchtete ich mich davor, auf meiner blinden Verfolgungsjagd um eine Ecke zu biegen und ihm direkt in die Arme zu laufen oder davor, daß er sich umsehen, mich bemerken und mir irgendwo auflauern könnte. Ich bemühte mich, mir den Weg zum Palazzo ins Gedächtnis zu rufen. Würde er die gleiche Route nehmen wie ich? Kannte er sich in dieser Gegend genausogut aus wie ich?

Bei jedem Schritt spürte ich das harte Kopfsteinpflaster durch meine dünnen Schuhsohlen. Der Belag war so uneben, daß ich ins Straucheln kam und bei dem Versuch, mich mit den Händen an einer Wand abzustützen, in ein weiches, schmieriges Etwas griff und darunter zu meinem Schrecken einen knochigen Arm erfühlte. Ich schrie auf und riß meine Hand zurück. Aus dem Hauseingang starrte mich das Gesicht eines alten Mannes mit weit aufgerissenen, trüben Augen an. Als er sich umdrehte und sich genauso erschrocken wie ich tiefer in seine dunkle Ecke verdrückte, stieg mir ein saurer Gestank von Wein und Knoblauch in die Nase. Nach diesem Erlebnis hielt ich es für angebrachter, mitten auf der Straße zu laufen.

Die ganze Zeit hatte ich ein stetiges Klopfen in den Ohren, rhythmisch, fast bedrohlich, wie Trommeln im Dschungel. Als Kontrapunkt dazu pochte mein Herz. Aber ich war zu betäubt, um irgend etwas bewußt wahrzunehmen. Bis ich um die Ecke auf eine Piazza trat, und mich ein infernalischer Lärm mit der Wucht einer Explosion traf.

Direkt vor mir, dort, wo die Straße in die Piazza mündete, wogte ein Mahlstrom von Menschen als zähe, schwarze Masse. Der Platz lag in gespenstischem Dunkel. Die Umrisse vor mir konnte ich nur undeutlich als menschliche Körper ausmachen. Das war ungewöhnlich, denn normalerweise sind die Straßen und Plätze in Rom auch bei Nacht von Straßenlaternen zumindest schwach beleuchtet. Gerade als sich meine Augen an die Dunkelheit gewöhnt hatten, traf mich ein blendender Lichtblitz so hart und grausam, als hätte jemand einen Schalter umgelegt. Als ich wieder normal sehen konnte, war die Szene vor mir auf einen Schlag in bläuliches Licht getaucht. Tagsüber war diese kleine Piazza ein wahres Schmuckstück, an drei Seiten eingerahmt von pfirsichfarbenen Gebäuden aus dem Rokoko, die vierte Seite geprägt von der massigen, grauen Fassade einer Barockkirche. Aber jetzt war der Platz nicht mehr wiederzuerkennen.

Als erstes fiel mir das Gerüst vor der Häuserfront auf der anderen Seite der Piazza hinter der wogenden Menschenmenge auf. Dort lauerten zusammengekrümmte, fremdartige, vogelähnliche Gestalten wie lebensgroße Gargylen, angestrahlt von roten und gelben Spotlights, als warteten sie nur auf den Befehl, auf die Menschen unter ihnen herabzustoßen. Eine unglaublich fette Frau in einem hautengen schwarzen Kleid kauerte in der mittleren Reihe vor dem Hintergrund der riesigen, von den seltsamen Vögeln geworfenen Schatten und lachte – ihr Mund sah in ihrem kalkweißen Gesicht aus wie eine riesige, klaffend rote Wunde. Ein grotesker Anblick: wie eine grinsende Theatermaske.

Der Trommelwirbel wurde lauter. Jemand rief etwas – die Stimme kam von irgendwoher aus der Menge –, und wie durch Zauberhand teilte sich die Menschenmenge und gab einen kurzen Blick frei auf eine Szene, so bizarr, daß ich mit offenem Mund dastand und meinen Augen kaum traute.

Umringt von Menschen, bewegte sich ein kostümierter Haufen von Kreaturen: Wie von Taranteln gestochen, hüpften und krümmten sie sich nach dem ohrenbetäubenden Rhythmus der Trommeln. Wie in Trance sprangen und tollten sie herum, ohne Rhythmus, ohne Anmut, als müßten sie, um nicht tot umzufallen, tanzen, bis das Gift der Spinne ihren Körper verließ. Dieses Spektakel zog mich magisch an, und plötzlich fand ich mich in der ersten Zuschauerreihe wieder. Die Tänzer trugen die gleichen Kostüme wie die Gargylen auf dem Gerüst – vogelähnliche Masken mit riesigen roten Schnäbeln und dazu schwarze Umhänge. Die Arme weit nach hinten ausgestreckt, wanden sie sich und flatterten wie Raubvögel, die sich um eine Beute balgen. Die Menge kreischte und johlte, als sie sich immer wieder voneinander lösten, um spielerisch auf die Zuschauer einzuhacken.

Einen verrückten Augenblick lang fragte ich mich, ob ich versehentlich in ein anderes Jahrhundert geraten war – um eine falsche Ecke gebogen, einen falschen Weg gewählt – und mich plötzlich als Teil eines *danse macabre* mitten in der Vergangenheit befand. Benommen und unfähig, mich zu rühren, stand ich da, bis mich ein Mann anschrie und mich unsanft zurückriß. Der Anblick des wutverzerrten Gesichts hinter einer ultramodernen Pilotenbrille brachte mich auf einen Schlag in die Gegenwart zurück.

Nachdem er mich mit einem Schwall von Flüchen überschüttet hatte, merkte er, wie verständnislos ich ihn anstarrte, und fügte besänftigt hinzu: »Signora, Sie standen uns im Weg. Sie wären beinahe in die Kameras gelaufen.« Er deutete nach links hinter eine Reihe von Scheinwerfern. Jetzt erst bemerkte ich die Kameras und eine Gruppe von Leuten, die auf den breiten Steinstufen der Kirche standen. Mittendrin thronte auf einem hohen Kamerakran der Regisseur und bellte seine Anweisungen. Die grauen Haare unter seiner Schirmmütze fielen ihm bis auf die Schultern. Die Tänzer, die inzwischen aufgehört hatten zu tanzen, waren auf einmal keine Kreaturen aus einem Alptraum mehr, sondern ganz normale Schauspieler. »Und wie soll ich jetzt auf die andere Seite kommen?« fragte ich den Mann mit der Pilotenbrille. Aber der beachtete mich nicht mehr und konzentrierte sich auf einen Stapel Papiere, die er in der Hand hielt.

»Ich hab's wahnsinnig eilig. Könnten Sie mich bitte...«

»Auf gar keinen Fall!« Er wedelte mit den Papieren vor mir herum, um mich zu verscheuchen.

Auch gut, dachte ich aufgebracht. Ich hatte höflich gefragt, aber nachdem das nicht zu wirken schien... mußte er mich wohl oder übel später wieder aus dem Film schneiden.

Als mir der Mann den Rücken zukehrte, stürzte ich mich zwischen die Tänzer und boxte mir mit den Ellbogen rücksichtslos einen Weg frei. Ich war wild entschlossen, mich von keinem Filmteam und von keinem noch so hochnäsigen Regisseur daran hindern zu lassen. Während ich mich quer über den Platz arbeitete, murrten und fluchten die Leute zwar, aber niemand versuchte mich aufzuhalten; vielleicht dachten sie, daß ich – selbst kostümiert – ebenfalls zu ihrer Truppe gehörte.

Stolpernd und nach Atem ringend, befreite ich mich aus der Menschentraube und duckte mich unter der Barrikade durch, welche die Piazza zur anderen Seite hin absperrte. Ein paar Männer, die an einem parkenden Auto herumlungerten, pfiffen hinter mir her und versuchten lachend, mich zu erwischen, verfolgten mich aber nur mit ihrer guten Laune, und bald war ich wieder allein in den verlassenen, von Menschen und Autos leergefegten Straßen. Alle hatten sich auf der Piazza versammelt, um dem Filmteam beim Drehen zuzusehen. Hier gab es keine Bars, die noch offen gewesen wären. Auch eine andere Möglichkeit zu telefonieren gab es nicht, falls ich noch einmal das Risiko hätte eingehen wollen, wieder nur das Besetztzeichen zu hören. Marco hatte vermutlich schon einen großen Vorsprung, vielleicht war er schon im Palazzo und auf der Suche nach Conte Massimos Arbeitszimmer. Die Angst verlieh mir die Energie, die ich so dringend brauchte. Unter Aufbietung meiner letzten Kräfte rannte ich die nicht enden wollenden Straßen hinunter, bis ich endlich die Piazza Torreleone erreicht hatte.

Ein paar Regentropfen fielen auf mein Gesicht, dann hörte der Regen wieder auf. Bedrohlich hing das Gewitter über der Stadt, jederzeit bereit loszubrechen. Ich spürte, wie es sich über meinem Kopf zusammenbraute, wie die Luft drückend wurde. Als ich mich dem Hauptportal näherte, verlangsamte ich meinen Schritt und suchte mit den Augen nach Signora Gambino. Aber ich konnte sie nirgends entdecken. Nur ihr bedrohlicher Schatten, der bewaffnete Sicherheitsbeamte, stand noch da und beobachtete mich ungerührt, als ich auf ihn zukam.

Auf diese Situation war ich nicht vorbereitet gewesen. Ich hatte vorgehabt, Signora Gambino zu bitten, die Torreleones vor dem bevorstehenden Raub zu warnen. Was jetzt? Würde der Wachmann mir ohne weitere Erklärungen Glauben schenken oder würde ich weitere kostbare Minuten verlieren? Wie würde er wohl auf eine ihm unbekannte Frau reagieren, die ihm eine Räubergeschichte aufzutischen versuchte?

Nein, es wäre vermutlich einfacher, direkt zu Alessandro zu gehen. Er könnte den Wachmann dann selbst informieren. Ich würde dem Türsteher also nur meine Einladungskarte zeigen und vorgeben, ich wäre ein Gast wie jeder andere.

Ich öffnete die Schultertasche und kramte nach dem weißen Einladungskärtchen, aber vergebens. Alles, was ich ertastete, waren andere bekannte Gegenstände und der kühle Stahl von Nicks Pistole. Die Pistole. Schnell machte ich die Tasche wieder zu und verzichtete darauf, weiter danach zu suchen. Die Hand des Sicherheitsbeamten war mir zu gefährlich nahe an seiner eigenen Waffe, um mich an seiner Reaktion zweifeln zu lassen, sollte er mein kleines Spielzeug entdecken. Aber wo war die Einladung? Natürlich!

In meinem Abendtäschchen auf dem Rücksitz des Maserati.

Ich unterdrückte die aufkommende Verzweiflung, ging festen Schrittes auf den Sicherheitsbeamten zu, nannte ihm, atemlos, wie ich war, so ruhig wie möglich meinen Namen und erklärte, daß ich zu den geladenen Gästen gehörte, schon einmal dagewesen wäre und den Ball nur für kurze Zeit verlassen hätte. Meine Einladung hätte ich vermutlich verlegt. Signora Gambino, die *portiera*, würde mich aber kennen. Ob sie wohl noch da sei. Oder vielleicht habe er eine Gästeliste zur Hand, auf der bestimmt mein Name stünde.

Der Sicherheitsbeamte ließ mich ausreden, blieb aber unbeeindruckt. Die Arme hatte er vor den Messingknöpfen seiner Uniformjacke verschränkt. Als ich fertig war, sagte er: »Tut mir leid, Signora. Die *portiera* ist schon nach Hause gegangen. Es gibt zwar eine Gästeliste, aber ich habe den Auftrag, niemanden hereinzulassen, der keine Einladung vorweisen kann.« Sein Ton war höflich, sein Gesichtsausdruck nicht. Er hätte ebensogut hinzufügen können, was er zweifellos dachte: »... und ich denke nicht daran, Sie hereinzulassen.«

Seine Augen taxierten mich von Kopf bis Fuß, und plötzlich wurde mir bewußt, wie abgerissen ich aussehen mußte: außer Atem, zerzaust – kurz: ein alles andere als willkommener Gast.

Idiotischerweise hatte ich bis jetzt angenommen, daß meine Zielstrebigkeit alle Hindernisse aus dem Weg räumen könnte, daß meine einzige Herausforderung Marco wäre und nicht ein x-beliebiger, gemieteter Wachhund mit mißtrauischem Blick. Ich spürte, wie die in mir angestaute Frustration der letzten Tage sich in einer Explosion zu entladen drohte und mußte mich mit aller Gewalt zusammennehmen, um diesem Eierkopf, der mir den Weg versperrte, nicht ein paar ausgesuchte Unfreundlichkeiten ins Gesicht zu schleudern.

»Bitte, bitte«, flehte ich ihn an, eifrig darum bemüht, die Wut aus meiner Stimme zu nehmen, »ich muß unbedingt mit Alessandro Torreleone oder mit seinem Vater sprechen. Es ist wahnsinnig wichtig. Könnte ich wenigstens das Telefon in der Portiersloge benutzen? Ich weiß, daß Signora Gambino bestimmt nichts dagegen hätte.«

Aber meine Worte schürten nur sein Mißtrauen. Er legte eine Hand auf den Pistolengürtel. Einen Augenblick lang ließ sein Blick von mir ab und wanderte über die Piazza.

Ich holte tief Luft und wollte ihm gerade klarmachen, daß ich weder eine Terroristin noch eine Verrückte sei und er es sich besser gut überlegen sollte, ob er die Verantwortung dafür, daß die Torreleones in diesem Augenblick gerade ausgeraubt würden, übernehmen wollte, als zwei Dinge gleichzeitig passierten, die die Aufmerksamkeit des Sicherheitsbeamten von mir ablenkten und mir jede Möglichkeit nahmen, ihm von Marco zu erzählen.

Mehrere Autos fuhren mit quietschenden Reifen, kreischenden Bremsen und unter einem wilden Hupkonzert auf der Piazza vor. Autotüren knallten, und ein johlender Haufen von gut einem Dutzend Ballgästen schälte sich aus den Fahrzeugen und steuerte auf den Palazzo zu. Der Sicherheitsbeamte starrte auf die lärmende Gruppe, aber bevor er auch nur einen Schritt zurückweichen konnte, um ihren Angriff zu parieren, öffnete der Himmel seine Schleusen, und der Regen prasselte wie aus Eimern auf unsere Köpfe.

Fluchend und kreischend rannten die neuen Gäste auf das Hauptportal zu, fuchtelten wild mit den Armen und schrien den Wachmann an, schleunigst das Tor zu öffnen. Zum ersten Mal verlor das Gesicht des Mannes seinen ruhigen Ausdruck; es war ihm anzusehen, daß er zerrissen war zwischen Pflichterfüllung und dem anstürmenden Pulk von Gästen, deren Gekreische direkt proportional zum zunehmenden Regen anschwoll. Sein offensichtliches Zögern stachelte ihre Wut nur weiter an, und sie drängten ihn lautstark, nun endlich das Tor zu öffnen, bevor sie ertrinken müßten.

Es waren einfach zu viele. Ein kurzes Zucken lief über das Gesicht des Wachmannes, dann gab er entnervt nach und öffnete das Tor. An ihm vorbei drängte sich eine fluchende, lachende, schiebende Menschenmenge in den Palazzo.

Und ich zwischen ihnen, eingequetscht zwischen den beiden längsten Männern und maskiert mit meinem *loup*. Drinnen unter den Arkaden herrschte ein heilloses Durcheinander. Wie aufgescheuchte Hühner liefen die Neuankömmlinge hin und her, während der Wachmann sich ebenso lautstark wie vergebens darum bemühte, ihre Einladungskarten zu sehen. Der Lärm war ohrenbetäubend. Die Gäste jammerten über ihre durchweichten Kostüme und ihr zerlaufenes Make-up. Sie ignorierten die verzweifelten Appelle des Wachmannes, daß er sie ohne Einladungskarten nicht hereinlassen dürfe, wimmelten seine Bemühungen mit wegwerfenden Gesten ab, derweil sie sich abmühten, ihren mittlerweile arg in Mitleidenschaft gezogenen Glamour zu restaurieren.

Im Haus befreite ich mich von meinem durchnäßten Umhang; ohne ihn und mit dem *loup* im Gesicht würde mich der Wachmann vielleicht nicht wiedererkennen. Aber das Problem der Einladungskarte bestand immer noch. Der Türsteher war offensichtlich nicht bereit, jemanden ohne die Karte durchzulassen. Ich hielt mich unauffällig am hinteren Ende der Gruppe und arbeitete mich Schritt für Schritt nach vorn. Mein Ziel war die schmale Treppe, die zu meinem Arbeitszimmer und zum südlichen Flügel des Palazzo hinaufführte. Von diesem Flügel aus würde ich über die Galerie in den Salone d'Oro und zu Alessandro gelangen. Dieser Weg war zwar länger als der direkte über den Hof, aber es war weniger wahrscheinlich, daß mich der Wachmann entdecken würde.

Irgendwann hatten sich die Gäste so weit beruhigt, daß sie sich das Friedensangebot des Wachmannes anhörten, der verkündete, daß sich auf der anderen Seite des Hofes Waschräume befänden, in denen sie sich frisch machen könnten. Sie müßten ihm nur vorher ihre Eintrittskarten zeigen.

Plötzlich verstanden sie, was er von ihnen wollte und kramten unter großem Hallo die kostbaren Kärtchen hervor. Nachdem jeder der erste im Waschraum sein wollte, herrschte ein solches Gedränge, daß sie den armen Mann beinahe umrannten. Diese paar Sekunden der Verwirrung nutzte ich, um zur Treppe zu laufen. Ich nahm zwei Stufen auf einmal und achtete dabei mit einem Ohr darauf, ob jemand meine Flucht bemerkt hatte. Aber ich entkam ungesehen. Auf den obersten Stufen verfing sich das Cape zwischen meinen Beinen und hätte mich beinahe wieder die Treppe hinunter befördert. Das nasse Cape lag schwer über meinem Arm, und ich hielt nach einer geeigneten Ablage Ausschau. Dabei bemerkte ich, daß die Tür zu meinem Arbeitszimmer offen stand. Nachdem die Bilder herausgeräumt waren, vermutete ich, daß entweder jemand vergessen oder es nicht für nötig befunden hatte, die Tür abzuschließen. Ohne stehenzubleiben, warf ich den Mantel durch die Tür auf einen Stuhl, legte, ohne nachzudenken, einen Zahn zu und lief unter Aufbietung meiner letzten Reserven zur Doppeltür, die zum südlichen Flügel führte.

Als ich versuchte, die Türklinke nach unten zu drücken, passierte gar nichts. Ich probierte es noch einmal. Wieder nichts. Die Flügeltür war zugesperrt. Heulend vor Erschöpfung und Enttäuschung, lehnte ich den Kopf gegen die Holzverkleidung und schlug mit aller Kraft dagegen. Aber ich wußte, daß es sinnlos war. Wer hätte mich so weit entfernt vom Salone d'Oro schon hören können und dann noch bei dem Lärm der Ballmusik?

Ich hatte keine Wahl. Ich mußte allein zu Conte Massimos Arbeitszimmer gehen. Vielleicht hatte ich ja Glück und das Rennen für mich entschieden. Vielleicht war Marco ja aufgehalten worden... Also lief ich den Weg zurück, den ich gekommen war, vorbei an meinem Arbeitszimmer und die dunkle, menschenleere Galerie hinunter.

Der Ostflügel lag verlassen da, abgeschnitten vom Lärm und dem Leben des Salone d'Oro auf der gegenüberliegenden Hofseite. Meine Schritte hallten in einer düsteren, geisterhaften Stille wider. Außerdem war es hier gespenstisch leer, nachdem alle Möbel, Wandbehänge, Spiegel, Stühle und Tische herausgeräumt worden waren und im westlichen Flügel als Dekoration dienten. Nur ein paar Portraits hingen noch an der Wand, weil sie zu schäbig für den vorgesehenen Zweck waren. Ausdruckslos starrten sie zu mir herunter, als ich an ihnen vorbeihastete. Waren das die Vorboten der Zukunft hinter der glitzernden Fassade des heutigen Abends?

Vor Conte Massimos Arbeitszimmer blieb ich – eine Hand auf der Türklinke – abrupt stehen; in diesem Moment erst wurde ich mir der Realität bewußt, die vielleicht hinter dieser Tür auf mich wartete. Zum ersten Mal seit meiner überstürzten Verfolgungsjagd, die mich zu diesem Ziel geführt hatte, überlegte ich mir, was passieren würde, wenn ich hinter der Tür auf Marco treffen sollte und ihm allein und hilflos ausgeliefert wäre. Unwillkürlich trat ich einen Schritt zurück: keine Spur mehr von meiner Courage und der grenzenlosen Zielstrebigkeit, die ich bis jetzt an den Tag gelegt hatte. Das Gewicht von Nicks Pistole in meiner Schultertasche verschaffte mir auch keine Beruhigung. Ich würde mich nun doch dem Wachmann anvertrauen. Mit Marco wollte ich es auf keinen Fall alleine aufnehmen.

Ein Geräusch aus dem Arbeitszimmer, ein unterdrückter Schmerzenslaut, beendete mein Zögern. Ich riß die Tür auf. Auf dem Fußboden mitten im Zimmer lag Conte Massimo, das Gesicht nach oben gerichtet, Arme und Beine von sich gestreckt, und stöhnte. Seine Brille lag zerbrochen neben seinem Kopf. Ich lief zu ihm und kniete mich neben ihn. Entsetzt sah ich, daß sich unter seinem Kopf eine Blutlache bildete. Ich wollte gerade etwas sagen, als mich ein kratzendes Geräusch zu meiner Rechten, gefolgt von einem lauten Fluch, aufspringen und herumfahren ließ. In diesem Moment stürzte ein Mann hinter dem lackierten Wandschirm hervor, der den Reni verdeckte. Ein Mann in einem schwarzen Umhang mit einer schwarzen Halbmaske, die den oberen Teil seines Gesichts verbarg.

Ich konnte nur einen kurzen Blick auf ihn werfen, bevor er sich mit der Wut eines Habichts auf mich stürzte und mit grausam zusammengepreßtem Mund und krallenartigen Fingern nach mir griff. Dieser kurze Blick genügte mir. Es war Marco.

Als er zuschlug, riß ich instinktiv einen Arm hoch, um ihn abzuwehren. Ich traf ihn mit meinem Ellbogen, dem linken, am Kinn. Der Schlag hatte ihn nicht ernstlich verletzt, aber mein Schmerzensschrei, gefolgt von einem brennenden Stich, so intensiv, daß an Flucht nicht zu denken war, ein Schrei, so voll von pochendem Schmerz und Angst, ließ Marco einen langen Augenblick erstarren.

Ich krümmte mich vor Schmerzen, preßte den Arm gegen meinen Magen, hielt mir den Ellbogen mit der rechten Hand und versuchte, die in mir aufsteigende Übelkeit hinunterzuschlucken. Marco ließ ich nicht aus den Augen. Benommen vor Übelkeit und Schmerz sah ich, wie Marco mich grübelnd betrachtete, zu Conte Massimo hinübersah, der neben mir auf dem Boden lag, und dann seinen Blick wieder auf mich heftete. Vielleicht hielt er uns für so schwer verletzt, daß er sich keine Sorgen um uns zu machen brauchte – ein halb bewußtloser Mann und eine verängstigte Frau konnten ihm wohl kaum gefährlich werden. Was es auch gewesen sein mochte: Jedenfalls drehte er sich um, stieß den lackierten Wandschirm zur Seite und griff sich den Reni, der auf dem *prie-dieu* lag. Conte Massimo oder ich mußten ihn gestört haben, als er gerade dabei war, ihn abzuhängen. Ich fragte mich, weshalb der Alarm nicht losgegangen war.

Der Schmerz hatte mich so im Griff, daß ich kaum reagierte, als er ein Klappmesser aus der Tasche zog. Mit einer schlenkernden Armbewegung ließ er es aufschnappen, stieß es in die linke obere Ecke der Leinwand und schnitt das Bild in einem Zug aus dem Rahmen. Die Leinwand rollte er auf, verbarg sie unter seinem Umhang und drehte sich noch einmal nach uns um. Das Messer lag noch immer aufgeklappt in seiner Hand.

»Wenn ihr schlau seid«, drohte er mit leiser Stimme, »bleibt ihr da, wo ihr seid. Wenn sich einer von euch bewegt oder schreit...« Er vollführte eine unmißverständliche Bewegung mit dem Messer: »Verstanden?«

Ich nickte.

»Gut.« Lässig ging er zur Tür und zog den Schlüssel aus dem Schloß. Vermutlich hatte er vor, uns einzuschließen, und ich fragte mich, wie es ihm gelungen war, so mir nichts, dir nichts, ins Arbeitszimmer zu spazieren. Es war nur eine flüchtige Überlegung; denn in meinem Kopf war nur Platz für Erleichterung. Er ging hinaus, und wir lebten noch. Nicht ein einziges Mal kam mir der Gedanke, ich könnte ihn mit der Waffe in meiner Tasche am Gehen hindern; ich wollte nur, daß er endlich verschwinden würde.

Dann fuhr mir der Schreck in die Glieder: Die Türklinke schon in der Hand, hielt er plötzlich inne. Er riß den Kopf hoch, als sei ihm gerade ein Gedanke gekommen, und er fuhr zu uns herum. Seine Augen weiteten sich unter seiner Maske. »Du!«

Erst jetzt ging mir auf, daß er mich bis zu diesem Augenblick nicht erkannt hatte, daß er angenommen hatte, wir seien einander fremd, und er könne es sich deshalb leisten, mich laufenzulassen. Es mußte ihm aufgegangen sein, daß der Schlag gegen meinen Arm nicht hart genug gewesen war, um einen solchen Schmerzensschrei zu provozieren – und dann war es ihm wie Schuppen von den Augen gefallen.

In seine Augen trat ein Leuchten, das ich als Vorfreude interpretierte, Vorfreude darauf, mich leiden zu lassen, eine Vorfreude, die durch meine Angst noch gesteigert wurde. Ich glaube, es war dieser Blick, der mich rettete.

Wie eine weißglühende Flamme durchfuhr mich ein übermächtiger Lebenswille. Wie Phönix stieg mein verloren geglaubter Mut aus der Asche auf. Der Schmerz in meinem Arm ließ nach, ich spürte nur noch ein dumpfes Pochen in meinen Muskeln, aber mein Kopf war wieder klar. Neben mir lag Conte Massimo mit geschlossenen Augen und halboffenem Mund, seine schmale Brust hob und senkte sich, er atmete mit beängstigend rasselnden Geräuschen. Aber diese Atemzüge zeigten mir immerhin, daß er noch lebte.

Langsam, fast bedächtig schloß Marco die Tür zum Arbeitszimmer, drehte den Schlüssel um, zog ihn aus dem Schloß und steckte ihn in seine Tasche. Ein paar kurze Sekunden lang wandte er den Blick von mir ab, lange genug, daß ich in die Tasche fassen konnte, die nach wie vor an meiner rechten, ihm abgewandten Schulter hing. Ich nahm die Pistole heraus und verbarg sie im langen Ärmel meines Kostüms.

Wie jedem Sadisten, so machte es auch Marco Spaß, sein Opfer auf die Folter zu spannen. Die Zeit, die er damit zubrachte, sich an meiner Angst zu weiden, genügte mir. Vorsichtig spannte ich den Hahn und stand langsam auf, ohne ihn aus den Augen zu lassen. Die Pistole hatte ich noch immer in meinem Ärmel versteckt.

Er lächelte. »Schau an, schau an. Unter dieser Maske verbirgt sich also meine Freundin, die Revolutionärin. Wie kommt es, daß du für uns beide so plötzlich und so ungelegen hier aufgetaucht bist?«

Ich sagte nichts. Ich machte mir gerade Gedanken über die Reichweite dieses kleinen Spielzeugs.

»Ist ja auch egal«, sagte er kurz. »Ich habe erfahren, daß du deine Nase gern in Sachen steckst, in denen sie nichts zu suchen hat.«

»Hat dir das vielleicht Stillitano erzählt?« Ich brauchte mir keine Gedanken mehr um meine Wortwahl zu machen. Und alles, was ihn aus der Fassung brachte oder zögern ließ, konnte nur von Vorteil für mich sein.

Er schaute mich überrascht an. »Du weißt tatsächlich eine Menge.«

Er nahm das Messer von der linken in die rechte Hand, und ich ertappte mich dabei, wie ich es anstarrte und mich von der langen, glänzenden Klinge fast hypnotisieren ließ. Sie sah furchterregend effizient aus. Nachdenklich fuhr Marco mit dem Daumen über die Klinge, als wollte er ihre Schärfe prüfen. »Vielleicht sollte ich mich ein bißchen darum kümmern, wieviel du eigentlich weißt.« Er trat einen Schritt auf mich zu.

Ich hob die Pistole und richtete sie genau auf seine Brust. Ich hielt sie mit beiden Händen, die inzwischen schweißnaß waren. Mit Befriedigung sah ich, wie die Schadenfreude aus seinem Gesicht wich.

»*Cagna*! *Puttana*!«

»Mit Schmeicheleien erreichst du bei mir gar nichts. Klapp das Messer zu und laß es auf den Boden fallen… Und jetzt schieb es zu mir herüber. Aber schön langsam.«

Marco gehorchte meiner ersten Anordnung, gab dann

aber dem Messer einen solchen Stoß, daß es lärmend über den Parkettboden schlitterte und rechts hinter mir aus meinem Blickfeld verschwand. Ich wagte nicht, mich danach umzudrehen.

In diesem Moment bewegte sich Conte Massimo neben mir und gab einen Schmerzenslaut von sich. Aus einem Reflex heraus schaute ich zu ihm hinunter. Auf diese Chance hatte Marco gewartet.

Er stürzte sich auf mich und wollte die Pistole packen. Ich feuerte, aber es war zu spät. Die Kugel ging weit daneben und blieb irgendwo in der Wand hinter ihm stecken. Als er nach mir greifen wollte, trat ich einen Schritt zurück und schlug ihm den Pistolenknauf auf den Kopf. Die Waffe rutschte von seiner Schläfe ab, glitt aus meinen schweißnassen Händen, flog in hohem Bogen über seine Schulter und landete irgendwo hinter ihm im dunklen Zimmer.

Aus der Platzwunde auf seinem Kopf floß Blut, und in seinen Augen war ein irres Flackern, als er zuschlug. Aber das Blut mußte seinen Blick getrübt haben, denn der Schlag streifte zwar meine Wange, landete aber nicht mitten in meinem Gesicht. Es tat weh, aber lange nicht so weh, wie er es beabsichtigt hatte. Dann stieß er mich wütend zurück und wirbelte entschlossen um seine eigene Achse, um nach der Waffe zu suchen.

Zu entschlossen. Er stolperte über Conte Massimos ausgestreckten Arm und krachte auf den Fußboden. Im Fallen schlug er mit einem Fuß wild um sich. Ich hörte ein widerliches Geräusch, als sein Fuß Conte Massimos gebrechlichen Körper traf. Der stöhnte einmal auf und lag ganz still. Er atmete nicht mehr.

Lieber Gott, dachte ich: Er hat ihn umgebracht. Marco wollte wieder aufstehen, aber sein Sturz war nicht ohne Folgen geblieben. Es war offensichtlich, daß er sich verletzt hatte, denn er fluchte, umklammerte sein Bein mit einer

Hand und wäre beinahe wieder gestürzt. Ich trat einen Schritt vor. Aber er stand genau zwischen mir und der Pistole. Ich brauchte erst gar nicht zu versuchen, sie mir holen zu wollen; er hätte sie auf jeden Fall vor mir erreicht. Und die Tür des Arbeitszimmers war zugesperrt. Meine einzige Chance war der Geheimgang. Darauf zu warten, was Marco als nächstes tun würde, wollte ich nicht riskieren. Mit vier Schritten war ich an der Wandverkleidung und tastete nach der verborgenen Feder.

19

Verzweifelt tastete ich nach dem Mechanismus. Irgendwo hinter mir fluchte Marco mit unterdrückter, wutverzerrter Stimme. Ich riskierte einen Blick hinter mich. Er stand mit dem Rücken zu mir in der Nähe der Tür und suchte in gebückter Haltung den Fußboden ab. Dann stieß er einen Triumphschrei aus. Als er sich wieder aufrichtete und zu mir umdrehte, lag die Pistole in seiner Hand.

Im gleichen Moment ertasteten meine Finger die Feder. Ich drückte auf die Holzleiste, stemmte mich mit der Schulter gegen die darunterliegende Verkleidung und spürte, wie diese sanft nach innen schwang. Ich empfand ein flüchtiges Gefühl der Zufriedenheit, als Marco überrascht aufschrie, hatte allerdings gut daran getan, dieses Gefühl nicht voll auszukosten, denn im gleichen Moment, als ich in die Öffnung tauchte, schoß er. Die Kugel drang hinter mir in die Verkleidung ein. Holz splitterte.

Ich brauchte mich nicht umzudrehen, um zu sehen, ob er hinter mir her war. Ich wußte es. Er konnte es sich nicht leisten, mich laufen zu lassen. Ich wußte, wer er war, und ich war Zeugin eines Mordes. Es war auch keine Zeit mehr, die Verkleidung wieder einrasten zu lassen. Wenn Marco mich vorher zu fassen bekäme, und ich mit ihm kämpfen müßte... das konnte ich nicht riskieren. Ich suchte in meiner Schultertasche nach der Taschenlampe. Sollte Marco doch selber nach dem Lichtschalter suchen, dachte ich, als ich in die Dunkelheit eintauchte.

Die ersten paar Schritte wurden noch vom Licht im Arbeitszimmer beleuchtet, dann schaltete ich die Taschenlampe ein. In ihrem schwachen Strahl war die Dunkelheit vor mir nicht mehr ganz so beängstigend; im Lichtkegel sah ich die Wendeltreppe, die unter mir in einem Bogen nach rechts verschwand. Ich riß mir die Maske vom Gesicht und rannte – die Hände zu beiden Seiten an die klammen Steinwände gestützt – die Stufen hinunter.

Tiefer, immer tiefer schraubte ich mich in einen wahr gewordenen Alptraum, immer weiter hinunter ging es über die sich allmählich verbreiternde Wendeltreppe in eine kalte Finsternis, in der es nach Schimmel und Moder roch und nach noch etwas anderem, Undefinierbarem, aber doch Vertrautem: nach Pferden. Der Stallgeruch hing nach all den Jahren immer noch im Gewölbe.

Zu schnell hatte Marco den Lichtschalter gefunden. Ich hatte gerade erst die Hälfte der Treppe zurückgelegt, als plötzlich Licht aufflammte. Nackte Glühbirnen, aufgereiht auf einem Kabel, wanden sich um die Mittelsäule der Treppe und warfen ein mattes Licht, kaum stärker als der Lichtkegel meiner Taschenlampe. Über mir auf den Steinstufen hörte ich Marcos humpelnde Schritte, die sich wegen seines verletzten Beines zwar langsam, aber doch unaufhaltsam näherten.

Trotz meiner panischen Angst arbeitete mein Verstand noch; vielleicht war mir auch nur ein Film eingefallen, den ich einmal gesehen hatte: Ich streckte den Arm mit der Taschenlampe nach oben aus und schlug die nächste erreichbare Glühbirne kaputt – dann die nächste und wieder die nächste. Fast beruhigend empfand ich die Geräusche der zerplatzenden Glühbirnen und das Herunterrieseln der Scherben auf die Steinstufen. So, dachte ich mit unverhohlener Schadenfreude, jetzt kann sich Marco ruhig das Genick brechen.

Schwungvoll holte ich aus, um einer weiteren Glühbirne den Garaus zu machen. Aber auf einmal waren die Stufen flacher geworden, verbreiterten sich wie Tortenstücke nach außen; meine linke Hand verlor den Halt an der Wand und griff ins Leere. Erschreckt stolperte ich in den Keller und wäre der Länge nach hingeschlagen, hätte ich mich nicht im letzten Moment an einem aus der Wand ragenden Bretterverschlag festhalten können.

Aber dabei fiel mir die Taschenlampe aus der Hand. Als sie auf dem Steinboden aufprallte, hörte ich ein ebenso lautes wie endgültiges Knacken; das Licht zuckte einmal kurz auf, und das war's dann.

Gnädigerweise hatte eine einzige Glühbirne meine Zerstörungswut überlebt, diejenige nämlich, auf die ich es abgesehen hatte, bevor ich gestolpert war. Von der Taschenlampe gestreift, schwang sie heftig auf dem lose hängenden Kabel hin und her und ließ meinen Schatten gespenstisch über die Wände zittern. In dem fahlen Licht sah ich die Taschenlampe zu meinen Füßen auf der Erde liegen. Ich hob sie auf, versuchte, sie aus- und wieder einzuschalten. Aber es war hoffnungslos: Die Birne war hinüber.

Verzweifelt suchte ich in dem Dämmerlicht nach einem geeigneten Versteck. Zu meiner Linken verlor sich eine Reihe deckenhoher Holzverschläge in der Dunkelheit. Rechts verlief eine ungefähr zehn Meter lange, holperige Steinmauer, und dahinter öffnete sich der Keller in eine undurchdringliche Schwärze. Ich hatte keine Ahnung, wie es dahinter weiterging. Ich fühlte mich an ein Labyrinth erinnert: Einer der Gänge führte bestimmt zu einer Außentür.

Aber welcher? Nein, das Risiko war zu groß, in einer Sackgasse zu landen, auf eine versperrte Tür oder eine Wand zu stoßen und dann, wenn Marco mich einholte, kein Versteck mehr zu finden.

Bald bin ich bei dir, schienen seine Schritte zu rufen. Hohl klangen sie in der Stille des Treppenschachtes, langsamer als zuvor, da er sich Stufe für Stufe nach unten tasten mußte – aber sie wurden lauter, kamen näher. Angst durchzuckte mich wie ein Stachel; ein Teil von mir dachte nur noch an blinde Flucht, doch schließlich gewann die Vernunft die Oberhand, unterdrückte diesen fatalen Impuls und zwang mich um den ersten Bretterverschlag herum.

Es war eine einfache Pferdebox, an drei Seiten von Holzwänden umgeben, der Boden leergefegt bis auf einen Stapel staubiger Decken. Kein Versteck. Ich rannte zum nächsten Verschlag. Abgesehen von einer kaputten Futterwanne in einer Ecke sah er genauso aus wie der erste. Mit schwindender Hoffnung lief ich in den nächsten.

Dort war es dunkler; das Licht der einsamen Glühbirne reichte kaum bis hierher. Aber dieser Stall war größer als die anderen; an der hinteren Wand hingen Zaumzeug, Zügel und ein altertümlicher Sattel, allesamt von Ratten angenagt. Darunter reihten sich mehrere hüfthohe Holzkisten mit Klappdeckeln.

Ich lief von Kiste zu Kiste, hob die Deckel hoch und linste hinein. Jede von ihnen war bis obenhin gefüllt mit Krimskrams von den Ställen. Die vierte aber war leer. Ich schwang mich über die Kante, hinein in die staubige klaustrophobische Enge und machte es mir auf einem Haufen leerer Futtersäcke bequem. Den Deckel der Kiste schloß ich bis auf einen winzigen Spalt. Falls Marco den Stall betreten sollte, wollte ich ihn sehen.

Meine einzige Chance bestand darin, mich irgendwie um Marco herumzumogeln und vor ihm die Treppe zu erreichen. Sonst … In diesem Moment ging das Licht aus. Durch die Dunkelheit hörte ich Marcos schon vertraute, wüste Flüche.

Für die plötzliche Dunkelheit gab es zwei mögliche Erklärungen. Entweder hatte die Glühbirne ihren Geist aufgegeben oder der Lichtschalter war an einen Timer gekoppelt. Falls die Birne tatsächlich kaputt war, hatte ich einen Vorteil: Die Pistole wäre nutzlos geworden. War es ein Timer, gab es bestimmt irgendwo am unteren Treppenabsatz einen zweiten Schalter, an den vielleicht noch weitere Lampen hier im Keller gekoppelt waren. Nachdem mir solche Gedanken durch den Kopf gingen, konnte ich annehmen, daß Marco Ähnliches dachte und jetzt nach dem Schalter suchte.

Also kauerte ich mich zusammen und wartete.

Zunächst war ich mir nur meines eigenen Körpers bewußt. Ich spürte, wie mein Herz gegen die Rippen hämmerte, spürte das Blut in meinem Gesicht und hörte, wie meine Lunge nach Luft rang. Nach und nach überwältigte mich in diesem stickigen Gefängnis ein Gefühl der Verzweiflung; ich dachte daran, daß Marco Conte Massimo ermordet hatte, und wie eine Springflut überkam mich eine Welle der Angst, panischer Angst, die sich im Laufe der vergangenen Stunden in mir angestaut hatte.

Einen Augenblick lang ließ ich mich von meinen Gefühlen treiben, bis mir klar wurde, daß ich drauf und dran war, loszuschreien. Mit aller mir noch verbliebenen Kraft kämpfte ich gegen diesen todbringenden Strom an, zwang mich dazu, mich zu beherrschen, bis sich endlich ein Gefühl von Ruhe in mir ausbreitete – vielleicht auch nur fatalistische Ruhe im Angesicht der sicheren Niederlage. Aber das war egal; alles war besser als kopflose Angst.

Im gleichen Maß, in dem meine Angst schwand, stellte sich der Schmerz wieder ein: Mein Arm und meine Wange, die von Marcos Hieb getroffen worden war, taten höllisch weh. Ich tastete mit der Hand über mein Gesicht und spürte etwas Klebriges, das nur Blut sein konnte.

Dann hörte ich ein Geräusch, und meine Hand erstarrte mitten in der Bewegung – irgend etwas kratzte leise an der Außenseite der Kiste und an meinen Nerven. Hatte sich Marco in der Dunkelheit wie ein nachtaktives Raubtier schon bis zu mir herangeschlichen? Ich klammerte meine Finger noch fester um den Griff der Taschenlampe, meiner einzigen Waffe. Ich war bereit, sie in dem Moment einzusetzen, in dem er den Deckel der Kiste aufklappen würde.

Bevor ich eine weitere Bewegung machen konnte, hörte ich noch etwas – ein schrilles Quietschen, und dann ein eiliges Trappeln über den Steinboden. Eine Ratte. War sie gekommen, um den Eindringling in ihrem Keller in Augenschein zu nehmen oder suchte sie in den Ritzen der Steinplatten nur hoffnungsvoll nach übriggebliebenen Getreidekörnern? Unter anderen Umständen hätten mir diese Geräusche einen gehörigen Schrecken eingejagt, aber jetzt fiel mir ein Stein vom Herzen, daß das Kratzgeräusch eine so harmlose Ursache hatte – solange die Ratte nicht zu mir in die Kiste wollte. Aber wo war Marco geblieben? Im Keller war es wieder still geworden.

Dann beantwortete er meine Frage. Plötzlich sah ich durch die Ritze einen kaum wahrnehmbaren Lichtschein. Meine Vermutung mit der Zeitschaltuhr war also richtig gewesen. Nun war es bestimmt nur noch eine Sache von Minuten, bis er mich entdecken würde.

Ich konnte nicht länger schicksalsergeben in meiner Kiste sitzen wie eine Ratte in ihrer selbstgebauten Falle und auf den Tod warten. Ich mußte wissen, was er da draußen machte. Vorsichtig hob ich den Deckel der Kiste ein wenig höher, spähte in das Dämmerlicht und lauschte.

Zunächst herrschte Stille. Selbst die Ratte war in ihrem Loch verschwunden. Als ich genauer hinhörte, vernahm ich ein leises Geräusch, so verzerrt vom Echo des Kellergewölbes, daß ich es zunächst nicht identifizieren konnte. Plötzlich zeichnete sich, grotesk wie eine Fledermaus, ein Schatten an der hinteren Wand ab. In dieser düsteren Unterwelt wirkte er riesenhaft und unheilbringend. Wie ein unfreiwilliger Zuschauer eines Schattentheaters beobachtete ich die dunkle Gestalt, die an der Wand entlangkroch, innehielt, dünner wurde und schließlich verschwand. Er war in eine der Boxen gegangen.

Ich hörte, wie er etwas zur Seite warf, etwas Weiches, das mit gedämpftem Geräusch auf dem Steinfußboden landete – der Deckenstapel vielleicht –, und dann erschien der Schatten wieder an der Wand, wurde größer, verhielt kurz und verschwand wieder. Er hatte die benachbarte Box betreten.

Wieder hörte ich ihn herumgehen, hörte ihn atmen und bemühte mich, meine eigenen Atemzüge zu kontrollieren; wieder sah ich, wie sich der Schatten vor mir aufbaute, die Pistole in der einen Hand zu grotesken Ausmaßen verzerrt. Wieder zögerte er kurz und kam noch näher.

Und dann sah ich Marco selbst.

Er stand am Eingang der Box, in der ich mich versteckt hielt, und ich hätte schwören können, daß er mich direkt anstarrte, obwohl ich wissen mußte, daß das Licht so schwach und der Schlitz, durch den ich hinaussah, so schmal war, daß er keine Chance hatte, mich zu sehen. Und wenn doch? Ich wollte schreien, wollte mich schon mit meinem Schicksal abfinden, denn ich sah keinen Sinn darin, eine Jagd zu verlängern, die zwangsläufig nur zu einem einzigen, einem todbringenden Ende führen konnte.

Nur die plötzliche Verlagerung seines Körpers, als er seinen Blick schweifen ließ, um die Box zu inspizieren, rettete mich. Nein, er war sich nicht sicher, wo ich war. Ich schluckte meine Resignation ein letztes Mal hinunter. Sein Blick schweifte im Stall herum, fiel wieder auf die Holzkisten und blieb dort haften. Mit erhobenem Revolver trat er einen Schritt in die Box – genau auf mich zu. Dann wandte er sich nach links zum anderen Ende der Kistenreihe, verschwand aus meinem Blickfeld, und ich konnte nur anhand der Geräusche erahnen, was er tat. Langsam hob er den Deckel der ersten Kiste hoch. Die Scharniere quietschten. Ein Schlag, als der Deckel gegen die Wand knallte, dann Stille. Wiederholung. Das gleiche mit der dritten Kiste.

Ich saß in der nächsten, der vierten in der Reihe.

Jetzt stand Marco direkt vor mir, ich sah, wie sein schwarzer Umhang das Licht verschluckte, sah, wie er sich über den Deckel beugte.

Bevor er ihn berühren konnte, sprang ich auf, stieß den Deckel mit aller Kraft zurück, während ich gleichzeitig die Hand, mit der ich die Taschenlampe, meine einzige Waffe, umklammerte, blindlings nach oben stieß. Sein Umhang dämpfte den Schlag, aber der Schock brachte ihn aus dem Gleichgewicht, und mit einem überraschten Grunzen stolperte er nach hinten. Ich sprang aus der Kiste und hetzte auf die Treppe zu. Als ich die erste Stufe erreicht hatte, hörte ich den Schuß. Gleichzeitig schlug eine Kugel irgendwo neben mir in die Wand. Als wären alle Teufel der Hölle hinter mir her, rannte ich die Steinstufen nach oben.

Auf der Wendeltreppe konnte Marco nicht mehr richtig auf mich zielen, auf jeden Fall würde ihn sein verletztes Bein behindern. Je weiter ich nach oben kam, desto schwächer wurde das Licht, bis es ganz erlosch und ich nicht mehr die Hand vor den Augen sehen konnte. An die Gefahr, hinzufallen, dachte ich nicht, ich war nur unendlich dankbar für den Schutz, den mir die Dunkelheit bot. Marcos humpelnde Schritte hallten hinter mir wie ein verzerrtes Echo meiner eigenen Füße.

Die tintenschwarze Dunkelheit dauerte nur ein paar Sekunden, dann hatte ich die letzte Kurve der Treppe genommen und sah den Lichtschein des Arbeitszimmers, der wie ein Leuchtfeuer durch die offene Holzverkleidung schien. In der verzweifelten Hoffnung, jemand hätte vielleicht die Schüsse oder meine Schreie gehört und würde mich nun retten, nahm ich mit letzter Kraft, japsend und heulend vor Angst und Erschöpfung, die letzten paar Stufen durch die Geheimtür und stand wieder im Arbeitszimmer.

Das Zimmer lag friedlich da, erleuchtet nur vom gelben Licht der Lampe, heiter, fast vertrauenerweckend wirkte es auf mich mit seinen Bücherregalen an den Wänden und der Aura friedvoller Kontemplation. Hätte nicht dieser feingliedrige, zerbrochene Körper auf dem Boden gelegen, hätte es ein Zufluchtsort sein können.

Conte Massimo war tot. Niemand hatte die Schreie oder die Schüsse gehört. Niemand war gekommen, um mich zu retten. Der Alptraum war Wirklichkeit.

Hinter mir stürmte Marco durch die Öffnung. Instinktiv drehte ich mich zu ihm um. Er hob die Hand, die die Pistole hielt; die gemeine, kleine Schnauze zeigte genau auf mich, aber bevor er einen Schuß abfeuern konnte, schleuderte ich die Taschenlampe auf die Waffe, stürzte mich selbst auf Marco und versuchte, seinen Arm zu packen. Der Hauch des Todes streifte mich, als die Kugel sich in meinen Jackenärmel bohrte und auf der anderen Seite wieder austrat, ohne mich auch nur anzukratzen.

Besessen von einer aus purer Angst geborenen Kraft, hängte ich mich an Marcos Arm, während er mit seiner freien Hand auf mich einschlug. Harte, klatschende Schläge prasselten auf meinen rechten Arm und auf meine rechte Körperhälfte, und ich duckte mich, um Gesicht und Magen vor seinen Schlägen zu schützen. Dabei trat ich wild um mich und erwischte sein verletztes Bein.

In einem wirren Knäuel krachten wir in einen Tisch und anschließend in einem Papier- und Bücherregen auf den Fußboden. Und Marco auf mich. Eingehüllt von seinem Umhang und dem penetranten Schweißgeruch, den er verströmte, fast erdrückt von seinem Körpergewicht, lag ich bewegungsunfähig auf dem Boden, wie ein Vogel unter einer Katze, und konnte kaum atmen – ich war geschlagen.

Marco rollte von mir herunter und kam auf die Füße. Seine Augen waren blicklos, glasig vor Wut, und er fluchte nicht mehr. Er richtete die Waffe auf mein Gesicht. Ich wußte, nun würde er mich umbringen.

Aus weiter Ferne hörte ich Schreie und erkannte nur undeutlich, daß ich es war, die schrie. Ich sah, wie Marcos Gesicht sich mit einem leisen Lächeln sinnlichen Vergnügens über mich beugte und fühlte ... überhaupt nichts.

An das, was anschließend geschah, erinnere ich mich nur noch schemenhaft, als einen Rausch von Farben über mattem Schwarz: Wie aus dem Nichts stürzte sich Alessandro von hinten auf Marco, riß ihn mit Schwung zur Seite und hob gleichzeitig die Pistole auf, die Marco aus der Hand gefallen war. Harlekin stand genau an der Stelle, an der Marco gerade noch gestanden hatte.

Hinter ihm sah ich den alten Diener Mario, der neben Conte Massimos Körper kniete. Ein klagender Ton entrang sich seiner Kehle: »*É morto*!«

Alessandro stand wie erstarrt. Nur ein leiser Schimmer in seinen Augen deutete darauf hin, daß er Marios Worte gehört hatte. Falls er mich bemerkt hatte, und das mußte er wohl, so zeigte er es jedenfalls nicht. Ich versuchte etwas zu sagen, mich zu bewegen, aber es kam mir vor, als müßte ich mich durch einen Berg Watte hindurchkämpfen; ihr trockenes Volumen füllte meinen Kopf und meinen Mund, und ich brachte kein Wort heraus. Mein Kopf schmerzte fürchterlich. Erst als ich sah, daß sich Marco, der neben mir auf dem Fußboden lag, bewegte, konnte ich mich mit letzter Kraft an der Tischkante hochziehen.

Abgesehen von Mario hatte keiner ein Wort gesprochen. Wie im Traum erlebte ich alles verzögert. Die Sekunden schleppten sich dahin; dabei waren bestimmt nicht mehr als fünfzehn davon verstrichen, seit Marco sich mit der Pistole über mich gebeugt hatte, mir dagegen erschien es wie eine Ewigkeit. Unwichtige Dinge bekamen plötzlich eine seltsame Bedeutung: Ein Buch, dessen Rücken durch den Fall gebrochen war, ergoß seine Blätter in einem weißen Fluß über den Saum von Marcos Umhang; ein kleiner, metallener Briefbeschwerer in Form eines Globus rollte immer noch über den Holzfußboden. Es dauerte eine Ewigkeit, bis er an ein Stuhlbein stieß und endlich liegenblieb.

Dann stöhnte Marco, rollte herum und manövrierte sich in eine Sitzposition. Mit den Händen rieb er sich den Kopf, als hätte er Schmerzen. Wahrscheinlich hatte er sich im Fallen den Kopf gestoßen und war kurz weggetreten gewesen. Dann öffnete er die Augen.

Als er Alessandro mit der Pistole sah, verzerrte sich sein Gesicht zu einer angstvollen Fratze. Alle Gefährlichkeit und grausame Freude an seiner eigenen Macht waren auf einmal wie weggeblasen, nur noch feige Angst beherrschte sein Gesicht. Mit Hilfe der Hände versuchte er, aus dem Gefahrenbereich der Pistole zu robben; Alessandro ließ er dabei nicht aus den Augen.

»Nein, Torreleone! Nicht! Du verstehst das nicht… Stillitano hat mich hergeschickt.«

Alessandro warf mir einen kurzen Blick zu, schien zu überlegen, dann fixierten seine Augen wieder Marco.

»NEIN! BITTE!«

Marcos letzter, schriller Schrei wurde vom Knall der Pistole erstickt. Alessandro hatte ihn mitten in die Brust geschossen. Aus Marcos Rachen entrang sich ein haarsträubender Ton, die Augen hatte er flehentlich aufgerissen, und unter spastischen Zuckungen wich das Leben aus ihm. Dann lag er still.

Alessandro beugte sich über Marco, versicherte sich, daß er tot war, legte die Waffe auf den Tisch und ging zu seinem Vater hinüber.

Zunächst spürte ich nichts als Erleichterung über meine Rettung. Ich war in Sicherheit; endlich war ich aus dem Alptraum aufgewacht. Unterschwellig empfand ich auch Trauer, Angst und Wut, aber im Moment wußte ich nur, daß ich auf wundersame Weise noch am Leben war.

Allmählich lichtete sich der Nebel und legte andere, viel kompliziertere Emotionen frei: plötzlicher Abscheu und gleichzeitiges Erschrecken darüber, auf welche Weise Alessandro Marco umgebracht hatte. Er war dabei so ungerührt, ja kaltblütig zu Werke gegangen, als hätte er sich nur ein lästiges Insekt vom Hals geschafft und nicht den Mörder seines Vaters. Und in seinem Blick, den er mir zugeworfen hatte, war nur ein leiser Anflug von Kalkül gewesen, bevor er den Abzug betätigt hatte. Und das gab mir zu denken: War vielleicht nicht nur Rache für den Mord an seinem Vater das Motiv dafür, ihn umzubringen? Wollte er ihn möglicherweise auch für immer zum Schweigen bringen?

Auf jeden Fall würde niemand Marcos Tod betrauern, egal, wie er geschehen war, dachte ich bei mir. Er hatte Conte Massimo und Nicks Schwester ermordet und hatte versucht, auch noch Faltecchi umzubringen; er hatte sein Schicksal verdient. Und Alessandro hatte mir das Leben gerettet. Ich hatte kein Recht, seinen Gesichtsausdruck kurz vor der Tat zu hinterfragen.

Und dennoch klangen Marcos letzte Worte in meinen Ohren nach. Er hatte Alessandro angesprochen, als würde er ihn kennen, als hätte er erwartet, daß die Erwähnung von Stillitanos Namen etwas bewirken würde, ihn retten könnte. Weshalb? Weil er wußte, daß diese beiden Männer Mitglieder der Loge waren? Weil Stillitano ein Druckmittel gegen Alessandro in der Hand hatte? In meinem schmerzenden Kopf schwirrten so viele unbeantwortete Fragen herum. Aber jetzt war keine Zeit, nach Antworten zu suchen. Widerwillig ging ich durch den Raum zu den drei Gestalten hinüber, die wie eine in Stein gemeißelte Gruppe von Trauernden wirkten: Alessandro, der neben dem Körper seines Vaters kniete, eine Hand um Conte Massimos fragiles Handgelenk gelegt, Mario, der über den beiden wachte und leise jammerte. Alessandros Augen hatten ihre eisige Kälte verloren, nun waren sie voller Sorge und unendlicher Zärtlichkeit. Er legte den Kopf auf die Brust seines Vaters, und ich dachte schon, er würde ihn ebenfalls betrauern, aber er hob den Kopf, und sein Gesicht strahlte vor Freude. »Er lebt! Mario, hol schnell Dr. Guareschi! Sag ihm, daß mein Vater sterben könnte, er muß auf der Stelle herkommen. Aber« – und dabei deutete er auf Marcos Leiche – »kein Wort von dem da. Verstanden?«

Mario schien keineswegs überrascht, er nickte nur kurz, und sein Gesicht leuchtete hoffnungsvoll. Schnellen Schrittes ging er ans Telefon, das auf dem Schreibtisch stand. Als er den Hörer von der Gabel hob, hielt er mitten in der Bewegung inne und sagte: »Signore, sehen Sie nur.« Er deutete hinter den Schreibtisch.

Der Schreibtisch war von der Wand gerückt worden, und die Telefonkabel und die der Alarmanlage lagen frei dahinter. Durchgeschnitten. Marco hatte also gewußt, wo die Alarmanlage war. Von Stillitano natürlich.

Alessandro schickte Mario ans Telefon im Flur vor Daniellas Suite; es war das nächstgelegene Telefon mit einer eigenen Leitung. »Dann warte bitte unten am Portal auf den Doktor. Wir dürfen von niemandem gestört werden. Nur der Dottore darf hier herein, sonst niemand.«

Mario ging aus dem Zimmer und schloß leise die Tür hinter sich. Alessandro beugte sich über seinen Vater, dann schien ihm etwas einzufallen, denn er stand auf und ging selbst an die Tür. Dort stieß er einen ärgerlichen Laut aus: »Verdammt. Der Schlüssel ist nicht da, und Mario hat den anderen. Aber es war doch zugeschlossen, als wir hereinkamen ... Kate, weißt du, wo der Schlüssel ist?«

Ich wollte gerade sagen: »In Marcos Tasche«, als ich es mir anders überlegte und den Kopf schüttelte. Ich konnte durchaus darauf verzichten, ein weiteres Mal eingeschlossen zu werden.

Alessandro suchte kurz den Fußboden ab, gab dann auf und widmete sich wieder seinem Vater. Er kniete sich neben ihn, schob seine Arme unter Conte Massimos Schultern und Kniekehlen und erhob sich wieder. Sein Gesicht wirkte abgespannt und fahl, ein Mundwinkel hing nach unten, als schleppe er ein Gewicht, das weit schwerer wog als der Körper in seinen Armen. Er wirkte um Jahre gealtert und war seinem Vater plötzlich sehr ähnlich. Leise sagte er: »Würdest du bitte die Tür zum Schlafzimmer meines Vaters aufmachen, Kate?« Ich gehorchte und folgte den beiden. In seiner Einfachheit wirkte es fast asketisch: Das Mobiliar bestand aus einem schmalen Bett, einer Kommode und einem massiven Walnußholz-Kleiderschrank in der Ecke am Fenster, vor dem die Vorhänge zugezogen waren. Die weißen Wände waren kahl, ohne Bilder, ohne eine wie auch immer geartete Dekoration, nur auf der Kommode standen ein paar Fotos in Silberrahmen. Neben dem Bett stand ein Paar alte Pantoffeln ordentlich nebeneinander, das Leder brüchig und abgetragen. Ihr Anblick trieb mir Tränen in die Augen.

Alessandro legte seinen Vater behutsam auf das Bett. Er griff nach der grauen Wolldecke, die zusammengefaltet am Fuß des Bettes lag und sagte unvermittelt: »Die Pistole. Ich möchte sie im Auge behalten, solange die Tür nicht abgeschlossen ist. Bitte hol sie und gib sie mir, Kate.«

Ohne weiter nachzudenken ging ich hinaus, um die Waffe zu holen. Als ich gerade nach ihr greifen wollte, zuckte ich instinktiv zurück. Hatte ich zu viele Kriminalromane gelesen, oder war es nur mein gesunder Menschenverstand, der mich zögern ließ? Immerhin handelte es sich um ein Beweisstück, und mir war klar, daß ich sie nicht berühren durfte. Also ließ ich die Pistole an Ort und Stelle liegen und kehrte ins Schlafzimmer zurück. Dabei versuchte ich an dem leblosen Körper vorbeizusehen, der ausgestreckt auf dem Fußboden unter dem schwarzen Umhang lag.

Als ich in das Schlafzimmer trat, war Alessandro gerade damit beschäftigt, etwas aus einer kleinen, roten Kassette zu nehmen, die offen vor ihm auf dem Bett lag. Er drehte sich nicht zu mir um und bemerkte nur: »Leg sie solange auf die Kommode, bitte.«

Bevor ich antworten konnte, sah ich, wie er die Nadel einer Spritze in das Licht hielt, die in einer Ampulle mit klarer Flüssigkeit steckte. Vorsichtig zog er die Spritze auf und zog die Nadel aus der Ampulle. Ein Arm von Conte Massimo lag entblößt auf dem Laken.

»Was machst du da?«

Ruhig hielt Alessandro den Arm seines Vaters mit einer Hand fest und drückte mit der anderen die Nadel in eine Vene. »Das ist für sein Herz. Mach dir keine Sorgen, das mach ich nicht zum ersten Mal. Wir können nicht so lange warten, bis der Doktor kommt.«

Als er die Nadel wieder in der Kassette verstaut hatte, drehte er sich zu mir um. »Und jetzt erzähl mir bitte, was heute nacht hier los war. Was ...« Er verstummte; vielleicht sah er erst jetzt, wie ich aussah, mein von blauen Flecken und Schürfwunden verunstaltetes Gesicht, das zerrissene Kostüm, und vielleicht hatte er mitbekommen, daß ich einer

Ohnmacht nahe war. »*Dio*«, murmelte er. »Fehlt dir auch nichts?« Ich lehnte mich gegen den Türrahmen. In Conte Massimos Schlafzimmer gab es keine Sitzgelegenheit, und selbst wenn es einen Stuhl gegeben hätte, weiß ich nicht, ob ich mich darauf gesetzt hätte. Ich hatte das Gefühl, stehen zu müssen, um denken zu können. Ich hatte Angst, mich hinzusetzen, weil ich mich dann vielleicht der Erschöpfung hingegeben hätte, die ich in allen Knochen spürte. Außerdem ahnte ich, daß ich einfach wachbleiben mußte.

»Ja, es geht schon. Mir tut zwar alles weh, aber sonst ist alles okay, obwohl ich vermutlich schrecklich aussehe. Ich kann dir gar nicht sagen, wie erleichtert ich bin, daß dein Vater noch lebt. Ich dachte schon, Marco hätte ihn umgebracht. Ach, Alessandro, es war ein Alptraum...« Ich biß mir auf die Zunge, denn ich hatte mich soeben verraten.

»Ach, du hast Marco gekannt?«

Ich schaute ihm direkt ins Gesicht. »Ja, ich wußte, wer er war. Obwohl ich ihn bei weitem nicht so gut kannte, wie du und Daniella.«

Falls Alessandro beunruhigt war, so zeigte er es jedenfalls nicht. »Würdest du mir dann bitte erzählen, was hier los war?« wiederholte er.

»Ich will's versuchen.« So gut ich konnte, umschiffte ich die Klippen, die mir gefährlich werden konnten und erzählte ihm die Version, die wir – Nick, Gianni, Clara und ich – uns ausgedacht hatten. Der Teil meiner Geschichte, der meinen Zwischenstopp in den Arbeitsräumen behandelte, um mir Material für meine Arbeit zu holen, klang so wenig plausibel, daß ich ihn nur kurz streifte, obwohl Alessandro sich nicht anmerken ließ, daß er meinen Bericht in Frage stellte und mir bis zum Ende zuhörte, ohne mich zu unterbrechen.

»Jetzt, im nachhinein weiß ich natürlich, daß ich dem Wachmann am Portal von dem Raub hätte erzählen sollen, aber ich hab's einfach nicht fertiggebracht. Ich hielt es für besser, direkt zu deinem Vater zu gehen. Es tut mir so leid, Alessandro. Wäre ich nicht hier hereingeplatzt, wäre Marco vielleicht gegangen, ohne deinem Vater noch mehr zuzusetzen, als er es ohnehin schon getan hat. Ich wünschte...«

Alessandro schnitt mir das Wort im Mund ab. »Wenn mein Vater die ganze Nacht hilflos dagelegen hätte, wäre er bestimmt gestorben. So wie es jetzt steht, können wir hoffen... Du warst sehr mutig, Kate.«

»Und du hast uns das Leben gerettet. Wieso bist du so plötzlich hier aufgetaucht?«

»Ein Dienstmädchen ging draußen vorbei und dachte, sie hätte jemanden weinen hören. Auf ihr Klopfen reagierte niemand, und außerdem war die Tür zugesperrt. Das hat sie Mario erzählt, und der hat mich geholt.« Während er sprach, schaute er nachdenklich über meine Schulter. Dann fiel sein Blick auf die Kommode. »Die Pistole! Wo ist sie?«

»Sie liegt noch draußen auf dem Tisch. Ich wollte sie nicht anfassen, sonst denkt die Polizei noch...« Ich erstarrte. Bis zu diesem Augenblick hatte ich noch keinen Moment lang an die Polizei gedacht und mir überlegt, was ich erzählen wollte, falls sie mich fragen sollten, woher die Waffe stammte und weshalb ich sie bei mir gehabt hatte. Widerstrebend sagte ich: »A propos, Polizei, Alessandro. Müßte die nicht eigentlich verständigt werden?«

Er lächelte mich milde an wie ein Erwachsener, der sich über die Naivität eines Kindes amüsiert: »Wir sind hier in Italien, liebe Kate. Da ist es genau wie bei einem betrogenen Ehemann: Die Polizei erfährt es immer als letztes. Zuerst müssen alle Fakten, insbesondere die unerfreulichen, bekannt sein, bevor die Polizei eingeschaltet wird. Und eine der unerfreulicheren Fakten ist unser gemeinsamer Freund Marco.« Die letzte Bemerkung ignorierte ich. »Aber ist es nicht Aufgabe der Polizei, die Fakten herauszufinden?«

»Du bist wirklich naiv. Und noch dazu Ausländerin. Du magst zwar der Meinung sein, du wüßtest, was wirklich passiert ist, aber die Polizei wird das zweifellos anders sehen. Zuerst müssen wir unsere eigenen Fragen beantworten, bevor sie ihre Fragen stellen. Bevor wir unsere Geschichte erzählen, habe ich noch viele Fragen an dich.«

»Unsere *Geschichte*?«

Aber Alessandro entschied sich für die Betonung des ersten Wortes: »Aber natürlich ›unsere‹. Es macht bestimmt keinen guten Eindruck, wenn wir uns nicht einig sind, findest du nicht? Die Polizei mag keine Ungereimtheiten. Im allgemeinen sind Polizisten ziemlich dumm und neigen wie die meisten dummen Menschen dazu, böse zu reagieren, wenn sie nicht mehr durchblicken. Es ist in unser beider Interesse, ihnen das Leben einfacher zu machen.«

»Ich verstehe.« Und somit war ich der Einfachheit zuliebe drauf und dran, Alessandros Mitverschwörerin zu werden. Eigentlich hätte ich über diese Absurdität lachen müssen, doch statt dessen rieselte es mir kalt über den Rücken. »Aber es ist doch alles andere als einfach, meinst du nicht auch? Das hier war schließlich kein gewöhnlicher Raub.«

»Du sagst es.« Stille trat ein, als Alessandro seine Finger auf das Handgelenk seines Vaters legte und den Puls fühlte. Zufrieden berührte er den Conte sanft an der Schulter, zog ihm die Decke höher ans Kinn und drehte sich dann wieder zu mir um. Er griff in die Seitentasche seines Harlekinkostüms und holte ein Taschentuch hervor. Bevor ich mich wehren oder zurückweichen konnte, hatte er mit einer Hand mein Kinn umfaßt und wischte mir Blut und Schmutz vom Gesicht. Während ich ihn – halb gegen meinen Willen – gewähren ließ, fragte ich mich, weshalb mich allein die Berührung seiner Hand derart aus dem Konzept brachte und weshalb ich mich überhaupt noch immer im gleichen Zimmer aufhielt, wo ich doch wußte, daß er sich viel mehr hatte zuschulden kommen lassen als nur eine geheime Abmachung mit Stillitano über die Fälschung des Reni. Weshalb ließ ich es zu, daß er solche Macht über mich ausübte? Im Augenblick hatte ich darauf keine Antwort.

So standen wir da, eine zerlumpte Columbine, deren Maskerade allmählich abbröckelte und ein Harlekin in einer Verkleidung, die ihm paßte wie eine zweite Haut. Wir standen so nahe beieinander, daß ich seinen warmen Atem auf meiner Haut spürte. Ich hob die Augen, und unsere Blicke trafen sich. »Hilf mir, Kate, ich brauche dich«, flüsterte er, als er seinen Mund auf den meinen senkte und mir die schmeichelhafte Illusion vermittelte, er, gerade er, der so wenig brauchte, würde ausgerechnet mir seine Verwundbarkeit offenbaren. Heute denke ich nur ungern daran zurück, daß sich ein Teil von mir danach sehnte, ihm Glauben zu schenken, danach verlangte, sich und die Erinnerung an diese schreckliche Nacht unter der Berührung dieses samtweichen Mundes zu vergessen.

Wie zur Warnung hörte ich Nicks Stimme in meinem Kopf, der gesagt hatte, ich solle meine Antworten auf meine Art finden. Und dann fiel mir noch etwas ein: Ich sah Daniella vor mir, wie sie Marco in der Bar angehimmelt hatte, so offensichtlich bereit, ihren Körper seinem Willen zu unterwerfen, und ich dachte: Nun weiß ich, weshalb sie... Ich weigerte mich, den Gedanken zu Ende zu denken. Es reichte aber aus, um mich aus meinen Träumen zu reißen. Nein, ich war nicht Daniella.

Der Zauber war gebrochen. Ich erkannte, daß Alessandros Liebeswerben von Anfang an einen einfachen Zweck verfolgte: Ich sollte ihm körperlich hörig werden, weil er Angst vor dem hatte, was ich wußte. Von dem Augenblick an, als ich den Reni zum ersten Mal gesehen hatte, war ich eine Gefahr für ihn. Die Leidenschaft, mit der er seinen Körper an mich preßte, so daß er sogar seinen Vater vergaß, war kopfgesteuert und kam nicht aus seinem Herzen. Es war der leidenschaftliche Wunsch, mich zu benutzen, um seine eigene Haut zu retten.

Ich hatte meine Antworten.

Und diese Antworten waren der Grund dafür, daß ich mich aus seiner Umarmung löste und in einem ungewollt hartem Ton sagte: »Das bringt nichts, Alessandro…«

Er ließ mich los. »Ich habe mich geirrt. *Mi dispiace.*«

Seine Worte klangen formell, etwas unterkühlt, aber ich bemerkte nicht die Spur eines verletzten Ego, keinen sichtbaren Unmut darüber, daß ich das Spiel nicht nach seinen Regeln zu spielen bereit war. Nur ein Schatten des spöttischen Harlekinlächelns lag auf seinem Gesicht, als wollte er mir sagen: Auch wenn das Spiel verloren ist, war es wenigstens den Versuch wert. Ich hatte den starken Eindruck, daß Alessandro nicht wirklich davon berührt war, daß ich ihn zurückwies. Er war, wie alle Torreleones außer seinem Vater, nicht nur ein Egoist, sondern auch ein Pragmatiker. Hatte er mir das nicht selbst einmal gesagt? Seine Umarmungen waren der Versuch gewesen, mich zu beeinflussen; daß er erfolglos war, spielte keine große Rolle. Er würde einfach etwas anderes versuchen. Und wenn nichts davon zum Ziel führen sollte…

Dieses kühle Selbstbewußtsein war mit ein Grund für seine Anziehungskraft, aber jetzt machte es mir auch angst. Plötzlich erkannte ich, daß dieser Mann zu allem fähig war. Vielleicht hatte er einige meiner Gedanken aus meinem Gesicht abgelesen, denn er schmunzelte und sagte mit scherzhafter Stimme, die den ernsteren Unterton nicht überdecken konnte: »Ach ja, das hätte ich fast vergessen. Ich muß ja die Pistole holen.« Er ging an mir vorbei durch die Schlafzimmertür.

Nein, dachte ich resigniert, der Alptraum ist noch lange nicht vorüber.

Bevor ich auch nur einen Schritt tun konnte, hörte ich, wie die Tür zum Arbeitszimmer aufging und Daniellas Stimme rief: »Sandro, was ist passiert? Ich hörte gerade Mario telefonieren. Was ist mit Onkel Massimo?«

Dann ein Schrei, und ich hätte schwören können, daß in diesem Schrei mehr Wut lag als Trauer.

20

Ich wirbelte herum, trat unfreiwillig einen Schritt nach vorn, blieb dann aber aus einer Eingebung heraus wie festgeklebt stehen, entschlossen, das Geschehen von der Schlafzimmertür aus zu beobachten.

Mit ihren dekorativ über Marcos Körper geworfenen Armen in den überlangen Ärmeln – eine Sinfonie aus Gold und Schwarz – kauerte Daniella über ihrem Liebhaber. Das weiche Licht des Arbeitszimmers zauberte goldene Reflexe in ihr Haar und schimmerte auf den Falten ihres Taftkleids, das sich wie ein goldener Teich rings um sie ausbreitete. Ihr Gesicht konnte ich nicht sehen, nur das krampfartige Zucken ihrer Hand, die sich in Marcos schwarzen Umhang krallte. Alessandro stand bewegungslos über ihr. Seine ungewohnte Körperhaltung mit den nach unten hängenden Armen deutete darauf hin, daß er zum ersten Mal nicht zu wissen schien, was er tun sollte. Ein eigenartig schöner Anblick – das Goldmädchen hingestreckt auf dem Körper ihres toten Geliebten, der Harlekin über den beiden verharrend wie der unglückliche Geist eines Maskenballs, der gründlich danebengegangen war. Auf mich wirkte diese Szene wie eingefroren, abgehoben und irreal, als beobachtete ich die Bühne von einer Wolke aus, während die Schauspieler ganz weit unten, gefangen im Scheinwerferlicht, ihre letzte Szene spielen, bevor der Vorhang fällt. Es war wunderschön anzusehen und ganz bestimmt auch dramatisch, aber letzten Endes doch nur Commedia dell'arte und daher ohne wirkliche Tragik. Gleich würden die Schauspieler aufspringen, lachen und sich verbeugen. Dann könnte ich nach Hause gehen.

Aber in diesem Moment kam das wirkliche Leben ins Spiel. Alessandro bewegte sich, legte die Pistole, die er immer noch in der Hand hielt, auf den Tisch zurück und berührte Daniella – und im selben Augenblick war die Szene geschmissen, zerschmettert von der heftigen Reaktion ihres Körpers.

»Assassino! Assassino!«

Gerade noch rechtzeitig brachte er sich aus der Reichweite ihrer Nägel, bekam sie an den Handgelenken zu fassen und hielt sie auf Distanz. Sie wand und wehrte sich wie eine wütende Katze, fauchend vor Wut und mit ausgefahrenen Krallen. Ein Sturzbach von Flüchen entlud sich aus ihrem Mund, obszön, brutal, und doch ähnlicher einem in die Enge getriebenen Kind als einer trauernden Frau, bis sie am Ende nur noch haltlos, wortlos schluchzte, sich beruhigte, in seinen Armen erschlaffte und er sie losließ. Mit hängendem Kopf stand sie vor ihm und rieb sich die Handgelenke.

Leise fragte er: »Du kanntest ihn, Dani?«

»Wir haben uns geliebt.« Ich sah sie nur im Profil, erkannte aber deutlich den Trotz in ihrem Gesicht und noch deutlicher in ihrer Stimme.

Er schwieg und sah sie nur unverwandt an. Die Stille war fast greifbar und legte sich über den Raum wie die tödliche Stille im Auge des Hurrikans. Daniella verlor als erste die Nerven und jammerte mit dünnem Kinderstimmchen: »Warum, Sandro? Warum hast du ihn umgebracht?«

Ich zog mich weiter zurück ins Schlafzimmer. Daniella hatte mich noch nicht gesehen, und vielleicht hatte Alessandro im Moment vergessen, daß ich da war. Vielleicht war es ihm auch egal, wenn ich ihnen zuhörte. Letztere Möglichkeit empfand ich allerdings als ziemlich beunruhigend.

Alessandro ignorierte Daniellas Frage und fragte seinerseits: »Wie hast du ihn kennengelernt?«

»Bei einer Demo vor ungefähr einem Monat. Bei der antifaschistischen Randale auf der Piazza Venezia. Er... er hat mich ernst genommen. Du lachst immer über meine Ansichten; nie nimmst du etwas ernst.« Da war er wieder, der Trotz, und mit ihm eine Gereiztheit, die ihre Stimme zu einem Quengeln verzerrte. Die Worte purzelten aus ihr heraus – eine merkwürdige Mischung aus revolutionärer Rhetorik und den verletzten Gefühlen eines verwöhnten Kindes. »Dir fällt ja gar nicht auf, in welcher Scheiße wir alle stecken... Es muß sich unbedingt etwas ändern, sonst können wir uns gleich die Kugel geben. Du und dein Vater, ihr glaubt immer noch, daß ich ein kleines Kind bin, das Spielchen spielt. Aber ich bin erwachsen geworden, ich weiß, was getan werden muß, um etwas zu verändern. Und ich habe Freunde, die genauso denken wie ich...«

»Die Idioten bei den Studenti per l'Operaio vielleicht? Gehörst du vielleicht auch zu diesem Haufen? Hat er dich da eingeschleust?« Alessandro stieß Marcos Leiche mit dem Fuß an. Also hatte er bis jetzt nicht gewußt, daß Daniella Mitglied in dieser Truppe war.

»Und wenn? Ich war ihm sogar dankbar dafür.« Aber ihrer Stimme fehlte es an Überzeugungskraft.

Kaum anzunehmen, dachte ich, daß Daniella Marco zufällig bei der Demonstration kennengelernt hatte; weit wahrscheinlicher war es, daß Marco von ihren revolutionären Neigungen erfahren, daraus Kapital geschlagen und das »zufällige« Zusammentreffen arrangiert hatte. Offensichtlich hatte er Alessandro gegenüber verschwiegen, daß seine Cousine bei den Studenti per l'Operaio mitmischte; vielleicht hatte er gehofft, sie irgendwann gegen Alessandro einsetzen zu können, er, ein Meister des doppelten Spiels. Was immer seine Gründe gewesen sein mochten, Marco hatte mit Daniella vermutlich eine Trumpfkarte gezogen. Trotz ihres auf den ersten Blick schillernden gesellschaftlichen Ranges konnte sie ihm nicht Paroli bieten. Mit ihr hatte er das willige Opfer gefunden, das er brauchte.

Als die Bedeutung von Alessandros Worten in ihr Bewußtsein tröpfelte, fragte Daniella zaghaft: »Du kennst die Studenti per l'Operaio? Und du hast Marco gekannt? Wie konntest du nur?«

»Das spielt jetzt keine Rolle. Und er auch nicht. Alles, worauf es jetzt ankommt, ist, wie wir aus diesem Schlamassel herauskommen.«

Wieder trat diese tödliche Stille ein, und wieder fragte Daniella: »Warum hast du ihn umgebracht, Sandro?« Aber diesmal kam es so zögernd, als fürchtete sie sich vor der Antwort. Auch hatte sie wieder zu heulen begonnen, und ich fragte mich herzlos, wie viele ihrer Tränen wohl echt waren.

»Er hat Papa überfallen.«

»Nein! Aber warum...«

»Er war vermutlich hinter dem Reni her.«

»Dem Reni? Aber er hat mir doch versprochen...« Mitten im Satz stockte sie, als ihr aufging, daß sie sich verraten hatte. Nein, dachte ich, sie konnte weder Marco noch Alessandro das Wasser reichen. Nervös knetete sie ihre Hände in den langen, schimmernden Ärmeln ihres Kleides. Dann trat sie einen Schritt zurück, drehte sich um und wollte aus dem Zimmer gehen. Aber es war zu spät: Alessandro versperrte ihr den Weg.

»Nicht, Sandro! Hör auf, du tust mir weh...«

»Du kleines Luder! Du hast davon gewußt?« Er hielt sie an den Oberarmen fest und schüttelte sie. Aber zum Glück für Daniella war dieser Wutausbruch immer noch besser als

Alessandros eisige Teilnahmslosigkeit, die er an den Tag gelegt hatte, als er Marco erschoß.

»Nein, nein!« heulte Daniella, »ich hab doch nicht gewußt, daß er das tun wollte, ehrlich! Bitte, Sandro – du mußt mir glauben!«

»Was hast du dann damit gemeint?«

»Nichts, gar nichts.« Aber er schüttelte sie noch heftiger, bis sie schluchzte: »Nur, daß Marco mir immer mit den Bildern von Onkel Massimo in den Ohren gelegen hat. Er wollte, daß ich eines davon für die Gruppe stehle, um meine Loyalität zu beweisen. Das hat er gesagt. Aber ich konnte es doch nicht tun, ich konnte es doch nicht. Ich... Ich wollte es dir sagen, aber er hat mir fürchterliche Dinge angedroht, falls ich jemandem davon erzähle. Er hat gesagt, daß er schon einmal ein Mädchen umgebracht hätte, das ihn verraten wollte. Ich weiß, daß er das nur so dahergesagt hat, um mir Angst einzujagen, aber... Na ja, dieses Mädchen gehörte auch einmal zu unserer Gruppe, aber das war, bevor ich dazugestoßen bin. Ich hab sie nicht gekannt, aber sie ist tatsächlich gestorben.«

»Susanna«, sagte Alessandro leise.

»Ja, das war ihr Name. Woher weißt du das?«

Alessandro überhörte ihre Frage. Als er zu sprechen begann, kam es mir vor, als spräche er zu sich selbst. »So ist sie also gestorben. Und ich dachte immer, sie hätte sich selbst umgebracht. Habe mich sogar gefragt, ob ich schuld daran gewesen bin. Aber natürlich war es Gatti.«

»Was sagst du, Sandro? Ich verstehe dich nicht.«

»Mir scheint, daß du überhaupt sehr wenig verstehst, Dani.«

Alessandro bedachte sie mit einem kühlen Lächeln und ließ ihre Arme los. Sie machte keine Anstalten mehr, davonzulaufen. »Dann will ich dich aufklären, Cousine. Obwohl jetzt ohnehin alles egal ist.« Er drehte sich um, setzte sich in den Lehnsessel neben Marcos Leiche, schlug die Beine übereinander und legte die Arme auf die Armlehnen, so lässig, als hätte er eine nette Geschichte zu erzählen und jede Menge Zeit dazu.

»Susanna und ich hatten ein Verhältnis, das im Streit auseinanderging. Sie hat kein Geheimnis aus ihren politischen Überzeugungen gemacht, aber sie war sehr schön, und ich habe mir vorgestellt, daß es vielleicht ganz amüsant und auch gewiß lehrreich wäre zu erfahren, weshalb sie so dachte, wie sie dachte. Du wirfst mir vor, rechte politische Interessen zu vertreten, und das streite ich gar nicht ab. Aber im gleichen Atemzug wirfst du mir in deiner dir eigenen widersprüchlichen Art politische Indifferenz vor. Damit liegst du allerdings falsch. Ich finde, man kann es sich einfach nicht leisten, die Überzeugungen seiner Feinde zu ignorieren. »Susanna machte mich mit Gatti bekannt. Vermutlich hoffte sie, wir würden aufeinander eifersüchtig sein, aber vermutlich tue ich ihr damit unrecht. Eine Zeitlang ließ ich mich von den beiden belabern, aber das Thema hat mich ziemlich schnell angeödet. Kannst du mir vielleicht sagen, warum hehre Motive so oft zur Banalität verkommen – zu so gründlicher und humorloser Banalität? Natürlich war Gatti wohl kaum ein echter Revolutionär. Selbst Susanna hat das allmählich mitgekriegt, und trotzdem ist es ihm gelungen, sie ebenso wirkungsvoll hinters Licht zu führen wie dich. Aber er war ein Idiot. Genau wie du, Cousine.« Er lächelte sie an. »Dir ist wohl klar, daß du leicht das gleiche Ende hättest finden können wie Susanna. Gatti kannte keine Loyalität.«

Sie starrte ihn an und trat zögernd von Marcos Leiche zurück, als könnte er von den Toten auferstehen und sie attackieren. Ich hatte das Gefühl, daß sie sich ziemlich schnell von ihrer Trauer erholte. Vielleicht wurde ihr auch nur bewußt, daß Marcos Tod sie auf elegante Weise von seiner beängstigenden, wenngleich aufregenden Aufmerksamkeit befreite. Vielleicht war es aber nur so, daß sie zum ersten Mal seine wahre Natur erkannte.

»Du hast Glück«, fuhr Alessandro immer noch im gleichen Plauderton fort, »daß du eine Torreleone bist. Anders als diese Kreatur« – er warf einen Blick auf Marcos Körper – »wissen wir sehr wohl, was Loyalität heißt. Auch wenn du es noch so gern möchtest, kann ich die Probleme der Welt nicht lösen; aber vielleicht kann ich dieses Problem hier beseitigen. Allerdings habe ich nicht viel Zeit.« Er stand auf, und im selben Moment veränderte sich seine Stimme, wurde barsch und schneidend. »Und jetzt geh in dein Zimmer. Falls dich jemand über diesen Vorfall ausfragen will, weißt du von nichts. Täuschung ist doch dein Metier; jetzt hast du Gelegenheit, dich darin zu üben. Du weißt von nichts. Du warst die ganze Nacht auf dem Ball oder in deiner Suite. Verstanden? Wollen wir hoffen, daß die Polizei keine Verbindung zwischen dir und Gatti herstellt.«

Daniella nickte stumm, zweifellos war sie dankbar, die Verantwortung auf Alessandros Schultern abladen zu können. Als sie sich zum Gehen wandte, hatte ich plötzlich das Gefühl, auf keinen Fall allein mit Alessandro zurückbleiben zu wollen, und machte mich bemerkbar. Als Daniella mich sah, schreckte sie zurück, als hätte ich sie geschlagen. »Du! Was machst du denn hier?«

»Das ist noch eine Freundin von Marco. Er muß wirklich ein begehrter Mann gewesen sein«, sagte Alessandro. »Sie wußte auch, daß Marco hinter dem Reni her war und ihn heute nacht stehlen wollte. Sie folgte ihm hierher, um ihn aufzuhalten. Sie hat ihr Leben für *Papa* riskiert.«

Daniella hatte ein beschämtes Gesicht aufgesetzt. Abgesehen von dem Augenblick, als sie ins Zimmer getreten war, hatte sie nicht mehr nach Conte Massimo gefragt, aber nun erkundigte sie sich etwas verspätet: »Wie geht es ihm?«

»Das werden wir wissen, sobald Dr. Guareschi hier ist. Puls und Herz sind schwach, aber konstant. Ich habe ihm eine Spritze gegeben. Aber...«

Daniella verhielt sich einen Augenblick lang still, erholte sich aber zusehends; offenbar war Schamgefühl für sie eine eher entbehrliche Empfindung. Und endlich hatte sie ein Opfer gefunden, an dem sie ihre Wut auslassen konnte. Geringschätzig warf sie mir einen Seitenblick zu und legte los: »Du warst schon immer eine Lachnummer für uns. Du hast uns nie beeindrucken können, das ist dir ja hoffentlich klar!«

»Ach, das Kompliment gebe ich gern zurück«, sagte ich ungerührt. »Wie hat jemand Marco einmal genannt? Ach ja, ›a hired gun‹, einen Berufsverbrecher. Und zwar einen doppelzüngigen. Er liebte es, ein doppeltes Spiel zu spielen – sogar in ein- und derselben Familie.«

Erschreckt schaute sie mich an: »Wie meinst du das?«

»Frag deinen Cousin. Und wenn ihr mich jetzt bitte entschuldigen wollt – die Party ist wohl vorüber.« Ich wandte mich zum Gehen, mußte dazu aber an Alessandro vorbei, und das konnte ich vergessen. Er würde mich niemals gehen lassen. Ich hatte recht. Ohne mich zu berühren, hielt er mich zurück, indem er sich mir einfach in den Weg stellte. »Laß uns allein, Dani. Kate und ich haben viel miteinander zu besprechen und nur wenig Zeit.«

Sie schlich an ihm vorbei, ohne sich noch einmal umzusehen, obwohl ich ihr verzweifelt nachrief: »Um Gottes willen, Daniella!« Wenn überhaupt, brachte sie mein Appell höchstens dazu, sich noch schneller aus dem Staub zu machen. Die Tür schlug hinter ihr ins Schloß.

Alessandro lächelte mich freundlich an. »Ein tapferes Kind, meine Cousine. Also, wo sollen wir anfangen, Kate?«

Meine Hände zitterten so heftig, daß ich sie in den Taschen meines Kleides vergrub; ich wollte nicht, daß er meine Angst bemerkte. Aber ein Zittern in meiner Stimme konnte ich nicht verhindern. »Es hat keinen Sinn, Alessandro. Freunde von mir wissen, daß ich hier bin; sie werden mich suchen. Und wenn du mir etwas antun solltest...«

»Dir etwas antun?« Er schien wirklich überrascht zu sein. »Glaubst du das wirklich? Meine liebe Kate! Ich habe zwar Marco erschossen, aber ich bin kein Mörder. Glaubst du mir nicht? Hier! Hier ist die Pistole.« Er nahm sie vom Tisch und hielt sie mir hin. »Komm schon, nimm sie. Dann fühlst du dich bestimmt sicherer.«

Ich behielt meine Hände in den Taschen. Merkwürdigerweise glaubte ich ihm sogar. Und nachdem ich mit eigenen Augen gesehen hatte, welches Unheil eine Waffe anrichten konnte, wollte ich nichts mehr damit zu tun haben.

»Nein? Wie schade. Es würde uns beiden so vieles erleichtern, Kate.« Mein verständnisloser Blick schien ihn zu amüsieren. »Du weißt nicht, weshalb? Nun, wenn deine Fingerabdrücke jetzt auf der Waffe wären, müßtest du tun, was ich dir sage. Weil ich sonst nämlich der Polizei erzählen könnte, daß du Marco erschossen hast – in Notwehr, versteht sich. Du würdest voraussichtlich um eine Anklage herumkommen und ich möglichen peinlichen Fragen entgehen.«

Alessandro ging davon aus, daß es Marcos Waffe war; er konnte ja nicht wissen, daß meine Fingerabdrücke überall auf der Waffe prangten, genau wie er es sich wünschte. Aber nachdem ich keine Neigung verspürte, ihn darüber aufzuklären, erschien mir Schweigen als die sicherste Antwort.

»Nun muß ich mir leider etwas anderes überlegen«, fuhr er fort, »um dich zur Mitarbeit zu überreden. Natürlich könnte ich der Polizei erzählen, daß du und dein Komplize Gatti heute nacht den Reni stehlen wolltet und daß ich euch in letzter Minute daran hindern konnte. Obwohl mir das reichlich undankbar vorkommt, nachdem du dein Leben für meinen Vater riskiert hast.«

»Um nicht zu sagen, wenig überzeugend wäre, nachdem

ich ja wußte, daß der Reni eine Fälschung ist. Und dein Vater kennt schließlich die Wahrheit.«

»Ach, wirklich? Wenn mein Vater überlebt, kann ich mir nicht vorstellen, daß er sich an vieles, was heute nacht passiert ist, erinnern wird. Es sollte ziemlich einfach sein, die Lücken in seinem Gedächtnis mit überzeugenden Details auszufüllen. Natürlich wäre er untröstlich zu hören, daß eine junge Frau, der er sehr zugetan war, ihn bestehlen wollte, aber...« Er breitete die Arme aus und hob die Schultern. »Und was ist mit Mario? Er weiß, daß du Marco kanntest. Immerhin war er dabei, als Marco dir sagte, daß Stillitano ihn geschickt habe. Und er weiß auch, daß du ihn nicht aus Notwehr erschossen hast.«

»Mario ist schon sein ganzes Leben lang bei den Torreleones«, erklärte Alessandro mit eiskalter Gelassenheit.

Und ich, folgerte ich in Gedanken, war eine Fremde. Was aus mir wurde, hatte – verglichen mit dem Wohlergehen der Torreleones – nicht den Hauch einer Bedeutung. Mario würde sich nur an die Dinge erinnern, die Alessandro genehm waren.

Vielleicht hätte mir Alessandro die Ausweglosigkeit meiner Situation erfolgreich einreden können, wäre ich nicht so überzeugt davon gewesen, daß er angesichts dessen, was ich wußte und was Nicks und Giannis Recherchen erbracht hatten, keine Chance hatte, mich auf irgendeine Weise unter Druck zu setzen. Ich hatte immer noch einen Trumpf im Ärmel, und jetzt war die Zeit reif, ihn auszuspielen. Dieses Spiel dauerte schon viel zu lange, und es bereitete mir zunehmend Magenschmerzen.

So ruhig ich konnte, sagte ich: »Du hast dich einmal darüber beschwert, daß die Filmindustrie den Niedergang der Aristokratie damit karikiert, daß die Adeligen, dem Wahnsinn nahe, in ihren bröckelnden Palästen umherirren. Da gehst du zu oft ins Kino, Alessandro.« Er bedachte mich mit einem Blick, in dem Bewunderung, ja sogar Respekt lag. Ja, dachte ich, das würde ihm so passen. Solange ich mich wehrte, mich weigerte, die Fußmatte zu spielen, auf der er nach Belieben herumtrampeln konnte, so lange konnte ich mir seines Interesses sicher sein. Aber wehe, wenn ich kapitulierte: Er würde sich nur noch langweilen. Nun, dann würde ich ihm eine Kostprobe der Unabhängigkeit geben, die er angeblich an einer Frau so bewunderte; dann würde sich bald herausstellen, ob es nur leeres Gerede war.

»Außerdem ziehen deine Drohungen bei mir nicht«, sagte ich. »Ich weiß zu viel.«

»Und was weißt du?« Er sah noch immer vergnügt aus.

»Das mit dem Reni, zum Beispiel. Und daß du mit Stillitano gemeinsame Sache machst.« Natürlich wußte ich nicht alles über diese Verbindung, aber genug, um überzeugend damit bluffen zu können, falls Alessandro weiterbohren sollte. »Und außerdem weiß ich, daß du für Bassi arbeitest. Das wissen übrigens auch Freunde von mir; zwei davon sind übrigens Journalisten. Du siehst also: Ich bin nicht dein einziges Problem. Wenn du mir also etwas anhängst, heißt das noch lange nicht, daß du damit aus dem Schneider bist.«

Mittlerweile sah Alessandro nicht mehr so vergnügt aus. Bevor er wieder die übliche Ruhe in seine Gesichtszüge gebracht hatte, kam es mir vor, ich hätte einen Anflug von Bestürzung darin gesehen. Ich baute meinen Vorteil weiter aus: »Meine Freunde haben einen Beweis. Stillitano war leider so indiskret, seine Transaktionen fein säuberlich aufzuzeichnen, und du und Bassi, ihr kommt darin ziemlich häufig vor. Und wenn Stillitano merkt, daß seine Aufzeichnungen verschwunden sind, würde ich keinen Pfifferling mehr auf seine Loyalität den Torreleones gegenüber geben, wirklich nicht.«

Ich hätte vielleicht noch eins draufgesetzt und erwähnt, daß Bassi kurz davor stand, aufzufliegen, aber das sollte er nicht von mir erfahren; Gianni hatte die vertrauliche Information von der Hausdurchsuchung bei Bassi erhalten und vielleicht, dachte ich, wäre es klüger, Alessandro nicht allzuviel zu verraten. Ich wollte ihn nicht so in die Enge treiben, daß er auf die Idee kommen könnte, sich wenigstens eines seiner Probleme zu entledigen, zumal er ohnehin nichts mehr zu verlieren hatte. Das würde er noch früh genug erfahren.

»Wie fleißig du warst, Kate. Und ich dachte immer, daß du nur Bilder im Kopf hast. Du hast es verstanden, dein Wissen sehr geschickt zu verbergen.« Er sprach mit verständlicher Bitterkeit.

Aber ich konnte auch ihm meine eigene Bitterkeit entgegensetzen. »Wenn das vom Meister der Täuschung kein Kompliment ist. Ich habe eine Menge dazugelernt, seit ich für die Torreleones arbeite.«

»Das kann man wohl sagen. Wie hast du das nur alles gelernt? Ich wäre dir wirklich außerordentlich dankbar, wenn du meine Neugierde befriedigen könntest.«

Wie du willst, dachte ich. Ich kann ohne Schwierigkeiten den Rest der Nacht hier zubringen und Geschichten erzählen. Der Arzt müßte bald erscheinen, und dann würde mich nichts und niemand davon abhalten können, zur Tür hinauszugehen. Mein schmerzendes Gesicht und meinen erschöpften Körper hatte ich vergessen. Sie schienen nicht zu mir zu gehören; überhaupt hatte ich das Gefühl, von mir und meiner Umgebung abgehoben zu sein, als schwebte ich irgendwo über mir und beobachtete das Geschehen da unten. Es ist wirklich egal, was du Alessandro alles erzählst, beruhigte ich mich: Nick wird bald hier sein und dich nach Hause bringen. Also kannst du die Zeit genausogut damit totschlagen wie mit irgend etwas anderem.

»Alles fing mit dem Reni an«, erzählte ich ihm. »Sobald ich herausgefunden hatte, daß Stillitano damit befaßt war und du zugegeben hattest, daß er eine Auftragsfälschung ist, wollte ich wissen, was er eigentlich vorhatte. Ein Freund, der früher einmal bei Faltecchi und Stillitano gearbeitet hat, erzählte mir, daß schon früher ähnliche Anschuldigungen gegen Stillitano erhoben worden waren. Stillitano war ganz versessen darauf, auch mich loszuwerden. Ich wußte, daß ich für ihn gefährlich war und konnte mir nur den Reni als Grund dafür vorstellen. Nun ja, und dann überlegte ich mir, welches Druckmittel ich mir gegen ihn beschaffen könnte. Und das fand ich in seinem Notizbuch, von dessen Inhalt ich mir einiges versprach. Ebenso wie in den Verträgen über die Fälschungen, von denen einer von dir unterschrieben ist.«

Alessandro lehnte sich mit vor der Brust verschränkten Armen an den Schreibtisch. »Ich habe dich tatsächlich unterschätzt.«

Darauf ging ich nicht ein und fuhr fort, entschlossen, meine Geschichte so lange auszuspinnen, bis Hilfe kam. »Dann die Geschichte mit Daniella. Rein zufällig hab ich einen Streit zwischen ihr und Marco mitbekommen – damals wußte ich allerdings noch nicht, wer sie war. Er hat versucht, sie dazu zu überreden, irgendwelche Bilder zu stehlen. Ich bin nicht gerade ein Fan deiner Cousine, aber sie hat dir gerade die Wahrheit erzählt. Sie wollte es nicht tun.

Als ich erfuhr, daß sie Conte Massimos Nichte war, wollte ich es ihm oder dir erzählen, aber ich wußte nicht recht, wie ich es anpacken sollte. Ich wußte ja nicht mal, ob ihr mir glauben würdet. Deshalb nahm ich mir vor, mich ein bißchen schlauer zu machen, bevor ich sie vor ihrer Familie bloßstelle. Ich konnte sie davon überzeugen, daß ich ihrer Sache positiv gegenüberstehe. Und dann hat sie mir Marco vorgestellt. Das war mein Fehler«, fügte ich hinzu.

»Ja, Gatti war ein Fehler. Für uns alle.«

Genau. Das und nicht mehr war er für Alessandro, dachte

ich. Ein Fehler. Ein Fehler, der drei Menschen das Leben hätte kosten können, darunter auch seinen Vater. Plötzlich rastete ich aus: »Du benutzt Menschen, als wären sie Marionetten. Du brauchtest nur an einem Faden ziehen, und schon haben sie für dich getanzt. Ein Mädchen ist tot, dein Vater stirbt vielleicht und Faltecchi liegt im Krankenhaus, nur weil du die falsche Marionette gewählt hast. Und du sagst, es war nur ein Fehler. Du bist kaltblütig und herzlos, und ich frage mich, ob dich der Tod deines eigenen Vaters berühren würde. Was ich dir und Stillitano allerdings beim besten Willen nicht verzeihen kann, ist die Tatsache, daß ihr euren ›Fehler‹ auf einen alten Mann losgelassen habt, dessen einziger Fehler es war, nicht korrupt zu sein. Wenn er stirbt...«

Aufgebracht stellte sich Alessandro aufrecht hin. »Du wirst doch nicht im Ernst glauben, daß ich Marco auf meinen eigenen Vater angesetzt habe!«

»Nicht auf deinen Vater. Natürlich nicht. Ich meinte Faltecchi. Im Park, als...« Er schaute mich so verständnislos an, daß ich vergaß, was ich noch hatte sagen wollen.

Alessandro fuhr mich an: »Was ist los mit Faltecchi?«

In kurzen Worten erzählte ich ihm, was Marco getan hatte und welchen Grund ich dahinter vermutete. Ich beendete meinen Bericht mit der Mutmaßung, daß Stillitano und Alessandro wahrscheinlich befürchteten, Faltecchi würde ihre Machenschaften – welche das auch immer waren – ans Tageslicht bringen.

Alessandros Überraschung hatte sich in eine Mischung aus Abscheu und Entrüstung verwandelt. »Marco war ein Tier, keine Frage, aber ich hätte ihn niemals mit einem solchen Auftrag auf jemanden losgelassen. Glaubst du wirklich, daß ich dazu fähig wäre?« Offensichtlich war er bitter enttäuscht darüber, daß ich ihm so etwas zutraute, und wäre die Situation nicht so ernst gewesen, hätte ich vielleicht über seine plötzliche Anwandlung von Rechtschaffenheit lachen müssen. Aber ich glaubte ihm. Daß ich immer noch am Leben war, bewies mir, daß er andere Mittel anzuwenden pflegte, um seine Ziele zu erreichen.

Er sagte: »Ich habe Marco benutzt, das stimmt, aber nur für Informationen, niemals für Gewalt. Für mich und meine Freunde war es nützlich zu erfahren, welche idiotischen Aktionen die Ultralinken planen, und manchmal konnte uns Marco mit solchen Informationen versorgen. Gegen Bezahlung natürlich. Aber allmählich wurde er wertlos für uns – vermutlich trauten ihm seine Freunde irgendwann nicht mehr über den Weg. Es hat mich ohnehin immer gewundert, wie lange sie dazu gebraucht haben. Aber diese andere Geschichte – nein, niemals.« Müde strich er sich mit der Hand übers Gesicht. »Und du weißt, daß ich Giorgio Faltecchi sehr mag.«

Dann war es also Stillitano, dachte ich. Der kannte solche Skrupel nicht.

»Okay«, sagte ich. »Du hast mit dem Überfall auf Faltecchi nichts zu tun. Für welche anderen schmutzigen Sachen du Marco benutzt hast, weiß ich nicht, und, ehrlich gesagt, interessiert es mich im Moment auch nicht. Ich bin nicht traurig darüber, daß er tot ist. Ich würde sogar noch weiter gehen. Ich wäre durchaus bereit auszusagen, daß du ihn in Notwehr erschossen hast, um deinen Vater oder auch mich zu beschützen. Was immer du möchtest. Du brauchst mir also nicht zu drohen. Und ich werde der Polizei auch nichts von Daniellas Beziehung zu Marco erzählen, obwohl ich wetten könnte, daß sie das schon weiß. Vermutlich unterschätzt du unsere Freunde und Helfer. Aber das ist auch schon alles, was ich für euch beide tun werde. Und ich tu's nicht dir, sondern deinem Vater zuliebe. Das ist nämlich der einzige Torreleone, der wirklich ein Gentleman ist.«

Alessandro legte den Kopf schief und sagte ironisch:

»Grazie. Auch im Namen meiner Cousine. Obwohl ich meine, daß Daniellas schlimmste Schuld die Dummheit ist. Wenn deine Vermutung stimmt, daß die Polizei von ihrer Beziehung zu Gatti weiß, wird sie ein paar unangenehme Fragen über sich ergehen lassen müssen, aber vielleicht wird es eine lehrreiche Lektion für sie sein.«

Das bezweifelte ich allerdings. Manche Lektionen würde Daniella wohl niemals lernen. Und Alessandro? Welche Lektion hatte er gelernt?

Sich vielleicht mit Anstand geschlagen zu haben, denn er sagte mit ironischer Stimme: »Du hast recht, Kate. Es hätte keinen Sinn, diese Charade weiter in die Länge zu ziehen. Ich werde Mario bitten, die Polizei zu rufen. Du und ich, wir werden ihnen erzählen, was passiert ist. Und was das übrige betrifft« – er zögerte und lächelte mich müde an –, »nun ja, ich hatte dich ja vorgewarnt, daß wir hier in Italien die Dinge anders regeln.«

21

Als hätte er das Stichwort gegeben, öffnete Mario in diesem Moment die Tür zum Arbeitszimmer. Bei ihm war ein kleiner, fetter Mann mit klugen Augen und der unvermeidlichen, schwarzen Arzttasche in der Hand. Der professionell abschätzende Blick, den er mir beim Hereinkommen zuwarf, konnte seine Überraschung nicht ganz verbergen, aber bevor er auch nur ein Wort sagen konnte, ging Alessandro auf ihn zu und faßte ihn am Arm.

»Adriano! Gott sei Dank bist du hier.« Auf dem Weg ins Schlafzimmer klärte Alessandro den Arzt mit knappen Worten über den Zustand seines Vaters auf.

Ich wollte Mario gerade bitten, die Polizei zu rufen, als dieser Alessandro leise, aber so nachdrücklich ansprach, daß er mitten im Wort innehielt: »Signore, kann ich Sie bitte einen Moment sprechen?«

Alessandro schaute über die Schulter zu Mario: »Ist es wichtig? Also gut... Geh schon vor, Adriano, ich komme gleich nach.«

Der Arzt nickte, blieb aber schon einen Schritt später wie vom Donner gerührt stehen, als er Marcos Leiche sah, die bis jetzt vom Tisch und vom Lehnsessel verdeckt gewesen war.

»*Dio*, Sandro! Wer ist *das* denn?«

Alessandro hörte sich an, als hätte er Marco längst vergessen, denn er antwortete ebenso zerstreut wie ungeduldig: »Was? Ach, kümmere dich nicht um ihn. Du kannst ihm nicht mehr helfen. Er ist tot.«

Dr. Guareschi blieb ungerührt. »Ich überzeuge mich lieber selbst davon. Sicher ist sicher.« Er setzte seine Tasche auf dem Fußboden ab und zupfte die Bügelfalten seiner Hose zurecht, bevor er sich neben Marco hockte, sorgsam darum bemüht, nicht die dunkle Blutlache neben Marcos Brust zu berühren. In der kurzen Stille waren im Zimmer nur die schweren Atemzüge des Arztes zu hören. Schließlich stand er ächzend auf. »Du hast recht. Die Polizei...?«

»... ist schon unterwegs«, log Alessandro schamlos.

Der Arzt hob die Brauen, verschwand dann aber ohne ein weiteres Wort im Schlafzimmer. Alessandro drehte sich zu Mario um. »Also, was gibt es?«

Mit ernster Miene berichtete Mario: »Zwei Leute von den *carabinieri* sind schon hier, Signore. Mit einem Signor und einer Signora Palmieri. Sie warten unten am Hauptportal und wollen unbedingt mit Ihnen sprechen. Was soll ich ihnen sagen?«

Kein Wort von Nick. Aber er war bestimmt mit ihnen unten. »Verdammt!« Das klang zwar ruhig, aber Alessandro hatte bisher eine solche Selbstbeherrschung an den

Tag gelegt, daß dieser kleine Fluch schwerer wog als jeder lautstarke Wutausbruch. Ich betrachtete ihn und suchte in seinem Gesicht nach Anzeichen von beginnendem Streß: Eine tiefe Furche hatte sich senkrecht zwischen seinen Augenbrauen eingegraben. Er gestand sich eine Geste der Unschlüssigkeit zu, als er mich kurz ansah und dabei mit der Hand über sein Gesicht strich. Aber im nächsten Augenblick hatte er sich wieder in der Gewalt. Als er zu sprechen begann, hatte seine Stimme die gewohnte Selbstsicherheit zurückgewonnen – keine Spur von Angst oder Zweifel. »Ja, gut. Sie können heraufkommen. Aber bevor du sie heraufführst, rufe bitte *Questore* Barbato an. Sag ihm, was geschehen ist, und bitte ihn, sofort zu kommen. Sag ihm, es wäre ein Freundschaftsdienst. Ein Freundschaftsdienst«, wiederholte er nachdrücklich. »Sag ihm genau diese Worte. Und Mario...«

»*Si, signore?*«

»Ich werde den *carabinieri* erzählen, was heute nacht hier vorgefallen ist. Daß du und ich meinen Vater und Signora Roy vor diesem Einbrecher beschützt haben, und« – er zögerte kurz, ohne Mario aus den Augen zu lassen, während er nach den passenden Worten suchte – »und daß ich ihn erschossen habe, als er mich angriff.«

»*Si, signore.*« Mario zeigte nicht die geringste Spur von Überraschung. Er ging hinaus und schloß die Tür hinter sich. Der gute, treue Diener. Galt seine Loyalität nun dem Vater oder dem Sohn? Und konnte Alessandro von ihm wohl den gleichen, bedingungslosen Gehorsam erwarten, wenn Conte Massimo sterben sollte?

»Diese Palmieris – sind das zufällig die Freunde, von denen du gesprochen hast?« Alessandros Stimme klang heiser. Ich nickte. »Dann lasse ich dich jetzt allein, damit du sie begrüßen kannst.« Nach einem kurzen, indifferenten Blick drehte er sich um und verschwand im Schlafzimmer seines Vaters.

Völlig erschöpft suchte ich Zuflucht in einem großen Ohrensessel neben dem Kamin, ließ mich hineinfallen und sehnte den Schlaf des Vergessens herbei.

Er stellte sich auch ein, aber nur für kurze Zeit. Minuten später schreckten mich Stimmen hoch, und ich kam benommen auf die Beine, als Mario und die Palmieris hinter zwei wachsam blickenden Männern in Straßenkleidung eintraten, denen man auch ohne Uniform ansah, daß sie *carabinieri* waren.

Als Clara mich sah, lief sie auf mich zu. »Kate! Gott sei Dank! Aber dein Gesicht ... Was ist passiert?«

Wenn ich das nur niemals beantworten müßte, dachte ich, als sich ihre weichen Arme um mich schlossen und meine Beine prompt ihren Dienst versagten. Der Stahlstift in meiner Wirbelsäule, der mich die ganze Nacht lang aufrecht gehalten hatte, bröckelte nun wie Kalk. Ich war in Sicherheit; ich brauchte nicht mehr stark zu sein.

Gianni und die beiden *carabinieri* hatten sich um Marcos Leiche versammelt. Mario stand etwas abseits. Ich schaute den leblosen Körper auf dem Fußboden an. Er hatte nichts Furchterregendes mehr an sich, nicht einmal menschlich sah er mehr aus, er lag da wie ein großer, dunkler Fleck; abscheulich, vielleicht auch ansteckend, aber bald schon aufgewischt.

»Ist das ...«, stammelte Clara.

»Das war Marco«, korrigierte ich. »Er ist mausetot. Der Arzt hat's bestätigt. Obwohl ein Pfahl ins Herz nicht die schlechteste Idee wäre, um ganz sicherzugehen.« Ich begann zu lachen, als hätte ich etwas besonders Geistreiches von mir gegeben, und konnte nicht mehr aufhören. Das Lachen sprudelte aus mir heraus wie Öl aus einer Ölquelle, schwarz und unkontrolliert. Die Männer drehten sich fassungslos nach mir um, und Clara hielt mich auf Armeslänge von sich gestreckt und schüttelte mich.

»*Basta*, Kate! Hör auf.«

Sie erinnerte mich an eine Mutterhenne, die ein Sorgenküken umhegt: Sie führte mich zum Sofa, bettete mich in Kissen, setzte sich neben mich und legte mir einen Arm beruhigend und schützend um die Schulter. Die kuschelige Weichheit ihres Körpers war so sedierend, als hätte ich eine Tasse warme Milch getrunken.

»Clara«, krächzte ich irgendwann, »wo ist Nick?«

Statt mir zu antworten, rief sie Gianni. Er kam zu uns herüber und fingerte sehnsüchtig an seiner kalten Pfeife. Er sah sowohl müde als auch siegesstolz aus, sein Gang war weniger energiegeladen als sonst und die Schultern ließ er hängen, aber dafür zeigte sich ein leises Lächeln unter seinem Bart.

»Verdammt noch mal, Kate«, begann er, nachdem er sich an meine andere Seite gesetzt hatte, »du hättest ...«

Clara schnitt ihm das Wort ab: »Laß das, Gianni. Du siehst doch, wie es ihr geht.«

Ich schaffte ein Lächeln. »Mir geht es gut, Clara. Und Gianni hat recht, wenn er mit mir schimpft. Aber bevor du weitermachst, Gianni, sag mir bitte, wo Nick ist.« In meinen Ohren hörte sich meine Stimme piepsig an.

»Das würden wir auch gern wissen.«

Vermutlich hatte ich mich bewegt oder etwas gesagt, denn plötzlich hatte Clara ihren Arm wieder um mich gelegt. »Sag ihr einfach, was passiert ist. Mach ihr keine Angst.«

»*Va bene*.« Er lehnte sich nach hinten und behielt die Pfeife zwischen den Händen; ich roch den fruchtigen Tabak, den er so gern rauchte. Der Geruch flößte mir Vertrauen ein, war so angenehm normal in dieser weit von der Normalität entfernten Situation. »Du wirst dich gewundert haben, weshalb wir Marco haben ziehen lassen.«

»Eigentlich schon. Ich hatte gedacht, daß wenigstens Nick ihm auf den Fersen bleiben würde. Allein schon wegen Susanna.«

»Normalerweise hätte er das auch getan, aber vielleicht hatte er keine Gelegenheit mehr dazu. Als ich Clara und dich im Auto zurückgelassen hatte, um Nick zu suchen, konnte ich ihn nirgends finden. Dann hörte ich ein Auto aus der anderen Richtung die Straße heraufkommen. Gerade als ich mich irgendwo verstecken wollte, packte mich jemand und zerrte mich in eine Einfahrt. Es war natürlich Nick, aber... Ehrlich gesagt, bin ich für solche Räuber- und Gendarmgeschichten nicht gerade die ideale Besetzung.«

»Das kann ich gut verstehen«, sagte ich mit belegter Stimme. Gianni hob eine Braue. »Du stellst dich dabei aber ziemlich geschickt an. Wie dem auch sei: Nick und ich konnten uns gerade noch rechtzeitig in den Hauseingang zurückziehen, denn das Auto hielt genau vor Faltecchi und Stillitano. Es waren zwei Männer; einer stieg aus und ging an die Tür. Das war Pietro Bassi.«

»Bassi! Aber ich dachte...«

»Daß er längst untergetaucht wäre, nachdem jeder Polizist in Italien nach ihm sucht? Dachten wir auch. Nick und ich konnten es kaum glauben. Er klingelte, und Stillitano kam herunter und machte ihm auf; anscheinend hatte er ihn schon erwartet. Dann fuhr der andere Mann davon. Nick wollte unbedingt hören, worüber sich die beiden unterhielten und ihnen ins Haus nachschleichen, während ich Cucchi oder – falls ich ihn nicht erreichen konnte – einen anderen meiner Verbindungsmänner anrufen wollte. Nick ist mit deinem Schlüssel ins Haus, und ich bin los zur Bar zum Telefonieren.

»Aber leider hatte die Bar schon zu. Als ich wieder zurückkam, brannte in Stillitanos Büro kein Licht mehr. Ich schloß daraus, daß die Männer wieder fort waren und Nick hinter ihnen her. Jedenfalls war er nirgends zu sehen.«

»Nick kann auf sich selbst aufpassen, cara«, sagte Clara, obwohl ich gar nichts gesagt hatte.

»Ja, ich weiß. Was war sonst noch, Gianni?« Trotz Claras Versuch, mich zu beruhigen, saß mir die Sorge um Nick wie ein dicker Kloß im Hals. Meine Lust auf Rache war gleichzeitig mit Marco gestorben. Alles, wonach ich mich im Augenblick sehnte, war Nick.

»Als ich zum Maserati zurückkam, erzählte mir Clara, daß du hinter Marco hergelaufen seist. Entweder hat ihn Nick verpaßt oder es für wichtiger gehalten, Bassi weiter zu beobachten. Aber von allen dummen Dingen, die man machen kann, Kate...«

»Ich weiß.« Ich mied seinen Blick. Ich hielt die Augen auf meine Hände geheftet, die ich im Schoß gefaltet hatte. Ich betrachtete sie, als gehörten sie nicht zu mir. Der Handrücken der rechten Hand war angeschwollen, und zwei Fingerknöchel waren aufgeplatzt. Aber die Finger ließen sich ohne Schwierigkeiten bewegen.

Gianni fuhr fort: »Wir haben am Maserati eine Notiz für Nick hinterlassen, falls er zurückkommen sollte. Dann haben wir unseren Wagen genommen. Auf dem Weg zum Palazzo haben wir Cucchi von einer Telefonzelle aus noch einmal angerufen. Gott sei Dank war er endlich zu Hause. Es ist übrigens der Typ dort drüben mit dem Schnurrbart.« Mit dem Pfeifenstiel zeigte er auf den größeren der beiden *carabinieri*, die gerade Mario befragten. Cucchi hatte offenbar Plattfüße und trug einen schlampigen, zerknitterten Anzug; sein Schnurrbart folgte dem Prinzip der Schwerkraft und hätte dringend gestutzt werden müssen. Er wirkte bedächtig und nicht gerade intelligent – Alessandros Prototyp des »dummen« Polizisten.

Gianni befreite mich schleunigst von diesem Vorurteil; offenbar konnte er Gedanken lesen. »Cucchi sieht vielleicht nach nichts aus«, sagte er, »aber es gibt bei uns ein Sprichwort: ›*Scarpe grosse, cervello fino.*‹« Klobige Schuhe, heller Kopf. »Auf den ersten Blick unterschätzen ihn alle. Ein Fehler. Na ja, auf jeden Fall habe ich ihm gesagt, daß Bassi in der Stadt ist, und ich hab ihm auch von Stillitano und Marco erzählt. Er weiß, was heute nacht passiert ist, und wir haben uns hier vor dem Palazzo verabredet. Nachdem Cucchi aber auf der anderen Seite von Rom wohnt, wußten wir, daß das dauern konnte. Clara und ich rechneten allerdings damit, vor dir hiersein zu können, denn wir hatten ja das Auto. Er schnitt eine Grimasse: »Was wir nicht wußten, war, daß uns eine Filmcrew in die Quere kommen würde.«

Ich lachte. »Ich auch nicht. Seid ihr im Stau gestanden?« Er nickte. »Es liefen so viele Idioten herum, daß einfach kein Durchkommen war. Diese *pazzi* waren die reinsten Selbstmörder. Haben sich seelenruhig direkt vors Auto gestellt. Ich hätte ihnen ja gern den Gefallen getan, aber Clara war dagegen. Dadurch sind wir aufgehalten worden. Und als wir schließlich hier ankamen, hat uns der Wachhund am Hauptportal Schwierigkeiten gemacht, und dieser vorsintflutliche Zerberus dort drüben« – diesmal stieß der Pfeifenstiel in Marios Richtung – »hat uns warten lassen, bis Cucchi aufgetaucht ist. Jetzt mußt du uns aber erzählen, was du erlebt hast. Nicht viel Gutes, wenn ich mir dein Gesicht so ansehe.«

Clara berührte mit sanften Fingern meine Wange. »Das heilt schon wieder, Kate. Ich glaube, du hast wirklich Glück...«

Ich nickte. »Kennt ihr den alten chinesischen Fluch: ›Ich wünsche dir, in aufregenden Zeiten zu leben‹? Jetzt erst weiß ich, wie er gemeint ist. Sollte ich mich jemals über Langeweile beklagen, erinnert mich bitte an diese Nacht.«

Ich versuchte, mich auf das Wesentliche zu beschränken, als ich ihnen von meinem Kampf mit Marco und meiner Rettung durch Alessandro erzählte. Alessandro sollte die Umstände von Marcos Tod selbst erklären; deshalb berichtete ich nur, daß Marco mich gerade erschießen wollte, als Alessandro in letzter Minute auftauchte, ihm die Pistole entwinden konnte und ihn erschoß. Zu meiner Erleichterung wollte weder Gianni noch Clara nähere Einzelheiten wissen.

»Ihr seht also selbst«, setzte ich den Schlußpunkt meiner Geschichte, wohl wissend, daß ich bei Alessandro wiederum den Grundsatz ›Im Zweifel für den Angeklagten‹ anwandte: »Er wußte tatsächlich nichts von Marcos Überfall auf Faltecchi, und auch nicht, daß Daniella für Marco ein willenloses Werkzeug war. Und ich glaube ihm. Übrigens hat Marco bei Daniella doch tatsächlich damit geprahlt, Nicks Schwester umgebracht zu haben – Alessandro hatte immer vermutet, sie hätte Selbstmord begangen. Alles, was man Alessandro ankreiden kann, ist seine Gefühllosigkeit gegenüber Susanna. Er hat sie benutzt, genauso wie er Marco benutzt hat, um für seine Freunde bei der Mestola Rossa Informationen vom äußersten linken Flügel zu beschaffen.«

»Der hat dir aber viel erzählt«, sagte Clara überrascht.

»Ja, ich weiß auch nicht, warum. Vielleicht, weil er wußte, daß er für keine dieser Geschichten belangt werden kann, abgesehen vielleicht davon, daß er den Reni hat fälschen lassen. Aber er kann bestimmt davon ausgehen, daß sein Vater keine Anzeige erstatten wird. Allerdings hat er nichts zugegeben, was seine sonstigen Verbindungen zu Stillitano oder Bassi angeht.«

»Das macht nichts«, sagte Gianni fröhlich, »das wird er schon noch, wenn wir ihm gewisse Fragen zu den Aufzeichnungen in Stillitanos Notizbuch stellen. Sein Name taucht darin ziemlich oft auf.«

Während wir uns unterhielten, war Cucchi im Schlafzimmer des Conte verschwunden und überließ es seinem Partner, Marios Aussage zu protokollieren. Der alte Diener war wenig hilfreich, beantwortete Fragen ausgesprochen einsilbig und ließ sich selbst die Informationen, die er zu geben bereit war, vom entnervten *carabiniere* einzeln aus der Nase ziehen. Ich war mir nicht sicher, wen von beiden ich mehr bedauern sollte.

Cucchi kam aus dem Schlafzimmer und stellte sich zu uns. Ich beobachtete ihn mit einem mulmigen Gefühl im Bauch. Als Gianni ihn mir vorstellte, wußte ich sofort, was er vorhin gemeint hatte. Cucchis Augen hefteten sich auf mich wie Ebenholzkugeln, hart und undurchdringlich. Plötzlich war ich mir meines eigenen, durchaus illegalen Verhaltens bewußt. Unter seinen forschenden Augen verspürte ich den fast unwiderstehlichen Drang, ein Geständnis abzulegen – und sei es nur, um die Spannung zu lösen. Es war das gleiche Bedürfnis, mich in das Unvermeidliche zu fügen, das ich kurz zuvor im Keller mit Marco empfunden hatte. Nur die Tatsache, daß es auch andere Beteiligte gab, insbesondere Nick, dessen Pistole immer noch auf dem Tisch neben mir lag, hielt mich davon ab, mehr als ein höfliches und durchaus wahrheitswidriges *»piacere«* von mir zu geben. Aber Cucchi war wenigstens im Augenblick nicht an mir interessiert. Mit einer tiefen, gutturalen Stimme sagte er zu Gianni: »Der Arzt ist jetzt fertig, und dann werde ich mir Torreleone vornehmen. Du kannst dazukommen – du bist ja ein wichtiger Zeuge. Ganz inoffiziell, natürlich.« Ein schweres Lid schloß sich über einer der Ebenholzkugeln.

Gianni grinste: »Natürlich.«

»Bitte gehen Sie noch nicht, Signora Roy«, fuhr Cucchi fort. Seine Worte waren zugleich höfliche Bitte und unmißverständliche Anordnung. »Ich würde Ihnen noch gern ein paar Fragen stellen.«

Als sich die beiden Männer zum Gehen wandten, wären sie fast mit Dr. Guareschi zusammengestoßen, der kaum hörbar aus dem Schlafzimmer gekommen war. Er teilte Cucchi mit, daß er sich um den Krankenwagen kümmern würde, der jeden Moment eintreffen müßte und ging hinaus.

Kurz darauf kam Dr. Guareschi in Begleitung zweier Pfleger und einer fahrbaren Tragbahre zurück. Die beiden Männer blieben kurz stehen, als sie Marcos Leiche sahen, aber der Arzt scheuchte sie weiter: »Nein, nein, das ist nicht der Patient. Hier lang, bitte.«

Ein paar Minuten später karrten sie Conte Massimo, in Decken gehüllt, auf der Bahre hinaus. Seine Wangen waren hohl und eingefallen, die Knochen traten reliefartig hervor; er sah aus wie aus grauem Stein gemeißelt. Und ich kam mir vor, als wäre ich jetzt schon Trauergast auf seinem Begräbnis.

Als Dr. Guareschi an mir vorüber wollte, stand ich auf und versuchte ihn aufzuhalten. »Bitte... können Sie mir sagen, ob Conte Massimo wieder gesund wird? Ich... ich bin eine Bekannte von ihm.«

Er schaute mich neugierig an, und ich hätte gern gewußt, ob ihm Alessandro etwas von den Ereignissen der letzten Nacht erzählt hatte. Offenbar wollte er mich etwas fragen, besann sich dann aber anders und meinte nur mit freundlicher Stimme: »Es ist noch zu früh, etwas sagen zu können, Signora. Erst müssen wir ihn ins Krankenhaus bringen. Er hat innere Verletzungen, die ich für ernst halte. Es ist erstaunlich, daß er noch lebt. Andererseits war er schon immer zäh, auch wenn er nicht danach aussieht. Wenn Sie mich jetzt bitte entschuldigen wollen...« Bevor er ging, fügte er freundlich hinzu: »Sie müssen sich die Wunde in Ihrem Gesicht behandeln lassen. Es tut mir leid, daß ich jetzt keine Zeit habe, sie zu versorgen.«

Als er hinausging, sah ich, wie er jemandem im Korridor zunickte. Ich hörte ein Stimmengewirr, und gleich darauf betraten drei Männer den Raum. Zwei davon trugen die Uniform der *polizia*, den dritten, einen großgewachsenen, eleganten Mann in einem sündhaft teuren Kamelhaarmantel mit weißem Seidenschal, umgab eine solche Aura von Autorität, daß er keine Uniform nötig hatte, um zu zeigen, daß er es gewohnt war, Befehle zu erteilen. Sein graumeliertes, welliges, aus der Stirn gekämmtes Haar unterstrich ein klassisches, römisches Profil der frühen Kaiserzeit – markant aggressives Kinn, volle Lippen, ausgeprägte Nase. *Questore* Barbato, Alessandros Freund? Marios Begrüßung bestätigte meine Vermutung; die Erleichterung stand dem Diener ins Gesicht geschrieben.

Cucchis Partner schien von der Ankunft des *questore* weniger begeistert zu sein. Verständlicherweise. Für Außenstehende waren sie nur Kollegen mit überlappenden Verantwortungsbereichen, doch in Wirklichkeit waren *polizia* und *carabinieri* Rivalen. Wenn beide an demselben Fall arbeiteten, war es nicht ungewöhnlich, daß die eine der jeweils anderen Seite lebenswichtige Informationen vorenthielt. Einmal hatte ich von einem Entführungsfall gelesen, der wegen dieser Rivalität gründlich verpfuscht worden war; das Resultat war ein Toter gewesen. »Wie ist so etwas nur möglich?« hatte ich Clara erbost gefragt. Sie hatte mich ausreden lassen und dann gesagt, daß sie verstehen könne, wenn Ausländer über ein solches Gebaren den Kopf schüttelten. Aber, hatte sie erklärt, ohne diesen Wettbewerb, das heißt, mit nur einer Polizeigewalt im Land, sei die Gefahr von unkontrolliertem Machtmißbrauch und Korruption viel zu groß. Und wie stünde es dann mit der Freiheit? Ich hatte etwas von »typisch italienisch« vor mich hingebrummt. Allerdings hatte ich nicht erwartet, diese italienische Eigenart einmal selbst hautnah mitzuerleben.

Questore Barbato war zweifellos zur Rettung Alessandros erschienen, und er kam sofort zur Sache. Cucchis Partner versuchte in einer erhitzten, gestenreichen Diskussion, Barbato und seine Schatten aus der Sache rauszuhalten. Schließlich legte der *questore*, der sich mit den Händen in den Manteltaschen bis dahin vornehm zurückgehalten hatte, seelenruhig ein oder zwei Trümpfe auf den Tisch, woraufhin Cucchis Partner hilflos die Hände rang, sich übertrieben verbeugte und notgedrungen Platz machte, um die Neuankömmlinge vorbeizulassen. Einer der beiden Beamten der *polizia* blieb bei uns im Arbeitszimmer stehen, wortlos und wachsam wie Mario, während Barbato und der andere ins Schlafzimmer rauschten.

Gianni erzählte uns später, daß der *questore* sich mit seinem Eingreifen eigentlich auf recht dünnes Eis begeben hätte, da die polizeiliche Aktion bereits von der anderen Exekutive eingeleitet worden war. Es war ihm aber dennoch gelungen, Alessandro Cucchis Fängen zu entwinden, indem er ein paar wichtige Namen und kaum verhüllte Drohungen fallenließ. Cucchi war davon allerdings wenig beeindruckt; er wußte ja, daß ein Richter hinzugezogen werden mußte, der letztendlich über die Zuständigkeit entscheiden würde. Und im übrigen, setzte Gianni hinzu, hätte Alessandro ihm ohnehin schon erzählt gehabt, was er von dem Raubversuch und Marcos Tod wußte und sich geweigert, weitere Fragen zu beantworten. Die *polizia* könne nun gern über Signor Torreleone verfügen, verkündete Cucchi in seiner höflichen Art. Im Moment, jedenfalls.

Ich stand am Fenster und schaute auf die Straße hinunter, als Alessandro mit den anderen aus dem Schlafzimmer kam. Ich hörte ihn hinter mir sprechen, drehte mich aber nicht um. Ich hatte von dieser Nacht einfach die Nase voll.

Aber er kam zu mir herüber. Mit gedämpfter Stimme flüsterte er mir zu: »Erinnerst du dich, daß ich dir einmal gesagt habe, daß ich eine Frau lieben könnte, die sich nicht von mir benutzen läßt?«

Ich nickte nur, denn ich hätte ohnehin kein Wort herausgebracht. Ich wandte den Blick nicht von der Straße ab.

»Zu schade, daß manches zu spät passiert. *Arrivederci*, Kate.«

Und fort war er.

Danach passierte noch eine ganze Menge, aber erschöpft, wie ich war, bekam ich nur noch wenig davon mit. Für die *carabinieri* kam Verstärkung, noch ein Arzt tauchte auf, um Marcos Leiche offiziell zu untersuchen, ein Photograph, der Aufnahmen machte, und Männer, die nach Fingerabdrücken suchten und mit einem Maßband herumfuhrwerkten. Das Arbeitszimmer war voller Leute, jeder beschäftigte sich gleichzeitig mit verschiedenen Dingen, und alle plapperten wild durcheinander. Es war wie in einem Irrenhaus.

Während Cucchi mich verhörte, heftete ich den Blick wie gebannt auf seine Schuhe. Giannis Sprichwort ging mir durch den Kopf. »Klobige Schuhe, heller Kopf«. Die Schuhe waren tatsächlich ziemlich groß und unförmig, und der Mann selbst sah auch so aus, aber seine schwarzen Augen über dem zotteligen Schnurrbart verrieten, daß dahinter tatsächlich ein heller Kopf saß. Diesen Augen entging bestimmt nichts.

Nachdem ich ihm alles ein weiteres Mal erzählt, ihm den Geheimgang gezeigt und vom gefälschten Reni berichtet hatte, den sie in Marcos geräumiger Manteltasche fanden, und immer einsilbiger selbst auf die einfachsten Fragen antwortete, hatte Cucchi endlich ein Einsehen.

»*Va bene, signora*. Das übrige können wir ein andermal besprechen. Kommen Sie morgen – das heißt, heute – in mein Büro. Sagen wir um vier Uhr? Ich möchte auch mit Gianni und Clara sprechen. Sie werden Ihnen den Weg zu meinem Büro zeigen.« Mit einer Spur von Sarkasmus in der Stimme und einem bedeutungsschwangeren Blick in Richtung Gianni fügte er hinzu: »Und wenn Sie das nächste Mal Lust bekommen, Detektiv zu spielen, kommen Sie lieber erst zu mir. So etwas sollten Sie in Zukunft besser den Fachleuten überlassen, Signora Roy.«

»Es wird kein nächstes Mal geben«, versprach ich ihm.

»Wollen wir's hoffen. Aber jetzt gehen Sie erst einmal nach Hause.«

»Und was ist mit Nick?« wollte ich von Gianni wissen. »Und mit Stillitano?... Wir können doch nicht einfach nach Hause gehen und so tun, als wäre alles geregelt.« Und an Cucchi gerichtet: »Verstehen Sie denn nicht, daß Nick in Gefahr sein könnte?«

»Ich wollte gerade sagen, daß unsere Leute schon dabei sind, Bassi und Stillitano zu suchen.« Cucchi kratzte seinen Bart. »Keine Angst, sie werden sie finden. Aber bis dahin wären Sie gut beraten, bei Clara und Gianni zu bleiben. Wenn Stillitano in Ihnen tatsächlich eine Bedrohung sieht, wie ich von Gianni gehört habe...« Diese Andeutung war klar, auch wenn er den Satz nicht beendete.

Clara faßte mich am Arm. »Wir werden sie nicht aus den Augen lassen.«

»Gut. Bis heute nachmittag also. *Ciao.*«

»*Ciao,* Danilo, und vielen Dank.«

»*Niente.*«

Wir gingen gemeinsam hinaus auf den Flur. Unsere Schritte hallten auf den abgetretenen Stufen. Im Palazzo herrschte Ruhe, der Ball war früh zu Ende gegangen. Die Gäste waren unter irgendeinem Vorwand nach Hause geschickt worden; unter welchem, war mir reichlich egal. Mein Kopf war ein einziges Knäuel aus Erschöpfung und Sorge um Nick.

Inzwischen stand ein anderer Wachmann am Hauptportal, einer der *carabinieri.* Als wir durch die Halle hinaus auf die inzwischen leere Piazza traten, nickte er uns zu. Die Gäste waren mit ihren Fahrzeugen inzwischen bestimmt zur nächsten Party unterwegs. Hinter uns hallten Schritte unter den Arkaden. Zwei Sanitäter trugen gerade Marcos Leiche an uns vorüber und luden sie in einen Krankenwagen, der etwas abseits an der Mauer des Palastes stand. Die Tür des Rettungswagens fiel ins Schloß, der Motor wurde angelassen, und der Wagen fuhr weg. Stille legte sich wieder über den Platz.

Ich fror erbärmlich und sehnte mich nach Nick.

Als Clara das sah, rief sie: »*Cara,* dir ist ja kalt! Wo hast du denn das Cape?«

»Mist«, stöhnte ich. »Vermutlich liegt es noch im Arbeitszimmer. Ich hole es schnell. Bin gleich wieder da.«

Gianni sagte: »Wir mußten an der Via dei Coronari parken. Wir holen inzwischen das Auto.«

Der Wachmann stand in der Portiersloge und telefonierte. Ich mußte an die Scheibe klopfen, um ihn auf mich aufmerksam zu machen. Als er den Kopf hob, deutete ich ihm an, daß ich noch etwas vergessen hätte, und mit einem Kopfnicken erlaubte er mir, nochmals den Palazzo zu betreten. Cucchi war überrascht, mich schon wieder zu sehen, unterbrach aber seine Arbeit und half mir, das Cape zu suchen. Dann fiel mir ein, daß ich es in meinem Atelier gelassen hatte. Ich entschuldigte mich für die Störung und wollte gerade verschwinden, als ich noch kurz stehenblieb, mich umdrehte und ihn fragte: »Was glauben Sie geschieht jetzt mit Alessandro Torreleone?«

Er hob die Schultern. »Ich weiß es nicht. Zuerst muß ich mit Signor Stillitano sprechen und sein Notizbuch überprüfen, das Sie praktischerweise ›entdeckt‹ haben«. Dieses ›entdeckt‹ betonte er so offensichtlich, daß ich Gianni später unbedingt fragen wollte, wieviel er Cucchi von meinem Einbruch erzählt hatte.

»Aber ich bin Realist«, fuhr Cucchi fort. »Wie Sie heute abend selbst gesehen haben, hat Torreleone einflußreiche Freunde.«

Vielleicht sprach mein Gesicht Bände, denn er setzte freundlich hinzu: »Tut mir leid, Signora, Gianni hat mir schon erzählt, daß die ganze Geschichte nicht leicht für Sie ist. Sie sind mit den Torreleones befreundet?«

»Nein. Ich bin nur eine Angestellte. Aber Conte Massimo zuliebe...«

»Ich verstehe. Wie ich höre, ist er ein ehrenwerter Mann. Zu schade, daß der Sohn ihm so wenig nachschlägt.«

»Ja. Gute Nacht.«

»Gute Nacht, Signora Roy.«

Das Cape lag genau dort, wo ich es hingeworfen hatte: auf dem Stuhl in meinem Atelier. Ich griff danach, legte es mir um die Schultern und lief aus dem Zimmer. Den Palazzo Torreleone mit seiner gespenstischen Stille und den traurigen Träumen der Vergangenheit wollte ich so schnell wie möglich hinter mir lassen. Ich sehnte mich nach Nick, nach seinen starken Armen, in denen ich Geborgenheit finden würde. Die Schulmädchenträume von Märchenprinzen waren ausgeträumt; von Illusionen hatte ich gründlich die Nase voll.

Ich war zu sehr mit den Verschlußbändern meines Capes beschäftigt, um auf den Weg zu achten, und stieß prompt mit jemandem zusammen, der in diesem Moment leise die schmale Treppe heraufschlich. »Pardon...«, brachte ich noch heraus, dann blieb mir fast das Herz stehen. Der Mann – es mußte ein Mann sein, denn er war so groß, daß er mich überragte, obwohl er auf der Stufe unter mir stand –, erinnerte mich an einen der Vogeltänzer auf der Piazza. Sein Gewand war scharlachrot, das Gesicht hatte er hinter einer totenweißen Maske mit dicker Hakennase und schrägen, rot umrandeten Augenhöhlen versteckt. Ein schaurig beeindruckendes Kostüm; er sah aus wie ein Ungeheuer in einem Traum.

Aber was mich so erschreckte, war weder das Kostüm noch seine Ähnlichkeit mit den Tänzern. Diese fremde Gestalt, zweifellos ein versprengter Gast vom Maskenball, kam mir irgendwie bekannt vor. Wäre ich nicht so erschöpft gewesen, hätte ich mich vielleicht gewundert, was er um diese Stunde in diesem Teil des Palazzos zu suchen hatte. Aber während ich noch darüber rätselte, warum ich ihn zu kennen glaubte, spürte ich seine behandschuhte Hand auf meinem Arm, die immer fester zudrückte. Bevor ich schreien konnte, packte mich die andere Hand am Kiefer und hielt mir den Mund mit eisernem Griff zu.

Die weiße Maske beugte sich zu mir herunter, bis sie nur noch Zentimeter von meinem Gesicht entfernt war. Ich kannte die Augen, die hinter der roten Umrandung der Maske schimmerten.

»Immer so eilig, Signora Roy«, sagte Stillitano. »*Pazienza.* Und hören Sie endlich auf, sich zu wehren. Sonst breche ich Ihnen das Genick. Ich habe wenig zu verlieren, und es wäre mir ein großes Vergnügen.« Die geflüsterten Worte kamen krampfartig und keuchend aus seinem Mund. Mit brutaler Gewalt drehte er mir den Arm um und bugsierte mich die Treppe hinauf. Ich versuchte, mich so schwer wie möglich zu machen, um Zeit zu gewinnen. Er murmelte so zusammenhanglos und abgehackt, daß mir ein kalter Schauer über den Rücken rieselte: »Wohin jetzt, wohin zum Reden ... Ja, ja, dort, ja, sehr gut ...« Inzwischen waren wir am oberen Treppenabsatz angekommen, und ich sah, daß die Tür zu meinem Atelier noch offenstand. Ich hatte es so eilig gehabt, von hier zu verschwinden, daß ich vergessen hatte, sie wieder zuzumachen. Im düsteren Licht des Korridors sah ich, daß der große Raum leer war.

»Ausgezeichnet.« Stillitano bugsierte mich ins Atelier. Um die Tür schließen zu können, nahm er die Hand von meinem Arm; mit der anderen preßte er mich so heftig an seinen Körper, daß seine Finger meine Lippen von den Zähnen zurückschoben und ich den sauren Geschmack seines Lederhandschuhs spürte.

Mondlicht ergoß sich durch die hohen Fenster ins Atelier und tauchte jeden Gegenstand in unwirkliches, graues Licht. Stillitano schaute sich offenbar im Atelier um, denn ich merkte, wie er den Kopf langsam nach allen Seiten drehte. »Hier arbeiten Sie also, nicht wahr? Nein, nein, machen Sie sich nicht die Mühe zu antworten. Ich sehe es auch so. Wie passend für unsere kleine Unterredung. Weil ich mich mit Ihnen ausgerechnet über Bilder unterhalten möchte. Oder besser gesagt, über ein ganz bestimmtes Bild.« Er kicherte schrill, so als wäre er kurz vor dem Überschnappen. »Wir sind doch beide Connaisseurs von Gemälden, finden Sie nicht?«

Während er redete, suchte ich den Raum nach einer möglichen Waffe ab. Aber Palettenmesser, Skalpelle und Rasierklingen lagen für mich unerreichbar in einer Schachtel unter dem Tisch. Die dreibeinigen Staffeleien waren groß und unhandlich und noch dazu unerreichbar, denn der Arbeitstisch stand zwischen mir und den Staffeleien. Auf dem Tisch waren die Chemikalien nebeneinander aufgereiht, weil ich keine Zeit mehr gefunden hatte, sie aufzuräumen.

Die Chemikalien.

Meine Augen schweiften über die Reihe der Flaschen und fanden, was sie suchten; das kleine, aber wirkungsvolle Fläschchen mit dem Toluol und dem Wattestopfen. Wenn ich da herankommen könnte... Aber dieser eine Meter zwischen mir und der Flasche hätte ebensogut ein Kilometer sein können, solange mich Stillitano mit so unverminderter Kraft an sich gepreßt hielt.

Er hatte wieder zu murmeln begonnen. Ich gab mir alle Mühe, aus dem unzusammenhängenden, italienischen Gebrabbel schlau zu werden, aber eines konnte ich eindeutig heraushören: nackte Angst. Inzwischen hatte ich einen sechsten Sinn für Angst. Er hatte schreckliche Angst. Aber wovor? Dann purzelte ein Satz aus seinem Mund; er wiederholte ihn einmal, zweimal – die einzige klare Aussage in einem Kauderwelsch von Worten. »Ein Freundschaftsdienst ... ein Freundschaftsdienst ...« Genau das Wort, das Alessandro zu Mario gesagt hatte, sogar ausdrücklich wiederholt hatte, als er Mario darum bat, *Questore* Barbato zu holen. Aber was hatte es zu bedeuten?

Plötzlich drehte mich Stillitano zu sich herum. Mit einer Hand hielt er mir immer noch den Mund zu, mit der anderen drehte er mir den rechten Arm nach hinten. Er stieß mich zurück, bis die Holzkante des Arbeitstisches schmerzhaft in meine Wirbelsäule drückte. Ich suchte in seinem Gesicht nach den Augen, die hinter der Maske schimmerten und fixierte sie mit meinem Blick. Das Lösemittel war meine einzige Chance, aber um damit Erfolg zu haben, mußte ich so tun, als wäre ich hypnotisiert wie eine Maus von der Schlange, und folglich bewegungsunfähig.

Er sagte: »Ich muß den Reni haben. Marco hat versagt. Sie werden mir jetzt helfen.« Er sprach überdeutlich, jedes einzelne Wort exakt vom anderen getrennt; seine Stimme klang so klar und kaltblütig wie ich sie kannte, als versuchte er mit aller Macht, sich wieder in den Griff zu bekommen. »Sie waren es, die mein Notizbuch genommen hat, ja? Nein, es hat keinen Sinn, den Kopf zu schütteln. Sie tragen ein besonderes Parfum, sehr angenehm, wenn auch etwas zu aufdringlich ...«

Verdammt. Ebensogut hätte ich eine Visitenkarte in seiner Schublade hinterlassen können.

»... und auch die Verträge. Ich frage mich, was Sie damit gemacht haben ... Aber Sie werden mir das sicherlich noch erzählen.«

Während der ganzen Zeit versuchte ich, meine linke Hand aus dem Cape zu befreien und sie langsam, qualvoll langsam an meinem Körper nach oben zu bewegen. Ich wagte keine schnellen Bewegungen; trotz des dicken Stoffes könnte er etwas bemerken. Als meine Hand endlich die Tischplatte erreicht hatte, drehte ich das Handgelenk nach hinten und fühlte die rauhe Holzoberfläche auf meiner Haut; als ich die Hand nach hinten schob, zog ich mir einen Splitter ein, doch ich konnte nicht riskieren, auch nur einen Millimeter nach oben auszuweichen.

Ich versuchte, mir die Anordnung der Lösemittelflaschen vorzustellen. Wo genau stand die Flasche mit dem Toluol? Ich tastete blind danach, berührte Glas und Plastik, suchte nach dem verräterischen Wattestopfen. Die nicht, nein, die auch nicht... Schließlich, am Rande der Verzweiflung, hatte ich sie ertastet. Vorsichtig, unendlich vorsichtig, löste ich den Wattepfropfen aus dem Flaschenhals. Das war der schwierigste Teil; falls ich nur etwas davon auf meine Hand verschüttete... An diese Möglichkeit durfte ich nicht einmal denken.

Mein Herz stand beinahe still, als der Wattepfropfen aus der Flasche ploppte und sie zu kippen drohte. Aber es gelang mir, sie mit den Fingern zu stabilisieren. Länger brauchte ich, um meinen Puls zu stabilisieren. Ich ließ den Wattepfropfen auf den Tisch fallen und schloß meine Hand fest um das Fläschchen.

Ich hatte mich so sehr auf das Toluol konzentriert, daß ich kaum hörte, was Stillitano sagte, aber nun versicherte er mir, daß er mich laufenlassen würde, wenn er nur sein Notizbuch und die Verträge zurückbekäme. »Wenn ich jetzt die Hand von Ihrem Mund nehme, dürfen Sie nicht schreien, Signora Roy. Sonst muß ich Sie töten. Sie werden doch nicht schreien, oder?«

Ich schüttelte den Kopf. Seine Hand löste sich ein paar Zentimeter von meinem Mund, nur so weit, um wieder zudrücken zu können, falls ich schreien sollte. Meine Lippen waren gefühllos und ausgetrocknet. Ich leckte mit der Zunge darüber.

»Also...«, begann er.

In diesem Moment schleuderte ich ihm die Flasche Toluol ins Gesicht.

Aber er mußte die Bewegung meines hervorschnellenden Arms bemerkt haben, denn er wich im letzten Moment aus, und die Flasche krachte hinter ihm gegen die Wand.

Schon bevor ich wußte, daß ich mein Ziel verfehlt hatte, begann ich zu schreien und wand mich aus seinem Griff, der sich sekundenlang gelockert hatte. Stillitano wollte mich wieder packen, aber ich duckte mich, tauchte unter seinen ausgestreckten Armen durch und zerrte derweil an den Verschlußschnüren des Umhangs, der sich wie ein Leichentuch um mich gewickelt hatte. Inzwischen sickerten die Dämpfe aus der giftigen, kleinen Flasche in die Raumluft. Ich hatte Schwierigkeiten zu atmen; hinter mir hörte ich Stillitano nach Luft ringen.

Ich rannte auf die Tür zu. Stillitano streckte seine langen Arme aus und bekam den Umhang zu fassen. Einen schrecklichen Augenblick lang zogen sich die Verschlußschnüre wie eine Schlinge um meinen Hals. Ich würgte, und Tränen traten mir in die Augen. Dann, als wäre der Todeskandidat in allerletzter Sekunde begnadigt worden, gaben die Schnüre nach. Stillitano, der den Umhang immer noch festhielt, stolperte rücklings gegen einen Stuhl. Fast unmittelbar danach war er wieder auf den Beinen. Mit einem Sprung war er an der Tür und schnitt mir den Fluchtweg ab. Ich fuhr herum und versuchte, mich hinter dem langen Arbeitstisch in Sicherheit zu bringen.

Wie Kinder bei einem tödlichen Spiel – Stillitano auf der einen, ich auf der anderen Seite – versuchte er, mich zu fassen zu kriegen. Hin und her, hin und her, bis meine Nerven zu zerreißen drohten. In der von giftigen Dämpfen erfüllten Luft japsten wir wie an Land geworfene Fische. Ich konnte nicht mehr schreien. Ich hatte genug damit zu tun, Luft zu bekommen.

Und dann hörte ich Nick. Ein Wunder! Er rief meinen Namen.

»Kate! Kate! Um Gottes willen, wo bist du?« Seine Stimme kam aus dem Hof unter mir.

»Hier! Im Arbeitszimmer!« Ich versuchte zu schreien, aber die Worte verließen meinen Mund nur als heiseres Krächzen, wie Worte in einem Alptraum. Meine Kehle war von den Dämpfen fast gelähmt. Verzweifelt griff ich nach einer der Flaschen und schleuderte sie in ein Fenster, das auf den Hof hinausging. Diesmal traf ich mein Ziel, und die Flasche krachte durch das Fensterglas.

»Halt durch, wir kommen!« Nicks Ruf verhallte, während er auf die Treppe zurannte.

Stillitano beachtete mich nicht mehr. Seine Augen waren auf die Tür gerichtet. Einen Moment blieb er unentschlossen stehen, dann lief er darauf zu, aber bevor er sie erreichen konnte, erschallten Rufe aus dem Korridor, und die Tür schwang sperrangelweit auf. Frische Luft strömte in den Raum. Aber im Türrahmen war nichts zu erkennen. Dann tauchte Cucchi auf, der sich hinter dem Türrahmen verborgen hatte. Er hielt eine Pistole in der Hand. Hinter ihm erschien Nick. Stillitano erstarrte. Cucchi rief etwas, und im gleichen Moment drehte sich Stillitano um und rannte auf die Fenster zu. Ich weiß nicht, was er dort wollte. Aus dem Fenster auf die Steinplatten des Innenhofes zu springen würde er nicht überleben, aber vielleicht hatte er genau das vor. Es sollte ihm nicht gelingen. Mit einem Riesensatz war Nick bei Stillitano und riß ihn mit sich zu Boden. In einem Gewirr aus Armen und Beinen kämpften die Männer im fahlen Mondlicht miteinander. Ich hörte ein unerträgliches Knirschen, als sie sich in einem Knäuel über die Glasscherben wälzten. Ich konnte beim besten Willen nicht erkennen, ob Nick in Schwierigkeiten war; einmal lag er auf, dann wieder unter Stillitano.

»Das Licht«, rief ich Cucchi zu. »Schalten Sie das Licht ein! An der Tür...« Aber ich war schon vor ihm dort und schnippte den Schalter mit einer Hand nach oben. Wieder wirbelte ich herum und sah einen langen Arm aus dem Knäuel der Körper hochschießen, an dessen Ende eine riesige, gezackte Glasscherbe funkelte wie eine Messerklinge. Die beiden Männer waren hoffnungslos ineinander verkeilt. »Nick! Paß auf!« schrie ich.

Aber bevor Stillitano die tödliche Waffe in Nicks Hals stoßen konnte, drehte sich Nick herum, bekam eine Hand frei und schmetterte seine Faust an Stillitanos Schläfe. Stillitano grunzte einmal kurz und fiel dann bewußtlos nach hinten. Die Scherbe fiel ihm aus der Hand und zersplitterte auf dem Fußboden. Nick stieß Stillitanos Körper zur Seite und kam schwer atmend auf die Beine.

Tränenüberströmt taumelte ich in seine Arme. Von den Dämpfen, der Erleichterung und völliger Erschöpfung ging ich aus wie eine Kerze im Luftzug.

22

Fünf Tage später – es war Sonntag morgen – saß ich mit angezogenen Beinen in einem Korbsessel auf der Terrasse eines Hauses mit Blick auf das Mittelmeer. Eine Brise kräuselte die Wasseroberfläche und brachte das kleine Segelboot, das an der Mole festgemacht war, ins Schaukeln. In der klaren Luft hörte ich das rhythmische Schlagen der Falle gegen den Aluminiummast. Der Wind lupfte einen Zipfel des Tischtuches und versuchte erfolglos, auch mich zu necken, aber ich saß gut geschützt im Windschatten der Villa in einer sonnendurchfluteten Nische; hier war es so warm, daß die Glyzinie an der Mauer schon ihre ersten zarten Blüten zeigte. Auf dem Tisch vor mir standen ein Korb mit Brötchen, ein

Glas Aprikosenmarmelade und zwei Tassen mit Kakaopulver bestäubter Cappuccino. Hinter dem Tisch begann die herrliche Aussicht. Neben mir saß Nick.

Neben mehreren anderen Häusern in der Bucht von Neapel gehörte auch diese Villa Claras Vater. Wie in einer riesigen Muschelschale glitzerte das Meerwasser, schön anzusehen, aber verschmutzt, und an ihrem Rand breitete sich die Stadt mit den dahinter liegenden Hügeln aus, bunte Flecken aus Orangengärten und von Erdbeben zerstörte Dörfer. Clara hatte das Haus für das Wochenende requiriert, und wir vier, Clara, Gianni, Nick und ich, waren aus Rom hierhergekommen. Die Kinder hatten die Palmieris bei den Großeltern in Neapel untergebracht. Der Name des Hauses war La Rondinella, die Schwalbe. Und wie eine Schwalbe krallte es sich an die Klippen und schwang sich mit seinen Dächern und Terrassen elegant den Felsen hinab – ein großes, behagliches Haus mit lichtdurchfluteten Zimmern und steilen Treppen.

Der Blick ging direkt auf den Vesuv. An diesem Morgen schwebte der Vulkan auf einem schimmernden Dunstschleier über der Bucht, ein grauer Umriß nur, ein Zuckerhut mit unter der Sonne schmelzenden Flanken.

Es gibt eine ganz besondere Mischung aus Sonnenlicht, klarer, italienischer Luft und dem süßen Duft von Glyzinien, die nicht nur den Geist belebt, sondern auch die Sinne. Ich befand mich in dem glückseligen Zustand, in dem eine pantheistische Dankbarkeit für die einfachen Dinge des Lebens – die Krümmung einer Weinranke, die sich an einem gelbgeäderten Felsen emporhangelt, ein grünes Aufblitzen am Kamm einer sich brechenden Welle – einhergeht mit einer vollkommenen, sinnlichen Zufriedenheit. Ich gähnte herzhaft, streckte mich und streichelte Nick am Arm. Er faltete die Zeitung zusammen, in der er gerade geblättert hatte, und ließ sie auf den Stapel neben seinem Stuhl fallen.

»Hungrig?«

»Und wie.« Ich setzte mich auf, strich Marmelade auf ein Brötchen und gab es ihm. »Hier. Damit du siehst, daß ich noch zu einer Bewegung fähig bin.«

Er schenkte mir ein freundlich lüsternes Lächeln. »Armer Schatz. Bin ich letzte Nacht vielleicht zu grob mit dir gewesen?«

»Tja, ein paar blaue Flecken scheinen tatsächlich frischer zu sein als die von Stillitano und Marco. Aber wenn du gern glauben möchtest, daß ich wegen dir... Also, ich wollte damit eigentlich nur sagen, daß ich an diesem Wochenende bis zur absoluten Faulheit verwöhnt worden bin. Ich habe noch nicht einen Finger gerührt...«

»Also, ich kann nicht behaupten, daß du letzte Nacht zwischen zwölf und zwei besonders passiv gewesen wärst. Falls dich das beruhigt.« Er beugte sich zu mir herüber und küßte mich. Später, eine ganze Weile später, lehnte er sich wieder zurück und betrachtete mich nachdenklich. »Also, ich meine, wir haben genau das richtige Verhältnis gefunden zwischen Ausruhen und, na ja, wie immer du es nennen willst... Für mich siehst du heute jedenfalls eher wie ein Renoir aus als wie eine der lustbetonten Lautrec-Weiber.«

»Wie eine zufriedene Kuh, wolltest du sagen? Vielen Dank auch.« Ich deutete auf die Zeitungen. »Was steht heute drin?«

»Ein paar Tatsachenberichte, ein paar Spekulationen. Du hast Glück gehabt. Der Skandal um die Mestola Rossa hat die Reporter vom Mord an Gatti abgelenkt. Nur eine Zeitung hat deinen Namen genannt. Wie war das doch gleich...?« Er überlegte und schaute angestrengt in den Himmel. »Ach ja, irgendwas mit *la bella donna misteriosa*, und so weiter. Die Tatsache, daß dich jemand auf dem Ball mit Alessandro beim Tanzen beobachtet hat, brachte die Jungs völlig aus dem Häuschen. Es wird dir allerdings nicht gefallen, daß sie deinen Namen falsch geschrieben haben.« Grinsend wühlte er sich durch den Zeitungsstapel. »Möchtest du den Artikel selber lesen?«

»Sadist.« Ich schob die angebotene Zeitung mit der Spitze des Buttermessers beiseite. »Und du hast genau den gleichen, fiesen Beruf.«

»Ja, finde ich auch«, stimmte er mir munter zu. »Trotzdem bist du ganz gut davongekommen. Dank Cucchi.«

»Kann schon sein.« Das klang nicht gerade überzeugt, vielleicht, weil mir die Erinnerung an diese Vernehmung noch zu sehr in den Knochen steckte. Wie ein guter Zahnarzt bei der Wurzelbehandlung hatte Cucchi die gewünschten Informationen behutsam aus mir herausgezogen; relativ schmerzfrei zwar, aber ein taubes Gefühl hatte ich immer noch.

Doch es stimmte: Er war wirklich großzügig gewesen, war bereit, die eine oder andere peinliche Frage gnädig auszulassen oder sie sich selbst zu beantworten. Nicks Pistole zum Beispiel. Marco wurde posthum zu deren Besitzer erklärt. Ein *teppisto*, wie er einer war, trägt doch ohnehin immer eine Waffe bei sich, nicht wahr, Signora Roy? Aus seinem Mund klang es eher nach einer Feststellung als nach einer Frage, und ich sah keine Veranlassung, ihm darauf zu antworten. Doch blieben diese Ebenholzaugen einen Tick zu lange auf mir ruhen, als daß ich hätte erleichtert sein können. Er hatte sich nur einen flüchtigen, ungläubigen Blick gestattet, als ich ihm erzählte, weshalb ich nach dem Ball noch einmal zu Faltecchi und Stillitano gegangen war. Hätte ich kein so schlechtes Gewissen gehabt, wäre mir dieser Blick vielleicht gar nicht aufgefallen. »Ach so. Sie wollten sich Arbeitsmittel holen? Um diese Zeit?«

»Ja.«

Daraufhin hatte er mir diesen Blick zugeworfen. »Ich muß Ihnen wirklich ein Kompliment dafür machen, wie fleißig

Sie sind, Signora.« Dabei hatte er es belassen, nachdem Nick und Gianni ihm das Notizbuch und die Verträge in dem stillschweigenden Einverständnis übergeben hatten, keine Fragen nach dem Woher zu stellen.

Schritt für Schritt, Steinchen für Steinchen, setzte er das Mosaik der Ereignisse jener Nacht zusammen, angefangen von dem Augenblick, als ich belauscht hatte, wie Stillitano Marco den Auftrag gab, den Reni zu stehlen, bis zu dem Punkt, als Marcos Leiche auf dem Fußboden des Arbeitszimmers lag. Allmählich fügten sich die Tatsachen zu einer Geschichte zusammen, mit der es sich nach Cucchis Aussage recht gut leben ließ, wenngleich sie weit davon entfernt war, maßgeschneidert zu sein. Ob der Staatsanwalt, der die Untersuchung leitete, sich damit zufriedengeben würde, sei eine andere Sache und läge außerhalb seines Einflußbereiches, wie er mir emotionslos zu verstehen gegeben hatte.

Allerdings hatte er noch angemerkt, daß der mit der Untersuchung beauftragte Staatsanwalt vermutlich mit Stillitano vollauf beschäftigt sein würde, der in hysterischen Anfällen Geständnisse ablegte, die sich mit ebenso hysterischen Rechtfertigungsversuchen abwechselten. Und da sei ja auch noch Alessandro, der sich standhaft weigere, mehr zuzugeben als die Tatsache, daß er einen Einbrecher in seinem Haus erschossen habe, der gerade einen Mord begehen wollte. Es war also anzunehmen, daß der Staatsanwalt sich mit Cucchis Bericht über meine Beteiligung an der Geschichte zufriedengeben würde. Sein Interesse würde sich auf Alessandro und Stillitano sowie deren Verbindungen zu Bassi konzentrieren.

Aber Bassi lief immer noch frei herum, und nach Giannis Aussagen würde das vermutlich auch so bleiben. Zu viele wichtige Leute hätten unter seiner Verhaftung zu leiden.

Nick hatte getan, was er konnte. Mit meinen Schlüsseln hatte er sich Zugang zu den Räumen von Faltecchi und Stillitano verschafft, nachdem Gianni losgezogen war, um Cucchi anzurufen. Aber während er sich im Gebäude versteckte, war ihm Marco unbemerkt durch die Lappen gegangen. Nick hatte erst erfahren, daß Marco fort war, als er sich nahe genug an Stillitanos Büro herangeschlichen hatte und feststellen mußte, daß Marcos Stimme fehlte. Bassi und Stillitano hatten eine heftige Auseinandersetzung, bei der Bassi das große Wort führte. Er hatte nicht viel von dem Streit mitbekommen, aber genug, um herauszuhören, daß Bassi Stillitano unter Druck setzte. Anschließend hatte Bassi ein Telefongespräch geführt, dessen Inhalt Nick allerdings nicht mitbekommen hatte. Nach etwa zehn Minuten hatten die beiden Männer dann Stillitanos Büro verlassen und das Licht ausgeschaltet. Vermutlich war Gianni genau zu diesem Zeitpunkt zurückgekommen, hatte vermutet, daß alle – Nick eingeschlossen – schon fort waren und sich daraufhin mit Clara auf den Weg gemacht, um mich zu suchen. Nick war Bassi und Stillitano bis in die Eingangshalle nachgeschlichen. Durch ein Fenster hatte er beobachtet, wie Bassi in einen schwarzen Mercedes stieg. Der Mercedes wartete, bis Stillitano über die Straße zu seinem Auto gegangen war, wo er stehenblieb, wild gestikulierte und immer wieder auf die Reifen deutete. Stillitano ging zum Mercedes zurück. Die Autotür ging auf, und Stillitano stieg neben Bassi in den Wagen.

Inzwischen hatte Nick das Hauptportal wieder aufgeschlossen. Sobald er hörte, daß der Mercedes losfuhr, öffnete er die Tür einen schmalen Spaltbreit und sah, daß der Wagen die Via Livia hinunterfuhr. Er lief zum Maserati, startete ihn, lugte vorsichtig um die Straßenecke und folgte dem Mercedes, sobald dieser von der Via Livia abbog. Nick hatte sich so sehr auf die Verfolgung des Mercedes konzentriert, daß er Giannis Nachricht, die auf der Fahrerseite lag, beim Einsteigen nicht bemerkte.

Auf der Straße herrschte kaum Verkehr. Aus Angst vor Entdeckung mußte Nick zwangsläufig großen Abstand zu dem Mercedes halten, und hätte ihn zweimal um ein Haar verloren. Dann brach das Unwetter los. Im Schutz des prasselnden Regens konnte er sich näher an das Auto heranwagen, er mußte sogar näher heranfahren, um das Fahrzeug überhaupt im Blick zu behalten.

Trotz des heftigen Regens fuhr der Mercedes mit hoher Geschwindigkeit in östlicher Richtung. Schließlich bog er in die Via Appia Antica ein, die aus der Stadt führt und ratterte über das noch von den alten Römern stammende Pflaster, das stellenweise unter der schon wieder abgefahrenen Asphaltdecke zum Vorschein kam. Wie Wächter im Regen säumen antike Grabstätten den Straßenrand, riesige Hügel aus Gras und Stein, auf denen heute nur noch Drogendealer und Prostituierte herumspuken. Abgeschirmt hinter Bäumen und Eisentoren, liegen am Ende langer, geschwungener Auffahrten die gutbewachten Herrschaftssitze der reichen Römer, die es sich leisten können, die Vorteile des Landlebens mit den Annehmlichkeiten unmittelbarer Stadtnähe zu verbinden. In eines dieser Anwesen bog der Mercedes ein, und Nick war ausgesperrt. Er stellte sein Fahrzeug im Schutz eines Pinienhains an den Straßenrand und wartete.

Nach einer Stunde, gerade als Nick aufgeben und in die Stadt zurückfahren wollte, um uns zu suchen und Cucchi von Bassis Aufenthaltsort zu unterrichten, öffneten sich die Tore wieder und entließen den Mercedes ins Freie. Nick blieb ihm bis zum *centro storico* auf den Fersen, wurde aber dann zuerst von einer roten Ampel und anschließend von einem Lieferwagen zum Halten gezwungen, der direkt vor seiner Nase rückwärts aus einer Einfahrt herausrangierte. Während der Lieferwagen noch herummanövrierte, stieg Nick aus dem Maserati und lief zu Fuß bis zur nächsten Kreuzung, um vielleicht noch die Rücklichter des Mercedes zu sehen. Aber er hatte ihn verloren. Als er resigniert und fluchend wieder einsteigen wollte, entdeckte er endlich Giannis Zettel, der noch immer auf dem Sitz lag.

Nachdem er ihn gelesen hatte, fluchte er noch heftiger, quetschte sich mit dem Maserati am Lieferwagen vorbei und fuhr zum Palazzo Torreleone. Der Zufall wollte es, daß er gerade in dem Augenblick in die Via dei Coronari einbog, als Gianni und Clara in ihr Auto stiegen. Sie informierten ihn kurz über den neuesten Stand – Marcos Überfall, sein Tod, Cucchis Ankunft –, versicherten, daß es mir gutginge und ich nur noch schnell zurück in den Palazzo gelaufen sei, um mein Cape zu holen. Cucchi sei immer noch dort. Nick schlug vor, mich am Palazzo abzuholen. Er wollte diese Gelegenheit nutzen, um Cucchi Bericht zu erstatten, damit die Polizei Bassi vielleicht noch in der gleichen Nacht festnehmen konnte.

Gemeinsam fuhren die drei zum Palazzo. Als sie gerade dabei waren, den Hof zu überqueren, hörten sie meine Schreie.

Nick hatte sofort geantwortet, kurz gewartet und dann nochmals gerufen. Ich hatte nur den zweiten Ruf gehört. Nachdem er wußte, von woher die Schreie kamen, rannte er mit Clara und Gianni im Schlepptau die Treppe hinauf. Cucchi, der die Schreie ebenfalls gehört hatte, kam auch angerannt, und gemeinsam brachen sie die Tür zum Atelier auf.

Vermutlich hatte der Mercedes Stillitano in der Nähe des Palazzo aussteigen lassen. Irgendwie war es ihm gelungen, sich am Wachmann vorbeizumogeln, als dieser gerade telefonierte und nicht auf das Hauptportal achtete. Ich hatte nur einfach Pech gehabt, daß ich ihm zufällig auf der Treppe begegnet war.

Sein Plan war absurd. Er hatte natürlich nicht die geringste Chance, an den Reni zu kommen. Aber vermutlich hatte zu diesem Zeitpunkt seine Verzweiflung schon solche Ausmaße angenommen, daß er die Kontrolle über seinen Verstand verloren hatte. Bassis Drohungen – welcher Art sie auch immer gewesen sein mochten – verschlimmerten alles nur noch. Alles, was er sich in seinem Berufsleben aufgebaut hatte, fiel in sich zusammen, und wenn jetzt die Polizei auch noch die Verträge in die Hand bekommen sollte, würde er im Gefängnis landen. Und der einzige Mensch, der ihm helfen konnte, war gerade dabei, unterzutauchen. Wenn er sich also wenigstens den gefälschten Reni hätte sichern können, wäre immerhin ein Hauptbeweismittel beiseite geschafft gewesen. Als ich auf der Treppe mit ihm zusammenprallte, hatte er vermutlich noch gedacht, seine Pechsträhne habe nun ein Ende. Bis ihn dann sein Glück ein für allemal verließ.

Andere hatten mehr Glück. Conte Massimo hatte Marcos Überfall überlebt. Bis zur völligen Genesung würde es zwar noch einige Zeit dauern, aber er war immerhin außer Lebensgefahr. Signora Gambino kam noch am Freitag morgen zu mir ins Atelier, um mir diese Nachricht zu überbringen. Ich war noch hingegangen, um meine Arbeit zu Ende zu führen, erstens weil mir niemand gesagt hatte, daß ich nicht mehr kommen sollte, und zum zweiten, weil ich Conte Massimo wenigstens diesen Dienst erweisen wollte. Signora Gambino tolerierte meine Anwesenheit ebenso, wie sie – ohne Fragen zu stellen – die Rolle akzeptierte, die ich bei dieser Geschichte gespielt hatte. Obwohl ich ihr ansehen konnte, daß sie bestimmt gern mehr darüber erfahren hätte.

Ich hatte an Conte Massimo geschrieben, ihm mein Bedauern ausgedrückt und so gut ich konnte erklärt, welche Rolle mir dabei zugekommen war. Ich hatte nicht erwartet, daß er mich nochmals sehen wollte. Zu meiner Überraschung und Erleichterung berichtete mir Signora Gambino später, daß Conte Massimo sich freute, daß ich weiter an seinen Bildern arbeitete und daß ich ihn besuchen kommen sollte, sobald er sich einigermaßen erholt hätte.

Sie erzählte mir auch, daß Daniella noch am selben Morgen nach Washington abgereist sei, wo ihr Vater im diplomatischen Dienst arbeite. Nichts wie weg von den Problemen in Rom und nach Hause in Daddys schützende Arme. Ob Daniella jemals die Konsequenzen ihres Tuns würde tragen müssen? Um ehrlich zu sein, war mir das ziemlich egal.

Signora Gambino wollte mir von sich aus nicht erzählen, wo sich Alessandro im Augenblick aufhielt, und ich fragte sie auch nicht danach.

So beschäftigte ich mich mit meiner Arbeit, beantwortete Fragen und fiel jeden Abend erschöpft und allein ins Bett. Nick steckte mit Gianni bis über beide Ohren in der Mestola Rossa Story, die sie rund um die Uhr in Anspruch nahm. Und wenn wir selten genug ein paar Stunden für uns hatten, war er mit seinen Gedanken woanders. Aber das machte mir nichts aus. Ich wußte ja, was kommen würde, und ich konnte es mir leisten zu warten.

Als wir uns alle am Freitag abend bei den Palmieris zum Abendessen trafen, bedachte mich Clara mit einem langen, nicht sehr schmeichelhaften Blick, schenkte dann Nick und Gianni einen ebenso prüfenden Blick und ging wortlos aus dem Zimmer. Nach ein paar Minuten kam sie zurück und verkündete, es sei alles geregelt. Wir würden übers Wochenende in den Süden fahren. Widerspruchslos packten wir unsere Taschen und kamen spät in der Nacht in La Rondinella an.

Am Samstag morgen verfügte Clara, daß ausschließlich leichte Konversation erlaubt und die Themen Malerei, Verschwörung und Mord strikt verboten seien. Auch in diesem Punkt fügten wir uns widerspruchslos und genossen die Annehmlichkeiten dieser luxuriösen Villa, des wunderbaren Essens, zubereitet und serviert von Carlotta und ihrem Mann Pasquale, den guten Geistern im Haushalt von Claras Eltern. Wir faulenzten in der Sonne, die wußte, was sich gehörte und mit einer für März ungewohnten Intensität auf uns herunterstrahlte.

Claras Dekret hatte exakt bis Sonntag mittag Bestand. Gianni war der erste, der es brach. Von Clara unbemerkt, hatte er einen Teil des Samstags damit verbracht, sich telefonisch mit Neuigkeiten zu versorgen, mit seiner Zeitung zu verhandeln und einfach nur sein Informationsbedürfnis zu stillen, das ihn schließlich zu einem so exzellenten Journalisten gemacht hatte. Nick hatte es mir verraten und hinzugefügt, daß er selbst kein Problem damit habe, nur in der Sonne zu liegen und dabei nachzudenken. In letzter Zeit habe er ohnehin nicht gerade viel Zeit dazu gehabt, sagte er. »Nicht, daß mich das vom Schreiben abhalten würde«, fügte er augenzwinkernd hinzu.

Clara und ich lagen auf Liegestühlen in einem windgeschützten Winkel der Terrasse und schmierten uns Sonnencreme auf die empfindlichen Körperteile, die seit Monaten keine Sonne mehr gesehen hatten. Nick wollte uns gerade anbieten, die schlecht erreichbaren Stellen für uns einzucremen, als Gianni aus dem Haus kam und sich zu uns gesellte. Mit einem etwas einfältigen Blick auf Clara verkündete er: »Ich habe gerade mit Cucchi gesprochen ...«

Clara seufzte: »Ich wußte, ich hätte das Telefon abklemmen sollen.«

»Stillitano hat endlich gestanden, Marco auf Faltecchi und den Reni angesetzt zu haben.« Gianni zog einen Stuhl heran und setzte sich neben Nick. »Er sagte aus, er habe Faltecchi nur einen Schrecken einjagen wollen, aber Marco sei zu weit gegangen. Er hat zugegeben, daß er den Reni wieder an sich bringen wollte, weil er befürchtete, Conte Massimo könne erfahren, daß er gefälscht ist. Aber er leugnet eine Verstrickung Bassis in dieser Angelegenheit und will auch nicht zugeben, Bassi an Carnevale getroffen zu haben. Er behauptet, daß wir uns bestimmt getäuscht hätten. Cucchi glaubt, daß er Angst hat...«

»Als ich ihn das letzte Mal sah, hatte er ganz bestimmt Angst«, warf ich ein. »Er hat immerzu von ›Freundschaftsdienst‹ und so gesprochen. Und genau dieses Wort hat auch Alessandro verwendet, als er Mario darum bat, Barbato anzurufen. Mario sollte im Gespräch mit Barbato genau dieses Wort erwähnen, als er ihm von Alessandro ausrichten sollte, daß dieser seine Hilfe brauchte.

Nick fingerte eine Zigarette aus einer Packung auf dem Tisch neben ihm. Beim Anzünden sagte er nachdenklich: »Also ist Barbato auch Mitglied in der Mestola Rossa – Nun ja, das hatte ich ohnehin schon vermutet.« Und an mich gewandt: »Das ist das Codewort, das die Mitglieder der Mestola Rossa untereinander verwenden, wenn sie dringend Hilfe brauchen. ›Ein Freundschaftsdienst‹ – wenn dieses Wort fällt, wird erwartet, daß der Angesprochene die Hilfe leistet, sonst... Vermutlich hat Bassi von Stillitano verlangt, den Reni zurückzuholen und ihm andernfalls Konsequenzen angedroht.«

»Aber warum hat Stillitano denn solche Angst?« fragte ich. »Sagtest du nicht, daß Bassi in Südamerika vermutet wird? Wie sollte er aus dieser Entfernung eine Bedrohung für Stillitano sein?«

Gianni schaute mich an, als könnte er meine Naivität nicht fassen. »Und wenn Bassi auf dem Mond wäre«, sagte er, »er hat Freunde.«

»Ach so.«

»Erinnerst du dich noch an diesen Absatz am Schluß der Verträge, dort, wo von ›Vergeltung‹ die Rede war?« fragte mich Nick.

Ich nickte. »Voodoo.«

»Genau. Wenn ein Voodoo richtig funktioniert, schweigen die Leute, wenn etwas schiefgeht. Stillitano glaubt vermutlich, daß er so lange nichts zu befürchten hat, wie er sein Wort hält. Daß Bassi sich dann nicht an ihm rächen wird. Stillitano weiß, daß er ins Gefängnis geht. Aber wenigstens bleibt er am Leben.«

»Also wird er doch eingesperrt«, murmelte Clara.

»Na klar. Die Beweise gegen ihn sind so erdrückend, daß er mit einer langen Haftstrafe rechnen muß«, freute sich Gianni. »Allein der tätliche Angriff auf Kate bringt ihm bestimmt ein paar Jahre ein.«

»Das hast du schön gesagt«, antwortete ich, »aber was ich immer noch nicht verstehe: Warum hat er seinen Ruf und sein Lebenswerk aufs Spiel gesetzt?«

Nick klopfte Asche auf eine Untertasse. »Warum wird jemand habgierig? Seine Verbindung zu Bassi gab ihm die Möglichkeit, eine Menge Geld steuerfrei zu verdienen. Vielleicht machte es ihm ja auch Spaß, die Leute hinters Licht zu führen, sie glauben zu lassen, seine Fälschungen seien Originale. Mal davon abgesehen, daß Bassi ein Verbrecher ist, muß man anerkennen, daß er die Kunst der Manipulation wie kaum ein zweiter beherrscht und zusätzlich ein besonderes Talent dafür hat, menschliche Schwächen zu erkennen. Er hat an Stillitanos Eitelkeit appelliert, ihn in die Mestola Rossa eingeschleust, und sobald er einmal drin war, hatte er keine Chance mehr, wieder herauszukommen.«

»Aber aus welchem Grund war er eigentlich für Bassi so interessant?« fragte Clara und drehte sich auf den Rücken, um auch ihrem Bauch ein bißchen Sonne zu gönnen.

Die Antwort konnte ich ihr geben: »Weil Stillitano – sieht man mal vom Torreleone-Reni ab, der ja noch nicht vollendet war, weil Conte Massimo ihn während seiner Bettlägerigkeit um sich haben wollte – ein erstklassiger Fälscher ist, und weil Bassi Gemälde sammelt. Ich glaube kaum, daß es Bassi interessiert, wo die Bilder herkommen und unter welchen Umständen er sie angeboten bekommt. Der Reni ist ein gutes Beispiel dafür. Vielleicht hat Bassi Alessandro die Schulden bezahlt und ihm dann eröffnet, daß er gern den Reni hätte. Alessandro konnte das Bild aber nicht verkaufen, weil es ihm nicht gehörte. Vermutlich hat Bassi ihm angeboten, sich um eine Kopie zu bemühen, um Conte Massimo zu täuschen. Damals rechneten alle damit, daß Conte Massimo bald sterben würde. Dann hätte man den Verkauf nachträglich offiziell machen können. Und bis es soweit war, konnte Alessandro schon über das Geld verfügen, das er brauchte, Bassi hätte sich schon mal das Bild gesichert, das er sich wünschte, und hätte außerdem Alessandro im Griff. Was Stillitano für Alessandro machte, tat er auch für andere.«

»Aber Stillitano hat sich einen ziemlich plumpen Fehler geleistet«, meinte Gianni, »weil er den Reni anstatt auf Seide auf Leinwand gemalt hat. Ein unverständlicher Fehler für jemanden mit seinem Fachwissen.«

»Ich weiß«, antwortete ich. »Das hat mich anfangs auch verwirrt. Aber Nick und ich glauben, daß es möglicherweise beabsichtigt war, das Original und die Kopie eindeutig voneinander unterscheiden zu können, um von vornherein Mißverständnissen oder Streitereien aus dem Weg zu gehen.«

Nick beugte sich vor und drückte seine halbgerauchte Zigarette aus. »Wir wissen, daß in manchen Fällen eine Kopie absichtlich für den Verkäufer hergestellt wird, und in diesem Fall gab es sogar sehr triftige Gründe dafür, den Verkauf eines Bildes an Bassi geheimzuhalten. Oft sind es ja Geldprobleme. Wenn bekannt wird, daß ein Unternehmer seine Sammlung verkauft, könnten die Leute richtigerweise Geldschwierigkeiten dahinter vermuten. Und das wäre den Geschäften abträglich. Deshalb sorgt Bassi für eine glatte, geheime Transaktion und beschafft dem Verkäufer eine Kopie, die er an die Wand hängen und mit der er seine Freunde täuschen kann. Wir vermuten, daß Bassi auf bestimmte Bilder so scharf war, daß er sich sogar bereit erklärte, sich – zumindest eine Zeitlang – nicht als deren Eigentümer zu erkennen zu geben. Falls ein Besitzer ein Bild nicht verkaufen wollte – kein Problem, dann besorgte ihm die Mestola Rossa nützliche Informationen über den widerspenstigen Kandidaten, mit denen er ihn schnell zur Vernunft bringen konnte. Und Stillitano selbst steckte schon so tief drin, daß er tun mußte, was Bassi von ihm verlangte. Auch die verrücktesten Dinge. Und es war tatsächlich eine verrückte Idee zu glauben, er könne sich den gefälschten Reni wiederbeschaffen.«

»Und warum haben sie es trotzdem versucht?« fragte Clara.

»Weil Kate wußte, daß er eine Fälschung ist. Sie hätte die Transaktion aufdecken können. Vermutlich hatte Stillitano nur vor, die Kopie zu vernichten. Damit hätte er Alessandro den Ball zugespielt. Er wußte um die Gefahren, aber aus irgendeinem Grund kam er einfach nicht in die Gänge.« Nick warf mir aus den Augenwinkeln einen Blick zu und fuhr dann fort. »Stillitano war krank vor Angst, und Bassi wollte, daß Alessandro sich endlich bewegte. Deshalb hat er Stillitano beauftragt, Marco loszuschicken, um den Reni zu holen. Vielleicht hat er ja Marco hinter Stillitanos Rücken den Auftrag gegeben, bei dieser Gelegenheit auch gleich Conte Massimo zu beseitigen. Damit wäre Alessandro der rechtmäßige Eigentümer geworden. Aber das werden wir wohl nie beweisen können. Torreleone hat wahrscheinlich die ganze Zeit sein eigenes Spielchen gespielt, und der Reni war seine geringste Sorge. Er brauchte ja nicht damit zu rechnen, daß ihn sein Vater deswegen vor Gericht bringen würde. Viel größere Probleme erwartete er sich in Zusammenhang mit seinen eigenen Geschäften mit Bassi. Er hatte genug damit zu tun, seine eigenen Spuren zu verwischen, als er erfuhr, daß die Ermittler Bassis Fährte aufgenommen hatten. Seine größte Sorge galt den finanziellen Arrangements, die er für Bassi eingefädelt hatte. Darauf kam es ihm an. Der Reni war für ihn längst nicht so wichtig.«

Gianni schaute verdrossen drein. »Er ist verdammt gerissen. Ohne Bassi wird es sehr schwer sein, ihm etwas anzuhängen.« Er warf einen Blick auf Nick und fügte hinzu: »Aber wenigstens hat es Gatti erwischt.«

»Gott sei Dank«, murmelte Nick. »Das war Torreleones einzige gute Tat.« Nach einer kurzen Pause fuhr er fort: »Ich wette mit euch, daß der sich ein paar Jahre bedeckt halten wird, bis sich der aufgewirbelte Staub wieder gelegt hat. Dann werden wir wieder von ihm hören. Torreleone ist ein Überlebenskünstler – leider.« In seiner Stimme war weder Unwillen noch Bitterkeit, aber eine Spur von Resignation und Zynismus.

»Und ein ausgewachsener Pragmatiker«, ergänzte ich. »Wie alle Torreleones, außer seinem Vater. Aber ich muß zugeben, daß ich nichts dagegen habe, wenn er nicht ins Gefängnis muß, Gianni. Conte Massimo hat genug mitgemacht. Und wie du siehst, kann ich es mir leisten, großzügig zu sein.« Lächelnd nahm ich Nicks Hand und stand auf.

Er schenkte mir sein besonderes, feines Lächeln: »Eine Beute mag entkommen sein, die andere aber nicht.«

»Ach, übrigens, eine Neuigkeit habe ich euch noch gar nicht erzählt«, rief ich. »Aber zuerst hole ich den Champagner, den ich extra mitgebracht habe.« Als ich mit der Flasche in der Hand zurückkam, hatte Gianni schon die Gläser bereitgestellt.

»Clara hat mir so wirkungsvoll eingebleut, worüber wir nicht sprechen dürfen, daß ich mir vorgenommen hatte, bis kurz vor der Abreise damit zu warten. Also: Faltecchi hat sich entschlossen, sein Geschäft nun doch weiterzuführen. Und er hat mich gefragt, ob ich als seine Juniorpartnerin einsteigen will.«

Als die allgemeinen Lobrufe verklungen waren, drückte Gianni den Daumen gegen den Flaschenkorken, und alle verfolgten den Flug des Korkens hinaus ins Mittelmeer. Dann erhoben wir unsere Gläser. »Auf Partnerschaften«, sagte ich.

»Auf die dauerhaften«, antwortete Nick und legte den Arm um mich.

Darauf tranken wir.